Markus Dohmen

William Mellford

Bis ans Ende der Hoffnung

Rosamontis
Verlag

Nachdruck oder Vervielfältigungen, auch auszugsweise,
bedürfen der schriftlichen Zustimmung des Verlags.

```
Besuchen Sie uns im Internet:

http://www.rosamontis.de
```

ISBN 978-3-940212-72-6

© 2012 Rosamontis Verlag, G. Heugel, Ludwigshafen

Gesamtherstellung: Rosamontis Verlag
Umschlagsbild: Xavier & Alexey Pavluts
                       Fotolia

Bibliografische Information der Deutschen Nationalbibliothek: Die Deutsche Nationalbibliothek verzeichnet diese Publikation in der Deutschen Nationalbibliografie; detaillierte bibliografische Daten sind im Internet über http://dnb.ddb.de abrufbar.

Für Ursula, Tanja und Tamara

Inhalt

Vorwort des Verfassers 9
Prolog 12

1. Buch

Das Geheimnis.......................................15
Wolkenspiele und Magenknurren.......................26
Ein neuer Trick für die Schule der Diebe 40
Die „Bristol Rats"...................................49
Dunstiger Mond und einsame Gassen 60
Peter?...70
Das Gedicht...92
Der Kerker...100
Konkurrenz belebt das Geschäft......................120
Die Scharade 126
Letzte Vorbereitungen 134
Das Totem 140
Wie gewonnen, so zerronnen 148
Der Geige liebliches Spiel............................153
Verliebt und nicht verlobt, nicht verheiratet, sondern tot? ...162
Der Fuchs, das Korn und die sieben kleinen Münder.......186
Jetzt oder nie 199
Wer hätte das gedacht?..............................206
Zerstreuung und Gedenken auf Kessington Hall 219
Der Undank Stachel im Fleisch 226

2. Buch

Schiffsleben 231
Eine böse Überraschung.............................237

Ein demütiger Diener des Herrn 245
Koku 265
Gebrochene Wange, ungebrochenes Herz. 277
Tod an Bord. 281
Feuer, Wasser, Luft und 300
Leichenschau 311
Brot und Spiele 320
Bowler & Co. 324
Ein Angebot zur Güte 336
Von Geistern, Klabautermännern
und einer schwebenden Geige 357
Wer kämpft, kann verlieren,
wer nicht kämpft, hat schon verloren 370

3. Buch

Piraten! 373
Was für ein seltsamer Ort 397
Die Hatz 412
Trommeln und Schreie 418
Die Höhle 425
Durch den Dschungel 452
Abelgy Wintersthale. 461
Zur schwarzen Katze 464
Ein verräterisches Zeichen 481
Zu Ende bringen, was einst begann 495
Stark sein 508
Lampions, weiße Tischdecken und kleine gute Feen 513
Epilog 522

Schiffsbegriffe. 527
Danksagung. 533

Vorwort des Verfassers

Wie gerne habe ich sie gelesen, jene Klassiker des historischen Abenteuerromans. „Gewürzt" mit Exotik, Bewährung/Prüfung, Tierliebe und Gefahren, abgrundtief böse Schurken, Helden, Liebe und Verrat.

Auf der Suche nach neuem „Lesestoff" habe ich oft die Erfahrung gemacht, dass bei Nachfrage von Romanen mit den Eckdaten „historisch" plus „Abenteuer" plus „Protagonist Kind" plus „kein Fantasy" vornehmlich auf die Klassiker verwiesen wird. Daher habe ich den Eindruck gewonnen, dass der historische Abenteuerroman früher einmal ein viel bedeutenderes Genre war als heutzutage. Dieses war mir Ansporn und Inspiration, diesen Roman zu schreiben.

Durch den Verzicht auf Fantasy war ich beim Schreiben der Wahrhaftigkeit verpflichtet und ich darf sagen, dass dieses eine ziemliche Herausforderung darstellte. Gewiss hatten die Menschen zu Beginn des 18. Jahrhunderts ihre Sorgen und Nöte, die sich im Empfinden nicht minder von denen der Menschen heutzutage unterschieden. Doch im Gepräge unserer Zeit, einer hochtechnisierten Medienwelt, erscheint der Blick in vergangenen Zeiten wohltuend, da mangels Möglichkeit, sich die Wahrnehmung und das Empfinden auf ein der menschlichen Natur geeigneteres Maß erstreckt.

Ich wünsche spannende und spendende Stunden in der Welt eines kleinen Helden, der tapfer mit trotzigem Charme und entwaffnender kindlicher Offenheit sein Glück sucht ...

Herzlichst,
Markus Dohmen

BRISTOL UM 1700

- FORT DER GARNISON
- STADTHAUS
- QUEEN SQUARE
- ÜBERFALL AUF KAPT'N BARTLETT
- RED VELVET DISTRICT
- LAGERHAUS
- LIEGEPLATZ DER SUNFLOWER
- HAFEN
- AVON

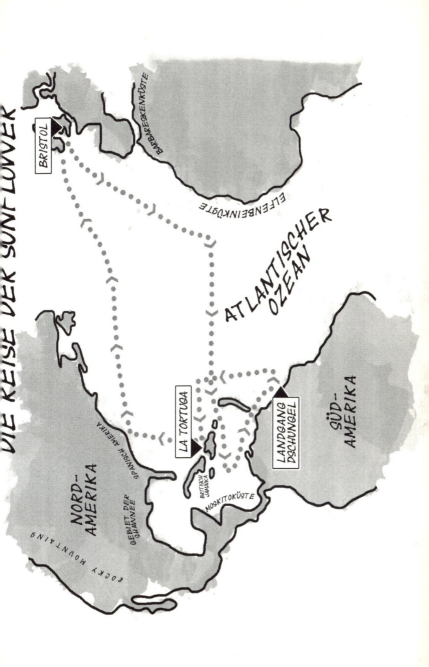

Prolog

Es ist diese lastende Ruhe eines frühen Morgens an diesem grauen, kalten Februartag im Jahre des Herrn 1772, die mir diese innere Unruhe verschafft und mich unstet in meiner Stube umherwandeln lässt, da mir scheint, diese Ruhe ist der Vorbote der gottgegebenen Vergänglichkeit und mir bedeutet sie zu nutzen, um mich mit meinen 67 Jahren an diesen Gedanken zu gewöhnen. Dieser Gedanke widerstrebt mir, wie wohl jedem anderen Menschen auf der Welt, vermittelt er mir doch das Gefühl, sich diesem endlichen Ereignis zu ergeben; geradezu darauf wartend, sich dem Schicksal zu fügen.

Viele Tage dieses Winters habe ich, William Mellford, damit zugebracht, über mein Leben zu sinnieren und Antworten zu finden, aber all das Ergründen und Suchen nach Antworten, von welchen ich mir friedvolle Demut über das erreichte Alter erhoffte, führten zu nichts, außer jenem, dass sich mein Gemüt verdunkelte. Und ich glaube, dieses rührt daher, weil das Suchen nach Antworten gemeinhin als Wesenszug jugendlicher Neugierde gilt und frohgemut zur Abwehr des Alters erscheint. Nur hat die Jugend im Ausblick auf das bevorstehende Leben noch Zeit. Es ist diese Zeit, die zuversichtlich macht und anspornt, Antworten zu finden. Und es ist diese Zeit, die ich nicht mehr habe, und so beschränke ich mich darauf, zumindest gesucht zu haben. Vielleicht ist dieses auch die Antwort in dem Zusammenspiel aus Vergangenheit und Zukunft, aus Antwort und Trost – nichts weiter.

Das Holz im Kamin ist über Nacht heruntergebrannt und wenn ich es so betrachte, diese schwach glimmende Glut inmitten eines weißen Aschekranzes, so erinnert mich dies an mein eigenes Dasein. Ist die Wahrnehmung einer alternden Seele besonders empfänglich dafür, im alltäglichen Einerlei vornehmlich Botschaften der Vergänglichkeit zu sehen – wie böse Geister?

Dieser Winter ist anders als in den Jahren und Jahrzehnten davor. Diese Erinnerungen; sie steigen in mir auf wie ein sanfter Wellengang inmitten eines sonnenbeschienenen Meeres und die Vollendung dieser Gedankenbilder wird auf zauberhafte Weise vom Glitzern des Wassers begleitet. Es ist mir wie in einem Traum, wie ein Ort, den ich vor langer Zeit verlassen und an den ich nun zurückkehre. Mit einer Klarheit und nie da gewesenen Deutlichkeit kommen mir allmählich wieder jene Weggefährten und Abenteuer ins Bewusstsein, die – wenngleich ich lange nicht daran gedacht – doch stets ein Teil meiner Selbst waren. Ich schreibe dies nicht ohne Beunruhigung, denn auch beim Betrachten einer Sanduhr sieht man deutlich, wie schnell und zielstrebig gerade das letzte Fünftel verrinnt.

Wenn ich an diesem Morgen aus dem Fenster blicke und den dunstigen Morgennebel sehe, wie er über den Wiesen schwebt und sich schleichend um die Stämme der knorrigen, schweigenden Bäume legt, so muss ich an all jene schönen und fremden Orte denken, die ich als junger Mann bereist und voll üppiger exotischer Vegetation, die Kulissen bildeten, vor der meine Freunde und ich Gefahren und Prüfungen zu bestehen hatten.

Als Zweckgemeinschaft zusammengeführt, standen wir Seite an Seite im Antlitz des Grauens, welches sich vor uns auftat und zu unserem Schrecken stetig erneuerte. Wenn ich heute an dieses Abenteuer zurückdenke, so beseelt dies mein Gemüt und lässt mein altes Herz freudig schlagen. Doch wenn ich es recht bedenke, so waren es wohl diese Erlebnisse, die mich meinem jetzigen Zustand beschleunigt näher brachten.

Diese Rückblicke und Erinnerungen scheinen mir im Übrigen eine von der Natur zugedachte tröstende Funktion der alternden Seele zu sein, sodass ich diesem Abenteuer meine volle Aufmerksamkeit widme und Dir, lieber Leser, alles so berichte, wie es sich zugetragen hat. Ich werde nichts beschönigen und nichts weglassen – auch wenn es meiner Selbst nicht zum Vorteil gereicht. Aus Gründen der für einen Autoren verpflichtenden Dramaturgie berichte ich Dir alles aus der Sicht eines Dritten.

Lieber Leser, so folge mir nun auf eine Reise in die Vergangenheit; hin zu fernen, exotischen Orten. Es ist die Geschichte der Vielfalt menschlicher Leidenschaften und Schwächen, im Guten wie im Bösen, deren vom Schicksal vorgesehene Verkettung Helden hervorbrachte. Aber auch die hinterhältigsten und übelsten Schurken, die, den Instinkten von Raubtieren gleich, einem Menschenleben gerade so viel Bedeutung zumaßen, wie es zur Befriedung ihrer augenblicklichen Launen reichte.

Doch höre selbst, hier ist meine Geschichte ...

1. Buch

Das Geheimnis

Gleichmäßig tauchten die Ruder der *Stormbride* in das Wasser des Avon, als die Fregatte am Nachmittag des 28. Mai 1719, nach strapaziöser sechsmonatiger Fahrt zu den westindischen Inseln, in den Heimathafen von Bristol einlief. Der Himmel über dem Hafen war wolkenlos und von endlos tiefem Blau. Das milde Licht der Nachmittagssonne flutete golden in die Stadt und verlieh dem geschäftigen Treiben ein feierliches Antlitz. Die Schiffe im Hafen schaukelten sanft im Wellengang und es schien, als ob sie nach langer stürmischer Reise geradezu liebevoll vom sicheren Hafenwasser umwogen wurden. Es war ein wunderschöner Tag und außer Käpt'n Bartlett ahnte niemand an Bord, dass das Einlaufen der Stormbride der Anbeginn einer Entwicklung war, die so gar nicht zur friedvollen Wonne dieses Tages passte.

Land! Endlich Land! Heimat!

Gute Stimmung an Bord. Die Mannschaft freute sich auf den Landgang und so wurde jeder Ruderschlag von einem tatkräftigen Ausruf „Zieht an!" begleitet, der bereits am Pier zu hören war. Schnurstracks würden die meisten von ihnen mit der erhaltenen Heuer in die nächste Spelunke gehen, sich besaufen, das Geld mit einem leichten Mädchen durchbringen und feiern, als gäbe es kein Morgen mehr.

Aus wirtschaftlicher Sicht war die Reise sehr erfolgreich. Der Laderaum war voll mit Tabak, Zucker, Lederhäuten und Farbstoffen wie Indigo und Purpur. Die Düfte von Vanille, Muskat,

Pfeffer, Kardamom und anderer edler Gewürze entfalteten sich in der Windstille des Hafens an Deck und verliehen dem Schiff einen geheimnisvollen Hauch, der wie eine Anhaftung vom Durchbruch aus einer exotischen Ferne zeugte.

Käpt'n Thomas Bartlett stand auf dem Achterdeck neben dem Steuermann und erteilte seine Kommandos, um das Schiff durch die enger werdende Furt der bereits vertäuten Schiffe hindurch zur Anlegestelle zu manövrieren. In seinem langen schwarzen Mantel mit dem steifen Kragen und den polierten Messingknöpfen wirkte seine ganze Erscheinung verschlossen und Ehrfurcht einflößend. Mochte die Sonne noch so sehr vom Himmel brennen, es gehörte zu seinem formellen Protokoll, eben diesen Mantel, bis zum Halse zugeknöpft, beim Einlaufen in den Heimathafen zu tragen. Komme, was da wolle. Unter der Mannschaft genoss er den Ruf eines harten, aber gerechten Mannes und auch der widerspenstigste und einfältigste Bursche tat gut daran, sein Wort nicht in Zweifel zu ziehen.

Er war stämmig und breitschultrig, hatte ein wettergegerbtes, charaktervolles Gesicht und sein willensstarkes Kinn zierte ein gepflegter Bart. Für seine 56 Jahre blühte das Grau auf seinen Schläfen noch recht verhalten, aber dennoch bildete es schon einen unübersehbaren Kontrast zu seinem dunklen Haar.

„Zwei Schlag Backbord, Männer!", raunzte er grimmig in die Kuhl hinunter, wo die Ruderer saßen. „Noch haben wir nicht angelegt und noch seid ihr auf meinem Schiff und untersteht meinem Kommando! Ansonsten, ihr Seeratten, werde ich fünf Yards vor der Anlegestelle noch ein Seegericht halten. Ich hoffe, das hat jeder von euch Rum-Schädeln verstanden!", setzte er drohend nach.

Das Einlaufen in den Heimathafen war Käpt'n Bartlett stets ein Anlass zur Freude gewesen. Auch wenn es ihn nach kurzer Zeit wieder hinaus aufs Meer zog. Er war Seemann geworden, weil ihm die Dinge an Land zu kompliziert waren und er kein Freund großer und vor allen Dingen vieler Worte war. Sein wortkarges, aber ungemein scharfsinniges Wesen sehnte sich nach der einsamen Weite des Meeres. Weit draußen auf See fand er die Freiheit, seinen Gedanken nachzugehen, wobei er niemals das Gefühl verspürte, sie mit jemandem zu teilen, da er sich im Grunde selbst genug war. Doch dieser Tag war kein Tag der Freude für ihn. Es war der Tag, an dem er seine Schande offenbaren musste.

Er hatte versagt. Das Vertrauen, das man in ihn setzte, hatte er nicht gerechtfertigt. Und mit dieser Bürde war er allein. Niemand von der Mannschaft ahnte etwas. Niemanden hatte er in sein Geheimnis eingeweiht, das er tief in sich trug und das ihm so zusetzte, dass allein die Vorstellung, im Schlaf zu sprechen, ihn um denselben brachte. Die Mannschaft wusste nur, was sie wissen sollte und sich ohnehin nicht verheimlichen ließ.

Es gehörte zum Plan, zu *seinem* Plan, den er über Wochen und Monate auf See ausgetüftelt hatte. Und nur im Schweigen darüber lag noch ein Funken von Hoffnung.

Kein Mann großer und vieler Worte und doch war er nun der Überbringer sehr schlechter Nachrichten. Ein schwerer Gang stand bevor. Unzählige Male hatte er sich die Worte zurechtgelegt, um die Sorge und die Bestürzung abzumildern. Aber wie er es auch formulierte, es klang hilflos. So hilflos, wie auch er war.

Schaukelnd legte die Stormbride längsseits an. Taue wurden an Land geworfen und festgemacht. Es war nun die Stunde von Mr. Tholson, dem Quartier- und Zahlmeister. Vom Käpt'n und seinem Offizier einmal abgesehen der Einzige an Bord, der schreiben konnte. Schmächtig war er und für den täglichen, knochenharten Schiffsdienst so gut wie nicht zu gebrauchen. Wenig beachtet und falls doch einmal, dann handelte er sich meist den Spott der Kameraden ein.

Mit aller Zeit der Welt richtete er sein Stehpult sorgsam aus, öffnete das Tintenfässchen, wischte mit einem Tuch vorsichtig den Rand sauber und begann – zur Ungeduld aller – höchst konzentriert, seine Feder mit dem Messer zu spitzen. Er brummte, hielt sie prüfend gen Himmel, um sodann noch zeitraubender und penibler weiterzuspitzen. Er genoss es. Auf dem Weg ins Vergnügen mussten sie an ihm vorbei, um die Heuer zu erhalten. Was hatte er nicht alles an Missachtung und Schmäh erdulden müssen. Diejenigen, die es besonders arg mit ihm getrieben hatten, würde er nun als Letzte aufrufen. Ungeduldige Blicke ruhten auf ihm.

Nachdem er noch einmal den Stand des Pultes, die Lage der Namensliste, des Tintenfässchens und der Feder kontrolliert hatte, sah er gebieterisch auf.

„Smith!", rief er den ersten Namen aus.

Jubel stieg auf. Ausgelassen und übermütig machten sich die Männer einen Spaß daraus, jeden Namensausruf von Mr. Tholson mit einem Grölen zu begleiten, während sie eine Gasse für denjenigen bildeten und ihn auf seinem Weg zum Pult mit kräftigem Schulterklopfen eindeckten.

Tholson indes verzog keine Miene und achtete peinlichst und in herablassender Weise darauf, dass jede Auszahlung auch quittiert wurde. Hierbei spielte es keine Rolle, ob dies in Form von Kreuzchen, Strichmännchen, unflätigen Zeichnungen oder sonstigen Kritzeleien geschah, da ohnehin niemand von ihnen schreiben konnte.

Bartlett stand einsam und schweigend auf dem Achterdeck und blickte hinunter auf den freudigen Pulk der Männer, wie sie sich auf die Schultern klopften, Abschied voneinander nahmen, oder einen gemeinsamen Wirtshausbesuch beschlossen, während er an die Geschehnisse zurückdachte ...

Die Stormbride befand sich auf der Rückreise, als es geschah, und wieder fühlte Bartlett diese für ihn selten erfahrene Ohnmacht in ihm aufsteigen. Sehenden Auges dem Schicksal gegenüberzustehen und hinnehmen zu müssen, wie es zum Schaden der eigenen Ehre wütet. Aber er hatte auch die Verantwortung für die Mannschaft und das Schiff. Ihm blieb keine Wahl.

Wie heißt es doch so schön: Man sieht sich immer zweimal im Leben, sprach er sich selbst in Gedanken zu.

Bevor Bartlett seinen Fuß an Land setzte, wandte er sich an Mr. Finch, seinen ersten Offizier, der gerade dabei war, einige Männer anzuweisen, das nicht verbrauchte grün-glitschige Trinkwasser über Bord zu kippen und die Fässer auszuspülen.

„Ich werde nun Mr. Jenkins aufsuchen. Nach dem Ausmustern rudert Ihr mit den Männern, die Ihr zum Löschen der Ladung ausersehen habt, zum Speicherhaus und macht dort fest. Und habt ein waches Auge auf das Löschen der Ladung. Tausende von Seemeilen haben wir alles hierhergeschafft. Es wäre kläglich, wenn es auf den letzten Yards zum Speicher zu Verlusten käme. Ihr versteht ..."

„Aye, Sir, ich werde Acht geben", antwortete Mr. Finch. „Ihr seid um Eure Pflicht nicht zu beneiden, Käpt'n. Es wird dem Alten das Herz brechen, wenn er erfährt, dass ..."

„Tholson soll den Lagerbestand anhand der Schiffsladeliste gegenprüfen", schnitt ihm Bartlett das Wort ab. Es war schon schwer genug und er wollte nichts mehr weiter davon hören. Mit einem missfälligen Blick auf die Mannschaft ergänzte er: „Achtet darauf, dass sich die Männer hier an Bord nicht zu ausgelassen aufführen und womöglich die Stimmung noch umschlägt."

„Aye, Sir!"

Das Stadthaus der *Jenkins Trade Company* lag am *Queen Square*. Vom Haus konnte man über den rückwärtigen Hof zum Speicherhaus gelangen, das direkt an den Avon grenzte.

Buntes Markttreiben beherrschte den Queen Square.

Nach sieben Monaten auf See waren die ersten Schritte auf festem Boden besonders ungewohnt und so schwankte er in seinem Schritt mehr als für gewöhnlich. Vorbei an üppig beladenen Verkaufsständen und Viehverschlägen, aus denen es unablässig schnatterte und grunzte. Marktweiber, teilweise bezahnt, übertönten sich gegenseitig im lautstarken Anpreisen ihrer Waren. Es wurde allerorten verhandelt und gefeilscht, und im Vorübergehen konnte er aufschnappen, wie Preisvorstellungen anrührig und einfallsreich mit der Schilderung ärmlichster persönlicher Verhältnisse begründet wurden.

„Blind und offene Beine", „15 hungrige Mäuler zu stopfen", „Schuldturm", „Scharlach", „saufendes Weib", „Furunkel hier und da", „Ach herrje!", „Und überhaupt ...", „Habt ein Herz ..."

Nach der Stille auf See kam ihm dieser Trubel geradezu übermächtig vor. Aufmerksam betrachtete er die an ihm vorüberziehenden Leute und das Straßengeschehen. In vielen Städten dieser Welt war er gewesen. So verschieden die Städte und kulturellen Gepflogenheiten ihrer Einwohner auch waren, so hatten sie doch eines gemein: der Handel, der allerorten getrieben wurde. Es war der Handel, der das kulturelle Bewusstsein wie einen Banner trug und offenbar werden ließ. Aber es war auch der Handel, der den Bettler sowie den reichen Kaufmann hervorbrachte, so dass sich das Leben auf den Straßen einer jeden Stadt auf sonderbare Weise glich.

Bartlett erreichte sein Ziel: das Haus der Jenkins Trade Company. Er betrachtete die prächtige weiße Fassade dieses vornehmen Hauses, mit all seinen Insignien von Reichtum und Macht.

Diese auf den ersten Blick wirkende Gleichförmigkeit der Stuckarbeiten, die sich bei näherem Betrachten in liebevoll verspielte Blumengirlanden und Muschelornamente auflöste. Den Sims des von zwei Säulen getragenen Vordaches zierte die Gravur eines gestreng dreinblickenden Poseidon, der von zwei springenden Delphinen flankiert wurde. Das obere Stockwerk stand noch in der Nachmittagssonne und schien in beruhigender Weise zu leuchten, sodass dieses Haus noch erhabener wirkte, als es ohnehin schon war. Bartlett betätigte den schweren und reich verzierten Türstößel oberhalb des polierten Messingschildes.

Schritte näherten sich und der Käpt'n atmete noch einmal tief durch.

„Na, wenn das nicht mein alter Freund Käpt'n Bartlett ist!", rief Jonathan Bellamy hocherfreut aus. „Da seid Ihr ja endlich. Meine Späher haben mir schon berichtet, dass die Stormbride den Avon hinaufzieht", sagte er mit belustigt verschworener Miene. „Kommt, tretet ein!" Bellamys rosiges pausbäckiges Gesicht mit den zurückgekämmten roten Haaren lächelte freundlich, während er den Käpt'n förmlich ins Haus zog.

Bellamy war Mitte vierzig und von kleiner, rundlicher Statur. Im Grunde genommen eine biedere Erscheinung, vom Typ eines Buchhalters, was er bisweilen mit einer überschwänglichen Art auszugleichen versuchte. Und er war der tüchtige Sekretär der Gesellschaft, rechte Hand von Harold Jenkins und ein Freund der Familie. Bellamys Wiedersehensfreude machte es dem Käpt'n nicht gerade leichter.

„Mr. Bellamy!", erwiderte der Käpt'n nüchtern, während er eintrat. Als er an Bellamy vorüberschritt, wurde deutlich, dass sie vom Äußeren her unterschiedlicher nicht sein konnten.

Gemeinsam traten sie in den Salon. Ein großer holzgetäfelter Raum, an dessen Ende ein kunstvoll marmorierter Kamin stand. Die Fenster waren mit dicken purpurroten Samtvorhängen geschmückt. Zur Rechten schien die Wand aus einem einzigen Bücherregal zu bestehen und die darin enthaltenen Bücher stapelten sich dicht an dicht bis zur Decke. Gegenstände und Motive aus der Seefahrt präsentierten sich mit wohldurchdachter Zufälligkeit dem Besucher und so wanderte Bartletts Blick über stattliche

Schiffsmodelle, Messingglocken und barbusige Galionsfiguren. An der linken Wand hingen Gemälde von pulverdampfgeschwängerten Schiffsschlachten und stolzen Schiffen.

Bellamys blaue, klare Augen mit den borstigen, hellen Wimpern musterten Bartlett aufmerksam.

„Ich bin hocherfreut, Euch wohlbehalten in der Heimat zu begrüßen." Bellamy visierte Bartlett mit dem Zeigefinger an. „Und ich darf Euch versichern: Ihr kommt zur rechten Zeit. Das ganze Land schreit förmlich nach Gewürzen und die Textilmanufakturen benötigen dringend Farbstoffe. Unsere Vorräte sind nahezu erschöpft." Bellamy wurde ernst. „Die Reise war doch erfolgreich, nicht wahr?", fragte er mit einer unterschwelligen Spannung in der Stimme.

„Ja, erfolgreich", antwortete Bartlett zwiegespalten. „Mr. Tholson wird Euch nach dem Löschen die Ladeliste übergeben."

Bellamy war verzückt. „Sehr schön, wunderbar. Meine Späher ...", wieder schaute Bellamy gespielt verschworen drein und hatte sichtlich Spaß daran, „haben mir berichtet, dass noch kein Schiff unserer Konkurrenten mit neuer Ware eingetroffen ist. Das wird ein Geschäft, sage ich Euch. Wir werden mehr Geld machen, als in dieser Stadt überhaupt vorhanden ist", sagte er und rieb sich vor lauter Vorfreude griemelnd die Hände. Dann sah er mit einem Mal beunruhigt aus. Wieder deutete er mit dem Zeigefinger auf Bartletts Brust.

„Das heißt, wenn Euch im Kanal kein anderes Schiff begegnet ist."

„Nein, soweit wir ausmachen konnten, war die Stormbride die einzige Handelsfregatte mit Kurs auf Bristol."

„Sehr gut, sehr gut", stellte Bellamy zufrieden fest und ging zu einem Servierwagen, auf dem geschliffene, bauchige Kristallkaraffen standen. „Was bin ich nur für ein lausiger Gastgeber", schalt er sich. „Ihr reist um die halbe Welt und ich biete Euch noch nicht einmal einen anständigen Drink an. Wie wär's? Wollen wir mit einem Glas auf den Erfolg anstoßen?", fragte er formvollendet und wippte auf den Zehenspitzen.

Bartlett war ungeduldig und ihm stand bei Weitem nicht der Sinn nach einem leichten Plausch und einem Drink. In den drei Monaten der Rückreise war er sich über die Verantwortung dessen, was nur er wusste, im Klaren. Und so brannte er geradezu darauf, sich Harold Jenkins anzuvertrauen und die Dinge, die nun zu tun waren, anzustoßen. Zudem war Eile geboten.

Bartlett spannte seinen Rücken aufrecht und sog tief Luft ein. „Nein, danke, Sir. Ist Mr. Jenkins …"

„Wo ist Peter?", unterbrach ihn Bellamy, der nicht bemerkte, dass Bartlett noch etwas anführen wollte, da er prüfenden Blickes eine Karaffe in seinen Händen hielt. Den Blick auf die Karaffe gerichtet, spekulierte er: „Ihr habt ihn wohl noch zum Ladungslöschen abgestellt … ganz recht, ganz recht … so lernt er, dass mit dem Einlaufen eine Handelsmission noch lange nicht zu Ende ist. Wie hat er sich gemacht? Ihr müsst mir alles erzählen."

„Ist Mr. Jenkins im Hause? Ich habe ihm eine äußerst wichtige Mitteilung zu machen und muss ihn dringend sprechen", sagte Bartlett und kam direkt auf sein Anliegen zu sprechen.

Bellamy, dem Bartletts eindringlicher Tonfall nicht verborgen geblieben war, blickte auf und sah ihn interessiert an, wobei er gleichzeitig die Karaffe – ohne anzustoßen – zielsicher in die enge Nische auf dem Servierwagen zurückführte.

„Mr. Jenkins …? Nein. Er und Mrs. Jenkins befinden sich auf Kessington Hall, dem Landsitz der Familie, oben in den Cotswold Hills. Mr. und Mrs. Wellington, die Eltern von Peters Verlobten Audrey, leisten ihnen dort Gesellschaft. Ms. Audrey Wellington ist auch anwesend …" Bellamy schmunzelte. „Ich soll Peter ausrichten, dass er von seiner Verlobten schon sehnsüchtig erwartet wird. Warum fragt Ihr?"

„Es ist von äußerster Wichtigkeit und es liegt in Mr. Jenkins eigenem Interesse, dass er seinen Aufenthalt auf Kessington Hall sofort abbricht und nach Bristol zurückkehrt", sagte Bartlett ernst.

„Seinen Aufenthalt abbrechen?", fragte Bellamy kopfschüttelnd. „Wovon redet Ihr, Bartlett? Warum sollte Mr. Jenkins nach Bristol zurückkehren?"

„Bei allem Respekt, Sir, die Dinge liegen so, dass es mir nicht möglich ist, jemand anderen als Mr. Jenkins ins Vertrauen zu ziehen. Seid gewiss, es ist im Interesse aller. Sollte Mr. Jenkins es für erforderlich halten, Euch oder sonst jemanden mit einzubeziehen, so ist das seine Entscheidung. Solltet Ihr jedoch ins Vertrauen gezogen werden, dann werdet Ihr meine Haltung sicher verstehen", sagte Bartlett mit bestimmtem Ernst.

„Bartlett, Mr. Jenkins setzt sein uneingeschränktes Vertrauen in mich. Sowohl als Sekretär der Company als auch enger Freund der Familie. Ich bin befugt, während der Abwesenheit von Mr. Jenkins mich aller Dinge anzunehmen, die einer Entscheidung bedürfen. Also ... wollt Ihr mir jetzt bitte sagen, was passiert ist?", sagte Bellamy mit eindringlicher Strenge.

„Lasst uns keine Zeit verlieren. Schickt sofort einen Reiter mit einer versiegelten Nachricht nach Kessington Hall. Macht in dem Schreiben deutlich, dass es äußerst wichtig ist, dass Mr. Jenkins nach Bristol zurückkehrt. Seid versichert, dass, wenn Ihr im Bilde wäret, Ihr zunächst auch nichts anderes tun würdet, als ich Euch hiermit vorschlage. Alles Weitere wird sich dann ergeben", sagte Bartlett kopfschüttelnd.

Nachdenklich schwieg Bellamy einige Sekunden, während er Bartlett rätselnd ins Gesicht sah.

„Die Familien Jenkins und Wellington haben sich auf Kessington Hall zurückgezogen, um das Protokoll anlässlich der Hochzeit ihrer Kinder zu besprechen. Die Hochzeit von Peter Jenkins und

Audrey Wellington ist das gesellschaftliche Ereignis des Jahres ..."
Bellamy machte eine bedeutungsvolle Pause und fuhr fort. „Aber ich brauche Euch nicht zu erklären, dass diese Hochzeit mehr ist als das Versprechen zweier Liebenden. Diese Hochzeit ist auch Sinnbild für die zukünftige erfolgreiche und enge Kooperation so bedeutender Bristolner Unternehmen wie der Textilmanufaktur von Mr. Wellington und der Jenkins Trade Company – unter der neuen Führung von Peter Jenkins. Ihr wisst, dass es eines guten Grundes bedarf, Harold Jenkins in seinen Vorbereitungen zu unterbrechen. Auch wenn ich Euch als besonnenen Menschen kenne und Ihr gewiss Gründe für Euer Schweigen habt, bin ich ohne triftigen Grund nicht gewillt, die Hochzeitsvorbereitungen auf Kessington Hall zu stören. Und wenn Ihr mir nicht sagt, was der Grund ist, so werde ich jetzt umgehend Peter im Lagerhaus aufsuchen und ihn fragen, was es damit auf sich hat", sagte Bellamy mit fester Stimme.

Bartlett erkannte, dass es nur unnötiges Aufsehen, Irritation und Gerede geben würde, sollte Bellamy im Lagerhaus nach Peter fragen. Die Mannschaft und auch Tholson wussten nichts anderes, als das Peter tot war, und das war gut so.

„Ich sage Euch nur soviel und darüber müsst Ihr striktes Stillschweigen bewahren: Ihr werdet Peter nicht im Lagerhaus finden und es wird vorerst auch keine Hochzeit geben, denn Peter ist nicht mit zurückgekommen."

„Was?" Die Augen von Bellamy blitzten für einen Moment auf, während Bartlett weitersprach.

„Wir haben keine Zeit zu verlieren, es geht um Leben und Tod", sagte Bartlett ernst.

Wolkenspiele und Magenknurren

Gab es je einen schöneren Platz, als inmitten einer frischen Frühlingswiese weich gebettet zu liegen und verträumt in die Wolken hinaufzuschauen?
William Mellford konnte sich, zumindest in diesem Moment, keinen schöneren Platz vorstellen. Seinen blonden Kopf in die Handflächen gebettet, kaute er verspielt auf einem Gänseblümchen und schaute hinauf in die zwischenzeitlich aufgezogenen Schäfchenwolken, die im Lichte der Abendsonne glutrot leuchteten.

Amüsiert betrachtete er das Schauspiel, das sich ihm dort oben bot: eine knollennasige, besonders dicke Matrone, die unendlich langsam einen Stock auf das Haupt eines Zwerges niedersausen ließ. Der Zwerg indes hatte überhaupt gar keine Eile, dem drohenden Unheil auszuweichen, sondern zeigte der Matrone auch noch frech seine Zunge.

„Mit der Alten ist nicht zu spaßen. Ich an deiner Stelle würde schleunigst zusehen, dass ich da wegkomme", gab er dem Zwerg einen gut gemeinten Rat. Sein sommersprossiges Gesicht grinste keck und gab den Blick auf seine Zahnlücke frei.

William war elf oder zwölf, vielleicht auch nur zehn Jahre alt. Genau wusste er es selber nicht. Und das war auch gar nicht so wichtig. Viel wichtiger war, dass er jeden Tag etwas zu essen in den Bauch bekam, denn er hatte es nicht leicht. Allein lebte er in den Gassen von Bristol und der einzige Freund, den er hier gefunden hatte, war Sally, eine einäugige, humpelnde Katze, die er gelegentlich mit einem Stück Fisch versorgte. William beklagte sich aber nicht. Dieses Leben war weitaus besser, als bei seinem prügelnden Stiefvater zu bleiben.

Nach dem Tod seiner geliebten Mutter wurde das Zusammenleben mit diesem jähzornigen Tyrannen immer unerträglicher für William. Wann immer dieser Kerl zuviel getrunken hatte, musste William schleunigst das Weite suchen. In dem Landstrich bei Gloucester, wo sie in der heruntergekommenen Hütte lebten, war sein Stiefvater als Rauf- und Trunkenbold berüchtigt. Als Tagelöhner oder Saisonarbeiter arbeitete er schon lange nicht mehr und die Findigkeit dieses Scheusals beschränkte sich nur noch auf das Auftreiben von Rum. Für den Lebensunterhalt reichte es vorne und hinten nicht. Doch es sollte noch schlimmer kommen.

Eines Tages brachte sein Vater Jeffrey Scaramac mit nach Hause. Jeffrey Scaramac, den alle nur den Kinder-Verschwinder nannten. Das bedeutete nur eines: Sein Stiefvater wollte ihn loswerden. Das war mal sicher. Scaramac verkaufte Kinder aus bettelarmen Familien an Schiffe, Gerbereien, Bergwerke und wohlhabende Greise.

Wäre William nicht so furchtsam gewesen, hätte er vor Spott am liebsten laut aufgelacht, als ihm sein Stiefvater über den Kopf streichelte und Scaramac wie einen netten Onkel vorstellte, der mal auf Besuch kam. Ohne ein Wort zu sagen, nahm Scaramac William in Augenschein und beobachtete ihn mit kalter Süffisanz. Die Augen des Kinder-Verschwinders blieben stets die eines Beobachters, mochte der Klang seiner Stimme noch so sehr Vertrauen erwecken. Selbst wenn er einen Witz oder eine Geschichte erzählte, wenn er zuhörte, Anweisungen gab oder tröstete – Scaramacs Augen beobachteten immer nur. Sein Mund sprach, aber seine Augen passten nie zu den Worten – sie schätzten, taxierten und spiegelten das zu erwartende Unheil der Kinder wider.

Böses stand ins Haus. Geistesgegenwärtig gab William vor, eine Flasche Schnaps im Garten gebunkert zu haben, falls mal überraschend so lieber Besuch wie heute ins Haus stand. Mit einem kecken Ellbogenstupps in die Seite seines Stiefvaters mogelte er sich an ihnen vorbei, riss die Türe auf und rannte um sein Leben.

Das war der Tag, an dem William Abschied von seinem vertrauten Zuhause nahm. Es war das Zuhause, in dem er vor nicht langer Zeit glücklich und geborgen mit seinen Eltern gelebt hatte. Aus und vorbei! Noch auf der Flucht beschloss er, sein Glück in Bristol zu versuchen.

Sein leiblicher Vater war gestorben, als William noch ganz klein war und er hatte keine Erinnerung mehr an ihn. Doch für William stand fest, dass er der beste Vater war, den man sich nur wünschen konnte. Sein Vater konnte alles – wirklich alles –, da war sich William sicher. Er war groß, stark und edelmütig. Er hielt die Schurken im Zaum und stand den Schwachen bei.

Mutter hatte ihm manchmal von seinem Vater erzählt. Meistens vor dem Zubettgehen, wenn er auf ihren Schoß kroch und sie ihn noch eine Weile liebevoll im Arm hielt. Wenn sie von ihm erzählte, wurde sie jedes Mal ein bisschen traurig. Er war zwar kein Held, so wie William ihn sich vorstellte, doch war er ein guter und bescheidener Mann, der als einfacher Kleinbauer fleißig und hart sein Pachtland bearbeitet hatte, um sie über Wasser zu halten. Doch für William war und blieb er ein ganz großer Held, was er in gewisser Weise ja auch war. Manchmal, kurz vor dem Einschlafen, wenn er mal wieder in dem verfallenen, leeren Lagerhaus auf den staubigen, stinkigen Säcken gebettet übernachtete, dann besuchten ihn seine Eltern und erzählten von ihrer Reise und den schönen Dingen, die sie erlebten. Und dass sie ihn liebten und stolz auf ihn waren und er stets gut auf sich Acht geben solle.

Ein guter Traum, der ihn beruhigt und froh schnuffeln ließ, bevor er endlich einschlief.

Auf sich allein gestellt und mit nichts anderem ausgestattet, als Hunger und einem gewissen Talent, sich Dinge des täglichen Bedarfs auszuborgen, kam er in Bristol an. Das war nun schon zwei Jahre her. Sehr schwer war es am Anfang gewesen. Verwahrlost wie er war, wollte ihm niemand eine richtige Arbeit zutrauen. Und auch das Betteln ließ ihn nicht satt werden. Die Menschen übergingen ihn, beachteten ihn nicht oder wollten ihn nicht beachten.

Es dauerte seine Zeit, bis er merkte, dass diese Nichtbeachtung auch Chancen bot. Wissbegierig und mit Neugier verfolgte er das Leben in den Straßen und lernte daraus. Seine aus der Not geborenen Instinkte kamen ihm hier zugute. Genauestens hatte er die Stadtmenschen studiert, hatte, wann immer sich die Gelegenheit bot, gelauscht, *was* sie redeten und *wie* sie redeten. Mit der Zeit verstand er aus den Zusammenhängen auch die Worte, die er nicht kannte. War er äußerlich auch ein schmutziger Straßenjunge, so war er in seiner Ausdrucksweise und der Wortwahl dem feinsten, aufgeblasensten Pinkel ebenbürtig. Eine diebische Freude hatte er an der Verblüffung, die er damit bei seinem Gegenüber auslöste.

William wusste über die Gesellschaft und die Gesetze der Straße genauestens Bescheid und wenn er sich etwas in den Kopf gesetzt hatte, ging er äußerst zielstrebig, um nicht zu sagen ausgekocht, vor.

Mit großer Geschicklichkeit und Einfallsreichtum schlug er sich fortan als Trickdieb durch. Seine Methoden hatte er soweit verfeinert, dass er im Laufe der Zeit ein richtiger Meistertrickdieb geworden war. Mit diesem Talent musste er nicht hungern und lebte für seine Verhältnisse recht einträglich.

Es erfüllte ihn mit Stolz und Genugtuung, in dieser großen Stadt für sich selbst sorgen zu können.

Doch gab es auch Momente, in denen er sich für das, was er

war, schämte. Derart wollte er niemals sein ganzes Leben verbringen! Sein Lebensunterhalt als Dieb war nur ein Zwischenspiel und sobald sich eine Möglichkeit bot, ein ehrliches Leben zu führen, würde er zugreifen. Bis dahin musste er leben und satt werden können.

Der Zwerg dort oben war zwischenzeitlich in der Knollennase der Matrone aufgegangen, sodass diese jetzt noch dicker war. Sein Magen knurrte und weckte ihn förmlich aus dieser friedvollen Idylle. Es war an der Zeit, sich in die Stadt aufzumachen und eine Prise zu machen, wie er einen Beutezug zu nennen pflegte.

Gemächlich machte er sich auf und schlenderte den Feldweg entlang, der von mächtigen Platanen gesäumt wurde, aus deren Trieben bereits das erste helle, flauschige Grün in die Welt spross. Warm wehte der Wind und es roch süß nach Frühling. Die Hände tief in den Taschen seiner Leinenhose vergraben, stellte er sich vor, wie es wäre, wenn seine Eltern noch lebten und sie alle zusammen auf einem Herrengut leben würden. Mit Hausangestellten, einem wundervollen Park mit plätschernden Brunnen und Wasserläufen, die sich verspielt durch einen weitläufigen Rasen schlängelten, und, was ganz wichtig war, einem Reitstall mit edlen Vollblütern, auf denen man nach Belieben ausreiten konnte, so weit und so oft man wollte. Zu essen gab es jeden Tag Kuchen und dem Hauslehrer diktierte man nach Belieben seine Noten oder bearbeitete ihn mit dem Rohrstock.

Bei dem Gedanken an Gesellschaftsabende in seinem Phantasieschloss blieb er stehen und grinste gedankenverloren in sich hinein. An Gesellschaftsabenden – so stellte er sich vor – wurde immer „gehobene Konversation" gepflegt. Und um sich darin zu üben, sprach William mit blumigen, geschmeidigen Worten …

„Ohhhh … Gräfin sehen mit Ihren 130 Jahren wieder ganz entzückend aus. Dieser bräunliche Teint steht Euch gut. Nein, wie verblüffend … wie macht Ihr das nur? Ihr müsst mir das

Geheimnis Eurer jugendlichen Reife verraten", flehte er und hob dann Einwand gebietend die Hand.

„Nein, meine Teuerste, sagt nichts, lasst mich raten ... Eselsmilch! ... Ihr badet jeden Tag in Eselsmilch, nicht wahr? Hab ich Recht? Seht ihr ... das erklärt auch Eure langen Ohren."

Lachend wandte er sich einem anderen „Gesprächspartner" zu.

„Ahhhh, Herr Baron, welch Freude, Euch zu sehen! Wie ich sehe, rauchen der Baron jetzt Pfeife." William schnupperte in die Luft. „Hhhhmmmm, außergewöhnliches Aroma. Beißt ein bisschen in den Augen, nicht wahr? Ach, was Ihr nicht sagt?! Den Tabak habt Ihr von mir. Ja, aber gewiss doch. Natürlich erinnere ich mich. Maustabak! Aus Timbuktu habe ich ihn mitgebracht ... ja, natürlich! Wie konnte ich es nur vergessen."

William machte eine Pause und tat so, als ob er interessiert zuhören würde.

„Hhhmm ... Hhhmm ... Ach, Herr Baron wollen wissen, warum dieser Tabak Maustabak heißt? Nun, ich kann Euch beruhigen. Es sind keine Mäuse darin verarbeitet worden." William lachte näselnd und gestelzt. „Der Medizinmann, von dem ich ihn erwarb, versicherte mir, dass er sich streng an die Rezeptur hält und dass sein Stamm seit Generationen nichts anderes als ausgesuchten Elefantendung verarbeitet."

Ein Köhler mit rußgeschwärztem Gesicht und schmutziger, dunkler Kleidung, der ihm des Wegs entgegenkam, musste sich über diesen blonden Jungen, der da gestikulierend und lachend Selbstgespräche führte, sehr wundern. Er blieb stehen und betrachtete William prüfend.

„Geht's dir gut, mein Junge, oder hast du Tollkirschen gegessen?"

William musste grinsen. Der Köhler kam ihm gerade recht.

„Habt Dank für Eure ernste Besorgnis, doch seid versichert,

dass mein Gebaren, wenngleich dieses auch seltsam anmuten mag – wie Ihr recht beobachtet habt –, doch keinesfalls Ausdruck eines geistigen Gebrechens ist." William zog wieder näselnd die Luft ein und fuhr vornehm in seinen Ausführungen fort: „Nein ... dessen, welchem Ihr hier Zeuge geworden seid, nennt man *gehobene Konversation*", schloss er seine Belehrungen und nickte knapp.

Der Köhler schaute wie eine wiederkäuende Kuh, die einem Vulkanausbruch zusieht. „Gehobene was? Hat die Welt schon mal so was gehört! Ein Lauser, der altklug daherquatscht. Glaubst wohl, du bist was Besseres, wie? Mit deinem feinen Gerede. Mach, dass du Land gewinnst, sonst zieh ich dir die Ohren lang, du Lümmel. Oder ich mach ein Stück Kohle aus dir!", empörte sich der Mann.

William drückte sich in gebührendem Abstand an ihm vorbei und als er ein paar Yards gewonnen hatte, drehte er sich noch einmal um.

„Köhler, Köhler rabenschwarz, kennt kein Wasser wäscht sich nicht, wird niemals blasser und scheut das Licht", rief er frech und streckte seine Zunge heraus. „Bääähhhh!"

Dann rannte er, so schnell er konnte, bis er die ersten Häuser der Stadt erreichte und verlangsamte sein Tempo, bis er schließlich nur noch scheinbar gemächlich und teilnahmslos durch die Gassen schlenderte. Nur nicht auffallen. Doch seine Augen und Ohren waren überall, immer auf der Suche nach einem potentiellen Opfer oder einer günstigen Gelegenheit.

Sein Magen knurrte wieder und er hoffte, dass er sich dadurch nicht beim *Prise machen* verriet und womöglich noch geschnappt würde. Die Strafen für Kinderdiebe waren drakonisch. Wenn man sich das erste Mal erwischen ließ, bekam man in aller Öffentlichkeit eine ordentliche Tracht Prügel, in deren Verlauf das Hinterteil bis zum Abheilen alle Farben wiedergab. Erwischten sie einen schon zum zweiten Mal wurde man in die Obhut der *Barmherzigen Brüder des Heils* gegeben.

Dieser Orden unterhielt eine Mündelanstalt für Straßenkinder und wenn man erst einmal dort war, verwandten diese Brüder alles darauf, die vom Teufel ergriffene Seele zu läutern und zu befreien. Man erzählte sich so einiges über diese strenge Gemeinschaft, in deren Obhut körperliche Züchtigung und Demütigungen keine Seltenheit waren. Diese Gräuel wurden dem Armen dann auch noch als barmherzige Akte der Liebe erklärt. William schüttelte sich und dachte mit Schaudern daran, wie diese Brüder mit Engelszungen zuckersüß auf den Gepeinigten einredeten und ihm versicherten, er werde so sehr geliebt, dass sie seinetwegen – und wider ihrer eigenen Natur – ihm dies antun müssten, damit er gereinigt werde und auf ewig dem Teufel abschwöre. Und dass sie genauso wie er leiden würden. Am Ende war man gebrochen und wenn es ganz übel lief, wurde man einer von ihnen. Dann schritt man auch aschfahl und hohlwangig mit aufgesetzter Demut durch die Gassen und trug diese alberne franselige Tonsur.

Alles, bloß das nicht!, dachte William.

Da war es ihm doch lieber, sie sperrten ihn bei Wasser und Brot in den Kerker, bis er dem Mob alt genug erschien, um öffentlich gehängt zu werden. Dies hatte er natürlich nur dann zu erwarten, wenn jemand bei einer seiner Diebereien ernsthaft zu Schaden kam. Aber erwischt wurde er bis jetzt noch nie, denn er war – wie er sich selbst bezeichnete – der beste Dieb aus ganz Bristol. Um ein guter Dieb zu sein, musste man vor allem eines können: gut beobachten und sich in Geduld üben, bis der Moment günstig war, um zuzulangen. Mindestens genauso wichtig war es, niemals in kurzer Folge, in den gleichen Gassen oder Gegenden auf Beutezug zu gehen. Denn nach einer erfolgreichen Prise waren die Leute in dem jeweiligen Umfeld immer besonders aufmerksam. Aber nach ein paar Wochen ließ dies gewöhnlich wieder nach, sodass man es erneut wagen konnte. Er hatte sich wirklich eingehend mit der Kunst des Stehlens befasst und wenn es so etwas wie eine Schule der Diebe gäbe, dann wäre William Lehrer. Nein! Er wäre sogar Lehrer der Lehrer, ein Oberlehrer, der Dekan derselben!

William war Trickdieb und bevorzugte es, sich heimlich zu bemächtigen – ohne dass seine Opfer, oder wer auch immer, etwas davon merkten. Dieses hatte den Vorteil, dass der Rückzug ohne Aufsehen und Tumulte gesichert war. Ein weiterer Vorteil im Vergleich zu gemeinen, groben Straßenräubern war, dass, wenn er gefasst wurde, der ein oder andere Friedensrichter diesen Gewaltverzicht durchaus strafmildernd werten würde. Dieses hätte zwar keine Auswirkung auf das Farbenspiel seines Hinterteils, da er statt 40 Rohrstockschlägen vielleicht nur 30 zu erwarten hätte, aber es war zumindest schneller überstanden.

William verabscheute Straßenräuber; sie waren roh, einfallslos und plump. Er verstand seinen Broterwerb als Sport oder Herausforderung, den er mit einer für beide Seiten gemütsschonenden, künstlerischen Finesse ausübte. Ja! Er war der Auffassung, dass es seinerseits ein Entgegenkommen darstellte, dass er seine Kundschaft nicht mit Rohheiten konfrontierte. Mit einem Augenzwinkern gestand er sich für dieses Entgegenkommen natürlich einen höheren Anteil zu – „Qualität hat halt eben ihren Preis!", wie er zu sagen pflegte.

Für einen Trickdieb gab es zwei Möglichkeiten, die Erfolg versprachen. Erstens galt es, eine günstige Situation zu erkennen und auszunutzen. Eine günstige Situation lag immer dann vor, wenn seine Opfer mit ihren Gedanken woanders waren. Dies war beispielsweise der Fall, wenn eine Gesellschaft, die da aus dem Theater kam, sich noch angeregt und am besten gegensätzlich über die soeben gesehene Aufführung unterhielt. Oder wenn öffentlich gehängt wurde und die Schaulustigen, die da scheinbar Gerechtigkeit geifernd, gebannt diesem grausigen Akt beiwohnten. Als Meistertrickdieb vermochte man es natürlich auch, diese günstigen Situationen herbeizuführen, indem man zum Beispiel einen falschen Feueralarm ausrief, oder in einer feinen Damengesellschaft eine fette Ratte laufen ließ. Als Küchenjunge getarnt, hatte er sogar einmal ein Festessen nach eigenem Gutdünken verfeinert. Dazu brauchte es nicht zwingend Kuhaugen. Doch waren sie erst einmal als solche erkannt, garantierten sie einen gehörigen Tumult.

Die zweite Möglichkeit bot sich in Gestalt von günstigen Personen. Seine Lieblingsopfer waren immer jene hochgestellten Persönlichkeiten – oder die sich zumindest dafür hielten –, die mit würdevoller Arroganz, wohlweislich überlegt, jeden einzelnen ihrer Schritte tätigten. So sehr auf ihre unnahbare Haltung bedacht, hatte man leichtes Spiel mit ihnen. William schätzte, dass es diesen Leuten sogar viel zu peinlich wäre, zugeben zu müssen, dass sie bestohlen wurden. Zu den günstigen Personen gehörten auch Betrunkene oder Schwachsinnige. Jedoch verpönte er es, Arme zu erleichtern und machte sein Vorhaben immer davon abhängig, ob sein Opfer ein edles Gewand trug oder nicht.

Das Beste, was einem Trickdieb passieren konnte, war, wenn sich eine günstige Person in einer günstigen Situation befand. Wenn also der betrunkene Schwachsinnige aus reichem Hause aus dem Theater kommt und – ohne Aussicht auf Erfolg – darüber grübelt, was er soeben gesehen hat und wie denn das Stück noch mal hieß. Dies bedeutete dann wenig Arbeit und Gefahr. Ein guter Tag, obwohl man dafür kein Meistertrickdieb sein musste.

Meistertrickdieb war das Eine. Doch wollte man auf der Straße überleben, musste man auch ein Meister-Herzeanrührer sein. Der Meister-Herzeanrührer kam immer dann in ihm zum Vorschein, wenn er eine ältere Dame entdeckte. Niemand in ganz

Bristol konnte derart aufs Herzerweichendste humpeln und dazu traurig die Nase hochziehen. Dann stolpert man vor die Füße besagter Dame, um sich mühsam wieder aufzurappeln. Währenddessen muss man an etwas sehr Trauriges denken. Es ist wirklich wichtig, dass sich echte Tränen in den Augen sammeln. Ist 'ne reine Übungssache. Und während man sich aufrichtet und zu der Dame emporblickt, zieht man noch mal laut die Nase hoch, um ihren Blick auch tatsächlich auf sich zu vereinen. Dann kommt der entscheidende Moment: zwinkern, um die Kullertränen aus den Augen zu entlassen, die sodann bitter über die Wange rollen, noch mal Nase hochziehen und schon tastet die Dame – wie betäubt – nach ihrem Beutel. Ein Penny sprang dabei immer raus. Im Ausblick auf den Penny liefen ihm manchmal auch Freudentränen über die Wange. Artig bedanken und danach hieß es, nichts wie weghumpeln, bevor man adoptiert und von morgens bis abends gehätschelt und getätschelt und mit Benimmregeln vollgetrichtert wurde.

Dunkelheit begann sich langsam über die Stadt zu legen. Intensiv beobachtete William das Straßengeschehen und versuchte regelrecht vorauszuahnen, was das eine oder andere mögliche Opfer im nächsten Moment wohl tun würde. Doch so sehr er auch lauerte und konzentriert die Szenerie zu erfassen suchte, es wollte sich nichts ergeben.

William ging in Gedanken sein Repertoire durch.

Als er an einer Ecke einen Herrn mit dunklem Hut, fein gewebtem Mantel und blank polierten Schuhen stehen sah, überlegte er, ob er den Pennytrick versuchen sollte.

Der Pennytrick bestand darin, dass man einem möglichst jüngeren Mann hinterhereilte und ihn mit den Worten ansprach: „Sir, entschuldigt bitte. Ihr habt etwas verloren. Ich habe genau gesehen, wie er Euch aus der Tasche gekullert ist." Dann hielt man ihm einen Penny unter die Nase. Und dann, wenn er ganz gerührt danach greifen will, lässt man ihn mit einem bedauerlichen Ausruf fallen. Wenn er sich dann danach bückt, kann man prima in die Taschen langen. In der Regel holt man mehr raus als den Penny, den man einsetzt.

Der Mann mit dem feinen Mantel ging weiter. Bedauerlicherweise holte er hinter seinem Rücken einen Gehstock, mit einem elfenbeinfarbenen geschnitzten Hundekopf als Knauf, hervor.

William seufzte. Nein, dieser Mann würde sich bestimmt nicht nach einem Penny bücken.

Der nächste, der in Williams Interesse rückte, war ein etwas jüngerer Mann, den trotz offensichtlich höherer Geburt einige Sorgen zu plagen schienen. Düster sah er drein. Bei sorgenvollen Gesichtern kam William sofort der Spendenappell in den Sinn. Kurzentschlossen sprach er den Mann eifrig an.

„Eine kleine Spende, Sir, und ich werde dreimal für Euch beten. Ein gutes Geschäft, Sir. Gebete und Fürbitten von unschuldigen Kindern werden besonders erhört. Eine lohnenswerte Investition in Euer Seelenheil, Sir." William nickte eifrig.

„Verschwinde, Rotzbengel!", sagte der Mann knapp und ging vorüber.

Wird wohl sein gewöhnlicher Gesichtsausdruck gewesen sein und dabei hätte ich es wirklich getan, dachte sich William und hob die Schulter. „Klagt niemals und sagt, dass Ihr es nicht besser gewusst hättet!", rief ihm William noch schnoddrig hinterher.

Eine Zeitlang schlenderte er die *George Street* entlang.

Dann endlich, auf der anderen Seite, sah er seine Chance in Gestalt von Molly Pritchard, die festen Schrittes, gekonnt ihre üppigen Rundungen zur Geltung bringend, wohl gerade auf dem Weg zur Arbeit war. Und diese Arbeit führte sie geradewegs in den Red-Velvet-Distrikt, einer verruchten Amüsiermeile im Südwesten der Stadt.

Molly Pritchard war ein dralles und in die Jahre gekommenes leichtes Mädchen, die von sich selbst stets behauptete, eine Lady zu sein und auch versuchte, sich so zu geben. Obwohl sie schon seit geraumer Zeit im Geschäft war, erzählte sie jedem Freier, der sie noch nicht kannte, sie sei ein hochgestelltes und geachtetes Mitglied der Bristolner Gesellschaft und sie sei nur durch die Verkettung unglücklicher Umstände für kurze Zeit dazu gezwungen, ihren Lebensunterhalt so zu verdienen. Diejenigen ihrer Freier, die das interessierte, merkten ihr jedoch schnell an, dass dem nicht so war. Und das lag nicht nur an dem vulgären Unterton ihrer Stimme, den sie trotz ihres feinen Gehabes nicht unterdrücken konnte, nein, es lag auch an ihrem Gesicht, in dem sich zunehmend die Härte ihres Lebens und die Ernüchterung darüber widerspiegelte. Die ausgebesserten Stellen ihres langen stoffreichen Samtrockes, der einmal eine dunkelblaue Farbe hatte und die abgetragenen Ränder ihres Oberkleides, das sie als Überwurf auf ihren Schultern trug, rundeten diesen Eindruck ab. Trotz oder gerade wegen dieser Lebensumstände war sie von robuster Persönlichkeit, lachte gerne und laut. Einen Krug Bier in einem Zug herunterzukippen, war 'ne leichte Übung für sie. Molly war eine herzerfrischende Persönlichkeit und in der Stadt bekannt wie ein bunter Hund. Daher scheuten es die meisten Willigen, mit ihr ein Zimmer aufzusuchen, da es in der Natur der Sache lag, darüber Stillschweigen zu bewahren. Ein großer Teil ihrer Kundschaft bestand zudem aus einfachen Matrosen, die sich kein Zimmer leisten konnten oder wollten.

Aber sie bediente auch hochkarätige Spitzen der Gesellschaft und dies erfüllte sie mit einem gewissen Stolz. Molly hatte eine Schwäche für die Himmelsgestirne und glaubte im Stillen an deren Einfluss auf das Leben. Wie gesagt, sie zählte auch einflussreiche Persönlichkeiten zu ihren Kunden. Natürlich ging mancher politische Entscheid im Sinne der guten Sache auf den

Einfluss der Gestirne zurück, auch wenn sie hier und da mit ihren irdischen Fertigkeiten nachzuhelfen pflegte.

Es war bekannt, an welchen Orten sie für gewöhnlich die Sterne sprechen ließ. Dunkle Häusernischen in einsamen Seitenstraßen oder eben dieser Hinterhof, der für diese astronomischen Zirkel bekannt war.

Als William vor einiger Zeit auf einem angrenzenden Dach im Verborgenen lag und mit Befremden auf dieses seltsame Schauspiel im Hof hinabstarrte, hatte er die Idee zu einem neuen Trick.

Er hatte es noch nie ausprobiert, aber in seinem Kopf hatte er diesen Trick schon unzählige Male durchgespielt und er war soweit gediehen, dass er sogar schon Vorbereitungen getroffen hatte, für den Tag, an dem es sich – wann auch immer – ergeben sollte. Mit einer Mischung aus freudiger Herausforderung und Nachdenklichkeit biss er sich auf die Unterlippe, während er Molly hinterherschaute, die zielstrebig ihren Gang fortsetzte und letztlich seinem Blick entschwand.

Heute ist der richtige Tag, um es auszuprobieren!, dachte er bei sich.

Da er wusste, wo er Molly wiederfand, drehte er sich um und rannte los, um noch etwas zu besorgen, das er extra für diesen Zweck, in Leinen gewickelt, in einem alten baufälligen Schuppen am Stadtrand versteckt hielt. Dieses würde er jetzt brauchen ...

Ein neuer Trick für die Schule der Diebe

Das Zwielicht der Abenddämmerung schimmerte schwach in den Hof, der noch verlassen dalag. Doch rundherum war schon das geschäftige Flittern eines Amüsierviertels zu spüren, welches sich für den großen Abend rüstet. In den Straßen, Wirtshäusern und Varietés würde heute wieder viel los sein. Eine Menge vergnügungssuchende Seeleute waren in der Stadt. Gute Bedingungen!

Tänzelnd, mit verspielter Leichtigkeit, schwebte eine Gestalt in den Hof, wog sanft die Rundungen ihrer Hüften, räkelte sich anmutig und verschränkte schließlich verschämt die Arme vor der üppigen Brust, um sodann leichtfüßig weiterzuschweben und schließlich erneut in der Hofmitte stehen blieb. Mit gespreizten Fingern fuhr sie durch das Haar und lockerte es, indem sie es einmal schüttelte, wohl wissend, dass in diesem Moment ihre rückwärtige und äußerst frauliche Silhouette von einem Interessenten bewundert wurde. Die Sirenen des Odysseus waren nichts gegen Molly.

Kurz darauf tippelte ein dickliches Männlein in den Hof. Rundhut aus Filz, eine halblange Weste, deren Knöpfe jeden Moment zu bersten schienen, eine Kniebundhose mit weißen Zwickelstrümpfen und Knöpfgamaschen. Lustig war diese Type anzusehen, wie er so tat, als ob er rein zufällig in den Hof stolperte und sich dabei unsicher nach allen Seiten umsah. Er war sicherlich kein Seemann, sondern schien eher ein Kaufmann zu sein.

Jetzt fehlte nur noch, dass er Molly nach dem Weg fragt und behauptet, er hätte sich verlaufen, dachte William schmunzelnd, der auf einem angrenzenden Dach direkt über den beiden lag.

Von hier oben aus konnte er jedes Wort verstehen.

„Also, was ist jetzt?", fragte der Mann ungeduldig.

„Nun mal langsam mit den jungen Pferden", sagte Molly und zog ihn am Ärmel in den Schatten der Wand. „Was sind wir denn heute so aufgeregt?", wirkte sie beruhigend auf ihn ein. „Ist es dein erstes Mal? Wir sind doch ganz alleine hier. Niemand kann uns sehen."

„He! Ich bin nicht zum Quatschen hier. Wie viel?", sagte er knapp und sah sich verstohlen nach hinten um. Er sprach mit holländischem Akzent.

„Acht Pence", antwortete Molly in geschäftsmäßigem Ton.

„Was, acht Pence? Da kann ich ja auch zu 'ner anderen gehen. Fünf Pence!", versuchte er zu handeln.

„Na, dann wünsche ich dir noch einen schönen Abend", sagte Molly mit kühler Bestimmtheit und wandte sich zum Gehen.

„Hey! So warte doch!", versuchte er einzulenken. „Sieben Pence!"

Mit dem Zeigefinger hob Molly sein Kinn und sah ihm geradewegs ins Gesicht „Nun hör mal gut zu, Süßer. Wenn du mit mir zu den Sternen fliegen willst, kostet das acht Pence. Und wenn ich acht Pence sage, dann meine ich auch acht Pence. Hast du verstanden? Andernfalls kannst du mal kalt baden gehen. Sind wir uns einig?", fragte sie unmissverständlich.

Murrend griff er nach seinem Geldbeutel, zählte das Geld ab und gab es ihr. Acht Pence.

„Sag mal, mein Engel, wie ist dein Name? Es hat so etwas Vertrautes, wenn man sich beim Namen kennt", schmeichelte Molly wieder ganz versöhnt.

„Ich heiße Roderich und mehr braucht dich nicht zu interessieren", sagte er knapp und steckte seinen Geldbeutel wieder zurück in die Weste, nahm seinen Hut ab und legte ihn zur Seite. Vor Aufregung atmete er schwer, seine Augen wurden größer und die dicken Ohrläppchen wackelten, als ob sie ein Eigenleben hätten.

Als William den Namen *Roderich* hörte, konnte er vor Lachen kaum an sich halten. Nur mit Not gelang es ihm, einen Lachanfall zu unterdrücken. Er musste prusten und riskierte, dass sie ihn hörten. Das war wirklich schlimm. Immer dann, wenn er auf keinen Fall lachen durfte, wenn er leise sein musste oder die Situation besonders feierlich oder ernst war, musste er nur noch mehr lachen.

Und je mehr er es zu unterdrücken versuchte, umso schlimmer wurde es. Das war schon bei der Andacht in der Kirche so und hier war es nicht anders. Tränen rannen ihm aus den Augen. William konnte sich nicht gegen diese Gedankenblitze wehren. Es ging mit ihm los.

Roderich, der Kühne; Roderich, Entflammer der einsamen Herzen; Roderich und die Gräfin; unbezähmbarer Roderich; Die Liebesschwüre des Roderich; Roderich, gefangen zwischen Herz und Krone; Theobald, Roderichs Vater.

William glaubte, ersticken zu müssen.

„Reiß dich zusammen!", ermahnte er sich.

Wenn er den Trick nicht noch vermasseln wollte, wurde es höchste Zeit. Von kleinen Rückschlägen abgesehen, gelang es ihm, sich wieder halbwegs unter Kontrolle zu bringen.

„Huh", flüsterte er erleichtert. „Allmählich geht es wieder."

Tastend griff er nach dem Schiffstau, das neben ihm lag. Bedächtig und leise richtete er sich auf und stand nun direkt am Rand des Daches, von wo aus er auf die beiden heruntersah. Diese ahnten nichts; sie standen sich gegenüber und jeder von ihnen war noch mit seinem maßgeblichen Kleidungsteil beschäftigt.

William hatte das Tau zu einem Lasso geschwungen. Durch die Schlinge visierte er die beiden an. Bevor sein Lachkrampf erneut aufwallen konnte, ließ er die Schlinge fallen und sprang gleichzeitig hinab. Das Tau legte sich um die Oberkörper der beiden. William rollte sich ab, kam auf den Knien zum Stehen und mit einem sofortigen, kräftigen Ruck zog er den Knoten fest zu.

Jetzt hatte er Roderich, den gewiss ehrbaren Bristolner Kaufmann, und eine stadtbekannte gewisse Dame fest aneinander gebunden. Und nur genau darauf kam es ihm an.

Lähmender Unglauben in den Gesichtern der beiden.

Als Erster hatte sich der Dicke wieder gefasst.

„Du unverschämter Bengel, was erlaubst du dir? Mach uns sofort los. Dann kannst du was erleben."

Roderich wandte sich, spannte ächzend seine Schultern und versuchte loszukommen – doch vergebens. Das Tau hielt sie eisern aneinander gefesselt.

„Ohhh, warte nur, Freundchen! Das wirst du mir teuer büßen!", setzte der Dicke seine Wuttirade fort und versuchte, einen Schritt auf William zuzumachen.

Bei diesem Versuch wären sie beide fast gestürzt und Molly schrie auf. Jetzt verstand auch der Dicke die prekäre Lage, in der er sich befand. Was er verständlicherweise am meisten fürchtete, war, dass man sie so aneinander gefesselt auffinden würde. „Na, ihr seid ja richtig unzertrennlich, ihr beiden", hörte er sie schon spotten. Er wäre in der ganzen Stadt unmöglich gemacht. Von seiner Frau, die ganze zwei Köpfe größer war und die für ihr Leben gerne Holz hackte, mal ganz abgesehen.

„Schrei hier bloß nicht so rum!", fuhr er Molly an. Schweiß trat ihm auf die Stirn.

„Ach, ich soll hier nicht so rumschreien? Du glaubst wohl, ich habe meine Zeit gestohlen, wie? Wenn das hier so 'ne spezielle Nummer ist, dann sage ich dir eines: das kostet extra!", raunzte sie zurück.

Roderich glaubte, nicht richtig gehört zu haben.

„Häh? Wieso denn ich? Der da …", er deutete mit dem Kopf in Richtung William, „hat uns doch aneinander gefesselt."

William klopfte sich ruhig den Schmutz von seinen Knien und machte im Ganzen einen recht unbeteiligten Eindruck.

„He, Bursche! Was soll das?"

„Wer? Ich?", antwortete William ganz die Unschuld selbst und deutete auf seine Brust, sah sich dann nach hinten um, ob nicht doch ein anderer gemeint sein konnte.

„Ja, du! Und nur du! Verfluchter Bengel! Brauchst nicht so zu tun. Oh, wenn ich dich nur zu fassen kriege!" Roderichs Stimme bebte vor Zorn.

„Ihr seid ja viel zu angespannt. So wird das nie was", sagte William besänftigend, ganz nach Art eines guten Ratgebers. „Zunächst einmal möchte ich mich bei Euch für die Unannehmlichkeiten entschuldigen, die zu bereiten ich gezwungen bin." Er schaute Molly aufrichtig ins Gesicht, grinste verschmitzt und senkte beschämt den Blick.

„Dabei bedaure ich zutiefst, dass ich unter diesen Umständen die interessanteste und liebreizendste Persönlichkeit dieser Stadt kennenlerne." Verschüchtert schachterte William mit der Ferse im Boden herum. „Herzensadel ist wahrer Adel. Und um wie viel mehr seid Ihr eine wahre Königin", sagte er mit aufrichtiger Stimme und sah hoffend wieder auf.

Er wollte nicht, dass Molly böse auf ihn war. Süß klangen die Worte in Mollys Ohren. Schon lange war sie nicht mehr mit einem solchen Respekt behandelt worden, wenngleich sie sich über die Wortwahl dieses jungen Burschen sehr wundern musste. Verzückt lächelte sie warm.

„Schwätzer, elender Schwätzer, nichtsnutziges Diebesgesindel! Da kannst du noch so viel Süßholz raspeln", giftete der Dicke dazwischen. Erneut prustete er sich wie eine Froschblase auf und versuchte vergebens, das Tau zu sprengen. Mit hochrotem Kopf und schnaubend wie ein Gaul ließ er die Luft wieder ab – vergebens.

Nun wurde er etwas versöhnlicher.

„Also gut, Junge", begann er erschöpft. „Du hast deinen Spaß gehabt und Schabernack mit uns getrieben. Und deine Freunde werden dir bestimmt vergnügt zuhören. Aber nun mach uns los. Ich werde dir auch bestimmt nichts tun. Du kannst mir vertrauen. Ich werde mich sogar erkenntlich zeigen", versuchte er zu schmeicheln, William Mut zu machen.

William war natürlich nicht so dumm, ihm zu glauben. Der Dicke war wenig überzeugend. Die List in seiner Stimme war nur zu deutlich herauszuhören. William liebte es, zu spielen, und so ging er darauf ein.

„Ich ... ich weiß nicht", druckste er unschlüssig herum.

„Doch, doch, doch!", Roderich schöpfte Hoffnung und nickte begierig. „Mach uns nur los und du wirst sehen. Alles ist gut. Wir vergessen das und es soll dein Schaden nicht sein. Na, wie wär's Junge?" Mit seinem Blick klebte er geradezu an Williams Mund und nickte immerzu.

„Hm ... hm ..." William ging arg mit sich ins Gericht, grübelte, trat auf der Stelle, kratzte sich das Kinn und tat sich sehr schwer mit einer Entscheidung. „Hhhhmmm", machte er lang gezogen und stützte die Hände auf seine Hüften. Dabei sah er sich fragend nach beiden Seiten um und gelangte zu einer Entscheidung. „Bin ich ein guter Junge?", fragte er den Dicken geradewegs ins Gesicht.

„Was?", pfiff dieser vor Aberwitz und Unglauben.

„Ob ich ein guter Junge bin?!", wiederholte William trotzig und stampfte verärgert mit einem Bein auf.

„Jaja, natürlich bist du ein guter Junge", beeilte sich der Dicke zu sagen. „Du bist der beste Junge auf der Welt. Einen so guten Jungen, herrje – das gibt es nicht ein zweites Mal!", versicherte er und blinzelte verstört. Sein Gesicht sprach Bände und er musste sich arg zusammennehmen.

„Bin ich auch nicht zu klein für mein Alter?"

„Zu klein? Aber gar keine Frage! Du bist genau richtig! Ein guter, wohlgeratener Junge. Jawohl, das bist du!"

„Wenn du singen könntest, was du aber nicht kannst ...", stellte William sofort klar und duldete keinen Widerspruch.

„Was ich nicht kann", bestätigte Roderich artig, knirschte mit den Zähnen und schloss die Augen. Das durfte doch nicht wahr sein. Wo war er hier nur hereingeraten?

„... dann würdest du Lobeshymnen auf mich singen."

Das ging zu weit, aber dennoch besann er sich. „Ich würde von morgens bis abends nichts anderes tun", antwortete er kraftlos.

„Mein Benehmen ist ...", William gab sich selbstherrlich vor.

„Untadelig", vollendete der Dicke in vorauseilendem Gehorsam.

„Habe ich noch was vergessen?"

„Ihr seid der klügste und beste Junge der Welt." Roderich war am Ende seiner Kraft.

William juchzte erleichtert auf, als ob ihm ein Stein vom Herzen fiel. „Dann ist ja alles gut. Und dabei habe ich mir schon wirklich Sorgen über mich gemacht", sagte er und lächelte befreit. Selbst Molly konnte nicht umhin, prustend zu lachen.

„Dann befreie mich jetzt endlich von der hier!", schnaubte der Dicke und sah Molly an wie einen verächtlichen Ballast.

„Natürlich *nicht*."

Vergnügt und leichtfüßig schawenzelte William von seitlich hinten an den Dicken heran. Er musste auf der Hut sein, dass dieser ihn nicht mit dem Unterarm zu fassen bekam. Mit äußerster Vorsicht griff William um den dicken Bauch herum, wobei er sich sehr strecken musste, und fingerte konzentriert in der Weste nach dem Geldbeutel.

„In der Hölle sollst du schmoren und die Krähen sollen dir die Augen auspicken, du Höllenjunge!"

„Gewiss doch, später", erwiderte er gleichgültig, während er den Geldbeutel, dicht an der Nase des Dicken, aus der Westentasche zog.

Gefesselt, wie er nun mal war, schnappte Roderich wie eine Bulldogge nach dem Beutel, um zu verhindern, dass sich William dessen bemächtigte. Schmatzend biss er ins Leere.

„Aus!", herrschte William ihn an und entfernte sich ein paar Schritte. Dann schüttete er den Inhalt des Geldbeutels in seine rechte Hand und wog es freudig.

Kein armer Mann, dieser Roderich. Spielerisch ließ er die Hälfte der Münzen in seine linke Hand prasseln.

„Hier, das ist für Euch", sagte William zu Molly und wollte es ihr in die Hand geben, was aber wegen der Fessel sehr hinderlich war. Wenn es ihr aus den Händen glitt, konnte sie es ja nicht aufheben. Er war einen Augenblick ratlos, weil er nicht wusste, wie er es ihr übereignen sollte. Molly hingegen wusste eine Lösung. Spitzmündig deutete sie auf ihren Ausschnitt und ermunterte ihn mit einem Augenzwinkern. Jetzt merkte man ihm an, dass er doch noch ein Kind war. Ohne sie zu berühren, geschweige denn auf ihren Ausschnitt zu gucken, ließ er behutsam und voller Scheu das Geld in den Ausschnitt fallen.

„Du bist zwar noch sehr jung, aber schon ein wahrer Gentleman, der weiß, wie man eine Lady behandelt", hauchte sie warm. Den Dicken hingegen strafte sie mit einem verächtlichen Seitenblick. William wurde ganz verlegen.

„Dacht ich es mir doch, dass du mit dem Bengel gemeinsame Sache machst. Ich hab dich durchschaut. Ich hab euch beide durchschaut. Ich werde dich dafür vor den Richter bringen. Und du, Bengel, wirst auch noch drankommen." Roderich lachte geifernd und gehässig. „Dann seid ihr dran!"

„Roderich, mein lieber Herr Roderich ..." William schüttelte enttäuscht den Kopf. „Darf ich Euch in zwei Dingen verbessern? Erstens, wenn Ihr tatsächlich gedenkt, Molly vor den Richter zu bringen, dann müsstet Ihr schon erklären, wie es dazu gekommen ist. Ihr kennt Molly Pritchard also näher?, wird Euch der Richter fragen. Zweitens, Ihr habt ein viel zu sorgfältig gebügeltes Taschentuch, um nicht verheiratet zu sein. Was wird denn nur Eure Frau dazu sagen?"

Roderich räusperte sich kleinlaut.

„Wenn es dir lieber ist, kann ich ja jetzt um Hilfe rufen", schlug Molly mit einem unschuldigen Augenaufschlag vor und machte Anstalten, tief Luft zu holen.

„Halt, bitte nicht!", flehte er. „Schon gut, schon gut. Ich hab ja bloß mal so vor mich hergedacht. Alles, nur bitte nicht schreien."

Zufrieden nahm William zur Kenntnis, dass sich das geklärt hatte. Jeder Aufruhr gereichte dem Dicken zum eigenen Nachteil. Jetzt musste er nur für eines sorgen: nämlich, dass Molly gleichfalls gesichert verschwinden konnte und sich die Wut des Dicken nicht an ihr entlud.

Mit einem Schnitt zerteilte er weitläufig Roderichs Hosenbund und steckte sein Messer schnell wieder weg, denn er wollte niemanden ängstigen. Solange sie eng beieinander gefesselt waren, würde sich die Hose noch auf den beleibten Hüften halten. Sobald der Knoten sich aber löste, rutsche sie ihm unweigerlich bis auf die Fußknöchel. So konnte er Molly nicht nachsetzen. Und sollte er so dumm sein, es zu versuchen, hatte er genug damit zu tun, seine Hose zu halten und somit konnte er sie wiederum nicht packen.

„Reine Vorsichtsmaßnahme", bemerkte William nüchtern.

Nachdem auch noch sein Hosenbund zerschnitten war, sah

Roderich nur noch so aus, als wolle er in Frieden und Demut nach Hause. War heute nicht sein Tag. Er würde in Zukunft gewiss aufmerksamer zu seiner Frau sein. Sichtlich am Ende seiner nervlichen Konstitution war er in Gedanken schon dabei, wie er ihr die zerschnittene Hose erklären konnte.

„Der Knoten löst sich von alleine, je mehr Ihr Euch windet", sagte William. Dann wandte er sich Molly zu. „Wir können ja mal einen Kuchen zusammen essen", schlug er vor.

„Ich freu mich", antwortete Molly und lächelte.

Dann rannte William los, so schnell er nur konnte.

Die „Bristol Rats"

Wie ein hauchfein gewebter Schleier schwebte die Dämmerung über die Stadt danieder. William rannte durch die wenig belebten Nebengassen. Nur bloß weit, weit weg von dem Hinterhof. Er war zufrieden. Ein erfolgreicher Abschluss eines schönen sonnigen Tages. Was wollte er mehr?

Jetzt würde er sich nur noch mit etwas Brot und Dörrfisch eindecken und dann in das verlassene Lagerhaus schleichen. Dort wollte er essen. Vielleicht sah Sally, die Katze, vorbei und leistete ihm Gesellschaft. Mit ihr im Arm würde er dann durch das Dachfenster hinaus in den Sternenhimmel sehen. Vielleicht sahen sie ja eine Sternschnuppe. Was er sich dann wünschen wollte, wusste er schon. Ein gutes, ehrliches Leben. An Reichtum wagte er erst gar nicht zu denken. Er hatte bewiesen, dass er in dieser Stadt für sich allein sorgen konnte und dennoch nagten Zweifel in ihm. Nur wusste er bis jetzt noch nicht, wie er es anstellen sollte. Er wollte nicht in einem Bergwerk verschüttet werden, sich die Haut bei einem Gerber verätzen, weil dieser sich zu fein dafür war oder der Prügelknabe auf einem Schiff sein. Soviel war mal sicher. Doch war er zuversichtlich. Ohne es bestimmt sagen zu können, wusste er ganz sicher, dass sich irgendwann etwas bieten würde und er hoffte inständig, dass er es dann erkannte und die Chance ergriff.

Doch dieser Abend kam anders, als er es sich ausgemalt hatte. Plötzlich wurde er von einem kräftigen Arm gepackt, der sich wie ein Eisenring um seine Brust schloss. Und obwohl er sich in vollem Lauf befand, wurde er mühelos nach hinten gerissen. Seine Füße verloren den Bodenkontakt und schwangen wild zappelnd in die Höhe. Mit einem Ruck prallte er rücklings gegen eine Mauer, schnellte von dieser ab, um dann im nächsten Moment von einer kräftigen, gespreizten Hand wieder dagegen gedrückt zu werden.

„Ich hab ihn, das – kleine – Frettchen. Ich – hab – ihn. Hier – kommt – er – nicht – weg."

„Häh – häh – häh", kicherte eine andere Stimme diebisch, „gut gemacht! Häh – häh."

William stöhnte, sein Kopf war noch ganz benommen. Die kalte Mauer im Rücken, klarte sich sein Blick langsam wieder auf und seine Füße zappelten ein gutes Stück weit über dem Boden.

Vor ihm standen Matt und Toby.

Die Zwillinge grinsten hämisch. Oh, weh!

Das durfte doch nicht wahr sein, dachte William und begann zu ahnen, wem er hier ins Netz gegangen war. Die Letzten, mit denen er in dieser Stadt etwas zu tun haben wollte, waren die *Bristol Rats*; eine Kinderbande, die wie er vom Stehlen lebte. Matt und Toby waren etwa drei Jahre älter als William. Sie waren groß und kräftig, aber dumm wie Torf.

Das heißt, vorausgesetzt in dem Torf steckte nicht noch ein Regenwurm, der ihm zum Vorteil gereichte. Sie waren nicht gerade ein Abbild dessen, was man aufgeweckt nennt. Dieser verschlafene Blick der halbgeöffneten Augen, der für gewöhnlich offen stehende Mund und das wenig ausgeprägte fliehende Kinn, die krausen Haare und wie zur Abrundung des Ganzen: Segelohren. Wenn man die Brüder so ansah, hatte man den Eindruck, dass sie stets mit Verwunderung und kurz vor einer Überforderung durch die Welt liefen. Einer von denen hätte dieser Stadt voll und ganz gereicht.

Angeführt wurden die Bristol Rats von Hosley, dem blinden und entstellten Bettlerkönig. Matt und Toby waren seine rechte und linke Hand und ihm treu ergeben.

Matt, der William immer noch gegen die Mauer drückte, beäugte ihn neugierig, ganz so, als ob er ein kleines possierliches Tier gefangen hätte.

„Hast – du – gut – gemacht, Matt. Ich – sag's – ja – immer, dir – entkommt – keiner, – so – schnell, – wie – du – bist", sagte sein Bruder mit tonlosen langgezogenen Worten.

„Da – kannste – mal – sicher – sein, Toby", gab sein Bruder ebenso einfältig zurück. Matt spielte mit seinem Zeigefinger vor Williams Gesicht, indem er den Finger beugte und streckte.

„Ho – ho – ho, kleines Frettchen", neckte er William.

„Was – ist – ein – Frettchen?", fragte Toby seinen Bruder.

„Ich – glaube, – ein – Frettchen – ist – so – was – wie – ein – Fuchs, – also – so – 'ne – Art – Dachs, – das – heißt – ein – bisschen – wie – ein – Hund, – ähnlich – wie – ein – Wolf – halt – und – man – kann – es – nicht – essen."

„Musst – du – jetzt – vom – Essen – reden? Ich – habe – so – 'nen – Hunger", stöhnte sein Bruder.

„Aber – ich – rede – doch – gar – nicht – vom – Essen. Ich

– rede – von – Füchsen, – die – wie Hunde – und – ein – bisschen – wie – Wölfe – sind, – so – wie – Dachse – halt!"

„Hast – du – schon – mal – so – einen – Fuchsdachswolfshund – gesehen?"

„Nein, – aber – ich – hab – gehört, – die – sollen – aussehen – wie – ein – Frettchen."

„Jetzt – weiß – ich – gar – nichts – mehr ...", sagte sein Bruder schmollend und sprach weiter. „Du – bist – mir – über ... Aber – ich – sag's – ja – immer, – du – bist – ganz – schön – gerissen, – Bruderherz. Du – wirst – bestimmt – einmal – reich – und – dann – kannst – du – den – ganzen – Tag – Frettchen – essen."

„Da – freue – ich – mich – auch – schon – drauf", sagte Matt und schaute auf einmal so, als ob ihn irgendein Gedanke irritieren würde, den er aber natürlich nicht fassen konnte und daher auch nicht weiterverfolgte.

William schaute entgeistert zwischen den beiden hin und her und konnte kaum glauben, was er da hörte und sah ... Die waren ja noch blöder, als er angenommen hatte.

Die sind bestimmt beim Wachsen gegen den Dachbalken geknallt, dachte er, hütete sich aber, dass sie ihm etwas anmerkten.

Im diffusen Licht der Abenddämmerung schälten sich die anderen Mitglieder der Kinderbande ganz allmählich aus dem Schatten der umliegenden Häuser. William blickte in die Runde und sah den kleinen Dobs mit der viel zu großen Mütze und der stetig laufenden Nase, den dicken Oliver, der immer auf irgend etwas herumkaute, den rostroten Peet – so genannt wegen seiner leuchtenden roten Haare –, den peckligen Garth, den übel riechenden Joe und noch weitere neun oder zehn Kinder, die er nicht vom Sehen her kannte.

Alle sahen ihn nicht gerade freundlich an.

Wirklich ehrenwerte Gesellschaft!, dachte er.

Er wusste, mit den Bristol Rats war nicht zu spaßen. Die hatten ihre eigenen Gesetze. Sie beklauten alles und jeden und waren darin nicht zimperlich. Sogar untereinander beklauten sie sich. William mochte die Bristol Rats nicht und wo er nur konnte, war er ihnen immer aus dem Weg gegangen.

Was könnten sie nur von ihm wollen?, fragte er sich und beschloss, erst einmal einen Täuschungsmanöver zu wagen.

„Was? Was...", stammelte er betont eingeschüchtert, „wollt ihr von mir?" Gekonnt sah er sich verschreckt um. „Ich ... ich muss nach Hause. Bin schon spät dran. Es ist gleich Wachablösung in der Garnison. Mein Vater erwartet mich. Wir essen dann immer zu Abend."

Rings um ihn herum herrschte drückende Stille. Alle starrten ihn verächtlich an.

„Vater mag es gar nicht, wenn ich zu spät komme. Das mag er auch nicht bei seinen Soldaten. Einem Soldaten hat er mal eine ganze Nacht bis zur Brust in ein Fass stecken lassen. Und das nur, weil der arme Kerl ein bisschen zu früh zur Wachablösung erschienen ist. Zu früh! Versteht ihr?", wiederholte er fassungslos. „Er hätte ihn bestimmt mit dem Kopf voran in das Fass gesteckt, wenn er zu spät gekommen wäre. Ist sonst 'n herzensguter Mann,.... mein Vater. Nur Unpünktlichkeit kann er auf den Tod nicht ausstehen. Das macht ihn ganz wild. Er sagt dann immer: Zuspätkommen ist Fahnenflucht. Und dann setzt er Mann und Maus in Bewegung, um den Fahnenflüchtigen zu finden. Scheint irgendwie 'ne persönliche Sache für ihn zu sein. Und dann sagt er noch: Ohne Pünktlichkeit wäre er niemals Garnisonskommandant geworden – mein Vater ... Ihr glaubt nicht, wie oft ich mir diese Leier schon anhören musste." William winkte ab und beobachtete die Wirkung seiner Worte. „Also, wenn ihr mich dann laufen lasst, könnt ich es gerade so noch schaffen. Vergessen wir die Sache einfach. Na, wie wär's?"

William schaute sich fragend um. Doch nichts geschah.

Matt und Toby hatten schon lange aufgegeben und klimperten nur noch mit ihren Augenlidern. Dennoch ließ Matt nicht nach, ihn weiter gegen die Mauer zu pressen.

„Ich wollte es euch nur gesagt haben", sagte William in einem Tonfall, mit dem man Schuld weit von sich weist. „Mein Vater wird die ganze Stadt nach mir absuchen lassen und dann wimmelt es hier nur so von Rotröcken. Es wird dann ziemlich unruhig und Unruhe stört ja bekanntlich die Geschäfte. Ganz abgesehen davon, dass ihr den Sohn des Garnisonskommandanten entführt habt. Meine Entführung wäre ihm dabei noch egal. Nur zu spät kommen darf ich eben nicht. Das nimmt er verdammt übel ... Pfffhhhh", pfiff William unverständig aus. „Nicht nur mir, sondern auch denen, die daran schuld sind. Ich für meinen Teil bin ja schon an die Prügel gewöhnt. Aber ihr? Ohhh, ohhh ... Wenn die euch kriegen! Sagt mal nicht, ihr hättet es nicht besser gewusst", schloss William selbstbewusst.

Seine Worte hatten Eindruck gemacht und es wäre ihm wohl noch gelungen, sie einzuschüchtern.

Plötzlich wurde inmitten der Kinderschar eine Gasse gebildet, durch die der blinde Hosley zu ihnen geführt wurde. Schlurfend und auf einen Stock gestützt bahnte er sich an der Hand des kleinen Dobs seinen Weg.

„Nicht schlecht, William. Nicht schlecht, William", rief er im Näherkommen. „So heißt du doch, Junge, nicht wahr? Oder sollte ich dich besser doppelzüngige Schlange nennen?", zischte er.

Seine Stimme klang auf seltsame Weise so, als ob sie stetig von irgendwoher widerhallen würde. Hosley war entsetzlich entstellt. William hatte ihm aber noch nie so deutlich ins Gesicht sehen müssen. Ganz nah kam er an William heran und tastete nach seinem Unterarm. Wie eine Falle schnappte seine Hand zu und packte William so fest, dass er fast aufgeschrien hätte. Den

Schmerz vergaß er allerdings sehr schnell wieder. Hosleys Anblick ließ ihm das Blut in den Adern gefrieren und sein Herz pochte ihm bis zum Hals.

„Du zitterst ja, Junge", bemerkte er hämisch. „Ja ja, schau nur genau hin. Es gefällt dir wohl nicht, was du siehst."

Hosley war ein alter Mann. Sein graues filziges Haar fiel ihm in Strähnen ins furchige, knochige Gesicht, das schweißig und grau glänzte. Seine linke Kopfhälfte war von einer großflächigen und rot-marmorierten Brandnarbe entstellt, die stellenweise vom Schießpulver schwarz tätowiert war. Wulstige Narben von Klingenhieben zogen sich kreuz und quer über sein Gesicht bis zur Stirn hoch. Ein Hieb musste ihm den Mundwinkel zerteilt haben. Dieser Schnitt war nicht zusammengewachsen, sondern beidseitig abgeheilt, weswegen ihm die Unterlippe wie in einem Fetzen rechtslastig herabhing und den Blick auf seine unteren fauligen Zahnstumpen freigab. Die Spucke, die ihm daher immer aus dem Mund zu rinnen drohte, schlürfte er knurrend hoch. Dabei wurde der labbrige Fetzen Lippe jedes Mal mit hochgezogen, bis zu der Stelle, an der er einmal gesessen hatte, um sodann wieder mit einem schnarchenden Geräusch herunterzulappen. Die milchig-trüben, blinden Augen steckten tief in den Höhlen seines knochigen Schädels.

William war nach einem Schrei zumute und wenn er gekonnt hätte, wäre er am liebsten rückwärts durch die Wand entschwunden. Was für Schmerzen musste er ausgehalten haben. Seine Verletzungen waren das Eine, aber da gab es noch etwas, das Hosley besonders unheimlich machte. Eine dunkle, böse Aura umgab den Blinden. Als ob die Vögel verstummten, wenn er vorüberschritt. William spürte diese Bedrohung ganz deutlich. Er schauerte, als ob eine kalte Knochenhand ihm über den Rücken kratzte.

Hatte er etwa seine Seele verkauft, um zu überleben? Hatte er einen bösen Bann über die Kinder gesprochen, dass sie ihm so willfährig folgten? Dieses Antlitz war mehr als ängstigend und abstoßend. Es war wie ein Spiegel in eine andere Welt. Williams Arm steckte wie in einer Zwinge in Hosleys Hand.

„Ich weiß nicht, wovon Ihr redet. Ich kenne keinen William und ... und jetzt lasst mich sofort frei!", sagte er unsicher.

Mit seinem Gesicht kam Hosley nun noch näher, ganz dicht an Williams Gesicht heran. Er sah aus, als nehme er Witterung auf, ganz so, als könne er Williams Angst riechen.

William war starr vor Schreck. Wie ein Kaninchen vor der Schlange starrte er in die milchigen trüben Augen und hatte das Gefühl, dass Hosley den Blick erwiderte. Ja, als könne er auf den Grund seiner Seele sehen. Unsägliche Totenstille. Niemand rührte sich. Wie in einer anderen Welt tobten Blitze und Stürme vor Williams geistigem Auge und es war, als ob er mit Hosley allein auf der Welt war. Nach einer Weile erwachte Hosley aus seiner Starre und William fühlte sich, als hätte er sich mühsam aus einem dunklen Traum empor in die Wirklichkeit gearbeitet.

„Mein Antlitz bereitet dir Unbehagen, nicht wahr? Ich war auch einmal so wie du, aber das ist lange Zeit und endlose Schmerzen her", flüsterte er gefährlich sanft. „Ich kenne dich, Junge. Du bist jener, der uns beleidigt und unsere Gutmütigkeit ausnutzt. Nichts als Ärger machst du uns." Kraftlos stöhnte er auf. „Wilderst hier in unserem Revier, ohne uns um Erlaubnis gefragt zu haben. Du bestiehlst und verlachst uns. Was glaubst du, wer wir sind, dass du dich einfach über uns hinwegsetzt."

In seiner Stimme schwang zunehmend Zorn mit. Dann machte er eine spannungssteigernde Pause.

„Was erlaubst du dir?", brüllte er. „Hochwohlgeboren, auf dass wir es nicht wert sind, mit unseren Lumpen seine Stiefel zu polieren?"

Hosleys Augen sahen aus, als ob sie jeden Moment zubissen.

„Rede, Junge! Rede!", herrschte er ihn an.

„Es tut mir leid", bibberte William. „Ich kann Euch nichts vormachen. Ich heiße William und lebe von dem, was sich so machen lässt – wie Ihr. Doch was ich auch getan haben mag, es geschah niemals in der Absicht, Euch Schaden zuzufügen. Und wenn es so gewesen ist, so bitte ich Euch um Verzeihung. Allein der Hunger trieb mich dazu", sagte William eingeschüchtert.

„Hört! Hört! Er gesteht. Er gesteht seine Schuld!"

Klagend blickte Hosley hinauf in den aufgehenden Mond und das Licht ließ seine milchigen Augen leuchten.

„Er ist schuldig, sage ich euch. Er allein. Die Leute sind vorsichtiger. Wachsoldaten und Zöllner patrouillieren vermehrt und das ist sein Werk. Peet wurde erwischt. Einer von uns! Er wollte nichts weiter, als seinen Hunger stillen. So wie du auch, William. Man schlug ihn, bis sein Hinterteil eine rohe Masse war. Seine Schmerzen waren unsere Schmerzen. Sein Blut war unser Blut und seine Tränen waren unsere Tränen."

Hosley holte Luft.

„Ich sage, du bist schuldig!", donnerte er anklagend.

„Schuldig", wiederholte im Hintergrund die Bande wie in einem Chor.

Hosley war mit seiner Tirade noch nicht fertig. Fuchsig fuhr er fort: „Doch Schuld verlangt Sühne und ich frage dich, William, wie kannst du die Schuld, die du auf dich geladen hast, sühnen? Wie die Narben ungeschehen machen, die ins Fleische geschlagen wurden und ewig als Zeugnis des Verrats wehklagen?"

„Ich ... ich weiß nicht", stammelte William zaghaft.

„Du weißt es nicht?", fuhr er tief von unten auf. „Dein Einfallsreichtum hat wohl hier seine Grenzen", höhnte der Blinde und befahl: „Durchsucht ihn!"

Ruppig wühlte Toby in seinen Taschen und förderte 12 Pence zutage, die er aber nur als „Geld" ansagte, da er nicht zählen konnte. Weiterhin fand er noch ein Taschentuch, ein Stück Kordel, zwei Murmeln, eine blaue Glasscherbe und Williams kleines Messer.

Jetzt war William das Opfer und er wusste, dass sein bisheriges Leben so nicht weitergehen konnte. Das, was ihm hier passierte, war bestimmt die Strafe dafür, was er dem dicken Roderich angetan hatte und er beschloss, nie wieder im Angesicht des Opfers zu arbeiten. Dieses eine Mal sollte das erste und das letzte Mal gewesen sein.

„Das Geld behalten wir. Gebt ihm den Rest zurück", verkündete Hosley, woraufhin ihm Toby die Sachen abfällig vor die Füße schmiss. Auf ein Zeichen von Hosley ließ Matt ihn los.

„Du hast dich gegen unsere Gemeinschaft gewandt und uns Schaden zugefügt. Was machen wir jetzt mit dir? Es ist unser gutes Recht, wenn wir dich in einen Sack stecken und elendig ersäufen."

Hosley kam wieder ein Stück näher. Das, was von seinem Gesicht übrig war, schien besorgt.

„Ich konnte es ganz deutlich spüren, Junge", sagte er wie ein Seher. „Es steht bevor. Große Ereignisse werfen ihre Schatten voraus. Und du hast damit zu tun. Junge! ... Schicksal, Gefahr, große Gefahr, weit, weit weg. Verlass Bristol, solange du noch kannst", sagte er und trat einen Schritt zurück. „Oder komm zu uns. Wir wollen Milde walten lassen und dir als gute Geste die Freiheit schenken. Mögest du dich besinnen, auf dass du aufrichtig zu uns kommst und fortan dem Wohle unserer Gemeinschaft dienst. Eine Gnade, die wir hier und jetzt ein letztes Mal erweisen. Ein zweites Mal wird es für dich nicht geben!"

Sie ließen von ihm ab.

„Denn wer nicht für uns ist, ist gegen uns", sang Hosley mit leichter schöner Stimme. Es hörte sich an wie ein Schlaflied.

Sie zogen sich zurück und verschmolzen wieder mit der Dunkelheit, während die Kinder immerzu wie in einem Singsang wiederholten: „Denn wer nicht für uns ist, ist gegen uns ... Denn wer nicht für ..."

Stille! Wie Nebel hatten sie sich verflüchtigt.

William keuchte. Allein mit sich und dem Schreck in den Gliedern atmete er tief durch.

Wie sollte es mit ihm in dieser Stadt weitergehen? Mit den Bristol Rats wollte und konnte er sich nicht anlegen. Aber genauso wenig wollte er dieser unheimlichen Bande beitreten.

„Mir wird schon etwas einfallen", murmelte er niedergeschlagen und wusste, dass sein Leben so nicht weitergehen konnte. Er wurde größer und älter. Bei dem, was er bisher tat, landete er früher oder später am Galgen und er wollte seinen Eltern doch keine Schande machen.

Doch was war das? Etwas schlich um seine Beine! Erschrocken tat er einen Schrei und sprang zur Seite.

Es war nur Sally, die Katze, die da erneut auf ihn zuhumpelte, um seine Beine zu umschleichen. Williams Herz tat vor Freude und Erleichterung einen Sprung.

„Sally! Meine liebe gute Sally!"

Behutsam hob er sie in seine Arme, streichelte und umwog sie. Der buschige Kopf der Katze rieb sich verschmust an Williams Kinn. Innig drückte er sie an sich und vergrub seine Nase in das weiche schwarze Fell, woraufhin seine Katzenfreundin behaglich schnurrte. Nach all dem Schrecken tat dies richtig gut und er spürte, wie die Anspannung allmählich von ihm abfiel. Wie eine echte Freundin war Sally genau im richtigen Moment zur Stelle.

„Na, wo hast du dich nur wieder rumgetrieben, du alte Stromerin? Ach, du möchtest wissen, wo *ich* mich rumgetrieben habe? Nun, ich hab versucht, uns einen Abendschmaus zu besorgen", sagte William freudestrahlend und kniepte mit einem Auge. „Aber ich hatte kein Glück."

Sally, die ja nur ein Auge hatte, blickte ihn treu an und just in dem Augenblick knurrten ihrer beider Mägen. William lachte.

„Oh, es wird besser sein, wenn ich noch mal losziehe und unser Glück versuche. Bei dem Krach kommen wir sonst nie zum Schlafen. Möglich, dass sich doch noch was auftreiben lässt." Sanft setzte er seine Katzenfreundin auf den Boden.

Sally schaute traurig.

William sah rätselnd auf sie herab und plötzlich kamen ihm Hosleys Worte in den Sinn: große Ereignisse, Schicksal und Gefahr. Ob Sally etwas davon ahnte?

Dunstiger Mond und einsame Gassen

Hoch stand der Vollmond in dieser Nacht am Firmament. Sein fahles, silbriges Licht schimmerte kraftvoll in die Nacht hinein und umgab ihn in einem glanzvollen Schein, der seinen Umriss darin verschmelzen ließ. Die Luft war frisch und klar. Das Mondlicht verlieh diesem verlassenen Viertel kalten Glanz. Das Licht- und Schattenspiel der stuckvollen Häuserfassaden, Erker, Ornamente, Säulen und Balkone wechselte im Vorübergehen, je nach Blickwinkel, leuchtend weiß, dämmrig grau oder ging von einem tiefen Schwarz in ein eisiges dunkles Blau über. Und über allem diese Stille. Könnte man auf einem Hexenbesen durch die Gassen sausen, würden die Farben im Wechselspiel blitzen und glänzen wie ein dunkler, magischer Kristall. Es war die Nacht der langen Schatten.

Der stämmige, bärtige Mann ging zielstrebig durch die dunklen Gassen. Trotz oder gerade wegen des Mondes taten sich viele dunkle Nischen auf, die gute Verstecke mit bösen Überraschungen bergen konnten. Daher war der Mann in seiner Aufmerksamkeit auch sehr auf sein Gehör bedacht.

Still und einsam lag der Weg vor ihm. Seine Schritte hallten an den Häuserwänden wider und vereinzelt drang von weit her das Klappern eines Pferdefuhrwerks an sein Ohr.

Mr. Bellamy hatte ihm gesagt, er solle sich eine Stunde nach Mitternacht wieder im Stadthaus der Company einfinden. Bis dahin werde Mr. Jenkins zurückgekehrt sein, um aus seinem Munde zu erfahren, was mit seinem Sohn passiert ist. Da es um Peter ging, wollte der Sekretär persönlich nach Kessington Hall reiten, um die Nachricht so schonend wie möglich zu überbringen.

Bartlett wollte sich nicht verspäten. Er und sein ganzer Plan wären zweifelhaft, wenn er schon zu Beginn der Mission unzuverlässig wäre. Und darüber hinaus wusste der Käpt'n, dass Harold Jenkins nichts so sehr zuwider war wie Unzuverlässigkeit. Die herrschaftliche Disziplin dieses Mannes war allgemein bekannt. Wie wohl sonst hätte er es zu einem der einflussreichsten und wohlhabendsten Männer in ganz Bristol gebracht und um wie viel mehr musste es ihm an dieser Tugend liegen, ging es doch nun um nichts Geringeres als das Wohl seines eigen Fleisch und Blut.

Lange, bevor er etwas sah, hörte er das vergnügte Summen, das ihm aus dem Dunkel der vor ihm liegenden Gasse an sein Ohr drang. Bartlett verengte seine Augen zu Schlitzen.

Ganz allmählich nahm der Mann Konturen an. Er war betrunken und schwankte. Mit der für einen Betrunkenen typischen überschwänglichen Gestik machte er der Alten eine Ehrenbezeugung, die aus einer Seitengasse gebuckelt kam. Ganz im Gegensatz zu seinem vermeintlich höflichen Getue versäumte er es jedoch, seinen weiten Filzhut zu ziehen. Ängstlich drückte sich die Alte an die Hauswand und machte ihm Platz, da er in seinem Schwanken den ganzen Weg für sich einnahm. Auf ihren Stock gestützt sah sie schleunigst zu, dass sie weiter kam.

Der Trunkenbold stützte die Hände in die Hüfte, machte ein Hohlkreuz und stieß ein gleichgültiges „Pfffffffhhhhhh" aus. Torkelnd setzte er seinen Gang fort und kam nun direkt auf Bartlett zu. In seiner schwankenden Wahrnehmung benutzte er den Käpt'n als Fixpunkt und orientierte sich an ihm, mochte dieser auch die Seite wechseln, wie er wollte.

Der hat mehr zu sich genommen, als ihm gut tut. Ein ideales Opfer für einen Crimp!, dachte Bartlett.

Ein Crimp war ein Schuft, der sein Geld damit verdiente, auf hinterhältige Weise Männer für den Schiffsdienst zu rekrutieren – und ein Betrunkener war immer ein leichtes Opfer.

Wenn der Kerl Pech hatte, fand er sich schon gleich morgen früh auf hoher See wieder, nachdem er von einem kalten Eimer Seewasser geweckt wurde. Das war dann der letzte Rausch für lange Zeit.

Unbeeindruckt und summend hielt der Kerl direkt auf Bartlett zu und verschränkte verzückt seine Arme hinter dem Rücken.

„Jou, Jou, Jou!", brabbelte er wie zu einem Baby.

Es sah ganz danach aus, als gerieten sie aneinander. Doch bevor es dazu kommen konnte, streckte ihm Bartlett seinen langen, kräftigen Arm entgegen und griff mit seiner großen Hand kraftvoll in den Wams des Trunkenboldes. Dieser hatte das Gefühl, der Wams riss zwischen seinen Schulterblättern entzwei. Die Luft wurde regelrecht aus seinen Lungen gepresst. Dermaßen auf Abstand gehalten, führte ihn Bartlett grimmigen und festen Blickes in einem Halbkreis um ihn herum und stieß ihn von sich.

„Hui, uih, uih!", lallte er, nachdem er wieder Luft geschnappt hatte. „Schooon gut, schooon gut, der Herr! Wünsche, einen schönen Abend zu haben ... gehabt zu haben ... pfhhhh", lallte der Trunkenbold anerkennend und straffte mit flachen Händen die Knitterfalten. Dann salutierte er, machte kehrt und verschwand summend in der Dunkelheit.

Zügig setzte der Käpt'n seinen Weg fort und schon bald hatte er das alte Weib eingeholt. Ihr krummer Rücken wölbte sich bei jedem ihrer kleinen Schritte. Sie trug ein Kopftuch und der Kühle wegen hatte sie sich eine Decke umgelegt, deren Zipfelenden sie mit ihrer linken Hand vor ihrem Hals zusammenhielt. Mit der rechten stützte sie sich auf einen Gehstock und ihre Knie waren von einer Schürze bedeckt.

Bartletts Schritte in ihrem Rücken bereiteten der Alten Unbehagen. Ohne stehenzubleiben hob sie den Kopf, neigte ihn schräg und lauschte nach hinten. Dann blieb sie stehen und drückte sich wieder ängstlich an die Wand um denjenigen – wer immer es auch war – vorüberzulassen.

Was macht die Alte um die Zeit noch auf der Straße?, dachte sich Bartlett. Vielleicht sorgt sie sich um ihren Sohn und macht sich auf, um ihn aus einer Spelunke zu holen, gab er sich selbst eine mögliche Erklärung.

„Na, Mütterchen, so spät abends noch unterwegs?", sagte Bartlett freundlich, während er an ihr vorüberschritt.

„Hm, jaahhh", klang es mühselig und beladen aus dem Schatten unter ihrem Kopftuch.

Bartlett wusste um die nächtlichen Gefahren in Städten wie Bristol. Den Betrunkenen hatte er pariert und gegen die alte Frau hegte er in diesem Moment keinen Argwohn.

Wie konnte er auch ahnen, welche Verwandlung die Alte in seinem Rücken vollzog. Behände wie ein Untoter, der sich aus dem Sarg aufbäumt, richtete sich die Alte plötzlich auf und spannte ihre Schultern. Der Buckel war verschwunden und die Decke glitt geräuschlos von ihren Schultern. Nichts erinnerte mehr an das zerbrechliche, gebeugte Mütterchen. Der Schatten unter dem Kopftuch war nichts Anderes als schwarzer Samt. Die Augen loderten hasserfüllt hinter schwarzen Netzflicken. Geschmeidig wie eine Katze schlich die Gestalt vier, fünf Schritte hinter Bartlett her. Näher und näher schlich sie an ihn heran. Leise zog sie die armlange, spitz zulaufende Klinge aus ihrem Gehstock. Keinesfalls überhastet, sondern mit wohldurchdachtem Kalkül – einer Zeremonie gleich. Blau blitzte der Stahl im Mondlicht.

Je näher Käpt'n Bartlett dem Stadthaus kam, umso unwohler fühlte er sich bei dem Gedanken an die unangenehme Unterredung, die ihm bevorstand.

Würde er noch weiter für die Company als Käpt'n eines Schiffes tätig sein, oder würde ihn Harold Jenkins entzürnt in die Nacht hinaus werfen und dafür sorgen, dass er in ganz England kein Kommando mehr bekam?

Bartlett ahnte nicht, wie nah er seinem letzten Gedanken war, wenngleich weniger durch das Zutun von Mr. Jenkins, als denn vielmehr durch seinen eigenen Tod.

Die Alte holte zum tödlichen Stoß aus. Kurz hielt sie inne, den Moment des Triumphes machtvoll auskostend.

Dann war es soweit.

Die Klinge schnellte nach vorne auf Bartletts Rücken zu …

Dunkel lauerte William im Schatten der Häuserwand. Es war schon sehr spät und nichts wollte sich ergeben. Weit und breit keine Menschenseele zu sehen.

War denn niemand bereit, sich ein wenig erleichtern zu lassen? Genüsslich musste er gähnen und so langsam war er sich sicher, dass er heute bestimmt keine Prise mehr machen würde.

Er blinzelte in den Mond hinauf, der beruhigend strahlte. Eigentlich gute Bedingungen zum Prise machen. Die Sicht war gut und aus Erfahrung wusste er, dass der Vollmond irgendeinen Einfluss auf die Leute ausübte, was sein Vorhaben begünstigte. Bei Vollmond waren sie nie richtig beieinander. Aber die Gassen rund um den Queen Square waren wie verlassen.

Nach dem Zusammentreffen mit den Bristol Rats wagte er sich nicht in den Red-Velvet-District, wo die Bedingungen besser waren. Der Anblick Hosleys reichte ihm für heute und für alle Tage.

Gelangweilt und müde war er schon im Begriff zu gehen und seinen Schlafplatz aufzusuchen, als er diesen großen bärtigen Man sah. Ein möglicher Kunde? Der Mann schien es eilig zu haben. Zielstrebig schritt er an seinem Versteck vorüber. William prüfte seine Erfolgsaussichten. Aber als er sah, wie sicher er einen Betrunkenen griff und ihn in seine Schranken verwies, verwarf er diesen Gedanken wieder. Das Risiko war zu groß. Der Mann war zu aufmerksam und zu schnell. Also würde er es für heute aufgeben. Das alte Weib war kein Opfer für ihn.

William hatte mit diesem grässlichen Tag abgeschlossen. Hungrig und müde trat er aus dem Schatten. Was es war, konnte er nicht sagen. Möglicherweise etwas, dass er in seinen Augenwinkeln wahrnahm und ihn veranlasste, dem Bärtigen noch einmal desinteressiert hinterherzuschauen. Was er sah, konnte er kaum glauben. Die Alte war nicht mehr so buckelig, sondern hatte sich hinter dem Bärtigen aufgebaut. In der Hand hielt sie eine Klinge und war im Begriff, hinterrücks zu morden.

„Nein!", schrie William so laut er konnte in die Nacht hinaus.

Sein Echo schallte in den Gassen wieder und zerschnitt jäh die mondige Stille. Ohne weiter nachzudenken, rannte William los. Er musste diesen feigen Mord verhindern. Durch den Aufschrei alarmiert, fuhr der Bärtige auf der Stelle herum. Kalt fuhr ihm der Stahl in den Leib, genauer gesagt in die Seite. Noch war es nicht vollbracht. Die Klinge hatte ihr Ziel verfehlt.

Ein gurgelnder Schmerzenslaut drang Bartlett aus der Kehle. Er keuchte stoßweise und suchte mit schockgeweiteten Augen ein Gesicht in seinem Gegenüber zu erkennen. Instinktiv umfasste er mit seiner zittrigen Linken die Klinge, um sie festzuhalten, damit sie ihm nicht weiter in den Leib getrieben wurde – was natürlich nichts bringen würde.

Für einen Moment verharrten beide, so wie sie dort standen. Bartletts Knie zitterten. Tapfer und steif hielt er sich auf den Beinen.

Nur nicht auf die Knie fallen, dachte er sich. Die Klinge schnitt ihm dann nur weiter ins Fleisch.

Ohne Hast wandte die Gestalt den Kopf in Williams Richtung. Wer wagte es, zu stören? Der Mond schien ihr ins Gesicht und William, der auf die beiden zugestürmt kam, sah das schwarze Tuch. Bei diesem Anblick hatte er das sichere Gefühl, einen Fehler gemacht zu haben Er war zu vorschnell gewesen und es war nicht mehr zu ändern.

Ich bin eine Bedrohung für dieses Mordwesen, ein Zeuge, und solange ich durch die Nacht schreie, kann sie nicht zu Ende bringen, was sie angefangen hatte, wusste William ganz genau und wurde bestätigt.

Die Aufmerksamkeit dieser Gestalt galt nun ihm ganz allein. Eher beiläufig zog sie die Klinge aus Bartletts Leib und zerschnitt ihm damit auch noch die Hand. Der Käpt'n sank stöhnend auf die Knie und hielt sich die Seite. Blut durchtränkte seine Hose.

Wie ein Racheengel aus einer anderen Welt schwang sie erneut die blitzende Klinge in die Höhe. Fatalerweise hatte William in seinem Lauf viel zu viel Schwung, um rechtzeitig vor dem Degen anhalten zu können.

Wenn er jetzt stoppte, kam er genau in der richtigen Distanz zum Stehen, um sich sauber, ohne viel Aufhebens, den Hals aufschlitzen zu lassen. Er war am Zug und das wusste auch sein Gegenüber – was immer es auch war.

Flucht nach vorne!, schoss es ihm durch den Kopf, und so hechtete er los. Die Klinge fauchte einen Fingerbreit über seinen Kopf hinweg. Kalt spürte er den Windhauch im Nacken.

Das war knapp!

Im Abrollen zog er sein Messer und jetzt tat er etwas, was wohl nur mit einem Reflex zu erklären ist. Zu oft hatte er diesen Bewegungsablauf angewandt, wenn er seinem Opfer zufällig vor die Füße fiel. Es war ihm in Fleisch und Blut übergegangen. Deutlich zeichnete sich seitlich unter der Schürze der Geldbeutel ab, der an einem Gürtel hing. Im Abrollen schnitt er diesen ab, kam elegant wieder auf die Füße und bremste seinen Schwung ab.

Als wäre an diesem Tag nicht schon genug Unglück passiert, stolperte er über einen Stein, der erhöht aus dem Pflaster ragte, strauchelte und fiel hin. Sein Messer glitt ihm aus der Hand.

Geräuschlos wie ein Schatten war die Gestalt über ihn gekommen. Wieder fauchte ihm die Klinge entgegen.

Geistesgegenwärtig rollte er sich zur Seite und verbarg gleichzeitig den Beutel in seiner Hosentasche. Sein Hemd zerschnitt und sein ganzer Rücken lag frei. Funkenschlagend schabte der Degen über das Pflaster.

Auf allen vieren kroch William flüchtend davon, warf sich zur Seite und schlug Haken wie ein Hase, um den Hieben auszuweichen, die links und rechts von ihm funkenkratzend ins Pflaster schlugen. Wie ein jähzorniger Kutscher, der auf dem Bock stehend unbarmherzig seine Pferde peitschte, so hetzte diese Gestalt William vor sich her. William, der den ganzen Tag noch nichts gegessen hatte, wurde schwächer. Nur noch eine Frage der Zeit, bis ihn das Schicksal ereilte. Schließlich konnte er nicht mehr.

Er war gestellt. Erschöpft und außer Atem hob er schützend die Hand und lugte ängstlich durch seine gespreizten Finger empor. Wie aus der Hölle emporgestiegen, stand die Gestalt im Mondlicht vor ihm. Atem dampfte durch den schwarzen Stoff der Maskerade und stieg empor.

Schicksalsergeben schloss William die Augen und erwartete

das hässliche Fauchen der Klinge. Das letzte Geräusch auf Erden. Erneut hob sich der Degen und plötzlich hatte William eine Idee. Er öffnete die Augen, griff so schnell er konnte in seine Hose, zog den Beutel und hielt ihn der Gestalt entgegen. Auf seinem Weg nach oben blieb der Degen plötzlich stehen.

„Hier!" William lachte erschöpft, um seine Angst zu überspielen. „War 'ne Kleinigkeit. Den wollt Ihr doch bestimmt wiederhaben, oder?", sagte er und rang nach Luft.

Wie ein Artist schleuderte er den Beutel von einer Hand in die andere. Dies tat er so kraftvoll, dass, wenn er ihn verfehlte, der Beutel mindestens drei Yards weit flog.

„Nur zu!", ermunterte er verbissen und sah der Gestalt geradewegs in die Maskerade.

Diese beugte sich ein wenig herunter, streckte ihm die Faust entgegen und öffnete sie langsam wie einen Fächer.

„Gib ihn mir!", forderte das Höllenwesen flüsternd und stieß Dunst aus.

„Aber gewiss doch", sagte William keck und warf den Beutel unversehens in die Luft.

Während dieses Wesen der Flugbahn des Beutels folgte, trat ihr William mit aller Kraft vor das Knie. Die Verzweiflung, die Angst und der Frust über diesen schrecklichen Tag entluden sich in diesem Tritt.

„Nimm das, du alte Hexe!", schleuderte ihr William entgegen.

Mit einem gedämpften Ächzen wankte die Alte zurück. Sie war zumindest kein Geist.

Der Beutel beschrieb einen Bogen und plumpste zurück in Williams Hände. Mit dem Beutel in der Hand rollte er sich über die Schulter nach hinten und kam zum Stehen. Ihm wurde schwindelig vor Hunger und so vertat er wertvolle Zeit, Distanz zu gewinnen.

Im Nu war sie wieder bei ihm.

Jetzt ist es aus mit mir!, war sich William sicher und hoffte, dass es möglichst schnell mit einem Streich überstanden war.

Plötzlich peitschte ein Schuss durch die Nacht und jaulte als Querschläger davon. William zuckte zusammen. Blinzelnd öffnete er ein Auge. Am Ende der Gasse in etwa 50 Yards Entfernung sah er zwei Männer herbeieilen.

„Haltet ein, wenn Euch Euer Leben lieb ist!", hörte er einen der Männer rufen. Williams Herz tat vor Erleichterung und Freude einen Sprung.

Irritiert über die plötzliche Wendung des Geschehens, blickte die Gestalt hastend zwischen Bartlett, William und den Männern umher. Die Zeit drängte und sie schien unschlüssig, ob noch Zeit für einen letzten Hieb war oder nicht. Kurzentschlossen wandte sie sich zur Flucht. Mit flatterndem Umhang sprang sie in den Schatten der Häuserwand und alsbald verhallten ihre Schritte in der Dunkelheit.

Jetzt wurde es auch für William höchste Zeit, das Weite zu suchen, denn die Männer, die dort angerannt kamen, waren Zöllner. Er war ihnen zwar dankbar, aber dennoch zog er es vor, ihnen aus dem Weg zu gehen. Zu viele Fragen, die er nicht beantworten konnte und wollte. Er war ja immerhin ein Meistertrickdieb und da verstand es sich mal besser, Fersengeld zu geben.

„Bleib hier, Junge, lauf nicht weg!", stöhnte Bartlett, der immer noch in seinem Blut kniete und William seine zerschnittene Hand entgegenstreckte. „Bleib doch stehen! Es wir dir nichts geschehen!", appellierte er schwach.

Ohne von ihm Notiz zu nehmen, machte sich William eilends davon. Doch hatte er die Rechnung ohne die Zöllner gemacht. Einer der beiden verfolgte ihn hartnäckig und er war zu schwach, als dass er dieses Tempo noch lange durchhielte. Panikerfüllt sah er sich nach einem Versteck um, konnte aber keines finden.

Den näher kommenden Zöllner im Rücken, erreichte er einen toten Seitenarm des Avon, über dessen gesamte Breite Jollen ankerten. Wenn es ihm nur gelänge, über diese schwankenden Boote hinweg, das andere Ufer zu erreichen, konnte er es schaffen. Bis dass der Zöllner es ihm nachtat, hatte er dann genügend Zeit, sich zu verstecken.

„Halt! Stehen bleiben!", hörte er den Zöllner rufen, während er in das erste Boot sprang und mit unsicherer Balance von einem in das nächste kletterte. Er hatte die Hälfte der Boote schon hinter sich gebracht, als er den Halt verlor und taumelnd ins kalte Wasser fiel. Unsanft wurde er am Kragen gepackt und aus dem Wasser gezogen.

„Na, du kleiner Romantiker. So spät noch ein Bad bei Vollmond?", spottete der Zöllner seiner Majestät.

William war mit seiner Kraft am Ende. Dieser Tag hatte sich wahrlich gegen ihn verschworen.

Peter?

Unruhig schritt Harold Jenkins durch den Raum. Er hatte die Jenkins Trade Company zu dem gemacht, was sie heute war. Hatte auf diesem Weg alle Widrigkeiten und Hemmnisse mit Disziplin und Weitsicht aus dem Weg geräumt – trotz der Rückschläge. Stets hatte er als Kaufmann gewusst, was zu tun war. Doch jetzt war alles anders, das ungewisse Schicksal seines einzigen Sohnes nagte an ihm. Es war das erste Mal, dass seine Frau Gwenda ihn so sah.

Trotz seiner 60 Jahre hatte seine Erscheinung nichts von einer bequemen Milde, wie sie Männern dieses Alters gemeinhin zugeschrieben wird. Seine Augen hatten die typische Cleverness eines gewieften Kaufmannes und die Gesichtszüge verrieten Durchsetzungsvermögen. Er war von magerer Statur und hatte dünnes nach hinten gekämmtes, graues Haar. Die Kleidung unterstrich sein energisches Wesen: Samtgrüner Frack, dessen Ärmelkragen mit goldbestickten Schleifenornamenten verziert waren. Ein weißes Hemd mit einer kunstvollen Halsrüsche in Traubenform, samtbraune Weste und eine schwarze Kniebundhose mit weißen Kniestrümpfen sowie knöchelhohe, schwarze Schürstiefel. Die Ausläufer seines Fracks schwenkten bei jeder Kehrtwende seines unsteten Auf und Ab seitlich aus.

Wie unerwartet sich dieser Abend doch gewandelt hatte. In harmonischer Runde auf Kessington Hall versammelt, ereilte sie die Nachricht von Peters mysteriösem Schicksal. Bellamy war persönlich erschienen und veranlasste sie eilends, nach Bristol zurückzukehren. Der Umstand von Bellamys persönlichem Erscheinen und sein sorgenvolles Gesicht beim Eintreten ließen schon nichts Gutes verheißen. Die Hochzeitsvorbereitungen waren nun nicht mehr wichtig. Während der Rückreise herrschte besorgtes Schweigen und Nachdenklichkeit in den Kutschen.

Welch schreckliche Nachricht würde sie wohl in Bristol erwarten? Sie waren soeben eingetroffen, da wurde der Mann, der es ihnen hätte sagen können – gestützt auf zwei Helfer – stöhnend und blutend ins Haus geführt. Die Bestürzung wurde noch größer: Hinter verschlossenen Türen behandelte der eilends herbeigerufene Wundarzt den Käpt'n nun schon eine Weile.

Ungeduldig löste sich Bellamy vom Fenster, aus dem er gedankenverloren hinausgeschaut hatte, und lauschte an der Tür zum Nebenzimmer, in dem Bartlett gerade behandelt wurde.

„Nichts", sagte er deprimiert.

Mrs. Jenkins hielt sich zittrig die Hand vors Kinn. „Und dieser Mann dort drinnen ist der Käpt'n, in dessen Obhut wir Peter gegeben haben?", fragte sie sorgenvoll ihren Gatten.

„Ja", sagte er knapp während einer Drehung.

Betrübt blickte Mrs. Jenkins zu Boden. „Mir missfiel von vornherein der Gedanke, dass mein Junge auf diese weite Reise ging."

Mr. Jenkins blieb stehen. „Gwenda! Ich möchte nicht mehr darüber reden und ich wiederhole mich nur: Wir sind ein Handelshaus mit eigener Flotte. Und Peter als mein Nachfolger muss wissen, wie er dieses Haus erfolgreich weiterführt. Es ist und bleibt unumgänglich, das Seefahrerhandwerk zu erlernen und bei unserem Handelspartner in Übersee vorstellig zu werden und Vertrauen zu gewinnen. Wir waren uns doch einig, dass er nicht ewig an deinem Rockzipfel hängen kann. Das bringt uns nicht weiter. Es gehört nun einmal dazu, dass er erste Geschäfte tätigt."

Harold Jenkins machte eine Pause und dachte kurz nach.

„Für die ich ihm zwar gewisse Vorgaben erteilt habe, er ansonsten aber frei ist, zu verhandeln. Um zu wissen, wie sich seine zukünftigen Entscheidungen in der Company auswirken, muss er das Geschäft kennen", sagte er verteidigend.

Die Autorität seiner Persönlichkeit erfüllte geradezu den Raum. Niemand wagte, zu widersprechen.

Mrs. Jenkins schaute bangend auf die Tür zum Nebenzimmer. „Möge Gott es geben, dass der Käpt'n noch zu uns sprechen kann. Um Leben und Tod ginge es, hat er uns ausrichten lassen ..."

Hilfe suchend schaute sie in die Runde.

Mit tränenerstickter Stimme sprach sie weiter: „Was ist, wenn er stirbt? Was wird dann aus meinem Jungen? Niemals werden wir dann wissen, was aus ihm geworden ist oder ob er noch lebt."

Sie vergrub ihr Gesicht in ihre Handflächen und schluchzte los. Ihr Mann legte tröstend den Arm um ihre Schultern.

„Soweit ist es noch nicht. Ich kenne Käpt'n Bartlett schon seit vielen Jahren. Er ist ein harter, zäher Brocken, der nicht so schnell aufgibt. Er ist Seemann", fügte er an, als sei damit alles erklärt. „Und er ist in den besten Händen. Dr. Pargether ist ein guter Wundarzt und wird nichts unversucht lassen, ihn zu retten", sagte er und lächelte ihr aufmunternd zu.

„Ich hoffe und bete, dass du recht hast", sagte sie tapfer und biss sich auf die Lippen.

Audreys Vater Pierce Wellington betrat den Raum. Er musste das Gefühl haben, etwas tun zu können, und so hatte er sich in die Küche zu Mrs. Blix, der Hausangestellten, begeben. In seinen Händen hielt er weißes Leinentuch. Er hatte ein ruhiges Wesen und war in seiner Erscheinung eher unscheinbar.

„Ein weiterer Kessel heißes Wasser wäre bereit und hier hab ich noch sauberes Leinentuch gefunden, sollte der Doktor noch mehr benötigen. Hat sich schon etwas ergeben, wie es ihm geht?"

Die Tür zum Nebenzimmer schwang auf, Audrey erschien und lächelte zuversichtlich, zweiundzwanzig Jahre jung und von atemberaubender Schönheit. Nicht wenige, die sie zum ersten Mal sahen, wurden überwältigt von all den stimmigen Details, die sich perfekt in ihr vereinten und ihre liebreizende Anmut ausmachten. Wie die Antwort auf ein jegliches Streben im Dasein eines Mannes lautet, kann nicht gesagt werden, doch dieses zauberhafte Wesen war gewiss dicht dran.

Sie hatte schulterlanges, tiefschwarzes Haar und klare blaue Augen, einem Bergsee gleich, denen die fein geschwungenen Brauen etwas Wissendes verliehen. Schmale, gerade Nase und einen sinnlichen, vollen Mund, der, wenn sie lächelte, auf ihren Wangen Grübchen bildete. Sie trug ein schulterfreies Kleid, welches die helle, zarte Pfirsichhaut ihres Dekolletés mit den zierlichen Schultern gekonnt zur Geltung brachte.

All das Beschreiben ihrer Schönheit erscheint unzulänglich und erreicht doch nur einen Teil der bannenden Faszination, die sich vollends nur im Betrachten ihrer erschließen mag. Im Betrachten und im Träumen ...

Audrey, die in der Pflege von Verletzten und Kranken erfahren war, hatte sich selbstverständlich angeboten, Dr. Pargether hilfreich zur Hand zu gehen, was er auch angenommen hatte. Mit gespannter Erwartung lauschten die Anwesenden ihren Worten.

„Er hat Schmerzen, aber er ist bei Bewusstsein", sagte sie und sorgte für allgemeine Erleichterung.

Nach ihr trat Dr. Pargether zu ihnen. Groß gewachsen und feingliedrig hatte er graues, lockiges Haar und ein längliches Gesicht mit einer geraden aristokratischen Nase darin. Trotz seiner 42 Jahre wirkte er frisch und jugendlich, wohl aufgrund seiner gesunden, rosigen Gesichtsfarbe.

„Er hat viel Blut verloren und ist entsprechend schwach. Der Käpt'n hatte großes Glück. Die Wunden sind zwar tief und schmerzhaft, aber es sind nur Fleischwunden. Ein paar Wochen strikte Bettruhe und er dürfte wieder ganz der Alte werden", sagte er zu Mr. Jenkins, während er seine Instrumententasche abstellte und sich die Hemdsärmel herunterzog.

„Ich danke Euch, Doktor, dass Ihr zu nachtschlafender Zeit so schnell zu uns gefunden habt", sagte der Hausherr.

„Ein sehr widerspenstiger Patient. Trotz seiner Verletzungen war er kaum zu beruhigen. Er sagte immerzu, dass er Euch sprechen müsse und wollte sogar aufstehen, was ich ihm strengstens untersagt habe. Er verlangt dringend nach Euch. Geht nur zu ihm, bevor er in seinem Zustand noch irgendwelche Torheiten macht. Seine Verbände müssen täglich gewechselt werden. Ich sehe morgen dann noch einmal nach ihm", sagte der Arzt und legte sich schwungvoll seinen Umhang um.

„Ich begleite Euch zur Tür, Doktor", sagte Mr. Bellamy. Freudige Erleichterung schwang in seiner Stimme mit. Der ungewohnte schnelle Ritt nach Kessington Hall hatte sein Kreuz arg gepeinigt, dass er die Dienste des Doktors gerne selbst in Anspruch genommen hätte. Doch war jetzt nicht die Zeit dafür. Er wollte wie alle anderen wissen, was der Käpt'n zu berichten hatte.

Bartlett fühlte sich schwach und hatte starke Schmerzen. Seine Hüfte war mit einem breiten Verband umwickelt. Mürrisch betrachtete er seine gleichfalls verbundene linke Hand und führte sich vor Augen, was eigentlich passiert war. Dieses auf den ersten Blick so harmlos aussehende alte Weib hätte ihn fast ins Jenseits befördert, wenn dieser blonde Junge nicht gewesen wäre.
Ich verdanke ihm mein Leben, dachte er.
Düster starrte er an die stuckverzierte Decke und tiefes Unbehagen stieg in ihm auf. Verletzt lag er in einem fremden Bett, in einem fremden Haus. Das Schlimmste für ihn war die Hilflosigkeit. Und als wäre das alles noch nicht genug, hielt er für diejenigen, in deren Obhut er sich nun befand, auch noch eine schlechte Nachricht bereit, an deren Umständen er sich selbst eine Schuld gab. Unannehmlichkeiten oder Schwierigkeiten ging er stets entschlossen an, doch in diesem Moment wünschte er sich weit draußen auf See. Die schwankenden Planken seines Schiffes unter sich, Nase im Wind und mit geblähten Segeln stolz und kraftvoll anderen Welten entgegen. Das war seine Welt.
Jäh wurde er in die Wirklichkeit zurückgerissen, als sich die Tür öffnete und Harold Jenkins erschien. In seinem Gefolge betraten seine Frau, die Wellingtons und Bellamy den Raum. Besorgnis spiegelte sich in ihren Gesichtern wider, wie sie den Käpt'n so daliegen sahen, halb aufgerichtet, gestützt von zwei Kissen in seinem Rücken. Mehr noch als selbst Gefühle zu zeigen, war es dem Käpt'n verhasst, Mitgefühl zu erhalten. Schwer trug er an den besorgten Blicken, die auf ihm lasteten, und er machte ein brummiges Knautschgesicht.

„Käpt'n Bartlett! Was um Himmels willen ist passiert?", fragte Jenkins unvermittelt und meinte damit sowohl Bartletts Wunden als auch Peters Schicksal.

„Ich hab zwar ein Loch in der Seite und mit meiner Hand steht es auch nicht zum Besten, aber der Doktor sagte, es ist nichts Ernstes und Zeit wäre hier das beste Heilmittel. Ich bin zäh wie ein Dörrfisch und hab gutes Heilfleisch", sprach Bartlett deutlich, denn um nichts in der Welt wollte er sich seine Schwäche anmerken lassen.

Bartlett schilderte mit knappen Worten, was ihm auf dem Weg zum Stadthaus widerfahren war. Seine Zuhörer schüttelten betroffen die Köpfe. Ihre ureigenste Sorge galt nun Peter. Nach einem Moment des Schweigens ergriff der Hausherr behutsam das Wort.

„Käpt'n, fühlt Ihr Euch kräftig genug, uns zu sagen, was mit Peter geschehen ist? Wir sind sehr beunruhigt und in großer Sorge um ihn. Wie mir Mr. Bellamy ausrichtete, ist Peter nicht mit an Bord gewesen, als die Stormbride einlief. Wo ist Peter?"

„Während der ganzen Rückreise war mir nichts sehnlicher, als Euch endlich Bericht zu erstatten und anzugehen, was dringend geboten ist." Er warf einen Blick auf die Anwesenden im Raum. „Sir, der Geschehnisse wegen würde ich es vorziehen, Euch unter vier Augen zu sprechen."

„Ein jeder hier im Raum ist genauso in Sorge um Peter wie ich. Ich habe keine Geheimnisse vor meiner Familie. Also bitte ich Euch, sprecht nur frei heraus, Käpt'n."

„Ganz, wie Ihr wollt, Sir."

Bartletts Blick ging gedankenversunken ins Leere, als er ruhig und nüchtern mit seinem Bericht begann ...

„Unsere Reise war bis dahin ohne besondere Geschehnisse verlaufen. Peter hatte erfolgreich seine Geschäfte getätigt und unser Aufenthalt auf den westindischen Inseln neigte sich allmählich dem Ende zu. Auf Jamaika – unserer letzten Station – hatten wir Zucker und Rum geladen, als wir am Morgen des zehnten Januar guter Dinge in See stachen, die Heimreise anzutreten.

Der Himmel war klar und eine steife Süd-West-Brise brachte uns zügig voran. Für diese Gegend nicht selten, schlug gegen Mittag urplötzlich das Wetter um. Wir hatten gerade noch Zeit, in die Wanten zu klettern und die Segel zu reffen, als der Sturm über uns hinwegfegte. Es dauerte die ganze Nacht und wir hatten größte Mühe, die Stormbride luvseits auf Kurs zu halten. Mehr als einmal waren wir nahe dran, zu kentern und als Fischfutter zu enden. Gegen Morgen beruhigte sich die See wieder und es war friedvoll und still. Der Himmel über uns glich einer bleiernen Kuppel. Nebel so dicht, dass Bug und Vordermast nur zu erahnen waren. Von der Mannschaft war niemand zu Schaden gekommen und auch das Schiff war weitestgehend unversehrt geblieben – von einem zerfetzten Außenklüver und einem gerissenen Geitau mal abgesehen. Doch hatte sich die Ladung losgerissen und war gegen die Trinkwasserfässer gerutscht, die diesem Druck nichts entgegenzusetzen hatten, und allesamt – im Ganzen acht – geborsten waren. Die ganze Ladung war verrutscht und wir hatten nach backbord hin starke Schlagseite.

Des Nebels wegen war unsere genaue Position schwer zu bestimmen. Der Sturm hatte uns zudem wie ein Spielball übers Meer getrieben. Wir glaubten uns 20 Grad nördlicher Breite zwischen Hispaniola und Curacao zu befinden. Wie ein Fingerzeig des Schicksals riss der Nebel ein Stück weit auf, gerade genug, um zu unserer Erleichterung in etwa 20 Seemeilen Entfernung Land auszumachen. Wir waren gewiss, die Südküste Hispaniolas vor uns zu haben."

Ein Schmerz durchfuhr Bartlett und er ging dagegen an, indem er still verharrte und knurrend die Luft einzog. Dann ging es ihm besser und er sprach weiter.

„Nun, wie ich schon erwähnte, hatte die Stormbride starke Schlagseite. An der Bordwand stand das Wasser eine Handbreit unter den Stückpforten und drohte, einzulaufen. Zu unserem Entsetzen stellten wir fest, dass allein das Gewicht von zwei Männern bereits reichte, um Wasser einschwappen und die Stormbride kentern zu lassen. Unter Deck herrschte wüstes Durcheinander. Kisten, Ballen, Tauwerk – alles hatte sich ineinander verkeilt und türmte sich bis zur Decke. Es bestand Gefahr, dass, wenn man auch nur unbedacht an einer Kiste oder sonst woran zog, das ganze Gebilde in sich zusammenstürzt und man darunter begraben wurde – vom Kentern des Schiffes will ich gar nicht reden. Es kam also darauf an, dass ein jeder sich mit größter Bedachtsamkeit an Bord bewegte. Ich gab daher Befehl, die Mannschaft solle bis auf drei Mann in die Jollen steigen und von Bord gehen. Jene drei Mann, die an Bord blieben, hielt ich für leicht und gelenkig genug, um die Ladung wieder vorsichtig an ihren Platz zu schaffen und seetüchtig zu vertäuen. Sobald das Schiff halbwegs stabil war, sollten sie Anker werfen und auf uns warten."

„War es nicht sehr leichtfertig, das Schiff diesen drei Männern zu überlassen? Was, wenn sie sich mit dem Schiff und der Ladung das Weite gesucht hätten?", wollte Mr. Bellamy wissen, da bei aller Sorge um Peter an dieser Stelle der geschäftstüchtige Handelssekretär in ihm durchkam.

„Die Stormbride ist mit drei Mann nicht zu segeln, es bestand keine Gefahr", sagte Bartlett verständig und setzte seinen Bericht fort ...

„Die, die wir in den Jollen saßen, ruderten auf die Küste zu, um Trinkwasser zu finden. Die Mannschaft verteilte sich auf vier Jollen, von denen jede mit sechs Mann besetzt war – darunter auch Peter. Wir kreuzten einige Zeit vor der Küste, die an einigen Stellen zerklüftet und steil ins Meer abfiel. Gefährliche Riffe lugten unter dem Wasser hervor. Nach einigem Suchen gelang es uns, an Land zu setzen. Ich gab Befehl, in Rufweite auszuschwärmen und nach Wasser zu suchen. Wir gingen etwa eine Stunde landeinwärts und wateten mühsam durch sumpfiges Wurzelgeflecht und erreichten einen pinienbewaldeten Höhenzug. Von dort oben aus konnten wir talwärts auf eine kleine befestigte Hafenanlage sehen. Mehrere Schiffe ankerten in der Bucht. Ich kannte diesen Hafen nicht. Guter Dinge, dort Fässer zu erwerben, schritten wir hinab.

Vom bloßen Betrachten her unterschied sich dieser Hafen in nichts von anderen Häfen. Es gab Wirtshäuser, Gassen, einen Geschützturm mit einer Batterie Kanonen darin und Geschäfte. Ja, sogar ein Barbier bot seine Dienste an; kurzum: eine gewöhnliche Hafenanlage."

Bartlett machte eine kurze Pause.

„Hhhm ... es waren vielmehr die Bewohner, die meinen Argwohn nährten. Gewiss, in jedem Hafen, in jeder Stadt gibt es einen Anteil von Gesindel, deren Dummheit und Gier wie Fäulnis nach außen trägt und die Gesichter in hinterhältiger Verschlagenheit verzerren lässt. Doch dieser Hafen war ein einziges Schurkennest! Streitlust und Rohheit lagen in der Luft und dies schien nichts Ungewöhnliches zu sein. Saufgelage, Huren, grölendes Gezänk, Messerstecher und Prügeleien. Dazu Kerle, grässlich verstümmelt und entstellt. Kleider, die der ein oder andere am Leibe trug, sahen so grotesk aus, dass sie nur zusammengeraubt sein konnten. Man muss kein Käpt'n eines Schiffes sein, um zu sehen, woran man war. Wir waren gewarnt und taten gut daran, uns vorzusehen. An diesem Ort genügte schon eine Kleinigkeit, um in ernste Schwierigkeiten zu gelangen. Sei es ein Blick, eine Geste oder eben nur, das Angebot abzuschlagen, aus einer Pulle einen Schluck Rum zu nehmen. Es gab nur eine Erklärung dafür: La Tortuga!"

„Die Pirateninsel!", entfuhr es Mr. Bellamy geschockt.

Bartlett nickte. „Der übelste Ort in ganz Westindien. Heimstatt von Mördern, Dieben, Halsabschneidern, Schmugglern, Lügnern und Betrügern, Strauchdieben und Abenteurern. Ein Ort, den ein jedes Schiff weiträumig meidet. Letzte Gewissheit bekam ich, als ich den Jolly Roger am Fockmast eines der Schiffe sah."

„Den Jolly Roger?", fragte Mr. Wellington.

„Die Totenkopfflagge, das Erkennungszeichen der Piraten", klärte ihn Bellamy auf.

Nun kannten sie einen Umstand der Tragödie und begannen zu ahnen, was an Kaltblütigkeit und Grausamkeit von diesen Männern zu erwarten war.

Bartlett setzte seinen Bericht fort ...

„Im Vertrauen gab ich Befehl, sich unauffällig zu verhalten und sich auf keinen Fall in Streitigkeiten verwickeln zu lassen. Ich erfuhr, dass der Wirt der Spelunke *Zur Schwarzen Katze* Fässer und Ziegenschläuche besitzt und nicht abgeneigt wäre, sie für einen guten Preis zu verkaufen. Also suchte ich ihn mit einigen Männern auf und wir verhandelten gerade, als wir von draußen ein erbärmliches Schreien, Kreischen und Wehklagen hörten. Es war ein Weib, das um sein Leben schrie, bettelte und heulte. Der Wirt störte sich nicht daran und wir taten es ihm gleich und verhandelten weiter. Ich war also kein Zeuge dessen, was sich dort zutrug. Wir waren uns soeben einig geworden, als die Tür aufflog und einer meiner Männer hereinstürmte und mir dringlich zurief, ich müsse sofort herauskommen.

Draußen hatte sich eine Menschenmenge versammelt, in deren Mitte sich ein bärtiger Kerl, mit blutender Beule am Kopf, und Peter wie Duellanten gegenüberstanden. Wie mir einer meiner Männer berichtete, prügelte der Bärtige volltrunken und blindwütig auf ein Weib ein. Es waren ihre Schreie, die wir in der Spelunke gehörten hatten. Andere Huren, die ihr zu Hilfe kamen, wurden von diesem geifernden Scheusal gleichfalls zur Seite geprügelt und wagten es nicht mehr, sich einzumischen. Überhaupt schien niemand diesem wutstrotzenden Wahnsinnigen Einhalt zu gebieten, und so schlug er weiter mit unverminderter Härte auf das arme Weib ein. Es war nur noch eine Frage der Zeit und er hätte sie totgeprügelt. Vielleicht war dieser Kerl eine Autorität von gewissem Range dem man – beim Tode – nicht entgegentrat. Oder es lag daran, dass er groß und kräftig war und sich obendrein wie ein tollwütiges Tier aufführte."

Hübsche Gesichter spiegeln Empfindungen besonders deutlich wider. So war es auch bei Audrey, die mit Abscheu Bartletts Worten lauschte.

„Was war mit den Männern der Stormbride, hat einer von ihnen geholfen?", fragte sie den Käpt'n empört.

„Die Männer hatten Befehl, was auch immer geschehe, Streitigkeiten aus dem Weg zu gehen, wenngleich es sie auch an die Grenze des Erträglichen brachte. Ich konnte nicht ahnen, welche Prüfung ich ihnen damit aufbürdete", brummte Bartlett enttäuscht.

Nach einigen schweigenden Momenten setzte er seinen Bericht fort.

„Als das Weib blutend vor Peters Füße stürzte und sich wimmernd an seine Stiefel klammerte, forderte er den Kerl auf, sofort aufzuhören. Dies tat er natürlich in einer Art und Weise, die seiner Herkunft und Erziehung entsprach, eben wie jemand aus einer zivilisierten Gesellschaft. Doch an diesem Ort fiel er damit auf wie ein bunter Hund. Das ganze wilde Treiben drumherum erstarb. Bis auf das Wimmern des Weibs herrschte eine eisige Stille. Alle Augen waren auf Peter gerichtet. Was macht ein so feiner Mensch auf La Tortuga?

Der Bärtige stand schnaubend und schwankend vor Peter und wusste wohl nicht recht, was er von ihm halten sollte. Das Gesindel um sie herum brach in schallendes Gelächter aus. Dann versetzte der Kerl Peter einen Schlag und wollte das am Boden liegende Weib erneut packen und weiterprügeln, als ein Besenstiel an seinem Hinterkopf entzwei brach, dessen abgebrochener Stumpf Peter in den Händen hielt."

Mit innerer Genugtuung lächelte Audrey in sich hinein und war stolz auf ihren Peter. Das war der Bursche, den sie kannte und nicht zuletzt wegen seiner Courage von Herzen liebte.

„Nun standen sie sich also gegenüber und es stand schlecht für Peter. Kameraden der Stormbride, die ihm zur Seite standen, wurden von dem zahlenmäßig überlegenen Mob zur Seite gedrängt. Sie grölten feixend, hetzten und stachelten den Bärtigen an. Die Kerle wollten aus purer Langeweile Blut sehen – wessen Blut auch immer. Wir waren siebzehn Mann, von denen gerade mal fünf in der königlichen Flotte gedient hatten und etwas Kampferfahrung besaßen. Gegen uns stand eine Meute von etwa fünfzig entwurzelten, blutrünstigen Piraten, die uns damit nicht nur zahlenmäßig überlegen waren, sondern auch entschlossen und kaltblütig zu kämpfen verstanden. Von den mehreren hundert anderen Piraten, die ihren Waffenbrüdern kurzzeitig zur Seite standen, mal abgesehen. Ein offener Kampf war aussichtslos. Der Mob musste überrumpelt werden. Ich fasste gerade den Gedanken, mit unseren Donnerbüchsen und Musketen in die Menge zu schießen und das allgemeine Durcheinander zu nutzen, um mit Peter schleunigst das Weite zu suchen, als etwas Unerwartetes geschah: eine Stimme übertönte das mordlüsterne Gegröle und rief immer wieder Peters vollen Namen aus. Derjenige, dem die Stimme gehörte, drängte sich bis zu den beiden Kontrahenten durch, fasste Peter am Kinn und sah ihn eindringlich an. Dann sagte er, dass er ihn kenne, spuckte aus und höhnte, dass er es kaum glauben könne, dass sich so ein feiner edler Herr nach La Tortuga verirrt hätte. Er führte Peter vor, indem er ihn umherstieß und spöttig als reiches Muttersöhnchen vorstellte."

Bartlett blickte ernst zu Mr. Jenkins auf.

„Dieser Lump stellte Peter als Euren Sohn vor und mutmaßte vor dieser Meute, dass es Euch doch ein hübsches Sümmchen wert sein müsste, Euer Fleisch und Blut wieder unversehrt in die Arme zu schließen. Peter wurde daraufhin abgeführt und vor den Gouverneur – einem gewissen Charles Vane – gebracht. Meinem Ersten Offizier gab ich den Befehl, die Mannschaft solle den Hafen verlassen und auf der Anhöhe auf mich warten. Ich sagte, ich sei der Käpt'n. Peter ist mein Mann und ich wollte diesen Vane sprechen. Mit zuvorkommender Häme stießen sie uns durch die Gassen."

„Verzeiht, Käpt'n, aber warum habt Ihr nicht versucht, den Gouverneur über Peters wahre Identität zu täuschen und ihn als gewöhnlichen Matrosen ausgegeben?", fragte Bellamy mit einem unverständigen Kopfschütteln.

„Dies habe ich gewiss getan, aber dieser Vane ist kein Dummkopf. Er durchschaute meinen Ansatz, ihm genau dies vorzumachen. Ein Blick auf Peters Hände genügte ihm und er wusste, dass sie nicht die eines Seemannes waren. Mein Täuschungsversuch gab ihm dann erst recht Gewissheit, dass Peter wohl bedeutender war, als ich ihm vorzumachen versuchte."

Plötzlich wurden Bartletts Ausführungen vom schallenden Klopfen des Türstößels unterbrochen.

Draußen vor der Tür verlangte jemand unter dringendem Hämmern und Rufen, eingelassen zu werden. Bellamy entschuldigte sich und kehrte kurz darauf mit einem gut gekleideten Mann von etwa 30 Jahren zurück.

Trotz der Besorgnis im Gesicht dieses Mannes spürte Bartlett deutlich die Überheblichkeit und kalte Arroganz, die von dem Neuankömmling ausging. Doch Bartlett sah noch mehr: Es war keinesfalls die Art von Arroganz, die ihre Ursache in allumfassend gesicherten Lebensumständen hatte und deshalb voll hochmütiger Gleichgültigkeit dem täglichen Einerlei gegenüberstand. Nein – es war eine aus der Not geborene, trotzige Arroganz, die Souveränität nur vermeintlich vorgab.

„Entschuldigt bitte meinen späten Besuch", sagte er etwas atemlos in die Runde. Sein Blick verweilte dabei deutlich länger bei Audrey. „Ich sah von draußen noch Licht und da konnte ich nicht anders. Oh, Tante Gwenda, ich habe es soeben in der Stadt erfahren und es tut mir unendlich leid für Euch", sagte er mit weinerlicher Stimme. „Es ist furchtbar und Worte sind nur schwer zu finden und würden doch nicht dem Schmerz genügen, den ich empfinde. Peter und ich wuchsen zusammen auf und als mein Cousin stand er mir so nahe wie ein Bruder. Sein Tod ist entsetzlich und unbegreiflich", sagte er und seufzte in tiefer Hilflosigkeit aus.

Für Bartletts Geschmack zu überschwänglich, um aufrichtig zu wirken. Dem Wirtshausmief zufolge, der aus den Kleidern dieses Lebemannes ausdünstete, konnte sich Bartlett schon denken, wo er von Peters Tod erfahren hatte.

Mrs. Jenkins stand auf und fasste sich – einer Ohnmacht nahe – an die Stirn. „Percy? Was sagst du da? Peter ist tot?", fragte sie verstört.

„Peter ist nicht tot!", donnerte Bartlett trotz seines geschwächten Zustandes dazwischen. Der Schmerz ließ ihn mit großen Augen erstarren und er stöhnte.

Mrs. Jenkins sank auf ihren Stuhl, die flache Hand auf ihrem Dekolleté, und blickte Bartlett flehentlich an. Die übrigen Anwesenden traten unruhig auf der Stelle und tauschten verunsicherte Blicke.

„Peter ist nicht tot! Als ich ihn das letzte Mal sah, war er höchst lebendig", eilte sich Bartlett, die Hausherrin zu beruhigen.

Harold Jenkins war über den nächtlichen Besuchs seines Neffen nicht erfreut. „Käpt'n, gestattet, dass ich Euch miteinander bekannt mache", sagte er.

In seiner Stimme lag ein missbilligender Unterton.

„Das ist Percy Falls ... Peters Cousin, der Sohn meiner Schwägerin." Er wandte sich seinem Neffen zu. „Percy", sagte er wie eine Ermahnung, „das ist Käpt'n Bartlett."

Mitleidig verzückt sah Percy auf den hilflos daliegenden Bartlett herab, wobei er in überzogener Mimik große Augen und einen Spitzmund machte.

„Ich bin erfreut, Eure Bekanntschaft zu machen, Käpt'n", sagte er honigsüß und verbeugte sich schleichend, ohne den Blick zu senken.

Bartlett nickte grimmig.

„Wie ich sehe, seid Ihr verletzt. Was ist nur geschehen?", fragte Percy mit unbedarfter Verwunderung, so, als ob es nichts Böses in der Welt gäbe.

„Nicht von Belang, Percy!", sagte sein Onkel schroff und wandte sich mit einem Nicken zu Bartlett. „Ich bitte Euch, Käpt'n, setzt Euren Bericht fort!"

„Gouverneur Vane glaubte seinem Mann. Für ihn stand fest, Peter war der Spross eines reichen Kaufmannes. Dann stellte er die Bedingungen für Peters Freilassung. Er will Gold, Silber und Brillanten und zwar in einem Wert, der ihn von der großen Liebe eines Vaters zu seinem Sohn überzeuge – so sagte er. Er nannte keine Summe. Doch werde er im Anblick des Lösegeldes wissen, ob diese Liebe groß genug sei, um Peter – seiner Selbst willen – zurück in die Obhut seines Vaters befehligen zu können. Ich versicherte ihm, er werde gewiss zufrieden gestellt werden und versprach, binnen eines Jahres zurückzukehren. Doch dürfe Peter nichts geschehen. Wie zur Demonstration seiner Macht legte er freundschaftlich den Arm um Peter und gab mir mit auf den Weg, ihn nicht zu lange warten zu lassen. Er müsse sonst davon ausgehen, dass Peter kein reicher Spross sei und somit ohne Wert für ihn. Der für Peters Stande angemessenen Bewirtungskosten wegen sei er dann gezwungen, sich an Peter schadlos zu halten."

„Was meinte er damit, schadlos halten?", fragte Audrey.

Der Käpt'n machte eine deprimierte Pause.

„Wer einmal von einem Sklavenmarkt in eine ungewisse Zukunft aufgebrochen ist, ist kaum mehr wiederzufinden." Bartlett sah auf seine Bettdecke herab. „Mit diesen Worten war ich entlassen."

Zwiegespalten zwischen der Sorge seiner Gefangennahme und der Freude darüber, dass Peter noch am Leben war, sagte niemand ein Wort. Hoffnung glimmte in ihren Gesichtern.

Percy, der für einen kurzen Moment in steinerne Ausdruckslosigkeit verfallen war, hatte sich schnell wieder gefasst.

„Käpt'n, so wie Ihr sagt, ist Peter nicht tot, sondern wird gefangen gehalten", stellte er mit samtiger Galanterie in der Stimme fest, wobei er aus den Augenwinkeln spitzfindig um Zustimmung heischend den Blickkontakt zu Audrey suchte.

„Ja", brummte Bartlett.

„Nun, Käpt'n, ich weiß zwar nicht viel von den Gepflogenheiten der Piraten, doch was ich weiß, ist, dass sie Schiffe kapern. Wie erklärt Ihr es, dass Ihr mit der Stormbride unbehelligt abziehen konntet?", fragte er in tückischer Freundlichkeit.

„Ihr vermutet recht. Dieser Vane wollte die Stormbride haben. Ich sagte ihm, ich hätte meinem Ersten Offizier zuvor Befehl gegeben, eine gewisse Zeit auf mich zu warten und nötigenfalls nach Verstreichen dieser Frist ohne mich in See zu stechen. Den Zeitpunkt kenne nur ich. Und ich versicherte Vane, egal welche Pein er sich für mich auch ausdachte, um den Ankerplatz des Schiffes zu erfahren, so würde ich standhaft bleiben, bis die Stormbride mit geblähten Segeln in Sicherheit war. Außerdem sagte ich ihm, es stünde um die Jenkins Trade Company nicht zum Besten und die von ihm gestellte Forderung könne am ehesten erfüllt werden, wenn diese Handelsfahrt Erfolg habe. Außerdem gab ich ihm zu verstehen, dass der Junge mehr wert war als jedes Schiff. Wenn er nur ein wenig Geduld habe, könne er sich den Jungen in Gold aufwiegen lassen. Ich sagte ihm, dass nicht nur seine eigene Familie alles Erdenkliche dafür tun würde, ihn wiederzukriegen, sondern auch die Familie seiner Verlobten. Und damit waren es zwei reiche und mächtige Familien, die bereit sein würden, einiges in die Wagschale zu werfen, um Peter wiederzukriegen. Er, Vane, müsse sich nur etwas gedulden", erklärte Bartlett knurrig.

Mochte die Frage noch so berechtigt sein, solche Typen wie dieser Percy waren ihm derart zuwider, dass er kaum noch Schmerzen spürte. Aufschneider, Wichtigtuer, gepuffte Hofschranze, beschimpfte Bartlett den Cousin gedanklich und war sich sicher, dass das Misstrauen dieser Landratte weniger mit ernster Anteilnahme oder Besorgnis zu tun hatte, als denn vielmehr den Zweck, die hübsche Verlobte seines Cousins zu beeindrucken. Finster blickte Bartlett zu Percy auf, dem die Absicht anzusehen war, Bartlett mit jovialem Spott vorzuführen.

„Was Ihr nicht sagt, Käpt'n Bartlett, aber Peter war Euch doch anvertraut und wenn Ihr besser auf ihn ..."

„Schweig jetzt, Percy! Das gehört hier nicht hin und ist so fruchtlos wie dein bisheriges Leben. Ich verbiete dir, Gäste in meinem Haus so zu behandeln!" schnitt ihm Harold Jenkins böse das Wort ab.

„Entschuldigt bitte, Onkel" Dermaßen gescholten senkte er unterwürfig den Blick. „Es ist nur ...", er schluckte trocken, „wir standen uns so nah. Diese Hilflosigkeit ... verzeiht!"

Wie ein geprügelter Hund schlich er sich hinter den Stuhl seiner Tante und legte ihr behutsam seine Hände auf die Schulter.

Mrs Jenkins ergriff in einvernehmender Besorgnis seine Hand und lächelte warm zu ihm hinauf.

Bartlett presste seine Lippen aufeinander und nickte ihm einmal zu. Was für ein falscher Hund!, dachte er sich.

„Ich werde gleich morgen früh nach London reiten und um eine Audienz bitten. Dieses Gesindel bedroht immerhin Englands Handelsinteressen. König George muss handeln", sagte Harold Jenkins umtriebig und ließ somit auch gleich erkennen, wie er den König einzustimmen gedachte.

„Wenn Euch das Leben Eures Sohnes lieb ist, dann lasst diesen Plan lieber fallen", warnte Bartlett.

„Dieser Vane wird schon sehen, was er davon hat, meinen Sohn zu entführen. Wenn erst einmal die königliche Flotte vor La Tortuga kreuzt, wird es ihm noch leidtun. Diese Schurken sollen wissen, mit wem sie sich hier angelegt haben", ereiferte sich Peters Vater, ohne Bartletts Rat gehört zu haben.

„Was glaubt Ihr, was sie mit Peter anstellen, sobald sie auch nur das erste königliche Kriegsschiff entdecken?", fragte Bartlett unverhohlen.

Jenkins fuhr herum. Unsicherheit trat anstelle seines Eifers. „Was meint Ihr?"

„Lange, bevor die Schlacht entschieden ist, wird Peter tot sein. Noch bevor wir ihn erreichen. Sollte sich der König darauf einlassen, Kriegsschiffe zu entsenden, so wird es sicher zu einer Schlacht kommen. Hat die königliche Flotte nach mehreren Monaten auf See und Tausenden von Seemeilen erst einmal westindische Gewässer erreicht, so wird sie gewiss nicht abdrehen und heimwärts segeln, falls Peter unbeschadet ausgeliefert werden sollte. Nein! Ist die Flotte erst einmal vor Ort, wird den Piraten der Garaus gemacht. So oder so, das ist mal sicher. Alles andere wäre für den König eine Verlustrechnung. Das weiß auch der Gouverneur von La Tortuga. Es wäre dann für Vane ein Leichtes, angesichts seines eigenen Untergangs, Peters Tod zu befehlen. Peter steht dann stellvertretend für das verhasste England. Es ist kein Zufall, dass binnen eines Jahres nach Peters Gefangennahme englische Kriegsschiffe vor Tortuga kreuzen. Vergesst das nicht!" Bartletts Worte hätten deutlicher nicht sein können.

Ratloses Schweigen breitete sich aus.

„Käpt'n Bartlett hat ganz recht. Es ist zu gefährlich", stimmte Pierce Wellington zu.

„Also bezahlen wir das Lösegeld und hoffen das Beste", sagte Mr. Jenkins.

„Ja und nein", sagte Bartlett und sah aus, als wisse er, wovon er sprach. „Ein sehr waghalsiger Handel. Denkt nur an die Worte von Vane: Das Lösegeld muss ihn von der großen Liebe eines Vaters zu seinem Sohn überzeugen. Pah! Selbst wenn Ihr ihm alles geben, was Ihr habt, wird es ihm doch nicht reichen. Das Wort eines Halunken ist nichts wert!", sagte Bartlett verächtlich.

„Aber was bleibt uns denn noch, Käpt'n, was sollen wir tun?", sagte Audrey drängend. Röte stieg ihr ins Gesicht.

„Es gibt nur eine Möglichkeit, Peters Leben zu retten. List und Tücke sind unsere Waffen. Eine geheime Mission, in der wir unseren Gegner überrumpeln. Aber der Erfolg einer solchen Unternehmung hängt entscheidend vom Stillschweigen eines jeden hier ab."

Bartlett blickte mahnend in die Runde, bevor er weitersprach. „Von Bristol aus brechen täglich Schiffe in alle Welt auf und gleichsam wie die Fracht im Laderaum gehen in den Köpfen auch Nachrichten und Gerüchte mit auf die Reise. Dringt auch nur ein Sterbenswörtchen nach außen, gefährden wir Peters Leben und die Männer, an die ich denke, laufen Gefahr, eine böse Überraschung auf La Tortuga zu erleben."

Unschlüssig, befremdet und verschworen sahen sie einander an.

„Selbstverständlich, Käpt'n. Niemand wird ein Wort darüber, was hier besprochen wird, verlauten lassen. Wie ist Euer Plan?", fragte Harold Jenkins ruhig.

„Um keinen Verdacht zu erregen, tarnen wir unsere Mission offiziell als Handelsfahrt nach Madagaskar. Dazu brauchen wir Männer, die es an Entschlossenheit und Kaltblütigkeit mit den Piraten aufnehmen können. Außergewöhnliche Männer, die zudem über gewisse Talente und Fertigkeiten verfügen. Kampferfahrung ist hiervon nur das Geringste. Spezialisten eben – auf ihre Art ...", antwortete Bartlett mit nüchternem Kalkül.

„Schöne Worte, Käpt'n Bartlett, aber können wir solchen Männern auch trauen?", fragte Mr. Bellamy misstrauisch.

„Die Männer, an die ich denke, brauchen keinen guten Charakter. Sie stellen nur eine Handvoll Männer dar, die dem Grunde nach ausziehen, sich mit einem ganzen Staate anzulegen. Sie werden wissen, dass sie ihr Leben dabei verlieren können."

Bellamy schüttelte den Kopf. Ihm war nicht wohl dabei, wildfremden Männern Peters Leben anzuvertrauen. „Wir sollen also Schurken bezahlen, damit sie Schurken bekämpfen. Ich weiß nicht. Ich halte das für nicht gut."

„Was ich damit sagen will, ist, dass es Lebenslagen gibt, in denen Gier viel beständiger ist als ein guter Charakter, weil die Gier die Frage nach der Sinnhaftigkeit viel leichter beantwortet als die Tugend. Die Gier ist das, was sie zusammenhält und beherrschbar macht, weil sie das Ziel – Peter zu befreien und möglichst unbeschadet nach England zurückzubringen – nur gemeinsam erreichen können. Dafür werden sie entlohnt. Doch eine grundlegende Eigenschaft müssen sie haben: Sie dürfen keine Dummköpfe und Einfaltspinsel sein. Es gibt keine unheilvollere Allianz in den Charakterzügen eines Mannes, als die der Gier mit der Dummheit. Wenn ich eines auf meinen Reisen gelernt habe, dann jenes, dass Dummheit um ein Vielfaches gefährlicher ist als Bedacht", sagte Bartlett überzeugt.

Audrey konnte schon während Bartletts Ausführungen kaum an sich halten, ihm nicht ins Wort zu fallen. Das lief entschieden ihrem Empfinden von Gerechtigkeit und Anstand zuwider.

„Gewiss leuchtet mir ein, was Ihr über den Charakter jener benötigten Männer sagtet, aber mir missfällt und es ist nicht richtig, dass Ihr die Gier von Fremden über unsere Liebe zu Peter – über meine Liebe – stellt. Mag die Situation noch so gefährlich sein, die Tugend der Liebe ist genauso beständig und frei von Zweifeln wie die von Euch beschriebene Gier. Ich würde alles geben, auf das ich ihn letzten Endes wieder in meine Arme schließen könnte", sagte sie trotzig und verschloss die Arme vor der Brust.

„Dies will ich Euch gerne glauben und glücklich kann sich Peter schätzen, dass Ihr ihm versprochen seid. Doch zweifle ich daran, Eure Entschlossenheit in allen Ehren, dass Ihr es versteht, mit Degen und Muskete umzugehen. Und ich zweifle ferner daran, ob wir in dieser Stadt auch nur einen einzigen Mann finden, der fähig ist und aus bloßem Ehrenmut – der guten Sache willen – sich auf ein lebensgefährliches Abenteuer einlässt", erwiderte Bartlett nachsichtig.

„Mir scheint, Ihr habt die Zeit Eurer Rückreise wahrlich genutzt, Euch Gedanken über Peters Rettung zu machen. Aber sagt, wo werden wir diese Männer finden?", fragte Mr. Jenkins.

„Wenn es sie gibt, werden wir sie finden. Hier in dieser Stadt", gab sich Bartlett gewiss.

„Was ist mit dem Lösegeld? Muss ein solcher Schatz denn überhaupt mit auf die Reise gehen, wenn wir schon eine solche Söldnertruppe rekrutieren?"

„Ja, denn das Geld kann uns noch sehr nützlich sein. Denn der Anblick eines solchen Reichtums verspricht einen Moment der Ablenkung, den wir im Zuge einer List nutzen können. Oder sei es, um Zeit zu gewinnen. Es ist auch möglich, dass wir vorzeitig entdeckt werden. Oder Vane kommt zuerst an Bord oder er schickt jemanden, um sich zu vergewissern, dass das Lösegeld tatsächlich vorhanden ist. Wenn wir dann keines vorweisen können, ist die Mission bereits gescheitert, bevor wir auch nur einen Fuß auf die Insel gesetzt haben", sagte Bartlett und fasste Percy Falls ins Auge.

„Mr. Falls hier hat nicht umsonst in der Stadt von Peters angeblichen Tod erfahren. Es gehört zu meinem Plan. Vorbereitungen zu dieser Rettungsmission habe ich bereits auf La Tortuga getroffen, indem ich der Mannschaft vorgab, Peter sei tot. Es gab keine andere Möglichkeit. Hätte ich ihnen erzählt, dass die Piraten in Wahrheit Lösegeld für Peter fordern, würde jeder der Männer, die wir für die Mission rekrutiert haben, ganz eigene Vorstellungen von der Verwendung des Lösegeldes haben."

Bartlett wurde bitterernst und seine Augen blitzten fuchsig.

„Wenn bekannt wird, dass wir einen Schatz an Bord haben, wird das Schiff zum Pulverfass. Misstrauen, Heimtücke, Meuterei und schließlich der Tod. Eine wahrhaftige Hölle weit, weit draußen auf dem Meer."

Das Gedicht

Seit vier Tagen befand sich Bartlett bereits in der treusorgenden Obhut von Mrs. Blix, der Hausangestellten, die so ihre Mühe mit diesem störrischen Patienten hatte. Blass und mager war er geworden. Seine Wunden heilten gut ab, wenngleich dieser Prozess zwischenzeitlich von einem hohen Fieber begleitet wurde.

Aber an diesem Morgen ging es ihm schon bedeutend besser. Seine fiebrigen, trüben Augen hatten sich aufgeklart und er bekam wieder Appetit. Ein weiteres sicheres Zeichen seiner voranschreitenden Genesung war seine zunehmende Nörgelei über dies und jenes. Das Bett war zu weich, der Raum zu stickig oder zu kalt. Die Decke war kratzig. Das Kissen zu platt. Und überhaupt, das Nachtgewand mache aus ihm eine lächerliche Figur. Kurzum, alles war soweit in Ordnung. Wenn Mrs. Blix nicht im Raum war, ließ er den einen oder anderen herzerleichternden Fluch über seine Situation los. Kein Zweifel, Käpt'n Bartlett war glücklicherweise auf dem Weg der Besserung.

Es klopfte und ohne ein Herein abzuwarten, schwang die Tür zu seinem Zimmer auf.

„Guten Morgen, Käpt'n Bartlett, ich hoffe, Ihr habt gut geschlafen." Mrs. Blix war die gute Seele des Hauses, tüchtig und warmherzig. Sie war um die fünfzig, trug ihr Haar hochgesteckt, hatte rote Pausbacken und eine ausladende Oberweite, zu der ein ebenfalls ausladendes Hinterteil ihre Figur im Gleichgewicht hielt. Das frische Nachtgewand in ihrer Hand legte sie sorgfältig über eine Stuhllehne, ging zum Fenster und riss abrupt die Vorhänge beiseite. Das Sonnenlicht fiel wie gleißende Balken in den Raum.

„Ja, ich habe gut geschlafen, bis eben sogar sehr gut geschlafen und jetzt muss ich wohl zu allem Unheil noch erblinden, oder?", murmelte der Käpt'n blinzelnd.

„Ein geregelter Tagesablauf kommt Eurer Genesung durchaus zugute. Na, wie fühlen wir uns denn heute?", erwiderte sie bestimmt und beugte sich fürsorglich über ihn. Er hasste es, derart verhätschelt zu werden.

„Schlecht, sehr schlecht! Dieses Herumliegen bekommt mir nicht. Mir fehlt die Seeluft, ein tüchtiger Schluck Rum, 'ne Prise Tabak – und mal was Anständiges zum Beißen käme mir gleichfalls sehr gelegen, ... Misses ...", antwortete er bärbeißig und doch schwang Hoffnung in seiner Stimme mit.

„Mein lieber Käpt'n, was das Essen angeht, so halte ich mich strikt an die Anweisungen von Dr. Pargether. Fasten fördert die Heilung und solange der Doktor nichts Anderes bestimmt, werdet Ihr wohl mit kräftigendem Haferschleim und Hühnerbrühe vorlieb nehmen müssen."

Bei dem Wort Haferschleim verzog Bartlett angewidert das Gesicht.

Hiervon ungerührt fuhr Mrs. Blix in ihren Belehrungen fort. „Und was Tabak und Rum angeht, so wäre jedes weitere Wort darüber reine Zeitverschwendung", sagte sie streng.

Enttäuscht presste der Käpt'n die Lippen aufeinander und sah irgendwie verknautscht aus, was nicht zuletzt auch daran lag, dass er an Gewicht verloren hatte.

„Von Pferdefraß und Wassersüppchen soll man gesund werden? Pah! Dass ich nicht lache! Was sich diese Doktoren alles einfallen lassen", sagte Bartlett mit kraftlosem Unglauben mehr zu sich selbst.

„Darf ich?", fragte sie und ohne eine Antwort abzuwarten, hob Mrs. Blix mühelos seinen Oberkörper gerade so weit an, dass sie das Kissen unter ihm wegziehen konnte. Während sie es aufschüttelte, lächelte sie ihn aufmunternd an.

Ironisch und kraftlos lächelte Bartlett zurück.

„Da es Euch offensichtlich wieder besser geht, bin ich recht zuversichtlich, dass Euch der Doktor herzhaftere Kost zugestehen wird."

Das aufgeschüttelte Kissen war jetzt breiter und fülliger und so musste sie den Käpt'n etwas höher anheben und somit an sich drücken, um das Kissen unter seine Schultern zu schieben. Wie entwürdigend! Bartlett fühlte sich wie ein Baby an der Brust seiner Amme. Nur nicht so glückselig. In seinem Seemannsstolz gebrochen, nahm er es mit düsterer Miene hin. Eine falsche Bewegung und die Blutkruste an seiner Seite würde aufbrechen und sich entzünden, hatte Dr. Pargether gewarnt.

Herr, lass Abend werden!, dachte er sich.

Als Mrs. Blix nun das frische Nachthemd um ihren Unterarm legte und ihren Patienten mit unnachgiebiger Selbstsicherheit ansah, ahnte Bartlett, dass das ihm abverlangte Maß an entwürdigender Hilflosigkeit sich wohl noch steigern würde. Mit befremdlicher Empörung zog er schützend seine Decke etwas höher.

„Nein!", lehnte er strikt ab, das Hemd zu wechseln.

„Ihr liegt seit fünf Tagen in demselben Nachthemd. Es ist blutbefleckt und vom Fieber verschwitzt. Ihr müsst das Hemd wechseln!", forderte sie unnachsichtig.

Ihr Patient zog die Decke noch etwas höher. „Nein, nein, und nochmals nein! Ich esse brav meinen Brei, wache, wenn ich wachen soll und schlafe, wenn ich schlafen soll. Schlucke die widerlichste, übelriechendste Medizin und – als wäre das nicht schon genug – muss ich mich wie ein bettlägeriger Greis erleichtern. Ich bin Euch für Eure Fürsorge sehr dankbar, Mrs. Blix, aber ich bin Seemann und genug ist genug."

„Es tut mir leid, aber ich muss darauf bestehen", erwiderte Mrs. Blix resolut und tat einen Schritt näher.

Bartlett zog seine Decke noch etwas höher, bis nur noch seine Augen zu sehen waren. „Ich verbiete Euch, noch einen Schritt näherzukommen!"

„Ihr seid zwar der Käpt'n eines Schiffes und befehligt eine ganze Mannschaft, aber hier …", die gute Seele stampfte mit dem Fuß auf und fuhr fort, „aber hier bin *ich* der Käpt'n", sagte sie mit fester Stimme.

Bartlett schaute erbost über seine Bettdecke hinweg. Potzblitz, Dreiteufelsgestürm, Hagel und Schotbruch! So ein vermaledeites, störrisches Weib!, dachte er sich. Hätte ich ihr gar nicht zugetraut.

Erschrocken über die in ihm aufkommende Sympathie für Mrs. Blix, kämpfte er mit düsterer Miene dagegen an und entschloss sich, seine Karten offenzulegen.

„Unter meinem Hemd bin ich so, wie Gott mich schuf, Misses! Es geht nicht! Versteht Ihr? Es geht einfach nicht!", sagte er verärgert und überdeutlich. „Eher verdunkelt sich die Sonne und es regnet Kröten, als dass ich mir vor Euch die Blöße gebe. Habt Dank und empfehlt Euch!" Stolz hob er den Kopf, um über die Anwesenheit von Mrs. Blix hinwegzusehen.

„Käpt'n Bartlett! Wenn Ihr mir doch nur ein wenig vertrauen könntet, so würdet Ihr gewiss sehen, dass wir dieses Hemd wechseln könnten, ohne dass Ihr Euch auch nur im Geringsten die Blöße geben müsstet", sagte sie gütlich.

„Madam, ich bin Euch für Eure aufopfernde Mühe sehr dankbar. Aber da es mir nun wieder besser geht, entbinde ich Euch von Euren Pflichten und will ganz offen zu Euch sein ..."

Gleichmütig hörte Mrs. Blix zu, wusste sie doch schon, dass dieser sture Käpt'n nichts unversucht lassen würde, sich herauszuwinden, um sie von ihren Pflichten abzuhalten, was natürlich reine Zeitverschwendung war.

„Nun, wir Seemänner gehen die Dinge gerne ohne viel Aufheben an. Ich habe mich bewusst für das Seefahrerhandwerk entschieden. Denn wenn ich die zweifelhaften Annehmlichkeiten der Ehe hätte annehmen wollen, hätte ich dies bereits vor langer Zeit tun können. Von morgens bis abends um mich herumschlawenzeln und mich betüddeln, liegt mir nicht."

Die ohnehin schon roten Pausbacken der Haushälterin wurden noch röter, ihre Augen traten hervor, sie rang nach Luft und schwankte für einen Moment.

„Was erlaubt Ihr Euch?", fuhr sie tief von unten herauf. „Ihr wollt doch wohl nicht sagen, dass ich ..." Erbost trat sie auf des Käpt'ns Bett zu und wie er so dalag, schien er zu schrumpfen.

„Ich bitte Euch! Bewahrt Fassung! Wir wollen doch jetzt keine Szene. Lasst uns doch beide mit Anstand und Würde aus der Sache rausgehen", unterbrach er sie sehr einfühlsam – vornehmlich besorgt um sein eigenes Wohlergehen. Er hatte ihr ja nur sagen wollen, dass er dieses Verhätscheln nicht mag und deshalb nie geheiratet hatte. Was ist denn bloß in Mrs. Blix gefahren?, fragte er sich.

Das war der guten Mrs. Blix noch nie untergekommen. Die Unverschämtheit dieses Kerls hatte sie sprachlos gemacht. Sie rang nach Worten, wusste sie nicht, ob sie jetzt schreien oder lachen sollte. Ihre Lippen versuchten, Worte zu formen und dabei erinnerte sie an einen Karpfen auf dem Trockenen.

„Ihr glaubt doch wohl nicht im Ernst, dass ich etwas Anderes im Sinn hätte als … Ihr erlaubt Euch einen Scherz?!" Dann war es entschieden. Nicht mehr an sich haltend, brach sie in schallendes Gelächter aus und ihr massiger Körper wippte. Mühsam fing sie sich nach einer Weile wieder. „Mein lieber Käpt'n Bartlett! Wir werden jetzt gemeinsam das Gewand wechseln!", stellte sie entschlossen fest und wischte sich die feuchten Augen.

Bartletts Rettung erschien in Gestalt von Harold Jenkins, der in Begleitung eines Garnisonoffiziers den Raum betrat.

„Diesmal kommt Ihr noch mal davon. Aber ich komme wieder!", sagte sie und machte kehrt.

Auf dem Weg zur Türe grüßte sie Mr. Jenkins und seinen Gast und schloss die Türe hinter sich. Dann hörten die drei Männer ein schallendes Lachen. Verwundert sah sich der Hausherr nach der Türe um. Unschlüssig über seine Hausangestellte freute er sich, Bartlett zu sehen.

„Gut seht Ihr aus, Käpt'n. Was hat Mrs. Blix denn so erheitert?", fragte er und deutete hinterrücks auf die Tür.

Bartlett winkte ab. „Ach, versteh einer die Frauen", antwortete er, sich keiner Schuld bewusst.

„Das ist Major Graves und er hat gute Nachrichten für Euch", stellte er den Offizier vor.

Der Offizier nahm nicht vollends die zackige Haltung an, grüßte aber militärisch. Er war so um die 50 Jahre alt, hatte ein breites Gesicht mit einer platten, fleischigen Nase hinter der kleine, flackernde Augen gewohnheitsmäßig argwöhnisch dreinblickten. Ein kräftiger Mann mit groben Händen.

Ein richtiger Rotrock, dachte Bartlett.

Es war eben nicht nur militärisches Geschick, eine Empfehlung, oder ein gutes Stammhaus, das einem den Weg in der königlichen Armee ebnen konnte. Nein, auch eine gewisse Grobschlächtigkeit war sehr dienlich. Männer, die keine Fragen stellten und schweigen konnten, waren für die groben Seiten des Militärdienstes wie geschaffen. Und Major Graves unterstand der Kerker.

Seine schneidige rote Uniform mit der schräg über seiner Brust verlaufenden hellbraunen ledernen Koppel, der schwarze Dreispitz und die weißen Beinkleider wollten nicht so recht zu seiner groben Erscheinung passen.

„Ich habe eine gute Nachricht für Euch: Wir haben ihn geschnappt, der Euch das angetan hat. Ein junger Bursche", sprach er stolz und schnupfte dabei immerzu durch seine verbeulte Nase. Der Offizier griff in seine Tasche und holte einen ledernen Geldbeutel hervor. „Und das hier hatte er bei sich. Sieht vollständig aus. Sicher habt Ihr es schon vermisst", sagte er und reichte Käpt'n Bartlett den Beutel.

Prüfend wog Bartlett ihn in der Hand und betrachtete den Beutel eingehend. Das Leder war ganz abgegriffen und an einigen Stellen dunkel und glatt. Bartlett konnte einige Münzen sowie einen größeren, eckigen Gegenstand erfühlen.

„Das ist nicht meiner", sagte Bartlett nachdenklich.

„Das ist Diebesgut und wenn er nicht Euch gehört, Käpt'n,

dann wird der Bursche es wohl einem anderen gestohlen haben", schlussfolgerte der Offizier zufrieden mit seinem Geistesblitz.

„Schauen wir doch einmal, was drin ist." Bartlett reichte den Beutel Mr. Jenkins, da er ihn wegen seiner Handverletzung nicht öffnen konnte. Rasselnd purzelte der Inhalt auf die Bettdecke. Neugierig beugten sie sich darüber.

Inmitten einer Schar von Münzen sahen sie einen kunstvoll geschliffenen Parfümflakon aus blauem Glas, der durch sein Gewicht auf der weichen Bettdecke die Münzen um sich scharte.

„Was haben wir denn hier?"

Bartlett nahm den Flakon und hielt ihn gegen das Fenster. Das Sonnenlicht durchströmte das blaue Glas und schimmerte bläulich auf Bartletts fasziniertem Gesicht.

„Sehr schöne Arbeit und sicher auch sehr kostbar", bemerkte der Käpt'n beeindruckt.

Er roch am Flaschenhals, vernahm aber nichts von dem Parfum darin. Ein Korken, der mit Siegellack überzogen war, schützte den Inhalt, der bestimmt genauso erlesen und kostbar war, wie der Flakon. Bartlett kniff die Augen zusammen. Umrandet von geschliffenen Verzierungen hatte er etwas entdeckt.

„Was ist?", fragte Mr. Jenkins.

Bartlett brummte nichts sagend und führte den Flakon näher an seine Augen, um besser sehen zu können. „Hier ist eine Gravur", sagte er.

„Lest vor!", drängte ihn Mr. Jenkins.

Mit seiner rauen dunklen Stimme las Bartlett die Inschrift.

„Wie eine klare Sternennacht, so nah und doch so fern, nicht wissend um des Sternes funkelnden Feuers, welches leuchtet, Euch zu erreichen, hoffend auf eines langen Weges Ziel."

Für einen Moment herrschte nachdenkliches Schweigen im Raum.

„Den Besitzer werden wir wohl nicht mehr finden können", vermutete Major Graves. „Aber vielleicht weiß der Bursche noch, wem er den Beutel gestohlen hat. Ich werde ihn mir vorknöpfen und ich versichere Euch, er wird schon noch reden", sagte der Major und wedelte drohend mit der flachen Hand bevor er weitersprach. „Er ist bereits seit fünf Nächten im Tower und hat sicher Zeit gefunden, über seine Missetaten nachzudenken. Ich kenne diese Sorte, tun so, als ob sie kein Wässerchen trüben könnten. Nicht mit mir! Es gibt nur eine Sprache, die sie verstehen. Mit guten Worten kommt man da nicht weiter", ereiferte sich Graves voll barbarischem Tatendrang und tat so, als ob er eine Kartoffel zerquetschte.

Plötzlich rührte es Bartlett, als sei er vom Blitz getroffen, und er fasste sich an den Kopf. „Höllengebrüll und Hexengezeter! Natürlich!", fluchte er, woraufhin ihn ein missbilligender Blick des Hausherren traf.

Plötzlich fiel es auch Mr. Jenkins wie Schuppen von den Augen. „Könnte möglich sein", bemerkte Harold Jenkins nachdenklich.

„Ein Junge? Wie sieht er aus?", drängte Bartlett den Major.

Der Kerker

Tropf, blöpp, tropf, tropf, blöpp, tropf – Die Wassertropfen, die in einiger Entfernung zueinander von der Decke fallend auf den Boden platschten, wechselten sich wie die Musiker eines Orchesters in ihrem Einsatz ab und ergaben so in ihrem Zusammenspiel einen Rhythmus, der durch diese Kerkerhöhle hallte. Durch das vergitterte kleine Fenster in sechs Yards Höhe fiel nur wenig Tageslicht hinein. Die lodernde Pechfackel an der Wand zauberte schemenhafte Geister an das unebenmäßige Relief der Mauersteine und der Boden war mit fauligem Stroh bedeckt, dessen muffiger Gestank sich mit dem der qualmenden Pechfackel vermischte.

Im Halbdunkel einer Ecke saß William. Die Beine angezogen, hatte er seine Arme davor verschränkt und stützte sein Kinn auf die Knie. Seine ersten wütenden Proteste und trotzigen Unschuldsbeteuerungen waren ungehört verhallt und über die Zeit folgte Verzweiflung und Traurigkeit. Eine Träne rann ihm aus dem Auge, die auf ihrem Weg den Schmutz auf seiner Wange löste. Er zog die Nase hoch und starrte leer in den Raum.

Seit fünf Nächten war er hier nun schon gefangen und er fragte sich, wann sie ihn endlich abholen. In aller Öffentlichkeit verdroschen sie ihm dann den Hintern, dass ihm Hören und Sehen verging. Übel zugerichtet war es bei Weitem mehr als nur ein bloßes Hinternversohlen, das einem da verpasst wurde. Klaffende Wunden! Er wusste, was ihm bevorstand und machte sich nichts vor. Er selbst hatte ein paarmal dabei zugesehen.

„Wo kann ich hin, wenn es ausgestanden ist? Wer hilft mir?", fragte er sich und wünschte, er könne es endlich hinter sich bringen.

Wenngleich er es nach den irdischen Gesetzen dieser Stadt verdient hatte, hier eingesperrt zu sein, so war er in diesem Fall wirklich unschuldig. Er hatte einen Mord verhindern wollen und dafür hatten sie ihn eingesperrt. Das war ungerecht und machte ihn richtig wütend.

In innerer Zwiesprache mit dem lieben Gott bekannte er sich zwar seiner Taten in der Vergangenheit für schuldig und es reute ihn auch. Warum er jedoch ausgerechnet dann bestraft wurde, wenn er etwas Gutes tat, konnte er nicht verstehen.

William sah hinauf in das Schwarzdunkel der Kerkerdecke.

„Lieber Gott, wie wäre es, wenn ich zukünftig nicht mehr die Wohlhabenden, sondern nur noch die Stinkreichen bestehlen würde? Wäre das in Ordnung? Aber du musst mir bitte helfen und mich hier rausholen. Dann bringe ich dir deinen Anteil auch immer zur Kirche ... einverstanden?", versicherte er mit großen Augen in das Dunkel hinein.

Wieder hörte er dieses gellende, irre Lachen und erschrak zutiefst. Das Lachen schallte durch den Kerker und William hielt sich die Ohren zu. Er war nicht allein. Dort, wo der Kerker am dunkelsten war, ganz hinten in einer der pechschwärzesten Nischen war noch jemand. Und dieser jemand war ein gefährlicher Wahnsinniger ...

Als sie William vor fünf Nächten hier einsperrten, glaubte er sich allein und erkundete zunächst einmal sein Verließ. Es konnte ja sein, dass sich eine Fluchtmöglichkeit auftat.

Glücklicherweise konnte er sich frei bewegen – seine Handgelenke waren zu schmal, um ihn anzuketten. William argwöhnte nichts, als von Zeit zu Zeit aus dem Dunkel der schwarzen Nische ein erbärmliches Quieken und Schreien einer Ratte durch den Kerker schallte. Revierkämpfe von Ratten, hatte er sich gedacht und es abgetan, während der Wahnsinnige sich im Verborgenen hielt und auf ihn lauerte. Nichts ahnend der Gefahr, in der er sich befand, hatte er sich der Nische genähert. Groß und dunkel tat sich das Schwarz vor ihm auf. William war im Begriff hineinzutreten, als er das leise Klicken eines Kettengliedes hörte und stehen blieb. Er kniff die Augen zusammen und schon im nächsten Moment rollte eine lärmende Mischung aus Kettenrasseln und geiferndem Keuchen auf ihn zu. Sehen konnte er nichts. Mit schockgeweiteten Augen taumelte William zurück und fiel rücklings hin.

Etwas schloss sich um sein Schienbein. Es war zu spät!

Im gleißenden Lichtkegel des Fensters sah William die behaarte, krallige Hand aus dem Schwarz herausragen. Fest hielt sie sein Schienbein gepackt. Schmutzige, gelbe Fingernägel schnitten in sein Fleisch. William schrie sich die Seele aus dem Leib, während er unablässig durch den Lichtkegel hindurch in das Dunkel gezogen wurde. Nun fiel ihm das Geschrei der Ratten ein und er wusste, was ihn in dem Dunkel erwartete. Bäuchlings krallte er sich an den Boden und versuchte verzweifelt, irgendwo Halt zu finden. Wie von Sinnen trat er in das Dunkel, traf auch, aber es half nichts. Nur noch zur Hälfte aus dem Dunkel herausragend, stieß sein Knie an etwas Metallisches, das daraufhin über den Boden klimperte. Panisch tastete William danach und bekam es zu greifen. Es war ein Nagel, mit dem die Beschläge im Mauerwerk verankert wurden. Aus eigenem Antrieb tauchte er vollends in das Dunkel und stieß den Nagel an die Stelle seines Schienbeins, wo ihn die Hand gepackt hielt. Nichts sehend hoffte er inständig, dass er sich nicht selbst ins Bein stach. Ein Aufheulen – Treffer!

Die Hand löste sich und William kroch so schnell er konnte aus dem Dunkel. Dennoch gab der Wahnsinnige nicht auf und hastete ihm hinterher. Es war deutlich am Rasseln der Ketten zu hören. Doch die Hast hatte an dem Punkt ein Ende, an dem sich die Ketten um seinen Hals spannten und ihn mit einem kehligen Gurgeln stoppten. Die Freiheit des Verrückten war in einem Radius begrenzt, der kaum über das Schwarz der Nische hinausragte.

Zitternd, mit wunder Kehle und pochendem Herzen, lag William in sicherer Entfernung und starrte mit Schrecken auf das Dunkel. Noch einmal trat die krallige Hand aus dem Dunkel und streckte sich ihm sehnsüchtig zitternd entgegen. Der Nagel steckte im Fleisch und ging durch den Handteller. Schwach fiel sie zu Boden und zog sich in das Dunkel zurück. Als sie schon nicht mehr zu sehen war, konnte William immer noch das metallische

Klimpern des Nagels hören.

Nein, das durfte ihm kein zweites Mal passieren. William wusste, wie weit er sich der dunklen Nische nähern konnte, ohne angefallen zu werden. Glücklicherweise wusste er auch, dass er sich dabei keinesfalls an der Grenze des Lichtkegels zur Dunkelheit orientieren durfte, da mit der wandernden Sonne diese Grenze näher an diesen Wahnsinnigen rückte. Es war das Beste, diesen Bereich weiträumig zu meiden. Nur vor dem Einschlafen musste William an den Nagel denken und hoffte, dass die Ketten des Wahnsinnigen hielten.

Was für eine willkommene Ablenkung war es doch, als William das hektisch, kratzende Tippeln kleiner Rattenfüße hörte. Da war sie wieder, die Ratte mit dem vernarbten Ohr. Sie blieb stehen, hielt die Nase in die Luft und schnupperte zuckend, während sie vorsichtig näher kam. William kannte sie schon und hatte sich ein wenig mit ihr angefreundet. Geschenke erhalten die Freundschaft, hatte er einmal gehört; also griff er in die Holzschale mit dem sauer-stinkenden grauen Haferschleim und fischte einen fremdartigen gelblichen Brocken heraus. Der Brocken war einmal eine Kartoffelschale gewesen, die jetzt aber aufgedunsen alle Stadien des Schimmels durchlaufen hatte und von grün nach braun nun letztmalig gelb geworden war. Ihm wurde ganz schlecht bei dem Gedanken, dass das eigentlich sein Essen sein sollte.

Angewidert warf er seinem Freund den Brocken hin und wischte sich die Hände an der Hose ab. Hosley hatte er die Ratte genannt, weil sie genauso hässlich war wie der blinde Bettlerkönig. Hosley stürzte sich auf den Brocken und während er schmatzend fraß, schaute er sich futterneidig nach hinten um. Es schien ihm sehr zu schmecken.

Um sich die Zeit zu vertreiben, hatte William damit begonnen, Hosley zu dressieren. Und dies tat er, indem er einen weiteren Brocken aus der Schale fischte. Er musste zwar danach wühlen, aber der Aussicht auf Kurzweil wegen machte es ihm nichts aus.

Als er seine Hand aus der Schale zog, schmatzte der Brei wie zum Abschied einen Kuss. Mit dem Brocken in der Hand beschrieb er eine Handbreit über Hosleys Rattenschädel einen Kreis und Hosley, der ja nur den Brocken im Auge hatte, drehte sich auch im Kreis. William führte den Brocken zurück und Hosley ging rückwärts. William grinste

„Darf ich Euch zum Tanz bitten, Verehrteste?", fragte er vergnügt und begann, den Brocken in den schwungvollsten Kreisen zu führen und Hosley folgte. William summte vergnügt und das Platschen der Wassertropfen ergab dazu den Takt.

Vor, zurück, im Kreise links und wieder rechts ließ er die Ratte nun wie in einem Hindernisparcour über seine Beine springen, wobei sie vergnügt oder aus Ärger über die stetig entschwindende „Leckerei" fiepte.

William führte einen Kreis, der wie eine Spirale immer enger wurde, was Hosley zu einer Pirouette veranlasste, als draußen vor der Tür der erste der fünf Eisenriegel kraftvoll zurückgeschoben wurde. Vor Schreck plumpste Hosley auf den Rücken, sprang auf und huschte schleunigst in die Dunkelheit, wobei er bezeichnenderweise die dunkle Nische weiträumig mied. Im Nachhall des ersten Riegels wurde der zweite betätigt.

Nach dem fünften hörte William – wie erwartet – das Rasseln des Schlüsselbundes. Krachend drehte sich der Schlüssel im Schloss. Heute ist der sechste Tag. Sie sperrten immer für fünf Nächte ein. Zeit genug, über seine Taten nachzudenken.

Am sechsten Tag holten sie einen, das wusste William.

„Komm raus, Bursche, es ist soweit!", rief der Kerkermeister und leuchtete gebeugt mit einer Fackel in das Gewölbe hinein.

Er war kräftig und muskulös, hatte langes dunkles Haar und einen dichten schwarzen Bart. Seine stechenden Augen wirkten wegen der dunklen Ränder darunter wie weiße Flecken. Er trug eine Lederweste, die den Blick auf seine muskulösen Oberarme freigab, auf denen im Fackelschein ölig der Schweiß glänzte. Es gingen Gerüchte in Bristol um, dass dieser Mann auch der Henker war, der maskiert sein Handwerk tat.

Hatte William soeben noch gewünscht, er könnte es endlich hinter sich bringen, so wurde ihm jetzt angst und bange. Mit wackeligen Knien ging er dem Fackelschein des Kerkermeisters entgegen.

„Komm raus, du diebische Elster! Brauchst nicht so zu gucken. Das hilft dir eh nicht!", stellte der Kerkermeister geringschätzig fest.

„Ich habe nichts getan! Ich bin unschuldig, und das, was mir jetzt bevorsteht, ist ein großes Unrecht!"

„Unrecht? Das sagen sie alle! Der Mörder, der Dieb, die Betrüger und das ganze Lumpenpack. Alle sind sie gleich, wenn sie vor mir stehen. Des einen Recht, des anderen Unrecht", erwiderte er gleichmütig.

„Aber ..."

„Halts Maul", herrschte ihn der Kerl an. „Mitkommen! Los, geh voran!", befahl er barsch.

Im Hintergrund begann der Verrückte, kehlstimmig zu singen und der Nachhall seiner Stimme klang wie ein Kanon.

In der Wachstube des Kerkers übernahmen ihn zwei Rotröcke und fesselten seine Beine, dass er geradeso gehen konnte. Dann eskortierten sie ihn nach draußen. Das Tageslicht schmerzte ihm in den Augen, als sie durch die Gassen gingen. Die Soldaten zu seiner Linken und Rechten ließen ihn nicht aus den Augen.

Die Schmerzen würden sich mit der Zeit schon lindern, versuchte er sich selbst zu beruhigen.

Gefasst ging er weiter. Er kannte den Weg. Unzweifelhaft ging es zu dem Ort, an dem nicht nur gehängt, sondern auch geprügelt wurde. Anfänglich folgte ihnen nur eine Handvoll Neugierige, die sich die Zeit damit vertreiben wollten, bei diesem Schauspiel zuzusehen. Auf ihrem Weg durch die Stadt wurden es immer mehr, bis schließlich ein sensationslüsterner Mob aufgeregt tuschelnd hinter ihnen hertrottete.

Nun müssen wir nach links, dachte er, schlug stumpf die Richtung ein und stieß gegen den Rotrock.

Hart wurde er von dem Soldaten an der Schulter gepackt und wieder zwischen ihn und seinen Kameraden gestellt.

„Denk nicht mal dran, Bursche! Du kommst nicht weit. Mach es nicht schlimmer, als es schon ist!", warnte ihn der Rotrock.

Verwundert hörte William überhaupt nicht zu. Statt nach links, auf direktem Wege zum Richtplatz, schritten sie mit ihm geradeaus.

Wo wollen sie nur mit mir hin?, fieberte er.

Nach ein paar Ecken machten sie vor einem vornehmen Haus am Queen Square halt. Der Mob, der ihnen gefolgt war, zerstreute sich enttäuscht murmelnd. Heute würde es keine öffentliche Prügelstrafe geben.

William starrte rätselnd auf die Front des Hauses und glaubte, eine Silhouette hinter einem der gardinenbehangenen Fenster zu sehen.

Ein Wunder! Ein echtes Wunder! Führten sie ihn doch tatsächlich in dieses vornehme Haus. Als erstes mussten sich die beiden Rotröcke ein gehöriges Donnerwetter von einer pausbäckigen Frau anhören, die sich über die Fesselung des armen Jungen empörte.

Geschieht ihnen recht!, dachte sich William und grinste die beiden aus dem Hintergrund frech an.

Mit großen Augen schaute er sich in diesem vornehmen Haus um und sah weiß getünchte, stuckverzierte Decken, von denen prächtige Kristallkronleuchter herabhingen, samtig blaue Wandbehänge mit Mustern, die wie Königskronen aussahen, polierte Möbel und dicke Teppiche, die Jagdszenen wiedergaben. Alles war so sauber, hell und freundlich. Kaum zu glauben, bis vor ein paar Stunden war er noch in diesem dunklen, feuchten Loch und jetzt war er hier.

Warum waren alle so freundlich zu ihm? Was wollten diese Leute von ihm?

Die dicke Frau bestand als Erstes darauf, dass er badete und in frische Kleider gesteckt wurde. William roch an seinem Ärmel. Wie gut die Wäsche duftete. Er dachte an den bärtigen Seemann. Vielleicht hatte sein Glück damit zu tun, auch wenn der Seemann nicht so aussah, als stamme er aus so einem vornehmen Haus. Nun stand er vor dieser Tür.

„Nun geh schon rein!", forderte ihn der kleine rothaarige Mann mit einem aufmunternden Nicken auf.

William öffnete die Tür und sah eben jenen bärtigen Seemann halb aufrecht im Bett liegen.

„Komm rein und schließ die Tür!", brummte Bartlett mürrisch.

William tat, was ihm gesagt wurde. Unsicher machte er ein paar Schritte und sah sich gewohnheitsmäßig nach einer Fluchtmöglichkeit um.

Eine Weile schwiegen sie und musterten sich nachdenklich.

„Was macht ein Bursche zu nachtschlafender Zeit in den dunklen Gassen dieser Stadt?", fragte der Käpt'n tadelnd.

„Leben retten." Gleichmütig zuckte William mit den Achseln. „Und was habt Ihr dort gemacht, Sir?", fragte William unverfänglich, ganz nach Art eines kleinen Schwätzchens.

„Mich umbringen lassen! Bist wohl ein Neunmalkluger, was?" Bartlett hob streng eine Braue. „Also willst du mir nun sagen, was du dort zu suchen hattest?!", sagte Bartlett scharf.

„Nun, es ist so ...", druckste William herum und versuchte,

Zeit zu gewinnen, „bei Vollmond kann ich nicht schlafen und so pflege ich gewöhnlich einen Spaziergang zu machen, Sir", antwortete William altklug.

„So, so, was du nicht sagst", brummte der Käpt'n. „Bei Vollmond kannst du also nicht schlafen und gehst halt ein wenig spazieren, was? Die gute Luft …" Bartlett fächelte mit der Hand.

„… und die Bewegung", pflichtete William einvernehmlich bei.

„Ja, natürlich! Die Bewegung … Vielleicht noch ein halbes Pint Ale und schon wird man müde und schläft wie ein Bär, nicht wahr, Junge?", gab sich Bartlett mit grimmiger Spitzfindigkeit ungewollt komödiantisch.

„Aber wirklich nur ein halbes Pint", antwortete William mit frivoler Entrüstung.

Das war zuviel. Mit einem Mal haute Bartlett mit der gesunden Hand auf die Nachttischkommode, dass es nur so durch den Raum schallte.

„Dreiteufelsnamen! Höllensturm und spitzohrige Wichte! Ich mag zwar in deiner Schuld stehen, weil du mir das Leben gerettet hast, aber das heißt noch lange nicht, dass du mich auch für dumm verkaufen kannst! Hast du verstanden, Bursche?", schnaubte der Käpt'n.

„Ja, Sir. Entschuldigung, Sir", stammelte William und stand stocksteif da.

„Wie heißt du?", fragte der Käpt'n wieder etwas versöhnlicher.

„Ich heiße William, Sir."

„Und? Weiter, Junge! Lass dir nicht alles aus der Nase ziehen!"

„Ich heiße William Mellford, Sir."

„Nun, William Mellford, erzähl mal, was du so machst."

„Meint Ihr, was ich am liebsten mache oder was ich ganz und

gar nicht ausstehen kann?"

„Treib's nicht zu weit. Ich möchte von dir wissen, wo du zuhause bist."

„Ich lebe auf der Straße, Sir. Das Pflaster ist mein Bett und der Himmel meine Decke", antwortete William nicht ohne Stolz und schaute sich bewundernd in dem Krankenzimmer um. „Und Ihr? Lebt Ihr hier in diesem Haus, Sir? Dann müsst Ihr bestimmt sehr reich sein, stinkreich. Ich an Eurer Stelle hätte Besseres zu tun, als zur See zu fahren, wenn ich so ein schönes Haus und viel Geld hätte."

„Woher willst du wissen, dass ich Seemann bin?"

„Weil Ihr genauso ausseht, Sir."

„Das hier ist weder mein Haus, noch bin ich besonders reich. Ich bin hier genauso Gast wie du", stellte Bartlett dunkel klar. „Und außerdem mag ich es nicht, wenn man mich unterbricht. Also, William Mellford, der du auf der Straße lebst, wo sind deine Eltern?"

Diese Frage versetzte William einen Stich, war dies doch sein wunder Punkt. Seine Eltern waren tot und seinen versoffenen Stiefvater sah er nur als Übel an, der ihm das Leben schwer machte. Diesen Säufer durfte er auf keinen Fall erwähnen, sonst schickten sie ihn aus lauter Dankbarkeit fatalerweise dorthin zurück.

„Meine Eltern sind auf einer langen Reise und sie werden bald zurück sein", antwortete William mit unbetrübter Selbstverständlichkeit.

Bartlett war zwar ein rauer alter Seebär und nichts war ihm mehr zuwider, als dass man ihm Feingefühl nachsagte. Aber er hatte eben diese Menschenkenntnis und wusste, dass dieser Junge da vor ihm ganz alleine war. Er nickte nur duster und beschloss, an diesem Punkt fürs Erste nicht weiter nachzufragen. Mochte der Junge auch ein Dieb sein – ein Mordkumpan war er ganz sicher nicht.

"Und wovon lebst du?" Bartlett griff nach dem Lederbeutel mit dem Flakon darin und warf ihn an das Fußende seines Bettes. William schaute betreten auf den Beutel. "Lebst du davon?", sagte der Käpt'n. Es war klar, dass er damit das Stehlen meinte.

Mr. Jenkins trat ein. Streng nahm er William in Augenschein, während er auf ihn zuging.

"Nun, wie ich sehe, habt ihr euch schon miteinander bekannt gemacht", stellte der Hausherr fest.

"Nein, eigentlich nicht. Ich für meinen Teil habe mich zwar vorgestellt oder besser gesagt, ich wurde ausgefragt", sagte William und wandte sich dem Käpt'n zu. "Ich weiß nur, dass er Seemann ist und des Nachts durch Bristol läuft, wo er dann Hilfe braucht, da man ihm sonst das Licht auspustet", sagte William unumwunden. Und an Mr. Jenkins gerichtet ergänzte er: "Und wer Ihr seid, weiß ich eigentlich auch nicht."

Sowohl der Hausherr als auch Käpt'n Bartlett wollten gleichzeitig den jeweils anderen mit William bekannt machen. Da aber unklar war, wer anfangen sollte und sie einander nicht ins Wort fallen wollten, brachten sie zunächst kein Wort hervor, sondern irritierten sich gegenseitig durch aufforderndes Nicken, Luftholen und Redeansätze. Schließlich setzte sich Mr. Jenkins durch.

"Nun, dann werde ich das nachholen. Das ist Käpt'n Bartlett und er ist – wie du recht vermutet hast – Seemann." Wenngleich er auch im ersten Eindruck das vorlaute Wesen des Jungen missbilligte, so fing es nun an, ihn zu amüsieren.

"Das ist Mr. Jenkins; und um auf deine Frage von eben zurückzukommen: ihm gehört dieses Haus. Und das hier, Mr. Jenkins, ist William Mellford", vervollständigte Bartlett das höfische Bekanntmachen.

"Sehr erfreut, deine Bekanntschaft zu machen, William."

"Ganz meinerseits, Sir. Nehme an, Ihr seid sehr reich?", fragte William.

„Wie bitte?" Mr. Jenkins glaubte, sich verhört zu haben.

„Na ja, ich meine, ob Ihr der Mr. Jenkins seid. Der nicht nur reich, sondern stinkreich ist. Und der über die Grenzen Bristols hinaus bekannte Mr. Jenkins. Eben der Kaufmann, der Reeder, der Reiche halt." William zuckte mit den Achseln.

„Sagen wir mal so: Ich habe mein Auskommen, das jeden Tag teuer verteidigt werden will. Und wenn ich über die Grenzen Bristols eine Bekanntheit erlangt habe, so ist das für mein Geschäft nur nützlich und es freut mich."

„Damit Ihr noch reicher werdet?!", vermutete William bewundernd.

„Ich pflege es zwar nicht so direkt auszusprechen. Aber wo du es nun mal so aussprichst: Ja! Darauf läuft es wohl hinaus." Die durch die jüngsten Geschehnisse so sorgenvolle Miene des Hausherren hellte sich seit langer Zeit mal wieder auf. Dieser Junge war wirklich herzerfrischend.

„Kennt Ihr Abigale Jenkins?", wollte William wissen

„Nein, die kenne ich nicht. Wer soll das sein?", sagte Jenkins nach kurzem Überlegen.

„Hab ich es mir doch gedacht." William schlug mit der Faust in seine Handfläche. „Die wollte nämlich nur angeben."

„Angeben? Wer will angeben?", fragte der Hausherr mit vornehmer Zurückhaltung.

„Na, Abigale Jenkins! Die schleift Scheren. Mit ihrem Handkarren zieht sie übers Land und erzählt jedem, sie wäre mit Euch verwandt", petzte William.

„Ich nehme das mal zum Anlass, in unserer Familienchronik zu forschen", bemerkte Jenkins mit einem Schmunzeln.

„Mr. Mellford wollte uns soeben etwas über seinen Broterwerb mitteilen", brachte Bartlett das Gespräch wieder auf den Punkt. Bartlett deutete erneut auf den Lederbeutel, der am Fußende seines Bettes lag. „Nun, Junge, lebst du davon?"

„Ja!", sagte William knapp und schielte aus den Augenwinkeln beschämt zu Mr. Jenkins empor.

„Wem hast du ihn gestohlen? Du wirst ihn zurückgeben müssen", sagte Mr. Jenkins.

„Das ist wohl nicht so einfach, Sir. Denn ich habe es von dem alten Hexenweib, oder was das sonst war, das dem Käpt'n ans Leder wollte." William steckte schnoddrig die Hände in die Hosentaschen. Es war ihm zuerst gar nicht klar, welche Wirkung er mit dem soeben Gesagten erzielte.

Bartlett schaute scharf zu Jenkins auf und beide sahen sodann auf den Lederbeutel. Wie er so dalag, erschien er ihnen in einem ganz neuen Licht – ein Hinweis auf diese mordlüsterne Gestalt ...

„Du hast ihn von dieser Mordhexe?" Bartlett konnte es kaum glauben. „Wie hast du das gemacht? Ich sah ja, wie sie dir zugesetzt hatte, dass ich schon dachte, es wäre aus mit dir."

„So, wie ich es immer mache. Ich laufe darauf zu, komme ins Stolpern, falle mit einem Schmerzensschrei hin, und im Aufstehen schneid ich den Beutel vom Gürtel ab. Es geht aber ungemein leichter, wenn man mir beim Aufstehen freundlicherweise behilflich ist", plauderte William aus dem Nähkästchen.

„Und du wirst nie dabei erwischt?", wollte Mr. Jenkins wissen.

„Nöö, vor Mitleid oder Schadenfreude sind die meisten so abgelenkt, dass sie es nicht merken. Außerdem kann ich mich – vor Schmerzen brüllend – an ihren Beinen hochziehen." William winkte lässig ab. „Merken die nie!"

„Gib mir den Beutel, William!", sagte Bartlett.

Den Beutel in seiner gesunden Hand, zog er die Schleife mit den Zähnen auf. Wieder rasselte der Inhalt auf die Bettdecke.

Nachdenklich überflogen sie den Inhalt, ganz so, als ob er ihnen jetzt, wo sie wussten, wem er gehörte, etwas über den

Besitzer verraten konnte. So eingehend sie auch darauf starrten: Alles, was sie sahen, waren der Flakon und das Geld.

„Nichts! Das Einzige, was wir wohl mit Sicherheit sagen können, ist, dass es ganz bestimmt kein altes Weib war, wie uns die Verkleidung glauben machen sollte. Ein altes Weib kann sich unmöglich so geschmeidig und geschickt bewegen. Ganz zu schweigen derart einen Degen zu führen." Bartlett nahm nachdenklich den Flakon in die Hand. „Und ein altes Weib verschenkt bestimmt kein kostbares Parfum"

„Als Major Graves hier im Hause war, sprachen wir noch einmal über das Geschehene und er sagte mir, dass es leider immer häufiger vorkommt, dass bei Tagesanbruch irgend ein armer Kerl erdolcht und ausgeraubt aufgefunden wird. Man ist gut beraten, gegen Abend die dunklen Gassen zu meiden", sagte Jenkins. „Bristol ist eine reiche und aufstrebende Stadt, die natürlich auch Gesindel anzieht – wie die Motten das Licht. In dieser Stadt gibt es genug Dandys und aufstrebende Nichtsnutze, die ihr Glück machen wollen und bereit sind – ohne auch nur mit der Wimper zu zucken –, einen Mord zu begehen. Auch wenn man es ihnen vom Benehmen und ihrer Kleidung her nicht zutrauen mag. Und wer weiß ...", Jenkins deutete auf den Flakon in Bartletts Hand, „vielleicht sollte eben genau dieser Flakon dazu verhelfen, gesellschaftlich sein Glück zu machen. Mag es für Euch und diese Stadt noch so bedauerlich sein, Käpt'n, es ist leider nichts Ungewöhnliches, was Euch widerfahren ist", stellte Mr. Jenkins fest.

„Oh, diese Städte, ich mag sie nicht. Aber ich frage mich, warum man zu so später Stunde in einer verlassenen Gasse überfallen wird? Derjenige, der mir auflauerte, konnte doch gar nicht damit rechnen, dass noch jemand vorbeikommt und dass es sich auch lohnen könnte", sagte Bartlett unverständig.

„Es ist doch ganz einfach", sagte William. „In belebteren Gegenden laufen zu viele Wachsoldaten herum. Und wenn jemand kein Talent für einen Trickdiebstahl hat ...", William zappelte spielerisch mit seinen zehn Fingern und sprach weiter, „also das heißt, sich so zu bemächtigen, dass das Opfer davon nichts merkt, dann muss er eben grob werden. Und grob werden kann er nur da, wo keine Leute in der Nähe sind, weil er sonst Aufsehen erregt. Und wer auf einer belebten Straße Aufsehen erregt, das ist mal sicher, wird auch geschnappt. Das ist der Grund, warum diese unheimliche Gestalt einsame, dunkle Gassen vorzieht", sagte William eifrig. In diesem Punkt konnte er wirklich mitreden. Es freute ihn, dass man ihn in diesem vornehmen Haus ernst nahm und ihm zuhörte. Um über derartige Abgründe Auskunft zu erlangen, hätten sie wirklich keinen besseren als William finden können.

„Du weißt wohl, wovon du redest, was?", sagte Bartlett schroff und geringschätzig.

„Aber ich bin kein Mörder, wie Ihr Euch wohl erinnern werdet. Und gestohlenes Essen macht auch satt", konterte William patzig.

Der Käpt'n grummelte daraufhin dunkel.

„Es ist einleuchtend, was du da gesagt hast", stimmte Mr. Jenkins zu.

„Und die Verkleidung passt auch dazu. Wer würde in einer einsamen Gegend schon vermuten, dass ein gebeugtes, altes Weib in Wirklichkeit ein übler Schurke ist", führte William aus und genoss die Aufmerksamkeit.

„Potzblitz! Ich wäre bestimmt misstrauischer gewesen, hätte ich einen jungen kräftigen Burschen in meinem Rücken gehabt, ob nun gut gekleidet oder nicht", sagte der Käpt'n wie zu seiner eigenen Nachsicht.

„Aber warum gleich töten?", fragte sich Mr. Jenkins.

„Wenn man halbwegs was im Kopf hat, ist die erste Regel immer: Aufsehen vermeiden!. Und so schlimm es auch sein mag, auf das es mich schaudert und ich gar nicht daran denken möchte, ist es doch so, dass auch ein schneller Tod kein Aufsehen erregt. In aller Ruhe kann man die Taschen des Unglücklichen durchsuchen", sagte William angewidert.

„Und ließe man sein Opfer leben, kann es schreien, sich wehren oder flüchten. Also warum dieses Risiko eingehen? Wenn man kaltblütig genug ist, meidet man jedes Risiko", schlussfolgerte Käpt'n Bartlett.

William nickte wortlos. „Aber da ist etwas, was ich einfach nicht verstehe." William schaute auf das Geld und griff ein Pfundstück, das er zwischen Daumen und Zeigefinger haltend ratlos betrachtete

„Was meinst du?", drängte Bartlett.

„Ich verstehe nicht, warum überhaupt jemand einen Überfall macht, obgleich er den Beutel voller Geld hat", stellte William fest.

„Daran habe ich noch gar nicht gedacht." Jenkins beugte sich über das Geld und zählte es durch. „Stolze acht Pfund, vierzehn Schilling und neun Pence", stellte er nüchtern fest.

„Merkwürdig. Und doch geht dieser jemand so zu Werke, als drohe ihm der Schuldturm."

„Vielleicht steht diesem Mordgesellen dennoch das Wasser bis zum Hals. Wer weiß schon, auf welches Spiel er sich eingelassen hat. Vielleicht hat er sich bei einem Geschäft verspekuliert und wollte mit seinem letzten Geld heimlich und unerkannt aus der Stadt verschwinden", vermutete Jenkins.

„Möglich! Und in seiner Verzweiflung war er sich der Gunst der Stunde bewusst. Leere, dunkle Gasse und er selbst maskiert. Wenn er schon nichts mehr zu verlieren hatte, würde ihm gewiss jeder Pence auf seiner Flucht helfen", mutmaßte Bartlett weiter.

„Wir werden es nie erfahren. Aber es ist auch nicht wichtig.

Wir sind alle sehr froh und glücklich, Euch am Leben zu sehen, Käpt'n. Ein gutes Zeichen bei dem, was uns bevorsteht." Jenkins musste wieder an das Schicksal seines eigenen Sohnes denken. Traurig pustete er die Luft aus.

„Acht Pfund, vierzehn Schilling und neun Pence." Staunend sog William die Luft ein. Seine Augen funkelten freudig bei dem Gedanken an das Geld, oder besser, was er damit alles anfangen könnte.

Eigentlich ist es ja *mein* Geld. Immerhin habe ich es rechtmäßig geklaut, dachte er sich und legte sich in Gedanken seine Argumente zurecht. Was wäre das denn für eine Welt, in der man um die Früchte seiner Arbeit gebracht wurde? Und wenn sie es mir nicht einfach so geben wollen, dann sollen sie es mir doch sozusagen als Dankeschön überlassen. Ich habe schließlich einiges riskiert. William war fest entschlossen, sollte die Frage nach der weiteren Verwendung des Geldes aufkommen, seinen Anspruch darauf anzumelden. Zunächst aber wollte er in dieser Sache nur einen kleinen Wink geben.

„So viel Geld. Davon könnte ich lange, lange Zeit leben und müsste nicht mehr stehlen", sagte er träumerisch und machte ein grundehrliches Gesicht.

Jenkins, der betrübt in Gedanken bei seinem Sohn Peter war, merkte bei Williams Worten auf. Seinem Sohn konnte er im Moment nicht helfen. Er finanzierte zwar das Rettungsunternehmen, stellte das Schiff, kümmerte sich um Proviant und Ausrüstung, half und machte sich Gedanken, wo er nur konnte; doch letzten Endes konnte er seinen Sohn nicht bei der Hand nehmen und nach Hause führen. Bei allen seinen Bemühungen fühlte er sich zur Hilflosigkeit verdammt.

Es war wohl dieses Gefühl, was ihn dazu veranlasste, William ein Angebot zu machen. Wenn er schon seinem eigenen Sohn nicht direkt helfen konnte, so tröstete es ihn, wenn er wenigstens etwas für diesen Straßenjungen tun konnte. Auch wenn er vom Stehlen lebte, konnte er so verderbt doch nicht sein, hätte er sonst doch nicht sein eigenes Leben riskiert, um das des Käpt'ns zu retten.

„Wir alle hier stehen in deiner Schuld, William, und ich würde mich freuen, wenn du als Gast in meinem Hause bleiben würdest. Auch wenn wir im Moment alle sehr beschäftigt sind und von daher für dich wenig Zeit finden werden, so soll es dir doch an nichts mangeln. Ich vertraue dir, William, aber ich stelle eine Bedingung: Es wird für dich gesorgt und ich verlange dafür, dass du nicht mehr stiehlst. Und wenn getan ist, was getan werden muss, und die Zeit etwas ruhiger wird, werden wir gemeinsam überlegen, wie es weitergeht. Bis dahin bestimme ich Käpt'n Bartlett zu deinem Vormund."

Der Käpt'n glaubte seinen Ohren nicht zu trauen. Er wollte dagegen sprechen. Doch Harold Jenkins ließ ihn nicht zu Wort kommen.

„Du wirst tun, was der Käpt'n dir sagt. Bist du einverstanden, Junge?"

In Bartletts Kopf rumorte es.

Bei allen fünfbusigen, knollennasigen Meerjungfrauen! Das hat mir gerade noch gefehlt, dass ich diesen Bengel am Hals habe und Anstandsdame für ihn spielen kann, fluchte Bartlett mit größtem Unbehagen in sich hinein.

„Mr. Jenkins, Sir, mit Verlaub aber ich halte das für keinen guten Vorschlag. Ich werde alle Hände voll zu tun haben, die geeigneten Männer zu finden und zu rekrutieren. Und dort wo ich gedenke, sie zu finden, ist kein Platz für einen Jungen. Er würde nur stören. Und außerdem ...", stammelte der alte Seebär unwirsch, „bin ich nicht geeignet als Vormund. Jawohl! Ich tauge nicht für so was!"

Mit einem brummigen Schnaufen beendete Bartlett seinen

Protest. Doch dann fiel ihm noch etwas Wichtiges ein und so beeilte er sich, es anzufügen, ganz so, als sei es die letzte Gelegenheit, in dieser Sache noch etwas zu sagen oder auf ewig zu schweigen.

„Und überhaupt bin ich verwundet und habe genug mit meinen Verletzungen zu tun."

„Nun, William, was sagst du? Möchtest du meine Gastfreundschaft annehmen?", fragte Mr. Jenkins, ohne auf Bartletts Einwände einzugehen.

William brauchte nicht zweimal zu überlegen. Er hatte ein Dach über dem Kopf, alles war so fein, sauber und roch gut. Und das Wichtigste: man akzeptierte ihn und war freundlich. Vor den Bristol Rats war er gleichfalls sicher. Und überdem hatte er fünf Nächte im Kerker verbracht. Also wenn man ihn schon so freundlich einlud, warum sollte er es sich hier nicht gut gehen lassen?

„Das ist sehr freundlich von Euch, Sir, und wenn ich darf, bleibe ich gerne eine Zeit lang", nahm William das Angebot ehrfürchtig an. „Ich weiß zwar nicht, wen Ihr sucht, aber ich kenne genügend Kaschemmen und Spelunken, wo Ihr ja mal nachsehen könntet", fügte er zu Bartlett gewandt an.

„Und was Eure Verletzung angeht, Käpt'n Bartlett, so bin ich sicher, dass William hier Euch zur Hand gehen wird, wo er nur kann." Freundschaftlich legte Harold Jenkins die Hand auf Williams Schulter.

„Sir, ich hätte eine Bitte", trug William zaghaft vor.

„Sprich nur frei heraus, Junge", ermunterte ihn Mr. Jenkins.

„Es ist nur ...", wand sich William.

„Nun los, Junge! Was hast du auf dem Herzen? Raus damit!"

„Ich könnte ein ganzes Schwein verputzen! So einen Hunger habe ich!", platzte es förmlich aus William heraus.

„Natürlich! Wie konnte ich das nur vergessen?", sagte Mr. Jenkins kopfschüttelnd und lächelte milde. „Komm! Wir gehen in die Küche zu Mrs. Blix. Sie ist eine hervorragende Köchin und wird wissen, was zu tun ist. Na los, worauf wartest du? Nur zu!"

Bartlett, der immer noch mit seinem neuen Amt als Vormund haderte, hatte sich in der Zwischenzeit selbst gut zugeredet. Erstens verdankte er dem Jungen sein Leben und zweitens war er ohne Peter zurückgekehrt und stand somit auch in der Schuld von Mr. Jenkins. Aber jetzt musste er sich beeilen, denn der Junge war schon auf dem Weg in die Küche.

„William!", rief der Käpt'n.

William blieb stehen und schaute sich um.

Der Käpt'n suchte verlegen nach Worten, aber es wollten ihm einfach keine einfallen. „Danke!", brummte er schließlich knapp und über sein mürrisches Gesicht huschte für einen Moment so etwas wie ein dankbares Lächeln.

Konkurrenz belebt das Geschäft

„Platz da! Los, aus dem Weg, Pöbel!" Trotz seiner Leibesfülle bahnte sich Reginald Bowler erstaunlich leichtfüßig seinen Weg durch die enge Gasse. Er war wütend und jeder, der ihm entgegenkam und es nicht schaffte, rechtzeitig Platz zu machen, wurde mit barschen Worten in den Rinnstein gescheucht oder von seinem dicken Bauch einfach aus dem Weg geschubst.

Eigentlich bedurfte es nicht solcher Grobheiten, denn rein äußerlich war er ein feiner Herr, der Mr. Bowler, wie er so durch die Gasse eilte, mit steifem, schwarzem Rundhut, dessen Krempen seitlich hochgebogen waren. Sein purpurroter Wams stach, weil sich dahinter der dickste Bauch von ganz Bristol verbarg, wie eine übergroße Blase zwischen den Knopfleisten seines knielangen Brokatmantels hervor. In den Saum des Mantels war ein Hermelinfell vernäht und seine schwarzen Schaftstiefel waren blank gewienert. Die einfachen Leute auf der Straße wären ihm sicher auch so bereitwillig aus dem Weg gegangen.

Kaufmann war er und wohlhabend. Aber für seinen Geschmack nicht wohlhabend genug. Er hatte von der Politik König George I. und seiner überwiegend protestantischen Whig-Administration profitiert, die ihr Augenmerk verstärkt auf den Ausbau der Flotte und die Errichtung von Seestützpunkten gesetzt hatten, anstatt Territorialgewinne auf dem Festland anzustreben. Der König aus dem fernen deutschen Kurfürstentum Hannover fand sich recht unversehens auf dem englischen Thron wieder und wusste sehr wohl, dass jede kriegerische Auseinandersetzung auf dem Festland – und hier insbesondere mit dem Erzfeind Frankreich – auch sein kleines heimatliches Kurfürstentum gefährden würde. Bowler war insgeheim Jakobiter. Und war der König für ihn auch ein verfluchter Protestant und preußischer Rübenfresser, so ließen sich doch während seiner Regentschaft glänzende Geschäfte im Atlantikhandel machen – zumindest bis jetzt ...

„Oh, nein! Nicht mit mir! Ich werde ihm, zeigen was es heißt, einen Reginald Bowler herauszufordern!", zischte er kampfeslustig. Wutentbrannt bahnte sich der dicke Mann energisch seinen Weg, vorbei an Kisten, angebundenen Ziegen und von Krämern gezogenen Handkarren. Dann hatte er sein Ziel erreicht.

Sein dickes Gesicht spiegelte sich noch dicker in dem polierten Messingschild wieder.

„Jenkins Trade Company!", schnaubte er geringschätzig, wobei er unabsichtlich feine Spucktröpfchen in die Luft blies. „Emporkömmling!", pfiff er verächtlich und atmete schwer.

Er war viel zu überheblich, um sich einzugestehen oder zu erkennen, dass, wenn es so etwas wie den Inbegriff des Emporkömmlings gab, er eben diesen selbst bis zur Vollkommenheit verkörperte.

Seine forsche Gangart hatte ihn außer Atem kommen lassen. Tief schnaufte er durch und nahm den Hut vom Kopf, in dessen Innenband ein weißes Taschentuch steckte. Sich im Messingschild betrachtend wischte er damit den Schweiß von der Stirn und aus dem Nacken. Der Hosenbund zwickte ihn in den dicken Bauch. Er ging ein wenig in die Knie, machte einen Ausfallschritt zur Seite, währenddessen er tief einatmete und sich mit wackelndem Hinterteil die Hose hochzog. Dabei ließ er einen Furz – das passierte ihm immer, wenn er sich aufregte. Seine teigige Hand griff nach dem Stößel und knallte ihn in einer Weise gegen die Türe, die schon nichts Gutes verheißen ließ.

Bellamy, der nichtsahnend die Türe geöffnet hatte, wechselte in seiner Miene von höflich unbedacht zu missfällig enttäuscht.

„Wer seid Ihr?", fragte er und wusste doch sehr wohl, wem er da gegenüberstand. Hier war jedoch Distanz angebracht. Diesen Menschen zu kennen hieße, ihm zu schmeicheln.

„Bowler, Reginald Bowler! Und Ihr wisst ganz genau, wen Ihr vor Euch habt!", schnaubte der Dicke.

„Was wollt Ihr?", gab sich Bellamy ungehalten und betrachtete Bowler wie ein lästiges Insekt.

„Das, was ich zu sagen habe, werde ich nicht mit einem Lakaien und Mundschenk besprechen!", brüllte Bowler, dass sein Doppelkinn nur so zitterte.

„Ich muss Euch bitten, Euch hier nicht so aufzuführen!", mahnte ihn Bellamy und schaute pikiert um Bowler herum auf die Straße, da er fürchtete, dieses Gebrüll könne Aufsehen erregen.

„Ihr steht hier vor einem Trauerhaus und ich bitte Euch, Euch entsprechend zu benehmen. Mr. Jenkins ist in Trauer und außerstande, jemanden zu empfangen. Wie Ihr sicherlich vernommen habt, hat er vor kurzem seinen einzigen Sohn verloren. Wenn Ihr es also in angemessener Zeit noch einmal versuchen möchtet?!", kanzelte Bellamy ihn ab und wollte gerade bedächtig die Türe schließen, als Bowler prompt seinen Fuß dazwischensetzte.

„Es wird nicht lange dauern", zischte Bowler gepresst.

„Was ist das hier für ein Lärm?", empörte sich Jenkins, der oben auf der Treppe stand.

Bowler drückte die Türe auf und schob Bellamy, der dem nichts entgegenzusetzen hatte, unsanft zur Seite.

„Das mit Eurem Jungen tut mir leid. Aber ich habe auch einen Jungen, an dessen Zukunft ich denken muss", sagte Bowler und trat ungefragt hinein.

Mit einem Wink bedeutete Jenkins seinem Sekretär, die Türe zu schließen.

„Macht es kurz!" Jenkins blieb bewusst oben auf der Treppe stehen, sodass Bowler zu ihm hinaufschauen musste. Er hatte bereits das zweifelhafte Vergnügen, Bowlers Bekanntschaft zu machen. Bowlers Bemühungen, in der Bristolner Gesellschaft Fuß zu fassen, waren an Unmöglichkeit und Peinlichkeit nicht zu überbieten. Besonders in Erinnerung blieb ihm jenes Bankett, auf dem Bowler einen Hähnchenschenkel kauend, mit fettverschmiertem Mund, die Hose durchnässt, betrunken und schwitzend, die zierliche Lady Fairchild von den Vorzügen eines Lebens an seiner Seite zu überzeugen versuchte.

„Ich bin hier, weil ich Euch warnen möchte, Jenkins! Ich lasse mich nicht von Euch aus dem Geschäft drängen."

„Mein lieber Bowler, die Nachfrage bestimmt den Preis und ich habe einen großen Bedarf an heimischen Produkten. Wir sind nämlich dabei zu expandieren, müsst Ihr wissen", erwiderte Jenkins eisig.

„Ihr expandiert auf meine Kosten! Alle wollen nur noch an Euch verkaufen! Ihr wollt mich kaputtmachen, Jenkins! Jawohl, das wollt Ihr!", giftete der Dicke jähzornig, und wie er so den Mund aufriss, konnte man sehen, wie sich Spuckfäden in seinem Rachen spannten.

Bowler hatte sich darauf spezialisiert, englische Rohstoffe, Textilien, Schmiedewaren und Feuerwaffen einzukaufen und diese nach Westafrika zu verschiffen. Dort tauschte er die Waren gegen Sklaven ein, die er dann unter denkbar unwürdigsten Bedingungen in die Karibik verschiffte, um sie dort wiederum gegen Rum, Tabak, und Zucker einzutauschen, welche er dann nach England bringen ließ. Auf Bowlers Sklavenschiffen wurde so selbstverständlich wie der Sonnenaufgang gestorben. Wenn die Hälfte der Sklaven die Überfahrt überlebte, dann waren das schon viel. In beängstigender Enge, im Bauch des Schiffes eingepfercht, traten sie die Reise stehend an. Platz bekamen sie erst, nachdem die ersten weggestorben waren und über Bord geworfen wurden. Tagsüber knallte die Sonne auf das Deck und es wurde darunter unerträglich heiß. Sie starben vor Hitze, Durst, Fieber und Hunger. Sie starben vor Kummer und Angst, weil sie nicht verstanden, was man ihnen antat, was sie erwartete und sie starben an gebrochenem Stolz, der Gräuel und Demütigungen wegen, welche die Männer und besonders die Frauen zu erleiden hatten. Das war Bowlers Geschäft, damit verdiente er Geld.

Die Jenkins Trade Company beteiligte sich nicht am Sklavenhandel. Jenkins hatte erkannt, dass es durchaus lohnender war, die einheimischen Waren direkt in die Karibik und in die neue Welt zu verschiffen, wo sie auch dankbar abgenommen wurden. Außerdem verkaufte die Company über ein Geflecht von Mittelsmännern an spanische Schmugglerbanden, die trotz ärgster Verfolgung und drakonischster Strafen durch die königlich-spanische Flotte ihren Geschäften an der südamerikanischen Moskitoküste nachgingen. Da die Schmuggler oftmals selbst in der spanischen Flotte Dienst taten, brauchten sie für ihre Schmuggelgeschäfte die englischen Waren. Es war für sie zu gefährlich, die erforderlichen Mengen an spanischen Waren aufzukaufen, ohne Verdacht zu erregen und am Galgen zu enden. Jenkins vermutete, dass sie einen Weg gefunden hatten, auf eigene Rechnung Gold aus dem Urwald zu ziehen. Sie zahlten jedenfalls in Gold. Deshalb konnte Jenkins bessere Preise zahlen und größere Mengen englischer Waren abnehmen, als Bowler und so mancher Mitkonkurrent. Aber das war ein Geheimnis – und ein Geheimnis ist nirgendwo so sicher wie im Kreise derer, die davon profitierten.

„Ihr wollt mich vernichten, Jenkins! Aber ich werde Euch die Suppe versalzen!", brüllte Bowler, dass es das ganze Haus hören konnte.

„Ich nehme an, der Sklavenhandel wirft nicht mehr soviel ab. Nicht wahr, Mr. Bowler?", bemerkte Jenkins spitz.

Bowlers wulstig geschwungenen Lippen verzogen sich zu einem fetten hämischen Grinsen, an dessen Höhepunkt er kaum noch aus den Augen gucken konnte.

„Ahhh, jetzt verstehe ich. Ihr seid 'n Niggerfreund! Nicht wahr? Der gute Mr. Jenkins is'n Niggerfreund!" Er lachte schallend. „Ohhh, der vornehme Mr. Jenkins findet wohl Gefallen an Niggerweibern! Hat sein Herz für Wilde entdeckt!" Wieder lachte er laut los und sein ganzer Körper wabberte. Mit einem Grunzen ebbte sein Lachen ab.

Angewidert blickte Jenkins auf Bowler herab.

Was für eine verabscheuenswürdige Kreatur!, dachte Jenkins.

„Wie ich schon sagte, meine Company expandiert. Ich brauche Schiffe und bin bereit, Eure zwei Fregatten zu einem fairen Preis zu kaufen. Denkt darüber nach, Bowler. Aber nicht zu lange, denn die Preise verfallen. Früher oder später geht Euch die Luft aus und dann wird mein Angebot weitaus weniger großzügig ausfallen. Wenn Ihr klug seid, steigt Ihr aus, solange Ihr es noch selbst bestimmen könnt. Später wird es Euch leidtun", drohte Jenkins schneidend und voll verachtender Kälte.

Bowler blieb das Lachen im Halse stecken. Es sammelte sich und wurde bedrohlich ruhig. „Ich habe Euch gewarnt, Jenkins. Macht einen großen Bogen um meine Lieferanten und lasst die Finger aus meinen Geschäften, oder Ihr sollt mich kennenlernen!", sagte er mit festem Blick, wand sich um und ging hinaus, ohne die Tür hinter sich zu schließen.

Die Scharade

Bedächtig schoben die Männer den Sarg in die Vertiefung. Das hölzerne Schurgeln hallte durch die Gruft und vermischte sich mit dem vereinzelten Schluchzen aus der Trauergemeinde. Anteilnehmend blickte der Geistliche jedes Mal auf, während er seine Predigt hielt.

„Und so haben wir uns heute hier versammelt, um Abschied zu nehmen von einem geliebten Menschen. Einem jungen Mann, der so kraftvoll im Leben stand und doch so jäh aus unserer Mitte gerissen wurde."

Mrs. Jenkins schluchzte erneut auf.

Ihr Mann ergriff sie am Arm und stützte sie. „Es wird alles gut werden, Gwenda", flüsterte er ihr ins Ohr.

Die Trauergemeinde stand dicht beieinander in der mit dunklem Marmor ausgekleideten Familiengruft. Über die Treppe drängten sich die Leute hinauf, wo sie am Eingang zur Gruft eine Traube bildeten. Vertreter aus Gesellschaft und Politik, Geschäftspartner, Adel und Freunde. Sie alle waren gekommen, um einer der mächtigsten Familien Bristols ihre Anteilnahme auszusprechen.

„... und so finden wir Trost in Gottes Wort und vertrauen der guten Sätze Wahrheit. Auf dass wir selbst eines Tages ...", kam der Geistliche mit salbungsvollen Worten allmählich zum Schluss.

Gwenda Jenkins' Blick starrte auf die Steintafel, mit der die Nische zu Peters Sarg verschlossen wurde. Darauf stand:

Unserem geliebten Sohn
Peter Jenkins
* 1698 – † 1719
in liebevoller Erinnerung

Erneut schluchzte sie los. Die Sorge um ihren Sohn und dazu diese bedrückende Wirklichkeit dieses Begräbnisses ließen ihre Tränen fließen. Ihre Trauer war echt. Auch wenn sie wusste, dass dies nur eine Scharade war. Es gab fürwahr keinen Grund, nicht besorgt zu sein. Bald schon stachen Männer in See, um Peter zu retten.

„Asche zu Asche und Staub zu Staub", schloss der Geistliche seine Predigt.

Unweit auf einem Hügel stand Käpt'n Bartlett und schaute hinunter auf den Friedhof und die Menschen, die sich vor dem Eingang der Gruft versammelt hatten. Drei Wochen waren vergangen, in denen seine Narben soweit verheilt waren, dass er aufstehen konnte. Seine Hand war, wenngleich noch vorsichtig, wieder zu gebrauchen. Nur seine Kraft hatte nachgelassen. „Aber die kommt wieder zurück", hatte Dr. Pargether gesagt.

Neben ihm stand sein Mündel William, der kaum wiederzuerkennen war. Er trug ein blütenweißes, feines Hemd, eine

Kniebundhose aus schwarzem Samt, weiße Kniestrümpfe und neue Schnürschuhe. Sein blondes Haar hatte sich nur äußerst widerstrebend zu einem Seitenscheitel kämmen lassen. Mrs. Blix hatte so ihre Mühe mit seinem verwilderten blonden Schopf. Es ließ sich nämlich nur dann zur Seite kämmen, wenn man es ordentlich nass machte und ein wenig Fett zu Hilfe nahm. Aber nun, da sein Haar zu trocknen begann, richtete es sich allmählich wieder auf, um seinen gewohnten Sitz einzunehmen. William sah aus wie ein Spross aus reichem Hause – eigentlich genauso, wie er immer sein wollte. Nur eines wollte nicht so recht passen, und das war seine gesunde Gesichtsfarbe mit der leichten Bräune darin. Es unterschied ihn von den Kindern der Reichen, die für gewöhnlich eher blass waren, weil sie zuhause spielten und sich nicht so oft herumtrieben wie er.

Bartlett indes hatte sich mit seiner Vormundschaft über diesen Jungen abgefunden.

Dieser Junge war wirklich eine Sorte für sich! Instinktiv hatte er eine Ahnung davon bekommen, dass im Hause Jenkins etwas im Gange war. Mit unzähligen Fragen, Bestechungen, Erpressungen und allerhand geschickt eingefädelter Fallen, in denen sich Bartlett fast verplapperte, hatte es der Junge schließlich geschafft, dass ihm der Käpt'n alles über Peters Verschwinden und die Mission zu seiner Rettung gesagt hatte. Aber er hatte ihm das Versprechen abgenommen, mit niemanden darüber zu reden.

Bartlett war jetzt noch fassungslos darüber, dass dieser grüne aber doch recht ausgebuffte Bursche sogar nicht davor zurückgeschreckt hatte, ihn im Schlaf auszuhorchen, indem er ihm ins Ohr geflüstert hatte. Und jetzt, da William im Bilde war, wurde es jetzt etwa ruhiger? – Mitnichten! Wenn auch noch nicht offenkundig, so sah Bartlett es dem Jungen an, dass er fieberhaft daran dachte und fest entschlossen war, mit auf die Reise zu gehen. Aber so spielerisch wie William ihm das Geheimnis um

Peters angeblichen Tod aus der Nase gezogen hatte, war Bartlett nun gewappnet, jeden Bestrebungen des Jungen, mit auf die Reise zu gehen, entschieden zu widersprechen. Jetzt, wo er die Finesse des Burschen kannte, war Bartlett sogar neugierig, was dieser sich noch so alles einfallen lassen würde.

Wenn Mr. Jenkins nicht soviel Wert auf den Jungen gelegt hätte, was der abgefeimte Bengel auch wusste und unverschämt zur Durchsetzung seiner Forderungen ausnutzte, hätte der Käpt'n ihm schon längst mal ordentlich den Kopf geschrubbt. Aber so war nichts zu machen.

William indes war so glücklich wie noch nie in seinem Leben. Der Käpt'n, der ja immerhin ein ganzes Schiff befehligte, war jemand, zu dem er hinaufschaute, der ihn beeindruckte. Und wenn er mal groß war, dann wollte er so sein wie Käpt'n Bartlett. Es freute William, dass der Käpt'n ihm zuhörte und ihm etwas zutraute. William hatte zum Käpt'n großes Vertrauen. Niemals ließe der Käpt'n zu, dass ihm auf See etwas geschah, wusste William. Das war der Grund, warum William seine Vorbehalte gegen das Schiffsleben aufgab. Käpt'n Bartlett war sein Freund.

Wieder zupfte es an Bartletts Mantel und der Käpt'n seufzte in sich hinein.

„Käpt'n, hey! Käpt'n! Ich verstehe das einfach nicht."

„Musst du eigentlich immer pausenlos reden wie ein Wasserfall? Kannst du nicht einfach einmal nur schweigen?"

„Ich bin ein Kind …", erwiderte William prompt, als wäre damit schon alles gesagt, „und Kinder plappern nun mal. Wie soll ich die Welt verstehen, wenn ich nicht frage?"

Bartlett schaute sehnsuchtsvoll in die Ferne. Warum ich?, stöhnte er in sich hinein. „Was verstehst du nicht?" Ungehalten schaute er zu William hinunter.

„Das da unten!" William streckte den Arm aus und deutete auf den Friedhof. „Das ist doch eine Beerdigung."

„Kann man wohl sagen."

„Die Beerdigung von Peter Jenkins", stellte William weiter fest.

„Die Beerdigung von Peter Jenkins!", bestätigte Bartlett mit einem Nicken.

„Bei einem Begräbnis nimmt man doch Abschied von einem geliebten Menschen, der gestorben ist. Nachdem er gestorben ist, nimmt man den Kalten, legt ihn in eine Kiste und buddelt ihn ein. Dazu macht man eine Feier, die man Begräbnis nennt. Stimmt doch, oder?"

„Den Kalten?"

„Na, der, der gestorben ist", erklärte William.

„Ach so. Hhmm, hhmm."

„Und jetzt kommt das, was ich nicht verstehe. Da unten in der Kiste ..."

„Sarg, man nennt es Sarg", unterbrach ihn Bartlett.

„... da unten in dem Sarg ist doch keiner drin. Und alle, die da unten feiern, wissen das, weil ja Peter nicht mit zurückgekommen ist. Stimmt's, Käpt'n?"

„Ja, ich habe vorgegeben, dass er in Übersee gestorben ist."

„Ha, erwischt! Genau genommen habt Ihr gelogen." William hob mahnend den Zeigefinger.

„Ja! Und du weißt auch verdammt gut, warum ich das getan habe."

„Verstehe, verstehe. Aber das ist auch nicht mein Problem, worüber ich mir den Kopf zerbreche ..."

„Keine Probleme, keine Fragen. Gut!", sagte Bartlett und wollte wieder in Ruhe auf den Friedhof hinabblicken.

„Und ich verstehe es immer noch nicht. Es ist seltsam, sehr, sehr seltsam", sagte William lang gezogen und grüblerisch.

„Was zum Schotbruch meinst du eigentlich?"

„Da ist doch keiner drin."

„Wo ist keiner drin?"

„Na, in der Kiste ... Entschuldigung, Sir. Ich wollte sagen, in dem Sarg. In dem Sarg ist kein Kalter drin."

„Leichnam!"

„Wieder Entschuldigung, Käpt'n. Ihr habt natürlich recht. In dem Sarg ist kein kalter Leichnam drin."

„Du hast mich nicht verstanden! Einen Leichnam nennt man nicht einen Kalten! So meinte ich das", knurrte Bartlett.

„Aber so ein Leichnam ist doch auch kalt, oder?", wollte William penibel festgestellt wissen.

„Ja, natürlich ist der auch kalt", schnaubte Bartlett so laut, dass er schon fürchtete, die Trauergemeinde hätte ihn gehört.

„Aha, also hatte ich doch nicht so ganz unrecht", stellte William mit Genugtuung fest und sinnierte weiter. „Aber unterbrecht mich nicht immer. Wo war ich stehen geblieben? Ach, ja! Was hat man denn in den Sarg hineingetan, wenn schon kein Leichnam drin ist?"

Bartlett wischte sich mit einem Tuch den Schweiß von der Stirn. Dieser Junge war eine Prüfung, nein, eine Heimsuchung war der Bengel! Ausgerechnet ihm, der er stets wortkarg und mürrisch durchs Leben ging, wurden nun Löcher in den Bauch gefragt.

Er holte Luft und begann, widerwillig zu erklären. „Also, wenn jemand gestorben ist und man hat keinen Leichnam, dann nimmt man Gegenstände und Dinge aus dem Leben des Verstorbenen und begräbt sie anstelle des Toten. Man nennt das ein symbolisches Begräbnis. Man nimmt Abschied von dem Toten und wenn man keinen hat, nimmt man in Gedenken an ihn Abschied von seinen Sachen. So ist das! Bist du nun zufrieden? War es das? Ja?", schloss Bartlett unwirsch.

„Hm ... symbolisches Begräbnis!", wiederholte William wissbegierig. „Tut man dann auch Schuhe in den Sarg?"

„Ich kann mir vorstellen, dass man dann auch Schuhe in den Sarg legt", antwortete Bartlett.

William machte ein befremdliches Gesicht. „Ich finde das sehr, sehr seltsam. Dann könnte das da unten ja sozusagen ein Schuhbegräbnis sein, oder ein Perückenbegräbnis, Augenklappenbegräbnis, Unterhosen- oder Sockenbegräbnis."

Bartlett verkniff sich ein Griemeln. Er wollte den Jungen nicht auch noch zum Unfug ermuntern. Wenn auch in einiger Entfernung wohnten sie immerhin einem Begräbnis bei. Und einige da unten trauerten ja wirklich, weil sie es nicht besser wussten. Das schickte sich nicht.

„Jetzt ist aber genug! Schluss mit dem Unsinn!", schimpfte Bartlett und wandte sich ab, dass William sein Gesicht nicht sehen konnte.

Wieder zupfte es an Bartletts Mantel.

„Hey! ... Hey, Käpt'n! Das eine müsst Ihr mir aber noch erklären."

Bartlett pustete kraftlos aus. „Sprich!"

„Warum findet denn überhaupt ein Begräbnis statt?"

„Das gehört zum Plan. Wie du weißt, ist Mr. Jenkins ein sehr reicher, angesehener und einflussreicher Mann. Aber wer reich ist, hat auch viele Feinde, die nur darauf warten, ihm eins auszuwischen. Mögen sie auch noch so freundschaftlich tun und sich nichts anmerken lassen. Die feine Bristolner Gesellschaft würde ein solches Begräbnis erwarten."

„Und wenn man keines machen würde ...", schob William ein.

„... erweckt das Misstrauen. Und nichts ist wichtiger, als dass wir unsere Vorbereitungen im Verborgenen treffen können. So kann jeder mit Peters Tod abschließen und das kann uns nur recht sein."

William schwindelte es und er griff sich an den Kopf.

„Also das da unten ist ein symbolisches Begräbnis, weil in dem Sarg keiner drin ist. So weit so gut! Und es ist ein Scheinbegräbnis, weil noch nicht mal einer gestorben ist", stellte William fest. „Das ist aber wirklich ein außergewöhnliches Begräbnis ... hm ... ein symbolisches Scheinbegräbnis. Hat bestimmt nicht jeder. Möchte ich später auch mal haben."

„Junge, Junge wo bist du nur hergekommen?", fragte Bartlett ungläubig und vergnügt zugleich.

„Das habe ich Euch doch schon gesagt, Sir ... Aus der Nähe von Gloucester!"

„Gut, William aus der Nähe von Gloucester, lass uns verschwinden, sonst fallen wir noch auf."

Bartlett legte freundschaftlich die Hand auf die schmächtige Schulter des Jungen und gemeinsam schritten sie den Hügel hinab.

„William, du musst mir eines versprechen", sagte Bartlett ernst. „Du darfst mit niemandem darüber reden. Wenn du nur ein Sterbenswörtchen darüber verlierst, gefährdest du Peters Leben und du wärst ein lausiger Gast im Haus von Mr. Jenkins. Hast du verstanden?"

„Ich habe es verstanden, Sir. Ihr könnt Euch auf mich verlassen. Ich hoffe nur, Ihr rekrutiert auch die richtigen Männer für diese Rettungsmission, Sir. Das ist eine große Verantwortung, Sir. Na ja, Ihr wisst schon, solltet Ihr auf die falschen Männer setzen, dann ...", William machte mit seiner ausgestreckten Hand eine scheidende Bewegung an seiner Gurgel und ließ einen Pfiff. „Dann ist es aus mit Peter", resümierte William in zur Schau getragener Gleichmütigkeit.

Aha! So geht's also schon los. Der Bursche will mit. Netter Versuch, Kleiner!, dachte sich Bartlett süffisant.

„Da sei mal ganz unbesorgt, Junge. Ich werde schon die richtigen Männer aussuchen", versicherte ihm der Käpt'n und war sich gewiss, den Jungen nicht mitzunehmen. Anstandsdame für diesen Bengel zu spielen, lag ihm einfach nicht. Der Tag, an dem sie auslaufen würden, lag nicht mehr fern und dann war er William sowieso los. Bis dahin machte er das Beste aus seiner Verantwortung.

Einmütig schritten sie unter Kirschbäumen her, die in zarter, weißer Blüte standen. Bartlett musste sich ein wenig ducken, um die Zweige nicht zu streifen. Die Blütenkelche der Blumen und die Knospen der Bäume hatten sich mit liebevoll, bejahender Zuneigung der Welt geöffnet und verströmten ihren süßen, frohmachenden Duft; den Duft des Frühlings, der die Sinne vor Glück trunken macht.

Die Sonne funkelte hier und da durch das zartgrün leuchtende Blätterdach, welches vom leichten Wind gestreichelt wurde und wie zum Dank hierfür leise wisperte. Es waren Momente wie diese, in denen Bartlett tiefe Dankbarkeit empfand – nicht zuletzt auch, weil er überlebt hatte.

Dieses Frühlingserwachen, dieser Aufbruch, war gleichbedeutend mit seinem eigenen Ansporn zu tun, was getan werden musste, um alles zum Guten zu wenden. Selbst um der Gefahr willen, dass dies sein letzter Frühling sein konnte.

Letzte Vorbereitungen

„Die Mannschaft ist so gut wie komplett." Mr. Bellamy warf einen Blick auf die Namensliste in seiner Hand. „Nur leider konnte ich nicht alle auftreiben, deren Namen Ihr mir gesagt habt. Es werden auch Seemänner an Bord sein, mit denen Ihr noch nicht auf Fahrt gegangen seid. Ich hab sie mir angesehen. Haben alle schon Erfahrung an Bord gesammelt und machen einen soliden Eindruck."

„Ist nicht zu ändern", sagte Käpt'n Bartlett. „Hauptsache, einige vertraute Gesichter sind dabei. Gute Männer, die ihr Handwerk verstehen und auf die Verlass ist. Merkt Euch eines, Mr. Bellamy, kein Käpt'n kann auf vertraute Gesichter an Bord verzichten. Sie sind es, die die Position eines Käpt'ns stützen, sollte es mal eng werden."

„So, wie Ihr sagt, Käpt'n. Es hat etwas für sich."

„Und Ihr seid auch ganz sicher nicht persönlich in Erscheinung getreten?", mahnte Bartlett. „Ihr wisst, wenn der Sekretär der Jenkins Trade Company die Männer persönlich rekrutiert, ist das unüblich. Ihr versteht?"

Bellamy machte eine beleidigte Miene. „Natürlich nicht. Alles so gewöhnlich wie sonst auch. Die Männer, deren Namen Ihr mir gesagt habt, habe ich über stadtbekannte Crimps wie rein zufällig anheuern lassen. Es war nicht schwer. Nachdem sie erfuhren, dass Sie das Kommando haben, schrieben sie sich bereitwillig ein." Bellamy rieb sich nachdenklich das Kinn. „Ich halte es für einen Fehler, dass sie nicht wissen, was es tatsächlich mit dieser Handelsfahrt auf sich hat. Es könnte gefährlich werden."

„Jede Seereise ist gefährlich, Mr. Bellamy. Ein Seemann weiß das", sagte der Käpt'n tadelnd und sah zum Fenster hinaus, wo er Dr. Pargether über den Queen Square hasten sah.

Es ärgerte ihn, dass der Sekretär seine Strategie anzweifelte. Bellamy mochte ja tüchtig sein und gut mit Zahlen umgehen können, aber wie er, Käpt'n Bartlett, die Männer zu führen gedachte und was er ihnen an Wissen zukommen ließ und was nicht, war nur seine Sache. Lang genug hatte er darüber gegrübelt, wie er Peter befreien wollte.

„Die Männer segeln nur das Schiff. Mit Peters Befreiung haben sie nichts zu schaffen!"

„Noch etwas, Käpt'n", begann Bellamy unbeeindruckt. „Ich werde die Mission begleiten", sagte er entschlossen.

„Warum sollte ich Euch mitnehmen, Mr. Bellamy?"

„Ich bin der Familie persönlich verbunden. Ich sah Peter zu einem jungen Mann heranwachsen und ich darf sagen, dass ich mich als seinen Freund betrachte. Ich bin es ihm und mir schuldig zu helfen. Ich komme mit!"

„Eure Verbundenheit zu Peter in allen Ehren, aber ich lehne Eure Hilfe ab, Mr. Bellamy", sagte Bartlett und musterte demonstrativ Bellamys, weiche, runde Gestalt, wie er so vor ihm stand mit den zurückgekämmten, roten Haaren und den treublauen Augen. „Ich will ganz offen zu Euch sein, das Leben auf hoher See ist viel zu beschwerlich und hart für jemanden, der es nicht gewohnt ist." Bartlett klopfte ihm kameradschaftlich auf die Schulter. „Ihr helft am Besten, wenn Ihr hier in der Heimat Trost und Zuversicht spendet."

„Käpt'n! Es missfällt mir, dass nur Ihr offensichtlich zu wissen glaubt, was in dieser Lage geboten ist. In meinen Sorgen um Peter habe auch ich mir Gedanken gemacht. Und ich versichere Euch, meine Überlegungen wurden keinesfalls durch die persönliche Verbundenheit zu Peter und seiner Familie getrübt. Ich bin ein sehr nüchterner Mensch, Käpt'n Bartlett, und glaube, dass Ihr es nicht riskieren könnt, auf mich zu verzichten. Ich, der ich Französisch und Spanisch spreche, als hätte ich es mit der Muttermilch aufgesogen. Und Italienisch kann ich zumindest so gut verstehen, dass ich weiß, was man von mir will."

„Natürlich ist es gut, mehrere Sprachen zu sprechen. Doch bei dieser Mission ist es nicht erforderlich. Wir gehen heimlich vor und benötigen keinen Übersetzer. Es tut mir leid, Mr. Bellamy."

Mit trotziger Verärgerung hob Bellamy den Kopf und wurde mit einem Mal äußerst förmlich.

„Ich hatte eigentlich auf Euer Einsehen gehofft. Aber nun bin ich gezwungen, Euch vor vollendete Tatsachen zu stellen. Ich bin von Mr. Jenkins dazu bestimmt worden, das Lösegeld zu verwalten und darauf Acht zu geben."

„Traut er mir nicht?"

„Er setzt Vertrauen in Euch und damit Ihr es gleich wisst, ich vertraue Euch auch. Aber vier Augen sind wachsamer als zwei. Nicht wahr, Käpt'n Bartlett?"

„Ich halte es für einen Fehler", brummte Bartlett unzufrieden darüber, dass ihm hineingepfuscht wurde. „Gut! Dann ist es nicht zu ändern. Eines sage ich Euch, Ihr wisst, worauf Ihr Euch einlasst! Und noch etwas: keine Vergünstigungen. Ihr schlaft in einer Hängematte bei der Mannschaft unter Deck, kriegt die gleichen Rationen und Ihr werdet Euch auf die gleiche Weise erleichtern müssen. Ihr erledigt die Euch zugewiesenen Arbeiten und haltet ansonsten in Seemannsfragen den Mund. Habt Ihr verstanden, Mr. Bellamy?" fragte der Käpt'n bestimmt.

„Aye, Sir", sagte Bellamy, froh darüber, diese Frage geklärt zu haben. „Ich bin zäher, als Ihr annehmen möchtet", fügte er an.

Bevor er sich zum Gehen wandte, blitzten seine Augen in einer Art, die Bartlett nicht einordnen konnte.

Na ja, vielleicht ist er doch ganz brauchbar, dachte der Käpt'n.

Kaum hatte Bellamy den Raum verlassen, da platzte auch schon Dr. Pargether atemlos herein.

„Ich habe Eure Nachricht erhalten. Es hörte sich sehr dringlich an. Wie geht es Euch, Käpt'n?"

Dr. Pargether war besorgt um seinen Patienten und hatte sich sehr beeilt. Das schmale Gesicht wirkte noch rosiger, als es ohnehin schon war, und sein graues lockiges Haar stand ihm noch ein bisschen wirrer vom Kopf als sonst.

„Dank Eurer Heilkunst geht es mir soweit gut. Aber ich habe Euch aus einem anderen Grund hergebeten."

Da es glücklicherweise keine Komplikationen gegeben hatte, atmete der Arzt erst einmal tief durch und stellte seine Tasche ab. „Ein anderer Grund?", wiederholte der Doktor rätselnd.

„Ich bitte Euch, mich auf einer Reise zu begleiten. Es geht um Peter Jenkins", kam Bartlett direkt zur Sache.

„Peter Jenkins ist tot. Ich war auf seinem Begräbnis. Und Ihr solltet Euch keine Scherze erlauben", bemerkte der Doktor irritiert.

„Nein, das ist er nicht", sagte Bartlett und erzählte Dr. Pargether alles, was es mit Peters Gefangennahme und dem Scheinbegräbnis auf sich hatte.

Während dieser zuhörte, wechselte sein Gesichtsausdruck von Abscheu über Unglauben bis zur Freude. „Das sind wirklich gute Nachrichten. Ich freue mich, das zu hören", sagte Dr. Pargether noch ganz unter dem Einfluss von Peters vermeintlichem Tode.

„Wir haben fürwahr keinen Grund zur Freude", beschwichtigte Bartlett. „Eine sehr schwierige Aufgabe liegt vor uns. Wir werden einen guten Schiffsarzt brauchen können. Wie steht's, Dr. Pargether? Kann ich auf Euch zählen?"

„Ihr könnt!" Des Doktors Nasenflügel bebten freudig und voller Tatendrang. „Eine größere Freude hättet Ihr mir nicht machen können, als an einer Mission mit so edlem Ziel mitzuwirken. Als Arzt ist es meine Pflicht, Leben zu retten und es bedeutet für mich eine willkommene Abwechslung." Dr. Pargether beugte sich vor. „Ich habe genug von Magenverstimmungen, Sitzfurunkeln, Hühneraugen, Gicht und Syphilis. Ich möchte mich mal wieder als richtiger Arzt betätigen", vertraute er Bartlett mit angeödetem Gesicht an.

„Gut zu hören! Dann packt Eure Sachen und haltet Euch bereit."

„Wann geht es los?"

„Es sind noch einige Vorbereitungen zu treffen, aber es dauert nicht mehr lange. Und noch etwas, Doktor ... Zu keinem ein Wort!"

„Natürlich nicht, Käpt'n. Ich werde schweigen wie ein Grab", sagte er grinsend bei dem Gedanken an die Scharade, griff seine Tasche und entschwand zur Tür hinaus.

Mit einem Mal überkam Bartlett wieder diese tiefe innere Einkehr. Nachdenklich schaute er zum Fenster hinaus auf den Queen Square und beobachtete die Menschen, wie sie umtriebig umherliefen, verhandelten, verneinten oder bejahten, empört von sich wiesen und miteinander lachten. Es war der Stand seiner Vorbereitungen, der ihn so tief beschäftigte und den er sich vor Augen führte ...

Die Mannschaft war angeheuert. Darunter waren Schiffszimmermann, Seiler, Quartiermeister und Tuchschneider. Ein guter Wundarzt war gefunden und sollten sie sich tatsächlich in fremden Sprachen verständigen müssen, so konnte Bellamy helfen. Schiff und Proviant stellten kein Problem dar und das Navigieren übernahm er selbst. So weit, so gut.

Es blieb nur noch eines zu tun; das Wichtigste überhaupt. So gedankenversunken und tief in sich selbst ruhend wie er war, erschien ihm das Fenster zum Queen Square wie ein Fenster in eine andere Welt, oder wie ein lebendig gewordenes Gemälde. Die Antwort war irgendwo da draußen zu finden.

Wo waren sie? Jene fünf Männer, die geeignet waren und ihm helfen konnten. Todesverachtend-mutig, verrückt oder verzweifelt genug, talentiert und verwegen. Wo nur? Wo waren diese Männer zu finden?

Das Totem

Hochverehrtes Publikum! Ich biete jedem, der gegen meinen Mann antritt und ihn besiegt, einen Gewinn von fünf Schilling! Fünf Schilling für jeden, der meinen Mann auf die Bretter schickt!"

Der schmierige, kleine Mann inmitten des Boxringes und begann, hochtrabend für seine Veranstaltung zu werben. Er stand auf einer Holzkiste und mit seinen spitzen Zähnchen sowie den großen, durchscheinenden Ohren hatte er etwas Mausartiges an sich.

So ein Boxkampf war immer ein Ereignis und es dauerte nicht lange, bis die Ersten herbeitraten, um sich das Spektakel anzusehen. Bald war der Boxring von einer neugierigen Menschenmasse umgeben, die unruhig auf der Stelle trat, tuschelte und die Kämpfer abschätzte, um ihren Wetteinsatz danach zu bemessen.

„Wer von Euch ist bereit, stark und mutig genug, es zu wagen? Es kostet Euch nur zwei Penny, gegen meinen Mann anzutreten!" Der Ansager hob den Zeigefinger und überschaute die Menge. „Aber Ihr könnt ganze fünf Schilling gewinnen."

„Wie ist es mit Euch, mein Herr?", suchte er sich einen gut gebauten Mann aus, der mit seinem Mädchen in der zweiten Reihe stand. „Ihr investiert nur zwei Penny und habt die Aussicht auf beträchtliche fünf Schilling. Mit dem Geld könnt Ihr Euer bezauberndes Mädchen da neben Euch ganz groß ausführen. Oder auch ein anderes Mädchen, ganz, wie es beliebt."

Schallendes Gelächter!

Der Mann, der ganz nach einem Schmied aussah, tat einen Schritt vor, um die Aufforderung anzunehmen. Sein Mädchen, das damit nicht einverstanden war, hielt ihn an der Schulter zurück. Ein verhaltenes Streitgespräch entbrannte zwischen den beiden, in dessen Verlauf sie beleidigt durch die Menge drängelnd davoneilte und er ihr wie ein geprügelter Hund folgte.

„Oha, da sieht man, wer die Hosen anhat. Vielleicht hätte ich die Dame fragen sollen."

Wieder erntete der Ansager schallendes Gelächter.

„Nun, meine Herren, wie sieht es aus? Wer von Euch will sich fünf Schilling verdienen? Ist unter Euch ein mutiger Held? Der Mann, gegen den es anzutreten gilt, kommt aus einem fernen Land und ist der Sohn eines mächtigen Königs. Von seinem Vater verstoßen, ist er als Sklave in unser Land gekommen, um zu kämpfen, Weisheit und Erfahrung zu sammeln, um eines Tages frei in sein Land zurückzukehren und den Platz seines Vaters an der Spitze eines mächtigen, stolzen Volkes einzunehmen. Wer von Euch guten Christenmenschen ist Manns genug, es mit ihm aufzunehmen?"

„Ich will es mit dem Heiden aufnehmen!", ertönte eine Stimme aus der Menge.

Der Ansager fuhr herum. „Habe ich gehört, dass es einer aufnehmen will?" Der Ansager suchte die Menge ab und hielt sich lauschend die Hand an sein Mauseohr. „Wo ist der Held, der da zu mir gesprochen hat?"

Aus der Menge erhob sich eine Pranke, deren Arm wie ein Baumstamm nach unten hin immer mächtiger wurde. Behäbig bahnte sich der Koloss seinen Weg durch die Menschen, die von freudiger Sensationslust getrieben ihm freundlich anerkennend auf die Schulter klopften – sofern sie diese erreichen konnten.

Es hatte sich einer gefunden. Nun konnte es losgehen. Dann stand er im Ring. In seinem Imponiergehabe baute er sich zu voller Größe auf und zeigte, was er zu bieten hatte. Er war ein riesiger, wuchtiger Fleischberg. Mit dem blonden Flaum auf seinem

Schädel und dem runden, zufriedenen Gesicht mit den blauen Kulleraugen darin sah er aus wie ein übergroßes Baby. Und genauso einfältig führte er sich auch auf. Er zog sein Leinenhemd aus und warf es dem Ansager über den Kopf, der seine Mühe hatte, wieder hinauszufinden.

Wieder schallendes Gelächter.

Dann hob der Koloss seine massigen Arme und ließ sich siegesgewiss vom begeisterten Publikum mit Pfiffen und Applaus feiern.

„Zeig es dem roten Nigger!" und „Mach ihn platt!" oder „Ich setz auf dich, also enttäusch mich nicht! Ich hab fünf Kinder!", schallte es ihm aus der Menge entgegen. Die Menschen schlossen untereinander ihre Wetten ab. Die Kumpane des Ansagers heizten die Stimmung zusätzlich an, um die Quote in die Höhe zu treiben, woran sie letztlich mitverdienten.

„Es gibt wahrhaftig noch Helden. Und was für welche!", staunte der Ansager und lugte aus dem Ärmel des Hemdes heraus. Zwei Schritte musste er zurücktreten, um den Riesen gänzlich in Augenschein zu nehmen.

„Nun, wer ist der mutige Streiter, der bereit ist, gegen meinen Mann anzutreten?"

In seiner Selbstdarstellung hatte der Koloss nicht verstanden, dass dies eine an ihn gerichtete Frage war.

„Wie nennt man Euch?," wiederholte der Ansager kurz.

„Ich bin Pauly. Pauly will kääämpfen!", antwortete dieser langgezogen Das Sprechen bereitete ihm offensichtlich Mühe.

„Gut, Pauly, und hier ist dein Gegner." Der Ansager trat einen Schritt zurück und deutete in die Ringecke.

Pfiffe und Buhrufe ertönten.

Dort, auf einem Schemel, saß er, stumm und aufrecht. Die Handflächen auf seine Knie gelegt, starrte er festen Blickes in die Ferne, als könne er über den Horizont hinaussehen. Eiserne

Manschetten umgaben seine Handgelenke, zwischen denen sich eine Eisenkette spannte. In sich selbst ruhend, schien ihn der Trubel ringsum nicht zu erreichen. Keine Regung war seinem Gesicht zu entnehmen.

Dann stand er selbstsicher auf und richtete seinen durchdringenden Blick erstmals auf den Gegner, während er seine Arme vorstreckte, damit man ihm die Kette abnahm. Er hatte eine sehnige, muskulöse Gestalt. Unter der dünnen, rötlichen Haut spannten und zuckten seine Bauchmuskeln, die an den Panzer einer Schildkröte erinnerten. Das schulterlange Haar hatte er zu einem Zopf gebunden und es war genauso schwarz wie seine Augen, die unerbittlich hart und doch so sehnsuchtsvoll verloren blicken konnten. Er hatte ein ebenmäßiges Gesicht, ernst und charaktervoll. Die Narben, die sie ihm mit der Peitsche ins Fleisch geschlagen hatten, knorpelten sich wulstig und hell auf seinem muskulösen Rücken und der unbehaarten Brust. Dies verlieh seiner Statur etwas Grobschlächtiges.

Einander traten sie gegenüber und Paulybaby überragte ihn um mindestens vier Köpfe. Der direkte Größenvergleich der beiden führte dazu, dass im Publikum hektisch noch einmal Wetten abgeändert und neue abgeschlossen wurden.

„Meine Herren", begann der Ansager, „ich erkläre kurz die Regeln. Es gilt die Regel, dass es überhaupt keine Regel gibt. In diesem Sinne ... Möge der Bessere gewinnen!"

Schleunigst huschte er sodann aus dem Ring.

Der Koloss tat einen Schritt nach vorne und stampfte dabei so heftig auf, dass der Holzboden unter ihnen erzitterte. Mit seinen Fäusten, die wie Kanonenkugeln wirkten, visierte er den Schweigsamen an und aus den blauen Kulleraugen sprach eine einfache, kindliche Gemeinheit.

Der Indianer hingegen bewegte sich geschmeidig wie eine Katze und wartete erst einmal ab. Sie belauerten und umschlichen einander wie zwei Kater, die einen Revierkampf auszutragen haben.

Der Schweigsame achtete genau darauf, dass er möglichst immer auf den gleichen Brettern stand wie sein Gegner.

Plötzlich und völlig überraschend schlug der Koloss mit einer Schnelligkeit zu, die man ihm nicht zugetraut hätte. Doch der Schweigsame wich gewandt zur Seite aus. Der Fleischberg, wie die meisten seiner Gegner, hatte vor dem Zuschlagen sein Gewicht von einem Fuß auf den anderen verlagert, um seinem Schlag mehr Wucht zu verleihen. Deshalb bog sich noch vor der heranwuchtenden Faust die Brettplanke kaum merklich durch. Der Schweigsame, der barfuss auf dem gleichen Brett stand, konnte das fühlen und so den Angriff vorausahnen.

Daher versuchte der Indianer, seinen Gegner mit Scheinangriffen derart durch den Ring zu dirigieren, dass die Bodenbretter zwischen ihnen niemals quer, sondern immer längs standen.

Trotz seiner Masse war der Koloss erstaunlich schnell und daher wusste er, dass er seinen Gegner auf keinen Fall unterschätzen durfte. Sollte ihn eine der Kanonenkugeln treffen, würde es ihm die Knochen zertrümmern – egal, wo es ihn traf. Alle Instinkte in ihm waren alarmiert!

Der Koloss beugte sich lauernd vor und streckte die Arme zur Seite, als wolle er ein Huhn fangen. Auf diese Weise drängte er den Schweigsamen in die Ecke, der das mit kalter Berechnung geschehen ließ. Er war jetzt der Köder und lockerte seinen Körper für den Fall, dass er getroffen wurde. Paulys gemein-griemelndes Gesicht kam immer näher an ihn heran. Das war gut so. Der Schweigsame wollte möglichst nahe an diesen Koloss und damit an seine empfindlichen Stellen heran. Außerdem war sein Gegner so riesig, dass er, wenn er nur dicht genug bei ihm stand, in einer Art Schutzzone war. Die mächtigen Arme konnten dann zumindest nicht mehr so weit ausholen und gleichzeitig gezielt treffen, das wusste er aus Erfahrung.

Dann packte der Koloss zu und hob ihn hoch. In einer eisernen Umarmung presste er den Schweigsamen mit seiner gigantischen Kraft an sich, ganz so, als ob er ihm auf diese Weise die Innereien aus dem Mund quetschen wollte. Während er dies tat, forderte er das Publikum auf, ihm zu applaudieren.

Breiter Applaus und Pfiffe ertönten.

Der Koloss stolzierte mit seiner Trophäe durch den Ring, ließ sich feiern und strahlte seinem Gegner wonnevoll ins Gesicht. Derart von mächtigen Armen umschlossen war es dem Schweigsamen unmöglich, seine Arme zu bewegen oder sich herauszuwinden. Nicht nur das, es wurde sogar noch schlimmer für ihn, denn jedem Ausatmen wurde der Eisenring um ihn noch enger und gab nicht mehr nach.

Was für ein starkes, grausames Kind sein Gegner doch war!

Die Luft wurde ihm knapp, Augen und die Halsadern traten hervor und die Rippen drohten zu brechen. Er stammte aus einem alten Volk, das sich der Kraft und der Wahrheit der Natur stets bewusst war und sie verehrte.

Sein Totem war der Büffel und hier lag die Antwort, die zu geben er sich nun beeilen musste. Er legte seinen Kopf in den Nacken und schlug wuchtvoll mit seiner Stirn gegen die Nase von Paulybaby. Ein dumpfes Puffen ertönte. Aber alles, was er damit erreichte, war, dass sich der Druck auf ihn noch erhöhte.

Damit hatten beide ihren Einsatz gegeben: Der Schweigsame musste die Nase in Matsch verwandeln, bevor ihm das Rückgrat gebrochen wurde. Einer Ohnmacht nahe, hatte er dazu nicht mehr viel Zeit. Wieder sauste ein Kopfstoß auf die Nase. Die Zuschauer konnten ein Schmatzen hören. Noch ein Kopfstoß. Diesmal hörte es sich nach einem saftigen Schmatzen an. Und noch ein Kopfstoß; Schmatzen und Knacken.

Dunkle Flecken tanzten vor den Augen des Schweigsamen. Auf dem Weg in die Ohnmacht platschte die Stirn des Indianers ein letztes Mal kraftlos in die blutige Masse. Auf seine nicht mehr vorhandene Nasenspitze schielend, löste Paulybaby endlich seinen Schraubstock. Noch im Fallen holte der Schweigsame tief Luft und seine Lebensgeister erwachten, noch ehe er den Boden erreichte.

Er ließ sich in die Hocke fallen, rollte sich geschmeidig auf den Rücken, spannte seinen Körper wie einen Bogen und trat mit beiden Fersen nach oben in den Bauch des Gegners. Ein wellenartiges Wabern ging von der Stelle aus, wo er ihn getroffen hatte. Pauly stieß sauer auf. Benommen torkelte der Fleischberg einige Meter zurück. Der Schweigsame rollte sich nach hinten über seinen Kopf hinweg und kam mit einer souveränen Geschicklichkeit zum Stehen, die Gefährlichkeit verriet und ein jeder als Warnung verstehen musste.

Ein Raunen ging durch das Publikum.

Sein schwitziges, schwarzes Haar fiel ihm wie ein Vorhang ins Gesicht und verdeckte es zur Hälfte. So wie er auf die Beine gekommen war, blieb er stehen. Sein Blick war der eines wilden Tieres. Er hasste die Bleichgesichter für das, was sie aus ihm gemacht hatten.

Behutsam tastete Pauly nach seiner Nase, die wie ein schlaff hängender, blutiger Socken aussah. Ungläubig und verstört schaute er mit großen Augen auf das Blut, das er zwischen seinem Daumen und Zeigefinger rieb. Er sah aus wie ein Kind, das sich das erste Mal an einer Scherbe geschnitten hat und nicht verstand, was passiert war. Dann wandelte sich sein Antlitz. Paulys Augen blitzten hassverzerrt auf denjenigen, der ihm das angetan hatte. Das Blut, das unablässig aus seiner Nase über den Mund floss, spie und pustete er dämonisch zur Seite. Es erinnerte an die Blutfontäne eines Wals, den eine Harpune getroffen hatte.

Der Schweigsame stand unbeweglich da. Nicht einmal das Blut seines Gegners wischte er sich aus der Stirn. Er wusste, dies war die gefährlichste aller Situationen. Nichts ist so gefährlich wie ein angeschossenes, rasendes Tier. Und genau so eines hatte er jetzt vor sich. Der Kampf musste so schnell wie möglich zu Ende gebracht werden, das wusste er.

Der Koloss stürmte wie ein wilder Stier auf ihn zu und schlug ihm mit der ganzen Wucht seiner stämmigen Statur in die Seite, die der Schweigsame gerade noch rechtzeitig mit seinem Oberarm decken konnte. Wie von einem Orkan erfasst, fegte er rücklings über den Bretterboden. Mit dem letzten Schwung zog er sich einen dolchgroßen Splitter in den Rücken, der zu allem Unglück nicht abbrach und ihn deart an den Boden nagelte.

Der wutschnaubende Pauly war entschlossen, ihn zu zertreten wie eine Kakerlake.

Keine Schmerzen!, schoss es ihm durch den Kopf. Dann riss er seinen Oberkörper hoch. Der Holzsplint federte ächzend und seine Haut spannte sich. Knurrend biss er die Zähne zusammen und im Publikum machte sich blankes Entsetzen breit. Dann endlich brach der Splint und ein Taubenei großer Blutspfropf klatschte ihm ins Genick. Gerade noch rechtzeitig rollte er sich zur Seite weg, denn sein Gegner segelte wie ein großer, böser Schatten auf ihn zu, um ihn zu zerquetschen.

Schnaubend und etwas orientierungslos richtete sich der Fleischberg wieder auf, als ihn dieser unerbittlich harte Tritt auf das Herz traf. Pauly japste, torkelte und fasste sich an die Brust. Dann sauste eine Faust auf sein Kinn und zu guter Letzt donnerte ihm noch ein Tritt zwischen die Beine.

Niemand im Publikum mochte hinsehen. „Oooouuuhhhh", raunte es, als sie sich abwandten.

Der Koloss erstarrte zur Salzsäule, seine Knie schoben sich ineinander, er stöhnte, verdrehte die Augen gen Himmel und in einer Drehbewegung kippte er nach hinten weg wie ein Baum. Mit einem Grunzen klatschte er hart auf die Bretter. Sägespäne und Staub stieben auf.

Der Schweigsame stand da. Ganz außer Atem hob und senkte sich sein Brustkorb und die Muskeln unter seiner dünnen, schweißnassen Haut zuckten. Er hatte gewonnen!

Dann griff er sich nach hinten, zog stumm den Holzsplint aus seinem Fleisch und schmiss ihn abfällig in Richtung seines Gegners.

Wieder mochte kaum jemand hinsehen.

Sie brauchten sechs Mann, um Pauly fortzutragen, der seine Zeit brauchen würde, um wieder zu sich zu kommen und zu genesen.

Er war nicht der Sohn eines mächtigen Königs, sondern der stolze und tapfere Krieger eines untergehenden Volkes. Gefangen, gedemütigt und in die Fremde versklavt, kämpfte er hier um sein Überleben.

Er war vom Schlage der Männer, die Käpt'n Bartlett brauchte, denn er war der erste von den Fünfen – *Kounaeh, der Indianer*.

Wie gewonnen, so zerronnen

Mrs. Blix, die gute Seele, wischte fröhlich summend mit einem feuchten Tuch über die Kommode, als es an der Tür klopfte. Sie öffnete und senkte sofort ehrerbietig ihren Blick. „Guten Morgen, Mr. Falls", grüßte sie, tat einen Knicks und trat zur Seite, um ihn einzulassen.

Herrschaftlich schritt Peters Cousin an ihr vorüber, ohne den

Gruß zu erwidern. In einer einstudierten Zeremonie zog er sich die feinen Lederhandschuhe von den Fingern. „Ist meine Tante im Hause?", fragte er beiläufig, ohne sie anzusehen.

„Ja, Sir", bestätigte Mrs. Blix. „Ich werde Euch sogleich Madam melden."

„Nicht nötig, meine Gute", beeilte er sich, sie zurückzuhalten. „Ich werde den Weg schon finden. Ich nehme an, sie ist oben in ihrem Zimmer?", näselte er herablassend.

„Ja, Sir." Erneut machte sie einen Knicks.

Der feine Mr. Falls ist wohl wieder in Schwierigkeiten, dachte Mrs. Blix verächtlich, als sie ihm nachsah, wie er herrschaftlich die Treppe hinaufschritt.

Angespannt wie ein Schauspieler vor seinem Auftritt, klopfte er an die Türe seiner Tante, um sie sodann betont umtriebig und schwungvoll aufzutun.

„Einen wunderschönen guten Morgen, Tante Gwenda. Es ließ mir einfach keine Ruhe", stolperte er in den Raum und schüttelte sorgenvoll den Kopf. „Diese Ungewissheit! Meine Gedanken drehen sich nur noch um Peter. Verzeiht meinen plötzlichen Überfall, doch hielt ich es in meiner Kammer nicht mehr aus. Ich zermartere mir wieder und wieder den Kopf, was man nur tun kann und fühle mich doch so hilflos." Er seufzte tief und ließ die Schultern hängen. „Ich muss einfach mit jemandem reden, dem es genauso geht." Er beugte sich zu ihr hinunter und gab ihr einen flüchtigen Kuss.

Sie legte die Stickerei, an der sie gerade gearbeitet hatte, zur Seite, umfasste mit beiden Händen seine Hand, die sie mit schicksalsverbundener Wärme drückte und umkoste.

„Percy, mein lieber Junge, wie schön, dass du gekommen bist." Warm lächelte sie ihn an. Ihr Gesicht war von Sorge und Erschöpfung gekennzeichnet. „Bitte setz dich und leiste mir Gesellschaft!"

Er nahm ihr gegenüber in dem Ledersessel Platz, der aus unzähligen kleinen Kuhlen bestand, in denen Knöpfe versenkt waren. Entspannt schlug er die Beine übereinander und legte seine Arme breit auf die Lehnen. In perfekter Manier lächelte er sentimental.

„Ich muss so oft an die Dinge denken, die er und ich so angestellt haben, als wir noch Kinder waren." Als sich ihre Blicke trafen, schluckte er schwer.

„Ja, ihr beide wart wirklich unzertrennlich. Sehr zum Leidwesen all jener, denen ihr eure Streiche gespielt habt", bemerkte sie nicht ohne eine gewisse Schelte.

„Ich hab zu ihm aufgeschaut und er war zu mir wie ein großer Bruder. Stets hat er mich beschützt."

„Er fühlte sich immer verantwortlich", sagte sie und ihr Gesicht hellte sich für einen Moment auf.

„Wie geht es meiner Lieblingstante?"

„Wie soll es mir schon gehen, mein lieber Percy? Es ist eine schwere Zeit. Ich bete und richte alle meine Gedanken auf das Wohl meines Jungen. Möge er unversehrt zu uns zurückfinden."

„Es ist schon ein guter Wink des Schicksals, dass Peter noch am Leben ist. Wie geht es dem Käpt'n? Schreitet seine Genesung voran?"

„Ja, gottlob. Er ist tüchtig und trifft alle Vorbereitungen. Wir könnten keinen besseren hierfür finden und setzen alle großes Vertrauen in ihn."

„Dann geht es bald auf große Reise?"

„Mögen sie mir meinen Jungen wiederbringen", sagte sie zittrig und ihre rotgeränderten Augen wurden wieder wässrig.

„Tante Gwenda", begann Percy zaghaft und suchte nach Worten, „ich halte diese Untätigkeit nicht mehr aus. Ich muss etwas tun und mein Entschluss steht fest. Ich werde mich an Peters

Rettung beteiligen und nicht eher ruhen, bis ich ihn Euch wiedergebracht habe." Bei diesen Worten schlug er erneut in lässiger Weise die Beine übereinander, diesmal das rechte über das linke Bein.

„Percy, mein Junge, wie kannst du nur so etwas Törichtes sagen. Hast du nur einmal daran gedacht, wie es ist, wenn auch dir etwas zustößt?" fuhr sie erschöpft auf. „Nein, mein Junge, du bleibst hier. Ich werde das nicht zulassen. Peter ist schon in Gefahr und ich sehe nicht zu, wie du auch noch ins Unglück rennst."

„Es ist lieb von Euch, Tante", sagte er honigsüß und schluchzte vor Rührung auf. „Aber ich bin ein erwachsener Mann und ich weiß, was ein Mann zu tun hat. Ich danke Euch für Eure Fürsorge, aber ich entbinde Euch davon."

„Ich will davon nichts mehr hören, Percy Falls! Ich habe meinem Bruder auf dem Sterbebett versprochen, dass ich für dich sorgen werde. Und ich halte mein Versprechen. Genug jetzt!", verbat sie sich jedes weitere Wort darüber. Dann wurde sie etwas versöhnlicher. „Percy, mein lieber Junge, mach es mir doch nicht so schwer", sagte sie und lächelte ihn warm an.

„Es ist nur …" Er sprang aus dem Sessel auf und wie um seine plötzliche Verzweiflung deutlich zu machen, knetete und rieb er sich den Handrücken. Unschlüssig und zwiegespalten schien er mit sich zu kämpfen. „Es ist nur …", stammelte er wiederholt und wand sich.

„Percy, ich weiß, dass du es nur gut meinst. Aber ich möchte mich nicht auch noch um dich sorgen. Percy?! Was ist denn nur?", fragte sie mit eindringlicher Besorgnis und schaute zu ihm auf.

„Ach, liebe Tante, was soll ich bei all dem, was Ihr auf dem Herzen tragt, Euch auch noch meine Not auflasten. Ich weiß nur eines, ich muss Peter helfen und …" Er stockte und schluckte schwer.

„Und was, Percy? Sprich mit mir, Junge! Bitte! Habe ich dir

nicht immer geholfen, wo ich nur konnte?!" Sie war aufgestanden, fasste ihn einfühlsam am Arm und suchte seinen Blick.

„Ich muss England verlassen", platzte es verzweifelt aus ihm heraus.

„England verlassen?", wiederholte sie ungläubig. Nun ahnte sie, in welchen Schwierigkeiten er steckte. Es war nicht das erste Mal. „Hast du wieder gespielt?", fragte sie ernst.

Beschämt wich er ihrem Blick aus und nickte wortlos.

„Percy, wie oft habe ich dich gebeten, es nicht zu tun. Du musst damit aufhören. Bitte tu es mir zum Gefallen."

„Bitte, Tante Gwenda, helft mir nur noch dieses eine Mal. Ich werde meine Gläubiger zufriedenstellen und verspreche Euch, dass ich es nie wieder tun werde. Wenn Onkel Harold einverstanden ist, werde ich das Geld abarbeiten. Und ich werde einen anderen Umgang pflegen. Die Kreise, in denen ich verkehre, sind schlecht, ich weiß es. Ich wünschte, ich hätte Freunde, die diese Bezeichnung auch verdienen. Aber ich werde sie finden, wenn Ihr mir nur dieses eine Mal noch helft", führte er verzweifelt aus. „Ich will ein neues Leben anfangen", setzte er weinerlich nach.

Auch wenn der Verstand ihr sagte, dass ihr Neffe wohl wieder nur leeres Gerede von sich gab, da sie ihm schon zu oft mit Geld ausgeholfen hatte, siegte doch mal wieder ihr gutes Herz. Sie war ein Familienmensch und war bereit, alles dafür zu tun.

„Gut, ich helfe ich dir, mein Junge. Aber es ist wirklich das letzte Mal und du musst mir versprechen, damit aufzuhören. Dein Onkel darf auf keinen Fall etwas davon erfahren", ermahnte sie ihn.

„Ich verspreche es, Tante. Danke, liebe Tante!", sagte er gescholten und artig.

Mit gut gemeinter verschwörerischer Miene ging sie zu ihrem Sekretär und zog eine Schublade auf.

Als er die Türe hinter sich zuzog, entspannte sich sein Gesicht wieder zu jenem hochnäsigen, großspurigen Ausdruck, den man von ihm kannte.

Nichts erinnerte mehr an den Jämmerling, den er noch soeben im Zimmer seiner Tante abgegeben hatte. Er wusste, dass seine Tante ihn davon abhalten würde, mit auf die Reise zu gehen.

Nicht auszudenken, wenn sie mich beim Wort genommen hätte. Ich und das Geld abarbeiten? Noch dazu auf einem Schiff? Percy, Percy, alter Junge, du musst beim nächsten Mal vorsichtiger sein. Das ist ja gerade noch mal gut gegangen!, ermahnte er sich in Gedanken.

Er frönte lieber seinem viel zu aufwändigen Lebensstil und beglückwünschte sich, die seelische Verfassung seiner Tante richtig eingeschätzt und für sich genutzt zu haben. Das schöne Leben konnte weitergehen.

Zufrieden mit sich umfasste er den Geldbeutel in seiner Manteltasche – zwanzig Pfund fühlten sich gut an.

Doch wie viel mehr stünde mir nur zu, wenn Peter tot wäre, dachte er und pfiff die Luft ein.

Der Geige liebliches Spiel

Die Augen unter den buschigen Brauen des dürren, buckligen Mannes funkelten böse. Mit harschen Worten hatte er die verhärmte Frau mit dem schmutzigen Mädchen an der Hand aus seinem Krämerladen gescheucht. Auf der Türschwelle seines Ladens stehend, drohte er den beiden erbost.

„Du wirst mir die Schale ersetzen, die deine Kleine kaputt

gemacht hat! Das hat die Welt noch nicht gesehen! Kommen in meinen Laden, wollen, dass ich anschreiben lasse und zerstören obendrein auch noch mein Eigentum! Weißt du, wie viel diese Schale wert war? Ja? Weißt du das? Zwei ganze Schillinge war sie wert! Und damit du es gleich weißt, du wirst mir den Schaden ersetzen oder ich lasse dich einsperren! Und die Kleine gleich mit!", schimpfte er und fuchtelte dabei wild mit den Händen über seinem Kopf.

„Mr. Thorpes, sie hat es wirklich nicht mit Absicht getan. Bitte, erbarmt Euch doch!", sagte die Frau verzweifelt.

Als sie den Arm um ihre Tochter legte, setzte von irgendwoher sanft ein anrühriges Geigenspiel ein und untermalte einfühlsam ihr Flehen.

„Es geht nicht um mich, aber Emily hat seit zwei Tagen nichts Richtiges mehr gegessen. Ich weiß, sie hätte die Schale nicht anrühren dürfen. Aber sie ist so schwach, dass sie ihr aus den Händen geglitten ist. Bitte, lasst anschreiben! Ich werde es zurückzahlen und die Schale ersetzen, sobald ich eine anständige Arbeit gefunden habe." Die Frau zwang sich ein zuversichtliches Lächeln ab. „Ich habe auch schon etwas in Aussicht, Mr. Thorpes. Ganz gewiss, Mr. Thorpes!"

„Nein, nein und nochmals nein!", giftete der dürre Mr. Thorpes und seine tief in den Höhlen liegenden Augen blitzten stechend.

Bei diesen Worten jaulte die Geige hektisch, hart und krächzend auf. In grotesken Tönen ging es auf und nieder. Ganz in der Nähe schien sich irgendwer, durch sein Geigenspiel, in ihre Unterhaltung zu mischen. Und je nachdem, wer sprach und wie er sprach, ahmte es die Geige nach. Steifhalsig suchte der Krämer umher. Von wo kam nur dieses verflixte Geigenspiel her?, fragte er sich. Alles, was er sah, waren Parkbänke, vorbeiziehende Leute, Bäume und streunende Hunde.

„Ich gebe keinen Kredit. Ich habe noch nie Kredit gegeben und ich werde auch jetzt nicht damit anfangen! Das ist gegen meine Prinzipien und diese Prinzipien pflege ich nun mal einzuhalten. Glaubst du denn wirklich, du könntest hier in betrügerischer Absicht durch verachtenswerte Gefühlsduselei mich um mein Einkommen bringen?! Du und deine ungeschickte kleine Komplizin da. Ich kenne jeden Trick!", höhnte er. „Lassen ein paar Tränen fließen und sind in Wirklichkeit reicher als reich. Aber nicht mit mir! Ich bin Geschäftsmann und das hier ist keine Armenküche, meine Liebe. Mich überzeugen nur harte Tatsachen und das sind Pennys, Schilling und Pfund. Verstanden?", sagte Mr. Thorpes, woraufhin dieses grässliche Geigenspiel gleichfalls mit einem Saitenriss endete.

„Verflixt!", fluchte es ganz in der Nähe der drei.

Als Mr. Thorpes in einiger Entfernung zwei Garnisonssoldaten herbeischlendern sah, stieß er einen krächzenden Laut aus. „Die Hüter der Ordnung kommen! Ausnahmsweise mal genau zur rechten Zeit. Bist du nun bereit, mir den Schaden zu ersetzen?" Mit einem linkischen Blick auf die Soldaten ergänzte er: „Nicht mehr viel Zeit ..."

Prüfend streckte er sein Kinn vor und kniff die Lippen zusammen, wobei er unweigerlich ein Auge zu einem Schlitz verengte.

„Na los, Kindchen. Ich will nur das, was mir zusteht. Und dann könnt ihr euch einen anderen Dummen suchen."

„Bitte, macht das nicht! Ich würde es gerne, Mr. Thorpes, aber ich kann es nicht. Wir sind arm und ich besitze kein Geld. Bitte, bitte tut das nicht! Ich flehe Euch an!"

„Das heißt also Nein, wenn ich dich recht verstehe. Gut, dann werde ich euch jetzt den Soldaten übergeben."

Das kleine Mädchen fing an, bitterlich zu weinen.

„Ah! Wie auf Kommando, was?", krächzte der Krämer verächtlich.

„Bitte, lass meine Mami nicht einsperren! Ich hab doch sonst niemanden! Bitte, das darfst du nicht tun, Mr. Thorpes! Es tut mir so leid!", flehte die Kleine und dicke Tränen rannen ihr über die Wange.

Dann griff die Kleine in ihre Rocktasche und holte eine grob geschnitzte, schmutzige Holzpuppe hervor.

„Das ist Dolly. Sie gehört Euch. Reicht das, um die kaputte Schale wiedergutzumachen, ja?" Zaghaft streckte sie dem buckligen Geizhals die Puppe entgegen.

Ganz Geschäftsmann, warf er einen abschätzenden Blick darauf. „Ich mache keine Verluste."

Daraufhin warf sich die Kleine schluchzend an sein Hosenbein und umklammerte es. Grob trat und schüttelte er die Kleine ab und Dolly schlitterte über den Boden.

Plötzlich rutschte jemand von dem Baumstamm herunter, der ihnen am nächsten stand. Es war der Geigenspieler. Er trug einen nach vorne spitz zulaufenden dunkelroten Filzhut, den eine große bunte Fasanenfeder schmückte, die bei jedem seiner Schritte lustig wippte. Sein Wams hatte eine braune Farbe. Darunter trug er ein grob gewebtes, beigefarbenes Leinenhemd. Seine Beine zierte eine hellgrüne Strumpfhose und die Spitzen seiner schwarzen Schuhe waren nach hinten gebogen und zeigten auf seine Schienbeine. An jeder Schuhspitze klingelte ein kleines Glöckchen.

Behutsam half er dem Mädchen wieder auf die Beine, wischte ihm mit einem Tuch die Tränen von der Wange, hob Dolly auf und reichte sie ihm. Dann begann er, auf seiner Geige eine verspielte und fröhliche Melodie zu spielen. Dabei tänzelte er leichten Schrittes um das Mädchen herum und die Glöckchen an seinen Schuhen klingelten dazu im Takt. Sich auf der Stelle drehend, folgte das Mädchen seinem fröhlichen Gesicht. Mit seinen gutmütigen haselnussbraunen Knopfaugen zwinkerte er der Kleinen aufmunternd zu.

Wie auf einem Zauberkarussell drehte sie sich im Kreise und für einen Moment vergaßen sie die Welt um sie herum. Es gab nur sie beide und das Mädchen lächelte.

„Kommst *du* für den Schaden auf?", giftete Thorpes dazwischen und durchfuhr die Harmonie. „Wer in drei Teufels Namen bist du?"

Gemächlich ließ der Geigenspieler den Ton ausklingen, verbeugte sich dankend vor dem Mädchen und wandte sich dem Krämer zu.

„Ich bin ein Narr", erwiderte er wie selbstverständlich.

„Gut, Narr! Dann höre einen vernünftigen Rat: Geh deiner Wege und kümmere dich nicht um anderer Leute Angelegenheiten. Diese beiden sind schändliche Betrüger und ich werde sie den Soldaten übergeben. Hast du verstanden, Narr?"

„Ihr sprecht laut und deutlich. Aber mir scheint, Ihr seid ein noch viel größerer Narr. Wie ich Euch soeben sagte, bin ich ein Narr und was glaubt Ihr wohl, was ein Narr mit einem gut gemeinten und vernünftigen Rat macht?", sagte der Geiger vergnügt. „Er lässt ihn beiseite. Er hört ihn einfach nicht." Der Geiger pfiff gleichgültig. „Denn ein Narr, der einen vernünftigen Rat hört und befolgt, ist eine Schande für die Zunft. Und obendrein kein Narr! Unerhört! Wo kommen wir denn da hin? Doch wenn Ihr erlaubt, glaube ich, in Euch den Meister aller Narren zu sehen. Wie könnt Ihr allen Ernstes, in dem Wissen einen Narr vor sich zu haben, eben diesem einen vernünftigen Rat erteilen?", führte der Narr blumig aus. „Es sei denn, Ihr seid auch ein Narr."

In vertraulicher Verschwiegenheit rückte der Narr ganz dicht an den Krämer und tätschelte ihm den Buckel.

„Na, nun kommt schon, raus damit. Mir könnt Ihr es doch nun wirklich sagen. Wir sind doch unter uns. Seid Ihr ein Narr? Ja? Ja? Welche Einheit? Wo seid Ihr stationiert?", fragte er in militärischem Drill. „Oder arbeitet Ihr womöglich inkognito?", flüsterte er heimlich und stupste den Krämer mit der Elle verschworen in die Seite.

„Ich bin kein Narr und ich verbiete mir das! Lass das! Lass mich in Ruhe und verschwinde!", giftete der Krämer erneut, sehr zur Freude des Mädchens. Als der Krämer das sah, drohte er den beiden. „Euch wird das Lachen gleich vergehen. Ich lasse euch in den Kerker, in den Schuldturm werfen!"

„Ich schlage Euch ein Geschäft vor!", sagte der Narr.

„Ein Geschäft? Was für ein Geschäft?" Die tief in den Höhlen liegenden Augen des Krämers verengten sich zu Schlitzen.

„Ich verschwinde und dafür, ja dafür ... hmm ..." Der Geiger tippte sich auf das spitze Kinn und suchte in verspielter Galanz nach Worten. „... kriege ich euren Buckel", verlangte er so plötzlich und laut, dass sich der Krämer erschrak und zurückzuckte. „So einen schönen Buckel habe ich noch nie gesehen. Hab ich mir schon immer gewünscht. Darf ich ihn mal zur Probe tragen? Oder wenigstens einmal anfassen? Bitte! Ja?"

Ganz begeistert umtänzelte er den Krämer und drückte mit seinem Finger mal hier und mal da auf den Buckel. Der Krämer wand sich, torkelte und schnappte mit seinen Händen hilflos ins Leere, als ob er eine Fliege zu greifen versuchte. Er sah aus, als hätte ihm jemand Juckpulver rücklings ins Hemd gestreut.

„Na warte! Dich lasse ich auch ins Gefängnis werfen. Ich bin ein angesehener, wohlhabender Bürger dieser Stadt. Mein Wort hat mehr Gewicht als das deinige! Das wird dir noch leidtun!" Weiße Spucke sammelte sich in seinen Mundwinkeln. „Wache! Zu mir! Betrüger! Ich brauche Hilfe!", rief er und winkte die Soldaten herbei, die sich sodann zielstrebig auf den Weg machten.

„Ach, und wenn die Soldaten gerade mal hier sind, dann könnt Ihr ja gleich Eure Steuern nachentrichten, die Ihr den Eintreibern des Königs vorenthalten habt", sagte der Geiger vergnügt und hielt an seinem Angebot fest. „Noch könnt Ihr mir den Buckel geben."

„Was sagst du da? Das ist eine schwere Anschuldigung. Das kommt alles auf euer Schuldkonto und du wirst dafür büßen. Du und dein Diebesgesindel." Gehässig lachte dieses dürre Gerippe auf. „Wache, hierher!", rief er erneut.

„Ihr erinnert Euch wohl nicht mehr. Dann will ich Eurem Gedächtnis ein wenig nachhelfen. Was ich meine, ist die Schatulle unter Eurem Ladentisch, die höchstwahrscheinlich hinter einer doppelten Wand im Verborgenen liegt. Wenn ich mich recht entsinne, hat sie eine rote Farbe." Nachdenklich griff sich der Geiger ans Kinn. „Oder war es rosé?"

Den Krämer durchfuhr es wie einen Blitz. „Woher weißt du das? Sag, woher du das weißt!"

„Ich weiß es eben und gleich wissen es auch die Soldaten des Königs. Es ist ein schweres Vergehen, um Zahlungsaufschub zu bitten oder ersatzweise in übrig gebliebenen Naturalien zu zahlen, obgleich Ihr das Geld nur so hortet", sagte der Geiger in süßer Unschuld und zupfte ein paar Takte auf den Saiten.

„Das kannst du nicht machen! Die hängen mich auf!"

„Na, das will ich doch hoffen, dass sie Euch aufhängen. Die ganze Arbeit ... tsss ... tsss ..." Der Geiger schüttelte enttäuscht den Kopf. Gelangweilt rollte er mit den Augen und hob schlaff die Schultern. „Ihr vergesst wohl, dass Ihr einen Narren vor Euch habt. Ein Narr kann alles."

„Können wir uns nicht irgendwie einigen? Es soll Euer Schaden nicht sein!" Die Augen des Krämers drückten sich noch tiefer in seinen Schädel.

Der Geiger schnippte mit den Fingern. „So gefallt Ihr mir!", lobte er.

„Was geht hier vor?", verlangte der Rotrock mit zackiger Stimme zu wissen. Mr. Thorpes trat aufgeregt auf der Stelle und starrte unsicher zwischen dem Geiger und den Rotröcken hin und her.

„Nur zu, nur zu! Na los doch!", ermunterte ihn der Geiger nachsichtig lächelnd.

Thorpes machte auf der Stelle kehrt, buckelte in seinen Laden und kehrte kurz darauf mit zwei dicken Stücken Käse und zwei Äpfeln in der Hand zurück. Wortlos drückte er den Soldaten je einen Käse und einen Apfel in die Hand.

„Hoch lebe König George I!", stammelte Thorpes unsicher, hob die Hand und kniff sich ein Lächeln ab.

„Deswegen habt Ihr uns hergerufen?", fragte der Soldat ernst und betrachtete den Krämer prüfend.

Thorpes tippelte unsicher auf der Stelle, hob erneut die Hand und lächelte verkniffen. „Hoch lebe König George I!", ließ er den König erneut hochleben.

„Dann sage ich im Namen des Königs Danke und einen schönen Abend noch." Erheitert und unschlüssig, was sie davon halten sollten, bissen die Soldaten in ihre Äpfel und zogen kopfschüttelnd ab.

„Und wir gehen jetzt mal schauen, was es so Gutes gibt", sagte der Geiger und nahm die Mutter und das Mädchen bei den Händen. „Der gute Mr. Thorpes ist in Wirklichkeit eine gute Fee. Eine sehr, sehr, sehr verwunschene gute Fee. Aber immerhin eine gute Fee. Nicht wahr, Mr. Thorpes?", fragte er den Krämer.

Dieser nickte entgeistert.

„Warum hast du denn Glöckchen an deinen Schuhen?", wollte das kleine Mädchen wissen.

„Damit mich die Leute schon von weitem hören können und mir so rechtzeitig aus dem Weg gehen können."

„Warum sollten die Leute das tun? Ihr seid doch sehr nett und freundlich", sagte die Mutter der Kleinen.

„Damit sie nicht vor Lachen womöglich einen Schaden nehmen", antwortete er.

Vor Freude lachte das kleine Mädchen glucksend auf.

„Hör sofort auf damit! Ich will nicht schuld sein", ermahnte er die Kleine grinsend und erreichte doch nur das Gegenteil. „Oh je! Geht schon los", befürchtete er schmunzelnd.

Dieser Abend war ein Festabend, der dem Mädchen und seiner Mutter für alle Zeiten in Erinnerung blieb, denn als sie aus dem Laden hinaustraten, trugen sie einen Leinensack, der reich mit den köstlichsten Sachen gefüllt war. Zurück ließen sie Thorpes, der in den letzten Minuten noch klappriger geworden war.

„Morgen komme ich mir den Buckel holen. Und wenn Ihr das nächste Mal den König um seine Steuern betrügt, dann zieht die Vorhänge vor", rief ihm der Geiger zum Abschied zu, woraufhin sich Thorpes ängstlich umsah und händeringend um Schweigen bat.

„Was hab ich denn hier?" Der Geiger tastete suchend seinen Wams ab, griff nach hinten und zauberte wie aus dem Nichts einen kleinen Blumenstrauß hervor. „Der ist für dich", sagte er und reichte ihn der Kleinen, die verzückt daran roch.

„Bist du ein Zauberer?", fragte sie mit großen leuchtenden Augen.

„Ja, und ein Taschenspieler, ein Artist und Schauspieler. Aber du darfst es nicht weitersagen. Versprochen?"

„Versprochen!", sagte die Kleine und schloss ganz fest die Augen.

„Danke! Du bist wirklich so etwas wie ein Zauberer", sagte die Frau und strich ihrer Kleinen über den Kopf.

Er lächelte sie aufmunternd an, verbeugte sich und entschwand so unvermittelt, wie er in ihr Leben getreten war.

Er war nicht stark, geschweige denn ein guter Kämpfer. Der Muse sehr zugetan, war er ein gebildeter Schöngeist und Menschenfreund. Seine Waffe war die Sprache und die Komödie, denn er verstand es meisterlich, für Kurzweil zu sorgen und zu begeistern. Er konnte die Menschen für sich oder eben auch für seine Sache gewinnen. Ein Täuscher – die Kunst der Ablenkung und Zerstreuung gelang ihm wie keinem anderen.

Das Schauspiel ist so unverzichtbar wie die Kunst, einen Degen zu führen, denn er war der zweite von den Fünfen – *Horatio Peabody, der Gaukler.*

Verliebt und nicht verlobt, nicht verheiratet, sondern tot?

„Käpt'n Bartlett!", rief Audrey mit tiefer Stimme und betrachtete amüsiert den Parfumflakon aus blauem Glas in ihrer Hand. „Ich muss mich doch sehr über Euch wundern." Sie lächelte geheimnisvoll und strich sich eine wellige Strähne ihres tiefschwarzen Haares aus der Stirn. „Wer ist denn die Dame, deren Herz Ihr mit dieser schönen Aufmerksamkeit zu gewinnen sucht?", sagte sie und betrachtete ihn forschend.

„Für welchen Schwerenöter Ihr mich doch haltet!" Bartlett schüttelte den Kopf. „Nein, nein! Wenn ich auch manche Torheit in meinem Leben begangen habe, so weit bin ich dann doch nicht gegangen. In meinem Leben ist kein Platz für eine Frau."

„Hattet Ihr nie das Bedürfnis, mehr Ruhe in Euer Leben einkehren zu lassen? Das Leben mit einer Frau zu teilen und eine Familie zu gründen, anstatt das Abenteuer zu suchen und zur See zu fahren?"

„Nein! Dieses Bedürfnis hatte ich nie und Gott behüte mich,

dass ich in meinem Alter noch so töricht sei und mich darauf einlasse. Meine Braut ist das Schiff und unsere Ehe ist das Meer. Mit all seinen Stürmen und der friedvollen Weite. Wer will, mag sich eine Frau zulegen. Ich hingegen ziehe das Abenteuer und die Reisen vor und es gibt nicht wenige meines Schlages. Puder, Plunder, Kindergeplärr und Tränen stehen den wahrhaftigsten und glücklichsten Momenten im Leben eines Mannes nur entgegen", brummte Bartlett so selbstverständlich, als ob er in Audrey einen seinesgleichen vor sich hätte.

„Nun, wenn Ihr es so seht, dann habt Ihr sicher recht, wenn Ihr nur weit, am besten ganz, ganz weit hinausfahrt", sagte Audrey verstimmt. Dann hielt sie ihm den blauen Parfumflakon entgegen. „Und das hier nehmt Ihr besser mit. Wenn Ihr Euch mal nicht selbst widersprecht: Puder und Plunder lehnt Ihr ab und doch seid Ihr ein Liebhaber edler Düfte."

„Edle Düfte sind gewiss etwas Wohltuendes, aber auch hier ziehe ich frische Seeluft vor. Was soll ich mit einem Parfum? Ich bin doch keine gestelzte Landratte", sagte Bartlett verächtlich. „Dieses Parfum gehörte diesem hinterhältigen Mordgesellen, der sich als altes Weib verkleidete, um mich auf das Kaltblütigste zu erdolchen und auszurauben", sagte Bartlett ernst.

Audrey zuckte erschrocken zusammen und stellte den Flakon schnell wieder auf die Kommode, als wäre er heiß geworden. Ohne den Flakon erneut zu berühren, beugte sie sich ein wenig herunter und las flüsternd und kurzatmig die Gravur.

„Wie eine klare Sternennacht so nah und doch so fern, nicht wissend um des Sternes funkelnden Feuers, welches leuchtet, Euch zu erreichen, hoffend auf eines langen Weges Ziel." Bartlett in ihrem Rücken wissend, starrte sie auf die Gravur, als hätte sie eine Offenbarung vor sich.

„Ist ein ziemlich mulmiges Gefühl für eine junge Frau, was? Zu wissen, dass so ein schönes Geschenk einem gemeinen Raubmörder gehört, der, weiß der Teufel schon wie viele, ins Jenseits gedolcht hat. Und wer weiß? Derart mit einem schönen Geschenk umschmeichelt, wird das Werben eines solchen Mannes bei den Damen mitunter Erfolg gehabt haben. Woher soll eine Frau auch wissen, dass sich hinter der Maske des zuvorkommenden, galanten Gentleman die kalte Fratze des Todes verbirgt", stellte Bartlett nüchtern fest.

„Ja, da mögt Ihr recht haben", flüsterte Audrey geistesabwesend und überspielte sodann mit einem Lächeln ihre Erschütterung.

„Was habt Ihr? Ihr seht aus, als hättet Ihr ein Gespenst gesehen", fragte Bartlett prüfend.

„Oh, nichts. Ich dachte nur gerade, dass derjenige, der ein solches Geschenk macht, auch gesellschaftlich dazu passen muss", stellte sie fest und nickte.

„Ihr habt recht. Alles andere wäre verdächtig. Und diejenigen, die von der Hand in den Mund leben, haben gewiss andere Sorgen, als ein teures Geschenk zu machen. Ich würde versuchen, den Flakon zu verkaufen", stimmte Bartlett nachdenklich zu und kraulte sich den Bart.

„Aber auch dann mögt Ihr Gefahr laufen, aufzufallen und müsstet erklären, woher der Flakon stammt. Und überhaupt kann ich mir nicht vorstellen, dass ein wohlsituiertes Mitglied der Bristolner Gesellschaft Parfum von einem Bettler kaufen würde", sagte Audrey.

„Das ist recht unwahrscheinlich. Da habt Ihr recht. Ein solcher schöner und auffälliger Flakon ist leicht wiederzuerkennen und erst recht, wenn er sich durch ein Verbrechen angeeignet wurde. Derjenige, der dumm genug ist, ein solches Parfum von irgendeiner undurchsichtigen Gestalt zu kaufen, muss sich nicht wundern, wenn er letzten Endes am Galgen baumelt", stimmte Bartlett zu.

„Ihr jedenfalls seid dem Mörder entgangen und darüber sind wir alle sehr froh."

„William hat ihm den Geldbeutel vom Gürtel geschnitten, als er mir das Leben rettete. Und dieses Parfum hier wird dank William kein ahnungsloses Frauenherz mehr höherschlagen lassen", sagte der Käpt'n und schmunzelte aufmunternd.

„Ja, das ist wahr", sagte Audrey flüchtig und lächelte unsicher. Dann verließ sie zielstrebig den Raum. Es schien, als hätte sie dringend etwas zu erledigen. Zurück ließ sie einen sehr nachdenklichen Käpt'n.

Was mochte sie so erschreckt haben?, fragte er sich. War es wirklich der Schock, nicht ausschließen zu können, dass in ihren Kreisen ein kaltblütiger Mörder verkehren konnte? Ein aufstrebender, charmanter Gentleman, dem man die dunkle Seite nicht ansah? Der sich durch Mord bereichert und sich so Zugang zu höheren Gesellschaftskreisen verschafft? War sie ihm womöglich schon begegnet? Wusste sie etwas?

Bartlett hatte dieses ganz bestimmte Gefühl im Bauch und beschloss, sehr, sehr wachsam zu sein. Wie konnte der Käpt'n auch ahnen, dass Audrey seit geraumer Zeit teure Geschenke von einem unbekannten, geheimnisvollen Verehrer erhielt.

„Guten Tag, junger Mann", sagte die hoch gewachsene Frau und lächelte säuerlich. „Wie schön, Cedric", stöhnte sie, „da hast du ja einen Spielkameraden. Willst du ihm nicht Guten Tag sagen?"

Stets auf tadelloses Benehmen ihres Sohnes bedacht, führte sie ihn wie ein kleines Hündchen vor. Und um zu sehen, ob er seine Sache auch gut machte, beäugte sie ihn mit klimpernden Augenwimpern und diesem stets säuerlich dreinblickenden Gesicht mit dem spitzen, verkniffenen Mund und den hochgesteckten Haaren. Selbst wenn sie lächelte, sah sie aus, als ob sie Magenprobleme hatte. Kurzum: Eine richtige Schreckschrulle.

„Guten Tag, ich heiße Cedric. Wollen wir spielen?", fragte der Junge formvollendet und verbeugte sich steif, was wohl an seinem eng sitzenden Frack lag.

„Ich freue mich, dich kennenzulernen", erwiderte William und verbeugte sich ebenso steif, obwohl er dies nicht musste, da er bequemer gekleidet war. „Ich heiße William."

„Cedric freut sich so sehr, mit dir zu spielen, William", sprach seine Mutter wie selbstverständlich für ihren Sohn, als wäre dieser stumm. Dann fertigte sie ihren Sohn mit einem flüchtigen Kuss ab.

„Ich lasse euch jetzt allein und werde Tante Gwenda Gesellschaft leisten und Trost zusprechen. Sie hat es bitter nötig", sagte sie zu ihrem Sohn und lächelte William säuerlich zu. Sie wollte wohl besonders herzlich erscheinen. Steif stelzte sie davon.

„Wer bist du?", wollte Cedric wissen, der sich nicht erinnern konnte, William schon einmal auf einer Familienzusammenkunft gesehen zu haben.

„Ich bin ein Großcousin vierten Grades mütterlicherseits aus dem Familienzweig derer von Hottybott. Mein Urgroßvater, der zweite Earl of Hottybott, ehelichte seinerzeit die Gouvernante der Tochter deines Großonkels, die wiederum aus der zweiten Linie derer von Jenkins stammte. Wenn du so willst, bin ich der Urgroßneffe vierten Grades der Tochter deines Onkels. Man kann auch sagen, dass ich der Sohn der Großtante in dritter Generation der seinerzeitigen Eheschließung zwischen meinem Urgroßvater, dem besagten Earl of Hottybott – Gott hab ihn selig – und der Cousine zweiten Grades, die ja die Tochter vom Bruder deines Onkels war. Aber ist ja auch egal. Du kannst mich einfach William nennen", sagte er und hoffte, dass Cedric nun keine Fragen mehr zu seiner Herkunft stellte.

„Und wer bist *du*?", fragte William.

„Ich bin der Neffe von Tante Gwenda. Meine Mutter Audrey

und Tante Gwenda sind Schwestern", sagte er ganz unspektakulär und überlegte, ob dies wirklich alles war.

„Was wollen wir spielen?", fragte William.

„Ich weiß nicht recht."

Einander gegenüberstehend überlegten sie, was sie spielen konnten. William biss sich auf die Unterlippe und starrte nachdenklich an die Decke.

Hm, wir könnten eine Matschfalle bauen. Oder einen Hund anmalen und ihm ein geschnitztes Einhorn aufbinden und ihn dann in der Stadt laufen lassen, dachte William und sinnierte weiter. Wir könnten von einem Heuboden springen, Weitspuckwettbewerb, einen Froschkuchen backen. Halt! Nein! Froschkuchen doch nicht! Die Hauptzutat, nämlich Mehlwürmer, sind im Moment etwas schwer aufzutreiben und außerdem backt man Froschkuchen ja nur, wenn man Kinder haben will. Der ist nämlich für die Störche. Wir könnten Barbiersalon spielen oder etwas Lustiges mit Juckpulver anfangen!, dachte William so vor sich hin.

Cedric dachte gleichfalls nach. Die Hände in die Hüften gestützt verlor sich sein Blick im Muster des Teppichs.

Hm, wir könnten mit den Holzklötzen spielen oder etwas malen, wir könnten uns Geschichten erzählen, uns in Leseübungen vergleichen, Basteln wäre auch nicht schlecht!

„Ich hab's", sagte William und hob die Hand. Hatte er sich doch an ein Gespräch zweier feiner Herren erinnert, das er mal belauscht hatte und die wohl Ärzte waren.

„Wir spielen Kopfoperation. Du hast immer Schmerzen und ich bin der Arzt."

„Was ist eine Kopf ... ähhh ... eine Kopf ..." Cedric wollte das Wort nicht einfallen.

„Eine *Kopfoperation*", half ihm William und erklärte es ihm. „Eine Kopfoperation macht den Kopf wieder heil, wenn du viele

Schmerzen hast. Oder auch wenn du verrückt bist. Oder wenn du vergesslich bist. Wenn der Doktor besonders nett ist, tut man ihm einen Gefallen und lässt sich halt auch mal operieren. So'ne Kopfoperation soll wie ein Eimer kaltes Wasser sein."

„Das hab ich noch nie gespielt. Gut! Spielen wir Kopfoperation."

Darüber kam Mrs. Blix ins Zimmer. Auf dem Tablett in ihren Händen standen sie: zwei leckere hoch gegossene Grießpuddings, die bei jedem ihrer Schritte zitterten. Vorsichtig stellte sie das Tablett auf den Tisch.

„Ich hoffe, ich störe die jungen Herren nicht," sagte sie und ihr rundes, rosiges Gesicht strahlte verheißungsvoll. „Ich müsste mich allerdings schon ausgesprochen irren, wenn die Herrschaften für Pudding nicht alles stehen und liegen lassen würden."

„Oh, Pudding! Toll!", staunte William und pfiff die Luft ein! Was es in diesem Haus doch alles gab, dachte er.

Cedric nickte verhalten. „Das ist sehr aufmerksam von Euch, Mrs. Blix. Ich danke Euch!", lobte Cedric nicht ganz so überschwänglich.

Mit einem Knicks und in dem Bewusstsein, etwas Gutes getan zu haben, verließ die gute Seele zufrieden das Zimmer.

„Mmmmhh, lecker!", sagte William, dem das Wasser im Mund zusammenlief „Magst du auch Pudding?"

„Es ist zwar kein Pfannkuchen, aber doch ganz essbar", meinte Cedric.

William liebte Pudding so sehr, dass er dafür alles andere vergaß. Es war eine Ewigkeit her, seit er das letzte Mal einen Pudding gegessen hatte. Denn einen Pudding zu klauen, war gar nicht so einfach.

Pudding klauen ging so: Man musste ihn im beiläufigen Vorbeischlendern einfach blitzschnell in sich hineinsaugen, sich noch viel blitzschneller den Mund abwischen und so tun, als ob nichts gewesen wäre. Und natürlich durfte man danach nicht einfach verräterisch losrülpsen, sondern musste in aller Ruhe davonschlendern.

Pudding war für William mehr als eine Leckerei. Pudding stand für all das Gute, was einem im Leben so passieren konnte: Sonnenschein, ein Schläferchen halten, schwimmen gehen, angeln, ein duftender Wiesenblumenstrauß, ein schönes Pferd, Kuchen, einfach alles! Ganz im Gegensatz zu Lebertran. Wie ein Raubtier starrte er auf die zwei Puddinghöcker. Die zwei Portionen wären genau richtig für ihn. Dann hätte er eine zum Verschlingen und die andere würde er dann in aller Ruhe genießen können. Cedric hatte sich schon mit einem Löffel bewaffnet, als ihm eine Idee kam.

„Ich weiß, was wir spielen können", sagte William ganz unverfänglich und musste schlucken, weil ihm das Wasser im Mund zusammenlief.

„Lass und doch erst essen."

„Es ist ein ganz, ganz tolles Spiel, wie du es noch nie im Leben gespielt hast. Eine Regel von diesem Spiel heißt, dass man es nur dann spielen darf, wenn man keinen Pudding im Bauch hat. "

„So? Was ist das denn für ein Spiel?", merkte Cedrik interessiert auf und legte den Löffel beiseite.

„Das Spiel kommt aus Indien und dort spielen es hochgestellte indische Persönlichkeiten, die Maharadschas. Das sind so was wie Adlige bei uns."

„Aha! Und wie geht das Spiel?"

William holte aus seiner Hosentasche eine kleine Holzschachtel hervor und schob sie so weit auf, dass Cedric hineinsehen konnte. Er sah auf zwei Kakerlaken hinab, die durch den plötzlichen Lichteinfall geweckt, neugierig ihre Fühler emporreckten.

„Ihhhh!" Cedric verzog das Gesicht.

„Das sind Wilbert und Hank", stellte William die Schachtelbewohner vor. „Und das Spiel heißt Kakerlakenschütteln."

„Kakerlakenschütteln?", wiederholte Cedric unverständig.

„Jawohl!", bestätigte William.

Vorsichtig nahm er die beiden aus der Schachtel. Wilbert setzte er auf die Seitenschräge des linken Puddings und mit Hank machte er es genauso auf dem rechten Pudding. Nach einigem Vor- und Zurücktasten und hektisch mit Fühlern tentakelnd, fanden die Kakerlaken in ihrer jeweiligen Puddingwand auch den nötigen Halt, um nicht herunterzupurzeln.

Cedric war viel zu verwirrt und sprachlos über das, was da mit seinem Pudding geschah, als dass er hätte protestieren können.

„Wen wählst du? Wilbert oder Hank? Such dir einen aus!", forderte ihn William auf.

„Ich will mir keinen aussuchen", antwortete Cedric und starrte wehleidig auf den Pudding, an dem sich Wilbert gerade sein Hinterteil rieb.

„Nun mach schon! Such dir schon einen aus!", forderte William erneut.

„Dann nehme ich Hank."

„Gut! Das Spiel geht so: Wir wackeln gleich am Tisch", sagte William spieleifrig, „aber gerade nur soviel, dass die Puddings auch anfangen zu wackeln. Dabei dürfen sie aber nicht einreißen. Du hast auf Hank gesetzt. Wenn jetzt Wilbert als Erster vom Pudding purzelt, dann hast du gewonnen und beide Puddings gehören dir. Wenn Hank als Erster herunterfällt, hat Wilbert gewonnen. Das heißt, ich habe dann gewonnen und beide Puddings gehören mir. Das Gleiche gilt auch, wenn dein oder mein Pudding zuerst einreißt."

„So ein Spiel hab ich noch nie gespielt. Aber ich finde es sehr lustig, was die Matschamatschas so spielen", sagte Cedric und lachte vergnügt, denn er war fest entschlossen, den gegnerischen Wilbert vom Puddingthron zu stoßen.

„Die heißen *Maharadschas*."

„Können wir jetzt anfangen?", sagte Cedric ungeduldig.

Dann ging jeder an seine Position und gemeinsam rüttelten und schüttelten sie am Tisch. Dabei beäugte jeder von ihnen die jeweils gegnerische Kakerlake. Einem solchen Erdbeben ausgesetzt, krallten sie sich mit ihren widerborstigen Hakenbeinchen in den Pudding. Die Kunst beim Kakerlakenschütteln war es, dem Tisch immer dann einen Stoß zu geben, wenn es für einen selbst günstig war. Sollte aber die eigene Kakerlake drohen, herunterzufallen, musste man die Stöße des anderen durch das Festhalten an der Tischplatte abfedern.

Wieder gab Cedric einen gefährlichen Stoß. Der Pudding zitterte und wackelte. Aber Wilbert, der ganz schön in Bedrängnis war, gab nicht auf, sondern schien sich auch noch mit seinem Kopftentakel in den Pudding zu bohren. William gab von der linken Tischseite aus drei, vier kurze, schnelle Stöße. Mit Erfolg! Hank hing nur noch mit drei seiner Hakenbeinchen im Pudding. Nur noch drei, vier Stöße und Hank würde abstürzen.

Doch was geschah jetzt? William rüttelte einmal ärgerlich.

Hatte Hank es doch tatsächlich geschafft, wieder Halt zu finden, und schon saß er wieder „fest im Sattel".

„Mist!", sagte William verbissen.

„Gut gemacht, Hank", lobte Cedric seinen Mitstreiter.

So ging das eine Weile. Stoßen, festhalten, rütteln und gegenschütteln. Dann war es soweit, Hank hatte nur noch mit zweien seiner Beinchen Halt und mit diesen krallte er sich umso verzweifelter in den Pudding. Wie sein Körper so in den Puddingwellen hin- und hergerissen wurde, erinnerte er an einen Reiter, der ein wildes Pferd zureitet.

Schließlich stürzte er heldenhaft in den Abgrund. Und wenn Hank, die Kakerlake, hätte sprechen können, dann hätte er ein lang gezogenes „Neeeiiiin" geschrien.

Mit einem tockenden Geräusch fiel er auf den Tellerrand und purzelte auf den Tisch, wo er wieder auf die Beine kam und sich augenblicklich davonmachen wollte. William hatte gewonnen! Aber wie knapp es ausgegangen war, zeigte sich, als unvermittelt auch Wilbert auf den Tellerrand tockte.

„Da habe ich wohl gewonnen."

„Aber nur ganz knapp!"

„Das nächste Mal gewinnst du bestimmt", sagte William, sammelte Hank und Wilbert ein und steckte sie sorgfältig wieder in die Schachtel. Dann machte er sich in einer Art und Weise über die Puddings her, als ob er sie stehlen müsste.

Cedric war sowieso der Appetit vergangen, da er keinen Pudding essen wollte, auf dem sich eine Kakerlake festgekrallt hatte, wenngleich ihm dieses Spiel zweifelsohne großen Spaß gemacht hatte. Was war das nur für ein komischer Verwandter, dieser William, dachte sich Cedric. Aber eins war mal sicher, man konnte gut mit ihm spielen und das freute ihn sehr.

Wenig später schlenderten William und Cedric durch die Stadt. Käpt'n Bartlett hatte William verschiedene Listen in die Hand gedrückt, auf denen Proviant und Ausrüstung verzeichnet waren, und ihm aufgetragen, diese Listen bei den verschiedenen Händlern in der Stadt abzugeben. Eine willkommene Abwechslung, denn bei dieser Gelegenheit wollte er gleich einmal nach seiner einäugigen Katzenfreundin Sally sehen und ihr eine Leckerei zukommen lassen.

Cedric hatte nicht viel Mühe, seine Mutter mit einigen Bitten davon zu überzeugen, William begleiten zu dürfen. Letztlich war es wohl ihr ausgesprochenes Bedürfnis, hochherrschaftlich im Hause herumzustelzen und zu tratschen, weswegen sie ihm die Erlaubnis gab. Bei diesem Familienklatsch konnte sich ihr Sohn nur verplappern oder störte schlicht.

Cedric hatte zwar schon öfters seine Verwandten in Bristol besucht, aber von der Stadt hatte er noch nie viel gesehen. Ein-, zweimal hatte er die Stadt, in einer Kutsche sitzend, wohlbehütet durchfahren. Aber jetzt, da er sie mit William allein durchschritt, kam sie ihm viel größer und ganz anders vor.

Es war ihm nicht geheuer. Selbst in York, wo er wohnte, war er noch nie allein durch eine Stadt gegangen. Sein neuer Verwandter, William, begleitete ihn zwar, aber es beruhigte ihn nicht wirklich, William war ja selbst noch ein Kind. So schutzlos war ihm unbehaglich zumute, was Cedric aber niemals zugegeben hätte.

Ehrfürchtig schaute er sich um und wenn er jemanden zu sehr anglotzte, auf dass dieser ebenso zurückglotzte, so schaute er ganz schnell weg und schloss so schnell wie möglich zu William auf.

Bloß nicht William aus den Augen verlieren!, dachte er.

„Und du kennst den Weg? Ja?", fragte Cedric.

„Ich kenne die Stadt wie meine Westentasche", versicherte ihm William gelassen, ohne sich umzudrehen. Seine Hände in den Hosentaschen vergraben, schlurfte er voraus. Mit zwei großen Puddings im Bauch sehnte er sich nach einem Schläferchen.

„Und du kennst auch den Weg zurück? Ja?", wollte Cedric ganz sicher gehen.

„Auch den."

Ein Wald von Schiffsmasten schaukelte im Hafen, so viele Schiffe lagen vor Anker. Am meisten staunte Cedric darüber, wie selbst große Fregatten in einem der Seitenarme des Avon, inmitten der Stadt, abgestellt waren wie Pferdefuhrwerke. In seiner Heimatstadt York gab es so was nicht. Dort gab es einen Hafen direkt am Meer, wo alle Schiffe vor Anker gingen. Aber hier in Bristol war es nichts Ungewöhnliches, wenn im Abstand von vielleicht gerade mal vier Yards ein Schiffsmast vor dem Fenster knarrend schaukelte, der bis vor Kurzem noch das weite Meer überragt und fremde Welten durchkreuzt hatte.

Als sie unweit vom Queen Square an einem Kaffeehaus vorbeigingen und William wie beiläufig einen Blick in das Fenster tat, veranlasste ihn das so urplötzlich stehenzubleiben, dass Cedric, der ängstlich dicht hinter ihm ging, gegen ihn auflief.

„He!", protestierte Cedric.

William reagierte nicht, da er sich fragte, ob er da recht gesehen hatte? Mit dem Hemdsärmel rieb William an der trüben Scheibe und schaute noch mal genauer hindurch. Die Dame dort drüben in der hintersten Ecke hat große Ähnlichkeit mit Audrey Wellington, glaubte er zu wissen. Sicher war er sich nicht. Die Dame trug ihren ausladenden Hut so weit seitlich heruntergezogen, dass nur ihr weich gezeichnetes Kinn mit dem sinnlich lächelnden Mund und dem anmutenden Dekolleté dahinter zu sehen war – eben ganz wie Audrey. Auch die Haltung und die Kleidung stimmten, stellte William fest. Die Dame rückte ihren Hut noch etwas schräger zurecht, um sich gegen den Raum abzuschirmen. Es war ganz offensichtlich, sie wollte nicht gesehen werden! Und wer war der Mann, der William den Rücken zugewandt an ihrem Tisch saß?, fragte sich William gedanklich.

„Was ist?", wollte Cedric wissen.

„Ich glaube, da drin sitzt Miss Wellington." Mit einem seitlichen Kopfnicken deutete William auf die Scheibe.

„Die hübsche Audrey? Lass mal sehen!" Cedric schaute verheißungsvoll durch das Fenster, als ob er ihr beim Baden zusah, und sagte: „Ja! Sie könnte es sein. Aber sie könnte es auch nicht sein. Ich weiß nicht."

„Aber ob sie es nun ist oder nicht", sagte William, trat einen Schritt zurück, um das Haus als Ganzes näher in Augenschein zu nehmen. Dann breitete er die Arme aus. „Hier in diesem Kaffeehaus genau dort hinten in der Ecke, wo die Frau und der Mann sitzen, geht etwas vor sich. Ich kann es ganz deutlich spüren. Da ist ein Geheimnis und das müssen wir in Erfahrung bringen. Es liegt an uns, Cedric", sagte William so bedeutungsvoll wie ein mahnender Seher, der eine dunkle Vision hatte.

„Und wenn es nicht Audrey ist und die nur einen Kaffee trinken wollen?" Cedric war die Arglosigkeit selbst.

„Kaffee? Sehr, sehr verdächtig", sah sich William bestätigt. „Aber das werden wir gleich herausfinden."

Unverrichteter Dinge zog er Cedric in das Haus hinein, wo sie sich im Eingangsbereich in eine Ecke drückten.

„Bist du verrückt? Was machst du? Was sollen wir hier?", flüsterte Cedric panisch und riss sich los.

„Wir werden herausfinden, ob die Dame dort hinten wirklich Audrey ist."

„Und wozu soll das gut sein?"

„Ja, bist du denn nicht neugierig? Dort drüben könnte Audrey sein oder auch nicht. Und wenn sie es ist, was macht sie hier? Und wer ist der Mann an ihrem Tisch? Was reden sie? Das will ich einfach wissen. Und wenn sie es nicht ist, dann ist da immer noch das Geheimnis, das sie umgibt. Ich kann es geradezu sehen", behauptete William. „Und dann will ich eben das Geheimnis wissen. Es ist doch nichts spannender und aufregender, als einem Geheimnis auf die Spur zu kommen", flüsterte William und schaute lauernd zu den beiden rüber.

„Also gut, gehen wir hin, bitten für unser Auftauchen um Entschuldigung und schauen der Dame direkt ins Gesicht. Dann wissen wir es." Cedric war nicht wohl bei dem Gedanken. Er hatte eh genug von der Stadt gesehen, die ihm nicht geheuer war und wollte schleunigst wieder nach Hause. Also tat er zielstrebig den ersten Schritt in Richtung der beiden, als William ihn gerade noch zurückhalten konnte.

„Aber doch nicht so! Wir müssen es so machen, dass sie davon nichts merken."

„Und wie soll das gehen?"

„Ganz einfach! Wir schleichen uns unter den Tischen durch, bis wir ganz nah bei ihnen sind."

„Das mach ich nicht", sagte Cedric stur. „Und es gehört sich nicht, zu lauschen."

„Cedric, du musst viel ruhiger werden. Nun entspann dich doch mal. Siehst du die Tische?"

„Ja, natürlich sehe ich die Tische. Was ist mit den Tischen?", fragte Cedric gereizt.

„Sie sind alle mit einer schönen weißen Tischdecke gedeckt, die bis auf den Boden reicht. Sind wir einmal darunter verschwunden, kann uns niemand mehr sehen. Und so huschen wir von Tisch zu Tisch, bis wir dicht an den beiden dran sind. Kann gar nicht schief gehen."

„Du spinnst wohl! An den Tischen sitzen Leute. Was glaubst du, was die mit uns machen, wenn die uns unter ihrem Tisch entdecken. Die ziehen uns die Ohren lang, dass du dir Schleifen binden kannst." Cedric, der wohlbehütet aufgewachsen war, kannte solche Spielchen nicht. Ihm war ganz unwohl dabei.

„Ich gebe ja zu, ein unbedeutendes, verschwindend kleines, klitzekleines, kaum vorhandenes Risiko ist schon dabei", erwiderte William mit amüsierter Frömmigkeit. „Aber das ist halt eben der Preis für ein echtes, echtes Geheimnis. Und jetzt folge mir ... oder du musst auf der Straße auf mich warten", sagte er mit jetzt schauriger Stimme, „und da hab ich eben so einen komischen Kerl mit großen Händen gesehen."

Und – Schwupps! – war William unter dem ersten Tisch verschwunden, an dem noch niemand saß.

„Lass mich nicht allein, bleib hier!"

Cedric starrte entsetzt auf den wedelnden Saum der Tischdecke, hinter der William soeben verschwunden war. Unsicher, was er tun sollte, tippelte er auf der Stelle, schaute panisch um sich, ob ihn auch niemand beachtete, und huschte, unschlüssig, über das, was er da eigentlich tat, gleichfalls unter den Tisch.

„Da bist du ja endlich. Ich wäre fast eingeschlafen."

„Wenn das meine Mutter erfährt!"

„Ich hab's doch schon gesagt, Cedric. Du musst viel, viel ruhiger werden."

„Jaja! Ich bin ja ruhig", sagte Cedric, während William unter dem Saum hervorlauerte, um den nächsten Tisch in Augenschein zu nehmen. Dort saß sich ein älteres Paar schweigend gegenüber.

„Die Luft ist soweit rein. Also ich seh dich dann gleich."

Ohne gesehen zu werden, huschte er, schnell wie eine Maus, unter den nächsten Tisch.

Zurück ließ er Cedric, der zutiefst bereute, William gefolgt zu sein. Aber jetzt war es zu spät.

Schon im nächsten Moment bereute er es noch mehr, als nämlich ein Stuhl unter seinem Tisch zurückgezogen wurde und ihm gleich darauf zwei Beine Gesellschaft leisteten. Zudem machten sich die Beine auch noch ziemlich breit und zwangen Cedric zu einer artistischen Verrenkung, damit sie nicht an ihn stießen. Schieres Entsetzen erfasste ihn jedoch, als ein Fuß begann, den Schuh vom anderen Fuß zu streifen, und als es getan war, wurde mit dem dicken Zeh, der durch ein Loch im Strumpf hervorlugte, auch noch der andere Schuh abgestreift. Wie ein Pianist, der vor dem Konzert Fingerübungen zur Lockerung macht, genauso zappelten und spreizten sich die Zehen. Von oberhalb des Tisches hörte Cedric ein behagliches „Aaaaahhhh".

Selbstredend, dass die Luft unter dem Tisch augenblicklich verdarb.

Jetzt wurde es aber höchste Zeit! Hastig floh Cedric zu William unter den nächsten Tisch. Auf Knien rutschend, sich die Nase zuhaltend, sauste Cedric heran und hatte dabei so viel Schwung, dass ihn William geistesgegenwärtig abfing.

Trotz Cedrics überstürzter „Abreise" hatte glücklicherweise niemand etwas bemerkt.

„Nicht so stürmisch, sonst rutschst du noch gegen das Tischbein", flüsterte William.

„Danke! Wie viele Tische noch?", fragte Cedric atemlos.

„Ich weiß nicht so genau. Ich kann immer nur den nächsten Tisch sehen. Aber wir müssten bald da sein", sagte William und rutschte zur Seite, weil die Dame ihr bestiefeltes Bein soeben über das andere schlug.

Cedric musste verschmitzt lachen und hielt sich eine Hand vor dem Mund.

„Na, endlich lachst du mal wieder."

„Ja! Dabei kann ich es selber kaum glauben. Was soll ich denn auch machen ..." Cedric zuckte mit den Schultern. „Ich hocke hier mit einem entfernten Verwandten, den ich erst vor Kurzem kennenlernte, in einem Kaffeehaus unter dem Tisch zweier nichts ahnender fremder Leute. Und das alles nur, um ein Geheimnis zu erfahren. Aber jetzt, wo wir schon so weit sind, will ich auch wissen, ob die Dame ein paar Tische weiter wirklich Audrey ist. Oder, wenn sie es nicht ist, was der Mann und die Frau für ein Geheimnis haben", sagte Cedric und dachte nach. „Vielleicht sind sie ja auch nur verliebt und das ist ihr Geheimnis."

„Oder es sind Spione! Jakobiter! Die Informationen austauschen und einen Aufstand herbeiführen wollen", sagte William bedeutungsvoll und sah aus, als ob er etwas Böses ahnte.

„Und dann stürzt der König." Cedric war selbst erschrocken über seine plötzliche Schlussfolgerung.

„Genau! England ist in Gefahr und wir hier unter diesem Tisch sind die Einzigen, die das verhindern können."

„Ohhh wei, ohhh wei! Mir ist gar nicht wohl dabei!"

„Mir auch nicht. Aber wir müssen erfahren, was es mit den Spionen auf sich hat. Der König wird es uns danken! Stell dir nur vor, wie stolz alle auf uns wären, wenn wir bei Hofe geladen werden und der König uns dankt und reich beschenkt", sagte William.

„Dann sag ich ihm, ich möchte gerne ein Lord sein." Cedric geriet ins Schwärmen.

„Dich zum Lord zu ernennen, ist nur das Geringste, was er für dich tun wird, wenn du seinen Kopf rettest. Alle werden sich vor uns verneigen und sagen: Seht nur, da sind die Helden William von Mellford und Lord Cedric, die George I. vor einer gemeinen Verschwörung gerettet und England vor schlimmem, schlimmem Unheil bewahrt haben. Streut Rosen auf all ihren Wegen!", flüsterte William hochtrabend mit überschwänglicher Verzückung.

„Oder doch lieber ein Graf?" Cedric, der gar nicht zugehört hatte, kniff sich verträumt ins Kinn.

„Pssst, du musst leiser reden!" William deutete nach oben. Er hob ein wenig den Tischdeckensaum und riskierte einen Blick hinaus. „Wir können noch nicht weiter. Die feinen Pinkel drüben an dem anderen Tisch brechen gerade auf."

So hockten sie einander gegenüber und schwiegen eine Weile – ganz ihrer großen Verantwortung bewusst. Die an dem Tisch über ihnen sitzenden Herrschaften aßen schweigend ihren Kuchen, tranken ihren Kaffee und schwiegen auch. Nur das Klappern ihrer Kuchengabeln auf dem Porzellan konnte man hören.

Aber William wäre nicht William, wenn ihm das mal wieder nicht viel zu langweilig gewesen wäre. Lange starrte er ausdruckslos auf das Hosenbein und die beschnallten Gamaschen des Mannes. Doch dann hellte sich sein Lausbubengesicht auf – so, wie es immer war, wenn er etwas im Schilde führte.

„Was ist?", wollte Cedric wissen.

„Fällt dir was auf?"

„Nein, was denn?"

„Hier sitzt ein Mann und da sitzt eine Frau und sie sitzen sich gegenüber."

„Meinst du, das sind auch Spione?" Cedric war ganz aufgeregt.

„Nein. Ich meine, wir sitzen doch hier schon eine Weile und die haben sich noch nicht ein einziges Mal unterhalten."

„Das sind ja auch ältere Herrschaften. Die reden halt nicht mehr so viel. Die haben ihr ganzes Leben schon so viel geredet, dass ihnen jetzt einfach nichts mehr einfällt", glaubte Cedric zu wissen.

„Ich werde sie jetzt zum Reden bringen", sagte William und begann zu Cedrics Entsetzen, das Schienbein des Mannes zu streicheln. Das Bein zuckte und über ihm polterte in diesem Moment vermutlich eine Kuchengabel auf den Tisch.

„Godwyna! Was soll das? Musst du mich so erschrecken? Sieh nur, was du angerichtet hast! Mir ist vor Schreck die Gabel aus der Hand gefallen!", sagte der Mann ärgerlich.

„Mein lieber Mortimer", empörte sich die Frauenstimme. „Wer hat hier wen erschreckt? Es ist doch vielmehr so, dass du mich erschreckt hast", sagte sie mit fester Stimme.

„Absurd! Und du weißt es genau!", brummte der Mann.

„Wir sind nun seit fünfundzwanzig Jahren verheiratet und weiß Gott, du warst stets etwas sonderbar. Jedoch in jüngster Zeit beginne ich, mir ernsthaft Gedanken um deine Gesundheit zu machen. Hast du deine Medizin dabei?"

„Danke, es geht mir gut. Auch wenn es meiner Gesundheit eher abträglich ist, wenn du mich so erschreckst", schloss die Männerstimme unwirsch.

„Ohhh, der Herr ist heute missgestimmt", bemerkte die Frauenstimme schnippisch.

Cedric hielt sich eine Hand an den Kopf und flüsterte unter vorgehaltener Hand.

„Jetzt streiten sie sich."

„Das ist gut, dann sind sie abgelenkt und wir können weiter."

Ein kurzer Blick unter dem Tischsaum hindurch: Der Weg war frei. Schnell krabbelten sie unter den nächsten Tisch und während sie sich entfernten, hörten sie in ihrem Rücken die Frau zetern: „Hätte ich doch nur auf meine Mutter gehört ..."

Sicher angekommen, machte sich Cedric Vorwürfe.

„Sieh nur, was wir angerichtet haben."

„Aber nein", beschwichtigte William. „Das, was jetzt so aussieht wie ein Streit, ist in Wirklichkeit ein Ausdruck tiefster Verbundenheit und ...", William zögerte und verzog das Gesicht, bevor er es über die Lippen brachte, „... und Liebe."

„Das sieht aber gar nicht so aus."

„Doch! Ist aber so. Die streiten sich, um sich dann wieder vertragen zu können. Und das muss um ein Vielfaches schöner sein, als sich gleich zu vertragen und friedlich zu sein."

„Versteh einer die Großen." Cedric schüttelte den Kopf.

„Die spinnen!", brachte es William auf den Punkt.

Dann huschten sie weiter und erreichten endlich den Tisch, der dem geheimnisvollen Pärchen am nächsten war.

„Pssst!" Vorsichtig hob William den Saum der Tischdecke hoch und riskierte einen Blick.

„Und?" Cedric war ganz gespannt.

„Es ist Audrey."

„Nicht möglich! Was tut sie nur hier? Kannst du den Mann erkennen?"

„Ja, aber den kenne ihn nicht."

„Lass mich mal. Vielleicht kenne ich ihn ja." Cedric legte sich ganz auf die Seite und lugte übervorsichtig unter dem Tischsaum hervor. „Noch nie gesehen. Zur Familie gehört der nicht."

„Sie sind noch zu weit weg. Man kann gar nicht verstehen, was sie erzählen", sagte William.

„Aber wir können von hier aus unmöglich unter ihren Tisch krabbeln, ohne gesehen zu werden."

„Ja, das ist zu gefährlich. Bis dahin haben wir keine Deckung", stimmte William zu und dachte nach. Dann hatte er die Idee. „Ich hab's! Wenn wir keine Deckung haben – dann nehmen wir doch einfach unsere Deckung mit!"

„Versteh ich nicht ..."

„Komm!", William richtete sich, so weit er konnte, auf.

Cedric machte es ihm nach und stand jetzt gebeugt vor ihm.

„Weißt du jetzt, was ich meine?"

„Ja! Gute Idee!"

„Eins, zwei und los!", gab William das Kommando.

Ihre Rücken stemmten sich gegen die Tischunterseite und hoben ihn an. Hastig und orientierungslos tippelten sie ein paar Schritte ihrem Ziel entgegen und setzten den Tisch wieder vorsichtig ab. William lauschte angestrengt. Verstehen konnte er zwar schon besser, aber immer noch nicht gut genug.

„Wir müssen noch mal", sagte William

„Mehr links oder mehr rechts?", fragte Cedric, der ja voranging.

„Woher soll ich das wissen? Ich sehe ja genauso wenig wie du!"

Wieder setzte sich der Tisch in Bewegung und driftete tippelnd etwas zu weit nach links ab. Cedric korrigierte den Kurs nach seinem Gefühl und tat einen Schritt nach rechts. Sachte senkte sich der Tisch wieder und stand so unscheinbar da, als hätte er noch nie anderswo gestanden.

Nun konnten sie lauschen ...

„Liebste Audrey, ich habe so inständig gewünscht, Euch näher kennenzulernen, dass ich es nicht glauben kann, fürwahr mit Euch hier zu sitzen. Allein Eure Gunst, mich zu treffen, macht mich zum glücklichsten Mann auf Erden", sagte der Jüngling mit bedächtiger Nervosität und sah Audrey mit dieser blumigen, schüchternen Verliebtheit an.

Verlegen fuhr er mit der Hand über die Tischkante. Er war sehr jung, höchstens 17 Jahre alt und hatte ein knabenhaftes, rundes und offenes Gesicht, etwas pausbäckig, mit unverdorbenen braunen Augen darin. Seitlich unterhalb der Koteletten ließ er sich einen Bart wachsen, der doch mehr ein Flaum war.

„Ihr seid so wunderschön und mir ist, als bebe die Erde. Es vergeht kein Tag, an dem Ihr nicht voller Sehnsucht meine Gedanken beherrscht. Bitte verzeiht meine Aufregung. Geht es Euch nicht auch so?", wagte er, bangend zu fragen.

Als Cedric und William dieses Süßholzgeraspel hörten, verdrehten sie gelangweilt die Augen, um die Sache dann noch in die Höhe zu treiben, indem sie sich gegenseitig anheimelten und dazu verzückt mit den Augen klimperten.

„Mitnichten!", antwortete Audrey entschieden. „Lasst Euch für die Zukunft sagen, dass es keinesfalls dazu angetan ist, das Herz einer Frau zu entflammen, wenn Ihr den großen Geheimnisvollen spielt und heimlich Aufmerksamkeiten verschickt. Es ist eher beunruhigend als aufregend. Lasst Euch das gesagt sein. Ich bin wegen des Todes meines Verlobten in Trauer und riskiere meinen Ruf, wenn ich mit Euch gesehen werde. Daher lasst es uns kurz machen", sagte sie kühl. „Ich muss Euch enttäuschen Mr. Weller. Der Grund dieses Treffens ist nicht, dass Ihr mein Herz anrührt und mit Eurem Werben letztlich Erfolg habt. Nein, ganz und gar nicht. Ich möchte Euch warnen. Ich wünsche, keine Geschenke mehr zu erhalten. Keine Blumen, keine Gedichte, keinen Schmuck, kein Parfum oder was immer Euch sonst noch so einfallen mag. Habt Ihr mich verstanden? Ich befinde mich in Trauer und es ist mir lästig. Und es zeugt von wenig Feingefühl, mich so zu bedrängen. Was denkt ihr Euch nur?", empörte sie sich und warf mit einer schnippischen Handbewegung ihr schönes tiefschwarzes Haar hinter die zarte – von Seide umschmeichelte – Schulter. „Glaubt Ihr, während der Abwesenheit meines Verlobten und jetzt, wo ich von seinem Tod erfahren habe, würde ich mich dem Erstbesten an den Hals werfen? Es ist eine Unverschämtheit von Euch, mich derart einzuschätzen!"

Dermaßen jäh in die Wirklichkeit zurückgeholt, rang der Jüngling sichtlich um Fassung. Er bekam einen hochroten Kopf und seine Lippen zitterten.

„Es tut mir leid, was Eurem Verlobten widerfahren ist", stammelte er und suchte nach Worten. „Und Ihr habt gewiss recht, dass meine Gefühle für Euch, die ich kaum im Zaume halten kann, in Eurer Trauer nicht angebracht sind. Es tut mir leid und ich bitte Euch um Vergebung dafür. Aber ich versichere Euch: keinesfalls habe ich ..."

„Genug!", sagte Audrey und fuhr Einhalt gebietend mit der Hand durch die Luft. „Ich will nichts mehr hören! Befolgt meinen Rat, Ihr solltet Euer Geld besser verwenden. Ich weiß, dass Ihr keinesfalls so vermögend seid, wie Ihr es vorgebt", sagte Audrey und wie sie diesen begossenen Jüngling so vor sich sah, kamen ihr Zweifel, ob sie in David Weller wirklich einen eiskalten Raubmörder vor sich hatte.

Aber es bedarf keiner Lebenserfahrung, zu wissen, wie ein jeder auf sein Umfeld wirkt, dachte Audrey und wusste, wovon sie sprach. Und das galt eben auch für den jungen Weller. Ehrgeizig und aufstrebend ist er. Sein vertrauenerweckendes Kindergesicht ist wie geeignet dazu, es für seine Ziele einzusetzen, sagte sie sich. Es ist angebracht, ihn in die Schranken zu verweisen. Selbst, wenn ich ihn zu Unrecht als Raub- und Mordgesellen in Verdacht habe. Er wird auf jeden Fall verstehen, dass seine Gefühle und Aufmerksamkeiten ungepflegen und nicht erwünscht sind, zerstreute Audrey die Zweifel an ihrem Tun.

„Wenn ich nur sicher wäre, würde ich zum Stadtkommandanten gehen. Ihr hättet dann gewiss unangenehme Fragen zu beantworten. Aber ich bin nicht sicher und will mein Gewissen nicht unnötig belasten." Audreys Warnung war überdeutlich.

„Ich versichere Euch, dass ich über gesicherte Einkünfte verfüge. Aber bitte lasst mich doch erklären ..."

„Ich will auch nicht wissen, wie Ihr Euren Unterhalt bestreitet", fiel ihm Audrey kühl ins Wort.

Für den jungen David brach eine Welt zusammen. Die Frau, die er liebte, wies ihn schroff zurück.

Dann wurde Audrey eine Spur versöhnlicher. „Sucht Euch eine Frau, die Eure Gefühle erwidern kann und verschwendet nicht Eure Zeit und Euer Geld. Darum bitte ich Euch", sagte sie und erhob sich.

Um Haltung bemüht, tat er es ihr nach und stützte sich dabei kraftlos auf den Tisch. Derart gescholten verneigte er sich und enttäuscht wie er war, scheute er es, ihr in die Augen zu sehen. Am tiefsten Punkt seiner Verneigung starrte er leer auf den Tisch.

„Bristol ist nichts für Euch. Gewiss werdet Ihr eines Tages eine Frau finden und glücklich werden. Das wünsche ich Euch, falls Ihr es verdient und Euer Seelenheil nicht bereits verwirkt habt." Den Blick auf den Boden gerichtet, verließ Audrey im Schutze ihres Hutes das Kaffeehaus.

Mit fiebriger Enttäuschung sah er ihr nach. „Nichts auf der Welt, nicht einmal mein Seelenheil, wäre für Euch, verehrteste Audrey, zu teuer", sagte er ihr leise nach.

Warum nur hatte sie ihm nicht zugehört? Er hatte es ihr doch sagen wollen. Aber es ändert jetzt nichts mehr, dachte er und verwarf sein Hadern. Dann ging er in die nächste Spelunke und ertrank seinen Kummer, als ob es kein Morgen gäbe.

Zwei Wochen später fischte man einen Toten aus dem Avon. Die Kleidung des Toten war ganz spack von dem aufgedunsenen bleichen Körper. Das Gesicht war eine einzige, fleckige Blase, in deren Mitte die faulige Nasenspitze wie eine kleine verlorene Insel aussah. Aus dem geöffneten Mund quoll die gleichsam aufgedunsene weiße und von Fischgetier angefressene Zunge.

Nichts an diesem Antlitz des Grauens erinnerte mehr an den smarten und verliebten Jüngling David Weller. Nur die Kleidung erkannten sie als die seine und so überbrachten sie seinem Vater die schlimme Nachricht.

Der Wirt der Spelunke, der ihn als letzten Menschen in dieser Welt gesehen hatte, sagte aus, dass ein junger Mann, auf den die Beschreibung passte, vor zwei Wochen gegen Mitternacht schwankend seine Wirtsstube verlassen hatte. Er könne sich deswegen so gut daran erinnern, weil der junge Mann den ganzen Abend über sehr bedrückt war. Und nachdem der Rum und das Ale seine Wirkung tat, hatte er von Liebe und Schuld gesprochen und einen jeden freigehalten.

Die Unglücksnachricht verbreitete sich sehr schnell in den gesellschaftlichen Kreisen der Stadt: Der junge David Weller ist des Nachts volltrunken vom Wege abgekommen und in den Avon gestürzt. Er hatte das Leben doch noch vor sich!

Der Fuchs, das Korn und die sieben kleinen Münder

Auf dem Land erzählten sie es sich stets hinter vorgehaltener Hand: Wehe dem, der als einfacher Kleinbauer in den Diensten von Baron Serrow stand. Der Baron war ein kaltherziger, gieriger Raffzahn, der seinen Pächtern den siebten Teil einer jeden Ernte abpresste, was unüblich war, denn die meisten Lehnsherren in der Grafschaft begnügten sich mit dem elften Teil. Wenn die Ernte des Wetters wegen schlechter ausfiel, bestand er dennoch mit unnachgiebiger Härte auf seiner Pacht und es war ihm gleich, wenn deswegen eine ganze Familie hungern musste. Doch damit der Ungerechtigkeit nicht genug. Wer glaubt, dies sei schon der Gipfel der Verachtung, die der Baron für seine Untergebenen übrig hatte, der möge hören, dass es Baron Serrow keinen Gedanken wert war, wenn er vom Fieber der Fuchsjagd gepackt mit seiner zahlreichen Jagdgesellschaft zu Pferde und der Meute kläffender Hunde das Korn niedertrampelte, weil der Fuchs darin Zuflucht gesucht hatte.

So geschehen auf dem Pachtland von John Tarbat. Dieses Land hatte John mühevoll bearbeitet und es versprach eine gute Ernte. Jetzt aber lag es in weiten Teilen niedergetrampelt da und würde unweigerlich verdorren. Und das, was noch übrig war, würde nie und nimmer reichen, um den siebten Scheffel Pacht zahlen zu können. Und wovon sollten sie leben? Er hatte eine Frau und sieben Töchter, von denen die älteste gerade mal neun Jahre alt war. Die Winter waren lang und hart.

Also war John am Morgen ausgezogen, um beim Baron vorzusprechen und darum zu bitten, dass ihm die diesjährige Pacht erlassen wurde. Es würde schon schwer genug werden, über den Winter zu kommen.

Auf dem Weg zum Herrenhaus redete er sich selber zu. Der Herr Baron, so sagte er sich, ist ein gebildeter Mann und er müsse doch einsehen, dass er nichts dafür könne, dass die Jagdgesellschaft des Barons das Korn zertrampelt hatte. Auch beabsichtige er keinesfalls, Scherereien oder Aufruhr zu machen oder gar die Gerichtsbarkeit anzurufen, nein, er, John Tarbat, wolle ein gutes Verhältnis zu seiner Durchlaucht haben und nur von seiner diesjährigen Pacht entbunden werden, weil er sie jetzt schlicht und einfach nicht mehr aufbringen könne. Und dass es so gekommen ist, war ja nicht seine Schuld. Der Baron ist ein vernünftiger Mann und wird um die Fakten nicht umhin können und es einsehen. Man stehe ja schon einige Jahre treu in den Diensten seiner Durchlaucht und hatte seine Pacht stets pünktlich bezahlt, wenngleich es auch nicht immer einfach war.

John war groß und korpulent, hatte blonde Haare, blaue Augen und ein freundliches Gesicht. Er war sehr stark, genau genommen war er bärenstark, was man bei seiner fülligen und gutmütigen Erscheinung nicht so vermuten mochte. So übernahm er es selbst, den Acker zu pflügen, um seinen alten Ochsen zu schonen. Um einen ansehnlichen Baum zu fällen, brauchte er höchstes zwanzig Axtschläge, weil er den Rest des Stammes einfach umschmiss. Das schont die Axt, sagte er sich. Den Stamm selbst zog er dann mit bloßen Händen zur Hütte, um ihn dort zu Kleinholz zu verarbeiten. Er zog Kühe an den Hörnern aus dem Schlamm, in dem diese bis zum Halse steckten und hatte schon einmal ein ganzes Dach abgestützt, als ein neuer Balken eingesetzt werden musste. Die meisten Baumwurzeln, die er beim Roden seines Ackers zog, hatten ihm nicht viel entgegenzusetzen und einen Schürhaken für die Feuerstelle bog er eigenhändig zurecht. Viel Aufhebens machte er um seine unerhörte Kraft nicht. Es war ihm unangenehm und er wusste auch nie, was er dann so sagen sollte, denn mit dem Reden hatte er es nicht. Nicht dass er dumm war. Keinesfalls! Aber er verstand es nicht, sich in Worten auszudrücken.

Im Kern seines Wesens war er ein furchtsames Kind: gutmütig, gutgläubig, naiv-einfältig – und ein Tierfreund war er auch.

Nun stand er vor seiner Durchlaucht, hatte die Mütze abgenommen und knautschte sie mit beiden Händen verlegen vor der Brust. Unsicher trat er auf der Stelle. Der Baron war ein kleiner, faltiger Mann, der geradezu lächerlich aussah mit seiner weiß gepuderten Perücke und seinem blass geschminkten Gesicht, dem Rouge auf seinen Wangen und dem grotesk schwungvoll gepinselten Rot auf seinen Lippen. Wie ein Raubvogel saß er geduckt über seinem Essen und stocherte mit linkischer Verachtung in seinem Wildbret, das er trocken und hastig aß. Jedes Mal, wenn er die Gabel zum Mund führte, biss er drauf, dass es metallisch klang. Er sah immer so aus, wenn er aß.

„Was willst du?", fragte er ungehalten und stocherte weiter.

„Danke, Sir. Danke vielmals, dass Euer Gnaden mich empfängt. Zu gütig", stammelte John. „Es ist des Korns wegen, also ich will sagen, wegen des Korns bin ich hier."

„Was ist mit dem Korn?", krächzte der Baron und stach entnervt sein Messer in den Holztisch, dass John erschrak. „Das Korn ist auf den Feldern und wächst und das ist gut so. Es wächst von alleine, so dass solche Nichtsnutze wie du gut davon leben können. Ist es das, was du mir sagen wolltest?", sprach der Baron voller Verachtung für seinen Pächter.

„Ja, Sir! Das ... das ... Korn wächst von alleine. Wie gut Ihr gesprochen habt. Es ist nur ... mein Korn liegt danieder, weil ..." Mühsam brachte John die Worte über die Lippen und traute sich kaum, es auszusprechen. „... weil Eure Jagdgesellschaft es niedergetrampelt hat. Ich, ich kann die Pacht nicht bezahlen."

Nun war es heraus.

„Was?!", schrie der Baron auf und sprang von seinem Schemel auf. „Du fauler, nichtsnutziger, dicker Tanzbär hast die Unverschämtheit, mich beim Essen zu stören, um mir zu sagen, du könntest die Pacht nicht zahlen? Duuu!", spie das gepuderte, ältliche Männlein.

„Ich bitte vielmals um Vergebung, Sir, aber Euer Gnaden waren doch dabei und müssen doch wissen, dass das Korn niedergetrampelt wurde. Es ist ja auch Euer gutes Recht, da es ja Euer Land ist", sagte John bedächtig und leise.

Schweißperlen standen auf seiner Stirn. Er wollte den Baron nicht noch wütender machen. John stöhnte und wand sich unsicher. Um seiner Familie willen durfte er sich von dem Gehabe des Barons nicht einschüchtern lassen.

„Aber das Korn ist unbrauchbar und das, was noch steht, reicht nicht einmal, um den vierten Scheffel Pacht zu zahlen. Wovon sollen wir denn im Winter leben? Ich habe eine Frau und sieben Töchter. Bitte erlasst mir die Pacht für dieses Jahr und ich gebe mein Wort, es zu bezahlen, sobald die Ernte wieder besser ausfällt. Bitte, seid mildtätig mit meiner Familie! Es ist doch nicht meine Schuld!"

„Du bist faul, unfähig und ein schlechter Landarbeiter!", keifte der Baron zornig. „Wie gut war ich zu euch gewesen. Hab euch aufgenommen, als euch keiner haben wollte. Ich habe euch ein Heim und ein Stück Land gegeben, das euch ernährt! Und wie dankst du es mir?"

Der Baron kam um den Tisch herum, griff heimlich nach seiner Gerte, die er hinter seinem Rücken versteckte, und baute sich in lächerlicher Weise vor John auf. Mit den knochigen, langnageligen Fingern seiner freien Hand fuchtelte er drohend vor Johns Gesicht herum.

„Indem du mein Land verdorren lässt und mir die Schuld dafür gibst, du unverschämter Patron!", schrie er plötzlich und gab John unvermittelt einen Schlag mit der Gerte. Rot zeichnete sich der Striemen auf Johns Wange ab.

John wich zurück und sah sich ängstlich um. Doch er war mit diesem hasserfüllten Gnom allein. „Herr Baron, bitte ... bitte tut das nicht!"

„Du lässt mein Land verdorren, weil du dich lieber um dein hässliches Weib kümmerst! So ist das! Und zustande bringst du nur ebenso hässliche Töchter, die so unansehnlich sind, dass sie später noch nicht einmal in einem maurischen Freudenhaus Aufnahme finden." Der Baron spuckte aus und lachte gehässig auf. Dann schlug er John erneut mit der Gerte.

Diesmal hielt John die Hände schützend vor sein Gesicht. Die Gerte preschte auf seine Fingerknöchel und John stieß einen verzweifelten Schmerzenslaut aus.

„Das dürft Ihr nicht sagen! Das ist nicht so! Ich liebe meine Kinder und es sind gute Kinder!", sagte John und rang vor Aufregung nach Luft.

Er wollte gehen, doch der Baron stand ihm im Weg. Er musste raus hier. Er musste sofort an die Luft, das Herrenhaus sofort verlassen. Der Baron wuchs in seinem Hass und seiner Wut über sich hinaus und lachte immerzu krächzend und aalte sich in seiner satanisch anmutenden Bosheit.

„Du Nichtsnutz! Du Versager! Schick mir doch mal dein Weib oder schick deine Älteste, auf dass ich ihnen erst mal Verstand einprügle!", brüllte der Baron und lachte schreiend.

Immer mehr steigerte er sich in seiner Verachtung für John. Wieder schlug er mit der Gerte zu. John versuchte, sich unbeholfen hinter seiner Mütze zu verstecken. Er keuchte und schnaufte vor Aufregung. Der Raum um ihn herum wurde immer kleiner. Es war, als ob die Wände auf ihn zukamen. Er wollte raus, aber Serrow verstellte ihm den Weg. Was sollte er nur tun?

„Nimm das, du Faulpelz!" Wieder schlug er zu. „Und das!" Die Gerte hinterließ auf Johns Schulter einen weiteren roten Striemen.

„Nein, bitte, tut das nicht! Bitte lasst mich gehen!", flehte John. Der Raum um John begann, sich zu drehen und er hatte das Gefühl, mit dem Baron auf einem Karussell zu stehen.

Der Baron lachte, schrie, spuckte, schlug und beschimpfte ihn immerzu. Dann wusste John nichts mehr. Stille war sein einziger sehnlichster Wunsch, friedvolle Stille. Mögen seine Durchlaucht doch still sein, dachte er nur noch.

Als John gegen Mittag nach Hause kam, ahnte seine Frau bereits, wie die Vorsprache beim Baron verlaufen war. Sorgenvoll betrachtete sie die Strieme auf der Wange ihres Mannes.

Dieser jähzornige Wicht!, dachte sie.

Mit einem feuchten Tuch kühlte sie die Wunde. Sie war nicht überrascht. Große Hoffnungen hatte sie ohnehin nicht an diese Vorsprache geknüpft und so fragte sie auch nicht nach. Johns Gesicht sprach Bände. Er war betrübt und schien mit seinen traurigen Gedanken woanders zu sein. Irgendetwas beschäftigte ihn über alle Maßen. So kannte sie ihn nicht. Irgendetwas war passiert. Das sah sie ihm ganz deutlich an. Und so sehr sie ihm auch zuredete, um ihn auf andere Gedanken zu bringen und ihm Mut zu machen, es gelang ihr einfach nicht. John blieb wortkarg und schaute nur traurig vor sich hin.

Gegen Abend, sie saßen gerade zu Tisch, hörten sie von draußen Pferdegetrappel und Männerstimmen. Seine zweitälteste Tochter wollte schon zur Türe rennen, um sie zu öffnen, als sie von John behutsam am Arm gehalten wurde.

„Nicht!", sagte er und lächelte sie traurig an.

Seine Frau schaute aus dem Fenster und erschrak fürchterlich. „John, da draußen stehen Soldaten!", sagte sie mit bebender Stimme und fuhr zu ihrem Mann um. Als ob sie ihren Augen nicht traue, warf sie noch mal einen Blick hinaus. „Sie umstellen das Haus. John! Was hat das zu bedeuten? Was ist passiert?"

„Es gibt keine Gerechtigkeit. Sie kann es nicht geben, solange es Menschen wie den Baron gibt", sagte John und starrte dunkel vor sich her.

„Um Himmels willen, John! Was hast du getan?" Die Stimme seiner Frau klang schrill.

„Er war sehr böse", antwortete er und ließ trotzig den Holzlöffel in die Schale fallen. Mit Sorge betrachtete er seine Töchter, die wie die Orgelpfeifen mit am Tisch saßen.

Dann ging er zu seiner Frau ans Fenster und nahm sie in den Arm. Sie versuchte, in seinem sorgenvollen Gesicht zu lesen.

„Er hat mich geschlagen und beschimpft. Und euch hat er auch beschimpft. Ich hab gesagt, er soll damit aufhören, aber er hat nicht aufgehört. Immer weiter hat er gemacht. Ich wollte gehen. Aber er ließ mich nicht gehen und versperrte mir den Weg. Gelacht hat er immerzu und mit der Gerte auf mich eingehauen. Und dann...", John dachte nach, „weiß ich nichts mehr. Ich kam erst wieder zu mir, als ich draußen war."

„Hast du ihn geschlagen? Um Himmels willen, John! Hast du ihn umgebracht?", fragte seine Frau mit bebender Stimme.

Sie erhielt keine Antwort. Er wusste es nicht.

„John", schluchzte seine Frau und strich ihm zärtlich über die Wange. „Sie werden dich einsperren." Sorgenvoll umarmte sie ihn und lehnte ihren Kopf an seine kräftige Brust.

„Im Namen des Königs! John Tarbat, komm raus! Das Haus ist umstellt. Ich weiß, dass du da drin bist! Komm raus, oder wir kommen rein und holen dich!", hörten sie von draußen einen Rotrock zu Pferde schreien.

„Mach dir keine Sorgen! Ich lass euch nicht allein. Sie müssen es doch verstehen und einsehen, dass uns Unrecht geschieht. Ich werde es erklären und sobald ich kann, werde ich von mir hören lassen", sagte er und drückte sie liebevoll an sich.

Dann trat er schwerfällig und gefasst vor die Tür. Seine Frau scharte die Kinder um sich. Dicht gedrängt standen sie vor dem kleinen Fenster, fassten sich bei den Händen und wurden Zeugen dessen, was nun geschah.

John trat kraftlos vor die Soldaten, die gekommen waren, ihn abzuholen. Einige von ihnen hielten Fackeln in den Händen, deren Schein in den sternenklaren Abendhimmel loderte. Ein Dutzend Männer: zwei Offiziere zu Pferde, ein Mann auf dem Bock des Vierspänners mit dem massiven Eisenkäfig darauf, in den sie ihn einzusperren gedachten, und die restlichen neun Mann bildeten den Fußtrupp.

Einer der Offiziere trabte ein paar Schritte näher und leuchtete mit der Fackel Johns Gesicht aus.

„Bist du John Tarbat?"

„Ja."

Der Offizier gab seinen Männern ein Zeichen, die John daraufhin umstellten. Mit ihren aufgepflanzten Bajonetten nahmen sie ihn ins Visier, jederzeit bereit, ihn zu erschießen oder aufzuspießen, sollte er Schwierigkeiten machen.

„Du bist verhaftet wegen des feigen und hinterhältigen Mordversuchs an Baron Serrow."

„Ich habe nichts Unrechtes getan", protestierte John.

„Er wollte mich umbringen und berauben. Dieser gemeine Lump, dieser", krächzte es vom Waldrand her. Dort ganz hinten stand der Baron und hielt sich ein Taschentuch vor seinen Mund. Das Sprechen bereitete ihm offenbar Schmerzen.

„Ich habe nichts getan! Es ist unrecht! Die Jagdgesellschaft des Barons hat mein Korn zerstört! Ich kann die Pacht nicht zahlen! Wovon sollen wir denn nur leben?", klagte John an.

„Das hättest du dir vorher überlegen müssen! Vorwärts jetzt!", sagte der Offizier.

Auf einen Wink traten seine Männer mit den Bajonetten einen Schritt auf John zu. Mit den Bajonetten stocherten sie ihm entgegen und drängten ihn so in Richtung des Fuhrwerks mit dem Eisenkäfig darauf. Wieder stieg diese entsetzliche Angst in John auf und er bemühte sich, dagegen anzugehen. Vom Waldrand her schallte ein gehässiges Lachen zu ihm herüber.

Es gibt keine Gerechtigkeit mehr. Dieser Gedanke hämmerte in Johns Kopf. Sie sperren mich auf Jahre ein. Und für was? Was hab ich getan? Diese nagende Ungerechtigkeit trieb ihn um, stieg in ihm auf, wurde größer und größer. Er versuchte, ruhig zu atmen, aber er kam gegen diese rasende Angst und Wut nicht an. Und dazu dieses gehässige Lachen.

John schaute sich noch einmal nach seiner Familie um. Er wollte dieses letzte Bild seiner Familie und den Platz, an dem er glücklich gelebt hatte, in seinem Herzen bewahren.

Dicht drängten sich die Kinder vor dem Fenster und seine Frau stand in der offenen Türe. Traurig und angstvoll sahen sie ihm nach. Was wurde jetzt aus ihnen?

Wenn dieses Unrecht nicht wäre, dann säße er jetzt bei ihnen. Ein friedvoller Abend, so wie es immer war.

Werde ich sie wieder sehen? Werden sie ohne mich zurechtkommen?, dachte John. Die Angst in ihm erreichte Ausmaße, dass er glaubte, zu bersten.

Nein! Nein! Nein!, hämmerte es in seinem Kopf. Auf dem Weg zum Käfig schnaubte er wie ein Stier, was seine Bewacher noch aufmerksamer werden ließ. Die Soldaten sahen ihm an, dass er wütend, schrecklich wütend war und sahen sich vor. Es war gut, wenn dieser Mann endlich im Eisenkäfig saß.

Unrecht, Wut, seine Familie, das gehässige Lachen des Barons, die blitzenden Klingen der Bajonette und der näher kommende Eisenkäfig. Das alles fegte in einem gigantischen Wirbelsturm tief in ihm drin. Sein Herz hämmerte wie ein Amboss.

Das war der Weg zum Galgen und nichts anderes!, dachte John noch und hatte diesen Zustand erreicht. Es war ein Zustand, der immer dann eintrat, wenn er sich in die Enge getrieben fühlte, wenn er Angst hatte. Diese unbändige Angst ließ ihn nicht mehr wissen, was er tat! Oft war es ihm nicht passiert. Aber heute war es schon das zweite Mal und wenn es passierte, war er nicht mehr er selbst.

John blieb einfach stehen. Die Soldaten um ihn herum, die seinen inneren Kampf bemerkt hatten, blieben auch stehen. Angespannt warfen sie sich aus den Augenwinkeln gegenseitige Blicke zu und warteten auf ein Kommando ihres Offiziers.

„Geh sofort weiter! Oder ich gebe Befehl, dich auf der Stelle niederzumachen!", herrschte der Offizier ihn an. „Vor den Augen deiner Familie! Willst du das wirklich, John Tarbat?"

Johns Gesichtsfarbe hatte zwischenzeitlich von hochrot auf bleich gewechselt. Schweiß stand ihm auf der Stirn. Sein Gesicht zuckte und die Adern am Hals traten ihm hervor. Er keuchte.

„Es gibt keine Gerechtigkeit! Ich geh nicht weiter! Ich will, dass alle nach Hause zu ihren Familien gehen. Das ist gut so", sagte er mit unheimlicher Entschlossenheit.

Ein paar Augenblicke unschlüssiges Schweigen.

Dann entlud er sich wie ein Vulkan.

„Neeiinnn!", schrie er so markerschütternd auf, dass ein Heer Tauben aus den Bäumen ringsum aufstieg und sich flatternd davonmachte. John schmiss sich auf den Boden, während die Bajonette über ihm ins Leere stießen. Er wälzte sich zur Seite und kegelte mit einem Mal drei Mann um.

„Schießt doch, schießt doch, knallt ihn ab!", giftete der Baron. Es kam ihm ganz recht, dass John Schwierigkeiten machte. Jetzt würden sie ihn wie einen Hund abknallen, freute er sich schon.

Die Hölle brach los. Ein, zwei Schüsse fielen, die aber nichts brachten, da sie entweder nicht trafen oder bei diesem Blindwütigen keine Wirkung hatten. John griff sich rasend vor Wut einen Soldaten, hob ihn hoch, als wäre er eine Strohpuppe, und schmiss ihn in die Menge. Ein kräftiger, bulliger Soldat stürmte wuchtig auf ihn zu, um ihn zu umklammern. John versetzte ihm einen dumpfen Faustschlag, der ihn mit der gleichen Wucht wieder zurückbeförderte. Wie ein wild gewordenes Untier trieb es John um. Wie von einer höheren Macht beschützt, wütete er sich wie ein Barbar durch die Reihen der Soldaten. Er, der sonst so gutmütig und friedvoll war, war nicht wiederzuerkennen. Er brach die Gewehre und die Degen entzwei, schmiss die Soldaten wie leere, schlaffe Säcke umher und kippte zu guter Letzt das Fuhrwerk mit dem Eisenkäfig um.

Dann war es getan. Ruhe kehrte ein und John kam langsam wieder zu sich. Um ihn herum lagen stöhnende, blutende Soldaten. Einige waren auch bewusstlos. Hier und da lag eine brennende Fackel und die Pferde der Offiziere waren durchgegangen – ein Schlachtfeld.

„Ich habe das alles nicht gewollt!", schrie er klagend und drehte sich im Kreise, als ob er nicht glauben konnte, was er angerichtet hatte.

Am Waldrand sah er jenes verhasste Männlein stehen, das ihm das alles eingebracht hatte. Der Baron war soeben dabei, sich leise ins Dickicht zu schleichen.

Im Nu war er bei ihm und griff das bibbernde, gepuderte Männlein. Dann zog er dem Baron das Taschentuch aus den Händen, welches er vor seinen Mund hielt. Da der Baron seine Lippen stets zu schminken pflegte, war ihm auf den ersten Blick nichts Ungewöhnliches anzusehen. Nur seine Lippen waren jetzt noch voller als sonst und hatten eine bläulich-violette Farbe, da sie blutunterlaufen und dick geschwollen waren.

„John, lieber John, da bist du ja", sagte Serrow schmeichelnd und hoffte, ihn beruhigen zu können. Er zitterte wie Espenlaub und zwang sich ein schmerzhaftes Lächeln ab. „Das wirst du doch nicht tun, John, oder? Lass mich gehen, bitte!"

Wieder stieg der Sturm in John auf. „Ihr habt an allem Schuld. Ihr seid böse!", knurrte John und atmete schwer. Die sonst so arglosen Augen funkelten bitterböse. Seine Pranken schlossen sich um den dürren Hals und es sah ganz danach aus, als drehe er dem Baron den Hals um.

„John, nicht! Er ist es nicht wert!", rief seine Frau von Weitem und eilte herbei.

Der Baron drückte sich ängstlich an einen Baum.

John, der ihn immer noch festhielt, hob ihn mit einer Hand hoch und hängte ihn mit dem Kragen seines Wams an einen Aststumpf, wo er zappelnd hängen blieb. Seine Frau fasste ihn am Arm und zog ihn ein Stück weg. Was sie zu sagen hatte, war nicht für die Ohren des Barons bestimmt.

„Du musst fliehen", sagte sie und umarmte ihn.

„Ich will nicht gehen! Ich will hier bleiben! Ich muss das Feld bestellen!"

„John, es geht nicht", schluchzte sie „Sie werden kommen und diesmal werden es viele sein."

„Ich muss doch für euch sorgen", sagte er traurig.

„Wir werden zurechtkommen, John. Wenn ich nur weiß, dass du lebst. Nutze den Vorsprung, den du hast. Sie werden das ganze Land nach dir absuchen."

„Ich muss wirklich gehen?", fragte er traurig und schaute sie an, als wolle er es nicht wahrhaben.

„Geh jetzt, John, und beeile dich!", hauchte sie und kämpfte mit den Tränen. „Es muss sein. Nur für eine Weile. Wenn sie dich kriegen, hängen sie dich auf. Die Zeit ist unser Verbündeter. Die Lage wird sich beruhigen. Aber jetzt lauf los, John! Lauf so schnell und so weit, wie du kannst und lass dich nicht erwischen!"

Eine Träne rann ihm über die Wange. Schweren Herzens gestand er sich ein, dass seine Frau recht hatte. Er schluckte schwer. „Ich geb Nachricht, sobald ich kann", sagte er.

Die Kinder hatten sich zwischenzeitlich aus dem Haus getraut und er nahm ein jedes von ihnen auf den Arm und drückte es zum Abschied herzlich. Es brach ihm das Herz.

Wie ein Bärenjunges, das alt genug ist und von seiner Mutter verstoßen wird, wandte er sich ab und stapfte schweren Herzens los.

Als er an dem Baum vorbeikam, an dem er seinen Lehnsherren hingehängt hatte, sagte er: „Ihr seid böse und wenn Euer Durchlaucht meiner Familie etwas zuleide tut, komme ich zu Euch und drehe Euch den Hals um!"

Noch einmal drehte er sich um und schaute zu seiner Familie hinüber und dieser Anblick brannte für lange Zeit in seinem Herzen. Er hatte sein einfaches und hartes Leben geliebt. Aber nun war er gezwungen, es hinter sich zu lassen. Dann verschwand er im dunklen Wald.

Schon bald streckten die Leute die Köpfe zusammen und erzählten sich, was passiert war und manches wurde hinzugedichtet. Zuerst auf dem Land und dann in der Stadt. Einer gegen zwölf, einer gegen zwölf hieß es allerorten und so wurde John unfreiwillig zu einer Berühmtheit.

John selbst war wie vom Erdboden verschluckt. Wie konnte er auch ahnen, dass der Streit mit dem Baron erst der Anbeginn von Ereignissen war, die so gar nicht seinem Wesen entsprachen und die er niemals hätte freiwillig gesucht. Aber er hatte keine Wahl. Er war der Dritte von den fünf Helden – *John Tarbat, der Starke*, der fortan auf der Flucht war.

Jetzt oder nie

Es waren nur noch zwei Tage, bis sie in See stechen würden. Nur noch zwei läppische Tage und es war William noch nicht gelungen, den Käpt'n davon zu überzeugen, ihn mitzunehmen. William wusste, dass das Zusammentreffen mit Käpt'n Bartlett die Chance war, auf die er gewartet hatte, die Chance, sein Leben zu ändern.

Aber es war noch mehr: William fühlte sich dazu bestimmt, mit auf diese Mission zu gehen. Warum er so fühlte, konnte er nicht sagen. Es stand ihm nur klar und deutlich vor Augen. Im Rückblick kam ihm sein bisheriges Leben so stimmig vor. Alles ergab einen Sinn. Als ob die Geschehnisse und Ereignisse der Vergangenheit den Weg nur für diesen einen Tag – den Tag der Abreise – bereitet hatten. Es schien ihm, als ob sein bisheriges Leben nur auf die Teilnahme an dieser Mission zulief. Über die Blindheit des Käpt'ns war er zutiefst verzweifelt.

Wenn jemand zu dieser Mission passte wie die Faust aufs Auge, dann bin ich es. Ich kann ihm wirklich helfen. Da sucht er die ganze Stadt nach Männern mit gewissen Eigenschaften und Talenten ab und direkt unter seinen Augen bin ich!, dachte er und polierte missmutig Bartletts Stiefel.

Alles Erdenkliche hatte William getan, um das Wohlwollen dieses Griesgrams – wie er ihn insgeheim nannte – zu gewinnen; er ging ihm zur Hand, wo er nur konnte, widersprach nicht und war auch sonst sehr folgsam. Er mühte sich, nicht mehr immerzu zu reden und ganz besonders dem Käpt'n keine Löcher mehr in den Bauch zu fragen. Er hoffte, sich unentbehrlich zu machen und den Käpt'n anzurühren, dass Bartlett gar nicht mehr anders konnte, als ihn mitzunehmen. Wer William in dieser Zeit erlebt hatte, bekam den Eindruck eines wohlerzogenen und liebenswerten Jungen. Wohl etwas zu schüchtern, aber er ist ja noch jung und das würde sich gewiss noch legen.

Und was hatte es ihm gebracht? Nichts! Aber auch rein gar nichts! Abgesehen davon, dass sie zumindest keinen Streit hatten.

Je näher der Tag der Abreise rückte, desto gedankenvoller wurde Bartlett, der Konversation auch zu unbeschwerten Zeiten schlicht für überflüssiges Geschwätz hielt. Von Zeit zu Zeit verschwand er in der Stadt und tat auch sonst sehr geheimnisvoll.

Und wenn William sich anbot, ihn zu begleiten, so verbot er es ihm strikt oder suchte Ausflüchte, indem er ihm irgendwelche Arbeiten aufgab, die er erledigt sehen wollte, wenn er zurückkam.

William war es leid, „Liebkind" zu spielen. Die Zeit rann ihm durch die Hände und wenn er es noch schaffen wollte, den Käpt'n umzustimmen, musste er seine Strategie ändern.

„Es ist Opernball in der Stadt", begann William mal wieder ganz unverfänglich und stellte den blankpolierten linken Stiefel ab.

„Opernball, hm", brummte Bartlett beiläufig. Er stand am Fenster und studierte eine Seekarte.

„Wart Ihr schon einmal auf einem Opernball?" William griff nach dem rechten Stiefel. In der Hand drehend begutachtete er ihn.

„Wo soll ich gewesen sein?", fragte Bartlett entgeistert und sah auf.

„Auf einem Opernball. Ihr wisst schon, schöne Musik, kostbare Abendrobe, sehen und gesehen werden und mit einer schönen Frau tanzen. Eine rauschende Ballnacht eben."

„Lass mich mit dem Unsinn in Ruhe. Ich habe zu arbeiten."

„Ihr könnt nicht tanzen, stimmt's? Und es ist Euch peinlich. Ich bin sicher, Mrs. Blix würde sich bestimmt bereit erklären, wenn Ihr nur …"

„Bei allen pestbeuligen Donnerhexen! Ich würde niemals lernen wollen, wie man tanzt. Dieses lächerliche Getue ist mir zuwider. Pah!"

„… fragen würdet", vollendete William zaghaft. „Gut, wenn Ihr Euch gleich so aufführt, dann frage ich Mrs. Blix halt eben nicht, ob sie es Euch beibringt."

„Unterstehe dich, Bursche!"

„Käpt'n Bartlett, ich glaube, Ihr habt etwas gegen das gesellschaftliche Leben", stellte William fest.

„Ja, richtig! Wenn es darum geht, sich zum Trottel zu machen, im Kreise drehend durch die Gegend zu grinsen und möglichst allen zu zeigen, dass man nicht bei Trost ist. William, merk dir eines, ein Mann ist ein Mann! Und ein Mann muss sich selbst treu bleiben. Hüte dich vor den Weibern. Sie wollen dich nicht nur ändern und beherrschen, oh nein, Junge, das genügt ihnen nicht", Bartlett zeigte mahnend auf William, „... sie wollen dich auch noch lächerlich machen und dazu bedienen sie sich des Tanzes."

„Ich glaube Euch kein Wort. Ihr fühlt Euch nicht wohl, wenn Ihr nicht auf der Brücke eines Schiffes stehen und herumkommandieren könnt!", sagte William laut.

„Ja, verdammt noch mal! Und?" Bartlett wurde noch lauter.

„Wenn Ihr nicht alles bestimmen könnt!", reizte William weiter.

„Genauso ist es, Junge", schnaubte der Käpt'n schroff zurück.

„Genau genommen sind Euch Dinge wie Höflichkeit, Freundlichkeit, Rücksichtnahme und Dankbarkeit lästig, wenn nicht sogar fremd."

„Ja, denn ich bin der Käpt'n eines Schiffes! Mein Wort ist an Bord Gesetz! Da halte ich mich nicht lange auf mit Floskeln ... *Vielen Dank, liebe Mannschaft, wollen wir heute einen schönen Tag auf See verbringen, wenn es recht ist?* Pah, ich bin der Käpt'n! Und ich habe das Kommando! Ich habe nach niemandem zu fragen! Die Männer sollen ihre Arbeit tun, oder ich mache ihnen Beine. Ich schulde keinen Dank!", grollte er und schlug auf den Tisch, dass William vor Schreck fast der Stiefel aus der Hand gefallen wäre. Dann warf er sich in den Stuhl, dass dieser nur so knarrte und ächzte. Die Arme vor seiner Brust verschränkt, starrte er dunkel vor sich hin.

„Wie geht es Eurer Hand?", fragte William beiläufig und ruhig, während er emsig einen hartnäckigen Fleck auf Bartletts Stiefeln wegwienerte.

„Meine Hand? Was hat meine Hand damit zu tun?", brüllte er wieder los.

Plötzlich hielt er wie vom Donner gerührt inne. William hatte ihn drangekriegt. Wenn er irgendeinem Menschen auf der Welt zum Dank verpflichtet war, dann war es William.

„Teufel noch mal! Satansbraten. Warum muss ich ausgerechnet – von allen Menschen in dieser Stadt – ausgerechnet dir mein Leben verdanken? Du bist eine echte Strafe und ich weiß noch nicht, was schlimmer ist: dir zum Dank verpflichtet zu sein oder zur Hölle zu fahren. Was willst du eigentlich, Junge? Du hast es doch gut! Bist für ein paar Wochen weg von der Straße. Kriegst genug zu essen und die Kleider, die du anhast, wirst du behalten dürfen. Und Mr. Jenkins gedenkt, dir eine Arbeit zu geben und du sollst lesen und schreiben lernen", sagte der Käpt'n aufmunternd. „Du hast doch gar keinen so schlechten Schnitt gemacht, Junge! Sei dankbar dafür! Und jetzt kein Wort mehr darüber!"

„Glaubt Ihr an das Schicksal?"

„Schicksal ist Schicksal. So ist es eben. Jeder Seemann glaubt an das Schicksal", sagte Bartlett nach Ausflüchten suchend.

„Ich spüre es ganz deutlich, es ist noch nicht zu Ende."

„Was meinst du damit, es ist noch nicht zu Ende?"

„Wisst Ihr, wie es ist, wenn man dieses ganz bestimmte Gefühl hat, vom Schicksal für eine Aufgabe vorbestimmt zu sein? Ich muss mit auf diese Reise. Es ist noch nicht zu Ende, es hat gerade erst angefangen und zwar in der Nacht, als ich Euch das Leben gerettet habe."

„Beim Klabautermann! Hör auf mit diesem dunklen Gerede, Mann! Du bist ja schlimmer wie'n altes Kräuterweib. Ich habe Nein gesagt – und dabei bleibt es! Zu gefährlich, Junge."

„Zu gefährlich?! Pfff! Ich bin ein Dieb. Glaubt Ihr, das ist nicht gefährlich? Entdeckt, eingesperrt, verdroschen oder aufgeknüpft zu werden. An Gefahren bin ich gewohnt. Bevor ich in dieses schöne Haus kam, hab ich ganz gut auf mich selbst aufgepasst", sagte William ernst. „Seht es doch mal so: dadurch, dass ich Euch das Leben gerettet habe, ist dieses Unternehmen erst möglich geworden. Und von daher seht es doch als gutes Zeichen für die Reise, wenn ich mitkomme. Was macht es schon und es kann nicht schaden, da ich auf mich selbst aufpassen kann."

„Junge, hör auf! Es ist ein Unterschied, ob du eine Sonntagsgesellschaft nach dem Fünf-Uhr-Tee bestiehlst oder ob du dich mit den räudigsten und gemeinsten Schurken anlegst. Und falls du es immer noch nicht verstanden hast, wir legen uns mit einer ganzen Schar der schlimmsten und blutrünstigsten Piraten an! Und keiner von uns wird sagen können, ob er lebend zurückkommt. Auch ich nicht. Der Schuh ist zu groß für dich."

„Ich könnte mich als Schiffsjunge nützlich machen."

„Herrgott, verstehst du mich nicht oder willst du mich nicht verstehen? Verdammt noch mal!"

„Ich bin nicht der kleine arme Junge von der Straße, der dankbar ist für ein Dach über dem Kopf, etwas Essen und Kleidung. Wenn Ihr Euch da mal nicht täuscht." William hob mahnend den Zeigefinger. „Ich will Euch mal was sagen: Ihr seid mir zum Dank verpflichtet. Ich habe Euer Leben gerettet und Ihr seid nur aus Eurer Schuld entlassen, wenn Ihr mir auch das Leben gerettet habt. Und wenn es wirklich so gefährlich ist, wie Ihr sagt, was liegt da näher, als mich mitzunehmen? Lasst Euch bloß nicht einfallen, mich irgendwie abzuspeisen. So!", sagte William mit Genugtuung.

„Gut gebrüllt, Löwe! Dann rette ich dir eben das Leben, indem ich dich erst gar nicht mitnehme! So! Damit sind wir dann quitt! Und jetzt her mit meinen Stiefeln! Ich hab in der Stadt zu tun."

„Ich bin der beste Dieb in ganz Bristol, wenn nicht sogar in ganz England", führte William aus und stolzierte nachdenklich auf und ab. „Ihr sucht doch Männer mit bestimmten Talenten …"
William blieb stehen und deutete auf sich selbst.
„Nun, hier ist einer. Denkt Euch einfach weg, dass ich noch ein Junge bin. Ihr werdet keinen besseren finden als mich. Wenn ich nur will, klaue ich Euch die Schuhe von den Füßen und wünsche Euch noch einen schönen Tag und alles, was Ihr dabei denken werdet, ist, was für ein höflicher junger Mann. Das ist mein Talent! Herrje! Ihr braucht das Talent und nicht den Mann. Ich glaube nicht, dass Ihr es Euch leisten könnt, darauf zu verzichten. Oder wollt Ihr wegen Eures Dickkopfs Peters Leben gefährden? Ihr wollt Euch nur nicht eingestehen, dass Ihr mich braucht! Das ist es!"
„Verflucht noch mal! Bei allen dreiköpfigen Höllenhunden, gnomgesichtigen Giftpilzen, Pest- und Schwefelgestank! Ich habe Wichtigeres zu tun, als meine Zeit mit nichtsnutzigem Geschwafel zu vertrödeln!", sagte Bartlett wütend und stieg mit einiger Kraftanstrengung in seine Stiefel. Dann stapfte er duster grummelnd zur Tür und zog sie kräftig hinter sich zu.
„Ihr braucht mich und Ihr wisst es!", rief ihm William trotzig nach. Doch Bartlett konnte ihn schon nicht mehr hören.

Wer hätte das gedacht?

Die Laterne an der Decke der Achterkajüte schaukelte sanft und gab ein behagliches Licht auf Käpt'n Bartlett ab, der an seinem Tisch die Ladeliste durchsah. Den ganzen Tag über hatten ihn die Vorbereitungen in Anspruch genommen. Nun war es wieder dunkel in der Stadt. Seit seiner Genesung übernachtete Bartlett wieder auf der Stormbride.

Er streckte den Kopf zum Galeriefenster hinaus und sah fröstelnd in den Nachthimmel hinauf. Übermorgen stachen sie in See. Es blieb nicht mehr viel Zeit für seinen Besuch. Nach dem Überfall hegte Bartlett größten Widerwillen, sich des Nachts durch die Gassen zu begeben. Aber die Zeit drängte und am ehesten traf man jene, die man aufsuchen wollte, zu nachtschlafender Zeit an. Seine Nachforschungen nach dem Verbleib dieses Mannes hatten ohnehin schon zu viel Zeit in Anspruch genommen. Es war, als wäre er vom Erdboden verschluckt. Doch nun wusste er, wo er zu finden war. Er schlug sich den Mantelkragen hoch und machte sich über die knarrende Gangway auf den Weg in die Stadt. Dolch und Pistole hatte er vorsichtshalber eingesteckt. Sicher ist sicher. Man weiß ja nie!

Einsam und angespannt schritt er in seinem Seemannsgang die von hohen Platanen gesäumte Allee entlang. Es war nasskalt und er zog den Kopf tiefer in seinen Mantelkragen. Blauschwarz hoben sich die Kronen der Bäume gegen den dunklen Nachthimmel ab und um die Stämme waberte knöcheltief der Nebel. In der Nähe trugen Katzen fauchend einen Revierkampf aus. Aus den Büschen und Sträuchern raschelte und fiepte es. Leuchtende Augenpaare merkten bei seinem Vorübergehen auf.

Bartlett dachte nach. Nach seinem Plan hatte er die benötigten Männer auf fünf bemessen. Und jetzt, so kurz vor dem Aufbruch, hatte er nur drei rekrutieren können.

Es muss auch so gehen! Besser auf einen Mann verzichten, als einen dabei haben, den seine Nase und Gefühl nicht voll und ganz bejahen. Wenn die Männer so gut waren, wie er glaubte, würde der fehlende Mann nicht weiter ins Gewicht fallen.

So ging er einsam seinen Weg, nicht ahnend, dass ein Augenpaar aus dem Unterholz menschlich war.

Bartlett wurde beobachtet.

Der hagere alte Mann mit schulterlangen, schlohweißen Haaren stand auf dem wackeligen Stuhl und unternahm nun schon den dritten Versuch, den Strick über den Dachbalken zu werfen.

„Verflixt noch mal!", entfuhr es ihm und seine graublauen Augen unter den buschigen Brauen blitzten.

Trotz seines Alters hatte er noch markante, willensstarke Züge. Er sah aus wie ein alter Haudegen und man sah ihm an, dass er Zeit seines Lebens kein Geringer gewesen war. Unwirsch strich er sich eine Strähne seines Haares aus dem Gesicht, nahm konzentriert Maß und versuchte es erneut. Diesmal warf er das Seil mit der Schlinge voran, die im hohen Bogen um den Balken schwang und ihm auf der anderen Seite mit einer keck anmutenden Verspieltheit entgegenbaumelte.

„Na also", murmelte er zufrieden und griff danach, um die beiden Seilenden fest miteinander zu verknoten.

Kritisch betrachtete er den Balken, ob er für sein Vorhaben geeignet wäre, und zog dabei so fest er konnte an dem Seil.

„Macht einen soliden Eindruck. Gute Zimmermannsarbeit", lobte er die Festigkeit des Balkens.

Auf dem Stuhl stehend schaute er sich ein letztes Mal in diesem, seinem so vertrauten Arbeitszimmer, um. Hier hatte er über lange Jahre sehr erfolgreich als Anwalt gearbeitet. Zu seinen besten Zeiten war er stadtbekannt und als Anwalt gleichermaßen gefürchtet wie geachtet.

Blitzgescheit, überzeugend, belesen und mit einem feinen Gespür für die Volksseele konnte er die meisten Fälle vor Gericht für sich entscheiden. Die Mandanten flogen ihm nur so ins Haus und er konnte sich aussuchen, wen er vertrat. Wohlhabend war er gewesen und hatte in den höchsten Kreisen verkehrt. Aber das alles war lange, lange her. In den besten Jahren war er gewesen – kraftvoll, frisch und leidenschaftlich. Nun war er alt und wenn er in den letzten Jahren von sich sprach, so nannte er sich selbst nur noch einen zittrigen, zaudernden Greis.

Nicht dass er in seinem Fach schlechter geworden wäre – nein, das nicht! Aber er war langsam und das Richtige, was er wusste, vermochte er nicht mehr mit der gebotenen Leidenschaft und Überzeugungskraft durchzusetzen, so wie er es zu seinen besten Zeiten verstand. Die Mandanten wurden weniger und auch die treuesten blieben allmählich aus, bis schließlich niemand mehr den Weg zu ihm fand. Über ein Jahr war es schon her, dass ihn ein Mandant aufsuchte, in dessen Namen er ein Bittgesuch an den König stellte. Und er hielt es für wahrscheinlich, dass dieser sich eher zufällig in seine Kanzlei verlaufen hatte.

So saß er Tag für Tag in seiner Kanzlei, sortierte geschäftig seine Papiere und ordnete sie, obwohl sie gar nicht geordnet werden mussten. Manchmal führte er Monologe, wobei er sich in alter Größe für die gute Sache vor Gericht streiten sah, um letztlich doch allmählich wieder in die einsame Wirklichkeit zurückkehren zu müssen.

Seine Ersparnisse waren aufgezehrt. Er würde seine Fassade vom altehrwürdigen, angesehenen Anwalt nicht mehr allzu lange aufrechterhalten können. Alt, verarmt und vereinsamt sah er sich schon in einem verlausten, elendigen Armenhaus dahinsiechen.

Aber so weit würde es nicht kommen, denn heute war ein Festtag. Er hatte seinen besten Frack angezogen, nur seine weiße Perücke, die er immer vor Gericht trug, mochte er nicht aufsetzen. Er fand, dass Perücken ihm nicht standen. Genau genommen war er überzeugt, damit ausgesprochen lächerlich auszusehen. So manches Plädoyer, das er hielt, fiel ihm viel leichter, wenn er die albernen Perücken der Gegenseite betrachtete, ganz so, als stelle er sich vor, sie wären nackt. Außerdem hatte er so schon schlohweißes Haar.

Er musste an seine tüchtige Schreibkraft denken, die ihm einmal in der Woche die Schriftarbeiten abnahm, aber schon lange nichts mehr zu tun hatte und stattdessen putzte und aufräumte.

Arme Mrs. Bright, dachte er. Es wird wohl ein Schock für sie werden, wenn sie mich findet!

Sie war so ziemlich die Einzige, mit der er noch ein paar Worte wechselte, mal abgesehen von Mr. Simones, dem Kaufmann, den er entwürdigenderweise darum bitten musste, anschreiben zu lassen. Genug damit! In Haltung und Würde abtreten. Das war es, was er wollte.

Er steckte seinen Kopf in die Schlinge und zog sie so weit zu, dass kein Fingerbreit mehr zwischen Hals und Strick passte. Noch einmal schaute er sich in dem Zimmer um. Hatte er auch an alles gedacht? Seine Papiere waren soweit geordnet. Der Abschiedsbrief an Mrs. Bright, in dem er sie für den ihr widerfahrenen Schock um Verzeihung bat, lag auf seinem schweren Ebenholzschreibtisch. Daneben lag der ihr noch zustehende Lohn und wieder ein Stückchen weiter das Geld für den Kaufmann. Nur nichts schuldig bleiben in dieser Welt.

Schemenhaft erkannte er auf dem Schreibtisch seinen dickglasigen Zwicker, ohne den er so gut wie nichts sah, und schlug sich gegen die Stirn. Natürlich musste er vier Versuche starten, um die Schlinge über den Balken zu werfen, denn ohne seinen Zwicker war er ja fast blind. Hätte er gleich daran gedacht, wäre es ihm leichter gefallen.

„Oh, Trevor, du alter Narr! Es wird höchste Zeit, dass du es endlich tust. Hohes Gericht, wenn irgendjemand in diesem Saal noch Zweifel hat, dass der Angeklagte aufgrund beginnender geistiger und fortgeschrittener körperlicher Schwäche zu nichts mehr nütze ist, der wird wohl spätestens jetzt überzeugt sein, dass es besser ist, dieses armselige Trauerspiel zu beenden", scholt er sich in einem letzten Plädoyer.

Was für Mühe und Kraft hatte es ihn gekostet, mit seinen steifen Knochen auf den Stuhl zu klettern und das Seil über den Balken zu werfen. Aber es war ja geschafft. Kopfschüttelnd betrachtete er den Zwicker. Was für eine Tortur hätte es bedeutet, vom Stuhl hinabzusteigen, den Zwicker aufzusetzen und mühsam wieder auf den Stuhl zu klettern.

„Da wäre ich bestimmt außer Atem gekommen und hätte erst mal verschnaufen müssen, um mich dann in aller Ruhe aufzuhängen", sagte er sich. Der Gedanke erheiterte ihn und er musste leise lachen.

„Verurteilter ... habt Ihr noch etwas zu sagen?", fragte er sich selbst sehr förmlich. „Nein, habe ich nicht", antwortete er sich selbst ebenso förmlich.

Dann war es soweit. Es war nur ein kleiner Schritt, den er nach vorne trat. Das Seil um seinen Hals spannte sich und er baumelte mit zappelnden Beinen frei im Raume.

Wie wohl jeder Mensch, so hatte auch er sich im Laufe seines Lebens Gedanken darüber gemacht, wie wohl sein Ende aussähe, wenn es soweit war. Und nun bekam er ganz allmählich eine Vorstellung davon. Eine Vorstellung von dem unsagbaren Grauen. Hängen heißt ersticken, soweit einem nicht die Gnade widerfährt, sich durch das eigene Gewicht das Genick zu brechen.

Trevor Biggs war zu leicht oder sein Hals zu kräftig – ganz, wie man es nahm. Und so sah alles ganz nach Ersticken aus.

Obwohl dies sein eigener Wille war, rang er dennoch krampfhaft nach Luft. Sein Wille war das Eine, seine Reflexe das Andere. Es war aussichtslos. Frei schwebend wie ein Windspiel, drehte er sich einmal im Halbkreis und pendelte wieder zurück. Das Blut staute sich unterhalb des Strickes und er spürte, wie es heftig in seiner Schlagader hämmerte. Blutunterlaufene Augen traten ihm aus den Höhlen und da er gezwungen war, an die Decke zu starren, sah er in der oberen Ecke neben dem Samtvorhang noch Spinnweben. Mrs. Bright würde er dafür nicht mehr rügen können. Er gurgelte, knurrte und die Zunge trat ihm seitlich aus dem Mund, als wolle er damit sein Ohr berühren.

Hoffentlich war es bald vorbei. Wenn er jetzt noch gekonnt hätte, eine andere Todesart wäre ihm lieber gewesen. Und dann ganz allmählich und zart fühlte er eine Leichtigkeit in sich aufsteigen und das Hämmern in Hals und Kopf nahm ab und ging in Ruhe über. Er fühlte keine Angst mehr. Er war froh und fühlte eine friedvolle Wonne in sich aufsteigen. Dieser bezaubernde, glanzvolle Schein …

Mit dieser ihn durchströmenden Leichtigkeit kamen Biggs auch die Erinnerungen zurück, seine Kindheit, seine Mutter, Freunde und Weggefährten, Liebschaften, die Zeit in der königlichen Flotte, Geheimmissionen und Doppelleben. Er war nicht immer der brillante und biedere Anwalt gewesen …

Er hatte geliebt und gelitten. Wütend und froh war er gewesen, hatte gewonnen und verloren. Es stimmte, das Leben und die Weggefährten ziehen noch einmal an einem vorbei. Es waren die Erinnerungen seines Lebens, Kostbarkeiten, wie sie ein jeder in einer kleinen schmuckvollen Schatulle in sich selbst aufbewahrt und die sich erst im Übergleiten in die andere Welt öffnet.

Das Leben schritt an ihm noch mal vorüber wie eine Parade,

die er abnahm, um sich gleichzeitig von diesem, seinem geführten Leben zu verabschieden. Er war schon mehr in der anderen Welt und es hatte für ihn auch keine Bedeutung mehr in diesem Taumel aus Rührung und Glück; doch glaubte er aus seiner entfernten Warte, diesem letzten dünnen Band zur irdischen Welt, zu sehen, wie jemand in das Zimmer trat.

Und dieser Mann erinnerte ihn an seinen zweiten Offizier zu der Zeit, da er selbst noch als Käpt'n in der Kriegsflotte Dienst tat. Ein eigenbrötlerischer und wortkarger junger Mann, aber der beste Offizier, den er je hatte. Wie hieß er doch gleich noch mal, dieser junge sture Bursche? In einem flüsternden Hauch gab die Schatulle den Namen frei: Thomas Bartlett ...

Mehrmals hatte Bartlett an die Türe geklopft, doch niemand hatte geantwortet und so entschloss er sich, die Tür zu öffnen und einen Blick hineinzuwerfen. Doch was er dann zu sehen bekam, hätte er in seinen kühnsten Vorstellungen niemals erwartet.

Der Mann, den er aufsuchen wollte, baumelte mit Strick um den Hals am Dachbalken! Blitzschnell erfasste er die Situation: das hochrote Gesicht, die hervorgetretenen, blutunterlaufenen Augen. Alle Fenster waren geschlossen und bei seinem Eintritt ins Zimmer entstand kein Durchzug, was das leichte Pendeln des Körpers erklären konnte. Es musste also gerade erst passiert sein, schloss Bartlett folgerichtig. Vielleicht war es noch nicht zu spät, doch wenn überhaupt, viel Zeit hatte er nicht. Mit einem Satz sprang Bartlett in den Raum.

Eine halbe Stunde war seitdem vergangen und wieder schoss der Inhalt einer ganzen Wasserkanne in das Gesicht des Anwalts. Leblos lag er auf seinem Schreibtisch. Es war noch Leben in ihm, nicht viel, aber Bartlett hatte deutlich den Puls gefühlt.

„So kommt Ihr mir nicht davon, Käpt'n Biggs!", schleuderte ihm Bartlett entschlossen entgegen. „Bitte um Entschuldigung!", sagte Bartlett gepresst und verpasste dem Anwalt links und rechts eine Ohrfeige. Dieser verdrehte die Augen in seinen tiefen Höhlen, röchelte und stöhnte. Er fasste sich an den Hals und räusperte sich.

Seine Augen begannen zu flackern. „Ich verbiete Euch, mich Käpt'n zu nennen!", krächzte er.

Mit Bartletts Hilfe richtete er seinen Oberkörper auf. Er massierte seinen Hals und schaute sich orientierend um, ob er nicht vielleicht doch schon im Himmelreich war. Aber er musste sich eingestehen, dass er durchaus noch am Leben war. Außerdem entsprach Bartlett weiß Gott nicht der Vorstellung eines Engels.

„Ich danke Euch für die Anregungen in Sachen weiterer Todesarten. Ersäufen und Erschlagen probiere ich beim nächsten Mal aus. Für heute soll es reichen", sagte er heiser und enttäuscht. „Was fällt Euch eigentlich ein, hier so einfach unangemeldet hereinzuplatzen, Bartlett?!"

„Bedaure, ich werde Eure Zeit nicht lange in Anspruch nehmen", sagte Bartlett zufrieden darüber, den Anwalt ins Leben zurückgeholt zu haben.

„Außerdem habt Ihr mich geohrfeigt!", empörte er sich und musste husten.

„Es schien mir geboten, Sir", Bartlett nahm respektschuldigst Haltung an.

„Wir haben uns lange Jahre nicht gesehen. Was wollt Ihr? Ich nehme keine Mandanten mehr an."

„Es geht um die alten Zeiten, Sir!"

„Alte Zeiten? Ach, geht doch Eurer Wege und nehmt die alte Zeit mit. Die alte Zeit ist tot und kommt nicht wieder. Das ist alles lange, lange her!"

„Wir waren gut."

„Es graut mir, Bartlett. Lasst es! Es ist so, wie Ihr sagt, wir *waren* gut. Seht mich doch an. Ich bin alt und nutzlos."

„Erinnert Ihr Euch? Egal, welcher geheime Auftrag uns auch gegeben wurde: Sabotage, Aufruhr, Informationen sammeln und streuen. Alles haben wir für König und Vaterland getan. Auf uns war Verlass. Und nur wenige innerhalb der Flotte wussten von unseren gelegentlichen Sonderaufgaben."

„Bartlett, schweigt! Das ist alles lange her und wir haben geschworen, niemals mehr über diese Zeit zu reden. Wir wurden aufgelöst und sind nun Geschichte, wie alles Geschichte wird", mahnte der alte Anwalt und machte eine Pause. „Macht es kurz. Was wollt Ihr?"

„Ich brauche Eure Hilfe."

„Ihr treibt Euren Spott mit mir! Was kann ein alter Mann wie ich für Euch schon tun? Bedaure, aber ich sehe mich nicht im Stande ..."

„Bei allem Respekt, Sir, wollt Ihr nicht erst einmal zuhören?" Dann setzte ihn Bartlett ins Bild und erzählte ihm auch, wen er schon rekrutiert hatte.

Biggs hörte zu und massierte sich dabei von Zeit zu Zeit räuspernd den Hals. Als Bartlett mit seinen Ausführungen geendet hatte, schwiegen sie eine Weile.

„Ich kenne diesen Jenkins. Der Mann hat viele Feinde in der Stadt. Ihr habt gut daran getan, so zu tun, als ob sein Sohn gestorben wäre. Und was diese reiche und mächtige Familie anbetrifft ...", Biggs winkte ab, „diese Familien sind alle gleich. Haben immer was von einem Wespennest an sich. Seid ja vorsichtig, Bartlett! Mehr kann ich Euch nicht raten."

„Ich brauche nicht Euren Rat, Käpt'n Biggs. Ich bitte Euch, uns zu begleiten."

„Ach, mein lieber Bartlett! Ich bin weit davon entfernt, jemandem helfen zu können. Ich kann mir ja noch nicht mal selbst helfen. Ich bin alt und müde."

„Es ist keine Zeit für Sentimentalitäten. Ich habe weder die

Zeit noch die Höflichkeit, in Eure Selbstbemitleidung einzustimmen. Ich brauche Euer strategisches Geschick und seit ich mich erinnern kann, kenne ich keinen Mann, der jemals besser und geschickter mit einem Messer umgehen konnte."

In der Tat! In den zurückliegenden Jahren bedeutete es für den alten Anwalt stets eine Freude und Trost, wenn er seine Messer hervorholte, um sie zu schärfen, zu polieren und sich von ihrem Glanz blenden zu lassen. Er hatte sich auch stets darin geübt, sie zu werfen und dieses Talent zu einer kunstvollen Perfektion gebracht. Von seiner Fertigkeit hatte er nichts eingebüßt und noch nie ein Ziel verfehlt. Ein solches Geschick hätte man dem alten Advokaten gar nicht zugetraut. Und er selbst war peinlich darauf bedacht, es zu verbergen. Denn diese Befähigung stammte maßgeblich aus der Zeit, als er noch in Diensten der königlichen Flotte stand und Geheimmissionen befehligte. Daher verstand es sich, nie darüber zu reden oder womöglich sein Talent zu zeigen. Und sei es auch nur zur Unterhaltung illustrer Gäste, wie er sie schon lange nicht mehr hatte.

Vor etwa drei Wochen geschah es dann: Bei den einsamen abendlichen Übungen in der Kanzlei – Mrs. Bright war schon gegangen – hatte er das erste Mal sein Ziel verfehlt. Diese Erfahrung war für ihn der Anbeginn der Entwicklung, die heute in seinem Freitod enden sollte. Seine Geschicklichkeit mit dem Messer und seine Treffsicherheit waren für ihn immer ein Gradmesser seines Alters. Sollte ich eines Tages nicht mehr treffen, ist es an der Zeit, abzutreten, hatte er sich immer gesagt. Die wenig erfreulichen Erfahrungen der letzten Jahre hatten ihm arg zugesetzt und als die Klinge an diesem Abend ihr Ziel auch noch verfehlte, brach die letzte tröstende Bastion seiner einstigen Größe vollends dahin. Er hatte das Vertrauen zu sich selbst verloren.

„Habt Ihr sie noch?", fragte Bartlett mit einem unterschwelligen freudigen Schneid.

„Ja, habe ich."

„Habt Ihr *ihn* auch noch?"

„Bartlett, es ist mir nicht recht! Ich habe meine Angelegenheiten geordnet, hab mich entschieden. Und ich weiß, dass ich nicht mehr viel Zeit habe. Und jetzt taucht Ihr hier auf und bringt alles durcheinander. Es tut mir leid, aber Ihr kommt ein paar Jahre zu spät", sagte er und wurde unwirsch. „Macht, dass Ihr geht!"

„Was vergebt Ihr Euch schon, wenn Ihr ihn mir nur einmal zeigt?", fragte Bartlett arglos.

„Er hängt im Schrank", antwortete Biggs mit Unbehagen und deutete kraftlos auf den Schrank.

Bartlett öffnete ihn. Und wahrhaftig dort hing er! Ein langer dunkelbrauner schwerer Lodenmantel. So, wie er dort auf dem Bügel hing, sah er aus wie eine Rüstung, ein dritter Mann, eine eigene Persönlichkeit. Der Geruch von Melkfett strömte ihm entgegen – gut gepflegt war er. Dieser Mantel war etwas Besonderes. Zu Zeiten der Kriegsflotte war dieser Mantel das unverkennbare Zeichen von Käpt'n Biggs gewesen. Biggs und sein Mantel waren ein Begriff; der eine gehörte zum anderen.

Bartlett öffnete den obersten Knopf und mit dem Zeigefinger schob er vorsichtig die linke Reihe zur Seite. Dort sah er die Messer. Fein säuberlich aufgereiht wie Haifischzähne. Scharf blitzten sie auf dem seidig-roten Innenfutter, wo sie stramm in eisernen Ösen steckten. 18 an der Zahl; sechs Messer in je drei Reihen untereinander. Bartlett schaute in das rechte Futteral: noch mal 18 blitzende Messer.

Kleiner als eine Handlänge besaßen sie keinen extra Holz- oder Ledergriff, sondern waren aus einem Stück geschmiedet; eine gute Arbeit. Bartlett zog zwei Messer heraus.

„Ihr habt wahrhaft recht, wenn Ihr sagt, ein alter Greis taugt nicht für diese Mission. Ein alter, zaudernder, nichtsnutziger

Mummelgreis würde uns nur behindern. Er wäre uns eine Last. Je eher dieses alte Fleisch über die Planke ging, umso besser", sagte Bartlett und drückte Biggs festen Blickes die beiden Messer in die Hand. Dann sprach er weiter: „Aber ich habe Euch aufgesucht in der Erinnerung an einen großartigen Strategen und einzigartigen, verwegenen, mutigen Mann. Daher bitte ich Euch um ein wahrhaftiges Zeichen, wie es um Euer Talent, und, so wie Ihr sagt, auch um Euren gesundheitlichen Zustand bestellt ist. Solltet Ihr fähig sein, war Eure Hilfe niemals so sehr von Nöten wie bei diesem Vorhaben."

Bartlett ging zur Wand, wo eine Sternenkarte hing.

„Das Sternbild des Orion", sagte er und deutete auf die drei diagonal verlaufenden Sterne in der Mitte. „Hier! Trefft mir von der Jakobsleiter den jeweils oberen und unteren Stern." Bartlett schritt bedächtig zur Seite, lehnte sich an die Wand und verschränkte die Arme vor der Brust. Er hatte genug gesagt und starrte gefasst auf den Boden.

„Bartlett! Was glaubt Ihr eigentlich? Sternbild des Orion? Ich sehe von hier aus ja nicht einmal die Sternenkarte! Ihr wollt Euch über mich lustig machen!"

„Nichts liegt mir ferner, als über Euch zu spotten! Aber ich kann nicht auslaufen, ohne Gewissheit darüber zu haben, dass Ihr mir vielleicht nicht doch helfen könnt. Wenn ich auf Anhieb einen Menschen benennen müsste, der für diese Mission geeignet wäre, käme mir ohne zu zögern Euer Name in den Sinn." Bartlett sah den Zwicker auf dem Tisch. „Würde Euch dieses Ding da helfen?"

„Wovon redet Ihr? Welches Ding?"

„Das Glas."

„Es wäre in der Tat eine große Hilfe. Ohne meinen Zwicker finde ich noch nicht einmal auf den Abort."

Eine Übertreibung, wie ihm Bartlett am Gesicht ablas.

Bartlett setzte ihm den Zwicker auf die Nase. Übergroß kullerten die Augen dahinter. Bartlett schritt wieder zur Seite und schaute gleichmütig wieder zu Boden; er wollte Biggs nicht auch noch durch eine gespannte Erwartungshaltung nervös machen.

„Ich will es aber nicht!" Biggs sah sich gezwungenermaßen einer Prüfung ausgesetzt und das machte ihn ärgerlich. „Was erlaubt Ihr Euch! Platzt hier einfach herein und bringt alles durcheinander", sagte er.

In seinem Ärger fing er unbewusst an, mit den Messern in seiner Hand zu spielen. Spielerisch tänzelten sie in seinen Händen. Wie von Zauberhand, als hätten sie ein Eigenleben, drehten sie sich und wanderten über seine Handrücken zum Daumen. Vom Daumen aufgenommen sprangen sie in einem Salto über den Handrücken zum kleinen Finger zurück, um erneut über die anderen Finger hinweg wieder dem Daumen entgegenzutänzeln. Dies geschah ganz nebenbei, während Biggs sich in seinen Ärger hineinzusteigern begann.

„Ich habe Euch schon gesagt, dass ich es nicht mehr kann. Warum glaubt Ihr mir nicht? Ah! Ich verstehe schon. Es bereitet Euch Vergnügen, mir auch noch ein Zeugnis meines Unvermögens abzuverlangen. Späte Rache des zweiten Offiziers für die durch mich erfahrene Drangsal zu Zeiten in der Flotte, was, Bartlett?", sagte er gepresst und suchte Bartletts Blick, währenddessen die Messer noch schneller um seine Hände tänzelten.

„Wenn Ihr es nicht schafft, steht es Euch frei, Euer Vorhaben wieder aufzunehmen und zur Hölle zu fahren. Ich werde Euch dann nicht mehr stören und Ihr könnt euch in Ruhe zum Sterben hinlegen", sprach Bartlett gleichmütig, ohne den Kopf zu heben.

„Gut, Bartlett, gut, Bartlett, wie Ihr wollt. Es ist die letzte Schmach, die ich auf Erden auf mich nehmen muss. Ich hoffe, Ihr lasst mich dann zufrieden."

Die Messer in seinen Händen drehten sich immer schneller und bald rotierten sie so schnell, dass sie aussahen wie silberne, blitzende Kugeln. Fauchend zerteilten sie die Luft.

„Sagt mir nur noch eines, Bartlett ..."

Dann stand für einen Moment die Zeit still. Biggs kniff hinter seinem Zwicker die Augen zusammen, nahm erstmalig sein Ziel kurz in Augenschein, um schon im nächsten Moment die Hände vorzustoßen. Die blitzenden Kugeln nahmen ihre Bahn und sausten zischend durch die Luft. Kurz nacheinander trafen die Messer in ihr Ziel, wo sie surrend auszitterten.

„... was ist, wenn ich es schaffe?", vollendete Biggs seine Frage und hob die buschigen Brauen.

„Dann werden wir wohl zusammen zur Hölle fahren!", antwortete Bartlett, der seinen vierten Mann gefunden hatte: *Trevor Biggs, der Stratege.*

Zerstreuung und Gedenken auf Kessington Hall

Es war der Vorabend der Abreise. Audrey saß mit aufrechter Anmut an ihrem Sekretär und schrieb im Kerzenschein ein paar Zeilen nieder. Eine einzelne Strähne ihres hochgesteckten schwarzen Haares hatte sich gelöst und streichelte seitlich über ihre Wange. Dem trüben Wetter zum Trotz trug sie ein farbenfrohes apricotfarbenes Kleid, das mit Rosenornamenten verziert war, die sich kunstvoll hin zu den mit Rüschen verzierten Ärmeln rankten. Das Licht- und Schattenspiel des Kerzenscheins verliehen ihrem Kleid einen seidigen Glanz.

Je näher der Tag rückte, an dem sie auszogen, ihn zu retten, um so unruhiger wurde Audrey. Peter! Wie geht es ihm? Ist er verletzt? Oder womöglich …

Audrey schüttelte den Kopf. An das Schlimmste wollte sie nicht denken.

In dieser schicksalhaften Zeit fand sie im Schreiben Trost und Ablenkung. Und doch, mit einem Mal war es wieder da und es überkam sie wie ein kalter Guss, dieses tiefe unglückliche Gefühl, Sorge und Ungewissheit.

Sie tunkte die Feder in das Tintenfässchen und schaute traurig aus dem Fenster. Morgen ist es soweit, dachte sie. Käpt'n Bartlett und diese Männer werden aufbrechen und Peter suchen. Werden sie überhaupt ankommen oder wird sie ein Sturm verschlucken? Werden sie gefangen genommen und ergeht es ihnen wie Peter? Werden sie ihn überhaupt finden?

Diese dunklen Gedanken ließen sie die Feder vergessen, die nun zu tief in das Fässchen eingetaucht war. Gedankenverloren ließ sie die Feder über dem Fässchen abtropfen und schrieb weiter. Kratzend fuhr die Feder über das Pergament. Sie hielt inne. Wieder rollte diese gigantische Welle auf sie zu, eine Welle aus Ungewissheit, Trauer, Sehnsucht und Hoffnung, die sie umherwarf und trudelnd in die Tiefe zog. Wie eine Ertrinkende holte Audrey tief Luft, als ob sie sich dagegen wappnen könne.

„Gott! Wie sehr ich ihn liebe und vermisse", schluchzte sie.

Tief in ihrem Herzen schloss sie ihn in die Arme; sein Geruch, sein verschmitztes Lächeln, die beruhigende Stimme, wie sanft er sie berührte und umarmte, den Kopf auf ihre Schultern legte und seinen Atem über ihren Rücken streicheln ließ. Blaue Augen – rein und sanft. In seinen Armen war es, als ob sie nach langer Zeit nach Hause kam.

„Niemand wird je deinen Platz einnehmen können", schwor sie leise.

Wenngleich auch noch verhalten, so machten sich doch wieder zahlreiche Gentlemen aus der Bristolner Gesellschaft daran, ihre Aufmerksamkeit zu erregen. Offiziell war ihr Verlobter tot.

Sie wurde umworben und dieses Buhlen um sie war keinesfalls nur auf ihre gesellschaftliche Stellung als Tochter aus wohlhabendem, einflussreichem Hause zurückzuführen, sondern vielmehr war es ihre entwaffnende Schönheit, welche die Seele eines Mannes unweigerlich offenbar werden ließ.

Audrey liebte nur Peter – so, wie er nur sie liebte. Liebe auf den ersten Blick. Dieses so intensiv empfundene überwältigende Gefühl der Zuneigung und doch im Anfang verzagt und unsicher darüber, ob der andere genauso empfindet. Verlegenheit, die Nähe des anderen suchend, verliebte Blicke einander streichelnd, bis dass der Damm der Gefühle brach und sie alles vergessen ließ, als stünde die Welt still. Pulsierendes, himmelweites, trunkenmachendes Glück, das wie eine Fontäne im Sonnenschein glitzernd auf sie niederprasselte – unsterblich. Ja! Das war es: *unsterblich*.

„Warum hast du nur diese Reise machen müssen? Warum nur hab ich dich nicht aufgehalten?"

Eine Träne rollte bitter über ihre Wange und tropfte auf das Pergament, ausgerechnet auf Peters tintengeschriebenen Namen, der damit verschwamm. Ein böses Zeichen?

„Ich wünschte, ich könnte so viel mehr tun."

Schwer atmete sie auf und ihre klaren blauen Augen mit den langen schwarzen Wimpern schauten traurig und doch mit der ihnen eigenen Trotzigkeit.

So sehr der Welt entrückt, erschrak sie, als sie plötzlich jemand zaghaft bei der Schulter fasste. Ihr Schreck ließ augenblicklich nach und sie lächelte warm, als sie über ihre Schulter schauend Mr. Bellamy erkannte.

Noch bevor er seine Hand zurückziehen konnte, hatte sie die ihre vertrauensvoll auf seine gelegt. Ein vertrauter Freund.

Sein gutmütiges helles Puttengesicht schaute mitfühlend auf sie herab.

„Verzeiht mir, Ms. Wellington. Ich wollte Euch nicht erschrecken. Ich habe geklopft und als ich sah, wie traurig Ihr wart, hat es mir die Stimme und sogar das Räuspern verschlagen."

„Schon gut, Mr. Bellamy. Genau genommen bin ich Euch dankbar, dass Ihr mich aus diesem dunklen Strudel entrissen habt", sagte sie und stand auf.

„Ich weiß, was in Euch vorgeht und bitte Euch inständig, Zuversicht zu haben! Und grämt Euch nicht zu sehr. Es hilft nicht und wird Euch am Ende nur krank werden lassen. In diesen Zeiten müssen wir zusammenstehen und all unsere Kraft auf das richten, was vor uns liegt. Mit Zuversicht und Gottes Kraft werden wir es schaffen. Ihr werdet sehen, es wird gut werden. Ihr dürft nicht aufhören, daran zu glauben", beschwor er sie eindringlich.

„Ich danke Euch. Es tut so gut, Euch zuzuhören", sagte sie und überspielte mit einem Lächeln ihre Traurigkeit.

„Es schmerzt, Euch so zu sehen."

Audrey lächelte und schüttelte den Kopf.

„Verzeiht mir, Mr. Bellamy. Wie gedankenlos", sagte sie und fasste ihn beim Arm. „Morgen schon begebt Ihr Euch auf eine gefährliche Reise und ich habe nichts Besseres zu tun, als Euch auch noch mit meinem Kummer zu belasten."

„Aber nein, Ihr belastet mich nicht", versicherte er ruhig. „Ganz im Gegenteil, ich schätze mich glücklich, dass Ihr mir Euer Vertrauen entgegenbringt."

„In diesen dunklen Zeiten wart Ihr mir wahrlich eine Stütze, dass ich Euch nicht genug dafür danken kann."

„Dafür sind Freunde da. Ihr werdet sehen, wir haben die besten Männer, das schnellste Schiff und im Herzen tragen wir den heiligen Eid, Peter unversehrt nach England zurückzubringen. Bitte habt Vertrauen", sagte er und beschwor sie noch einmal eindringlich. „Und bleibt bei guter Gesundheit für den Tag, an dem Peter die Straßen zu diesem Haus hinaufschreitet", sagte er.

Audrey nahm diese Worte mit einem dankbaren Lächeln auf.

Bellamy trat einen Schritt zurück, straffte sich und beugte sich ein wenig vor. „Die Kutsche wäre dann bereit, Mylady", sagte er höfisch, ohne aufzusehen. „Wenn ich mir die Bemerkung erlauben darf ...", sagte er mit zögerlichem Unbehagen.

„Bitte", ermunterte sie ihn.

„Es ist keine gute Idee, zu so später Stunde nach Kessington Hall aufzubrechen. Es wird dunkel. Die Wege in die Cotswold Hills sind mitunter schlecht und Ihr werdet erst im Morgengrauen eintreffen."

„Ich ertrage es nicht, hier zu bleiben. Hier in Bristol ergreift mich eine unstillbare Unruhe. Heute Abend noch muss ich aufbrechen. Auf Kessington Hall habe ich mit Peter die schönsten Stunden verbracht. Dort will ich bleiben und auf ihn warten. Und wenn Ihr morgen früh ablegt, dann ist Kessington Hall der rechte Ort, an Peter zu denken und Euch alles Gute und Gottes Segen über das Land zu wünschen."

„Vier Reiter werden Euch begleiten."

Einige Zeit später, nachdem Audreys Gepäck bereits in der Kutsche verstaut war und sie sich verabschiedet hatte, setzte sich die Kutsche in Bewegung. Die Jenkins, ihre Eltern, Mr. Bellamy und die gute Mrs. Blix hatten sich vor dem Haus versammelt und winkten ihr zum Abschied zu.

Lange erwiderte Audrey den Gruß, bis sie sich schließlich in das Kutschinnere niederließ, das Fenster schloss und die Vorhänge zuzog. Das Klappern der Hufe auf dem Kopfsteinpflaster hallte noch von den Häuserwänden wider, als die Kutsche schon längst im diffusen Licht der Dämmerung entschwunden war.

Die berittenen Wachen hatten jeweils zu zweit vor und hinter der Kutsche Aufstellung genommen. Mit dem scheidenden Tageslicht zog wieder nasse Kälte auf.

Mr. Browise, der Kutscher, hatte seinen Kragen hochgeschlagen und seine Mütze tief ins Gesicht gezogen. Er wäre diesen Abend lieber bei seinem Weib in seiner Kammer geblieben, als durch die nasskalte Nacht zu kutschieren.

Eigensinnige Weibsbilder!, dachte er sich. Muss unbedingt heute Abend noch aufbrechen.

Browise schüttelte den Kopf. Die Öllampen zur Rechten und Linken seines Bocks leuchteten knapp über den Vierspänner hinaus. Über bisweilen unwegsames Gelände holperte die Kutsche durch die Nacht. Es ging durch Feld und Wald.

Im nebligen Morgengrauen erreichten sie Kessington Hall. Die weißen Kiesel knirschten und spritzten unter den Rädern weg, als die Kutsche zum Stehen kam. Die Pferde waren nicht geschont worden. Sie schäumten und Hauch stieg aus ihren schnaubenden Nüstern auf. Die Fahrt hatte länger gedauert, als sie sich vorgenommen hatten. Die Fenster der Kutsche waren noch zugezogen.

Still lag das prächtige Anwesen vor ihnen. Die Dienerschaft würde erst noch geweckt werden müssen. Die Wachen waren erleichtert, ohne Zwischenfall angekommen zu sein und Mr. Browise, der Kutscher, reckte sich übernächtigt auf dem Bock.

„Wir sind da, Miss", sagte er und klopfte mit dem Griff der Peitsche auf das Kutschdach.

Im Inneren der Kutsche rührte sich nichts.

„Sie wird wohl noch schlafen", meinte einer der Wachen mit Blick auf die zugezogenen Vorhänge und grinste.

„Laden wir erst mal das Gepäck vom Dach und bringen es herein."

Gefolgt von einer müde dreinblickenden Dienerschaft kehrten

die drei Wachen nach einiger Zeit zurück.

„Schläft sie etwa immer noch?", fragte einer der drei. Stanton war sein Name.

Mr. Browise antwortete mit einem ratlosen Achselzucken.

Stanton klopfte gegen die Türe mit den zugezogenen Fenstern. „Ms. Wellington, wir sind angekommen", sagte er. Aber nach wie vor tat sich im Inneren der Kutsche nichts.

Ratlos schauten sie einander an.

„Ms. Wellington!", rief er überdeutlich und klopfte etwas energischer gegen die Türe, um dann an ihr zu horchen – wieder keine Reaktion. Dann versuchte er, durch das Fenster an dem Vorhang vorbei hineinzusehen, konnte aber nichts erkennen. Beunruhigende Stille machte sich breit. Ein ungutes Gefühl beschlich die Anwesenden. Stanton wandte sich um und deutete auf die Magd.

„Du da!", sagte er barsch und befahl. „Komm her!" Unsicher und besorgt tippelte die Magd mit geschürztem Rock herbei. „Mach die Türe auf!", forderte er sie auf.

Es war ja immerhin möglich, dass Lady Wellington tatsächlich noch schlief und sich in einem äußeren Zustand befand, von dem es ihr nicht recht wäre, derart von einem männlichen Bediensteten überrascht zu werden. Vielleicht hatte sie es sich im Unterrock bequem gemacht oder ihr Haar war zerzaust. Wer wusste das schon? Bei so hochwohlgeborenen Herrschaften musste man vorsichtig sein, wollte man in ihren Diensten bleiben.

Die Kutschtüre schwang auf. Die Magd schaute verstört zu Stanton, der sie angespannt zur Seite drängelte, um in die Kutsche zu sehen.

„Nein!", entfuhr es ihm ungläubig. Dann trat er zur Seite, schaute entgeistert in die Runde und gab den Blick in das Kutschinnere frei. Die Kutsche war leer. Audrey Wellington war verschwunden!

Der Undank Stachel im Fleisch

Die Sonne sandte ihre ersten kräftigen Strahlen aus und vertrieb ganz allmählich die nächtliche Kälte. Der Kampf der Elemente tauchte den Hafen von Bristol in einen sonnigen, warmen Dunst, der dem beginnenden Hafengeschehen einen unwirklichen Lichterglanz verlieh. Ganz so, als ob die Szenerie aus einem langen Schlaf behutsam emporgehoben wurde, den ersten Tänzeleien zu den Takten einer lange verstummten Spieluhr gleich.

Ein Stück weit den Pier herunter, dort, wo das Fahrwasser etwas tiefer war, lag dieses großartige und majestätisch schöne Schiff. Eine Fregatte. Dieses Schiff stach unter den vielen anderen, die vor Anker lagen, hervor. Ein Blickfang, der einem jeden, der vorüberging, einen Moment faszinierter Bewunderung abrang. Neu! Wie man an dem glatten Bootskörper unterhalb der Wasserlinie sehen konnte; keine einzige Alge und kein Muschelbewuchs. Die Masten ragten mindesten 35 Yards gen Himmel und die Längsseite des Schiffes zählte 14 Stückpforten, deren Klappen ein weißes Kreuz auf dunkelrotem Hintergrund zierte. Die polierten Messingbeschläge, mit denen es reich ausgestattet war, blitzten in der Morgensonne und die Galerie war kunstvoll mit Schnitzereien verschönert. Den Balkon der Kapitänskajüte nach achtern raus begrenzten fein gedrechselte und geschwungene Streben, die aussahen wie dicke, geflochtene Zöpfe.

Eine blonde Schönheit von Galionsfigur breitete in unbeirrbarer Prophezeiung ihre Arme über das Meer. Wenn man sie so ansah, glaubte man, ein geheimnisvolles Lächeln in ihren Gesichtszügen zu sehen, aber ganz sicher war man sich dessen nicht.

Das seitlich verspielt abfallende blonde Haar zierte ein Diadem und das wallende Gewand von roter Farbe gab den Blick auf einen ausladend geschnitzten Ausschnitt frei, der die üppige weibliche Pracht gekonnt betonte. *Sunflower* hatte man es getauft. Ein Schiff der Jenkins Trade Company.

Ein warmer sonniger Morgen. Gute Aufbruchsstimmung an Bord.

William war schon sehr früh zum Pier gekommen. Er wollte dabei sein, wenn die Sunflower in See stach, wollte Abschied nehmen, winken. Aber vor allem wollte er sich zeigen: dem Mann, dem er zwar das Leben gerettet hatte und der ihm dennoch stur seinen innigsten Wunsch versagt hatte, nämlich, ihn, William, mit auf dieses Abenteuer zu nehmen.

Sollte Käpt'n Griesgram ruhig so etwas wie ein schlechtes Gewissen bekommen und zur Kenntnis nehmen, dass William Mellford nicht damit einverstanden war. Williams lästige Präsenz machte deutlich, dass Bartlett keinesfalls aus seiner Schuld entlassen war – mochte er sich noch so weit auf das Meer hinausstehlen.

So saß er mit dem Rücken an einem Kistenstapel gelehnt und kraulte seiner Katzenfreundin Sally den Nacken, die schnurrend in seinem Schoß saß. Gemeinsam schauten sie zu, wie Matrosen über die Gangway an Bord traten.

Illustre Typen meldeten sich da bei Käpt'n Bartlett zum Dienst. Männer mit Ohrringen und geflochtenen Zöpfen und Bärten in rot-weiß gestreiften Seemannsshirts. Einige trugen weiße, andere wiederum geteerte Kniebundhosen. Einer jedoch stach aus der Masse heraus: ein Typ mit grünem Filzhut und einer komischen Fasanenfeder daran. Und das Allerbeste, in der Hand hielt er eine Fidel.

Was der wohl an Bord dieses Schiffes zu suchen hatte?

William schüttelte den Kopf und betrachtete weiter das geschäftige Treiben. Kisten und Fässer wurden mit einem Krannetz an Bord gehievt und unter knappen und rüden Kommandos des Quartiermeisters unter Deck verstaut.

William winkte überschwenglich zu Bartlett, der gerade zufällig in seine Richtung geschaut hatte.

Bartlett sah ihn, zögerte eine Weile, als ob ihn ein kalter Guss überkam, und bedeutete dem Jungen dann umso unwirscher, dass er verschwinden solle.

William dachte natürlich nicht im Traum daran. Dann wandte sich der Käpt'n wieder den Dingen an Bord zu und raunzte gleich den Erstbesten an, der ihm über den Weg lief. In der Gegenwart des Jungen fühlte sich Bartlett sichtlich unwohl. Unruhig ging er auf und ab und redete dann dem Quartiermeister ins Zeug, was eigentlich nicht seine Art war. Aus den Augenwinkeln schielte er dabei immer wieder mal zu William herüber.

Unweit von William schlug ein Rotrock wieder einen dieser Steckbriefe an, wie sie überall in der Stadt aushingen. Obgleich William nicht lesen konnte, fand er, dass der Mann auf dem Bild überhaupt nicht aussah wie eine gefährliche Bestie. Er hatte davon gehört. Die Leute erzählten sich vergnügt, dass der Kerl eine ganze Garnison verprügelt hätte. Aber gerade jene, die nicht so aussahen, konnten durchaus ja die Gefährlichsten sein, wusste William.

„Was würde ich darum geben, wenn ich an Bord dürfte", sagte William, ohne den Blick vom Schiff zu wenden. „Hier, Sally! Siehst du den da?"

William zeigte mit ausgestrecktem Arm auf Käpt'n Bartlett. Dann nahm er die Katzenpfote und hielt sie gleichfalls in Bartletts Richtung, der just wieder aus den Augenwinkeln herüberschielte und sich der anklagenden Katzenpfote gegenübersah. Mit der anderen Hand winkte William ihm freudig zu.

Dunkel und düster brummelte Bartlett. Er stampfte mit einem

Bein auf und wies William die Richtung, in die er endlich verschwinden solle.

William hingegen genoss es und hatte seinen Spaß.

„Dem hab ich das Leben gerettet und was macht er? Tut einfach so, als ob ich nicht da wäre. Siehst du, Sally, dieser böse Mensch da drüben, jetzt will er mich auch noch fortschicken."

Sally, die ja nur ein Auge hatte, hob ihren buschigen Kopf und schaute zu William auf, als ob sie ihn verstanden hätte.

Die Stelle auf dem Pier, wo Proviant und Ausrüstung standen, leerte sich zusehends, bis nur noch eine einzige große Kiste übrig war. Sechs Mann hievten sie stöhnend und keuchend über die Gangway an Bord. Dann wurde die Gangway eingezogen und die Taue losgemacht. Hell ertönte die Schiffsglocke.

Bartlett stand auf der Brücke und gab barsche Kommandos, die jeden an Bord veranlassten, seinen Platz einzunehmen und seine Arbeit zu tun. Am Vordersteven und auf dem Achterdeck standen Matrosen und stießen die Sunflower mit langen Spieren vom Pier ab. Jetzt war es soweit.

William stand auf und obwohl er sich vorgenommen hatte, zu winken und alles Gute zu wünschen, brachte er vor Trübsinn keinen Ton heraus. Langsam drehte die Sunflower ab und gewann Abstand zum Pier. William stand einfach nur mit großen traurigen Augen da und ließ die Schultern hängen. Bartlett brachte es nun doch nicht fertig, William keines Blickes zu würdigen und so schaute er ein letztes Mal zu ihm hinüber. Ihre Blicke trafen sich. Zum Abschied hob William schlaff die Hand. Das war es! Sie fuhren ohne ihn.

Doch was war das? Hatte William da richtig gesehen?

Bartlett hatte ihm zugenickt. Und wie er ihm zugenickt hatte! Nicht nach Art eines Abschieds, sondern vielmehr wie eine Aufforderung. Da! Jetzt tat er es wieder. William wurde ganz aufgeregt. Das konnte nur eines bedeuten!

Hastig hob William die Katze hoch und hielt sie dicht vor sich. „Mach's gut, altes Mädchen! Pass auf dich auf! Ich komme wieder!", sagte er und drückte sie ein letztes Mal an sich.

Hastig, aber behutsam, setzte er sie ab. Die Sunflower hatte schon einige Distanz zur Kaimauer und wenn er es noch schaffen wollte, musste er sich beeilen. So schnell er nur konnte, rannte er los, denn er brauchte viel Schwung. Wenn er es jetzt nicht schaffte und unter dem Gelächter der Mannschaft ins Wasser plumpste, hatte er seine Chance vertan. Die Kante der Kaimauer kam näher. Nur noch drei Schritte.

Dann stieß er sich von der Kaimauer ab und flog mit weit rudernden Armen und flatterndem Hemd durch die Luft. Dieser Sprung war ein Wendepunkt in seinem Leben und falls er es schaffte, würde nichts mehr so sein, wie es war. Wahrhaftig – der Sprung in ein anderes Leben ...

Aber daran dachte er jetzt nicht, als er eine Handbreit hinter der Reling polternd auf das Deck stürzte und vor die Füße von Kounaeh kullerte, der ihm aufhalf. Auch wenn es Käpt'n Bartlett zu diesem Zeitpunkt noch nicht wusste oder sich eingestehen wollte, aber dieser blonde Junge war der fünfte von jenen besonderen Persönlichkeiten, die auszogen, ein Leben zu retten, des Käpt'ns Schmach wettzumachen, einer Familie den einzigen Sohn wiederzubringen und einer jungen Liebe zu ihrem Glück zu verhelfen: *William Mellford, der Meistertrickdieb.*

Arglos und friedlich trieb die Sunflower den Avon hinab. Niemand ahnte etwas. Und doch war die Saat ausgebracht. Das Böse war an Bord und mit wachsender Entfernung zur Küste würde es keimen, aufgehen und Früchte tragen. Aller Sorgfalt und Vorbereitung zum Trotz, hatten sie es übersehen. Nur Sally saß am Pier und sah dem Schiff traurig nach, wie es arglos davontrieb.

Man sagt, Tiere könnten so etwas spüren ...

2. Buch

Schiffsleben

Gegen Abend stand William am Bugspriet. Mit geschlossenen Augen lauschte er dem kraftvollen Rauschen der Bugwelle und ließ sich den Wind um die Nase wehen. Vom sanften Auf und Ab des Schiffes wurde ihm ganz kitzelig im Bauch. Das wollte er ja auch und wenn er dabei die Augen schloss, wurde dieses Kitzeln noch stärker. Die untergehende Sonne strahlte rot gegen das Rigg und verlieh diesem kompliziert anmutenden Konstrukt unzähliger Segel ein wunderschönes Licht- und Schattenspiel. Einige Segel zitterten, andere wiederum flatterten im Wind und im Rot der Abendsonne sah das aus, als glimmten sie wie ein Stück Ofenkohle. Er schaute hinunter in das Wasser, das wie ein reißender Fluss an der Bordwand entlang schoss und stellte sich vor, dieses Schiff könne fliegen und die Segel wären wie die Flügel eines Vogels. Den Meeresgrund konnte er zwar nicht sehen, aber das war die Erde, über die sie hinwegflogen. Und die Krebse, Fische, Kraken, Wale, und was sonst noch da unten kreuchte und fleuchte, schauten nach oben, wie dieser riesige Vogel über sie hinwegrauschte.

Auf so einem Schiff gab es viel zu entdecken! William war den ganzen Tag über umhergelaufen und hatte neugierig alles erkundet. Stand er mal im Weg, wurde er von einem dieser bärtigen, tätowierten oder beringten Seemänner mit barschen Worten zur Seite gescheucht. Seiner Neugierde tat dies keinen Abbruch.

Im Laderaum war er gewesen, wo Rum- und Wasserfässer, Proviant, Pulver, Kanonenkugeln und Tauwerk lagerten. Dazwischen spannten sich in jeder nur halbwegs geeigneten Nische die Hängematten der Matrosen, die zur Schiffsbewegung hin- und herschaukelten. Dort unten roch es harzig und ein bisschen muffig, welches von einer umherschwappenden, fauligen Pfütze Bilgenwasser herrührte.

Dort, unter Deck, hörte man das Holz ächzen und knarren und man konnte hören, wie das Wasser vorne am Bug gegen die Bordwand schlug und spritzte, während es nach achtern in ein glucksendes, säuselndes Rauschen überging. Dazu über ihm das hektische Trappeln der Männer, denen der alte Griesgram ganz schön einheizte. Und dieser Griesgram war sein Freund. William war glücklich, eine Gemeinschaft gefunden zu haben. Vorbei die Zeit, als er alleine durch die Gassen von Bristol zog und von dem lebte, was sich so machen ließ. Er war stolz! Stolz, dazuzugehören und einer von ihnen zu sein.

Er sah zu den Masten hinauf. Derart hohe hatte er noch nie gesehen; sie stachen mindestens 30 Yards in den Himmel hinauf und als die Segel gehisst wurden, schlugen sie mit einem lauten Knall auf, um sich dann vollends aufzublähen. Bei seinem Streifzug fragte sich William, wie man nur diese unzähligen Taue und Leinen auseinanderhalten konnte. Er musste aufpassen, dass er sich nicht darin verfing und der Länge nach hinlangte.

Das war also sein erster Tag auf See gewesen und nun stand er müde am Bugspriet und schaute in den letzten Rest der Abendsonne. Die Sunflower war auf Kurs gebracht und es war inzwischen ruhiger an Deck geworden. Die Nachtwachen waren eingeteilt und fürs Erste war es getan.

Die Matrosen saßen in kleinen Gruppen zusammen, erzählten und lachten und kauten dazu Dörrfleisch und Zwieback.

„He, Junge! Sollst mal zum Käpt'n kommen!", hörte er es in seinem Rücken und drehte sich um. Ein Matrose deutete mit dem Daumen über seine Schulter nach achtern.

William klopfte und auf ein brummiges „Herein!" trat er schließlich ein.

Schaukelnde Öllaternen gaben dem Raum ein schummriges Licht. Es roch nach Harz und Teer. Vor den Heckfenstern stand eine dunkle Polsterbank und davor ein Tisch. Beide waren fest im Holzboden verankert. Zur Rechten stand ein Regal, in dem Bücher, zusammengerollte Seekarten und merkwürdige Instrumente und Apparaturen standen. Direkt neben dem Regal stand ein Gewehrständer, in dem griffbereit vier Donnerbüchsen und zwei Pistolen aufbewahrt wurden. Außerdem noch Ladestöcke, silberbeschlagene Pulverhörner und diverse Kästchen, die wahrscheinlich Bleischrot, Zündhütchen und weiteres Pulver enthielten, dachte sich William.

Ein Kerzenständer an der Wand beleuchtete mehrere Degen, Entermesser und eine Spitzaxt – alles griffbereit wie die Schießprügel. Zur Linken stand ein großes Fass, auf dem ein Fernrohr lag. Daneben ein Sekretär mit vielen kleinen Schubfächern. Holzkisten unterschiedlicher Größe mit Eisenbeschlägen und Schlössern standen in den Ecken und eine unter dem Tisch.

Auf Stühlen um den Tisch saßen neben Käpt'n Bartlett noch Dr. Pargether und Mr. Bellamy. Auf der Polsterbank saßen außerdem drei andere Männer, die William nicht kannte.

„Na, nun komm schon rein", brummte der Käpt'n und winkte ihn ungeduldig herein.

William schloss die Türe, die mit einem schweren, eisenbeschlagenen Riegel verschlossen werden konnte.

„Meine Herren ...", begann der Käpt'n und suchte den Blick der drei Fremden, „das ist William Mellford."

„Also wirklich, Bartlett! Ich kann nicht glauben, dass Ihr so töricht seid, ein Kind auf diese Reise mitzunehmen", sagte Trevor Biggs vorwurfsvoll und saß dabei ziemlich steif in seinem Mantel. Sein schulterlanges weißes Haar ging ihm über den Kragen und hob sich kontrastreich vom Dunkelbraun des Mantels ab.

„Ich weiß, was Ihr meint, Kommodore", entgegnete Bartlett und sprach seinen alten Käpt'n wie zu Zeiten der Kriegsmarine an, „aber dieser Bengel ist nicht *irgendein* Bengel. Der hat es faustdick hinter den Ohren, sage ich Euch, und er kann ganz gut auf sich alleine aufpassen. Er weiß, worum es geht, und er hat ein recht nützliches Talent."

„Ein Kind und ein recht nützliches Talent?", fragte Biggs spöttisch. „Was soll das sein? Nasepopeln? Kästchenspringen? Oder vielleicht Baumklettern?" Mit einem Seitenblick seiner eisgrauen Augen musterte er William geringschätzig. „Geht nicht gegen dich, Junge. Aber das hier ist kein Landausflug."

„Ja, kein Landausflug", wiederholte William schnöselig. „Aber Käpt'n Bartlett hat ganz recht. Und außerdem stand er in meiner Schuld, die ich nun als getilgt ansehe."

„Getilgt ansehe?", wiederholte Biggs. „Ich muss mich doch sehr wundern, Bartlett, dass Ihr in der Schuld eines Kindes steht oder standet. Wie auch immer." Biggs lehnte sich entspannt zurück. „Bei meinen strategischen Überlegungen werde ich bestimmt keinen Schiffsjungen mit einbeziehen!", stellte er für sich fest und schüttelte den Kopf.

„Ich bin kein Schiffsjunge und was Ihr da sagt, ist nicht richtig und sogar ehrverletzend!"

„Hört, hört!", erwiderte Biggs belanglos.

Wütend tat William zwei Schritte auf ihn zu, stolperte und fiel ihm strauchelnd in den Schoß.

„Du kannst ja noch nicht einmal auf deinen eigenen Beinen stehen!", fühlte sich der Kommodore bestätigt und stützte Williams Arm, damit er wieder auf die Beine kam.

„Grünspan und Teufelskraut!", fluchte William ganz nach Bartletts Art. „Lasst mich!" William riss seinen Arm los, torkelte wütend über sich selbst zwei Schritte zurück und strich sich über die Kleidung. „Gut! Ich bin vielleicht ein grüner Bengel, aber so grün ich bin, so grau seid Ihr", sagte William in Anspielung auf das Alter von Biggs und grinste bei seinem nächsten Gedanken schelmisch. „Und wer weiß, vielleicht geben wir beide zusammen doch einen ganz passablen Seemann ab." Jetzt grinste er frech.

„So! Du sagst also, ich bin ein alter Greis, wie?" Biggs griff in seinen Mantel, holte ein Messer hervor und ließ es spielerisch, voller Artistik, zwischen seinen Fingern tänzeln. „Ich bin vielleicht ein alter Greis, da magst du recht haben, aber so ganz zum alten Eisen gehöre ich noch nicht." Mit Blick auf das tänzelnde Messer in seinen Händen fuhr er fort. „Jetzt weißt du auch, warum ich an dieser Reise teilnehme. Und ab jetzt bitte ich mir von dir Lümmel etwas mehr Respekt aus! Hast du verstanden?" Plötzlich rammte er das Messer in den Holztisch.

William wich erschrocken zurück. „Bitte vielmals um Entschuldigung, Sir! Ich bin wirklich noch ein grüner Junge, aber eben doch nicht so grün, wie Ihr denken mögt", sagte William und rammte ein zweites Messer in den Tisch.

Beide Messer sahen gleich aus. William hatte es gestohlen, als er Biggs in den Schoß gestolpert war.

„Und jetzt wisst Ihr, warum ich an der Reise teilnehme!", sagte William triumphierend.

Mit Ausnahme von Biggs lachten die Männer.

„Die Runde geht an dich, Junge!", stellte Horatio Peabody vergnügt fest und stupste um Zustimmung heischend dem schweigend dasitzenden Kounaeh in die Seite. „Ich freue mich, dich kennenzulernen, William. Ich heiße Horatio, Horatio Peabody. Künstler, Schauspieler und Gaukler. Aber du kannst Horatio zu mir sagen", stellte er sich vor und zog seinen grünen Filzhut mit der Fasanenfeder. Und wie er sich so verbeugte, wurde seine lange spitze Nase besonders deutlich.

"Flink wie ein Wiesel", bemerkte Kounaeh mit tiefer Stimme, ohne eine Miene zu verziehen.

"Dr. Pargether und Mr. Bellamy kennst du ja schon. Und das hier ist Trevor Biggs", stellte Bartlett einander vor.

Biggs hatte seine Lektion noch nicht verdaut. Aber immerhin lächelte er anerkennend.

"Meine Herren, es ist Zeit", sagte Bartlett, stand auf und nahm ein Stemmeisen aus einer Schiffstruhe. "Wir haben den Bristolkanal weit genug hinter uns gelassen. Es dürfte keine Gefahr mehr bestehen", stellte der Käpt'n mehr für sich selber fest.

Keiner der Anwesenden verstand so richtig, was er damit meinte.

"Wenn Ihr mir bitte folgen wollt."

Von Bartlett angeführt ging die Prozession unter Deck. Nach kurzer Orientierung ging Bartlett zielstrebig zu einer großen Kiste, in die einige Löcher gebohrt waren. William hörte ganz deutlich, wie es aus dieser Kiste schnaufte und grunzte.

"Aufmachen!" Bartlett drückte Kounaeh das Stemmeisen in die Hand und als der Deckel zur Seite flog, sahen sie auf einen dicklichen Mann, der darin selig wie ein Baby schlief und schnarchte.

William erkannte diesen Mann sofort. Es war der Mann, dessen Steckbrief in ganz Bristol aushing. Bartlett trat gegen die Kiste. Mit einem erschreckten Grunzen wachte der Mann auf, setzte sich auf und rieb sich verwundert die blinzelnden Augen.

"Ich hoffe, Ihr habt Euch nicht allzu sehr gelangweilt, Mr. Tarbat", sagte Bartlett.

Eine böse Überraschung

Der Nordostpassat trieb die Sunflower mit vollen Segeln südwärts. Das Wetter war klar. Die Brise strich über die grau-grüne See und blies weiße Gischtkämme auf, die wie die Buckel der unzähliger Delfine für einen Moment auftauchten und wieder verschwanden. Der Morgen war sonnig und windig. Bartlett hatte Befehl gegeben, bis in die Royalsegel aufzutakeln.

„Gute fünf Knoten, Käpt'n!", rief Quaterman Rawlings aus und holte die Leine, an deren Ende der Eimer über die Wasseroberfläche tänzelte, wieder ein.

Die Sunflower machte gute Fahrt. Bartlett stellte zufrieden fest, dass die Mannschaft allesamt aus erfahrenen Seemännern bestand, die sich gut aufeinander eingespielt hatten. Jeder hatte seinen Platz an Bord gefunden. Die Sunflower lag auf Kurs.

Die zunehmende Routine gab der Mannschaft erstmalig Zeit und einige von ihnen nahmen interessiert die Gäste des Käpt'ns näher in Augenschein.

Seeleute haben eine feste Vorstellung von der Ordnung und der Hierarchie an Bord eines Schiffes. Wäre Kounaeh einer von ihnen gewesen, hätte dies keinen Unmut erregt. Aber dass dieser Wilde als Gast des Käpt'ns zuvorkommend zu behandeln war und die ganze Fahrt womöglich auf der faulen Haut lag oder starr auf die See glotzte, waren sie nicht gewohnt. Manchem passte dies nicht. Man selbst hatte schließlich harten Schiffsdienst zu tun und so ein Wilder, der doch weit unter einem stand, ist zur Arbeit zu peitschen, wie es sich gehört. Bei aller Abneigung gegenüber Kounaeh hätte sich diese Meinung nicht weiter ausgewirkt, wäre unter ihnen nicht ein Mann gewesen, der Roderick Fletcher hieß.

Fletcher war von gebeugter, kräftiger Statur. Seine Aufgabe war das Holen und Fieren der Brassen am Fockmastsegel und die Bedienung des Ankerspills, wozu es eines kräftigen Mannes bedurfte. In der Takelage bewegte er sich trotz seines krummen Rückens mit behänder Sicherheit. Die blonden, fast krausen Locken auf seinem wuchtigen Schädel sahen an den Seiten aus wie ein Pelz und ließen seinen Kopf noch breiter erscheinen, als er ohnehin schon war. Sein Kopfhaar ging übergangslos in den Bart über und es war nicht auszumachen, was noch Haar war und wo der Bart begann. Überhaupt war er sehr behaart, was besonders an seinen Handrücken deutlich wurde, die damit etwas von Tierklauen hatten. Die Brauen waren zusammengewachsen und seine Augen wirkten stets unnatürlich weit aufgerissen und schauten verschreckt bis jähzornig drein, egal in welcher Gemütslage er sich auch befand – auch, wenn er lachte. Es war seine Gewohnheit oder ein Zwang, sich stets die Zähne zu blecken.

Er stammte aus einem entlegenen Dorf am Fuße der schottischen Highlands, in dem seine Familie bereits seit vielen Generationen lebte und in das sich höchstens alle 20 Jahre mal ein Fremder verirrte, um dann schnellstens wieder Reißaus zu nehmen. Fletcher war unbeherrscht in allem, was er tat. Ob er lachte oder wütend war, ob er aß oder trank – er tat es so heftig, laut, maßlos und grob, als gäbe es kein Morgen mehr. Wegen seiner Unbeherrschtheit geriet er an Land des Öfteren mit dem Gesetz in Konflikt und heuerte nur zu gerne an, um zu verschwinden. Er wurde gesucht. Allerdings war er im Gegensatz zu John Tarbat schuldig, weil er aus einer Nichtigkeit heraus einem Reisenden den Schädel eingeschlagen hatte. Unbeherrscht und mit einer für einfältige Gemüter typischen Hinterhältigkeit pflegte er, seine Gegner im Kampf zu beißen und fügte ihnen so klaffende, schwächende Wunden zu. Fletcher war nicht nur äußerlich ein Tier!

Kounaeh konnte er auf den ersten Blick nicht leiden.

Das Seltsame daran war, dass es nicht daran lag, dass Kounaeh indianischer Abstammung war und fremdartig wirkte und obendrein als Gast des Käpt'ns auch noch eine höhere Stellung an Bord genoss. Nein, das war es nicht! Fletcher bekam im Angesicht Kounaehs eine instinktive Ahnung des eigenen Makels, der eigenen Minderwertigkeit. Der kranke Geist fühlte sich in Gegenwart des edlen Charakters und gesunden Verstandes unwohl. Allein durch die Anwesenheit Kounaehs fühlte sich Fletcher entlarvt und bedroht, als wäre seine Schande in großen Buchstaben auf das Großsegel geschrieben. Fletcher selbst spürte dies nur instinktiv. Dem eigentlichen Grund für seine empfundene Abneigung war er sich nicht bewusst. Hätte man ihn gefragt, so hätte er in den allgemeinen Tenor mit eingestimmt, dass Wilde und Nigger unter einem Seemann stehen und zum Arbeiten bestimmt waren. Mit seinen verzerrt aufgerissenen Augen beobachtete er Kounaeh. Sein Instinkt sagte ihm, sich von diesem Mann fernzuhalten.

Kounaeh indes spürte die Feindseligkeit, die ihm einige aus der Mannschaft mit Blicken entgegenbrachten. In der Fremde war er nichts anderes gewohnt. Von daher beunruhigte es ihn nicht sonderlich. Etwas abseits von den anderen stand er auf dem Achterdeck und schaute über die endlose See zum Horizont. Er dachte an seine Freiheit, seinem Stamm und die Heimat, der er durch diese Reise ein gutes Stück näher kam. Zuvor würde er dem reichen Mann und seinem Sohn helfen. Er hatte sein Versprechen gegeben.

„Also, nun erzähl mal. Ein ganzes Dutzend Rotröcke hast *du* allein verdroschen?" Horatio rieb sich verwundert das Kinn.

„Ich erinnere mich nicht mehr", antwortete John Tarbat wahrheitsgemäß.

„Was soll das heißen, du erinnerst dich nicht mehr?"

„Ich war so wütend. Und immer, wenn es passiert, erinnere ich mich nicht mehr. Es ist ... es ist mir sehr unangenehm", druckste

John verlegen und schnitzte weiter an dem Holzmännchen. Das Schnitzen lenkte ihn von den sorgenvollen Gedanken um seine Frau und die sieben Töchter ab.

Horatio musste lachen. „Hey, nur damit wir uns gleich richtig verstehen, für die Kurzweil an Bord bin ich zuständig. Wie muss ich mir das vorstellen?" Horatio tippte sich nachdenklich mit dem Zeigefinger auf seine lange Nase und ging umher wie ein Schauspieler, der seinen Text probt. „Ah! Guten Abend, die Soldaten des Königs. Seid recht schön gegrüßt, ihr Mannen! So spät abends im dunklen Wald noch unterwegs? Habt ihr euch verlaufen? Soll ich euch den Weg zeigen? Ach ... was ihr nicht sagt. Verhaften wollt ihr mich?" Horatio lachte dunkel und hielt sich den Bauch. „Ho, ho, hoooohhh. Ihr kleinen Schelme. Nichts als Flausen im Kopf. So, jetzt macht aber, dass ihr schnell nach Hause kommt und dann ab ins Bett, damit ihr schön groß werdet. Husch ... husch."

„Ich weiß nur noch, wie sie sagten, sie seien gekommen, um mich mitzunehmen. Und dann weiß ich nichts mehr."

„Wenn sie dich eines Tages mal kriegen sollten und vor Gericht stellen, was wirst du dann sagen? Hohes Gericht! Ich schwöre, dass ich keine böse Absicht hegte. Aber ich war gerade dabei, mir die Stiefel zu binden, als die Soldaten seiner Majestät kamen. Und da ich es eilig hatte und ihre piepsigen Stimmen nicht verstand, hielt ich sie für Fliegengeschmeiß und wedelte sie mir vom Leibe. Tut mir wirklich leid! Nein, hohes Gericht! Ich versichere, dass ich mich nicht auf den Offizier gesetzt habe. Aber wenn es so ist, wie Ihr sagt, hat man ihn denn schon gefunden? Er muss doch irgendwo da sein. Ihr müsst nur kräftig graben." Horatio schüttelte sich vor Lachen.

Trevor Biggs wurde neugierig, was es für eine Bewandtnis mit dem dicklichen und offensichtlich sehr starken Mann auf sich hatte.

„Warum macht Ihr mit?", fragte er und seine eisgrauen Augen verengten sich zu Schlitzen.

„Mr. Jenkins hat versprochen, meine Familie vor der Rache meines Lehnsherren zu schützen. Er wird doch sein Versprechen halten, nicht wahr?"

Mr. Bellamy lächelte milde. „Seid nur unbesorgt. Mr. Jenkins ist ein Ehrenmann und steht zu seinem Wort. Eure Familie ist auf dem Landsitz in Sicherheit", antwortete Mr. Bellamy und tätschelte ihm die Schulter.

„Falls Euch Unrecht widerfahren ist, würde ich gerne Eure Geschichte hören. Ich bin Anwalt und kann mich nach unserer Rückkehr Eurer Angelegenheit annehmen", bot Trevor an.

Als John dies hörte, schnaubte er verächtlich aus. „Anwalt? Ihr Anwälte seid es doch, die alles nur noch schlimmer machen. Ich bin nur ein kleiner Pächter, der von dem lebt, was sein Land hergibt. Aber es ist ein ehrlicher Ertrag. Eines weiß ich, Gerechtigkeit gibt es nur für die Mächtigen, die es sich auch leisten können."

„Bitte, ganz wie Ihr wollt. Ich habe es nur gut gemeint. Es liegt mir fern, mich aufzudrängen", stellte Trevor pikiert fest und wandte sich ab.

„Ihr seid also ein Anwalt." Horatio zog näselnd die Luft ein „Ein Vertreter des Rechts, wessen Recht auch immer?", stellte Horatio achselzuckend fest. „Wollt Ihr dem Gouverneur von La Tortuga etwa ein Gesetzbuch um die Ohren hauen, damit er den Jungen freilässt?"

„Mitnichten! Merk dir eines, junger Mann, das Wichtigste im Leben ist es, eine gute Strategie zu haben." Biggs hob gebieterisch den Zeigefinger. „Und immer ein zweites Eisen im Feuer. Aber wo wir gerade dabei sind ... Was macht ein Narr mit klingenden Glöckchen an den Schuhen und einer Fasanenfeder am Hut auf diesem Schiff? Willst du den Gouverneur etwa mit der Feder an den Füßen kitzeln, bis er nachgibt?", konterte Biggs.

„Sehr gut, Herr Advokat! Dieser Gedanke ist mir noch nicht gekommen, aber warum nicht? Ich werde darüber nachdenken", sagte Horatio und rieb sich nachdenklich das Kinn. „Da wir einige Zeit zusammen verbringen werden, gestattet, dass ich mich vorstelle: Horatio Peabody. Künstler, Gaukler und Schauspieler." Horatio zog seinen grünen Filzhut und verbeugte sich. „Durch vielfaches Wirken einem breiten Publikum der Bristolner Gesellschaft bekannt und ich darf sagen, über die Stadtgrenze hinaus geschätzt und geliebt. Die Langeweile. Es ist die Langeweile, die mich auf dieses Schiff trieb. Ein Künstler strebt nach Herausforderungen. Sie sind der Quell, die Labsal seiner Inspiration. Nicht, dass es mir an gut bezahlten Engagements fehlen würde ...", Horatio fuhr kraftlos mit der Hand durch die Luft, „aber sie langweilen mich."

Horatios Augen wurden groß. Voll Enthusiasmus und Imposanz in der Stimme sprach er weiter.

„Nein, es drängt mich nach etwas ganz Neuem. Diese Reise ist für mich ein einziges Drama, ein Stück, wie es das Leben spielt und ich bin wie Ihr einer der Akteure. Und das Reizvolle daran ist: Es ist alles reine Improvisation. Eine wahre Herausforderung für einen Künstler", schloss Horatio begeistert.

Biggs schüttelte den Kopf. Was hatte sich Bartlett nur dabei gedacht, einen so komischen Vogel anzuheuern? Aber es würde sich zeigen, was dieser Horatio vermochte. Der Bursche William hatte ja schließlich auch ein recht brauchbares Talent, wie er sich eingestehen musste. Er war der Stratege der Unternehmung. Nur mit List und Tücke konnten sie diesem zahlenmäßig überlegenen Gegner beikommen. Vielleicht hatte Bartlett ja doch den richtigen Riecher bewiesen und eine gute Wahl getroffen. Es würde sich zeigen, was die Männer konnten.

„Und warum seid *Ihr* an Bord?", wollte Horatio wissen.

„Ich werde gebraucht", antwortete Biggs in einer Art und

Weise, die erkennen ließ, wie wichtig es ihm war. Mehr hatte er nicht zu sagen und schwieg.

Plötzlich gellte ein markerschütternder Schrei über das Deck. Kounaeh, der soeben noch ganz in Gedanken bei der Heimat über das Meer gestarrt hatte, fuhr herum. Für einen Moment tauschten die vier fragende Blicke. Dann hörten sie erneut diesen Schrei, in dem Panik und blankes Entsetzen lagen.

Bartlett kam bei dem Geschrei sofort William in den Sinn. Strafend sah er zu ihm herüber. „Sag's lieber gleich, was du wieder angestellt hast!"

William indes hob ratlos die Schultern und machte ein so ehrliches Gesicht, dass es schon unglaubhaft wirkte. Dabei hatte er wirklich nichts getan.

„Bartlett! Ich habe gewusst, wir kriegen Ärger mit dem Bengel!", schnaubte Biggs und war schon auf dem Weg in den Laderaum, aus dem der Schrei zu kommen schien.

Dann erkannten sie den Grund für die Schreie und sie staunten nicht schlecht, als sie Roderick Fletcher die Leiter zum Deck emporsteigen sahen. Auf seiner Schulter lag bäuchlings eine Frau, die sich heftig gegen diese Art der Behandlung wehrte. Sie schrie, wand sich und trommelte mit ihren zierlichen Händen hilflos gegen seinen gebeugten Rücken. Fletcher stellte sie auf die Füße und umklammerte sie von hinten. Der Tierähnliche hatte nur Augen für diese Frau und begriff nicht, welches Aufsehen diese Szene an Deck verursachen musste. Er freute sich, als ob er etwas gefunden hätte, das jetzt ihm allein gehörte.

„Wen haben wir denn hier? 'ne kleine Wildkatze!", grölte er vergnügt, bleckte sich die Zähne und lachte dazu abstoßend. „Ich werde dich schon bändigen!" Wieder lachte er abstoßend und vergrub sein Gesicht in das schöne schwarze Haar, um daran zu riechen.

Kratzend und schreiend wand sich die Frau in dieser Umklammerung. Dann biss sie ihm mit aller Kraft in den Unterarm. Mit einem Schmerzensschrei ließ er sie los und starrte entgeistert auf die klaffende, blutende Wunde.

„Du verfluchtes Weib!", brüllte er und setzte ihr nach. Am Großmast hatte er sie gestellt und holte weit zum Schlag aus. „Dir werd ich helfen!"

Eine Handbreit, bevor Fletcher in diesem schönen Gesicht Schaden anrichten konnte, wurde er am Handgelenk ergriffen und ihm auf diese Weise so abrupt Einhalt geboten, als hätte er gegen eine Wand geschlagen. Fletcher war kein Schwächling und es war gerade sein kranker Geist, der ihm übermenschliche Kräfte verleihen konnte. Aber so sehr er auch dagegenhielt, kam er nicht gegen die Kraft Kounaehs an. Es war wohl auch die Überraschung und die Furcht vor dem Schweigsamen, die ihn unsicher machten. Dennoch hielt er dagegen, während die Frau entsetzt zurückwich.

„Du dreckiger Nigger!", zischte er, dass es alle hören konnten.

Kounaeh hatte die Sonne in seinem Rücken, die seine Konturen im Angesicht Fletchers glühen ließen und ihn wie eine biblische Erscheinung blendeten. Fletchers Arm zitterte vor Anstrengung, während er langsam niederging. Als Antwort für diese Beleidigung war Kounaeh drauf und dran, ihm das Handgelenk zu brechen.

„Fletcher, mach keinen Unsinn!", rief einer aus der Mannschaft, die sich zwischenzeitlich um die beiden versammelt hatte.

Bartlett bahnte sich drängelnd seinen Weg durch die Männer. „Was geht hier vor? Aufhören! Sofort aufhören! Auseinander! Macht, dass ihr an eure Arbeit kommt oder ihr werdet kielgeholt! Lasst es euch gesagt sein!", brüllte er wütend. Mit einem Tritt machte er einem besonders behäbigen Matrosen Beine. „Das gilt auch für dich, Torfkopf!"

Kounaeh entließ Fletchers Arm, der ihn mit einem schmerzlichen Heulen an sich zog und rieb. Die Machtprobe war beendet. Die Männer zerstreuten sich.

Aufgebracht wie er war, wollte Bartlett gerade in Erfahrung bringen, was vorgefallen war, als er die Frau sah. Vom Donner gerührt, starrte er mit ungläubigen Entsetzten auf sie. Eine tiefe Ahnung von Ärger und weiteren Schwierigkeiten stieg in ihm auf.

„Miss Wellington! Was zum Teufel macht Ihr hier an Bord?", fragte er und hoffte inständig, ein Trugbild zu sehen.

Ein demütiger Diener des Herrn

In der Achterkajüte hatten sie sich alle versammelt. In der Mitte auf einem Stuhl saß Audrey Wellington. Die Arme vor ihrer Brust verschränkt, erwiderte sie trotzig die vorwurfsvollen Blicke. Käpt'n Bartlett hatte es gerade noch gefehlt, ein Weibsbild an Bord zu haben – und noch dazu ein so hübsches und sehr eigensinniges. Das machte es nicht leichter. Unwillig ergriff er das Wort.

„Bei allen Höllenhunden! Wie konntet Ihr nur so töricht sein?", sagte er und schaute bitterböse drein. „Es ist gefährlich und Ihr wusstet es. Ein Schiff ist kein Ort für eine Frau. Frauen an Bord bringen Unglück!"

„Ihr hättet mir doch niemals erlaubt, mitzukommen."

„Aus gutem Grund, Miss Wellington! Aus gutem Grund! Auf einem Schiff voller Kerle, die monatelang kein Land sehen, gelten andere Regeln als im gesellschaftlichen Leben von Bristol. Allein durch ihre Anwesenheit stiftet eine Frau hier nur Unfrieden. Und wir haben weiß Gott anderes zu tun, als uns auch noch um Euch zu sorgen. Was habt Ihr Euch nur dabei gedacht?"

„Ich wollte etwas tun. Ich *musste* etwas tun. Die Sorgen und die Untätigkeit hätten mich aufgefressen. Es war mir unerträglich, die Hände in den Schoß zu legen und solange auf die Rückkehr der Sunflower zu warten", antwortete sie bestimmt. „Ich hatte keine Wahl." Sie suchte den Blick ihres einzigen Vertrauten an Bord. „Mr. Bellamy, Ihr versteht mich doch?!"

„Mylady, so sehr ich Eure Tatkraft und Entschlossenheit auch bewundern mag, muss ich Käpt'n Bartlett beipflichten. Ihr hättet Euch nicht an Bord schleichen dürfen", sagte er ernst. „Wie habt Ihr es nur angestellt, an Bord zu gelangen? Das Letzte, was ich von Euch sah, war, wie Ihr in die Kutsche gestiegen seid, um nach Kessington Hall zu reisen."

Nicht ohne einen gewissen Stolz berichtete Audrey, wie sie es gemacht hatte.

„Es war sehr dunkel in der Nacht und ich hatte Vorsorge getroffen. An einer Stelle, die mir sehr vertraut ist und die ich im Schlaf wiederfinde, habe ich heimlich ein Pferd angebunden. Diese Stelle liegt ganz in der Nähe des Wegs, der in die Cotswould Hills führt. Der Weg macht dort eine Biegung und es geht hinauf. Und genau dort, als die Reiter hinter der Kutsche ein wenig zurückfielen, habe ich im Schutze eines dunklen Umhangs die Kutsche verlassen. Mein Pferd war schnell gefunden. Dann bin ich zurück nach Bristol geritten, habe meine Tasche aus dem Versteck genommen und habe mich an Bord geschlichen. Es war dunkel und auch unheimlich, aber nicht besonders schwer", stellte sie selbstzufrieden fest.

„Was werden Eure Angehörigen jetzt sagen? Sie werden sich sorgen und sich fragen, wo Ihr jetzt seid", sagte Bellamy vorwurfsvoll.

„Ich kann es nicht ändern. Keinesfalls habe ich sie im Unklaren gelassen. Meine Eltern und die Familie Jenkins werden meine Briefe finden, in denen ich sie um Verzeihung bitte und ihnen alles erkläre."

„Das habt Ihr ja alles ganz schön eingefädelt", brummte Bartlett. „Aber Ihr könnt nicht an Bord bleiben. Ich werde unsere Position feststellen und den nächstgelegenen Hafen ansteuern. Und wenn wir dafür zurücksegeln müssen. Es werden Euch vier Mann zur Seite gegeben, die Euch sicher nach Hause geleiten werden."

Audrey warf angriffslustig ihr schönes blauschwarzes Haar in den Nacken. „Das solltet Ihr Euch gut überlegen, Käpt'n. Zugegebenermaßen habe ich mich heimlich auf das Schiff geschlichen. Von daher betrachtet trifft Euch keine Schuld, sollte mir an Bord oder im Verlauf der Reise etwas zustoßen. Ihr als Käpt'n steht vor vollendeten Tatsachen. Solltet Ihr aber den Fehler machen, mich an Land zu setzen – und hierbei sei es ganz egal, ob mit Bewachung oder ohne – und mir auf dem Landweg nach England irgendein Unglück zustoßen, so habt Ihr allein, Käpt'n Bartlett, hierfür die Verantwortung zu tragen. Es ist dann Eure Entscheidung gewesen, die mich ins Unglück stürzte. Ihr werdet Euch erklären müssen, warum Ihr mich in der Fremde ausgesetzt habt", sagte sie mit dieser typisch weiblichen Finesse. Unschuldig griff sie sich an den Hals. „Ich habe mir vorgenommen, nach Westindien zu kommen und daran wird sich auch nichts ändern, wenn Ihr mich an Land setzt und nach England zurückschickt", fügte sie fest an.

„Höllenhunde, Blitz und Teufelsklauen!", fluchte Bartlett, der nicht wusste, was er darauf erwidern sollte.

„Sie hat recht, Käpt'n Bartlett" sagte Trevor Biggs. „Und wen wolltet Ihr zu ihrer schützenden Begleitung abstellen, wenn Ihr sie an Land setzt? Es können nur Matrosen sein, von denen Ihr nicht wisst, ob man ihnen trauen kann. Wenn Ihr zwei von uns wählt ...", Biggs deutete auf seine vier Mitstreiter, „gefährdet Ihr die Mission."

Mr. Bellamy trat auf der Stelle und wischte sich mit einem Taschentuch den Schweiß von der Stirn. Es war die Aufregung und erste Anzeichen der Seekrankheit, die ihm den Schweiß auf die Stirn trieben.

„Käpt'n! Ich kann es zwar nicht gutheißen, dass sich Miss Wellington an Bord befindet, noch weniger kann ich es billigen, wenn wir sie in Begleitung Fremder an einem fernen und fremden Hafen aussetzen. Wir dürften uns nord-westlich von Spanien befinden. Diese Gewässer sind gefährlich und die maurische Barbareskenküste ist nicht weit. Es liegt mir fern, Euch reinreden zu wollen, aber als Vertreter des Eigners muss ich darauf bestehen, Miss Wellington an Bord zu behalten."

Bartlett winkte mürrisch knurrend ab, was wohl so etwas wie eine Kapitulation war. Audrey saß auf ihrem Stuhl und lächelte zufrieden in sich hinein.

Eine Frau an Bord! Und was für eine! Jung und hübsch, vermögend und aus gutem Hause. Sie stammte aus einer so ganz anderen Welt, von der die meisten Männer noch nicht einmal eine Vorstellung hatten. Ein jeder wollte sie einmal sehen, einen Blick auf sie werfen. Dass sie vermögend und aus gutem Hause war, war den meisten Seemännern egal. Schön war sie, so schön! Wann immer sich Audrey an Deck aufhielt, erregte sie unter der Mannschaft verhaltenes Aufsehen.

William war besorgt. Bei seinen Streifzügen an Bord stand er oft bei den Männern und bekam so einiges mit. Die Nachricht von der schönen blinden Passagierin hatte sich rasch an Bord verbreitet. Wohin immer William auch ging, wurde er Zeuge, wie die Männer mit leuchtenden Augen von ihr sprachen. Eines

Abends hatte er sogar beobachtet, wie einige Männer um sie würfelten und hatte es dem Käpt'n berichtet, der darüber sehr beunruhigt war.

Er wies Miss Wellington an, hauptsächlich in seiner Kajüte zu bleiben und sich nur im Ausnahmefall an Bord sehen zu lassen. Vor allen Dingen sollte sie es unterlassen, ihre Oberkleider, die sie gewaschen hatte, zum Trocknen an die Wanten zu hängen. Käpt'n Bartlett war sehr deutlich zu ihr, diese Quarantäne war der Preis, den sie für ihr An-Bord-Schleichen zu zahlen hatte.

William hatte vorgeschlagen, Miss Wellington irgendein grässliches Ekzem anzudichten. Mit eitrigen Pocken, die aufplatzten und eine gelbliche Flüssigkeit freigaben. Und dort, wo die Flüssigkeit auf die Haut traf, würden sich alsbald schon neue Pocken bilden. Und wie um seinen Vorschlag zu untermauern, hatte er sich ein paar aufgeweichte gelbe Erbsen ins Gesicht geklebt, das heißt, genau genommen klebten sie von alleine. Es sah scheußlich aus. Diese Krankheit wäre dann auch der Grund, warum Audrey ihre Kleider so oft wusch. Angewidert wollte der Käpt'n erst mal darüber nachdenken. So schlimm erschien ihm die Lage noch nicht. Doch hier irrte der Käpt'n.

Allabendlich, wenn die Männer in ihren Hängematten lagen, spukte Audrey in ihren Köpfen herum. Nicht weit von ihnen war das, was sie am meisten begehrten. Lag sie jetzt auch in ihrer Hängematte? Einem Bett? Des Käpt'ns Bett? Die Gedanken bohrten in ihren Schädeln und nagten an ihnen.

Die Wochen gingen dahin, während der Bug der Sunflower weiter Kurs Süd-Süd-West hielt. In der täglichen Bordroutine zwischen Holen und Fieren der Segel, Deckschrubben, Segel stopfen, knüpfen und ausbessern versprach der Gedanke an Audrey einen Moment seliger Zerstreuung. Wenn sie an Deck kam, gafften die Männer ihr wie einer Erscheinung nach.

Hartgesottene Seemänner kennen die Regeln. Die ersten Wochen nach Audreys unerwartetem Auftauchen hätte sich keiner aus der Mannschaft getraut, in irgendeiner Art und Weise ihre Aufmerksamkeit zu erregen. Ein Lächeln, ein Wort, eine Höflichkeitsbekundung, all das wäre undenkbar gewesen, so überrascht und eingeschüchtert waren sie von dieser wunderschön anmutenden Frau.

Aber mit der Zeit verloren einige von ihnen diese Scheu. Ganz allmählich nur. Doch immer deutlicher spiegelten die Gesichter, was hinter der Stirn schon lange vor sich ging. Unverhohlen gafften die Ersten ihr nach. In ihren Träumen waren sie schon viel weiter. Traum und Wirklichkeit vermischten sich. Und am Ende dieses Prozesses war Audrey in einigen Köpfen zum Geistweib geworden.

Es war etwas Besonderes, sie an Bord zu wissen und nur eine kleine Aufmerksamkeit ihrerseits, ein Lächeln, ein Nicken, ein Wink, würde den Glücklichen vor allen Konkurrenten erhöhen. Ohne Audreys Zutun verströmte ihre Anwesenheit ein süßes Gift, dem sich ein guter Teil der Mannschaft nicht entziehen konnte. Das machte sie untereinander reizbar.

Es war die fünfte Woche auf See und an diesem Morgen, es war ein Sonntag, herrschte absolute Flaute. Obgleich es noch Morgen war, stand die Sonne schon hoch am Zenit und stach auf der Haut. Es versprach, ein sehr heißer Tag zu werden. Das Schiff war vollgetakelt. Aber kein Lüftchen verfing sich in den Segeln, die wie alte, schlaffe Haut von den Rahen hingen.

Der Käpt'n stand am Bug, hielt den Jakobsstab vor sein Auge und richtete die Querschieber auf die Kimm und die Sonne aus.

„Käpt'n Bartlett! Ihr spielt ein Musikinstrument?!", hörte er Williams erstaunte Stimme in seinem Rücken.

„Das ist kein Musikinstrument."

„Sieht aber aus wie eines."

„Hörst du etwa einen Ton? Nein! Das ist ein Instrument zum Navigieren." In seinen Aufzeichnungen notierte Bartlett: „Westlich von Afrika, 20 Grad nördliche Breite."

„Darf ich mal durchgucken?" William hielt es für eine Art Fernrohr.

„Man kann nicht hindurchgucken." Bartlett hielt ihm den Jakobsstab vor das Auge und kniete sich hinter ihn.

„Du musst die Ober- und Unterkante der Teller gleichzeitig auf die Sonne und die Kimm ausrichten. Wenn beide Teller deckungsgleich Sonne und Kimm berühren, kannst du an dem Abstand der Teller zueinander ...", Bartlett deutete auf die Gradeinteilung auf dem Stab zwischen den Tellern, „den Höhenwinkel der Sonne bestimmen und weißt, auf welcher Breite wir uns befinden."

William kniff schmerzhaft die Augen zusammen.

„Autsch! Dazu muss man ja in die Sonne gucken."

„Das sollte es einem wert sein, wenn man wissen will, ob der Kurs stimmt", sagte der Käpt'n lachend und nahm das Instrument wieder an sich.

Von der Sonne geblendet, rieb sich William die Augen. Als die Punkte und bunten Schlieren verschwunden waren, sah er Bartlett besorgt in das Rigg hinaufsehen.

„Diese Flaute ist ganz und gar nicht gut", murmelte der Käpt'n.

„Weil es nicht weitergeht", glaubte William zu wissen.

„Ja, das auch. Aber viel schlimmer ist, dass es den Männern nicht bekommt, wenn sie nichts zu tun haben. Auch ohne den erschwerenden Umstand von Miss Wellingtons unerwarteter Anwesenheit ist das Warten auf eine Brise nicht gut für das Zusammenleben an Bord, Junge. Die Männer kommen aus Langeweile auf dumme Gedanken und es gibt Streit."

„Und was kann man tun?"

Der Käpt'n grinste wissentlich. „Man muss sie nur ordentlich auf Trab halten", sagte er und stampfte davon.

Schon bald machte sein Gebrüll dem einfältigen Dösen ein jähes Ende. Den Männern wurden ordentlich Beine gemacht und in kürzester Zeit schrubbten sie emsig das Deck. Bei der Hitze mussten die Planken feucht gehalten werden, damit sie nicht von der Sonne ausdörrten, sich zusammenzogen und das Deck löchrig wurde. Während die einen das Deck schrubbten, hielten die anderen die äußere Beplankung der Sunflower feucht, die über der Wasserlinie lag.

Am meisten wurde der Käpt'n jedoch von denen verflucht, die er zum Geschützdrill abkommandiert hatte. Eine schweißtreibende Arbeit, auch wenn kein einziger Schuss abgefeuert wurde. Es galt immerhin, keine Aufmerksamkeit zu erregen und außerdem vergeudete es nur Pulver und Kugeln. Der Übung wegen wurde dennoch so getan, als wären sie scharfgemacht worden. *Mündung frei* nannte man das.

Und wieder brüllte Bootsmann Rawlings, der auch der Stückmeister war: „Geschütze ausrennen!"

Das hieß – in dieser Hitze –, die schwere eiserne Kanone mit Zugseilen nach vorne zu ziehen, bis die Mündung aus der Stückpforte ragte. Damit nicht genug.

Als nächstes hieß es: „Geschütz ausrichten!".

Die Mündung der Kanone wurde im Rahmen der Stückpforte so lange hin- und hergeschoben, bis Rawlings zufrieden war. Da kein Schuss abgefeuert wurde, gab es auch keinen Rückstoß, der die Kanone wieder zurückrollen ließ. Also musste sie mühsam wieder zurückgeschoben werden, bevor das Ganze wieder von vorne losging.

Was für eine Schinderei!

William kannte mittlerweile jeden Winkel des Schiffes. Er hatte sich mit Audrey angefreundet und sie tat ihm leid. Wenn sie sich denn einmal an Bord sehen ließ, was höchst selten vorkam, dann bewegte sie sich nicht über den Besanmast hinaus. Dem Käpt'n war es jedoch am liebsten, wenn sie des Tags überhaupt nicht an Deck erschien.

Jeden Winkel des Schiffs hatte William durchstöbert und dabei hatte er seinen Lieblingsplatz gefunden, ganz vorne am Bug, wo es am meisten schaukelte und es ihm in den Bauch fuhr. Aber auf die Dauer war das auch langweilig und jetzt in der Flaute tat sich da vorne nichts. Nur an einem Platz war er noch nicht gewesen … Mit der Hand beschirmte er seine Augen und sah hinauf zum Großmast, der in den wolkenlosen, tiefblauen Himmel stach. Oben auf dem Krähennest war er noch nicht gewesen und es reizte ihn, dort hinaufzuklettern. Eine herrliche Aussicht musste man von dort oben haben. Er hatte schon oft zugeschaut, wie die Männer mit sicheren, schnellen Tritten die Wanten hinaufgeklettert waren. Matrosen mit guten Augen befahl der Käpt'n da hinauf. Ausschau sollten sie halten. Nach Riffen, Schiffen, Küsten, Walen und was dem Alten sonst noch so alles einfallen mochte.

Mit den Augen folgte William dem Weg hinauf, den er zu nehmen gedachte. Aber musste er Bartlett nicht zuvor um Erlaubnis fragen? Er biss sich auf die Unterlippe, ging in sich und schaute herüber zum Käpt'n, der wie ein wilder Stier umherlief, Präsenz zeigte und die Männer anraunzte.

„Der Käpt'n ist viel zu beschäftigt, als dass ich ihn jetzt stören könnte. Was soll ich nur machen? Es ist ja nicht so, dass ich ihn nicht fragen wollte, aber wenn er so beschäftigt ist …", stellte er fest und hob leichtmütig die Schultern, um sodann eifrig sein Ziel, das Krähennest, wieder ins Auge zu fassen.

Mit den murmelnden Worten „Viel zu sehr beschäftigt …

unmöglich stören ... kann man nichts machen ..." stieg William in einem unbeobachteten Moment in die Wanten.

Die ersten fünfzehn Yards war er noch selbstsicher hinaufgestiegen und hatte die Marsplattform erreicht. Von dort spannten sich nochmals Wanten ab, die bis zu seinem Ziel, dem Krähennest, führten. Trotz der Flaute trieb die Sunflower dennoch in einer leichten Dünung. Mochte die Dünung an Deck auch kaum merklich sein, dort oben ließ sie die Masten um ein Vielfaches mehr schwanken. Das hatte William nicht erwartet. Hinzu kam, dass es von dort oben viel höher aussah, als er gedacht hatte. William wurde ganz mulmig zumute.

„Alles nur eine Täuschung", versuchte er, sich selbst zu beruhigen.

Mit dem ausgestreckten Arm griff er nach einer Talje, um auf die oberen Wanten zu klettern. Aber so sehr er sich auch reckte und streckte, konnte er sie dennoch nicht erreichen. Für einen ausgewachsenen Mann wäre dies ein Leichtes gewesen. William hingegen war zu klein. Nichts zu machen.

Es sei denn, er würde seinen sicheren Halt aufgeben und sich auf dem daumendicken Seil, auf dem er stand, auf die Zehenspitzen stellen und freihändig in einer schwankenden Höhe von gut und gerne 17 Yards zur Wasseroberfläche auf dem Seil balancierend hochhüpfen und die Talje zu fassen bekommen. Dann konnte er sich hochziehen und es wäre geschafft. Sollte er fatalerweise danebengreifen, verlor er unweigerlich den Halt – und fiel hinunter ...

Knarrend neigte sich der Mast nach vorne und gleichmäßig wieder zurück. William war nicht wohl bei der Sache. Aber er hatte es sich nun einmal in den Kopf gesetzt.

„Wollen mal sehen", murmelte er konzentriert und fixierte die Talje wie eine Raubkatze an.

Genau achtete er auf die Dünung und die Bewegung des Mastes, um im günstigsten Moment hochzuhüpfen. Wieder neigte sich der Mast knarrend nach vorne.

Jetzt oder nie!, dachte er sich und ließ los.

Freihändig stand William auf dem Seil, wackelte hohlkreuzig mit den Knien und ruderte panisch mit den Armen. Die Deckplanken tanzten vor seinen Augen und er drohte, das Gleichgewicht zu verlieren. Ganz langsam kippte William, steif und starr vor Schreck, nach hinten weg. Der Mast verabschiedete sich unerreichbar. Sein Magen krampfte und den Abgrund im Rücken wissend, sah er sich schon im Geiste mit verdrehten Gliedern auf dem Deck liegen.

Mit der Fingerkuppe seines Zeigefingers gelang es ihm – im letzten Moment –, sich an die Seilstrebe in Bauchhöhe zu krallen. Zu allem Unglück kam ihm der Mast nun entgegen, als wolle er ihn in die Tiefe schubsen.

Nur durch seinen Fingernagel gehalten, stand William steif auf dem Seil und wagte nicht zu atmen. Unten auf dem Deck merkte niemand etwas von Williams selbstverschuldeter Misere. Alles ging seinen geordneten Gang. Nach einer Ewigkeit neigte sich der Mast wieder nach vorne und William bekam die Seilstrebe ganz zu fassen. Mit einem Seufzer tiefsten Entsetzens krallte er sich an das Seil, als wolle er es nie wieder loslassen. Mit schlotternden Knien atmete er durch. Das war knapp!

„Wenn du vom Pferd fällst, sollst du auch gleich wieder aufsteigen", murmelte er noch ganz bleich und nahm dennoch all seinen Mut zusammen.

Wieder ließ er los, stand freihändig auf dem dünnen Seil und sprang in der Vorwärtsbewegung des Mastes los. Mit einer Hand erreichte er knapp die anvisierte Talje und griff zu. Dann neigte sich der Mast knarrend zurück, als wolle er ihn hinfort schwenken. Mit der zweiten Hand fasste er nach der Talje und zog sich hinauf.

„Uffff", pfiff er atemlos aus. Das wäre geschafft.

Nochmals spannten sich über ihm Wanten ab. Die noch vor ihm liegenden zehn Yards, die er noch hinaufsteigen musste, konnten ihn nach dieser Wackelpartie nicht mehr beeindrucken. Erleichtert stieg er in das Krähennest und schaute den Weg hinunter, den er gekommen war. Dann sah er sich um. Rings um die Sunflower nur Sonnenschein und endlose, leuchtend blaue See. Endlos, bis auf diesen entfernten kleinen, schwarzen Punkt. Was war das? William kniff die Augen zusammen und schaute genauer hin. Es war ein Boot, nicht viel größer als eine Jolle und darin stand jemand, der mit einem Fetzen Tuch oder ähnlichem weitläufig wedelte, um auf sich aufmerksam zu machen. „Da braucht jemand Hilfe!", stellte er fest und fragte sich, wie er nur wieder hinunterkam.

Bartlett stand achtern neben dem Steuerrad und sah dunkel auf die Männer herab, die emsig das Deck schrubbten. Er hatte ihnen ziemlich eingeheizt. Aber dennoch schaute hin und wieder einer verstohlen zum Käpt'n auf, um just in diesem Moment festzustellen, dass ihm Bartlett genau in die Augen sah, woraufhin derjenige umso emsiger weiterwischte. Des Käpt'ns Augen waren überall.

„Die schrubben mir noch das Deck dünn", knurrte Bartlett unzufrieden.

Diese Flaute ging auch ihm gehörig gegen den Strich.

„Rawlings! ... Rawlings, zu mir!", brüllte er unvermittelt in die Stille hinein.

Mancher zuckte zusammen. Eilig kam Rawlings die Treppe zum Achterdeck hinaufgehastet.

„Käpt'n!", meldete sich der Bootsmann, weitere Instruktionen erwartend.

„Nehmt Euch einen Mann und macht 'ne Jolle klar!"

„Sir?" Rawlings runzelte fragend die Stirn.
„Befehl zum Warpen, Rawlings!"
„Aye, Käpt'n!", stieß Rawling mit freudiger Anerkennung aus. Dann schnappte er sich den erstbesten Deckschrubber und gemeinsam ließen sie an Backbord eine Jolle zu Wasser und stiegen hinein. Mit zwei, drei Zügen waren sie am Bug und platzierten die Jolle genau unter den Anker. *Mary* hatten die Männer die blonde Galionsfigur getauft. Auf jeder Fahrt hatte sie einen anderen Namen, ganz so, wie es der jeweiligen Mannschaft beliebte. Und jetzt hieß sie eben Mary. Die schöne, blonde Mary. Ihr geheimnisvoll lächelndes Antlitz wurde von der Sonne des großen wogenden Wasserspiegels von unten her angestrahlt. Zufrieden sah sie aus.

Die drei Männer am Ankerspill griffen in die Spaken und ließen unter einiger Kraftanstrengung in einem Kreise gehend den Anker behutsam in die Jolle hinab. Mit dem Anker an Bord ruderten die beiden in Fahrtrichtung, bis die Ankertrosse sich straffte und nichts mehr hergab. Jetzt galt es, den Anker über Bord zu werfen und als es getan war, zog der Anker schon im Absinken die Sunflower ein Stück nach vorne. Wenn sie Glück hatten und das Wasser nicht tiefer als 80 Yards war, würde der Anker auf den Grund sinken, sich festhaken und die Männer am Ankerspill konnten die Sunflower an den Anker heranziehen. Und das würde sich so lange wiederholen, bis die Flaute beendet war, oder der Abend hereinbrach.

Bartlett war gerade auf dem Weg zum Bug. Plötzlich sah er einen dunklen Schatten, der von oben herab an Steuerbord mit einem gehörigen *Plumps* ins Wasser fiel. Er wusste zwar nicht, was dort soeben ins Wasser gefallen war, aber wenn etwas Außergewöhnliches passierte, dann vermutete er schon instinktiv William dahinter.

Auf die Reling gestützt, schaute er mit verknautschtem Gesicht auf das sprudelnde Blasengewirr, in dessen Mitte wie erwartet William prustend auftauchte. Fast die ganze Mannschaft hatte sich neugierig an der Steuerbordflanke versammelt und schaute auf William hinunter. Bartlett verdrehte die Augen.

„Was zum Teufel tust du dort unten?", schnaubte er.

„Käpt'n, ich bin recht froh darüber, dass Ihr mich fragt, was ich hier unten mache und nicht fragt, was ich dort oben gemacht habe", antwortete William und spie Salzwasser zur Seite.

Unter der Mannschaft machte sich Belustigung breit.

„Macht, dass ihr an eure Arbeit kommt! Ich kann mich nicht entsinnen, zur Messe geläutet zu haben! Verschwindet! Jeder an seine Position!", brüllte Bartlett, woraufhin sich die Männer murmelnd zerstreuten. Dann schaute er hinauf zur Großrah und kratzte sich am Kopf.

„Ich sollte dich da unten ersaufen lassen!"

„Dann werdet Ihr nie erfahren, was ich gesehen habe."

„Lass mal hören", sagte Bartlett und gab John Tarbat den Befehl, William mit einer Spiere herauszufischen, was dieser mit reiner Muskelkraft – ohne die Spiere auf die Reling zu stützen – auch tat. Wie an einem Kran hängend, wurde der nass-triefende William vorsichtig an Bord abgesetzt.

„Gott hat meine Gebete erhört!", stieß der Fremde erleichtert aus. Erschöpft sank er auf die Knie, küsste demütig die Planken und murmelte ein Gebet. Dann richtete er sich auf und schaute sich um. Er war von großer fetter Gestalt, hatte ein fleischiges Gesicht ohne Brauen und einen mächtigen Stiernacken.

Das Taschentuch auf seinem Kopf mit den vier nassen Knoten an jedem Zipfel hatte seinen von der Sonne geröteten Kahlkopf nicht schützen können. Er trug das schwarze Gewand eines Geistlichen und vor seiner Brust schwang an einer Holzperlenkette ein ebenso hölzernes Kreuz.

„Ein Priester auf einer Jolle mitten auf dem Meer. Da wird der Herr Eure Gebete wohl erhört haben", stellte Bartlett fest und hielt ihm eine Wasserkelle hin, aus der er gierig und grunzend trank.

„Eliah Strouth ... demütiger Diener Gottes", antwortete er mit hoher Stimme, nachdem er zu Atem gekommen war.

Bittend reichte er Bartlett die Kelle, damit er sie noch mal fülle. Wieder schüttete er gierig das Wasser in sich hinein. Kleine Rinnsale liefen ihm über das fette Kinn. Dann begann er zu erzählen ...

„Ich ging in London an Bord der *Honor of Wind*, um in die neue Welt zu segeln. Es ist die mir von Gott befohlene Bestimmung, dort verlorene Seelen zu retten", sagte er und schlug fromm die Augen auf. Seine Stimme klang sehr hoch und er sprach schnell und huldvoll.

Und wie um seinen Worten die nötige Dramaturgie zu geben, wechselte er stets die Tonlage. In der Stille der Flaute erinnerte dieses Auf und Ab seiner Stimme an heulenden Wind, wenn er um die Ecken der Häuser streicht. Trotz der Hitze schauderte es William bei dieser Stimme.

„Wir waren gut vier Wochen unterwegs, als unter der Mannschaft eine Meuterei ausbrach, in deren Verlauf auch der Käpt'n und seine Gefolgsleute getötet wurden. Es war furchtbar", schluchzte er, einem Schwächeanfall nahe. „Es waren viele Gepresste an Bord und der Käpt'n war ein grausamer Mensch. Wie hab ich ihn beschworen, Nachsicht zu üben, Milde walten zu lassen ... Milde ... Aber er wollte davon nichts hören, wollte einfach nichts hören, nichts hören", endete er bedächtig in seinem Sing-Sang und schloss müde die Augen. Dann machte er ein Kreuzzeichen und faltete die Hände.

Wieder reichte ihm Bartlett die Kelle.

„Erzählt, wie es mit Euch weiterging", forderte Bartlett mit dunkler Stimme.

Strouth, ganz in sich gekehrt, riss erschreckt die Augen auf.

„Die Verschwörer beratschlagten, was mit mir zu tun sei ... zu tun sei", sagte er und schwankte. Erschreckt fasste er sich plötzlich an sein Doppelkinn, riss die Augen auf, breitete die Arme aus und starrte gen Himmel. Dabei verdrehte er die Augen so sehr, dass nur noch das Weiß zu sehen war. Trotz der Erschöpfung schien es, als durchdringe ihn eine neue Kraft. „Aber wieder einmal mehr haben die Vorsehung und die guten Kräfte des Himmels ihre schützende Hand über mich gehalten. Gelobpreist seiest du, ... Allmächtiger. Der Pfad zu dir ist verborgen und mühselig und nur wenige werden ihn finden und eingehen in dein Reich", endete er in klagender Erschöpfung. Seine Schultern erschlafften und seine Hände klatschten kraftlos gegen die wulstigen Hüften. Der Welt entrückt, blieb er stehen und starrte leer vor sich hin.

„Dann haben sie Euch in einer Jolle ausgesetzt", schlussfolgerte Bartlett.

„So ist es, mein Sohn, so ist es. Zwei Tage ist das nun schon her", bestätigte Eliah Strouth müde, nachdem er ein wenig zu sich gekommen war.

„Ihr seid gerettet und ich heiße Euch an Bord der Sunflower willkommen. Ruht Euch aus und kommt zu Kräften. Es wird für Euch gesorgt werden."

Sie brachten ihn unter Deck, wo Dr. Pargether ihn untersuchte und ihm viel Wasser und strikte Ruhe verordnete.

Später am Abend saßen die Matrosen in kleinen Gruppen zusammen, aßen und tranken ihre Rationen und nachdem sie damit fertig waren, sangen sie einen Shanty. Horatio begleitete sie mit der Fiedel und stampfte tänzelnd mit seinen Schuhglöckchen im Takt.

„Good old Henney ♪
♫ *besaß zu Lebzeiten keinen Penny*
♪ *zu freien seine Maid*
die holde Maud ♫

♪ ♪ *So ging er in die Fremde*
seine Liebste zu vergessen
und fand ein jähes Ende ♪ ♫
hätt's mal lieber gelassen

♫ ♫ *Denn wäre er noch am Leben*
Der Rum der wäre sein Segen ♪

♫ *Die Maid sie war vergeben*
und gebar noch reges Leben ♪
Good old Henney ... ♪♪

Kein Lüftchen hatte sich mehr ergeben wollen. Die Hitze des Tages hatte nachgelassen und so trug Horatio nach langer Zeit wieder seinen Hut mit der abstehenden Fasanenfeder. Für gewöhnlich konnte er ihn nicht tragen, da er entweder über Bord geweht wurde oder es ihm die Feder abknickte. Hut und Fidel waren typisch für ihn. Sie waren sein Markenzeichen. Und wie er immer zu sagen pflegte, sind Markenzeichen für die Zunft der Gaukler und Schauspieler unerlässlich.

William saß in trauter Runde in der Achterkajüte neben dem Käpt'n. Außerdem waren Audrey, Mr. Bellamy, Dr. Pargether, John und Trevor anwesend. Durch die Fenster der Galerie strahlte der letzte Rest der Abendsonne. Konturenscharf zeichnete sich ihr Schein auf dem spiegelglatten Meer ab.

„Wie geht es Eurem Patienten?", fragte Audrey.

„Den Umständen entsprechend gut. Er ist erschöpft und

fiebrig durch die Hitze und den Durst. Vorhin sah ich nach ihm und fand ihn selig schlafend. Ein, zwei Tage Ruhe, viel Wasser, Schiffszwieback und Dörrfleisch und er wird sich soweit erholt haben."

„So ein Zufall, dass wir ihn mitten auf dem Atlantik, fernab jeder bewohnten Küste aufgefischt haben. Lange hätte er es bestimmt nicht mehr gemacht", sagte John.

„Sein offenbar unerschütterlicher Glaube hat ihm geholfen", stellte Mr. Bellamy fest, der wieder besser aussah. Die Flaute hatte seiner Seekrankheit gut getan.

Trevor Biggs war nachdenklich und schweigsam. Seine buschigen, grauen Brauen waren zusammengekniffen. Irgendetwas machte ihm Kopfzerbrechen.

„Was treibt Euch um?", fragte Bartlett

„Vielleicht sind es nur die Hirngespinste eines alten Mannes ...", sagte er und rieb sich nachdenklich das Kinn. „Er hat einen irischen Akzent und geht als Geistlicher mit einem Kreuz vor der Brust in London an Bord. Ich finde das sehr gewagt. Offensichtlich machte er sich keine Gedanken darüber, möglicherweise Schwierigkeiten zu bekommen. Er nannte keinen Orden, dem er angehört und machte sich einfach so auf, um in der neuen Welt als Missionar tätig zu werden."

„Er hat sich in London bestimmt nicht zu erkennen gegeben. Er ist ein religiöser Eiferer, ganz erfüllt und beseelt von seiner heiligen Mission. Und dass er sich allein auf den Weg gemacht hat, ist kein Widerspruch, sondern passt für mich eher ins Bild. Eine solche Reise allein zu machen, steht für seinen festen Glauben und bekräftigt sein Vorhaben", sagte Dr. Pargether.

Trevor Biggs hörte ihm aufmerksam zu.

„Da mögt Ihr recht haben. Und genau das ist es, was mich stört. Trotz seiner Erschöpfung hat er uns dennoch eindrucksvoll ein Beispiel seiner religiösen Inbrunst gegeben. Ich bin zwar nicht so sehr mit den religiösen Gepflogenheiten eines Geistlichen vertraut, aber eines weiß ich, bekreuzigt wird sich mit der rechten Hand. Und dann von oben nach unten und nicht umgekehrt. Ein irischer Geistlicher muss das wissen."

Eliah Strouth kam schnell wieder zu Kräften. Als er das erste Mal seit seiner Genesung wieder an Deck erschien, schaute er sich um, als ob er im Paradies angekommen wäre. Als wandele er im gelobten Land, so glücklich ging er umher, grüßte freundlich und sah sich bisweilen andächtig in dieser kleinen Welt an Bord der Sunflower um. Ein jeder an Bord schrieb diesen frohen Gemütszustand seiner glücklichen Rettung zu. Wie konnten sie auch ahnen, dass den Prediger andere Dinge umtrieben. Dieses Schiff war für ihn eine Offenbarung und in seinem Kopf arbeitete es wie in einem Räderwerk. Doch durfte er nichts überstürzen und dadurch alles zunichtemachen. Eliah Strouth war allgegenwärtig, grüßte freundlich, hatte stets ein offenes Ohr für die Sorgen und Nöte der Männer, nahm Beichten ab und gab des Sonntags einen Gottesdienst. Auch war er sich nicht zu schade, mit anzufassen, was ihm Respekt und Anerkennung entgegenbrachte. Sein Verhalten an Bord war augenscheinlich untadelig.

William misstraute ihm. Galt der Prediger unter der Mannschaft auch als ein Mann von Gottes Wort und Tatkraft, William indes hatte beobachtet, wie Strouth die Gespräche geradezu suchte und geschickt die Männer verunsicherte, um schließlich Lösungen anzubieten. An sich nichts Verwerfliches, bis auf den kleinen, aber entscheidenden Umstand, dass sich Strouth auf dieses Weise unentbehrlich machte. Einige Männer hatten mit einem Mal Probleme und Seelenqual, von denen sie vorher nichts wussten. Sie grübelten, waren unzufrieden und mancher glaubte sich auf einem falschen Weg. Die Erkenntnis darüber schrieben sie einer Art Erleuchtung durch den Reverend zu, der sie errettet hat. Und Strouth tat alles, um sie darin zu bekräftigen. Er vermittelte Aufbruchstimmung und Hoffnung und sie glaubten, einen tieferen Sinn für ihr Dasein erfahren zu haben. An Bord eines Schiffes war so etwas brandgefährlich.

Die Fremde, die Enge an Bord und die Gefahren und Unwägbarkeiten einer Schiffsreise machten die Männer für Strouths Wirken empfänglich. Shantys sangen sie nun nicht mehr.

Ganz allmählich und sehr leise bemächtigte sich Strouth ihrer und schon bald war der Reverend der Erste, an den die Männer dachten, wenn sie etwas umtrieb. Reverend Strouth konnte helfen und nicht Käpt'n Bartlett, der Menschenschinder.

Als einer der Ersten geriet Roderick Fletcher unter seinen Einfluss. Strouth war freundlich und hatte keine Scheu vor ihm. Er blieb sanft und hörte ihm geduldig zu, auch wenn er sein maßloses, aufbrausendes Wesen nicht verbergen konnte. Nach Strouths Worten war Fletcher, so wie er war, eine Gabe und ein Werkzeug des Herrn und kein Makel. Alles habe im Leben einen Sinn und niemandem wird ein Paket geschnürt, das er nicht auch tragen könne. Fletcher bekam einen Ablass für seine bisherigen, grausigen Verbrechen und einen Freibrief für sein zukünftiges Tun. Das war der Plan. Reverend Strouth brauchte Fletcher – die geistliche Obrigkeit und ihr willfähriges Biest.

Seit Kounaehs Lektion hielt sich der Tierähnliche bedeckt. Wäre Käpt'n Bartlett nicht so überrascht von Audreys plötzlichem Auftauchen gewesen, wäre Fletcher die Bekanntschaft der neunschwänzigen Katze sicher gewesen. Aber er hatte noch mal Glück gehabt. Wenn Fletcher den Indianer anfangs auch fürchtete und mied, so hasste er ihn jetzt abgrundtief und wartete nur auf die Gelegenheit, ihm eins auszuwischen. Im Verständnis Fletchers konnte dies nur eines bedeuten: den Tod ...

Eliah Strouth, der eine diabolische Begabung hatte, menschliche Abgründe und Leidenschaften ausfindig zu machen und für sich zu nutzen, wurde nicht müde, Fletcher darin zu bekräftigen. Dann würde er, Fletcher, wieder frei sein, als könne er seine schändliche Herkunft gleichfalls auslöschen, hatte Reverend Strouth gesagt ...

Koku

Es war der Morgen des 19. Juli im Jahre des Herrn 1719 und der 65. Tag auf See. Die Sunflower war in deutlich wärmere Gefilde vorgestoßen und auch die Farbe des Meeres hatte sich verändert. War es die meiste Zeit der Reise von dunkler moosgrüner Farbe, so war es jetzt in ein Türkisblau übergegangen. Dies war ein sicheres Zeichen, dass der Kurs stimmte und sie nicht mehr allzufern von ihrem Ziel, La Tortuga, entfernt waren.

John Tarbat war wie immer früh auf den Beinen und schnitzte an seinem fünften Holzpüppchen. Wehmütig dachte er an seine Frau und die sieben Töchter und er beneidete Kounaeh. Während ihrer Abfahrt aus England hatte er sich Seemeile für Seemeile von seiner Familie entfernt, während Kounaeh seiner Heimat immer näherkam.

Plötzlich flatterte etwas durch die Luft und kam direkt vor seinen Füßen runter. Ein kleiner grüner Papagei. Der kleine Kerl war sehr erschöpft. An Ort und Stelle ließ er die Flügel hängen und legte den kleinen Kopf seitwärts auf die Planken. Sich seinem Schicksal ergebend, schnaubte er entkräftet vor sich her. Lange musste er auf dem offenen Meer umhergeirrt sein.

Vorsichtig hob ihn John auf und hielt ihn schützend in seinen warmen Händen. Mit Rührung spürte er das Herzklopfen des kleinen Vogels, der in diesen großen Händen ein wenig verloren zu John aufsah. John kümmerte sich um ihn und schon bald hatte er ihn mit Rosinen so weit aufgepäppelt, dass er im Rigg umherflog.

Koku hatte John ihn genannt, weil die Laute, die sein gefiederter Freund von sich gab, sich eben wie „koku" anhörten. Koku war jedem gegenüber handzahm und kannte keinerlei Scheu. Bereitwillig nahm er auf jedermanns Schulter Platz und ließ sich stolz umhertragen, um gelegentlich am Ohr desjenigen zu knabbern. Dr. Pargether hatte gesagt, es wäre noch ein sehr junges Tier. Sein Lieblingsplatz war eine Pyramide aus Kanonenkugeln. Hier saß er auf der obersten Kugel, reckte den Kopf, trat auf der Stelle und beobachtete wie ein Aufseher das Bordleben, um es hin und wieder mit einem knurrenden „Koku, Koku" zu kommentieren.

In der einen Woche an Bord der Sunflower wurde Koku so etwas wie ein Maskottchen und der Liebling aller. Jeder mochte ihn und die Männer freuten sich, wenn sie ihn sahen. Dann warfen sie ihm Brotkrumen oder manchmal auch Rosinen hin. Vögel sind gute Boten und da, wo sie sind, ist das Land, oder besser der Landgang, nicht mehr allzu fern.

Eines Morgens war Koku nicht auf seinem angestammten Platz, der Kanonenkugel, zu finden. So sehr sich William auch umsah und nach ihm rief, Koku war und blieb verschwunden.

„Da wirst du wohl die Heimreise angetreten haben", murmelte William mit einem betrübten Achselzucken und steckte die Hände in die Hosentaschen. „Komm gut heim und pass auf dich auf."

Der Wind wirbelte eine kleine grüne Feder herbei, die vor Williams Augen mehrere Kapriolen schlug, um sich dann zittrig an seinen Kragenaufsatz zu heften.

Schnell griff William nach der Feder und betrachtete sie eingehend. Ein letzter Gruß von Koku, dachte er und beschloss, die Feder als Erinnerung aufzuheben. Doch wo kam sie her?

William schaute in die Richtung, aus der der Wind trieb. Dort, am Großmast, sah William etwas Grünes. Er trat näher heran und erkannte, dass es ein Flügel war, der zur Windbewegung hinter dem Großmast zum Vorschein kam, um dann genauso wieder dahinter zu verschwinden.

„Willst wohl verstecken spielen", flüsterte William vergnügt und näherte sich in großem Bogen dem Mast, da er den kleinen Koku nicht erschrecken wollte. Dann war er so weit um den Mast herumgegangen, dass er ihn sehen konnte.

Wann immer etwas Grauenhaftes, Böses und Sinnloses geschieht, weigern wir uns, es zu glauben. Obgleich wir wissen, dass uns die Augen keine Lügen strafen, wollen wir es nicht wahrhaben. So ging es auch William. Den Mund vor Schreck offen, schüttelte er geschockt den Kopf. Koku war gefunden – mit einem Messer an den Mast genagelt! Sein Köpfchen hing schlaff herunter. Die Augen und der Schnabel halb geöffnet, klagte er den Vertrauensbruch seines Mörders an, der sein zutrauliches Wesen ausgenutzt und hintergangen hatte, um ihm heimtückisch den Stahl in den Leib zu treiben. Die Klinge ging mitten durch seine Brust. Das Blut war in einem Rinnsal in die Schwanzfedern geflossen und von dort weiter den Mast hinab, wo es auf halber Strecke geronnen war, ohne die Schiffsplanken zu erreichen.

William hielt sich die Hände vors Gesicht und wich entsetzt zurück. Im Zurückweichen prallte er gegen die Beine von John Tarbat, der gleichsam wie versteinert dastand und es nicht wahrhaben wollte. Seine dunkelbraunen Augen schauten traurig. Schwerfällig näherte er sich dem Mast.

„Wer hat so etwas getan? Welcher böse, gemeine Mensch tut so etwas?", fragte John bitter.

Wut wallte in ihm auf. Dann löste er seinen Freund vom Mast und legte ihn ehrfürchtig auf die Planken.

„Kleiner Vogel hat niemandem was getan. Wollte nur Zuflucht suchen und hat uns Freude gemacht. Und wie hat man es ihm gedankt? Tot gemacht hat man ihn", sagte John und begann, sich zu verändern.

Er wurde blass und seine Augen begannen, wild zu flackern. Es war wieder diese unbändige, alles vergessende Wut, die in ihm aufstieg.

„Wer hat das getan?", fragte er schon halb der Vernunft entrückt. Dann griff er das Messer und betrachtete es.

Er kannte dieses Messer. Ja, er hatte es schon einmal gesehen und dachte nach. Dann wusste er, wem das Messer gehörte und rammte es bis zum Schaft in den Mast. Es war eines der Messer, wie sie Trevor Biggs in seinem ledernen Mantel trug. Wie ein Bollwerk der Rache machte sich John auf den Weg.

„Mörder, gemeiner Mörder!", brüllte John. „Böser Mensch! Das wird dir noch leidtun!"

Ehe sich der Anwalt versah, hatte John schon das Fußende seiner Hängematte vom Haken gerissen und mit dem Kopfende verknotet. Biggs war in demütigender Weise in seiner eigenen Hängematte wie in einem Netz gefangen. John warf sich dieses Bündel auf den Rücken und stieg wutschnaubend die Treppe hoch an Deck. Fest entschlossen, das Bündel über Bord zu werfen.

„Lass mich sofort los, Bauerntölpel! Was fällt dir ein? Sofort loslassen, sage ich!", forderte Biggs panisch.

Durch das Geschrei alarmiert, stürzten alle herbei und sahen den hünenhaften John mit seinem Bündel auf dem Rücken. Kurz vor der Reling stellte sich ihm Bartlett in den Weg. In der Hand hielt der Käpt'n eine Pistole.

„Lasst ihn sofort los, Tarbat! Und bei Gott, ich schwöre Euch, wenn Ihr es nicht tut, werde ich Euch hier und jetzt nach dem Seerecht standrechtlich aburteilen und erschießen", drohte Bartlett grimmig knurrend. „Dann ist das hier für Euch eine Reise ohne Wiederkehr. Seid vernünftig, Tarbat, und besinnt Euch!"

John schaute sich wie ein in die Enge getriebenes Tier um.

Bartlett erkannte sofort, dass dies die Situation nur noch schlimmer machte. Er wusste, wozu Tarbat im Stande war, wenn er in Panik geriet. Nicht zuletzt deswegen hatte er ihn ja ausgewählt. Bartlett überblickte die Mannschaft.

„Haut ab! Alles unter Deck! Ich will keinen mehr sehen! Verschwindet sofort!", raunzte Bartlett in die Runde.

Im Rückwärtsgehen zerstreuten sie sich schwerfällig und stiegen unter Deck, ohne die Blicke von dieser Szenerie abwenden zu können. John atmete heftig und war ganz bleich geworden.

„Ein letztes Mal, Tarbat", sagte Bartlett, spannte das Steinschloss seiner Pistole und zielte auf Tarbats Brust. „Gleich sind sieben Kinder daheim in England Halbwaisen und Eure Frau ist Witwe. Und Ihr, Tarbat, werdet nicht sagen können, dass Ihr keine Wahl hattet. Wenn Ihr zu Eurer Familie zurückwollt, dann lasst sofort Mr. Biggs los!"

Bartletts Worte und sein ruhiger, entschlossener Tonfall zeigten Wirkung. Unwirsch schmiss er Biggs beiseite. Bartlett eilte sofort zu ihm, zerschnitt mit einem Dolch die Maschen und half seinem alten Kommodore auf die Beine. Verstört und um Haltung bemüht, strich sich Biggs das zerzauste weiße Haar aus der Stirn und massierte seinen Ellbogen. Wut stieg in Bartlett auf.

„Seid Ihr verrückt geworden? Tarbat! Was ist passiert?", schnaubte der Käpt'n.

„Er hat ihn totgemacht! Der kleine Koku ist tot", stammelte John, der allmählich wieder zu sich kam.

„Der Kerl ist verrückt! Einfach verrückt ist der!", empörte sich Biggs. „Ich habe keinem Vogel etwas zuleide getan."

„Dort drüben liegt er." Tarbat zeigte auf den Mast.

Gemeinsam gingen sie hin.

„William und ich haben ihn heute Morgen gefunden. Ein kleiner wehrloser Vogel. Hat keinem was getan", sagte Tarbat traurig und deutete mit dem ausgestreckten Arm auf Biggs. „Und dann hat er ihn mit seinem Messer getötet. An den Mast genagelt hat er ihn!" Für Tarbat gab es keinen Zweifel, das Messer gehörte Biggs, also hat Biggs den kleinen Koku getötet.

Durch mühsames Ziehen und Biegen gelang es dem Käpt'n, das Messer aus dem Mast zu ziehen.

„Es ist Euer Messer. Das ist mal sicher", sagte Bartlett und hielt es Biggs hin. Der nahm es verwundert in seine Hand.

„Ja! Es ist meins. Aber ich habe nicht die geringste Ahnung, wie es hier hinkommt." Biggs war verblüfft.

Mit dem Messer in der Hand machte er auf dem Absatz kehrt und stürmte unter Deck. Die Männer dort unten machten ihm bereitwillig Platz. Er schlug seinen Mantel auf und fand seine Befürchtung bestätigt. Ein Messer aus der oberen Reihe des linken Innenfutters fehlte. Tarbat und der Käpt'n waren ihm gefolgt und standen nun hinter ihm.

„Seht Ihr, Käpt'n", sah sich Tarbat bestätigt, „es ist sein Messer und er hat es getan."

„Warum nur, warum nur in aller Welt sollte ich so etwas tun?", erregte sich Biggs und hob drohend den Zeigefinger. „Und zu Euch, mein einfältiger Freund, der Ihr alles zu wissen glaubt. Nehmen wir mal an, ich wäre es gewesen. Ich müsste ja schön dumm sein und dafür mein eigenes Messer nehmen und es natürlich auch zurücklassen, damit auch jeder gleich weiß, dass ich es war."

Tarbat schaute wie ein großer trotziger Junge drein. Irgendwie schien ihm einzuleuchten, was Biggs da soeben gesagt hatte. Aber er brauchte noch Zeit und es arbeitete in seinem Kopf.

„Mr. Biggs hat recht. Es macht keinen Sinn. Ich kenne ihn

schon eine lange Zeit und er ist niemand, der so etwas macht", stimmte Bartlett zu und dachte mit Unbehagen nach.

William war unbemerkt zu ihnen getreten „Aber wer war es und warum?", stellte William die entscheidende Frage.

„Er musste nicht leiden. Man hat ihm zuvor das Genick gebrochen", sagte Dr. Pargether und zog die Tür hinter sich zu.

Sie hatten sich in der Achterkajüte versammelt, um zu beratschlagen, was zu tun sei.

„Es muss eine Untersuchung geben", forderte Horatio.

„Eine Untersuchung? Das ist kein guter Vorschlag. Ich weiß, es ist zutiefst verabscheuenswürdig und an Niedertracht nicht zu überbieten ..." Bellamy holte Luft und zeigte beschwichtigend seine Handflächen. „Aber es war nur ein Vogel. Wir sind fast am Ziel. La Tortuga ist nicht mehr weit und um Peters Willen sollten wir nichts riskieren. Eine Untersuchung wegen eines toten Vogels lässt nur Unverständnis und Unruhe aufkommen. Ich kann mich täuschen, aber mit der Stimmung unter der Mannschaft steht es nicht zum Besten. Wir sind bereits lange auf See. Einem von den Männern ist langweilig geworden und damit endlich mal etwas passiert, hat er den Vogel umgebracht. Jetzt wartet er gespannt darauf, welche Schritte Käpt'n Bartlett unternehmen wird. Diesen Gefallen sollten wir ihm nicht tun." Bellamy warf dem Käpt'n einen Blick zu. „Sagt, ist es so ungewöhnlich, dass einer aus der Mannschaft den Schiffskoller kriegt und anfängt, Unsinn zu machen? Ist es nicht besser, es abzutun und wieder Ruhe einkehren zu lassen?"

„Es hat schon etwas für sich, was Ihr da sagt, Mr. Bellamy. Und ginge es nur um den Tod des Vogels, gäbe ich Euch recht. Aber es ist weit mehr als das. Derjenige hat ein Messer gestohlen. Kameradendiebstahl ist ein schweres Vergehen an Bord eines Schiffes. Ich kann nicht darüber hinweggehen", sagte der Käpt'n entschlossen. „Der Mantel, Kommodore, wo habt Ihr ihn für gewöhnlich aufbewahrt?"

„Jetzt, wo es wärmer ist, trage ich ihn tagsüber nicht. Des Nachts decke ich mich gelegentlich mit ihm zu. Aber auch nicht immer. Dann liegt er gefaltet unter meiner Hängematte."

„In einem günstigen Moment hätte also jeder an Bord ein Messer stehlen können. Tagsüber, wenn alle an Deck ihrer Arbeit nachgehen oder im Schutze der Nacht. Unter Deck ist es dann stockfinster und wenn alles schnarcht und schläft, ist es ein Leichtes, sich durch die Reihen zu schleichen." Bartlett presste ratlos die Lippen aufeinander. „Höllenschwefel und Pestgestank! Das bringt uns nicht weiter."

„Ihr glaubt also, dass er gestohlen wurde, während ich ihn nicht getragen habe?", sagte Trevor und nahm William mit eisigem Blick ins Visier. „Nun, in Dingen des Stehlens haben wir einen sehr talentierten jungen Mann in unserer Mitte. Er hat mir schon einmal ein Messer gestohlen, ohne dass ich etwas davon merkte."

„Das ich Euch auch gleich wiedergegeben habe!", protestierte William.

„Ja, gewiss doch! Das hast du getan. Aber dessen ungeachtet glaube ich zu wissen, dass du auch einen gewissen Sinn für Unfug und Schabernack hast. Wer sagt mir, dass du es nicht warst, Junge!" Biggs versuchte, William mit seinem eisigen Blick zu durchdringen.

„Ich war es nicht!", versicherte William mit großen aufrichtigen Augen.

Aber wie es nun mal so ist mit den Bengeln dieser Welt, neigt man nicht unbedingt, ihnen zu glauben, wenn sie derart dreinschauen. Haben sie doch eine gewisse Übung darin.

„Ich war es nicht", wiederholte William. „Ich mochte Koku und hätte ihm nie etwas zuleide getan."

„Ich hab gesehen, wie du dich erschreckt hast, William, als du Koku am Mast gefunden hast. So was kann man nicht spielen. Ich glaube dir", sprach John treuherzig.

William war erleichtert. Wenigstens einer glaubte ihm. William setzte sich im Schneidersitz auf den Boden, stützte sein Kinn auf die Handflächen und dachte nach. Nach einer Weile schien er mit rollenden Augen nochmals zu überprüfen, was er soeben ersonnen hatte und stand wieder auf.

„War es Euch wichtig, darauf zu achten, dass niemand erfährt, was in dem Mantel steckte?" William war sich seiner Sache sicher.

„Was soll die blöde Frage?", posaunte Bartlett dazwischen.

„Lasst nur, Käpt'n, schon gut", beschwichtigte Biggs mit wedelnder Hand. „Nun, ich habe nicht alle Welt eingeladen, in meinen Mantel zu schauen, wenn du das meinst. Aber ich bin auch nicht sonderlich darauf bedacht gewesen, die Messer zu verheimlichen. So ist es mir hin und wieder Gewohnheit, gegen Abend einen Apfel zu schälen", antwortete Biggs ruhig. Sein Blick verriet Interesse.

„Dann ist es also möglich, dass einer von der Mannschaft gesehen hat, was im Innenfutter des Mantels steckt?"

„Ja! Wäre möglich."

„Verflucht noch mal! Ich bin hier der Käpt'n und ich werde nicht schlau aus deinem Gefasel. Was geht in deinem Kopf vor, William Mellford?", fragte Bartlett ungeduldig.

„Es ist doch so, wie Dr. Pargether gesagt hatte ... Koku wurde zuvor das Genick gebrochen. Und warum hat derjenige das getan? Nun?" William stolzierte auf und ab und sah jedem fragend ins Gesicht. „Er hat es getan, damit er ihn besser an den Mast nageln kann. Wenn es nur darum ginge, wie Mr. Bellamy vermutete, Aufruhr gegen die Langeweile zu veranstalten, hätte der Mörder Koku mit gebrochenem Genick einfach ablegen können. Aber nein, er musste ihn auch noch mit dem Messer von Mr. Biggs durchbohren."

William genoss die Aufmerksamkeit, die ihm zuteil wurde.

„Und warum hat derjenige Koku mit dem Messer an den Mast genagelt? Nun?" Wieder stolzierte William umher und schaute fordernd in die Runde. „Es war ihm wichtig, den Verdacht auf Mr. Biggs zu lenken, den Ihr, Käpt'n Bartlett, schon lange kennt und für den Ihr Eure Hand ins Feuer legen würdet. Nicht wahr?"

Bartlett nickte schweigend.

„Die ganze Angelegenheit verlangt also nach einer Untersuchung und genau das ist es, was derjenige bezwecken wollte. Eine Untersuchung! Eine Untersuchung, von der ich jetzt schon sagen kann, dass sie wohl nichts bringen wird. Außer eine gehörige Unruhe, gegenseitige Verdächtigungen und Misstrauen unter der Mannschaft." William blieb stehen und grübelte. Etwas Entscheidendes fehlte an seinen Überlegungen, aber er kam einfach nicht drauf.

Bartlett war nicht überzeugt und kraulte sich brummig den Bart. Trevor Biggs ahnte, dass es endgültig an der Zeit war, seine Meinung über diesen vorlauten Bengel zu überdenken. Solche Überlegungen hätte er ihm nicht zugetraut. Er selbst war zwar ein Rechtsgelehrter und in Kriegsdingen ausgemachter Stratege. Aber wenn es um Eitelkeiten, Finesse und menschliche Abgründe ging, konnte er William nicht das Wasser reichen. William wusste um die Chancen dieser menschlichen Wesenszüge. Als Meistertrickdieb lebte er davon.

„Warum wolltest du wissen, ob Trevor darauf bedacht war, niemand in den Mantel schauen zu lassen?", wollte Bartlett wissen.

„Weil sonst außer uns, die wir hier versammelt sind, niemand von den Messern im Mantel gewusst hätte. Hätte Mr. Biggs darauf geachtet, dass niemand von den Messern etwas erfährt, wäre der

Mörder von Koku in diesem Raum zu suchen gewesen."

Ungewollt machten misstrauische Blicke die Runde.

Audrey fing sich als Erste.

„Gut, William. Was du sagst, leuchtet mir ein. Der Verdacht sollte also auf Mr. Biggs gelenkt werden. So weit, so gut. Wie ich deinen Worten entnommen habe, sollte aber vor allem Mr. Biggs verdächtigt werden – von dem zumindest in diesem Kreise niemand glaubt, dass er es war, damit es dann eine Untersuchung gibt. Verstehe ich dich richtig?"

„Ja! So denke ich es mir."

„Aber eines stört mich daran ... Woher will derjenige wissen, dass wir so selbstverständlich die Unschuld von Mr. Biggs annehmen, wenn er nicht hier in diesem Kreis zu suchen ist." Audrey schaute in die Runde. „Oder anders gefragt, können wir annehmen, dass jemand unter der Mannschaft weiß, dass wir Mr. Biggs eine solche Tat nicht zutrauen?"

„Schwer zu sagen." Bartlett kratzte sich am Kopf. „Als Käpt'n kann ich dazu sagen, dass die Mannschaft, so zerstritten sie auch untereinander sein mag, gegenüber dem Käpt'n und den Offizieren zusammenhält wie Pech und Schwefel. Was für die Mannschaft gilt, gilt ebenso für den Käpt'n und die Offiziere. Wenn also einer Unruhe stiften will, dann kann er schon sicher sein und davon ausgehen, dass der Käpt'n den Schuldigen zunächst im anderen Lager vermutet, also eine Untersuchung herbeiführen wird."

Dunkel brütete Trevor vor sich hin und dann erkannte er mit einem Mal die ganze Tragweite dieser heimtückischen Intrige.

„William hat ganz recht. Unruhe und Misstrauen an Bord müssen vermieden werden."

„Wie ich schon sagte, Kommodore, ist Kameradendiebstahl ein schweres Vergehen. Ich kann darüber nicht hinweggehen. Ihr wisst es selbst, nach den Statuten ist eine offizielle Untersuchung erforderlich", sagte Bartlett gereizt und es war das erste Mal, dass Zweifel in ihm hochstiegen – war Kommodore Biggs vielleicht doch schon zu alt – oder womöglich verrückt?

„Papperlapapp und Seemannsgarn! Eine offizielle Untersuchung zu einer inoffiziellen Mission? Dass ich nicht lache, Bartlett! Ihr seid ja schlimmer als ein Lordrichter! Geht doch hinfort mit Eurer selbstverliebten Untersuchung!"

„Die Mannschaft weiß nichts über den wirklichen Grund der Reise. Sie werden sich fragen, warum ich nichts unternehme", entgegnete Bartlett.

„Herrje, Käpt'n! Seht Ihr es denn nicht?", sagte Trevor eindringlich. „Eine Untersuchung, die nur den Zweck verfolgt, Misstrauen und Zwietracht zu säen, ist keine Untersuchung. Es bringt nichts und spielt unserem Gegner nur in die Hände! Basta! Gebt Ihr mir da Recht, Käpt'n?"

„Höllenhunde und Teufelszeug! Verflucht noch mal! ... Ja!"

„Sehr schön", lobte Trevor mit spitzem Lächeln und machte ein fuchsiges Gesicht. Bedächtig fuhr er fort. „Gebt Ihr mir weiter recht, dass eine Untersuchung nur dann erforderlich ist, wenn es tatsächlich etwas zu untersuchen gibt, gewisse Umstände also im Unklaren liegen?"

„Stinkfisch und Quallengelee! Kommodore! Worauf wollt Ihr hinaus? Verdammt noch mal", platzte Bartlett der Kragen. Mit der Faust haute er auf den Tisch.

„Nichts weiter, als dass ich Euch von der geliebten Pflicht einer Untersuchung entbinden möchte, Käpt'n Bartlett", sagte Trevor spöttisch und machte eine spannungssteigernde Pause. „Ich werde für das, was ich getan habe, bestraft werden müssen." Trevors eisgraue Augen blitzten scharfsinnig. Einmütig tauschte er mit William einen Blick. Sie verstanden einander.

„Was?", entfuhr es Bartlett ungläubig.

„Ja, ja!", beeilte sich Trevor anzufügen „Vor aller Augen werdet

Ihr mich für das, was ich getan habe, bestrafen müssen." Trevor lächelte zufrieden. Er war es, der es als Erster auf den Punkt gebracht hatte. Ein gutes Gefühl, das er seit langem nicht mehr verspürt hatte.

Gebrochene Wange, ungebrochenes Herz

„Ahhh, der feine hohe Herr! Hoffen, wohl geruht zu haben." Die Kreatur mit dem Kopftuch, dem einen Auge und dem spitzen narbigen Kinn lachte krächzend. Mit der Fackel leuchtete er das Gesicht des Gefangenen aus.

Es war das Gesicht eines jungen Burschen. Gefangenschaft und Entbehrungen hatten es altern lassen. Die einstmals strahlend blauen Augen waren stumpf und von dunklen Schatten umgeben. Sein blondes Haar war ganz lang gewachsen und bestand stellenweise aus verfilzten, dicken Strähnen – wie auch sein Bart. Er stank, war totenbleich und abgemagert. Um den Hals trug er einen rostigen Eisenring, mit dem sie ihn an die Wand gekettet hatten und der sein Fleisch aufgerieben hatte. Die Wunde an seinem Auge wollte nicht heilen. Das Auge und die Stelle um seinen Wangenknochen waren geschwollen und hatten seine Züge auf das Bemitleidenswerteste verzerrt. Das Auge tränte und er hatte starke Schmerzen. Das Kauen der Abfälle, die sie ihm gaben, war ihm kaum möglich. Um nicht zu verhungern, musste er es doch tun und wenn er es tat, dann knackte und knirschte es in der Wange. Es war, als ob ihm jemand den Kopf wegschoss.

Sie hatten ihn geschlagen und gedemütigt, hatten all ihren

Hass und ihre Wut an ihm ausgelassen. Und das nur, weil er anders war, das genaue Gegenteil seiner Peiniger. Er war für sie der Inbegriff all dessen, was sie hassten. Wohlhabend, edel und von Mitgefühl mit dieser armen Frau, die brutalst geschlagen wurde und um derentwegen er nun durch diese Hölle ging. Er hatte sich eingemischt, wollte nicht zusehen, wie sie von dem trunkenen Kerl verprügelt wurde. Hurenfreund nannten sie ihn.

Käpt'n Bartlett hatte versprochen, wiederzukommen und ihn auszulösen. Lange war das schon her. Es kam ihm vor wie eine Ewigkeit und er selbst wusste nicht mehr, wie lange er schon eingesperrt war. Würde Bartlett noch kommen oder war sein Schiff in einem Sturm untergegangen. Wussten sie in der Heimat überhaupt, dass er noch lebte? Wusste Audrey, dass er noch lebte? Der Gedanke, dass sie ihn womöglich für tot hielt und um ihn trauerte, war ihm unerträglich und quälte ihn mehr als all die Schmerzen und die Gefangenschaft. Könnte er nur ein Zeichen von sich geben, ihr einen Brief schreiben. Der Gedanke an sie und die gemeinsame Zeit war wie die Sonne in diesem dunklen Verließ. Heiraten wollten sie. Morgens erwachte er mit ihr und abends schlief er in Gedanken an sie ein. Für sie lohnte es sich, zu kämpfen und nicht aufgeben. Sie war der Quell seiner Lebenskraft. Aber wie lange hielt er das noch durch?

„Wie heißen der hochwohlgeborene Herr denn gleich noch?", krächzte dieser gebeugte, abstoßende Wicht und sein Auge schaute feixend drein.

„Peter Jenkins", antwortete der Gefangene schwach. Er saß mit dem Rücken zur Wand gelehnt und schaute kraftlos und doch hoffend zu dem Kerl auf. „Habt Ihr Nachricht von meinem Vater, bitte, ist vielleicht ein Schiff gekommen?"

Der Pirat schwieg und genoss Peters quälende Unwissenheit. „Ein Schiff?", fragte er in geheuchelter Ahnungslosigkeit. „Nein, kein Schiff ist gekommen", antwortete er und kicherte böse. „Es wird für Euer Hochwohlgeboren auch kein Schiff mehr kommen. Du bist hier. Hier ganz alleine und du gehörst uns und wir machen mit dir, was wir wollen." Wieder kicherte er. „Dein Vater hat dich vor lauter Geschäften und Geldzählen vergessen. Sein Sohn ist ihm nicht wichtig. Dein Vater ist bestimmt so ein Hurenfreund wie du. Er hat keine Zeit für dich. Ha, ha, ha", lachte er gehässig. „Wenn ich dein Vater wäre, würde ich die Zeit auch lieber in den Armen eines Weibes verbringen und hoffen, dass ich darüber diese Schande von einem Sohn vergessen werde. Du bist eine Enttäuschung, ein Aufschneider, der nur seinen erbärmlichen Hals retten will. Du bist nicht reich", spie er Peter entgegen. Überlegen baute er sich vor ihm auf. „Wir Piraten sind auch Geschäftsleute, musst du wissen. Genau wie dein ach so reicher Vater. Auch wir zählen das Geld und so sehr uns dein Aufenthalt auch beehrt, er geht dem Ende zu." Höhnisch verzog er sein spitzes Kinn. „Du bist im Unterhalt sehr anspruchsvoll und kostspielig und daher müssen wir dich umquartieren", sagte er mit sanfter Boshaftigkeit und kicherte wieder.

Dann löste er die Kette von dem Halsring, den Peter als solches anbehielt, zückte seinen Dolch und stieß Peter die steinerne Treppe hinauf. Oben angekommen, warteten ein paar Kumpane und gemeinsam stießen und traten sie ihn vor sich her. Er war viel zu schwach, um zu flüchten. Wo hätte er auch hinkönnen?

„Was habt ihr mit mir vor?", fragte Peter, hinter sich blickend.

Anstatt einer Antwort erhielt er einen Schlag in sein geschwollenes Gesicht. Der Schmerz raubte ihm fast das Bewusstsein, dunkle Punkte explodierten vor seinen Augen. Einer Ohnmacht nah, schwankte er und stöhnte laut auf. Der Weg führte durch die sandigen Gassen dieses unseligen Ortes, indem ein jedermann ein Schurke, ein Mörder oder sonst eine üble Gestalt war. Ihr Ziel lag etwas außerhalb und nach einer Weile machten sie vor einem hohen Palisadenzaun halt. Peter wurde durch eine stabile Türöffnung gestoßen und sah hinunter auf den Grund einer 20 Yards tiefen, steil abfallenden Sandgrube.

Dort unten am Fuße der Grube tummelten sich drei ausgewachsene, kraftstrotzende Keiler, die kurz desinteressiert hinaufschauten und dann weiter im Sand wühlten. Ein Tier rieb sich grunzend an verdorrtem Geäst. Soweit Peter erkennen konnte, stand dort unten noch ein kleiner Holzverschlag – nicht größer als eine Hundehütte.

„Das ist dein neues Zuhause", hörte er es hinter sich und erhielt einen Tritt ins Kreuz.

Die drei sahen zu, wie Peter den Abhang hinunterstürzte.

„Das hat noch keiner lange überlebt. Das reiche Muttersöhnchen hat eh nicht mehr für den Sklavenmarkt getaugt", sagte der mit dem spitzen Kinn.

„Das ist das feinste Schweinefutter, was jemals zu ihnen heruntergekullert ist!", sagte ein anderer.

Die drei lachten grölend und gingen.

Peter rollte und fiel den sandigen Abhang hinunter und versuchte, sein verletztes Auge zu schützen.

Im Stürzen erkannte er, was das verdorrte Geäst wirklich war: die Schweine schabten sich an bleichem Gerippe!

Tod an Bord

Käpt'n Bartlett hatte es eingesehen. Eine Untersuchung brachte nur Unruhe und Misstrauen und bot dem unbekannten Vogelmörder eine gute Gelegenheit, neue Intrigen zu spinnen. Die Mannschaft erwartete, dass er handelte. Es war das Naheliegendste, das zu tun, was alle erwarteten. Der verrückte, alte Kauz mit den vielen Messern musste für das, was er in den Augen der Mannschaft getan hatte, bestraft werden.

Biggs war unschuldig. Er und die anderen wussten es. Das machte es nicht leichter, eine geeignete Strafe zu ersinnen. Es durfte ja nur eine augenscheinliche Strafe sein. Daher kam Auspeitschen oder Kielholen nicht in Frage.

Also hängten sie ihn kurzentschlossen in einem Netz an die Marsrah. Und zwar für einen ganzen Tag lang.

Biggs fühlte sich sehr, sehr unwohl. Gut 25 Yards über dem Wasser schaukelte er im Wind hin und her und ihm wurde speiübel davon. Am schlimmsten wurde es, wenn er hinunter auf das Wasser schaute, das wie ein Band, wie ein endloser blauer Teppich stetig unter ihm hinweggezogen wurde. Sein Blick verlor sich und sein schaukelndes Gefängnis tat sein Übriges, er wurde geradezu grün im Gesicht. Ernstlich fragte er sich, ob Kielholen oder Auspeitschen nicht die bessere Entscheidung gewesen wäre. Und dann dieser Knoten, an dem das Netz festgemacht war! Prüfend schaute er nach, ob es auch eine anständige Seemannsarbeit war und hielt. Sollte sich der Knoten in der Nacht lösen, würde er ins Meer plumpsen und elendig ersaufen, ehe jemand was merkte.

Für den Notfall hatten sie ihm heimlich ein Messer zugesteckt.

Sollte er jedoch aus dieser Höhe aufs Wasser fallen, verrenkte und brach er sich gewiss die alten Knochen.

Wie er da so hing, beschloss er, sich nie wieder über das Alter zu beklagen, wenn er erst einmal wieder in Bristol angekommen wäre – wenn, ja, wenn es das Schicksal gut mit ihm meinte.

Die Sunflower machte gute drei Knoten Fahrt. Der Bug des Schiffes zerteilte kraftvoll das blaue Meeresband und ließ die Gischtfontänen in schöner Gleichmäßigkeit zu beiden Seiten wegspritzen. Bartlett stand mit düsterer Miene auf seinem gewohnten Platz auf dem Achterdeck und überschaute das Deck.

Mr. Bellamy schlich mit elendigem Gesicht umher und hielt sich die Hose. Dr. Pargether hatte eigens für ihn ein Pülverchen zusammengemixt, dessen Hauptzutat aus gestoßenen Kaffeebohnen bestand. Trotzdem sie schon einige Zeit unterwegs waren, machte die Seekrankheit ihm immer noch zu schaffen. Heute würde Mr. Bellamy sicher noch den Doktor aufsuchen müssen. Ob das Pülverchen nun half oder nicht, auf jeden Fall würden sie reden und das alleine lenkte schon von der Übelkeit ab.

'ne richtige Landratte!, dachte Bartlett.

Es gab Menschen, die waren für Seereisen einfach nicht geschaffen und Mr. Bellamy war so einer. Den Gürtel seiner beigefarbenen Kniebundhose hatte er abgelegt und stattdessen hielt ein Seil seine Hose auf den Hüften. An das Seil musste er sich offensichtlich noch gewöhnen. Vorne, wo er es zusammengeknotet hatte, war es viel zu lang und sah geradezu lächerlich aus. Vor Übelkeit aß er sehr schlecht, da er ohnehin nichts bei sich behalten konnte. Offensichtlich begann seine Hose trotz Gürtel zu rutschen, sodass er sich nun mit dem Seil behalf. Armer Mr. Bellamy. Er wäre besser daheim in Bristol geblieben. Doch es war erstaunlich, dass er trotz der lähmenden Übelkeit stets rührend um das Wohl von Miss Wellington besorgt war. Er fühlte sich, wie kein zweiter an Bord, für sie verantwortlich. Mehr als einmal hatte er sie inständig gebeten, nicht zu oft und zu lange an Deck zu verweilen. Und wenn sie es dennoch hin und wieder tat und die Achterkajüte verließ, wachte er wie eine Glucke über sie.

Bemerkte er unter der Mannschaft anzügliches Geflüster oder einen ungehörigen Blick, so schirmte er sie mit seiner kleinen, untersetzten Gestalt ab. Die Männer belustigte das eher und so war es des Öfteren nicht eindeutig, ob sie Audrey mit ihren Blicken auszogen oder Bellamy nur ärgern wollten. Der pummelige Mr. Bellamy, Sekretär der Jenkins Trade Company, wurde nicht im Mindesten von diesen derben, beohrringten, tätowierten Kerlen ernst genommen. Ohne auch nur einmal an sich selbst zu denken, tat er alles, um sie zu schützen und ihr das Leben an Bord so annehmlich und sicher wie nur irgend möglich zu machen.

Bartlett dachte wieder an die Geschehnisse um den Vogelmord. Wollte der Unbekannte damit womöglich eine Meuterei heraufbeschwören? Und warum jetzt, so kurz vor dem Ziel? Bartlett wusste keine Antwort, aber seine untrügliche Nase sagte ihm, dass etwas im Busch war. Und dann dieser seltsame Geistliche, den sie aufgefischt hatten. Steckte er womöglich dahinter? Immerhin war die Reise bis zu seinem Auftauchen ohne besondere Vorkommnisse verlaufen – mal abgesehen davon, dass sich Miss Wellington als blinder Passagier an Bord geschlichen hatte.

Der Unbekannte hatte den ersten Schritt getan. Sie hatten diese Intrige durchschaut und pariert, indem sie Biggs wider besseren Wissens und für alle sichtbar bestraften. Nun war der Unbekannte wieder am Zug und sie mussten abwarten.

Bartlett hatte William aufgetragen, die Augen und Ohren wie ein Luchs aufzusperren. Ein Bursche wie William fiel nicht so sehr auf, wenn er sich unter die Mannschaft mischte. Die meiste Zeit trieb er sich eh irgendwo auf dem Schiff herum. Die Seeleute kannten ihn und waren es gewohnt, dass er hin und wieder unter ihnen weilte. Außerdem konnte sich William als Meistertrickdieb sehr unauffällig verhalten.

William hatte eine Gemeinschaft gefunden. Er fühlte sich respektiert und aufgehoben und er war fest entschlossen, das zu verteidigen und es sich nicht nehmen zu lassen – zu lange war er umhergeirrt und hatte danach gesucht. Er fühlte sich verantwortlich.

Niemand gefährdet die Gemeinschaft und die Mission und dieser falsche Pfaffe schon gar nicht, dachte sich William.

Er war einer der Fünf und freute sich, auf Strouth angesetzt worden zu sein. „Ich werde Euch nicht enttäuschen", Käpt'n Bartlett, sagte er sich in Gedanken. „Woll'n mal sehen ..."

Gegen Abend ergab es sich, dass William, getreu Bartletts Auftrag, Zeuge wurde. Im letzten Licht der Abendsonne waren einige Männer auf dem Vorderdeck zusammengekommen.

„Der alte Kerl ist verrückt geworden. Bringt einfach so den kleinen Vogel um", sagte einer mit einem rot gestreiften Shirt, das über seinem Bauch spannte und schaute hinauf zur Marsrahe, an der Trevor wie ein Fisch im Netz schaukelte.

„Das hat er jetzt davon", sagte ein anderer. „Soll er sich die Welt ruhig einmal von dort oben ansehen. Ohne Wasser und Brot. Vielleicht bringt das den alten Narr zur Besinnung. Eins sag ich dir, ich fühle mich auf jeden Fall wohler, wenn der Kerl dort oben baumelt. Wer weiß schon, was in ihn gefahren ist. Nicht, dass der einen noch im Schlaf absticht."

Wie die Männer so auf Trevor zu sprechen kamen, merkte der Reverend plötzlich auf. Bis dahin hatte er mit fettem, frommem Gesicht an der Reling gestanden und wie ein Visionär, in Gedanken an große Taten, auf das Meer hinausgeblickt. Und wenn jemand an ihm vorüberging, bedachte er diesen mit einem gütigen, nachsichtigen Blick. Er war sehr geübt darin.

Unmerklich gesellte er sich hinzu. Nur nicht direkt in das Gespräch eingreifen. Er hörte aufmerksam zu, nickte von Zeit zu

Zeit und tat dann wieder unsicher. Ganz allmählich ermunterte er die Männer durch sein Mienenspiel zum Reden. Egal, was sie sagten, er würde es für seine Strategie verwenden. Sie mussten sich nur irgendwie äußern. Reden mussten sie.

Das war das Wichtigste und schon begann er sein Trugspiel. Wenn es seinen Zwecken diente, war er imstande, das Gesagte ins Gegenteilige zu verkehren und ohne dass es seinen Zuhörern bewusst war, machten sie sich seine Botschaft zu eigen und trugen sie weiter. Sie würden ihm folgen und ehe sie merkten, was geschah, war es meist schon zu spät. Bei einfachen und bisweilen abergläubischen Seeleuten hatte er umso leichteres Spiel, was nicht heißen soll, dass er es nicht auch schon bei Gebildeteren und höhergestellten Persönlichkeiten geschafft hatte.

Er hatte es schon einmal getan und er würde es wieder tun: die Apokalypse herausfordern, um im Schrecken und Untergang allmächtige Botschaften zu erfahren und sie zu deuten – das war seine Welt. Nur in der Angst und im alles verzehrenden Inferno waren diese allmächtigen Stimmen für ihn deutlich zu hören und er war süchtig danach. Suchen die Menschen in Schicksalstagen verstärkt Kraft im Glauben, so war Eliah Strouth derjenige, der diese Schicksalstage heraufbeschwor und sie zu seiner Bühne machte.

Sollte es ihn selbst vernichten, wäre es ihm egal. Sollte er unbeschadet bleiben, hatte die Vorsehung wieder einmal die schützende Hand über ihn gehalten. Er fühlte sich dann in seinem Tun bestätigt, geradezu auserwählt und von der Herrlichkeit erfüllt. Allmächtige Größe war es, nach der er strebte und die Enge an Bord eines Schiffes war wie geschaffen dafür, sich an dem Einfluss, den er ausübte, zu berauschen.

Ein religiöser Eiferer, ein Wahnsinniger, und dass er kein Dummkopf war, machte ihn so gefährlich. Und nun war er an Bord der Sunflower, die er nie hätte betreten dürfen. Wäre der

Leibhaftige selbst an Bord gekommen, hätte es nicht schlimmer sein können.

Doch noch ahnte niemand, was im Kopf des Predigers vorging. Für sie war er ein Kirchenmann und wenn die meisten an Bord mit einem Pfaffen auch nichts im Sinn hatten, wurde er respektiert. In dieser Fremde hatte es etwas von Heimat, einen Priester an Bord zu wissen. Daher brachten ihm die Männer Wohlwollen entgegen.

Strouth hörte aufmerksam und mit Anteilnahme zu, zumindest tat er so, denn in Wirklichkeit wartete er in kalter Ruhe darauf, angesprochen zu werden. Das war sehr wichtig für die Wirkung dessen, was er zu sagen hatte.

„Ich weiß nur eines ...", sagte der mit dem rot gestreiften Hemd und schaute Zustimmung heischend in die Runde, „ich will nicht mit dem alten Zaus unter Deck schlafen, wenn sie ihn wieder herunterholen. Wer ohne Grund einfach so etwas macht, ist nicht ganz richtig im Kopf und man muss ihn im Auge behalten. Und dann erst die Messer! Habt ihr die vielen Messer gesehen, die er in seinem Mantel trägt? Eines sag ich euch, ich mach dann bestimmt kein Auge mehr zu. Oder was sagt ihr?", fragte er in die Runde.

Zustimmendes Gemurmel und Nicken.

„Das will ich auch nicht!", meldete sich jemand und wieder ein anderer sagte: „Soll er doch beim Käpt'n unterkommen!"

„Wir müssen mit Käpt'n Bartlett reden", sagte einer von ganz hinten.

Der mit dem rot gestreiften Hemd kratzte sich die Wange. „Aber wer soll's tun? Is 'ne schwierige Aufgabe. Woll'n ja keine Unruhe stiften." Dann fasste er den Reverend ins Auge und kratzte sich verkniffen die andere Wange. „Reverend ...", begann er zögerlich und suchte nach Worten.

„Ja, mein Sohn, sprich nur frei heraus, was dir auf der Seele lastet", antwortete dieser salbungsvoll und triumphierte in innerer Selbstgefälligkeit. Sein Vorhaben ging auf.

„Würdet Ihr stellvertretend für uns beim Käpt'n vorsprechen?"

„Es ist meine Aufgabe, für die Menschen da zu sein und für sie zu sprechen, mein Sohn. Würde ich es nicht tun, wäre ich der Gottestracht, die ich trage, unwürdig."

„Die meisten hier sind meiner Meinung", sagte sein Gegenüber und sah aus, als ob ihm unwohl wäre.

Es war auf einem Schiff immer ein heikles Unterfangen, stellvertretend für andere zu sprechen, denn es hatte immer den Ruch von Aufruhr und Meuterei.

„Wir möchten nicht, dass der Verrückte weiter unter uns sein Nachtquartier nimmt. Wir tun dann kein Auge mehr zu und brauchen unseren Schlaf. Euer Wort hat gewiss mehr Gewicht als das eines jeden von uns."

„Ich kann euch nur zu gut verstehen und euer Anliegen ist nur recht und billig. Ihr tut gut daran, mich um Hilfe zu bitten, auf dass ihr nicht der Rädelsführerschaft bezichtigt werdet. Ich will mich für euch verwenden. Aber wir müssen vorsichtig sein, meine Freunde."

Gekonnt zögerte Strouth einen Moment und machte ein Gesicht, als ob er eine dunkle Ahnung hätte.

„Dieses Schiff birgt ein Geheimnis. Ich bin nur ein einfacher Gottesmann, der den Weg geht, der ihm bestimmt ist. Die Vorsehung hat mich auf dieses Schiff geführt, euch zu erretten. Deutlich sind die Zeichen, die euch verborgen blieben."

„Reverend, bitte sprecht zu uns. Wovon redet Ihr?"

„Der kleine Vogel kam an Bord, suchte Schutz und fand den Tod. War Abel nicht auch arglos, als Kain ihn erschlug? Alles steht geschrieben, Antworten, nach denen wir dürsten. Meine Ohren hören, doch steht es nicht im Einklang mit dem, was meine Augen sehen. Meine Ohren hören, der alte verwirrte Mann wäre nur ein einfacher Passagier, der für die Überfahrt nach Hispaniola bezahlt hat, um dort auf Verwandtschaft zu treffen, die sich seiner alten Tage annimmt. Auch des guten Klimas wegen würde er diese Reise tun ..."

Dunkel und allwissend sah der Prediger in die Runde.

"Aber meine Augen sehen, dass den Käpt'n weit mehr mit dem alten Mann verbindet, als er uns glauben machen will", sprach Strouth pathetisch.

Verunsicherung stand den Männern im Gesicht. Sie wussten nicht, was sie davon halten sollten. Strouth war zufrieden mit dem, was er sah, denn die Unsicherheit war der Keim des Argwohns auf dem Weg zum Hass.

"Sehen müsst ihr, sehen. Öffnet die Augen und sehet, welch dunkler Schatten sich hinter euch aufbaut. Die Reise geht nach Westindien, hat der Käpt'n euch gesagt. Es ist eine Handelsfahrt, hat der Käpt'n gesagt. Geschäfte wollen wir machen, nicht wahr ...?"

Strouth bleckte verächtlich die Zähne.

"Ihr habt nicht mal eine handvoll Neger an Bord, die ihr auf Hispaniola gegen Tabak, Rum oder Baumwolle eintauschen könntet. Ihr hättet dazu erst die Elfenbeinküste anlaufen müssen, um Neger im Tausch gegen englischen Plunder einzutauschen. So ist die Route und so treibt man Handel. Jeder von euch hat doch schon unzählige Male diese Fahrten gemacht", wetterte Strouth.

"Der Reverend hat recht! Es ist seltsam", pflichtete ein junger Kerl dem Reverend heißblütig bei.

"Aber nein", wehrte Strouth ab, "ihr fahrt auf direktem Kurs nach Westindien. Geschäfte will der Käpt'n machen, hat er gesagt. Habt ihr schon einmal in euren Frachtraum gesehen? Nichts als Rumfässer! Ihr bringt Rumfässer nach Westindien, dorthin, wo er hergestellt wird und von wo aus er in alle Welt verladen wird. Es gibt zuhauf Rum in Westindien. Und jetzt sagt mir ..."

Bedeutungsvoll schwieg er wieder für einen Moment und seine eher kleinen Augen schauten fuchswütig in die Runde.

„... wer bringt schon Eulen nach Athen? Das Geschäft, das der Käpt'n machen will, ist ein Geschäft mit dem Tod. Mit eurem Tod. Seid ihr wie die Lämmer, die sich bereitwillig zur Schlachtbank führen lassen?"

„Der Reverend hat recht! Seltsam ist es schon. Mir ist da was eingefallen", meldete sich ein kleiner Stämmiger mit schwarzem Bart zu Wort. „Es war noch in Bristol, bevor ich anheuerte. Als ich eines Abends im Holy Wizzard saß, um zu saufen, da tauchte plötzlich dieser feine Pinkel auf. Is'n stadtbekannter Spieler und Frauenheld und der Neffe vom alten Jenkins, dem das Schiff hier gehört. Gibt ganz schön damit an ..."

Er hielt kurz inne, weil ihm der Name desjenigen nicht einfallen wollte. Dann hatte er ihn.

„Percy Falls! Der schöne Percy, nennen ihn alle. Na ja, und wie er dann so den ganzen Abend getrunken, gespielt und die Weiber ausgehalten hatte, da war er etwas redselig geworden. Und dann hatte er gesagt, dass er auf seinen toten Cousin anstoßen wolle, dabei hat er gelacht und gesagt, dass die Totgesagten länger leben, als man glaubt und manche länger lebten, als sie es verdienten. Und dann wurde er ganz betrübt und soff bis in den frühen Morgen."

„Ich habe auch gehört, dass der Sohn vom alten Jenkins überhaupt nicht tot wäre, obwohl sie ihn doch begraben haben", sagte ein anderer weiter hinten.

Was die Männer sagten, war wie Wasser auf die Mühlen von Strouth, Nahrung für sein Trugspiel. Erschüttert blickte er drein.

„Ohhhh Herr, steh uns bei!", rief er aus, hob die Arme und

blickte flehentlich mit zitterndem Kinn in den Himmel. „Lass nicht geschehen, was doch unabwendbar scheint! Hilf mir und gib mir die Kraft, zu retten die Gerechten und mit Feuer zu taufen die Frevler, die da sündigen! Dieses Schiff segelt unter keinem guten Stern!"

Als die Männer das hörten, beschlich sie ein sehr ungutes Gefühl. Sollte dieses schöne und neue Schiff ihr Untergang werden? Das, was der Prediger sagte, leuchtete ihnen ein. Eine übliche Handelsfahrt war das jedenfalls nicht. Sowohl die Ladung als auch die Route waren ungewöhnlich. Der Käpt'n verbarg etwas. Da war sich ein jeder sicher.

Strouth hatte sich wieder gefasst. Für diejenigen, die noch zweifelten, sprach er mit ruhiger Stimme die folgenden Worte: „Du sagst, der Sohn des Eigners wäre tot und doch gäbe es in Bristol Zweifel daran?"

Wieder einmal bewies Strouth die Fähigkeit, Zusammenhänge blitzschnell zu erfassen und für seine Intrige zu nutzen.

„Ich sage euch, diese Reise hat mit diesem Mann zu tun. Und dieses Weib hat sich seinetwegen an Bord geschlichen. Aber dessen ungeachtet ist sie eine Sünderin. Sie genießt eure Blicke und nährt euer Verlangen. Sie weidet sich daran und es vertreibt ihr die Zeit. Fürwahr, ich sage euch, ich kann sehen, wie sie in euren Köpfen spukt. Ich sage euch, seither wurde noch jeder Untergang und jedes Verderben vom süß strömenden Gift der Sünderinnen begleitet!"

William schaute in die Gesichter der Männer. Als hätte Eliah Strouth einen magischen Bann gesprochen, so standen sie da. Die Augen in infernaler Faszination geweitet, sagte keiner ein Wort. Nur das Rauschen der Bugwelle war zu hören.

„Frauen an Bord bringen Unglück", spie einer, noch ganz unter Strouths Einfluss.

Strouth wandte sich leeren Blickes dem weiten Meer zu.

„Doch auch für die Sünderinnen gilt: Wer Wind sät, wird Sturm ernten und der Tag wird kommen, an dem die Ernte eingebracht wird", sagte er prophetisch und strich mit der Hand über den Horizont.

Er hatte Audrey damit für vogelfrei erklärt. Sollte der Tag kommen, an dem sie rasend vor Begierde über sie herfielen, ihr den Stolz, die Schönheit und die Anmut nahmen, ihre stinkenden Körper geifernd an ihr rieben, sie schlugen, besuhlten, beschmutzten und wenn es getan war, voll Verachtung auf sie niederspien, dann, ja dann würden sie sich zufrieden als Teil einer moralischen Sühne empfinden. Sich auf die Schultern klopfend, würde der Rum die Runde machen in dem selbstgerechten Gefühl, als Werkzeug der Gerechtigkeit die Sünderin gestraft zu haben, wie sie es herausgefordert und verdient hatte.

Gefallene Engel, geschändet, blutend und lieber tot als lebendig. Strouth würde es billigen. Es wäre jenes Szenario, das er sich wünschte. Er war dann berufen, zu trösten und das war ein gutes Gefühl, ein allmächtiges Gefühl.

Dass er es war, der sich dafür verantwortlich zeigte, konnte er nicht mehr wissen. Er erinnerte sich nicht mehr. Schon seit langem pochte heiß der Trieb. Audrey war in Gefahr. Wie einer Eingebung folgend, ging Strouth in sich und betrachtete das große Räderwerk seiner unheilvollen und instinktiven Gedanken, wie es lief und schon die nächsten schändlichen Gedanken hervorbrachte. Es war in Gang gesetzt und selbst wenn es Strouth gewollt hätte, hätte er es doch nicht mehr bremsen können. Die Gedanken in seinem wirren Kopf verselbständigten sich.

Er wusste, dass Piraten Lösegeld für gefangene Reiche verlangten und so legte er nach …

„Doch die wundervolle Allmacht flüstert mir noch mehr. Deutlich höre ich die liebliche Stimme, wie sie mich warnt. Der Mann, dieser Sohn des Schiffseigners, ist tot. Und außer dem

Käpt'n weiß niemand davon. Der Käpt'n ist schlecht. Voll Niedertracht nährte er die Hoffnung und log allen vor, der Mann wäre am Leben. Und warum tat er das? Weil er sich bereichern will. Ich sage euch, es ist ein sagenhafter Schatz an Bord."

Strouths Augen wurden groß und glänzend und er beschrieb mit seinen Händen Kreise in der Luft. Er wand sich auf der Stelle und sah jedem vielsagend ins Gesicht.

„Sagenhafter und größer, als ihr es je zu träumen gewagt habt", sagte er staunend und gab sich fast überwältigt. „Doch ihr ... ihr alle steht dem Käpt'n im Wege." Mit dem Finger visierte er drohend jeden an. „Der Mann ist tot, sage ich euch. Denn wäre er nicht tot, müsste man ihn befreien, nicht wahr? Doch schaut euch um, wer sollte das leisten? Etwa ihr braven Seemänner? Wusstet ihr davon? Mitnichten! Seht nur, wen er zur vermeintlichen Rettung auserkoren hat: einen Wilden, einen begriffsstutzigen Hünen, einen Gaukler und einen alten, verrückten Greis. Wahrlich leichtes Spiel hat er mit denen. Das hat er alles fein eingesponnen, unser Käpt'n."

Hätte Strouth geahnt, dass William auch dazugehörte, hätte er noch „und ein Junge, fast noch ein Kind" hinzugefügt. Doch wäre dies unwesentlich für die ohnehin schon fatale Wirkung seiner Worte gewesen.

William erschrak. Nein, das konnte nicht sein! Ob Peter Jenkins nun am Leben war oder nicht. Nie würde der Käpt'n ein doppeltes Spiel spielen. Nicht Käpt'n Bartlett!, dachte William und ihm wurde ganz flau.

Strouth indes faltete die Hände und senkte mit tief ergriffener Frömmigkeit den Blick. Er war der Taktmeister und die Ouvertüre der apokalyptischen Oper war angestimmt worden.

Am späten Nachmittag des folgenden Tages stand Käpt'n Bartlett an seinem gewohnten Platz auf dem Achterdeck, von wo aus er alles überblicken konnte und wohlbewusst Präsenz zeigte.

William hatte ihm alles über die Hetze des fetten Predigers erzählt. Er war nicht überrascht gewesen. Wieder einmal hatte ihn seine Nase nicht getrogen. Als er Strouth das erste Mal gegenüber gestanden hatte, hegte er schon eine gewisse Abneigung gegen ihn. Dieses Gehabe aus linkischer Demut und höher berufener Allmacht und Allwissenheit mochte Bartlett nicht. Bei religiösem Eifer war immer Vorsicht geboten.

Bartlett dachte nach. War Strouth überhaupt ein ordentlich berufener Kirchenmann? Viele Halunken tarnten sich mit Ordens- und Kirchentracht. Er empfand freudiges Wohlwollen für die Meinung nicht weniger Käpt'ns, einen Pfaffen nur gegen strenge Auflagen an Bord zu lassen. Vom Rede- und Predigtverbot bis hin zur Verhängung der Quarantäne, für den Fall, dass er die Methoden des Käpt'ns in Frage stellte. Es konnte nur eine Autorität an Bord geben, die des Käpt'n oder die des Pfaffen. Und da man sich an Bord eines Schiffes und nicht in der Kirche befand, war die Sache klar. Bartlett wünschte, er hätte Strouth schon eher an die Kandare genommen.

Es fielen ihm die Worte ein, die Strouth kurz nach seiner Rettung sagte. *„Auf der Honour of Wind ist es zu einer Meuterei gekommen."* Wenn es eine Meuterei gab, war sich Bartlett sicher, dann steckte Strouth dahinter. Aber warum in drei Teufels Namen fährt jemand über die Weltmeere und wiegelt die Mannschaft auf? Das ist gefährlich – und was hat er davon?

Es sei denn, derjenige ist verrückt. Bartlett führte sich die Bedeutung seiner Worte noch mal vor Augen. Nicht ganz richtig im Kopf! Und das ist noch viel schlimmer. Konnte man doch ansonsten die Ursache für Strouths Verhalten damit erklären, dass ihm die Sonne arg zugesetzt haben musste, als er allein auf dem offenen Meer trieb. Ja! Dass die Sonne ihm bei dieser Odyssee das Hirn weichgekocht hatte.

Und jetzt war sich Bartlett auch sicher, dass es tatsächlich zu einer Meuterei auf der Honour of Wind gekommen ist. Auf einem ordentlichen Schiff war es unüblich, einen Meuterer in einer Jolle auf dem Meer auszusetzen. Das heißt, wenn man nicht gerade den Teufel persönlich an Bord hatte. Für gewöhnlich hielt man ein Seegericht und die Strafe konnte alles sein: kielholen, auspeitschen, einsperren oder aufhängen. Damit zeigte man der Mannschaft, dass es zu nichts führt, sich einer Meuterei anzuschließen.

Aber dass er in einer Jolle auf dem offenen Meer trieb, sprach eher dafür, dass er das Inferno, das er heraufbeschwor, rechtzeitig verlassen hatte. Strouth war nicht dumm und ein gemeingefährlicher religiöser Eiferer, ein Irrer, dem alles zuzutrauen war. Und er war nun an Bord der Sunflower.

Die Mannschaft der Honour of Wind war höchstwahrscheinlich verloren. Wenn Käpt'n und die Offiziere erst einmal beseitigt waren, gab es keine ordentliche Autorität mehr. Was dann passierte, war so absehbar wie ein Leck im Schiffsboden. Es bildeten sich Parteien, die nur danach strebten, die Kontrolle über das Schiff zu bekommen und sich darin gegenseitig umbrachten. Natürlich nicht, ohne zuvor gütlich zu versichern, diesem Irrsinn mit besten Absichten ein Ende machen zu wollen. Man sitze ja schließlich in einem Boot. Das Problem dabei ist, wusste Bartlett, jeder weiß, was der andere vorhat und jeder hat gesehen, was der andere bereits getan hat, gütlichen Willen zur Einigung bekundet und hinterrücks gemordet. Die Toten sprechen für sich. Derjenige, der zuerst kurzen Prozess macht, glaubt, am Leben bleiben zu können. Schlechte Bedingungen für Beteuerungen und Versicherungen.

William hatte ihm genug erzählt, um Strouth festzusetzen. Aufwiegelei und Anstiftung zur Meuterei ist ein sehr schweres Vergehen.

Bartlett wusste jedoch, wie groß Strouths Einfluss zwischenzeitlich war. Wenn er ihn jetzt strafte und einsperrte, konnte es sein, dass er damit den Startschuss zur Meuterei gab. Nein! Es galt, vorsichtig zu sein und eine offen ausbrechende Meuterei zu vermeiden.

Strouth war sehr geschickt vorgegangen, musste sich der Käpt'n eingestehen. Die Mannschaft war misstrauisch. Aber noch waren sie ruhig und glaubten, sich nichts anmerken zu lassen. Bartlett konnte es jedoch genau spüren. Es lag in der Luft. Feindselige Blicke aus den Augenwinkeln, innerer Widerwillen, gepresste Münder und zögerlicher Antritt bei seinen Kommandos. Die ganze Haltung war auf Verweigerung aus. Einige brachten es nicht fertig, ihm in die Augen zu gucken und taten mit Belanglosem arg beschäftigt, wenn er vorüberging. Und da, wo Zeit war und sie für gewöhnlich zusammenhockten und schwatzten, war es nun totenstill – alles sichere Zeichen. Strouths Hetze hatte sich wie ein Lauffeuer ausgebreitet. Ein Wort des Predigers würde wahrscheinlich genügen und alles lief aus dem Ruder. Die Wurzel des Übels war gepflanzt und war nun kaum noch auszureißen. Er machte sich Vorwürfe. Wenn er ihn doch nur eher im Auge behalten hätte und ihn sich vorgeknöpft hätte, als noch Zeit war. Jetzt war es das einzig Richtige, Präsenz zu zeigen und sich nicht zu verstecken.

Ein Nervenkrieg. Angespanntes Warten auf das Ereignis, das alles auslöst. Ein Wort, ein Schlag, ein Messer, ein Nein, ein Ausspucken oder ein gezückter Dolch.

Bartlett musste Zeit gewinnen. Die westindischen Inseln waren bei gutem Wind noch eine Wochenreise entfernt. Und wenn sie erst mal einen Hafen angelaufen hatten, hatte Strouth keine Macht mehr.

Noch vor Erreichen der Bannmeile würde er sich Strouth dann persönlich zur Brust nehmen.

„Dann wird abgerechnet", knurrte Bartlett in sich hinein.

Er schaute hinauf zum prall geblähten Bramsegel. Sein Blick glitt weiter über den Himmel, der von einzelnen grauen Wolkenfetzen durchzogen war. Das Wetter gefiel ihm ganz und gar nicht. Noch war es ruhig. Doch dort oben braute sich etwas Gewaltiges zusammen. Das Wetter war in diesen Breiten sehr tückisch und konnte im Nu umschlagen und mit einer Heftigkeit stürmen, brüllen und wüten, die dem Untergang der Welt gleichkommen mochte. So einen Himmel hatte Bartlett schon einmal gesehen und in den Stunden darauf fegte ein tropischer Sturm nie geahnten Ausmaßes über die kleine Insel Inagua hinweg, wo er damals mit der Stormbride vor Anker lag. Jetzt aber befanden sie sich ungeschützt auf See. Der nächste Hafen war mindestens eine Tagesreise entfernt.

Bartlett lächelte spöttisch. Hatte er, angesichts der Probleme auf dem Schiff, nicht Grund genug, sich über einen Tropensturm zu freuen? So ein Sturm verschaffte ihm die Zeit, die er bis zur Abrechnung mit Strouth gut gebrauchen konnte. Die Mannschaft hätte alle Hände voll zu tun und diejenigen, die nicht gefordert waren, rückten unter Deck angstvoll zusammen und hofften, nicht unterzugehen. Meuterei war in diesem Moment sicher kein Thema mehr. Strouth war kein Seemann und so würden sie seine Kommandos befolgen. Ja! Ein Sturm würde seine Position stärken. Insbesondere dann, wenn er die Sunflower sicher durchbrachte. Falls nicht, und sie soffen ab, ereilte die Sunflower auch kein anderes Ende, als es dieser Verrückte im Sinn hatte.

Kritisch und besorgt gen Himmel blickend, bemerkte der Käpt'n nicht, wie an Backbord Bootsmann Rawlings nahezu unmerklich zu ihm aufschloss.

Rawlings war ganz vertieft darin, Fall und Schot zu ordnen. Sorgfältig wickelte er ein Schot um seine Elle. Dann und wann unterbrach er kurz, zog daran, schaute prüfend nach oben, schacherte ungeschickt mit den Füßen darin herum und begann dann erneut, es um seine Elle zu wickeln. Es war kein Zufall, dass Rawlings Stück für Stück näher zum Käpt'n aufschloss – mochte es noch so beiläufig und zufällig aussehen. Rawlings war Bootsmann und Stückmeister und er war kein Einfaltspinsel. In Bristol verdiente er sich hin und wieder etwas dazu, indem er Augen und Ohren offen hielt.

„Psst! Psst, Käpt'n!", zischte Rawlings, ohne aufzusehen, und hantierte weiter mit einem Tau. „Nicht zu mir hersehen. Tut so, als ob Ihr aufs Meer hinausseht. Ich weiß es! Ich hab's genau gesehen", zischte er gepresst und versuchte, das Knäuel, in das er absichtlich hineingetreten war, abzustreifen.

„Was gesehen?", fragte Bartlett ruhig, zog sein Fernrohr aus und suchte den Horizont ab.

„Ich hab gesehen, wer den Vogel aufgespießt hat".

Bartlett konnte kaum glauben, was er da hörte. Sein ohnehin durch die Linse vergrößertes Auge blinzelte kurz, riss dann auf und wurde noch größer.

„Warum seid Ihr nicht eher zu mir gekommen, wie es Eure Pflicht ist, Rawlings?" Verärgert presste Bartlett das Fernrohr so heftig zusammen, dass es mit einem schnappenden Geräusch in sich fuhr.

„Zu gefährlich, Käpt'n. Viel zu gefährlich. Nicht hier. Möchte noch ein bisschen weiterleben. Schlage vor, wir treffen uns diese Nacht, wenn die Männer schlafen, an Backbord im Schatten bei der Jolle", zischte er und hantierte so ungeschickt, wie er gekommen war, wieder davon. Und wie um die Stelle zu markieren, an der sie sich des Nachts treffen sollten, warf er das Tauknäuel einfach dort nieder.

Tiefschwarz kam die Nacht über das Schiff. Ein wolkenverhangener Halbmond schimmerte dunkelgrau über die See. Warme

Feuchtigkeit lag in der Luft. Noch hielt sich das Wetter. Aber in diesen Breiten hieß das nichts. Schnell konnte es umschlagen.

Rawlings stand wie verabredet im Schatten bei der Jolle und wartete. Es war stockduster und sehr still. Nur das Knarren von Holz und das glucksende Säuseln des Wassers, das unter ihm an der Bordwand entlangfloss, war zu hören.

Rawlings war zufrieden. Sein Auftraggeber hatte Recht behalten. Mit dieser Reise war etwas faul. Er wurde gut bezahlt und so hatte er ganz andere Gründe, auf der Sunflower anzuheuern. Aber das, was er beobachtet hatte, konnte ihm noch mal ein hübsches Sümmchen einbringen. Der Prediger hatte von diesem Schatz gesprochen und es musste dem Käpt'n doch einiges wert sein, seine Beobachtung zu erfahren. Dabei wollte er dem Käpt'n keinesfalls ins Gehege kommen. Bartlett wird einen guten Anteil für sich behalten können. Er, Rawlings, wolle nur das, was ihm zustand. Wieder zurück in Bristol würde er Bericht erstatten und nochmal abkassieren, malte er sich freudig aus. So süß die Münzen klingen. Die Dinge standen gut für ihn. Keiner wusste von seinem Doppelspiel. Auch derjenige nicht, den er zu verraten gedachte. Dessen war er sich sicher.

Er verhielt sich still und wartete auf Käpt'n Bartlett.

Nach einer Weile hörte er Schritte auf den Planken knarren.

Da kam er ja endlich! Wenn der Alte nur schneller über die Planken ginge, knarrten sie weniger, dachte Rawlings spöttisch.

„Käpt'n, hier bin ich", flüsterte er in das Dunkel hinein.

Sehen konnte er nichts. Der Bootsmann tat einen Schritt vor. Ohne es zu merken, trat er dabei in eine Schlaufe des von ihm am Nachmittag dort hingeschmissenen Tauknäuels.

Etwa vier Yards vor ihm erkannte er einen schemenhaften blauschwarzen Schatten. „Ssssst, Käpt'n, hier bin ich", flüsterte er erneut und winkte, was bei dieser Dunkelheit unsinnig war, da er eh nicht zu sehen war.

Rawlings war schon ganz in Gedanken bei seinen Worten, die er sich zurechtgelegt hatte, und so überging er diese schwache Ahnung, die ihn warnte. Er überhörte die leise Stimme, die ihm sagte, dass hier etwas nicht stimme. Zu sehr war Rawlings in der Vorfreude über seine gewinnträchtige Strategie vertieft, als dass dieses zarte Aufbegehren, diese leise Warnung dagegen ankam. Dabei hätte er nur ganz genau hingucken müssen und durch ihn wäre ein Ruck gegangen. Aber die Dunkelheit ist der Mitverschwörer des Bösen. Der blauschwarze Schatten tat gemächlich zwei Schritte auf ihn zu und seufzte wie zum Gruß, als ob er einen alten Bekannten wiedertraf.

Als hätten die Engel und die guten Kräfte des Himmels alles, was sie aufbringen konnten, in die Wagschale geschmissen, um den Verräter Rawlings zu retten, so schickten sie einen grellen Blitz vom Himmel. Für eine Sekunde wurde alles in ein blaues, gespenstisches Licht getaucht.

Der Blitz entlarvte das angestrengte und dämonisch funkelnde Gesicht seines Gegenübers, wie es sich derart nur im Schutze der Dunkelheit verzerrt. In der vorgestreckten Hand hielt er den Dolch.

Als Rawlings sah, wem er da gegenüberstand, war er viel zu schockiert und überrascht, um die Gunst des Augenblicks zu nutzen und sich in Sicherheit zu bringen. Sein Gegenüber indes merkte sich in kalter Berechnung genau, wie und wo Rawlings stand.

„Aber? Das kann doch nicht sein! Nein! Nein! Bitte nicht ...!", stammelte er und streckte die Hände abwehrend in die zurückgekehrte Dunkelheit vor. Zu spät. Wuchtig fuhr ihm die Klinge in die Brust und er wurde steif wie ein Brett. Sein gellender Schrei ging im anschließenden Donner unter.

Sterbend, die rechte Hand auf die Wunde gelegt, kippte er rücklings über die Reling ins Wasser. Mit dem letzten irdischen

Gedanken wusste er auch, was ihn hätte warnen müssen ... Es war der Schatten, der nicht recht zu Bartletts Gestalt gepasst hatte! Mit toten, aufgerissenen Augen und kralligen, verkrampften Händen sank er kopfüber hinab.

Stumm zuckten über ihm die Blitze und ihr Leuchten begleitete ihn auf seinem Weg in die Tiefe.

Das Wasser brach in seinen offenen Mund und presste die letzte in seiner Brust befindliche Luft in blutigen Bläschen zur Wunde hinaus.

Rawlings sank im doppelten Sinne. Er sank in die Tiefe und er sank in das Reich des Todes.

Feuer, Wasser, Luft und ...

Die Hölle brach los. Ein Inferno der Elemente: Feuer, Wasser und Luft, die wie eine verschworene Gemeinschaft daran arbeiteten, die Sunflower dem vierten Element, der Erde, oder besser gesagt, dem Meeresboden, zuzuführen.

Hellgrelles Blitzgeäst, ohrenbetäubender Donner und peitschender Regen, der das Meer um sie herum kochen ließ. Der Sturm riss und zerrte an dem Schiff wie Rudel blutschnäuziger Wölfe, die sich in ihr Opfer verbissen hatten. Hoch und runter, schräg zur Seite und von hinten wieder hoch ansteigend. Alles war in Bewegung. Wie ein Spielball schaukelte die Sunflower umher.

Die Blitze erhellten die Nacht und ließen in ihrem Licht die Szenerie an Bord in einem bläulichen Schein bizarr erstarren. Das Schiff kämpfte mit den Naturgewalten und bäumte sich auf wie ein brüllendes, verwundetes Ungeheuer, um sodann mit dem Bug in die Tiefe einzutauchen, als wolle es seinem Schmerz freiwillig ein Ende bereiten.

Armer Mr. Bellamy! Er saß dichtgedrängt bei den anderen unter Deck. Die Hände zum Gebet gefaltet, scheute er sich vor Übelkeit, die Augen zu öffnen. Alles, worauf er nur sah, war in Bewegung – genau wie sein Magen.

Horatio indes betrachtete es als artistische Herausforderung, trotz dieses enormen Seegangs mit der Fidel eine Melodie zu spielen. Über dieses Unterfangen konnte Trevor Biggs nur den Kopf schütteln und war sich sicher, dass Horatio sich den Kopf angeschlagen haben musste.

John Tarbat kauerte mit seinen kindlichen, angstgeweiteten Augen etwas weiter achtern und Kounaeh saß da, ohne eine Miene zu verziehen. Er war in einer Art Trance und es war ein Ritus seines Volkes, der Shawnee, in solchen Gefahren mit den Totems der Ahnen aus der Geisterwelt in Kontakt zu treten.

Käpt'n Bartlett war auf dem Weg zu seiner Verabredung, als es plötzlich blitzte. Gerade noch rechtzeitig hatte er seine Männer in die Wanten und an die Ruder gescheucht, als es auch schon losging. Er hatte Headley, den Steuermann, unter Deck geschickt. In dieser Situation war es Aufgabe des Käpt'ns, das Steuerrad zu übernehmen.

„Aufentern, Männer! Refft die Segel!", brüllte er immerzu gegen das tosende Heulen und den peitschenden Regen an, der für sich allein schon ein Gefühl des Ertrinkens gab.

Es darf bezweifelt werden, ob ihn die Männer hoch oben in den Rahen hörten, doch wussten sie auch so, was zu tun war. Jetzt kam es auf zwei Dinge an: die Segel mussten so schnell wie möglich gerefft oder nötigenfalls gekappt werden, damit der Sturm die Masten nicht wie Federkiele knickte. Weiter war es wichtig, dass sich das Schiff nicht quer zu den Wellen stellte und kenterte. Wegen Letzterem hatte Bartlett selbst das Steuerrad übernommen. Fest hielt er die Spaken umschlossen.

Er brüllte seine Kommandos an die Ruderer, die ihm halfen, die Sunflower mit dem Bug voran durch die Welle zu bringen. Dann blitzte es in kurzer Folge fünfmal.

Schräg von Steuerbord sah Bartlett sie kommen. Eine übermächtige Wasserwand türmte sich brodelnd auf und rollte auf die Sunflower zu – ein Ungetüm!

„Oh Gott, steh uns bei!", entfuhr es Bartlett.

Mit den Beinen klemmte er sich zusätzlich in die Speichen des Steuerrads. Dann war es soweit: Mit voller Wucht krachte sie gegen die Außenbeplankung. Ihr Kamm brach und überspülte das Deck in einer gichtigen grau-grünen Welle von mindestens drei Yards Höhe. Bartlett klammerte sich mit Händen und Füßen in die Speichen, als hätte man ihn samt Steuerrad in einen reißenden Fluss getaucht. Es kostete ihn viel Kraft. Hätte er doch nur vorher einmal tief Luft geholt.

Er bekam Panik, zu ertrinken und die Luftnot ließ ihn schwächer werden. Die Sinne schwanden ihm.

Nicht einatmen! Du darfst nicht einatmen, zwang er sich und kämpfte weiter gegen dieses natürliche, aber todbringende Verlangen an. Es kann nicht mehr so lange dauern, machte er sich Mut.

Eine Welle dauert nicht ewig. Doch die Kälte, die Luftnot und die Kraftanstrengung, nicht fortgerissen zu werden, überstiegen seine Kräfte. Bartlett ließ los und dies tat er wohl auch, weil er nicht mehr wusste, ob die Sunflower nicht bereits auf dem Weg zum Meeresboden war. Mit ihrem letzten Schwung nahm ihn die Welle mit und spülte ihn wie Unrat unsanft gegen die Reling. Nach Luft schnappend, hustend und benommen versuchte er, sich in diesem Inferno zu orientieren. Das Schiff hielt sich – noch! –, stellte er halbwegs froh fest.

Er musste zurück ans Steuerrad, musste verhindern, dass sich die Sunflower querstellte, und kroch los. Nicht ahnend, dass sich schon eine zweite Welle, ungleich größer als die erste, aufzutürmen begann.

Als er das Steuerrad erreichte, sah er, dass sich die Reihen der Ruderer gelichtet hatten; einige Bänke waren leer. Mit einer Armbewegung bedeutete er denen, die an Backbord ruderten, sich mehr ins Zeug zu legen. Dann sah er die Welle und bekam eine Ahnung von der eigenen Endlichkeit. Ein Blitz erhellte die Szenerie. Groß und gewaltig rollte sie auf die Sunflower zu. Ein gigantisches, fletschendes Maul aus Wasser und Gischt.

Die Erde wurde umgedreht. Himmel war Erde und Erde war Himmel. Der Ozean war jetzt der Himmel, der ihnen nun wahrhaftig auf den Kopf fiel, wie eine böse, alles erstickende Decke.

Er konnte sich noch so sehr festhalten, dieser Welle würde er nicht standhalten können, war er sich sicher. Etwas flitschte ihm ins Gesicht. Ein Seil. Aus der Richtung, aus der es geflogen kam, sah er gerade noch den nassen blonden Schopf unter Deck verschwinden. Keine Zeit für Dankbarkeit.

Eilig schwang sich Bartlett das Seil um die Hüften und machte es mit einem zweifachen Palstek am Steuerrad fest. Im Angesicht der Welle, die noch schwärzer war als der Nachthimmel, atmete er stoßweise fünf-, sechsmal ein, um möglichst viel Luft in die Lungen zu bekommen. Dann war sie da und ein letztes Mal riss er die Luft in sich hinein – keinesfalls zu früh.

Rauschen, Gischt, Bläschen. Die Strömung riss ihm schmerzhaft die Augen auf und er glaubte, sie würden ihm aus dem Kopf gespült. Von den drei Spaken, an denen er sein Seil festgemacht hatte, brach eine sofort und es riss ihn ein Stück weit mit, um dann abrupt wieder zu stoppen. Bartlett glaubte, das Brechen der zweiten Spake zu hören, als es ihn noch ein Stück vom Steuerrad wegriss.

Wie in einem Abgrund baumelte er in dem reißenden Wasser. Der Ruck, mit dem er wieder stoppte, tat sein Übriges zur Stabilität der letzten Spake. Sie hielt noch – aber wie lange? Würde auch sie brechen, wäre Bartlett auf der Stelle tot. Nein, er würde nicht über Bord gespült werden und elendig ersaufen, sondern aufgespießt werden. Ohne es zu ahnen, zeigte sechs Yards hinter ihm eine abgebroche Sprosse der Reling auf seinen Rücken. Wie eine scharfe Lanze ragte sie in das Deck hinein.

Das Seil, an dem er festgemacht war, pendelte, gab nach und federte. Bartlett hoffte, dass es nur das Seil war und nicht die Spake. Die Strömung und sein Gewicht waren zu viel. Die Spake brach. Gleichzeitig ebbte das Wasser ab und gab ihn wieder frei. Er schlug einen Sitzsalto rückwärts, fing sich und rutschte auf den Knien, sehenden Auges, auf die Lanze zu. Zu viel Schwung, um auszuweichen. In einem Stakkato von Blitzen war ihm, als lechzte und gierte die tropfende Spitze nach seinem Fleisch. Aufgespießt an einer gebrochenen Relingsprosse.

Ein unrühmliches Ende für einen stolzen Seemann!

Eine Welle krachte von achtern gegen das Schiff, und hob es an. Ein Ruck ging durch das Schiff, der die Balken ächzen ließ. Die Rutschpartie wurde ein kleines bisschen nach Lee korrigiert. Dennoch schoss er geradewegs auf die Spitze zu; sie würde ihn aufspießen. Deutlich und in seltsamer Weise sah er sie verzögert, ja geradezu unwirklich langsam, auf sich zukommen. Und es war diese verzögerte Wahrnehmung, die ihn buchstäblich im letzten Augenblick den Arm und die Schulter hochreißen ließ.

Die Blitze ebbten ab. Es war wieder dunkel. Stoff zerfetzte, als sich die Lanze unter seiner Achsel hindurch in sein Hemd bohrte. Mit dem Kinn schlug er auf die Reling auf. Zuerst wusste er nicht, ob es ihn erwischt hatte oder nicht. Er sah nur das Holz, wie es sich in sein Hemd stach. Vorsichtig tastete er mit der anderen Hand nach der Stelle und fingerte am Holz entlang bis in sein

Hemd hinein. Als er merkte, dass es ihm nur das Hemd zerrissen hatte, entlud sich seine Anspannung.

Bissig schnaubte er das Wasser zu Seite, das ihm unablässig über das Gesicht strömte. Dann ließ er sich erschöpft auf die Lanze sinken und stützte sich darauf wie auf einer Krücke. Das war knapp.

„Wir müssen diese Nacht überstehen. Nur diese eine Nacht", murmelte er atemlos. „Ich werde kommen, Peter Jenkins. Ich hab's versprochen. Ich werde kommen!"

Dann sah er zum Steuerrad hinüber. Führerlos, wie es war, drehte es sich so schnell wie ein Kutschrad. Er durfte das Steuer nicht allein lassen und kroch erneut los ...

Ein friedlicher dunstiger Morgen. Das Wasser war glatt wie ein Spiegel und eine leichte Dünung ging. Das Wasser war noch ganz aufgewirbelt und trübe. Der feine Sand, das algige Grünzeug und was sonst noch so darin schwebte, würde sich im Laufe des Tages setzen. Und dann würde das Meer wieder zu seiner schönen türkisblauen Farbe zurückfinden. Die Sonne war gerade erst dabei, ihre Kraft zu entfalten. Die Luft war klar, aber nicht kalt, und in ihr lag so etwas Beruhigendes, das irgendwie an duftende Walderde oder kühle, muffige Speicher erinnerte, was natürlich nicht sein konnte. Es war der Geschmack des überstandenen Schreckens. Vögel zogen am Himmel vorüber und es herrschte eine weite Stille. Nichts erinnerte mehr an den nächtlichen Höllensturm und man mochte es kaum glauben, so plötzlich wie der Sturm hereingebrochen war, so unvermittelt verschwand er auch wieder. Als sei nichts gewesen.

Die so stolze Sunflower knarrte und ächzte verletzt in der Dünung. Bemitleidenswert, wie ein gerupftes Huhn, sah sie aus. Die Großrah hing schräg herunter und stützte sich mit dem einen Ende auf dem Deck. Nur noch an einem Fetzen hing das Segel, das so erbärmlich herabhing, als suche es verzweifelten Halt, um nicht daniederzusinken und zu sterben. Die Außenklüversegel am Bugspriet waren zerrissen und hingen wedelnd herab. In den Wanten fand sich vereinzelt algiges Grünzeug nicht bekannter Art, das der Sturm vom Meeresboden dort hinaufgefegt hat. Das Tauwerk war ineinander verschlungen oder pendelte abgerissen und lose umher. Über der Reling lappten die Segel – oder das was davon übrig war – in das Wasser und es sah aus wie Milch, die über den Kesselrand kochte und sich in einer Lache über den Herd ergoss. Fast jede zweite Ruderführung war nur noch ein leeres Loch oder es steckte ein gesplitterter, abgebrochener Stumpf darin. Die Laterne am Heck tänzelte nun auf dem Meeresgrund. An Bord herrschte eine demütige Stille. Erschöpft und dankbar, am Leben zu sein, sprach niemand viel. Es war die Zeit zum Wundenlecken.

Dr. Pargether ging umher, sprach Mut zu und behandelte angeschlagene Köpfe, ausgerenkte Schultern oder gebroche Rippen. Planken, die nicht mehr zu reparieren waren, gab es viele. Mit Hilfe des Schiffszimmermanns verpasste der Doktor den Verletzten damit schmerzstillende Schienen und Stützen.

Blass, erschöpft und mit dunklen Ringen unter den Augen ging der Käpt'n durch die Reihen seiner Männer und stellte die Schäden am Schiff fest.

„Keine Vermissten, Sir! Das heißt, bis auf Bootsmann Rawlings. Ich habe überall nach ihm gesehen und gerufen. Es steht das Schlimmste zu befürchten!", meldete Headley, der zweite Quatermann.

„Sucht noch einmal. Es ist einiges durcheinandergeraten und vielleicht liegt er irgendwo darunter verschüttet. Nehmt Euch nötigenfalls zwei, drei Männer. Aber bevor Ihr das tut ...", Bartlett reichte ihm sein Fernrohr, „geht hinauf in das Krähennest und sucht die Umgebung ab. Vielleicht treibt er hier irgendwo umher und braucht Hilfe."

„Aye, Sir!"

Der Käpt'n trat zum Doktor, der einem Patienten gerade ein Stück Holz zwischen die Zähne legte, damit er bei dem, was ihm bevorstand, draufbeißen konnte. Der Doktor trat hinter ihn, stützte sein Knie in den Rücken des Patienten, griff nach der Elle und riss diese seitlich in einer Drehbewegung nach oben.

Es knirschte und hörte sich an, als ob jemand mit den Fingern schnippte, als die Schulter einrenkte. Der Mann stöhnte und das Holz fiel ihm aus dem Mund ...

„Schwerverletzte?", fragte der Käpt'n, während der Mann, verblüfft über die plötzliche Genesung, die Schulter spannte.

„Nichts, was nicht wieder in Ordnung kommt." Dr. Pargether bemerkte Bartletts müdes, blasses Gesicht mit den tiefen Rändern unter den Augen. „Wie fühlt Ihr Euch? Ich bin geneigt, Euch strenge Bettruhe zu verordnen", sagte er mit besorgter Autorität.

„Nichts, was nicht wieder in Ordnung kommt", griff er des Doktors Worte auf und schlenderte müde weiter.

Gut, keinen offiziellen Toten, dachte er zufrieden und schaute hinauf zum Krähennest, wo Headley das Meer absuchte.

In einer Ecke lag der fette Prediger, der immer noch ohnmächtig war oder zumindest so tat. Von Zeit zu Zeit grunzte und stöhnte er, weil er wohl fürchtete, als Toter über Bord geworfen zu werden. Aber in seinem Kopf arbeitete es. Bartlett hatte das Schiff sicher durch den Sturm gebracht und er wusste, dass er an Einfluss verloren hatte. So war es das Beste, sich ohnmächtig zu stellen und Zeit zu gewinnen. Was immer Käpt'n Bartlett auch mit ihm vorhaben mochte, mit einem Schwerverletzten ließe sich nicht so leicht abrechnen und wenn es sein musste, stellte er sich wochenlang halbtot. Auch dachte er an die Möglichkeit, zu erwachen und Gedächtnisschwund vorzugeben.

All das war nichts im Vergleich zu dem, was er eigentlich durchlitt. Dieser Morgen wäre *sein* Morgen gewesen.

Er hätte trösten, predigen und anpacken können. Er sehnte und verzehrte sich geradezu danach. Das war das Ziel all seiner Intrigen gewesen. Bartlett hatte ihm diesen Morgen gestohlen und sein Hass auf den Käpt'n wuchs ins Unermessliche. Stattdessen war er dazu verdammt, den Ohnmächtigen zu spielen. Mochte Strouth auch ein noch so intriganter und gefährlicher Irrer gewesen sein: Er war nicht so verrückt, aufzuspringen und sich auszuliefern. Bartlett hätte ihn sofort arretieren und aburteilen lassen.

Der Käpt'n gab Befehl, mit den Reparaturen zu beginnen und die Unverletzten machten sich an die Arbeit. Spät gegen Mittag hatten sie das Schiff so weit wieder hergerichtet, dass es weitergehen konnte. Bartlett wollte so schnell wie möglich die Turks-Inseln anlaufen. Waren sie erst einmal in der Nähe, konnten sie jederzeit eine geschützte Bucht anlaufen. Von dort aus war es bis La Tortuga eine Tagesreise.

William mühte sich ab, ein Tau einzuholen, das über die Reling tief ins Wasser hineinreichte, als er eine Hand auf seiner Schulter spürte, die dankbar zudrückte.

„Ruh dich aus, Junge!" sagte Bartlett.

„Ist schon in Ordnung, Käpt'n. Ich mach mich gerne nützlich. Nur dieses verflixte Tau hat sich irgendwo verhakt. Ich krieg es nicht eingeholt. So sehr ich auch daran ziehe."

„Dein Seil kam diese Nacht zur rechten Zeit. Es hätte mich glatt über Bord gespült."

William winkte ab. „Das war doch gar nichts. Ich dachte mir, so ein Seil wäre bestimmt ganz gut. Und ich hatte recht. Nicht wahr?"

„Ja, gewiss doch hattest du mit dem Seil recht. Sagte ich doch schon."

„Nein, das meine ich doch nicht. Nicht das Seil. Damals, als ich Euch sagte, es sei noch nicht vorbei und dass Ihr mich bestimmt noch brauchen könntet. Erinnert Ihr Euch? Ihr wolltet mir nicht glauben. Und jetzt seid Ihr froh, noch am Leben zu sein und mich letzten Endes doch mitgenommen zu haben. Ist es nicht so?"

„Jaja", brummte Bartlett, zu dessen Stärken es nicht gehörte, Eingeständnisse zu machen. Und auch noch gegenüber einem solchen Grünschnabel. „Nicht, dass ich was darauf geben würde, aber sag mir doch mal eines, William ... Was sagt dein Gefühl jetzt?"

„Nichts Besonderes", antwortete William und hörte auf, an dem Tau zu zerren. „Nichts Besonderes. Nur das eine: Es hat sich nichts geändert und Ihr werdet mich ganz sicher auch weiterhin noch brauchen können." William deutete auf das Tau. „Zur Abwechslung könnte ich auch mal Hilfe gebrauchen."

Bartlett drehte sich um und fürchtete, jemand könnte diese Respektlosigkeit gehört haben.

„Werd bloß nicht frech, du. *Ich* bin immerhin noch der Käpt'n und nicht du", antwortete er dunkel und tippte William scherzhaft auf die Brust. „Na, dann wollen wir mal", sagte er und gemeinsam zogen sie an dem Tau.

Aber so sehr sie auch daran zogen, es ließ sich nur sehr schwer einholen.

„Rattenzahn und Krötenpest noch mal!", fluchte der Käpt'n. Ein gutes Zeichen.

„Satanskraut und Schwefelspucke!", ergänzte William.

„Heh! Nicht auf meinem Schiff. Da scheint jemand schlechten Einfluss auf dich zu haben. Du solltest dir einen anderen Umgang suchen."

„Ach wirklich, ja?", grinste William und mit einem Ruck zogen sie gemeinsam an dem Tau, woraufhin es sich nun leichter einholen ließ.

„Das Tau hat sich bestimmt um eine große Koralle gewickelt."

„Da!", sagte William und deutete aufgeregt auf das Wasser. „Da hat sich was in dem Tau verfangen."

„Ich sehe es", sagte der Käpt'n. „Geh einen Schritt zur Seite, Junge!"

Zuerst war es nur etwas Weißes, das aus der Tiefe zu ihnen hinaufschimmerte. Der Käpt'n holte zwei, drei Armlängen Tau ein und stoppte und gab wieder etwas Tau nach. Mit Grauen beobachtete er, wie das, was sich in dem Tau verfangen hatte, langsam in die Waagerechte schwebte. Der Umriss eines Menschen wurde deutlich. Ein Toter, dessen Fuß sich in dem Tau verfangen hatte.

Der Käpt'n zog an dem Tau, als könne er den Unglücklichen noch retten. Etwa drei Ellen unter der Wasseroberfläche hielt der Käpt'n erneut inne und gab Tau nach. Wieder schwebte der Tote aus seiner gen Grund gerichteten Kopfüber-Position in die Waagerechte empor, als mache er eine Rumpfbeuge. Im lodernden Zerrbild des Wasserspiegels starrte er mit seinen toten, aufgerissenen Augen zu ihnen hinauf. Das Kinn seines geöffneten Mundes öffnete und schloss sich zur Wasserbewegung und es sah so aus, als ob er sie auslache.

„Rawlings!", rief Bartlett. „Rawlings, verflucht noch mal!"

Der Käpt'n hatte seinen Bootsmann verloren.

Das muss Teufelswerk sein, dachte Bartlett. Nicht nur, dass der Sturm das nächtliche Treffen mit Rawlings zunichtegemacht hatte. Nein, es musste auch noch ausgerechnet Rawlings erwischen. Rawlings, der ihm doch etwas sagen wollte. Hatte sich denn alles verschworen?, dachte der Käpt'n. Ob Rawlings deswegen so aussah, als lache er ihn aus? Der wissende Rawlings, der tote Rawlings. Ha, ha, ha ...

Leichenschau

Sie hatten den Toten mittschiffs aufgebahrt. Dort lag er auf Brettern, die sich vorn und hinten auf Fässern stützten. Bleich, nass und triefend lag er da. Es tropfte ihm aus den Kleidern, aus dem Haar und von den Fingern. Kleine Rinnsale zogen über das Deck von ihm fort, so, wie sein Leben fortgeronnen war. Die Mannschaft stand ringsum und schaute schweigend auf den Toten.

William hatte noch nie einen Toten gesehen. So richtig hingucken mochte er nicht und so richtig abwenden wollte er sich auch nicht. Schaurig war ihm zumute und er vermied es, Rawlings in das bleiche Antlitz zu sehen. Stattdessen versuchte er, festzustellen – und schaute dazu ganz genau hin –, ob er nicht vielleicht doch noch atmete oder wenigstens mal mit dem Finger zuckte – aber nichts geschah.

Dr. Pargether schlug sich die Ärmel seines weißen Hemdes hoch und beugte sich über den Toten, um ihn zu untersuchen.

„Hier kommt alle Ärztekunst zu spät. Das ist mal sicher", sagte er ohne viel Umschweife. Mit dem Daumen hob er ein Lid hoch und schaute in das gebrochene Auge. „Hhm ... ist ertrunken, der Ärmste. Grässlicher Tod."

Um sicherzugehen, drehte der Doktor Rawlings Kopf zur Seite. Die toten, halbgeöffneten Augen starrten nun geradewegs William an, der einen Schritt zur Seite tat, denn es war ihm sehr unangenehm, von einem Toten angestarrt zu werden.

Dann öffnete der Doktor den Mund und zog die Zunge ein wenig heraus. Dies tat er so bestimmt und nüchtern, als hätte er noch nie etwas anderes getan. Dann presste er mit beiden Händen auf den Brustkorb. Ein blutiger Schwall Wasser ergoss sich aus dem Mund des Toten. Aus dem Hemd trat ein säuselndes Gluckern und dort, wo das Herz saß, wuchs ein roter Fleck auf dem Stoff.

„Das ist sehr seltsam", bemerkte Dr. Pargether nachdenklich.

Mit einem Messer schnitt er vorsichtig das Hemd auf und schlug den Stoff zur Seite weg. Auch wenn der Doktor es erwartet hatte, war die Gewissheit, es zu sehen, doch schockierend genug, dass er sich aufrichtete, als hätte ihm etwas in die aristokratische Nase gekniffen.

Unruhe kam auf. Jeder konnte es sehen, dort auf der rechten Seite, neben dem Brustbein, nur etwas höher, klaffte die blutende Wunde: ein faustgroßer Bluterguss, in dessen Mitte die Haut eingeschnitten war.

Der Doktor nahm ein Instrument, das aussah wie eine Stricknadel, und führte es in die Wunde hinein. Damit herumstochernd lotete er die Tiefe des Schnitts aus.

„Hm ... hm ... hm ...", machte er und schüttelte den Kopf. Gewandt zog er die Stricknadel wieder heraus und wischte sie ab. „Käpt'n Bartlett! Dieser Mann ist nicht ertrunken."

Am Kopf kratzend sah sich der Käpt'n um und spürte, wie die Stimmung plötzlich umschlug. Es lag in der Luft und es war geradezu greifbar. Als hätte jemand auf einer Beerdigung einen schlechten Witz erzählt.

„Seid Ihr da ganz sicher?"

„Rawlings wurde erstochen. Es gibt keinen Zweifel, Sir."

Die Männer traten empört auf der Stelle und vereinzelt war ein Raunen zu hören. Erstochen, hatte der Doktor gesagt!

Bartlett versuchte, die Situation zu beruhigen.

„Ist es wirklich ausgeschlossen, dass ihm während des Sturms nicht möglicherweise etwas Umherfliegendes in die Brust gedrungen ist und ihn tötete?"

„Völlig ausgeschlossen, Käpt'n. Seht hier ... der faustgroße Bluterguss rund um die Wunde und der tiefe, glatte Schnitt lassen nur einen Schluss zu."

Dr. Pargether war viel zu sehr Arzt, um die fatale Wirkung seiner wissenschaftlichen Ausführungen zur Feststellung des Mordes abzuschätzen.

„Rawlings wurde ermordet. Nehmen wir einmal an, es wäre so, wie Ihr vermutet, und der Sturm hätte ihm etwas Faustgroßes vor die Brust geschleudert. Das würde den Bluterguss erklären. Es erklärt aber nicht den Schnitt als solches und die Tiefe des Schnittes. Etwas Faustgroßes – eine Talje, eine Spake – würde gewiss abprallen. Sehen wir es mal andersherum. Nehmen wir an, etwas Langes, Spitzes wäre ihm in der Sturmnacht in die Brust gedrungen. Dieses wiederum erklärt nicht den Bluterguss. Bei der Tiefe der Wunde hätte es zudem noch drinstecken müssen. Nein, Käpt'n, Rawlings ist erstochen worden. Der Mörder hat ihm mit voller Wucht ein Messer ins Herz gejagt. Der Bluterguss stammt von der messerführenden Faust und der tiefe, saubere Schnitt von der Klinge, die der Mörder wieder hinauszog, als es getan war. Es ist keine andere Erklärung möglich", schloss Dr. Pargether selbstsicher. In seiner wissenschaftlichen Manier war ihm nicht bewusst, welch menschliche Tragödie er doch mit nüchternen Worten soeben erläutert hatte.

Die Männer erinnerten sich sofort an des Predigers Worte und das Misstrauen wallte wieder auf. Mochte der Käpt'n die Sunflower auch noch so gut durch den Sturm gebracht haben, es zählte nicht mehr.

„Der Käpt'n hat Rawlings umgebracht! Wir sind alle des Todes!", spie Fletcher, der Tierähnliche, mit wild flackernden Augen und legte wie ein bellender Hund den Kopf in den Nacken. Er stand etwas erhöht in den Wanten und sein Kopfpelz leuchtete glutrot in der Abendsonne, was ihn wie einen Dämonen erscheinen ließ. Er zog einen Degen, den er hinter seinem Rücken verdeckt gehalten hatte. Der Tumult brach los. Wildes Gebrüll, Getrappel. Ein heilloses Durcheinander von hastenden, schubsenden Gestalten, blitzenden Messern, Degen und Enterbeilen. Die Männer, die keine Waffen am Leibe trugen, eilten schleunigst davon, um sie zu holen.

Der eigentliche Tumult entstand jedoch dadurch, dass Rawlings Bahre eine Grenze markierte, die darüber entschied, ob man nach achtern eilte und damit für den Käpt'n war, oder zum Vorschiff rannte und sich Strouth und den Meuterern anschloss.

William tauchte ab und kroch durch die Beine der Männer nach achtern, was ihm ganz gut gelang. Ganz schön aufpassen musste er, dass ihm keiner auf die Hände trat.

Der Käpt'n machte einen Satz nach hinten, zog seine Pistole aus dem Bund und während William an ihm vorüberkroch, schwenkte er sie drohend in die Runde.

„Nur zu, die Herren, ich frage: Wer will der Erste sein, dem ich mit Vergnügen eine Kugel zwischen die Auge jage? Nur zu! Neben Rawlings ist noch ein Platz frei!"

Kounaeh hatte seinen Bogen bis zum Äußersten gespannt. Verwegenen Blickes suchte er mit der Pfeilspitze die Front der Gegner ab. John Tarbat hatte einen der Meuterer zu fassen gekriegt. Im Griff der übermächtigen Pranken zappelte er hilflos, als ahnte er schon, was kommen würde. John hob ihn hoch und warf ihn in hohem Bogen in Richtung Vorschiff. Mit voller Wucht prallte er auf das überstehende Ende von Rawlings Totenbahre. Der Leichnam stieg auf, als hätte man ihn in einem Katapult in die Höhe geschossen. Mit ausgebreiteten Armen, toten Augen und blutigem Mund flog Rawlings auf die Meuterer zu, die in einer Traube dicht gedrängt beieinander standen.

Gleich vier Mann gingen mit dem Toten zu Boden. Sie schrien wie die Teufel, die einen Eimer Weihwasser abbekommen hatten, während sie sich unter der Leiche wegrollten, und den Körper angewidert wegstrampelten. John hatte das nicht beabsichtigt und in seinem kindlichen Gemüt war er sehr erschrocken darüber.

„Gut gemacht, Mr. Tarbat!", rief ihm der Käpt'n aufmunternd und mit einem kampfeslustigen Grinsen zu.

„Wir können jeden Mann gebrauchen – auch Rawlings!", pflichtete Horatio bei.

Audrey eilte aus der Achterkajüte, um zu sehen, was dort vor sich ging, als sie von Horatio wortlos wieder zurückgedrängt wurde. Horatio hatte keine Waffe und war im Übrigen auch recht ungeübt darin, sodass er es vorzog, ebenfalls einzutreten und die Tür hinter sich zu schließen.

Kaum war die Türe geschlossen, sprang Trevor Biggs davor. Hageres Gesicht, graues, schulterlanges Haar, Ledermantel und in den Händen blitzende, rotierende Messer, die sich so schnell drehten, dass sie aussahen wie fauchende Silberkugeln. Nur die kullernden Augen hinter seinem Zwicker wollten nicht recht zu dieser imposanten Erscheinung passen. Die ersten beiden Meuterer, die es an Bartlett und Kounaeh vorbei zur Achterkajüte schafften, würden unliebsame Bekanntschaft mit seinen Messern machen. Ein jugendlich pulsierender Kampfgeist durchströmte Trevor.

Dr. Pargether hatte Pech. Er wurde von dem Pulk der Männer, die zum Vorderdeck stürmten, mitgerissen. So sehr er auch drückte, auswich und schubste, es wollte ihm nicht gelingen, auch nur einen Schritt in Richtung Achterdeck zu tun. Er befand sich auf feindlichem Terrain. Die Fronten waren weitestgehend geklärt, die Parteien hatten sich zusammengerottet, als er es erneut versuchen wollte.

Jetzt oder nie!, dachte er und stürmte mit seiner langen, schlaksigen Gestalt los, als ihn von hinten diese schwammige Hand bei der Schulter hielt.

„Nicht so eilig, mein lieber Dr. Pargether. Ärzte und wir Priester sind doch verwandte Seelen, nicht wahr? Stehen wir nicht beide im Dienste der Menschheit, deren Wohl wir uns verschrieben haben?", sagte Strouth, der, oh Wunder, zum rechten Zeitpunkt aus seiner Ohnmacht erwacht war. „Ich würde mich sehr glücklich schätzen, wenn Ihr es einrichten könntet, als mein Gast noch ein wenig zu bleiben. Ich empfände es sehr erbaulich und es würde mich außerordentlich freuen, wenn wir uns über die unterschiedlichen Sichtweisen unserer Berufung austauschen könnten, mein lieber Doktor. Bitte ... bitte, ich bestehe darauf!", bat Strouth in huldvoller Häme. Und wie um seine Einladung zu untermauern, schubste er den Doktor barsch in Richtung Vorschiff.

Dr. Pargether war ein Gefangener!

Von den vierzig Mann Besatzung hatten sich gerade mal eben zehn für den Käpt'n entschieden, die sich nun hinter ihm scharten. Hilflos musste Bartlett mitansehen, wie Dr. Pargether abgeführt wurde. Sie hielten Augenkontakt, bis der Doktor im Vorschiff verschwand.

„Strouth! Tut das nicht! Gebt sofort Dr. Pargether frei! Er hat als Arzt damit nichts zu tun und ist neutral gesonnen!", rief Bartlett.

„Was wäre ich doch für ein schlechter Gastgeber, würde ich dem Doktor die Gastfreundschaft verwehren, um die er doch vertrauensvoll ersucht hat. Es sieht ganz danach aus, als traue Euch der Doktor nicht!", antwortete Strouth, der, trotz seiner Leibesfülle, so gut es ging, hinter dem Fockmast Deckung genommen hatte.

„Männer!", rief Bartlett in Richtung der Meuterer. „Ihr macht einen großen Fehler, wenn ihr auf diesen falschen Pfaffen hört. Meuterei ist ein schweres Vergehen und ihr werdet alle am Galgen landen. Diejenigen von euch, die vielleicht davonkommen mögen, werden auf ewig zur Flucht verdammt sein. Fern von der

Heimat werdet ihr nie wieder einen Fuß auf englischen Boden setzen! Möget ihr auch noch so sehr davon überzeugt sein, das Richtige zu tun. Es kommt der Tag, an dem es euch leidtun wird! Aber noch ist es nicht zu spät und ich will euch die Türe nicht verschließen. Daher sage ich euch, diejenigen unter euch, die sich besinnen und herübertreten, für die will ich mich verwenden. Ihr seid ohne Schuld getäuscht und überrumpelt worden. Das ist eure letzte Chance, ein gerader Seemann zu sein oder ein schäbiger Meuterer! Ihr habt die Wahl. Kommt herüber! Es wird keinem ein Leid geschehen und wir wollen nicht mehr darüber reden."

„Dass ich nicht lache!", rief Strouth. „Rawlings ist ein stummer Zeuge dessen, was einem widerfährt, wenn man sich mit dem Käpt'n einlässt. Ihr hört die süßen und beschwichtigenden Worte eines Mörders. Traut ihnen nicht oder ihr seid des Todes!", mahnte der Prediger.

Auf dem Terrain der Meuterer stand ein junger Bursche, den sie Billy nannten. Billy besaß Frömmigkeit, weswegen er sich dem Reverend angeschlossen hatte. Bartletts Worte hatten auf ihn Eindruck gemacht und er zweifelte und war uneins mit sich. Auch hatte er gesehen, wie der Reverend den Doktor abgefangen und ihn, für einen Kirchenmann sehr untypisch, in Richtung Vorschiff geschubst hatte. Er hob die Hand und meldete sich zu Wort.

„Bitte wartet, Käpt'n! Ich will herübertreten!", rief Billy und trat einen Schritt vor.

Strouth riss erschrocken die Augen auf. Sein fettes Kinn waberte und er fasste sich mit der Hand daran, um es zu beruhigen. In seiner übersteigerten Mimik sah er aus, als ob er vor Schreck zurückwich. Seine andere Hand streckte er sehnsuchtsvoll und zittrig nach Billy aus, obgleich dieser mindestens 5 Yards von ihm entfernt stand.

„Nein, bleib hier, Junge! Verirrtes Lamm auf dem Weg in die Wüste. Der Herr hat dir die Jugend nicht gegeben, damit du sie leichtfertig aufs Spiel setzt und vergeudest, Bursche!", sagte er mit salbungsvoller, kirchlicher Autorität. „Halte ein! Dort drüben ist das Verderben und der Tod, der nach jungen unverdorbenen Seelen nur so dürstet. Das Böse nährt sich an der Jugend. Es sei denn ...", Strouth klagte bestürzt, faltete die Hände und wand sich erneut, als müsse er alles Leid dieser Welt auf seinen Schultern tragen, „es sei denn, deine Seele ist schon verloren, vorbestimmt, die bösen Kräfte zu nähren. Und nur zu diesem einen Zweck in der Hölle geschaffen. Dunkler Knecht, bleib stehen! Auf dass du gereinigt wirst!", forderte Strouth.

Billy hatte seinen Entschluss gefasst und wollte sich nicht aufhalten lassen.

„Welch Niedertracht muss dein jämmerliches Dasein erfüllen, sich hinzugeben für das Böse. Höllengeselle!"

Strouth steigerte sich immer mehr, drehte sich, fasste sich benommen an den Kopf, jammerte und wehklagte über die verlorene Seele oder besser, über den verlorenen Gefolgsmann. Strouth konnte das nicht zulassen und damit riskieren, dass sich noch weitere Männer, durch Billy ermutigt, für Bartlett entschieden. Er schluchzte, streckte die Hände beschwörerisch gen Himmel, um sie schließlich zu falten. Ein Beben ging durch seinen fetten Körper. Dieses Schauspiel diente nur einem einzigen Zweck, nämlich seinem willfährigen Gehilfen Fletcher mit nur einem einzigen und kaum merklichen Blick aus den Augenwinkeln den Befehl zu geben, Billy zu töten. Nur ein einziger Blick, so beiläufig und zufällig und doch im Auftrag so eindeutig, als hätte er, Strouth, ohne Umschweife den Mordbefehl herausgebrüllt.

Fletcher hatte verstanden. Dieses Tier, einem Bluthund gleich, verstand seinen Herren blind und gehorchte auf dem Fuße. Billy hatte die halbe Distanz schon zurückgelegt, als Fletcher den ahnungslosen Jungen von hinten ansprang und ihn mit seinen muskulösen, behaarten Armen umklammerte. Fletcher zog den schreienden Billy in die Menge der Meuterer zurück. Im Schutz der Umstehenden biss er ihm in die Schulter, um ihn festzuhalten, während er den Griff löste, um seine Hände an den Hals zu legen. Als es getan war, ließ er ihn los und Billy fiel leblos wie ein Laken in sich zusammen. Es ging sehr schnell und der Schrecken und die Kaltblütigkeit Fletchers ließ allen den Atem stocken. Niemand wagte, etwas zu sagen. Und ganz bestimmt wagte niemand mehr, zu Bartlett überzulaufen.

„Der Herr wird kommen und er wird mit Feuer taufen! Und er wird seine Engel aussenden, jene zu retten, die da verloren scheinen. Und jene, die gerecht sind, müssen standhaft sein und nicht auf dem Wege zaudern. Und wer um meinetwillen verspottet wird, dem ist das Reich gewiss. Von höherer Mission erfüllt, hast du die Seele des Jungen vor Schlimmeren bewahrt und doch deine eigene in die Waagschale geworfen. Um wie viel mutiger war es doch, das Grausame zu tun, um das Gute zu bewahren. Doch du hast recht getan und groß ist dein Glaube. Und fürwahr, ich und alle Männer, die da gerecht sind, werden Zeugnis für dich ablegen. Und der Tag wird kommen, da wird reich dein Lohn sein und unendlich die Dankpreisungen, hast du doch bewiesen, wie tief dein himmlisches Vertrauen ist", predigte Strouth und schloss Fletcher in die Arme.

Dann bereitete er die Arme über den Köpfen seiner neuen Gemeinde aus. Ob es nun die Angst vor Fletcher war, die Gier nach dem Schatz, das Verlangen nach Audrey, die vermeintliche kirchliche Legitimation oder das Misstrauen gegen Bartlett: Die Meuterer standen unter Strouths unheilvollem Einfluss und sahen in ihm den Einzigen, dem sie in ihrer Schicksalsgemeinschaft vertrauen konnten. Wie in einer Prozession entfernten sie sich schweigend in Richtung Vorderdeck. Ihre Reihen lichteten sich und zurück ließen sie den toten Billy.

Brot und Spiele

Die Hitze hatte sich in diese Sandgrube ergossen und sie bis zum Rand gefüllt. Erbarmungslos feuerte die Sonne unablässig ihre heißen Strahlen auf das Dach des Holzverschlages, dessen Holz schon ganz versengt war. Selbst den Strahlen, die durch die Ritzen wie glühende Degen in das Innere fielen, musste man ausweichen und sich wie eine Schlangenfrau um sie herumwinden, damit sie nicht auf der Haut brannten.

Den drei großen Wildebern machte das nicht viel aus. Sie schienen es gewohnt zu sein. Die Sonne hatte ihr Fell ein wenig gebleicht. Es waren außergewöhnliche Tiere, sehr groß und kräftig, mit langen seitlich vorstehenden Hauern – fürchterliche Waffen. Für Wildschweine ungewöhnlich, bewegten sie sich wie Raubtiere, die in ihrem Jagdverhalten aufeinander eingespielt waren, ganz so, wie man es von Löwen oder Wölfen kennt. Sie kannten nichts anderes als ihre Artgenossen, diese Sandgrube und die armen Seelen, die den Abhang zu ihnen hinunterstürzten. Neue Beute war gekommen. Peter hatte sich rechtzeitig in den Verschlag retten können. Die drei Eber schlichen zwischen den halb im Sand versunkenen, bleichen Gerippen umher und warteten nur auf eine Gelegenheit, ihn zu reißen. Von Zeit zu Zeit steckten sie ihre Nasen an den Verschlag und schnüffelten grunzend durch die Ritzen. Solange Peter sich darin aufhielt, war er sicher. Bis jetzt hatte der Verschlag gehalten, so sehr die Eber auch versucht hatten, ihn zu rammen und einzureißen. Lange Schrammen auf der Außenseite zeugten davon.

Mit angezogenen Beinen lag Peter auf dem Boden. Strecken und aufstehen war ihm nicht möglich. Die Decke des Verschlags war nur hüfthoch und so konnte er darin nur knien oder hocken. Sein Auge schmerzte. Ausgemergelt und dürr, wie er war, bekam er zu allem Unglück auch noch Fieber. Wann er das letzte Mal gegessen und getrunken hatte, wusste er nicht mehr. Tage musste das schon her sein. Der Durst war unerträglich und raubte ihm fast die Sinne. Er hatte einen kleinen Stein gefunden, den er in den Mund gesteckt hatte und darauf herumlutschte, um etwas gegen diesen entsetzlichen, schreienden Durst zu tun. Aber auch das half nicht mehr. Sein Mund mit den rissigen Lippen war so trocken wie der Sand. Seine Zunge klebte am Gaumen und das Schlucken fiel ihm schwer. Hoffnungslos starrte er an die Decke und dachte wieder daran, hinauszutreten und sich den Bestien vorzuwerfen. Seine Qual hätte dann gewiss ein Ende. Aber genau genommen dachte er nicht nur daran, sondern war fest entschlossen, es zu tun. Nur die Erinnerung hielt ihn davon ab. Die Erinnerung an ein so anderes Leben, das er mal geführt hatte. Diese Erinnerungen kamen ihm so unwirklich vor.

Gab es sie wirklich? Dieses bezaubernde Mädchen, das er so liebte wie sie ihn. Oder war sie nur ein Trugbild, ein Ergebnis seiner qualvollen Odyssee? Ein Fiebertraum? Er wusste es nicht mehr. Er hatte ihr den Namen Audrey gegeben und es war der Gedanke an diese Audrey, der ihn davor bewahrte, aufzugeben und aus dem Verschlag hinauszutreten.

„Habt ihr mich vergessen?", hauchte er kraftlos. „Wo seid ihr nur? Vater, Mutter, Bartlett, die Stormbride? Wo nur? Wo seid ihr?"

Verloren starrte er an die Decke. Dann fiel er in einen Schlaf, der nah an der Grenze des Todes war. Nach einer Weile holte ihn das Gebrüll aus diesem unendlich tiefen Schlaf zurück und er arbeitete sich empor. Er rollte sich zur Seite und schaute durch eine Ritze hinauf zum Rand der Grube. Dort standen sie, etwa dreißig Mann. Vergnügt soffen und grölten sie.

„Hey, da unten, feiner Mann! Oder sollte ich besser sagen feiner Schweinefraß ...", rief einer hinunter, woraufhin alle vor Spaß und Sensationsgier brüllten.

Der Wortführer war der bärtige Frauenschänder, rechte Hand von Gouverneur Vane.

„Hey! Bist du schon verreckt oder beliebt es dir nicht, mit mir zu reden?", rief er und nahm einen tiefen Schluck aus der Rumpulle.

Als er keine Antwort hörte, zog er aus seinem Bund eine Pistole, spannte das Schloss und feuerte hinunter auf den Verschlag. Dort, wo die Kugel einschlug, spritzte das Holz weg.

„Du willst uns wohl den Preis für die Schweine verderben, was? Das ist das beste Schweinefleisch, was es in ganz Westindien und der Welt gibt! Stimmt's, Männer?"

Zustimmendes Grölen.

„Und du bist das beste Schweinefutter, was es auf der Welt gibt. Ich darf also darum bitten, dass du dich endlich fressen lässt."

Hohlkreuzig brüllte er abscheulich lachend in den Himmel.

„Sir!", fügte er beduselt vom Rum an und verbeugte sich schwankend. Dann pinkelte er den Abhang hinunter.

„Für unsere Gastfreundschaft verlange ich nicht weniger, als dass du dich endlich nützlich machst und wenn du auch noch kein Einsehen hast und dich fressen lässt, so bitte ich mir aus, dass du zumindest kein Spielverderber bist und unsere freundliche Einladung zum Spiel annimmst, Euer Hochwohlgeboren", sagte er und steckte seine Rute wieder weg.

„Was wollt ihr von mir?", rief Peter schwach zu ihnen herauf.

Mit geifernder Verzückung vernahmen sie, dass er offensichtlich noch lebte.

„Du hast lange nichts gegessen und getrunken und ich sorge mich um dich."

Er bückte sich, um eine Flasche Wasser und einen Laib Brot aufzuheben.

„Das ist für Euch. Doch musst du es dir schon verdienen. So ist die Spielregel!", rief er mit breitem Grinsen und warf Flasche und Brot in verschiedenen Richtungen hinunter.

Die Kerle brüllten vor Vergnügen, schlossen Wetten ab und starrten belustigt hinab. Die Eber schienen dieses Spiel schon zu kennen. Unruhig liefen sie grunzend umher.

„Na los doch! Komm und stärk dich! Du musst es dir nur holen!", sagte er mit heimtückischer Freude. „Oder bist du etwa nicht Manns genug? Aber keine Angst." Er hielt sich die rechte Hand vor die Brust und verbeugte sich wieder. „Ich verbürge mich für die Schweine, auf dass sie dich gewiss schnell töten werden. Verschonen indes werden sie dich nicht. Es liegt nicht in ihrer Natur. Diese Eber sind, wie sage ich es nur ..."

Der Kerl dachte einen Moment nach und kratzte sich am Kinn.

„Na ja ... ich meine, sie sind nichts anderes gewöhnt."

Grölend feuerten sie mit ihren Pistolen in die Luft.

Peter starrte durch die Ritzen und sehnte sich die Flasche herbei. Sie lag nur etwa zehn Fuß von ihm entfernt. Verheißungsvoll und glitzernd schwappte das Wasser im Flaschenhals. Der Laib Brot musste in der anderen Richtung irgendwo auf der Rückseite des Verschlags liegen.

Hoffentlich fressen die Schweine nicht das Brot, dachte Peter.

Seine Lebensgeister erwachten. Das war also das Spiel, das sie meinten. Er war also das Schweinefutter, ein Gladiator in diesem abscheulichen Zeitvertreib. Peter hatte nichts zu verlieren und das wusste er. Verdursten oder gefressen werden. Blieb er im Verschlag, würde er verdursten. Aber ob die Schweine ihn tatsächlich erwischen und reißen würden, war noch nicht sicher. In seinen trüben Augen blitzte ein Funken Kampfeslust. In seinem Durst empfand Peter sogar eine Dankbarkeit gegenüber diesen Halunken, wenn er auch wusste, dass es ihnen fernlag, ihm zu helfen und sie nur darauf hofften, zuzusehen, wie es ihn in Stücke riss. Der Gedanke an das Wasser, das nur wenige Fuß von ihm entfernt lag, pochte in seinem Kopf. Der Durst raubte ihm den Verstand und das Verlangen nach einem Schluck war so übermächtig, dass er seine Seele dafür verkauft hätte. Er musste die Flasche an sich bringen, musste trinken.

Der brennende Durst ließ ihn jede Vorsicht vergessen. Nur die Flasche im Blick stürzte Peter hinaus. Die Eber hatten nur darauf gewartet. Das Spiel begann ...

Bowler & Co.

Die Sunflower war aufgeteilt worden und die Grenze markierte der Großmast. Trevor hatte die Männer an den strategisch wichtigen Punkten postiert. Hinter Fässern und Kisten verschanzt, wachten je zwei Mann über Deck und unter Deck darüber, dass es niemand wagte, diesseitig das Schiff zu betreten. In ihren Händen hielten sie Enterbeile und Dolche. In aller Eile hatten sie zusammengetragen, was sie an Waffen hatten und sie verteilt. Sechs Männer lagen vor der Achterkajüte in Deckung. Auf dem Dach der Kajüte lagen Trevor und John, die mit Donnerbüchsen suchend in Richtung Bug zielten. Ein Stück weiter an Steuerbord stand Kounaeh mit seinem Bogen. Auf seinem Rücken trug er einen Köcher mit Pfeilen.

Die Toten hatten sie über Bord geworfen. Es herrschte Flaute und nur eine leichte Dünung ging. Daher entfernten sich die Leichname nur langsam vom Schiff und trieben in bedrückender

Weise einige Yards entfernt an Steuerbord, als ob sie sich an das Schiff klammerten und im Zeugnis ihres Todes die Schande und das Verbrechen vor aller Welt hörbar anklagten.

Bartlett und Horatio hatten Schießscharten in die Wand der Achterkajüte geschlagen. Über die Verschanzung ihrer Männer hinweg, die vor der Kajüte in Deckung lagen, zielten die Läufe ihrer Musketen gleichfalls in Richtung Bug. In die Decke hatten sie auch ein Loch geschlagen, damit Trevor und John ihre Donnerbüchsen zum Nachladen durchreichen konnten. Mr. Bellamy hatte sich mit einer Pistole bewaffnet, die er unbeholfen in seinen Händen hielt. Er hatte noch nie geschossen und trotz aller Bemühungen, es sich nicht anmerken zu lassen, war ihm die Unsicherheit im Umgang damit anzumerken.

Audrey und William hatten die Aufgabe, Musketen, Donnerbüchsen und die Pistole so schnell wie möglich nachzuladen. Der Käpt'n hatte ihnen genau gezeigt, wie es geht und sie hatten es geübt, bis jeder Handgriff saß. Fein säuberlich hatten sie Pulver, Stopfbesteck und Kugeln in der Reihenfolge ihrer Verwendung auf dem Tisch geordnet.

William hatte sich trotz der ernsten Situation einen Spaß daraus gemacht, die Pistole mit geschlossenen Augen und einen Shanty rückwärts singend zu laden, um sie, nachdem er es in Rekordzeit geschafft hatte, Mr. Bellamy mit einer tiefen Verbeugung anzudienen.

Erst als er es noch einmal versuchen wollte und ankündigte, erschwerend dazu noch auf einem Bein zu hüpfen, fing er sich einen strafenden Blick des Käpt'ns ein, der ihn ermahnte, es bleiben zu lassen. Schmollend kam William dem nach.

Audrey, die in der Versorgung von Verletzten Erfahrung hatte, stöberte neugierig in dem Inhalt von Dr. Pargethers Tasche. Alles war wohlgeordnet in Schlaufen verzurrt: Zangen, Messer, Schaber, Haken, Pinzetten, ein Skalpell, die Stricknadel und ein

Instrument mit einem kleinen Spiegel daran, dessen Sinn ihr unbekannt war. Es waren auch kleine bauchige Flaschen vorhanden, die mit einem Korken und Siegellack verschlossen waren. Sie beinhalteten Pillen und Flüssigkeiten, von denen einige beruhigend nach Mohn rochen, während andere in der Nase stachen. Ein Fläschchen mit Quecksilber und eines mit Laudanum waren auch dabei; dieses war jedoch bereits halb leer.

Nachdem sich Audrey dermaßen mit der Tasche vertraut gemacht hatte, schnitt sie vorsorglich sauberes Tuch zurecht, von dem sie hoffte, es nicht zu brauchen, um Blutungen zu stillen und Verbände anzulegen. Und falls doch, dann nur für die Meuterer, sofern sie sich ergaben.

„Ich protestiere, Käpt'n! Ich bin Künstler und kein Soldat! So etwas steht nicht in meinem Kontrakt!", sagte Horatio, ungehalten darüber, nun eine Muskete in Händen zu halten.

Trevor Biggs, der ja auf dem Dach lag und durch das Loch in der Decke mithörte, konnte nicht an sich halten.

„Stellt Euch doch einfach vor, dies alles hier wäre ein einziges Bühnenstück, so wie Ihr immer gesagt habt. Ihr steht auf der Bühne und seid der Hauptdarsteller in diesem zugegebenermaßen sehr wirklichkeitsgetreuen Drama. Bedenkt doch nur, es ist hier viel echter, aufregender und dramatischer, als man es je in einem Theater zu sehen bekommt. Das Spiel und die Fiktion ist nur ein billiger Nachahmer der Realität. Warum also nicht gleich zur Realität übergehen?" Trevor Biggs musste grinsen. „Nur das Ende ist noch offen. Von daher muss es doch Euren schauspielerischen Ehrgeiz wecken, den Verlauf der Dinge selbst in die Hand zu nehmen. Eine wahre Herausforderung für einen Künstler, wie Ihr es seid. Die Improvisation! Hier trennt sich die Spreu vom Weizen."

Biggs hatte sichtlich Spaß und stieß den neben ihm liegenden John übermütig in die Seite. Das Durchleben der alten, wenngleich auch gefährlichen Zeiten tat dem alten Kommodore gut. Es schien, ihn zu verjüngen.

„Eure Sichtweise hat etwas für sich. Aber wir Schauspieler sind doch sehr eitel. Mir fehlt die Bewunderung und der Applaus des Publikums", rief Horatio gedämpft und riskierte einen Blick durch die Scharte.

„Dieser falsche Hund. Verkommener, dreckiger, doppelzüngiger Prophet. Ich hätte ihn auf dem Meer elendig vertrocknen oder ihn mit einer gehörigen Breitseite samt seiner Jolle in Stücke schießen sollen!", zürnte Bartlett und ballte die Fäuste.

„Ihr habt also Strouth in Verdacht?", fragte Trevor vom Dach herab.

„Natürlich habe ich Strouth in Verdacht! Er steckt für mich jedenfalls dahinter. Auch wenn es Fletcher getan haben sollte. Wen soll ich denn sonst in Verdacht haben? Kaum an Bord, hat dieser Teufel im Kirchengewand angefangen, die Mannschaft aufzuwiegeln."

„Das ist wahr", stimmte Biggs zu. „Aber wenn wir sicher gehen und vor allen Dingen wissen wollen, was er noch vorhat und was uns demzufolge noch blüht, müssen wir uns fragen, warum er Rawlings umgebracht hat."

Daraufhin erzählte Bartlett von dem beabsichtigten nächtlichen Treffen mit Rawlings und wie es dazu gekommen war.

„Und nun ist er tot. Sein Tod war nicht umsonst. Ich weiß jetzt auch so, was er mir sagen wollte. Strouth steckt hinter allem", schloss Bartlett.

Audrey fasste sich beunruhigt an den Hals. „Aber warum nur kommt jemand an Bord, wiegelt die Mannschaft auf und bringt sogar noch jemanden um?"

„Er will die Kontrolle über das Schiff", sagte Mr. Bellamy entschlossen. „Sicher ist, dass mit ihm was nicht stimmt. Er will das Schiff. Und er wird es nicht für eine friedliche Pilgerfahrt nutzen wollen. Was oder wer auch immer er ist, möglicherweise ist er ein Pirat!"

Bellamys Worte taten ihre Wirkung. Dass mit diesem Geistlichen etwas nicht stimmte, war allen klar. Aber dass er womöglich ein Pirat war, war keinem von ihnen in den Sinn gekommen.

„Donnerblitz und Schotbruch! Möglich wäre es schon. Was für eine abgefeimte Dreistigkeit! Allein auf ein Schiff zu kommen und dieses, nach und nach, ganz den eigenen Vorstellungen, zu einem Piratenschiff machen zu wollen. Teufel noch mal! Der ist verrückt! Verrückt und gefährlich!", staunte Bartlett. „Hat die Mannschaft erst einmal gemeutert, ist es nicht weithin, dass sie auch andere Schiffe kapern. Sie sitzen alle in einem Boot und Strouth wird schon dafür sorgen, dass sie Piraten werden. Nichts verbindet so sehr wie ein gemeinsames Schicksal, ein gemeinsamer Gegner oder ein gemeinsames Ziel. Schwefel und Höllenfeuer!"

So angewidert hätte der Käpt'n am liebsten ausgespuckt, was er sich aber in Gegenwart von Lady Wellington verkniff.

„Es gibt noch eine Möglichkeit", sagte Mr. Bellamy nachdenklich. „Pirat oder Eiferer hin oder her. Wer kann schon sagen, ob er nicht ein Gefolgsmann von Vane, dem Gouverneur von La Tortuga, ist? Er weiß von dem Lösegeld und hat sich vorgenommen, die Sunflower abzufangen, bevor sie La Tortuga erreicht. Oder er ist ganz bewusst an Bord geschickt worden, um als eine Art Vorhut alles auszuspionieren. Er kam immerhin erst an Bord, als wir uns schon in westindischen Gewässern befanden."

Durch das Loch in der Decke hatte Trevor aufmerksam zugehört. „Gut! Mag Strouth meinetwegen auch ein Pirat sein und das Lösegeld oder das Schiff an sich bringen – wie auch immer", sagte er, ohne den Blick vom Vorschiff abzuwenden. „Aber wer kann schon sagen, dass es nicht noch etwas gibt, was wir übersehen haben?"

„Etwas übersehen haben", wiederholte Bartlett ärgerlich. „Was meint Ihr damit?"

„Was ist, wenn jemand kein Interesse am Gelingen dieser Rettungsmission hat? Ist das etwa so ausgeschlossen? Harold Jenkins ist ein wohlhabender und einflussreicher Mann. Viel Ehr, viel Feind, sagt man. Die Jenkins Trade Company ist stark expandiert und der ein oder andere Kaufmann hat wegen ihm alles verloren. Das ist kein Geheimnis in der Stadt. Einigen ist er zu groß und mächtig geworden und es passt ihnen nicht. Jede seiner Transaktionen wird mit Argusaugen beobachtet und er wird ganz gewiss ausspioniert. Es ist vielleicht jemand an Bord, der den Auftrag hat, diese Mission zu sabotieren und so Harold Jenkins eins auszuwischen."

„Auch das ist gut möglich. Ich kann auch schon gleich mehrere benennen, denen so etwas zuzutrauen wäre", sagte Mr. Bellamy. „Am ehesten käme dafür wohl Reginald Bowler in Betracht. Er ist Reeder und besitzt zwei Fregatten. Ein sehr unangenehmer und plumper Zeitgenosse. Er kam sogar in das Stadthaus und hat Mr. Jenkins offen und lauthals gedroht, falls er sich nicht von gewissen Geschäften zurückziehe."

„Na, das sind ja großartige Neuigkeiten!", sagte Bartlett bitter. „Es ist ganz offensichtlich so, dass wir einige Gefahren unterschätzt haben. Ich muss nicht betonen, dass neben Peters Leben auch das unsrige in Gefahr ist. Also …", der Käpt'n machte ein Knautschgesicht, „wo wir gerade dabei sind … Gibt es noch einen Grund, weshalb jemandem daran gelegen sein könnte, diese Mission zum Scheitern zu bringen?"

Mr. Bellamy wurde unsicher. Er fürchtete diese Frage und in der Tat hatte er noch etwas beizutragen. Aber ihm war nicht wohl dabei und er schien, mit sich zu ringen. Mit einem Tuch tupfte er sich grüblerisch die Stirn und sein gutmütiges Puttengesicht schaute sorgenvoll drein.

„Verflucht noch mal, Bellamy! Nun spuckt es schon aus! Es hat keinen Sinn, um den heißen Brei herumzureden", forderte Bartlett bärbeißig.

Die Augen der Anwesenden konzentrierten sich nun auf Bellamy, was es ihm nicht leichter machte. Wie um Zeit zu gewinnen, räusperte er sich.

„Mr. Bellamy! Wenn Ihr etwas wisst, dann müsst Ihr es uns sagen!", pflichtete Horatio bei.

„Bevor ich weiterspreche, möchte ich zunächst erklären, dass ich stets loyal zur Familie Jenkins stehe. Ich würde alles in meiner Macht stehende tun, um sie vor Unheil zu bewahren. Es erfüllt mich mit Ehre und Stolz, ein Freund der Familie zu sein und ich gäbe mein eigenes Leben, um sie zu schützen. Es ist nicht meine Absicht und nichts liegt mir ferner, als jemanden aus der Familie zu diskreditieren."

„Alles, was recht ist, Mr. Bellamy. Ich glaube Euch und niemand hegt Zweifel an Eurer Loyalität. Aber irgendwer hier an Bord hat Rawlings ein Messer ins Herz gestoßen und wir sind alle in Gefahr, wenn es uns nicht gelingt, sein Spiel aufzudecken. Alles kann uns nutzen. Also bitte, sprecht frei!", forderte ihn Bartlett ungeduldig auf.

Bellamy schluckte und sah um Verständnis bittend zu Audrey, die ihm aufmunternd zunickte.

„Schon kurz nachdem Ihr damals mit Peter an Bord nach Westindien aufgebrochen seid, glaubte ich zu beobachten, wie sich Peters Cousin, Percy Falls, auffallend um Lady Wellington bemühte. Sollte ich hier irren, Lady Wellington, so stellt es bitte umgehend richtig."

„Ich kann Euch nicht widersprechen. Es ist wahr. In geradezu penetranter Weise war er um mich bemüht und es war mir unangenehm. Ich habe ihm eindeutig zu verstehen gegeben, dass ich es nicht wünschte und sein Verhalten für unangebracht und unmoralisch hielt", stimmte Audrey zu und ihre schönen blauen Augen blitzten ungehalten bei dem Gedanken daran.

„Ich kam dahinter, dass Euch ein unbekannter Verehrer Geschenke macht", fuhr Mr. Bellamy fort. „Diese Geschenke schienen Euch aber eher zu bedrücken, als dass sie Euer Herz erfreuten. Ich hatte gleich Percy in Verdacht, Euch auf diese Weise verunsichern und bedrängen zu wollen. Er selbst hätte sich wohl kaum zu den Geschenken bekennen können, ohne einen gehörigen Familienstreit heraufzubeschwören. Als uns dann mit Käpt'n Bartletts Rückkehr die Nachricht von Peters Gefangennahme erreichte, war Percy deutlich ein gewisses Oberwasser anzumerken", sagte Bellamy und überlegte, ob er es derart auch treffend ausgedrückt hatte und beließ es dabei. „Ich genieße das persönliche Vertrauen von Mr. Jenkins und habe sein Testament nicht nur nach seinen Bestimmungen aufgesetzt, sondern auch als Zeuge gezeichnet", sagte er und zögerte kurz. „Im Falle von Peters Ableben fällt Mr. Falls eine bedeutend höhere Apanage zu."

Mit einem Achselzucken und einem leeren, aber gerade deshalb vielsagenden Blick ließ sich Bellamy auf einen Schemel fallen. Er hatte gesagt, was zu sagen war.

„Ihr habt recht. Ein unbekannter Verehrer machte mir Geschenke", sagte Audrey. „Doch muss ich der Richtigkeit halber noch etwas hinzufügen. Die Geschenke, die ich erhielt, waren sehr kostbar. Ich hatte zunächst keine Erklärung, wer der große Unbekannte war, der mich derart großzügig bedachte und es ängstigte mich. Genau wie Ihr, Mr. Bellamy, hatte auch ich Percy in Verdacht und ich sprach ihn darauf an. Er war sehr überrascht und erstaunt und schien – typisch Percy – zu überlegen, ob er sich nicht doch als heimlicher Verehrer präsentieren sollte, um so in meiner Gunst zu steigen. Es kostete ihn schließlich nichts. Aber er begriff, dass ich keinesfalls erfreut darüber war und so beruhigte er mich und versicherte, nichts damit zu tun zu haben.

Wer Percy kennt, der weiß, dass ich guten Grund hatte, ihm zu glauben. Er ist ein Lebemann, Spieler und Frauenheld und er ist ewig in Geldnöten. Er hätte sich diese teuren Überraschungen niemals leisten können. Ich schloss Percy aus. Aber schon bald merkte ich, wie in der Gesellschaft ein junger Mann meine Nähe suchte. David Weller war sein Name und er war höchstens 17 Jahre alt und sehr schüchtern, zumindest tat er so. Noch nicht lange in Bristol, suchte er, in der Stadt sein Glück zu machen. Um herauszubekommen, ob er dahintersteckte, erkundigte ich mich über ihn und erfuhr, dass er aus einer gutbürgerlichen Familie aus dem Norden um Oxford herum stammte. Er war wohl sehr in mich verliebt. Eine Frau spürt das. Und so schüchtern, wie er sich gab, erklärte es auch, warum er die Geschenke heimlich machte. Er war noch mehr ein Junge als denn ein Mann und hielt es wohl für geheimnisvoll und spannend, mir auf diese Art Avancen zu machen, auch wenn er sie sich eigentlich nicht leisten konnte. So wohlhabend war der junge David nicht, dass er mir kostbare Geschenke machen konnte", sagte sie und schaute auf zu Käpt'n Bartlett. „Erinnert Ihr Euch, wie Ihr mir den Parfumflakon aus blauem Glas gezeigt habt und sagtet, dieser stamme von dem Maskierten, der Euch überfallen und zu ermorden versucht hatte?"

„Ja! Der Flakon war in dem Geldbeutel dieses Schufts. William schnitt ihn vom Gürtel des Maskierten ab", stimmte Bartlett zu.

„Wofür man mich als Dank erst mal sechs Tage zu einem Verrückten in den Kerker sperrte!", erboste sich William und steckte trotzig die Hände in die Hosentaschen.

„Ich verdächtigte David Weller, Euch überfallen zu haben. Denn trotz seines jungenhaften Aussehens und seiner schüchternen Art hatte ich in seiner Gegenwart das Gefühl, dass dieses stille Wasser sehr tief ist", sagte Audrey und strich sich eine glänzende Strähne ihres schwarzen Haares aus der Stirn. „Ich glaubte, der junge David besserte sich den Unterhalt auf, indem er in Bristol die Leute überfiel und ausraubte. Doch war ich mir dessen keineswegs sicher, als dass ich ihn angezeigt hätte und möglicherweise unschuldig an den Galgen brachte. Ich wollte Gewissheit über den unbekannten Verehrer haben und so traf ich mich heimlich mit ihm."

„Das war doch sehr gefährlich und Ihr hättet mir davon erzählen sollen!", sagte Mr. Bellamy ungehalten über dieses törichte Verhalten.

„Ich traf mich mit ihm in einem gut besuchten Kaffeehaus der Stadt", erwiderte Audrey versöhnlich.

Und außerdem hielt ich unter dem Tisch Wache, fügte William in Gedanken hinzu.

„Ich verbat mir seine Geschenke und sagte ihm in aller Deutlichkeit, dass sein Werben keinen Erfolg haben würde und noch dazu ungeeignet sei, ein Herz zu erobern."

„Wie hat er es aufgenommen?", fragte Mr. Bellamy

„Er beschwor flehentlich seine Liebe zu mir. Aber ich wollte nichts mehr davon hören. Ich stand auf und ging."

Stimmt!, bestätigte William in Gedanken.

„Habt Ihr danach noch Geschenke erhalten?", fragte Trevor Biggs.

„Nein, habe ich nicht." Ein Anflug von Betrübnis huschte über ihr Gesicht. „David Weller ist tot."

„Ein so junger Bursche? Was ist ihm passiert?", wollte der Käpt'n wissen.

„Er ist im Rausch in den Avon gestürzt und ertrunken", antwortete Mr. Bellamy, dem plötzlich eine Erkenntnis gekommen war.

„Ich verstehe", sagte Bartlett. „Der junge Weller hätte also auch ein Interesse gehabt, Peters Rettung zu verhindern, um Euer Herz zu erobern. Aber wenn auch er tot ist, kommt er wohl kaum für den Tod von Rawlings in Frage", schlussfolgerte der Käpt'n.

„Ja und nein!", sagte Bellamy nachdenklich. „Der junge Weller machte aufwändige Geschenke, die er vermutlich durch Raub finanzierte, und er war unsterblich in Lady Wellington verliebt. Vielleicht kann man sogar sagen, dass er vor Liebe den Verstand verloren hatte, weswegen er so weit ging und bereit war, zu rauben und zu morden. Sein Tod war Stadtgespräch und ich entsinne mich ... Der Leichnam hat zwei Wochen im Wasser gelegen und als sie ihn herauszogen, erinnerte nichts mehr an ihn. Nur die Kleider konnten ihm zugeordnet werden und daher erklärten sie ihn für tot."

„Es könnte also sein, dass er noch lebt und er einen anderen, möglicherweise einen nichts ahnenden, betrunkenen Zechkumpan in seine Kleider steckte und ihn in den Avon stieß. Und somit ist es nicht auszuschließen, dass er sich verborgen hält und ein Gefolgsmann an Bord für ihn handelt."

„Ich könnte mir schon vorstellen, dass wir ihn noch mal wiedersehen", bemerkte Trevor Biggs und fügte schneidend hinzu: „Totgesagte leben länger."

Der Käpt'n stand da und dachte nach. Wie eine Offenbarung klang das Gehörte in seinem Kopf nach. Er hatte bisher nur an Peters Rettung gedacht. Nun musste er erfahren, dass diese Reise viel weitere Kreise zog und dass es einige gab, denen nicht an einem glücklichen Ausgang gelegen war. Er machte sich Vorwürfe. Natürlich wollte er Peter retten. Es war ihm aber nicht minder ein Anliegen, seine Schuld, die er mit Peters Schicksal verband, wiedergutzumachen. Harold Jenkins hatte ihm seinen einzigen Sohn anvertraut. Er war der Käpt'n, hatte die Verantwortung und er hatte versagt.

Ich habe zu sehr an die Reinwaschung meines Namens gedacht und war blind zu sehen, dass es noch ganz andere Interessen gab!

Ich hätte es wissen müssen, scholt er sich in Gedanken.

Er brummte und sog tief die Luft ein. Sein Gesicht gab eine Mischung aus Sorge und Trotz wider.

„Also gut! Halten wir einmal fest: Es gibt Strouth, einen religiösen Verrückten oder Pirat, der die Mannschaft aufgehetzt und es auf das Lösegeld abgesehen hat. Nicht vergessen dürfen wir auch, dass Peters Cousin, Percy Falls, 'ne richtige Plaudertasche ist und es sein könnte, dass noch ganz andere an Bord auf das Lösegeld scharf sind. Außerdem fällt Percy – im Falle des Ablebens Peters – ein höherer Erbteil zu. Dann gibt es noch diesen Kaufmann Reginald Bowler, der vor dem Ruin steht und Harold Jenkins eins auswischen will. Und zu guter Letzt ist da noch dieser heißblütige, geheimnisvolle Verehrer, der besessen von Lady Wellington ist und bereit wäre, alles zu tun, um ihre Gunst zu erlangen – oder ihr Glück zu zerstören. Dieser soll zwar ertrunken sein, aber genauso gut könnte er noch am Leben sein und uns Schwierigkeiten machen."

Bartlett schaute in die Runde.

„Habe ich etwas vergessen?", brummte er.

Niemand verbesserte ihn, keiner fügte noch etwas an und keiner der Anwesenden widersprach ihm. Sie bildeten eine Gemeinschaft gegen die Meuterer und daher sprach es niemand offen aus oder wollte es sich anmerken lassen. Aber jeder von ihnen dachte es: konnten sie einander noch vertrauen? Konnten sie dem Käpt'n trauen?

Ein Angebot zur Güte

Ein neuer Tag brach an. Die ersten Strahlen der noch schwachen Morgensonne schienen über die ruhige See und vertrieben die Dunkelheit, die wie ein samtiges Tuch über dem Schiff hinwegglitt und es freigab. Einer sternenklaren Nacht folgte ein wunderschöner, friedvoller Morgen, der tief und froh einatmen ließ und dazu verführte, unachtsam zu werden. Aber es gab gewiss auch unter den Meuterern Männer, die für diesen Morgen empfänglich waren.

Keine besonderen Vorkommnisse. Die ganze Nacht über hatten sie einander belauert und belauscht und in der Dunkelheit ihre Köpfe zum anderen Lager hingereckt. Bis auf gelegentliche leise Schritte auf knarrenden Planken, Flüstern und Rascheln, wobei Letzteres auch von den Ratten stammen konnte, hatte sich nichts getan. Eine Stille, der nicht zu trauen war.

Noch ganz steif von der Nacht reckte sich Trevor Biggs auf dem Dach der Kajüte und blinzelte in die aufgehende Morgensonne. Mürrisch strich er sich über sein graugestoppeltes Kinn. Die Zeit auf der Sunflower hatte seine alten Seemannsinstinkte, das Gefühl für das Schiff, die Wellen und das Wetter wiederbelebt und geschärft. Er hatte dieses ganz bestimmte Gefühl und wurde es nicht los. Mit diesem Morgen stimmte etwas nicht. Gewiss, es hatte eine Meuterei gegeben und dieser Umstand für sich war schon beunruhigend genug. Doch das war nicht der Grund für sein Unbehagen. Er schloss die Augen und konzentrierte sich auf sein Gleichgewicht.

„Hmm", murmelte er unschlüssig und stieg vom Dach. Soweit es sein Rücken zuließ, schlich er gebeugt im Schutze der aus Fässer und Kisten bestehenden Verschanzung nach Steuerbord, setzte seinen Zwicker auf und befestigte ihn sehr sorgfältig hinter seinen Ohren. Denn um einen Blick in Richtung Bug werfen zu können, musste er sich über die Reling beugen und durfte keinesfalls riskieren, dass dieses kostbare Glas ins Wasser fiel. Wie immer, wenn er den Zwicker aufsetzte, kullerten dahinter erst einmal seine übergroßen Augen wie zur Orientierung. Den Bauch auf der Reling gestützt, beugte er sich, so weit es nur ging, vor. Vor Anstrengung stöhnte er und sein Gesicht verzerrte sich grimmig. Dann schaute er in Richtung Bug.

„Hab ich es mir doch gedacht", ächzte er und schlängelte sich mit wackelndem Hinterteil wieder zurück.

„Ihr solltet Euch das einmal ansehen", sagte er zu Bartlett, der mit einem weichen Lappen gerade sein Seerohr aus Messing polierte, und deutete in Richtung Bug.

Unschlüssig, welche Teufelei Strouth wohl aushecke, folgte Bartlett seinem alten Kommodore nach Steuerbord. Mit dem Fernrohr in der Hand konnte er sich nur schlecht über die Reling beugen und so gab er leise den Befehl, eine Kanone auszufahren. Über die Reling kletterte er auf das Kanonenrohr und hielt sich an einem Schot fest, während er mit der anderen Hand das Seerohr hielt und hindurchschaute. Sein kreisförmiges Blickfeld wanderte zuerst zum Fockmast, der vorne auf dem Gebiet der Meuterer stand. Er wanderte den Mast hinauf und sah, wie langsam die Brassleinen durch die Taljen glitten und somit das Marssegel in den Wind stellten.

Bartlett musste grinsen. „Nicht schlecht, Prediger, räudiger Hund! Verdammter!"

Die Sunflower manövrierte kaum merklich. Heimlich hatten die Meuterer die Segel am Fockmast so gestellt, dass die Sunflower einen Kurs nahm. Damit es niemand merkte, hatten sie darauf geachtet, dass das Schiff nicht zu sehr Fahrt aufnahm oder in den Wind drehte.

Der Käpt'n kletterte über die Reling wieder zurück auf das Deck.

„Sie haben irgendein Ziel. Aber wo wollen sie hin?", fragte Trevor.

„Kurs Süd-West", antwortete der Käpt'n mit Blick auf den Kompass, der neben dem Steuerrad stand.

„Tortuga?"

„Schon möglich. Aber wir müssen heimlich auf La Tortuga landen. Ich werde seiner Heiligkeit in die Suppe spucken. Daraus wird nichts."

Dann ging er zum Steuerrad und steuerte mit schelmischer Genugtuung dagegen. Welchen Kurs auch immer die Meuterer durch die Stellung der Segel am Fockmast nehmen würden, das Steuerrad befand sich achtern und Bartlett würde dagegenhalten – unentschieden!

Es war gegen Mittag, als die trügerische Ruhe jäh durch ein Geschrei unterbrochen wurde.

„Hey, Käpt'n Bartlett! Hey, Käpt'n, hört zu! Nicht schießen! Wir müssen reden!", rief Reverend Strouth herüber.

Mit seinem fetten Wanst versuchte er, so gut wie möglich hinter dem Fockmast Deckung zu suchen und schlich dann geduckt hinter die Verschanzung. An der Stelle, wo sein Kopf dahinter verschwand, tauchte kurz darauf eine wild schwenkende weiße Fahne auf.

„Hört Ihr mich, Käpt'n?", rief Strouth herüber.

„Ja! Laut und deutlich! Was wollt Ihr? Habt Ihr etwa gesündigt und wollt nun die Beichte ablegen, Reverend?"

„Ihr tut gut daran, Euch den Spott zu verkneifen, Bartlett! Heute spottet Ihr und schon morgen werdet Ihr bereuen. Der Spott ist der Vorbote der Verdammnis. Strapaziert nicht meinen guten Willen. Ein Angebot! Ich will Euch ein Angebot machen!"

„Gebt Dr. Pargether frei!"

„Der Doktor ist wohlauf und erfreut sich unserer Gastfreundschaft. Ein angenehmer Mensch und als Arzt auch sehr nützlich. Ich würde ungern auf seine Gesellschaft verzichten wollen."

„Gebt ihn frei. Vorher verhandle ich nicht!"

„Ist das nicht etwas übereilt, Käpt'n? Ich schlage vor, wir verhandeln über Dr. Pargether."

Bartlett dachte einen Moment nach. „Gut! Verhandeln wir!", rief er. Was blieb ihm auch anderes übrig.

„Es lässt sich besser unter vier Augen sprechen. Ich komme rüber."

„Versucht keine Tricks, Strouth! Es würde Euch nicht bekommen!"

„Ich bin unbewaffnet. Solltet Ihr indes vorhaben, mich reinzulegen, so kann ich für das Heil des Doktors nicht mehr garantieren."

„Nur zu, Strouth! Nur zu! Kommt herüber!"

Wie eine Ratte, die schnuppernd aus dem Loch gekrochen kommt, streckte Strouth erst einmal prüfend seinen Glatzkopf über die Verschanzung. Zögerlich richtete er sich auf und schritt um die Verschanzung herum.

Bartlett gab Zeichen zur erhöhten Wachsamkeit. Leise spannten seine Männer daraufhin die Steinschlösser der Musketen und Donnerbüchsen. Sollte es sich hierbei um ein Ablenkungsmanöver oder eine Falle handeln, würden sie aus allen Rohren feuern. Der dicke Prediger war ja kaum zu verfehlen.

Mit der weißen Fahne, die aus einem Fetzen Leinen bestand, näherte sich Strouth bedächtig. Jeder seiner Schritte wurde sowohl von seinen als auch Bartletts Männern beobachtet. Vor der Verschanzung zur Achterkajüte blieb er stehen.

„Käpt'n, es wäre der Klärung unserer Angelegenheit dienlich, wenn Ihr Euch gleichfalls zeigen würdet", sagte der Prediger und suchte die Verschanzung ab. Unvermittelt trat der Käpt'n hervor und sie standen einander gegenüber. Ihre Blicke begegneten sich und in diesem kurzen Moment schätzten sie einander ab. Bartlett erfuhr mehr als in der ganzen Zeit, die Strouth bereits an Bord weilte.

„Redet!", sagte Bartlett forsch.

„Ein wunderschöner Morgen. Findet Ihr nicht auch, Käpt'n?"

„Ihr seid doch nicht gekommen, um mit mir über das Wetter zu plaudern?!", erwiderte er schroff.

„Nein, gewiss nicht. Aber es gibt keinen Grund, weshalb wir nicht wie Gentlemen miteinander umgehen sollten – trotz aller ...", Strouth suchte verspielt nach Worten, „nennen wir es Meinungsverschiedenheiten", vollendete er mit Haifischlächeln.

„Weil Ihr kein Gentlemen seid!", rief Biggs vom Kajütendach herab.

Ohne Gefühlsregung oder sonstiger Reaktion überging der Reverend diese Bemerkung. Der Käpt'n war sein Gegenüber und er ließ sich nicht aus der Ruhe bringen. Er hatte sich zurechtgelegt, was er zu sagen hatte und fuhr in seinen Absichten fort.

„Dieser Morgen ist wie geschaffen für einen guten Ausgang unserer Meinungsverschiedenheiten. Schöner Morgen, da bietet sich doch ein guter Ausgang an. Findet Ihr nicht auch?"

„Das kommt ganz darauf an, was Ihr unter einem guten Ausgang versteht. Kommt zur Sache. Was wollt Ihr?"

„Gut, gut ... sehr gut", flüsterte Strouth lang gezogen und schleichend. Seine Augen blitzten gefährlich, während er scheinbar süffisant lächelte. „Ich schätze Männer, die nicht lange drum herumreden. Ich mache Euch ein Angebot. Im Austausch gegen den Doktor gebt Ihr uns ..."

„Es ist kein Schatz an Bord", unterbrach ihn Bartlett.

Strouth lächelte müde.

„Ich will es kurz machen. Gebt uns das sündige Weib im Austausch gegen Dr. Pargether. Sie hat die Herzen der Männer vergiftet und es muss Gerechtigkeit geübt werden", sagte Strouth mit unnachgiebiger Entschlossenheit.

„Ihr habt Euch auf den Weg gemacht, ein solches Angebot zu machen?", stellte der Käpt'n kopfschüttelnd fest. „Dieses Angebot ist inakzeptabel und Ihr wisst es!"

Strout schwieg wissentlich eine Weile „Dennoch musste ich es machen, um Euch zu verdeutlichen, dass es die bessere Wahl ist, wenn Eure Männer die Waffen strecken und Ihr Euch ergebt. Manchmal muss man eben das Pferd von hinten aufzäumen", sagte er und kam auf sein eigentliches Anliegen zu sprechen. „Wie Ihr recht erkannt habt, ist es wichtiger, dass niemand zu Schaden kommt. Wir wollen das Schiff. Ergebt Euch und Ihr werdet an einer einsamen Bucht an Land gesetzt, von wo aus es Euch möglich ist, fortzukommen und nach England zurückzukehren. Ich verbürge mich dafür, dass keinem Eurer Männer ein Leid geschieht."

„So wie dem jungen Billy kein Leid geschehen ist?", spottete Bartlett zornig.

„Die Geschichte eines jeden von uns ist geschrieben und der Weg vorbestimmt. Wir sind nur Teil einer Allmacht, ein Rädchen in einem Räderwerk, ein Tropfen im Meer und alles hat seinen Sinn. Mag es sich uns jetzt auch nicht erschließen. Doch der Zeitpunkt der Erkenntnis wird kommen und wir werden loben und preisen das Licht und die Ewigkeit. Wer sind wir? Und wer seid Ihr, Bartlett, dass Ihr es wagt, sich gegen das Schicksal und die Vorsehung aufzulehnen?"

„Verschont mich mit Eurem Gewäsch. Was habt Ihr mit dem Schiff vor? Als Piraten auf Beutezug gehen?"

„Es führt zwar zu weit, dass ich mich euch erkläre. Doch so

viel sei gesagt: Ich befinde mich auf einer Missionsreise."

„Im Auftrag des Teufels", fügte Bartlett an.

Strouth, der nicht weiter darauf einging, fuhr fort: „Ich bin ausgezogen, den Menschen das Wort und das Heil zu bringen. Und genau das habe ich vor. Ich werde nicht von meinem Weg abweichen. Übergebt mir das Schiff und ich mache Euch noch einen Vorschlag ..."

„Wollt Ihr etwa mir und meinen Männern Ablassbriefe zur Vergebung der Sünden ausstellen?"

Im Hintergrund mussten Bartletts Männer schallend lachen. Erbost und wütend suchte Strouth die Verschanzung ab. Statt Gesichter sah er aber nur dunkle Mündungslöcher, die ihn im Visier hatten.

„Nein, ich biete Euch an, das Schiff auf Euren Namen zu taufen. Ihr werdet so Teil einer höheren Mission."

Bartlett glaubte zunächst an einen Scherz. Doch dem Prediger war es nur zu ernst gemeint. Und es war offenkundig, dass er wirklich geistesgestört war.

„Danke, Reverend! Aber ich muss ablehnen. Eure Mission ist mir zu blutig. Ich werde das Schiff nicht kampflos überlassen. Die Moral der Meuterer ist niemals so beständig, wie die der ehrlichen und treuen Seemänner. Ihr müsst Eure Leute anführen, Strouth. Könnt Ihr das? Mit ihnen Seite an Seite an vorderster Front kämpfen? Ich rate Euch jedoch, die Nasenspitze nicht zu sehr aus der Deckung ragen zu lassen. Ich gab bereits drei meiner Männer den Befehl, nur Euch allein ins Visier zu nehmen und auf Eure Deckung zu feuern. Sie werden nur ein Ziel kennen: Euch dabei behilflich zu sein, herauszufinden, wie es mit Eurem vorbestimmten Weg steht, Reverend Strouth. Und an Eurer Beförderung zu arbeiten – Ihr versteht." Bartlett schmunzelte. „Und nachdem ich nun weiß, wie Ihr die Dinge seht, nehme ich an, dass Ihr mir noch nicht einmal böse sein werdet", schloss der Käpt'n.

„Ich habe versucht, mit Euch zu reden. Doch Ihr strapaziert nur meine Gutmütigkeit. Übergebt das Schiff. Niemandem wird ein Leid geschehen. Und als besonderes Entgegenkommen meinerseits wird das Schiff Euren Namen tragen."

„Euch ist die Hitze auf See nicht bekommen! Verschwindet!"

„Ihr schlagt also dieses, für beide Seiten, befriedigende Angebot aus? Denken Eure Männer genauso? Wie lautet Euer Angebot, Käpt'n Bartlett?"

„Da gibt es nicht viel zu sagen. Ihr ergebt Euch, die Meuterer und Ihr werdet in Gewahrsam genommen und ich garantiere einen fairen Prozess auf Jamaika, indem ich für Euch sprechen und mich für Euch verwenden werde. Bis Sonnenuntergang erwarte ich Eure Antwort!"

„Das ist ein schlechtes Angebot."

„Es ist das beste, das Ihr kriegen könnt. Das Schicksal klopft an Eure Türe. Streckt die Waffen oder nutzt die verbleibende Zeit zur Buße. Es ist an der Zeit, Reverend Strouth. Und jetzt verschwindet!"

Den Tag über blieb es ruhig. Die Frist, die der Käpt'n gestellt hatte, verstrich bis zum Abend ungenutzt. Strouth dachte nicht daran, sich zu ergeben.

Die Nacht sank herein und die Sterne glitzerten wie eisblaue Diamanten am Firmament. Nichts zu hören, nichts zu sehen, Totenstille. Man hätte eine Stecknadel fallen hören können. Die Sunflower dümpelte in der Dünung vor sich hin. Kein Lüftchen ging. Bei der Neigung nach Backbord knarrte es im Holz und beim Zurückschwenken plätscherten an Steuerbord leise die Wellen. Dieser gleichbleibende Takt und das leichte, wogende Schaukeln wirkte beruhigend, ja, sogar einschläfernd – wie in einer Wiege oder einem Schaukelstuhl.

William indes war alles andere als müde. Er lag auf dem Dach der Achterkajüte neben Mr. Bellamy und schob aufgeregt Wache. Traute ihm der Käpt'n doch tatsächlich eine Nachtwache zu! Überdies hatte man ihm auch noch eine Donnerbüchse in die Hand gedrückt und ihm erklärt, was er tun musste, sollten die Meuterer es wagen, sich anzuschleichen, oder offen anzugreifen. „Wir können jeden Mann gebrauchen", hatte der Käpt'n gesagt und ihm einmal kräftig auf die Schulter geklopft.

William schätzte, dass seit Sonnenuntergang schon zwei Stunden vergangen waren. Seine Augen hatten sich an die Dunkelheit gewöhnt. Aufmerksam wanderte sein Blick über das Deck. Dunkelblau hoben sich an Steuerbord die Wanten des Großmastes gegen die weite glatte See ab, in der sich der Sternenhimmel widerspiegelte. Um sich die Zeit zu vertreiben, zählte er an Steuerbord die Blöcke, mit denen die Wanten auf Spannung gehalten wurden. Rechts von dem Fass, das er ausmachen konnte, begann er flüsternd zu zählen. „Eins, zwei, drei, vier, fünf, sechs, sieben, acht an der Zahl."

Plötzlich mischte sich zum Knarren des Holzes und dem leisen Plätschern der Wellen ein weiteres Geräusch hinzu. Ein schnarchendes Geräusch! Mr. Bellamy neben ihm war eingeschlafen.

Das darf doch nicht wahr sein!, dachte William.

„Mr. Bellamy, psst, Mr. Bellamy!", flüsterte William leise und erhielt als Antwort nur einen Schnarchlaut. „Mr. Bellamy! Wacht auf!", wiederholte William und zupfte ihn am Ärmel.

Mit einem grunzenden Schnapplaut wachte er auf. „Was, was ist passiert?", stammelte er.

„Es ist nichts passiert, Mr. Bellamy. Ihr seid nur eingeschlafen", beruhigte William.

„Eingeschlafen? Ich? Hhm. Oh, tut mir leid", sagte er und räusperte sich. „Gut, dass du aufgepasst hast. Eine schöne Wache bin ich. Kommt nicht wieder vor." Es war ihm sehr unangenehm.

Die Nacht zog sich weitere zwei Stunden dahin, in denen so gut wie nicht gesprochen wurde. William schaute hinüber zum Bug, der in der Dunkelheit lag. Das Einzige, was William ausmachen konnte, war das blauschwarze, wilde Relief der gegnerischen Verschanzung. Man mochte kaum glauben, dass sich dahinter an die dreißig Männer versteckten. Hören und sehen konnte man nichts. Als ob ein jeder von ihnen in eine Art Starre gefallen wäre.

Waren sie überhaupt noch an Bord?, fragte sich William.

Mr. Bellamy neben ihm zuckte nicht einmal mehr. Wieder hatte der Schlaf ihn übermannt. Tief und gleichmäßig holte er Luft. Wenigstens schnarchte er jetzt nicht mehr. Beim Anblick des schlafenden Bellamy fühlte sich William ganz müde. Um dagegen anzugehen, beschloss er, zum Zeitvertreib wieder zu zählen. Die Speichen des Steuerrades. Zwölf insgesamt! Es konnten aber auch mehr sein. So genau war es nicht auszumachen, da das Steuerrad im Nachtschatten des Großsegels stand.

Nun wieder die Blöcke der Wanten. Er zählte sieben!

„Hm, Moment mal! Sieben?", murmelte er leise und stutzte. Habe ich nicht vorhin acht Blöcke gezählt? Sicher die Müdigkeit, leuchtete es ihm ein. Er rieb sich die Augen und zählte noch mal. Wieder nur sieben Blöcke! Es blieb dabei. Wie konnte das sein?

Noch während er sich das fragte, sah er den Grund dafür. Das Fass, das noch vor wenigen Stunden links der Wanten gestanden hatte, war etwa drei Fuß gewandert und stand jetzt vor dem ersten Block und verdeckte es.

William wurde hellwach! Hatte das Schaukeln des Schiffs das Fass wandern lassen?, schoss es ihm durch den Kopf. Ganz genau achtete er jetzt auf die Schiffsbewegung. Nein, das konnte es nicht sein! Die Sunflower dümpelte nur ganz leicht vor sich hin. Er ahnte nichts Gutes.

„Mr. Bellamy!", flüsterte er ihm zu. „Mr. Bellamy! Wacht auf!", flüsterte er etwas lauter und stieß ihm in die Seite.

„Was? Was ist denn?", fragte er, um Orientierung bemüht. „Oh, nein! Nicht schon wieder. Was bin ich nur für ein unfähiger Idiot", scholt er sich, als ihm klar wurde, dass er wieder eingeschlafen war.

„Seht Ihr das Fass da drüben?"

„Ja, sehe ich."

„Das Fass bewegt sich."

Der Sekretär kniff die Augen zusammen und starrte konzentriert auf das Fass. „Tut es nicht", sagte er knapp.

„Doch!", stieß William flüsternd hervor. „Nur nicht so schnell, dass man es sehen kann. Es kommt ganz langsam herübergeschlichen."

„Du meinst ...?"

„Da ist jemand drin."

„Bist du ganz sicher?"

„Nö, aber ich kann Euch ja wieder wecken, wenn ich ganz, ganz sicher bin", sagte William schnoddrig.

„Jaja, schon ... schon gut, Mr. Mellford. Ihr habt ja recht!"

William kroch bäuchlings zum Loch in der Decke und berichtete flüsternd, was es mit dem Fass auf sich hatte.

„Ich fress 'ne brennende Lunte, wenn da nicht noch mehr Meuterer angeschlichen kommen", brummte der Käpt'n.

Bartlett, Kounaeh und Tarbat schlichen aus der Achterkajüte. „Männer! Seid wachsam. Es ist was im Busch. Die Kerle kommen angeschlichen. Haltet die Augen offen", flüsterte Bartlett den Männern zu, die sich vor der Kajüte verschanzt hatten.

John schlich sich nach Steuerbord und riskierte einen Blick über die Reling. Kounaeh suchte die Takelage über ihnen ab. Und tatsächlich! Sie hatten sich nicht getäuscht. Auf leisen Sohlen kamen die Meuterer angeschlichen.

„An der Bordwand hangeln zwei Mann entlang", sagte John.

Der Käpt'n fragte sich, wie sie das wohl machten. Vorsichtig lauerte er über die Reling und sah, wie sie Messer in ihren Händen hielten und diese in die Ritzen der geschlossenen Stückpforten verkeilten und sich derart vorwärts hangelten.

Kounaeh starrte wie eine Katze, die eine Maus erspäht hatte, in die Takelage des Großmastes hinauf.

„Was ist?", flüsterte der Käpt'n.

Schweigend streckte Kounaeh den Arm und deutete auf eine Stelle in etwa 25 Yards Höhe. Von dort oben schwebte einer der Meuterer zu ihnen herab. Seine Füße steckten in der Schlaufe eines Seils und er hielt etwas Blitzendes zwischen seinen Zähnen. Höchstwahrscheinlich ein Messer. Mit den Händen hielt er sich nah am Mast, damit seine Kontur mit der des Mastes verschmolz und er sich gegen den klaren Sternenhimmel nicht so abhob. Kounaeh hatte gute Augen.

Bartlett nickte ihm zu. Der Kerl da oben war zuerst dran. Noch ahnten die Meuterer nicht, dass sie entdeckt worden waren. Aber das würde sich bald ändern. Kounaeh griff hinter sich in den Köcher und mit der Geschmeidigkeit und Eleganz einer einzigen Bewegung legte er den Pfeil sicher in die Sehne und spannte den Bogen. Ruhig visierte er sein Ziel an. In der Mitte der umschnürten Füße, ein Stück oberhalb, lag sein Ziel. Ruhe durchströmte ihn und er fühlte, wie sein Herz schlug. Er und der Bogen wurden eine Einheit. Zwischen zwei Herzschlägen entließ er den Pfeil, der in die Dunkelheit davonjagte und das Seil durchtrennte. Der gellende Schrei zerriss die Stille der Nacht und war wie ein Kommando zum Angriff. Und während der Kerl hart auf die Decksplanken krachte, pfiffen bereits die ersten Kugeln durch die Luft. Holz splitterte und es roch nach Pulverdampf.

John hatte sich mit einer Kanonenkugel bewaffnet, die er mit einer Wucht auf die Reise in Richtung Fass schickte, auf dass es einem Kanonenschuss gleichkam. Rasend schlug sie in das Fass ein. Ein Schrei und das Fass polterte um. Zum Vorschein kamen zappelnde Beine. Der Kerl versuchte nun, rückwärts aus dem Fass zu kriechen. Aber da hatte John bereits die zweite Kugel auf den Weg gebracht, in deren Wirkung der Meuterer mit dem Kopf durch den Deckel brach.

Acht, neun Gegner stürmten brüllend und mit Degen und Entermesser bewaffnet hervor.

Käpt'n Bartlett haute mit einer Spiere den drei Meuterern, die außen an der Bordwand hinaufzukommen versuchten, auf die Finger, aber im Nu wurde er von vier der vorstürmenden Kerle umringt. Nach einem kurzen Lauern hieben sie unversehens auf ihn ein. Bartlett schmiss ihnen die Spiere entgegen und tastete nach der Pistole, die in seinem Hosenbund steckte. Als würde er die Arme zum Willkommensgruß ausbreiten, zog er mit gekreuzten Armen gleichzeitig Pistole und Degen. Einen der Vieren streckte er sogleich mit einem Schuss nieder. Mit den verbleibenden Dreien focht er, als würde er mit einer achtarmigen Göttin kämpfen. Links, links, rechts, zur Seite, nach oben und wieder runter. Bartletts Klinge kreuzte sich allgegenwärtig und dennoch geriet er in arge Bedrängnis, was auch an der Dunkelheit lag.

Während der Käpt'n um sein Leben focht, nutzten die Kerle an der Bordwand die Zeit und machten sich daran, heraufzuklettern. Waren sie erst einmal oben, hatte er sie im Rücken. Der Käpt'n wusste, dass er dann keine Chance mehr hatte und focht wie der Teufel. Nur weg von der Reling.

Aber jeden Schritt, den er sich vorkämpfte, musste er ihnen sogleich schon wieder überlassen. Hilfe war nicht in Sicht. Seine Männer waren alle selbst in Kämpfe verwickelt.

William feuerte gerade wieder eine Ladung mit der Donnerbüchse ab, als er schemenhaft sah, wie es um den Käpt'n bestellt war. Ohne nachzudenken, rollte er sich vom Dach, hielt aber wegen des Kugelhagels den Kopf weit unten.

Auf allen vieren kroch er in dem Getümmel in Richtung Reling und sah die Kerle.

Als Erstes öffnete William die Stückpforte und der Meuterer, dessen Klinge in der Fuge Halt gefunden hatte, fiel ins Meer. Der zweite Kerl an der Bordwand griff sofort in den Rahmen der geöffneten Pforte, um sich festzuhalten, als William die Klappe mit voller Wucht wieder zuknallte. Schreiend und mit übel gequetschtem Finger fiel der Zweite ins Wasser.

Jetzt musste sich William beeilen. Mit einem Messer zwischen den Zähnen stieg der Dritte soeben an Bord. Mit beiden Händen stützte er sich auf der Reling ab, während er ein Bein heraufschwang und damit Halt suchte. William hielt es für das Beste, ihn zunächst zu entwaffnen.

„Darf ich?", fragte er freundlich und zog dem Kerl die Klinge aus dem Mund. Er tat es ohne böse Absicht und ahnte nicht, was er dem Mundwerkzeug des Meuterers damit antat. Die Dolchklinge knirschte zwischen den Zähnen wie Essbesteck auf Porzellan und es schnitt ihm in Zunge und Mundwinkel. Der Kerl brüllte vor Schmerz, fluchte undeutlich und spuckte Blut.

William erschrak zu einem guten Teil darüber, was er da angerichtet hatte und ließ vor Schreck das Messer aus der Hand gleiten. Mit schreckgeweiteten Augen sah William, dass der Kerl zwar böse verletzt war, aber dennoch unbeirrt an Deck kletterte.

Warum fiel der Kerl nicht ins Wasser? Er hielt sich den Mund und funkelte William zornig an. Dann wischte er sich die blutige Hand an seinem Hemd ab.

William wollte flüchten. Der Meuterer war aber schneller und schnitt ihm den Weg ab. Mit beiden Händen griff er William an die Kehle, hob ihn hoch und drückte zu. Um Luft ringend zappelte William wie ein Fisch an der Angelschnur und starrte von Angesicht zu Angesicht in das hassvoll verzerrte Gesicht mit dem blutigen Mund.

Der Kerl wollte etwas sagen, ihn demütigen und beschimpfen oder anbrüllen, aber er brachte nur ein undeutliches Genuschel heraus, das ihn noch rasender machte und sich darin entlud, dass er William noch fester die Kehle zudrückte. Vor Williams Augen begann es, schwarz zu flackern und aus den Augenwinkeln sah er sich steifhalsig nach Hilfe um. Der Einzige in seiner Nähe war der Käpt'n, der jedoch genug damit zu tun hatte, die Bande auf Abstand zu halten und um sein Leben focht.

William zappelte, kratzte und trat, konnte aber nichts ausrichten. Es musste ihm bald etwas einfallen, sonst war es vorbei. Hastig tastete er an sich herab. Mit zittrigen Händen bekam er den Pulversack zu fassen, der an seinem Gürtel hing. Gegen die Ohnmacht ankämpfend, entstöpselte er ihn mit dem Daumen und hüllte damit den Kopf des Kerls in einer schwarzen, puderigen Wolke ein.

Das Schießpulver tat seine Wirkung. Es brannte in Augen, Nase und der Wunde. Er torkelte, schrie, kniff die Augen und zog schmerzverzerrte Grimassen. Sein Griff lockerte sich und er setzte William ab, hielt ihn aber immer noch bei der Kehle gepackt. William sog schnappend die Luft ein und trat dann – in bewährter Manier – kräftig vor das Schienbein des Kerls. Rückwärts torkelnd zog er William mit und gemeinsam fielen sie über die Reling ins Wasser.

Acht kräftige Kerle umringten John, der wieder in diesem Zustand eines gehetzten und gestellten Tieres war. Gemeinsam stürmten sie auf ihn zu und begruben ihn. Ein richtiges Menschenknäuel und zu unterst lag John. Dann ging eine Eruption durch dieses Knäuel, das damit etwas entwirrt wurde. Auf dem Boden liegend hatte John nun Platz zum Ausholen. Mal klatschte es hoch und mal klatschte es dumpf. Wie hüpfende Frösche flogen die Meuterer umher.

Kounaeh und Trevor Biggs setzten mit der Präzision eines

operierenden Arztes ihre Pfeile und Messer, während die Männer hinter der Verschanzung eine Salve nach der anderen aus den Rohren jagten.

„Zurück, Männer, zieht euch zurück!", tönte es vom Bug her. Die Rechnung des Reverend war nicht aufgegangen. Das Kampfgeräusch von kreuzenden Klingen, pfeifenden Kugeln, Getrampel, Ächzen und Stöhnen ebbte mit dem Rückzug der Meuterer ab und hörte schließlich auf.

Unter Wasser gelang es William, sich aus dem Griff zu winden und von dem Kerl wegzutauchen. Unweit der Stelle, wo sie hineingefallen waren, tauchte er, nach Luft schnappend, auf.

Wo ist er?, dachte William und sah sich atemlos um. Auch von dem ersten Meuterer, der ins Wasser gefallen war, war nichts zu sehen. Auf der Stelle rudernd, atmete William erleichtert durch. Ob er ertrunken ist? Vielleicht konnte er nicht schwimmen, dachte er gerade, als er eines Besseren belehrt wurde.

Etwas schloss sich um sein Fußgelenk und zog ihn unter Wasser. Der Kerl zog ihn herunter, während er selbst an William wie an einem Baum hinauf an die Oberfläche stieg. Seine Hände krallten sich in Williams Hemd und hielten ihn unter Wasser. Luftblasen stiegen aus seinem Mund auf, William wand und drehte sich, versuchte vergeblich, freizukommen. Die Angst, zu ertrinken, wurde übermächtig. Kurz davor, panisch das Wasser einzusaugen, kam ihm die rettende Idee! Kurzerhand streifte er sich das Hemd ab und konnte sich so dem Griff entziehen. Ein paar Yards weiter brach er mit einem tiefen Luftzug durch die Wasseroberfläche. Zeit, durchzuatmen, hatte er nicht.

„Du kleine Teufelsratte willst wohl spielen, was? Hast mir das Maul zerschnitten. Wart nur ab. Gleich bin ich bei dir!", schrie der Kerl nuschelnd und außer sich vor Wut.

William bekam Angst.

Trotz der Dunkelheit war es unheimlich, anzusehen, wie dieser blutige Kopf mit den hasserfüllt lodernden Augen auf ihn zuschwamm. Kraftvoll tat er zwei Züge auf William zu, die erkennen ließen, dass er ihm nicht entkommen konnte.

Ein guter Schwimmer und ganz sicher würde er William ersäufen, sollte er seiner habhaft werden.

William tat das Einzige, was ihm noch blieb. Er tauchte hinab. So tief hinunter in das Dunkel, wie er nur konnte. Unter der Sunflower hindurch wollte er auf der anderen Seite wieder aufsteigen. William hoffte, der Kerl würde annehmen, dass er ertrunken sei und es aufgeben. Ohne Orientierung tauchte William durch das dunkle Wasser, bis er mit dem Kopf gegen den Kiel stieß.

Gut, dachte er. Noch ein bisschen weiter und dann hoch.

Die Luft wurde knapp und er wollte auftauchen, hatte aber das Schiff noch über sich. Ein beklemmendes Gefühl.

Gleich hab ich es geschafft!, beruhigte er sich. Nur ruhig bleiben.

Dicht an der bauchigen Wölbung des Schiffskörpers stieg er auf. Die scharfen Muscheln, die sich an der Unterseite des Schiffs festgesetzt hatten, schnitten ihm beim Auftauchen in den Rücken. Trotz der Luftnot mühte er sich, leise durch die Oberfläche zu brechen und nach Luft zu schnappen. Keuchend sah er sich wieder um und lauschte. Oben auf dem Schiff war es ruhig. Er konnte kein Kampfgetümmel mehr hören. Er musste sich bemerkbar machen. Aber er befand sich in Höhe vom Bug, bei den Meuterern. Leise schwamm er nach achtern.

Plötzlich blubberte vor ihm etwas und William sah Luftblasen aufsteigen, aus deren Mitte schon im nächsten Moment der Kopf seines Verfolgers auftauchte. William erschrak fürchterlich. Der Meuterer weidete sich an seinem Schrecken.

„Hast wohl gedacht, wärst mich los, was? Wusste doch, dass ich dich finde!", sagte er und lachte diabolisch. „Muss noch was erledigen und das bist du!" Er spie Blut zur Seite.

William war zu geschwächt, um erneut abzutauchen.

„Hilfe, Hilfe!", schrie er nach achtern.

Die grobe Hand des Kerls griff in seinen blonden Schopf, als plötzlich unweit von ihnen irgendetwas durch das Wasser sauste. Es war, als würde das Wasser wie mit einer Klinge zerteilt werden. Es zog einen Halbkreis und hielt dann wieder auf sie zu. Als es an ihnen vorbeisauste, spritzte es. Im Gegensatz zu seinem Gegenüber wusste William nicht, was das zu bedeuten hatte.

Im Gesicht seines Gegenübers erkannte er schieres Entsetzen, als es den Kerl auch schon wegriss. Er schrie und schoss wie von Geisterhand vier, fünf Yards über die Wasseroberfläche, als er plötzlich so abrupt abtauchte, als wäre er von einer Klippe gesprungen. An der Stelle, wo er unterging, schien das Wasser zu brodeln.

Unzählige Haie waren vom Blut angelockt worden und steigerten sich in einen wahren Fressrausch.

„William! William, hörst du mich?", schrie jemand von achtern. „Wo bist du? Antworte!", schrie die Stimme wieder.

William erkannte die Stimme. Horatio hatte seinen Hilfeschrei gehört.

„Hier bin ich!", antwortete William halblaut, da er fürchtete, die Haie auf sich aufmerksam zu machen. Er hielt sich ganz dicht an der Bordwand und ruderte mit den Armen so zaghaft, dass er gerade nicht unterging. Wieder sauste eine Rückenflosse an ihm vorbei und er spürte, wie das Wasser von der Flossenbewegung gegen seinen Bauch schwallte.

„Großer Gott!", rief Horatio, als er die Meute Haie sah. „Halt aus und beweg dich nicht!"

Er verschwand und kam kurz darauf mit einem Seil zurück. Im Schutze der Verschanzung warf er es ihm so weit wie möglich zu. Doch erreichte es ihn nicht und platschte etwa sechs Yards vor ihm ins Wasser. Williams Herz schlug wie wild in seiner Brust. Er musste sich bewegen, musste darauf zuschwimmen und das bedeutete, dass er seinen Bauch den Haien feilbot.

Das Seil vor Augen, schwamm William ganz ruhig los. Die Farbe des Wassers konnte er nicht erkennen, doch der säuerlich-eiserne Geruch von Blut stieg ihm in die Nase. William tat den nächsten Zug und spürte, wie seine Hand etwas Fleischiges zur Seite drückte. Was es war, wusste er nicht und wollte es auch nicht wissen. Er hatte nur das Seil im Sinn und hoffte, möglichst unverletzt an Deck zu gelangen.

Bartlett war hinzugekommen und stand nun neben Horatio. In der Hand hielt er eine Donnerbüchse.

„Verdammt!", fluchte er und schaute über die Verschanzung in Richtung Bug.

Auch die Meuterer hatten Wind davon bekommen. William war ein leichtes Ziel. Der Käpt'n hatte keinen Zweifel daran, dass sie ihn abknallen würden wie eine tollen Hund. Und schon hörte er drüben die Steinschlösser klicken.

„Schießt aus allen Rohren, Männer!", gab er Befehl und deutete auf den Bug, der daraufhin mit einer Salve eingedeckt wurde.

Die Meuterer schossen zurück und erneut entbrannte ein Feuergefecht. Horatio lauerte, über die Reling gelehnt, und sein Herz übersprang einen Schlag vor Bestürzung und Trauer.

William war nicht mehr zu sehen.

„Wo ist William? Seht Ihr ihn?", rief ihm der Käpt'n zwischen zwei Schüssen zu.

Mit einem Kloß im Hals vermochte Horatio nicht zu antworten. Er hatte diesen vorlauten, kleinen Kerl gemocht, der nie um eine Ausrede verlegen war, der es verstand, Mut zu machen und sie alle zu erheitern. William war für ihn eine Art Seelenverwandter, ein unbekümmerter Bengel. Horatio wurde tieftraurig.

Als der Käpt'n ihn ansah, wusste er sofort Bescheid. Die Zeit schien anzuhalten. Der Schmerz raubte dem alten Seebär die Kraft und er musste sich keuchend auf die Ellbogen stützen. Wie oft hatte William ihn gerettet? Doch als er selbst Hilfe brauchte, war er nicht da. Trauer verwandelte sich in heiße Wut. Er würde diesen Strouth wie einen alten Strumpf von innen nach außen wenden. Ihn und alle Meuterer sollte dasselbe Schicksal wie William ereilen. Die Haie sollen sich an ihnen satt fressen. Er würde diese verfluchte Bande in die Hölle schicken – und wenn es das Letzte war, was er tat.

Bartlett und die Männer feuerten, dass die Rohre glühten. Zwischen einer Feuerpause hallte noch einmal Williams flehender Hilferuf in seinen Ohren wider. Nie würde er ihn vergessen. Dieser Schrei hatte sich in seine Erinnerung gebrannt und auf ewig würde er vorwurfsvoll durch seinen Kopf hallen. Ein Stachel im Fleisch! Noch mal hallte Williams Hilfeschrei durch die Nacht und Bartlett wäre versucht gewesen, es erneut seiner Einbildung zuzuschreiben, hätte er nicht in Horatios Gesicht und das der Männer geblickt, die den Schrei offensichtlich auch gehört hatten.

„Schwefel und Teufelskraut! Verflucht noch mal!", entlud sich seine Erleichterung in einem Fluch.

Er robbte zur Reling – und tatsächlich! William! Er lebte und das Herz des Käpt'ns tat einen Freudensprung. Doch zum Frohlocken bestand wahrlich kein Grund. William war umgeben von Flossen, die sich in immer enger werdenden Kreisen um ihn zogen. William indes zog sich tapfer an dem Seil entlang.

William hatte gewusst, dass die Meuterer auf ihn schießen wollten und war kurzerhand einfach zu den Haien abgetaucht. Ob die Haie ihn nun für einen der ihren hielten oder nicht, jedenfalls hatten sie ihn bis jetzt nicht angegriffen.

„John, zieh das Seil ein, schnell!", gab der Käpt'n Befehl. „Halt dich fest, Junge!", rief Bartlett und feuerte etwas abseits von ihm eine Salve ins Wasser.

John zog am Seil und William nahm Fahrt auf, welches wiederum die Haie reizte. Er fühlte sich wie ein Köder an der Angelschnur. Triefend huschte er schon die Bordwand hinauf, als dieser mächtige Hinkelstein von einem Haikopf aus dem Wasser emporstieg. Ein Riese. Mit fletschendem, zähnestarrendem Maul nahm er William ins Visier. Mit dem wulstigen Zahnfleisch oberhalb der spitzen Zahnreihen sah er aus, als ob er grinste. John zog im Wettlauf mit dem aufsteigenden Hai an dem Seil. Der Schlund des Hais wurde unter William immer größer. Dreimal würde er dort hineinpassen. Dann hatte er ihn erreicht. Berührung! Die Nase des Hais stieß dumpf gegen Williams Po, der in hohem Bogen an Deck flog und polternd vor der Kapitänskajüte niederging. Das Ungeheuer drehte sich zuckend in der Luft und prallte seitlich mit den Kiemen auf die Reling und schnappte ein letztes Mal nach William, bevor es ungelenk wieder hinunter ins Wasser platschte. Mit einer mächtigen Welle donnerte der Hai ins Wasser. Was für ein Ungeheuer!

William war sicherlich der einzige Mensch auf der Welt, der je von einem Hai an Deck befördert wurde. Und selbst die, die dabei waren und es mit eigenen Augen gesehen hatten, fragten sich noch lange, ob sie da recht gesehen hatten. Das glaubte ihnen keiner, sollten sie es je erzählen! Verrückt waren sie. Die Leute würden sich darüber lustig machen und es albern abtun und empfehlen, dem Rum abzuschwören.

Von Glück zu sprechen, würde dem Erlebten nicht gerecht werden. Es war ein Wunder und selbst diese Wortwahl traf es nicht richtig.

Von Geistern, Klabautermännern und einer schwebenden Geige

"Hey! Käpt'n Bartlett, hört Ihr mich?", tönte Eliah Strouts Stimme am nächsten Morgen über das Schiff. "Ich will verhandeln!"

"Es ist alles gesagt, Strouth!"

"Ich bin in Sorge, Käpt'n. Es ist nicht wegen mir oder einem meiner Männer. Es geht um Euren Mann. Dem guten Doktor ist nicht wohl. Ihr Verhalten bekommt dem Doktor nicht. Für einen Mitverschwörer des Bösen ist der Doktor sehr zart besaitet."

Das hatte Käpt'n Bartlett befürchtet. Jetzt würden sie den Doktor ins Spiel bringen und erpressen.

"Lasst den Doktor frei! Ihr macht es nur noch schlimmer, Strouth! Das ist mein Versprechen, Ihr werdet Euch dafür verantworten! Tat um Tat! Abgerechnet wird zum Schluss, Strouth! Vergesst das nicht!"

"Anklage?" Strouth lachte. "Ihr seid ein Mörder, Bartlett, und alle wissen es. Ein Mörder spricht von Anklage. Das entbehrt nicht einem gewissen Humor! Bravo! Aber könnt Ihr hier doch nur Eure eigene Anklage meinen. Meine Männer und ich sind nur einem höheren Gericht verpflichtet. Mein ist die Rache, sprach der Herr, und der Tag wird kommen. Das prophezeie ich Euch!"

"Was habt Ihr mit dem Doktor gemacht? Ich will ihn sehen."

"Aber gewiss doch, Käpt'n! Eurem Wunsch soll Genüge getan werden."

Die Meuterer hatten das Focksegel so weit abgesenkt, dass

es bis auf die Planken reichte und so den ganzen Bug verhüllte. Wie ein Theatervorhang fiel es nun in sich zusammen und gab den Blick frei. Dr. Pargether baumelte an den Füßen aufgehängt über der Verschanzung. Aber da war noch etwas, was den Käpt'n nicht minder beunruhigte. Sie hatten die Mündung einer Kanone durch die Verschanzung geschoben und soweit angehoben und ausgerichtet, dass sie auf die Achterkajüte zielte.

„Otterngezücht!", spie Bartlett aus und ballte die Faust. Er wusste, dass sie die Kajüte mit der Kanone wegpusten konnten, ohne das Schiff ernstlich zu beschädigen.

„Haben wir damit eine Verhandlungsgrundlage?", rief Strouth aus der Deckung heraus. „Wie steht es mit Eurer Verantwortung für den Doktor, Käpt'n? Ihr könnt und solltet ihm helfen."

Bartlett dachte kurz nach – und was er zu sagen hatte, fiel ihm nicht leicht. „Dr. Pargether hat gewusst, worauf er sich einlässt. Ich werde das Schiff nicht aufgeben."

„Was seid Ihr nur für ein undankbarer Mensch, Käpt'n. Ihr enttäuscht mich. Der gute Doktor hat stets zu Euch gehalten und Ihr lasst ihn einfach so ...", Strouth schaute geringschätzig hinauf zum Doktor, „einfach so, nun ja, sagen wir ... hängen", vollendete er und kam sich mit diesem doppeldeutigen Wortspiel sehr überlegen vor.

Audrey fasste den Käpt'n beim Arm. „Das könnt Ihr nicht tun, Käpt'n! Wir müssen Dr. Pargether helfen", sagte sie unverständig.

„Ich weiß und ich habe nicht vor, ihn da hängen zu lassen. Wir werden ihn befreien", beruhigte er sie und tätschelte ihr zuversichtlich die Hand.

Die Frage war nur, wie. Er sah um Rat suchend zu Trevor und glaubte, in diesen eisgrauen Augen des Strategen ein listiges Schimmern zu sehen. Sie mussten es beenden. Es gab nur eine Möglichkeit, dem Doktor zu helfen und das Schiff wieder unter

Kontrolle zu bekommen. Es war Bartletts Aufgabe, es den Männern zu verkünden. Die Chancen, dabei draufzugehen, standen recht gut.

„Männer! Wir haben keine Vorräte und kein Trinkwasser, um lange auszuharren. Pulver und Kugeln werden auch rar. Je länger wir zögern, umso leichteres Spiel haben sie mit uns. Wir müssen den Bug stürmen!", schenkte er den Männern reinen Wein ein.

„Stürmen?", wiederholte einer der Matrosen. „Käpt'n, ich will Euch nicht widersprechen, aber es sind mindestens 10 Yards bis zum Bug und bis dahin haben wir so gut wie keine Deckung. Wir laufen denen einfach so vor die Flinte und die werden uns abknallen wie die Hasen."

„Du hast recht", sagte der Käpt'n ruhig. „Und ich will euch nichts vormachen. Einige von uns kann es erwischen. Aber wir werden nicht einfach blind drauflos stürmen. Ich kenne Mr. Biggs lange genug und wenn ich in seinem Gesicht richtig lese und mich nicht alles täuscht, dann weiß er auch schon, wie wir es anstellen. Eines ist mal sicher, je länger wir zögern, umso besser für Strouth und die Meuterer."

„Angriff ist die beste Verteidigung", meldete sich Trevor zu Wort. „ Hört meinen Plan ..."

Im glutroten Licht der Abendsonne, die einen weiten Schatten der Sunflower über das Meer warf, stand Jason Backett, rieb sich den Nacken und suchte eine Erklärung für das, was an Achtern vor sich ging. Oder besser gesagt, nun eben *nicht* mehr vor sich ging. Die Meuterer versuchten, sich einen Reim darauf zu machen, was da am Mittag seit dem Streit, dem Gebrüll, den Schüssen und schließlich der Explosion passiert sein konnte. Soweit sie es sehen konnten, sah die Kajüte des Käpt'ns erbärmlich aus: das Dach geborsten, zersplitterte Fester und die Türe hing schief in den Angeln.

Die Wucht der Explosion hatte die Verschanzung davor stellenweise löchrig werden lassen. Ein blutiger Arm ragte dahinter hervor. Eine List, hatten sie natürlich sofort gedacht und auf den Arm geschossen. Aber trotz der Treffer hatte ihn niemand zurückgezogen oder vor Schmerzen geschrien. Seit Stunden lag er nun reglos da. Zu wem auch immer er gehörte, derjenige war tot.

„Nichts zu hören und nichts zu sehen. Ich glaub nicht an 'ne Falle. Wenn der Käpt'n uns reinlegen will, dann macht er es verdammt gut", sagte Backett. „Die sind bestimmt alle tot", fügte er an.

„Hat ja auch 'nen ganz schönen Rumms gegeben. Ich dachte schon, das Schiff fliegt in die Luft", vermutete Stanton, der neben ihm stand. „Die Achterkajüte hat es ziemlich zerrissen. Aber zum Glück hat das Schiff nichts abgekriegt. Is'n stabiles Schiff. Keine Schlagseite. Würden wir dann schon merken. Ich meine, wenn das Wasser einbricht. Hab ich einmal erlebt. Um mein Leben hab ich geschöpft und gepumpt sag ich dir"

„Der Käpt'n is'n Dickkopf. Hätte auf seine Männer hören sollen und aufgeben. Aber nicht mit ihm." Backett schüttelte den Kopf. „Da hat er sie eben alle in die Luft gejagt. Das heißt, wenn sie sich nicht schon vorher gegenseitig abgeknallt haben."

„Hat wohl gehofft, dass er uns mit wegsprengt." Stanton griemelte schadenfroh und spie aus. „Hat er jetzt davon."

„Ich würde gerne mal rübergehen und nachsehen."

„Der Reverend sagt, jetzt noch nicht. Is' halt 'n vorsichtiger Mann."

„Vorsichtiger Mann!", wiederholte Stanton spöttisch. „Sieh doch nur, wie es drüben aussieht! Das hat bestimmt keiner überlebt. Sonst wären die doch längst herübergekrochen."

„Schon möglich. Aber der Reverend hat *Nein* gesagt. Und ich würde an deiner Stelle darauf hören, sonst kriegst du es mit Fletcher zu tun", mahnte Stanton.

„Jaja, schon gut!", wiegelte Stanton ab und schwieg eine Weile. Dann kam ihm ein neuer Gedanke und er schaute betrübt drein. „War 'ne schöne Frau. Hätte mich gerne mal mit ihr unterhalten." Er lachte dreckig und fasste sich in den Schritt.

„Mit deinem Anteil vom Schatz kannst du alle Frauen der Welt haben. Der alte Jenkins hat sich bestimmt nicht lumpen lassen, um seinen Sohn wiederzukriegen. Da kannst du mal sicher sein. Das heißt, wenn der Schatz überhaupt noch da ist!"

„Was? Was meinst du damit?", fragte Stanton hastig.

„Wenn er nicht in alle Himmelsrichtungen gefegt worden ist. Könnte mir auch gut vorstellen, dass der Käpt'n ihn noch über Bord geworfen hat, bevor er alle in die Luft gejagt hat."

„Der schöne Schatz! Was für ne Schande. Will gar nicht dran denken. Ich würde liebend gerne gleich rübergehen und danach suchen. Das muss der Reverend doch einsehen."

„Reverend Strouth macht sich nichts aus dem Schatz."

„Ich schon. Morgen früh ist es bestimmt Zeit und ich wills mal versuchen, vorsichtig mal rüberschleichen."

Bartlett und seine Männer waren tot und so gab es keinen Grund mehr, den Doktor weiter dieser Tortur auszusetzen. Noch am Mittag hatten sie ihn abgeschnitten. Es war nützlich, einen Arzt an Bord zu wissen.

„Ich erwarte Eure Dankbarkeit", hatte Strouth zu ihm gesagt. „Mein ist die Rache, sprach der Herr. Seht nur …", sagte er und deutete nach achtern, „die guten Mächte haben gesiegt und das Böse ist untergegangen. Ihr sollt keinen Zweifel mehr an meinem höheren Auftrag hegen oder um es irdischer zu sagen …" Strouth schmunzelte nachsichtig. „Ihr habt aufs falsche Pferd gesetzt. Wie es sich gezeigt hat, war der Käpt'n ein hinterlistiger Mörder, der jetzt noch mehr Schuld auf sich geladen hat. Ja, der Käpt'n!" schnaubte Strouth „Auf den Ihr, lieber Doktor, so große Stücke gehalten habt. An Achtern wäret Ihr jetzt tot!", hatte

Strouth am Mittag zu ihm gesagt und ihn mit zuversichtlicher Brüderlichkeit umarmt. Jetzt, wo sein Gegenspieler Bartlett tot war, trat sein gestörtes Wesen mehr und mehr zutage.

Zwischenzeitlich war die Nacht auf sie herabgesunken. Um die geborstene Kajüte an Achtern herrschte gespenstische Stille. Morgen wolle man nachsehen, aber bis dahin hatte der Reverend gemahnt, wachsam zu bleiben. Fletcher hatte daraus einen Befehl gemacht und die Nachtwachen bestimmt.

Es war in der stillsten Stunde der Nacht, als sie plötzlich ein Geigenspiel hörten. Eine traurige, klagende Melodie wehte leise zu ihnen herüber. Leise spielte sie, so leise, dass die Wachen der Meuterer zunächst nicht wussten, ob ihnen die Ohren einen Streich spielten. Keiner wollte sich lächerlich machen und sich dem Vorwurf aussetzen, womöglich ängstlich zu sein oder Gespenster zu hören. Und so dauerte es eine Weile, bis ein jeder sicher sein konnte, dass die anderen Wachhabenden es auch gehört hatten. Endlich fasste sich jemand ein Herz.

„Dieser komische Vogel mit der Fasanenfeder am Hut hat überlebt." Er lachte, um sein mulmiges Gefühl zu überspielen.

„Was hat der vor? Is' der verrückt geworden?"

„Vielleicht will er uns in den Schlaf spielen ..."

„Na, wenn der sich da mal nicht täuscht. Morgen früh werden wir ihn uns vorknöpfen."

„Warum nicht jetzt?"

„Es ist zu dunkel. Der Reverend hat recht gehabt. Is' bestimmt 'ne Falle."

„Ja!", pflichtete ihm ein anderer bei. „Spiel nur noch ein Weilchen. Morgen früh hat's sich ausgespielt", sagte er übermütig und er klang dabei wie jemand, der im dunklen Wald ein Liedchen pfeift.

Und so wehte das unheimliche Geigenspiel mindestens eine

Stunde zu ihnen herüber. Dann sahen sie ein schummriges Licht aufgehen.

„Was soll das? Was hat der Kerl vor? Will wohl ein Spielchen wagen." Stanton spannte das Steinschloss seiner Donnerbüchse. „Kannst du haben, Bursche", sagte er und wollte schon abdrücken, als er plötzlich erschrak. „Wa ... wa ... was?", stammelte er.

Das, was er sah, konnte nicht sein. Er kniff die Augen zusammen und starrte angestrengt nach achtern. Umgeben vom schwachen Lichtschein schwebte die Geige empor und spielte dazu weiter diese schaurige Melodie. Im Lichtschein war über der Geige noch etwas auszumachen, das sie zunächst nicht erkannten und sich fragten, was es war.

„Wir sind alle verflucht!", jammerte einer und klammerte sich an die Muskete.

„Halts Maul! Sag mir lieber, was du siehst. Du hast bessere Augen!", schnauzte Stanton.

„Ich sehe genau das, was du auch siehst." Um Selbstbeherrschung bemüht, bebte seine Stimme. „Oh, Herr, steh uns bei!", keuchte er plötzlich und sog vor Schreck die Luft wie ein Ertrinkender ein.

Trotz der Dunkelheit sah man, wie bleich er geworden war. Und im nächsten Moment erkannten auch die anderen, was dort über der Geige schwebte. Es war nur ein einzelner, bleicher Arm. Mit dem Bogen in der Hand strich er über die Saiten der Geige.

„Das ist Teufelswerk!", sagte einer und wich entsetzt zurück. „Wir haben das Schicksal herausgefordert und jetzt rächt es sich an uns."

„Red keinen Unsinn! Wollen mal sehen, was an dem Teufelswerk dran ist", sagte Backett wenig beeindruckt. Er zielte und schoss. Die Kugel hieb in das Holz der Geige und die Splitter spritzten umher. Die Geige tänzelte in der Luft, ohne dass die Melodie verstummte. Unablässig und wie zum Hohn klang sie weiter in ihren Ohren. Das ging nicht mit rechten Dingen zu. Unruhe kam auf.

Dann hörten sie dieses abgrundtief böse Lachen, wie es nicht von dieser Welt zu sein schien. Grausam, verachtend und kalt. „Ha ... ha ... haaaahhh!" Kein Mensch konnte so lachen.

Der letzte Laut hörte sich an, als ob sich der Teufel persönlich mit heißem Genuss an etwas labte, sich vor Vergnügen aalte und gierig darin wälzte – scheußlich. Die Meuterer schossen wild drauf los. Nach der ersten Salve verharrten sie und lauschten. Es verging eine kurze Weile, als sie die nicht minder grässliche Stimme hörten, die zu ihnen sprach.

„Wie stehlen, was ihr schon besitzt, wie erfahren, was ihr schon wisst und wie töten, was schon gestorben?", schallte die Stimme durch die Nacht.

Wo war der Kerl nur? So sehr sie auch hinhörten, konnten sie ihn doch nicht ausmachen. Jedes einzelne gesprochene Wort drang aus einer anderen Richtung zu ihnen – wie der Schall eines Echos in einer verwinkelten Schlucht.

„Aaahhh, wunderbar", sprach die Stimme und lachte teuflisch. „Viele neue Seelen, gute Seelen. Kommt und seid mein Gast und gemeinsam werden wir in den Mast fahren."

„Oh, Herr, steh uns bei!", flehte ein Meuterer. „Hat er in den Mast fahren gesagt?"

„Ja, hat er", bestätigte ein anderer zögerlich. „Wa ... was hat das zu bedeuten?", fragte er unbehaglich.

„Der Klabautermann, der leibhaftige Klabautermann ist es."

Er bekreuzigte sich hastig und berichtete dunkel wie jemand, der sich mit dem Schicksal abgefunden hat.

„In einem verfluchten, dunklen Wald lebte einst ein Dämon in einem Baum. Als die Zimmermänner auszogen, einen Baum zu suchen, aus dem sie einen Mast machen konnten, fiel ihre Wahl auf eben diesen Baum. Als sie sahen, dass der Baum besessen war, riefen sie einen Bannspruch aus. Der Dämon konnte den Baum nicht mehr verlassen. Sie fällten ihn trotzdem und setzten ihn auf dieses Schiff. Es muss die Sunflower sein." Er musste schlucken und wagte es kaum, auszusprechen „Der Dämon hat diesen Baum nie verlassen. Er lebt weiter in dem Mast. Die Sunflower ist verflucht und wir sind des Todes."

„Zaudert nicht, hadert nicht!", hörten sie wieder die Stimme. „Kommt und auf ewig werden wir über die Meere fahren. Ihr werdet den Frühling wie in einem einzigen Tag erleben. Sonne, Mond, Gestirne werden an euch vorüberziehen wie das Flackern einer Kerze im Wind."

Heißblütig steigerte sich die Stimme immer mehr hinein. Wortgewaltig spie sie die Visionen aus.

„Gebirge werden sich auftun und vergehen. Blumen, die blühen und sodann verwelken. Alles das werdet ihr sehen. Ein Jahr wird bedeutungslos. Ein Tag wird zu einer Stunde und in der Stunde folgt die Nacht dem Tag. Aus Wochen werden Jahrhunderte bis in alle Eeeewwiggkeit!", brüllte die Stimme und riss abrupt ab.

Niemand rührte sich.

„Zaudert nicht, hadert nicht!", lockte die Stimme süß. „Kommt hervor! Der Tisch ist gedeckt und es ist angerichtet. Ihr Herren der Zeit. Leistet mir Gesellschaft. Es steht eine lange Reise bevor!", hauchte sie aus und schwieg.

Traurig spielte die Geige wieder auf. Dann entzündete sie sich selbst und brannte mitsamt dem Arm lichterloh.

Plötzlich wurde die Melodie durch ein schleifendes, ächzendes Geräusch unterbrochen. Großflächige Teile der Verschanzung an Achtern lösten sich und rollten auf die Meuterer zu. Diese sahen sich schon als Gesellschafter des Klabautermanns durch die Jahrhunderte reisen und so brauchten sie eine Weile, bis sie verstanden, dass sie soeben angegriffen wurden. Ein wertvoller Feldgewinn für Bartletts Männer.

Es wurde aber auch Zeit, denn Horatio begann langsam, die Stimme zu versagen und der Text ging ihm auch allmählich aus. Es war die Rolle seines Lebens. Lange hatten sie überlegt, wie sie es anstellen sollten. Seeleute waren wie kein zweites Völkchen empfänglich für Aberglauben und Seemannsgarn. Derartige Schauergeschichten gab es zuhauf und sie hatten ihren festen Platz im Kopf der Seeleute und im Bordleben.

Trevors Plan sah vor, sich das zunutze zu machen. Verunsichern und ängstigen und dann, in der Gunst der Stunde, stürmen.

Die Teile der Verschanzung hatten sie heimlich so umgebaut, dass sie sie vor sich herschieben konnten. Für die Explosion am Mittag hatten sie den Kupferkessel, mit dem gekocht wurde, mit Schießpulver gefüllt und ihn mit der Öffnung gegen die Decke der Kajüte gestemmt, in die sie zuvor ein faustgroßes Loch gesägt hatten. Zum Stützen des Kessels nutzten sie einen schweren Tisch und als das Pulver zündete, entlud sich die Wucht, wie beabsichtigt, nach oben und sprengte das Dach der Kajüte weg, während John in diesem Moment die Türe mit der Axt aus den Angeln schlug. Mr. Fuller, der Zimmermann unter ihnen, hatte ein Stück Holz so geschickt zugeschnitten, dass es aussah wie eine Geige. Das Holz hatten sie ein wenig feucht gemacht und eine kleine Kerze hineingestellt. Der Kerzenschein schimmerte durch die Ritzen und es sah aus, als ob die Geige leuchtete. An dünnem Zwirn hängend, ließen sie den Nachbau der Geige vor der Kajüte schweben und hofften, dass niemand den Zwirn durchschoss. Die Chancen, dass das nicht passierte, standen gut. Donnerbüchsen streuten auf diese Entfernung zu weit und Musketen verschossen nur eine einzelne Kugel, sodass eher nicht damit zu rechnen war, hatte Trevor gesagt. Horatio spielte währenddessen auf seiner richtigen Geige und Audrey betätigte die Geige und den Arm, als würde sie eine Marionette an Fäden führen. Der Arm war ein wirkliches Problem gewesen. Das war nämlich alles, was der Hai von dem Kerl übriggelassen hatte. Sie hatten ihn aus dem Wasser gefischt und er musste mit dem Bogen in der Hand hergerichtet werden. Diese Aufgabe übernahm Kounaeh, dessen Gedanken sich bei dieser Arbeit mehr damit beschäftigten, wie das Pferdehaar Töne machen konnte. Die Kerze würde das Holz trocknen und schließlich entzünden. Sobald die Geige brannte, war dies das Zeichen zum Stürmen gewesen.

Die Meuterer schossen auf die näher rückende Verschanzung und während sie nachluden, schossen Bartletts Männer über die Köpfe ihrer Kameraden hinweg zurück. Unaufhaltsam schob sich die Verschanzung vor. Und nachdem erneut die Kugeln der Meuterer in das schützende Holz hieben, hatte sie genug Distanz hinter sich gebracht, dass sie dahinter hervortraten und losstürmten.

„Und vergesst es nicht! Jener, der das Gute und die Gerechtigkeit in seinem Rücken weiß, kämpft entschlossener als ein zweifelnder Meuterer. Auf des Messers Schneide ist das Gute beständiger", hatte ihnen Trevor mit auf den Weg gegeben. „Und schaut ihnen nicht in die Augen!", hatte er noch gesagt.

Er wusste, wovon er sprach, wusste, wie es war, in das Kampfgetümmel zu stürzen und jemandem gegenüberzustehen, der in der gleichen Situation war. Sie waren gemeinsam in See gestochen und Strouth hatte es geschafft, dass sie nun einander nach dem Leben trachteten. Niemand wollte das. Und doch war es so, dass diesem kurzen Augenblick der natürlichen Scheu und des zögernden Zweifels immer zwangsläufig der Kampf folgt.

Das eigene Leben in der Waagschale, ist es die Sicherheit, die näher liegt und in der Entscheidung gesucht wird, als das ferne Vertrauen und die Ungewissheit. Der Erste zu sein. Das war es, was das Schicksal einem aufdrängte.

„Schaut ihnen nicht in die Augen!", mahnte Trevor nochmal. Denn was ihr seht, seid ihr selbst, fügte er in Gedanken hinzu. Bartletts Männer waren keine Soldaten oder abgefeimte Söldner. Überleben sollten sie!

Der Morgen war nicht mehr fern. Erbittert und entschlossen kämpften sie. Der Morgen brach an und glücklich konnten sich diejenigen schätzen, welche die Klinge an der Kehle spürten und die Wahl hatten zwischen Aufgabe oder Tod. Eine Wahl, wie sie die Toten der vergangenen Nacht nicht hatten.

Sieg! Die Meuterer hatten die Waffen gestreckt. Bartletts Männer dirigierten sie unter Deck, während William umherhuschte und die Waffen einsammelte.

Auf Haltung bedacht, ging Strouth gemäßigten Schrittes am Käpt'n vorüber und machte ein Gesicht, als wäre er unschuldig und rein. Als wäre er aus einem Traum erwacht und versuchte, zu begreifen, was geschehen war. In seinem kranken Geist genoss es Strouth. Er gefiel sich in der Rolle des großen Märtyrers, eines Opfers, als wäre er ein unerschütterlich, wissender und tief im Glauben verankerter Heiliger, über dem nun dunkle Mächte triumphierten. Milde sah er zum Käpt'n auf, als wäre dieser der Henker irdischer Unschuld. Er empfand sogar Sympathie für den Käpt'n. Eine Sympathie, wie sie große Gegner in der Einsamkeit ihrer Entscheidungen füreinander empfinden. Nur Strouth war kein großer Mann und ein edler Gegner erhöht nicht den Lumpen.

„Ich werde gehen, Käpt'n. Doch die Wahrheit ist unsterblich", sagte Strouth salbungsvoll im Vorübergehen.

„Ihr werdet bleiben und die Wahrheit ertragen", verbesserte ihn der Käpt'n kalt und stieß ihn weiter.

Ein Seegericht war es, was Strouth erwartete. Sie hatten zwar ohnehin schon Zeit verloren. Aber darauf kam es nun nicht mehr an. Die Anklage lautete auf Meuterei und da gab es nicht viel zu deuten. Viel wichtiger aber war, dass der Käpt'n durch das Seegericht die Männer wieder mit dem Herzen hinter sich brachte und sie wieder den eigentlichen Zweck der Reise verfolgten.

„Käpt'n!", rief einer seiner Männer. „Ein Schiff hält mit großer Fahrt auf uns zu!"

Eilig zog Bartlett im Herumfahren sein Fernrohr „Verflucht! Das hat uns gerade noch gefehlt!" Erneut sah er hindurch. Kein Zweifel! Grimmig stampfte er das Rohr zusammen. „Lasst die Gefangenen bis auf Strouth und Fletcher frei!", gab er Befehl.

„Freilassen, Sir?", fragte einer seiner Männer stirnrunzelnd nach.

„Lasst sie frei! Es kommt nicht mehr darauf an und wir werden jeden Mann brauchen können", wiederholte er fest.

Das Seegericht hatte sich damit erst mal erledigt. Sie mussten die Sunflower so schnell wie möglich in den Wind drehen und das Weite suchen. Jeder Mann wurde dazu gebraucht und der Käpt'n war sich sicher, dass sie auch spuren würden. Schafften sie es nicht, wäre alles bisher Erlebte ein Kinderspiel, ein Nichts im Vergleich zu dem, was ihnen dann bevorstand.

Ein Piratenschiff hielt auf sie zu. Der Totenkopf auf der schwarzen Flagge grinste, als freue er sich auf das nun beginnende Katz- und Mausspiel. Zur Begrüßung feuerten die Piraten eine Kanone ab.

Wer kämpft, kann verlieren, wer nicht kämpft, hat schon verloren

Das Wasser ging erneut zur Neige. Nur noch ein Fingerbreit schwappte davon in der Flasche. Alles hatte er dafür riskiert. Viel zu unbedacht und hastig war er aus dem Verschlag gestolpert und wie in Trance auf die im Sand liegende glitzernde Flasche zugewankt. Zu seinem Glück grölten und jubelten die Piraten, als sie ihn sahen. So sehr sie sich auch auf dieses barbarische Spektakel freuten, erreichten sie durch ihr Gegröle nur das Gegenteil. Die Eber waren abgelenkt und schauten verdutzt und grunzend zum Rand der Grube hinauf, anstatt sich auf Peter zu stürzen, der glücklicherweise noch genug Verstand hatte, die Flasche nicht auf der Stelle zu trinken, sondern eiligst zurück in den Verschlag zu kriechen. Keinen Augenblick zu früh. Ein Eber hatte ihm nachgesetzt und mit grunzendem Knurren versucht, die Türe aufzudrücken, als ihn Peters Tritt traf. Mit einem hysterischen Quieken ließ das Tier von der Türe ab und trollte sich. Dieses eine Mal noch hatte er gewonnen. Das war nun schon zwei Tage her.

Er hatte sich das Wasser eingeteilt und sich nur des Nachts und in der Dämmerung, wenn die Hitze nachließ, einen Schluck gegönnt. Es war ein Fristaufschub – nichts weiter. Nun war er wieder am Anfang und wieder kreiste gebetsmühlenartig der Gedanke an Wasser in seinem Kopf. Er fühlte, wie er mit jedem Atemzug weiter ausdorrte. Mut und Hoffnung schwanden. Nichts ist schlimmer als Durst, der die Seele verkaufen lässt.

In seinen Fieberträumen war ihm Audrey erschienen. Sein früheres, glückliches Leben war so weit von ihm entfernt, dass es ihm in seiner Qual und Hoffnungslosigkeit wie ein schöner Traum vorkam. Wie ein Sterbender, der endlich erlöst wird und dessen Züge sich friedvoll entspannen, so kam ihm die Rückbesinnung auf Audrey und bessere Zeiten wie die Einleitung seines eigenen Endes vor. Ein schöner anrührender Traum, eine Gnade in dieser Qual auf dem Weg zum Tod.

„Ich werde sterben", flüsterte er gewiss und ließ sich den letzten Schluck aus der Flasche auf die trockene, rissige Zunge träufeln. War es die Hoffnung, endlich frei zu sein, oder die blasse, schemenhafte Erinnerung an diese wunderschöne Frau und das frühere Glück? Es war wohl beides, das ihn zu diesem verzweifelten Entschluss trieb. Was hatte er schon zu verlieren? Lieber in Würde sterben als zum Vergnügen dieser seelenlosen Schufte. Im Spiegel des Flaschenglases betrachtete er sein müdes geschundenes Antlitz, das so gar nicht mehr an den unbekümmerten, hübschen und verliebten jungen Mann erinnerte.

Wie kleine Risse in einem Damm, durch die das Wasser drängt, oder wie das Grollen vor dem Donnerschlag, so bahnte sich allmählich die Erkenntnis ihren Weg und Hoffnung wallte in ihm auf. Wie auf eine Wahrsagerkugel starrte er innig auf die Flasche und er hoffte, dadurch diesen Prozess der Erkenntnis zu beschleunigen; den Damm zu brechen, den erlösenden Donnerschlag herbeizuführen. Dann verstand er und schluchzte vor Glück und Dankbarkeit auf. In dieser, seiner tiefsten verzweifelten Stunde hatte er ein Zeichen der Erlösung erhalten, wie es trostspendender nicht hätte sein können. Natürlich! Die Flasche! Er hatte sie die ganze Zeit in den Händen und hatte es doch nicht begriffen.

„Damit müsste es gehen", hauchte er fiebrig und suchte die Seitenverkleidung des Verschlags nach einem geeigneten Stück Holz ab und machte sich daran, ein armlanges Stück herauszubrechen.

Das Holz legte er auf den sandigen Boden und hierauf legte er die Flasche. Dann zog er sein Hemd aus, wickelte es sorgfältig um die rechte Hand und schlug so fest er nur konnte auf die Flasche. Eine schöne spitze Scherbe war alles, was er wollte. Noch einmal schlug er zu.

Die Flasche brach auseinander und ihre Scherben glitzerten im Lichteinfall der Deckenritze verheißungsvoll wie Diamanten. Die Hoffnung wurde damit augenscheinlich und es kam ihm vor wie ein Wunder. Er suchte sich die beste Scherbe aus, umwickelte sie mit Stoff und begann damit, das Holz zurechtzuschnitzen.

„Ich werde sterben", wiederholte er nach einer Weile. „Aber ich werde auf der Flucht sterben."

Mit entschlossen funkelnden Augen betrachtete er die Lanze und das Scherbenmesser, das er soeben gefertigt hatte.

3. Buch

Piraten!

Eine große, prächtige Wolke aus Segeln stand über dem Deck der Sunflower und sie machte gut vier Knoten Fahrt. Dieses Schiff war für sich schon eine sehr begehrenswerte Beute – egal, was es geladen hatte.

Das fremde Schiff kam schnell näher. Es war eine Fregatte wie die Sunflower, nur kleiner und leichter gebaut, hatte nicht so viel Tiefgang und war daher wendiger und schneller. Bartlett hatte Befehl gegeben, alles, was halbwegs zu entbehren war, über Bord zu schmeißen, um leichter zu werden. Es half nichts. Die Piraten holten unablässig auf.

Aber der Grund dafür, dass die Piraten stetig aufholten, war nicht nur, dass sie das leichtere Schiff hatten, nein, vielmehr lag es daran, dass Bartletts Männer nicht mehr wie eine geschlossene Mannschaft Hand in Hand arbeiteten. Die Umsetzung der Kommandos dauerte zu lange. Das Geschehene ließ sich nicht so ohne Weiteres vergessen. Selbst jetzt, wo sie einen gemeinsamen neuen Gegner hatten. Alle an Bord wussten um die Gefahr. Und doch gingen jedem Handeln bewusst oder unbewusst Überlegungen zum Nutzen der eigenen vormaligen Partei voraus. Zu unvermittelt hatte sie das Schicksal wieder zusammengeführt, als dass sie sich zusammenraufen konnten. Sie saßen, im wahrsten Sinne des Wortes, in einem Boot.

So kam es, dass das Piratenschiff nach einer Weile bis auf Geschützweite längsseits kam und feuerte. Die Kugeln pfiffen durch das Rigg, rissen Löcher in das Tuch und zerfetzten Fall und Schot

– richteten aber sonst keinen ernsthaften Schaden an. Gottlob blieben die Masten heil.

Bartlett wusste, was sie vorhatten. Sie würden die Sunflower lahmschießen und dann in einem Bogen an ihnen vorbeisegeln und sich schließlich vor sie stellen. Die Sunflower feuerte eine Steuerbordbreitseite zurück. Obwohl das Schiff 400 Yards von ihnen entfernt lag, hörten sie das Holz krachen. Schreie, wildes Umhergerenne und Kommandos folgten. Bartletts Männer freuten sich, jubelten und ließen ihn hochleben.

Gut für den Bordfrieden, dachte Bartlett. Aber er selbst mochte sich nicht freuen. Er wusste nur zu gut, was das bedeutete.

„Meinen Glückwunsch, Käpt'n! Ein Treffer unter der Wasserlinie. Die sind wir los", sagte Mr. Bellamy freudestrahlend.

„Dazu ist es zu früh!", gab der Käpt'n mürrisch zurück, während er durch sein Seerohr beobachtete, wie sich der Abstand zur Sunflower verringerte.

„Die werden absaufen!", stellte Mr. Bellamy erfreut fest und sah um Zustimmung heischend in die Runde.

Er und die umstehenden Männer verstanden nicht, warum der Käpt'n dennoch so besorgt war.

„Schon möglich", stimmte Bartlett zu. „Aber bis dahin ist es noch Zeit und sie haben das schnellere Schiff."

„Ich verstehe nicht."

„Nun, dann will ich es Euch erklären, Mr. Bellamy. Es bestand Hoffnung, dass sie das Interesse verlieren und wir ihnen entkommen, wenn es gelingt, uns in die Nacht zu retten. Aber jetzt haben wir sie durch die Treffer vor die Wahl gestellt, uns zu entern oder abzusaufen. Noch haben sie das schnellere Schiff und sie werden die verbleibende Zeit zu nutzen wissen. Das ist mal sicher", sagte Bartlett trocken.

Derart ernüchtert schaute Bellamy rüber zum Piratenschiff, musste schlucken, und sah plötzlich emsig zu, sich irgendwie nützlich zu machen.

Es verging eine Stunde und es kam, wie der Käpt'n vorausgesehen hatte. Die Piraten hatten allergrößte Mühe, über Wasser zu bleiben. Sie pumpten und schöpften, als sei der Teufel hinter ihnen her, was ja auch nicht so abwegig war. Schließlich schafften sie es, die Sunflower einzuholen, die ohne Fock- und Vormarssegel auskommen musste.

Hinzu kam, dass der Vorrat an Schießpulver zur Neige ging und schließlich aufgebraucht war. Wie sie feststellen mussten, waren in der Sturmnacht etliche Pulverfässchen nass und unbrauchbar geworden und in den Wirrungen der anschließenden Meuterei hatte sich niemand mehr darum gekümmert. Umso ärgerlicher! Ein einziger, gut platzierter Schuss hätte genügt, um die Kerle endgültig zu Poseidon zu schicken.

Beide Schiffe liefen mit dem Bug spitz aufeinander zu. Die Sunflower musste entkommen und dazu musste sie wie ein Kaninchen einen Haken schlagen.

„Klar zum Halsen!", brüllte der Käpt'n.

Die Geitaue flossen durch die Taljen und zogen das Großmarssegel zur Rah. Dann legte er das Ruder nach Steuerbord.

„Besansegel bergen!", rief er mit Blick auf das näher kommende Piratenschiff.

Die Rahen am Großmast wurden gebrasst, dass sie nun keinen Wind mehr aufnahmen. Fock und Klüver zogen die Sunflower nun nach Steuerbord. Behäbig drehte das Heck in den Wind.

Zu langsam! Im Näherkommen bekamen die Piraten ein Gesicht: mordlüsternde, verwegene Fratzen.

Etwa 100 Männer drängten sich an Backbord. Sie brüllten barbarisch, drohten zuckend mit ihren Degen und machten Gesten, die zeigten, dass sie sich auf das Halsabschneiden verstanden. Pistolenkugeln schlugen in das Deck der Sunflower.

Bartletts Männer hatten sich zwar bewaffnet, aber zahlenmäßig unterlegen, hockten sie eingeschüchtert in ihren Deckungen. Sie verstanden sich auf das Seehandwerk und waren keine Soldaten. Auch wenn einige von ihnen hinterhältig gemeutert hatten, diesen blutrünstigen, entwurzelten Kerlen hatten sie nichts entgegenzusetzen. Bartlett wusste das. Nahmen sie den Kampf auf, würden sie sofort niedergemetzelt werden. Keine Chance! Es war das Beste, sie ergaben sich.

Von Bug zu Bug betrug die Entfernung etwa 15 Yards, als die ersten Enterhaken an Deck polterten. Jeder Versuch, die Seile zu kappen, wurde mit Pistolenschüssen vereitelt.

Die Piraten zogen die Sunflower zu sich heran.

Nur noch eines musste Bartlett dringend erledigen, bevor sie sich ergaben. Mit gezücktem Dolch stürmte er unter Deck zu Miss Wellington.

„Es ist keine Zeit, Fragen zu stellen", sprach er gehetzt.

Audrey sah verstört auf das Messer. „Also doch", sagte sie traurig und gefasst. „Sagt mir nur, warum? Ich verstehe es nicht und will es aus Eurem Munde hören."

„Ich versichere Euch, dass ich nichts anderes im Sinn habe, als Euch und Peter das Leben zu retten. Ihr müsst mir vertrauen", beschwor er sie eindringlich.

Dann griff er in ihr Haar und legte ihren anmutigen Hals frei. Mit einem Schnitt fiel ihr schönes schwarzes Haar zu Boden, das er eilig mit dem Fuß wegfegte. Noch ein, zwei Schnitte und Audrey sah aus wie ein Pagenjunge.

„Zeigt mir Eure Kleider", forderte er hastig, aber doch um Verständnis werbend.

Audrey, noch ganz fassungslos über ihr Haar, deutete stumm auf eine Truhe. Der Käpt'n öffnete sie und schnitt hastig ein längliches und ausreichend breites Stück heraus. Ohne ihr ins Gesicht zu sehen, bat er sie, sich das Tuch vor die Brust zu halten, damit er es hinter ihrem Rücken verknoten konnte. Ihre Brust war nun nicht mehr so augenscheinlich. Dann stürzte er hinaus und kam sofort mit einigen seiner Kleider zurück, einem weiten Hemd und einer Teerhose.

„Zieht das an! Und wenn Ihr soweit seid, kommt nach oben. Und lasst Euch um Himmels willen nichts anmerken. Eure Kleider! Versteckt Eure Kleider, so gut Ihr könnt!"

„Wie heiße ich?"

„John!", sagte er und schmierte ihr etwas Fett und Ruß ins Gesicht. „Ihr seid John, der zweite Schiffsjunge."

Bartletts Männer hatten sich rechtzeitig ergeben und wurden nun von den Piraten in Schach gehalten. Wie kläffende Bluthunde, die eine Fährte aufgenommen hatten und an den Leinen zogen, so konnten diese Kerle kaum an sich halten, die Gefangenen nicht niederzumetzeln. Aber sie trauten sich nicht. Der Piratenkäpt'n war noch nicht an Bord gekommen. Die Spannung stieg und alle erwarteten sein Erscheinen, zumal das Piratenschiff, welches dicht an Steuerbord lag, zwischenzeitlich sehr buglastig war. Es dauerte nicht lange und es begann, mit dem Bug voran zu sinken. Es blubberte, zischte und ächzte, als das Schiff seine Reise Richtung Meeresgrund antrat. Wo war nur ihr Anführer? Das Heck hob sich in die Höhe und man konnte den muschelbewachsenen Rumpf mit dem Ruder sehen.

Die Heckfenster der Achtergalerie zeigten gen Himmel, als sie plötzlich wie eine Luke aufgestoßen wurden und eine Gestalt gewandt hinauskletterte. Auf der Galerie stehend schaute dieser Jemand in aller Ruhe auf das Deck der Sunflower hinunter, während das Schiff gemächlich absank. In Höhe der Reling trat der Piratenkäpt'n mit einem kleinen Schritt auf das Deck der Sunflower, während das Heck mit zerplatzenden Scheiben hinter der Reling verschwand.

Was für ein Auftritt!, dachte Horatio, der ja als Schauspieler für solche Theatralik empfänglich war.

Der Piratenkäpt'n war ein Mann mit einem Raubvogelgesicht. Gebogene Nase. Nur ein Auge, das finster umhersah. In der anderen Augenhöhle steckte ein geschliffener, blutroter Rubin, in dem man sich wie in einem Kaleidoskop widerspiegelte, und der ihn jedoch nicht vom Blinzeln abhielt. Über dem Rubin waren gleichfalls geschliffene, braune Edelsteine zu einer künstlichen Augenbraue aneinandergereiht, die in die Haut eingewachsen waren. Diese Augenbraue ging schwungvoll nach oben und verlieh seinem Gesicht einen stetigen Ausdruck von Hohn und Spott. Mit der schulterlangen, graugelockten Perücke sah er aus wie ein hässliches Eulenküken. Er trug einen knielangen türkisfarbenen Frack mit Rüschenornamenten an den Ärmeln und in dem breiten Ledergürtel über seiner weißen Leinenhose steckten zwei blank polierte Pistolen über Kreuz – edle Waffen mit schillerndem Perlmuttgriff und reichen Verzierungen. Er hatte eine breite, schwarz behaarte Brust, denn trotz aller Stilbemühungen seinerseits trug er unter dem Frack kein Hemd.

Er stand einfach nur da und sagte kein Wort. Nur sein dunkler Blick wanderte ruhig umher. Er begutachtete seine neue Beute, Männer und Schiff. Hinter seinem Rücken holte er einen schwarzen runden Hut mit einer wallenden Straußenfeder hervor und setzte ihn, peinlichst auf den Sitz bedacht, auf. Eine ulkige Erscheinung, über die man besser nicht lachte. Ein Mann, der sich nicht wiederholte und der keinen Widerspruch duldete.

„Wo ist der Käpt'n", begann er mit krächzender Stimme zu sprechen, „der es gewagt hat, Befehl zu geben, auf uns zu schießen?", fragte er und zog eine Pistole aus dem Bund.

Bartlett trat, ohne zu zögern, einen Schritt vor. „Hier!"

„Es freut mich, Eure ...", der Pirat lächelte, „wenngleich auch sehr kurze Bekanntschaft zu machen. Es ist mir eine lieb gewonnene Gewohnheit, die Namen der Männer zu erfahren, bevor ich sie töte. Wenn Ihr mir also Euren Namen verraten wollt", sagte er gelangweilt.

„Thomas Bartlett. In Diensten der Jenkins Trade Company."

„In Diensten von wem auch immer. Zwei sind einer zu viel. Es war mir eine Ehre, Mr. Bartlett", sagte er und legte an.

„Würdet Ihr mir auch Euren Namen verraten?", beeilte sich Bartlett zu fragen.

„Ohhh, natürlich! Wie unhöflich von mir. Ich bin *Oak at the Holly*, seines Zeichens Piratenkapitän, Hasser der englischen Krone. Plünderer, Mörder, Lügner, Betrüger, Tyrann und Menschenhasser. Habe ich etwas vergessen, Männer?", fragte er seine Mannschaft, ohne den Blick von Bartlett abzuwenden.

Niemand ergänzte ihn oder wagte es, ihn zu verbessern.

„Gut, sehr gut! Und nun lebt wohl, Käpt'n Bartlett!" Oak at the Holly spannte den Hahn seiner Pistole und legte erneut auf Bartlett an. Dieser schaute ihm fest in die Augen.

„Verzeiht, dass ich mich einfach so einmische", begann Horatio hektisch, „aber ich kann nicht umhin, einem Mann mit so viel Stil Bewunderung zu zollen", sagte er und staunte nicht schlecht. „Also wie Ihr so an Deck geschritten seid – was für ein Auftritt! Unvergesslich." Horatio biss sich auf die Unterlippe und pustete bewundernd aus. „Das macht Euch keiner nach. Wahrhaftige Größe."

„Ja, ich war auch ganz zufrieden!" Oak at the Holly fühlte sich geschmeichelt.

„Nur zufrieden, sagt Ihr?" Horatio winkte ab. „Ihr wart unübertrefflich, einzigartig – geradezu großartig! Oh bitte, gestattet mir, Euch auf meiner Fidel zu begleiten, während Ihr unseren gerechten, aber doch allseits ungeliebten Käpt'n hier ins Jenseits befördert."

„Was habe ich davon?"

„Es würde Euch gewiss gut zu Gesicht stehen", antwortete

Horatio mit bedachter Entrüstung. „Bedenkt doch nur, es ist die konsequente Fortführung des großen und gebührenden Auftritts einer einzigartigen Persönlichkeit."

Oak at the Holly dachte nach und tippte sich dabei wählerisch mit dem Zeigefinger an das Kinn. „Nun gut, Fidelio! Wenn ich es mir recht überlege, hat es etwas für sich. Männer!", sprach er zu seiner Mannschaft. „Ihr seid nun Zeuge der ersten Exekution mit Geigenspiel überhaupt. Haltet dieses geschichtsträchtige Ereignis in eurer Erinnerung. Exekution mit Geigenspiel!", wiederholte er, als würde er ein Theaterstück ansagen. „Sodann, Fidelio, spielt auf! Aber nicht zu traurig, wenn ich bitten darf!", forderte er hochtrabend.

Horatio griff zum Bogen und begann zu spielen. Es war grauenhaft! Die Geige jaulte und krächzte so elendig, dass es einem die Gänsehaut auf den Rücken trieb. Es waren die grässlichsten Töne, die Horatio jemals aus seiner Fidel herausgebracht hatte. Er vergewaltigte das Instrument förmlich. Dies entsprach natürlich nicht dem feierlichen Rahmen für Bartletts Exekution.

Oak at the Holly bedachte Horatio mit bösem Seitenblick. Das hieß so viel wie: Du bist der Nächste! Aber erst einmal würde er es mit dem Käpt'n zu Ende bringen. Der Zeigefinger krümmte den Abzug der Pistole, als mit einem himmelhohen Jaulen eine Saite riss.

„Sohn einer ziegengesichtigen Mutter! Ihr wollt ein Künstler sein?", zischte Oak at the Holly. „Ich kann so nicht arbeiten", sagte er derart aus dem Konzept gebracht und legte nun auf Horatio an, der sich flugs beeilte, eine freundliche, schnelle Melodie zu spielen.

Arzt und Musikus waren auf einem Schiff immer zu gebrauchen und als Oak at the Holly nun hörte, dass es Horatio doch konnte, hielt er inne und legte entnervt wieder auf Bartlett an.

William sah, was geschah, und überlegte fieberhaft, wie er

Käpt'n Bartlett retten konnte. Horatio hatte sein Bestes gegeben und etwas Zeit geschunden. Sein Repertoire ging dem Ende zu und es sah nicht danach aus, als ob einem der Männer noch etwas einfiele. Es lag an ihm, *er* musste etwas tun. Jetzt war es an der Zeit, zu beweisen, ob er Bartletts Vertrauen rechtfertigte oder ob er den Mund zu voll genommen hatte. Dann endlich hatte William den Einfall. Und dazu brauchte er das, was Bellamy an einem Lederband um den Hals trug und wie seinen Augapfel hütete. William wusste davon und so ohne Weiteres würde es der Sekretär niemals hergeben, da war er sich sicher. Keine Zeit für lange Erklärungen. William musste es sich nehmen. Ohne viel Aufhebens trat er Bellamy, der neben ihm stand, mit aller Kraft auf die Zehenspitzen und zog ihn am Hemd zu sich hinunter. Bellamy unterdrückte den Schmerzenslaut, als er sich Aug in Aug William gegenüber sah.

„Tut mir leid, Mr. Bellamy. Ich hab mich manchmal einfach nicht unter Kontrolle", flüsterte William und ließ ihn wieder los.

Bellamy war derart konstatiert, dass er sprachlos war. Er konnte sich keinen Reim darauf machen. Was war nur in den Bengel gefahren?, fragte er sich.

William hingegen war es egal. Er hatte, was er brauchte und ließ es gewandt in seiner Tasche verschwinden. Jetzt aber schnell.

Käpt'n Bartlett und Trevor tauschten einen Blick und waren sich einig. Jetzt galt es, Zeit zu gewinnen.

Trevor hob den Arm und mischte sich ein. „Es steht dem Verurteilten zu, einen letzten Wunsch zu äußern."

„Einen letzten Wunsch?", wiederholte Oak at the Holly. „Ja gut! Mag er äußern, was er will. Doch werden heute nur meine Wünsche erfüllt. Also bitte, nennt Euren letzten Wunsch."

Oak at the Holly war der Sache überdrüssig. Je eher es mit

dem Käpt'n zu Ende war, umso besser.

„Ich möchte der Nachwelt etwas hinterlassen", sagte Bartlett. „Ein Vermächtnis, wie es meine Familie seit Generationen in einem feierlichen Ritual an die Jüngeren weitergibt. Niemals ist ein Bartlett abgetreten, ohne seiner Ahnenpflicht Genüge getan zu haben. Und falls es einen doch zuvor ereilt hat, so ist er dazu verflucht, rastlos umherzugeistern. So wird es erzählt. Ich danke Euch, dass Ihr mir diesen letzten Wunsch erfüllt und seid gewiss, es ist der sicherste Weg, mich über den Tod hinaus loszuwerden. Ein Mann muss sagen, was ein Mann zu sagen hat. Und wenn es seine letzten Worte sind."

„Ja doch, ja doch! Kommt endlich zu Sache!", erwiderte Oak at the Holly ungeduldig.

„Hört meine Worte und merkt sie Euch gut. Hier! ... Das Rezept für den besten Schiffszwieback entlang der englischen Südküste. Man nehme: 10 frische Eier, fünfzehn Scheffel Mehl, eine Prise Hefe, nicht zu viel und nicht zu wenig, und vermengt es unter Zugabe von Milch sehr sorgfältig. Den Teig stellt über Nacht ..."

„Ihr treibt Spott mit mir?" Der Piratenkapitän glaubte seinen Ohren nicht zu trauen.

„Bitte unterbrecht mich nicht. Was vergebt Ihr Euch schon und es ist ein wirklich sehr guter Zwieback. Ihr werdet mir noch dankbar sein", sagte Bartlett überzeugt und fuhr unbeeindruckt fort. „Den Teig lasst über Nacht quellen. Dann rührt einen Löffel Salz unter und gebt zwei Scheffel Rosinen hinzu. Nach Belieben ist das Ganze mit geriebener Muskatnuss zu verfeinern. Schneidet den Teig zu. Ganz wichtig ist, die Backform zuvor spärlich mit Schmalz auszukleiden und der Ofen sollte ..."

„Genug!", brüllte Oak at the Holly. „Ich habe genug gehört."

„Eine Stunde backen – fertig!"

„Fertig, Bartlett! Ihr sagt es. Der Ofen ist aus!" Der Piratenkapitän zielte auf Bartletts Stirn. Nur ein Wunder konnte Bartlett jetzt noch retten.

Plötzlich prasselte etwas wie dicke Regentropfen auf das Deck. Es waren Goldmünzen, Ringe, Brillianten, Rubine und Smaragde, die wie Murmeln über das Deck hüpften und umhertänzelten, sich schillernd um sich selbst drehten und in die Ritzen kullerten. Wie eine am Strand lang auslaufende Welle tänzelte dieser Schatz vor die Füße der Piraten. Es war eine Wirkung, als hätte man einen Eimer Blut vor Fledermäusen ausgeschüttet. Die Piraten bekamen leuchtende, große und gierige Augen. Niemand sagte ein Wort. Oak at the Holly war in seiner Bewegung erstarrt, die Pistolenmündung auf Bartletts Stirn gerichtet.

„Du Riesenhornochse! Wie oft hab ich dir gesagt, du sollst eine Karte machen ...?!", schimpfte William wie ein Rohrspatz und ließ das leere Schatzfässchen fallen. Neben William stand ein weiterer Bursche. Er war etwas größer.

„Aber nein!", schimpfte der größere Junge mit dem Pagenschnitt. „Du weißt es ja immer besser. Alles hier drin!", sagte er mit tiefer Stimme und tippte sich spöttisch an den Kopf.

„Und jetzt pusten sie dir den dümmlichen Kopf weg und damit auch den Schatz. Nie werden wir erfahren, wo der Rest liegt!", sagte William erbost.

„Rest?", wiederholte Oak at the Holly und schoss plötzlich einen seiner eigenen Männer nieder.

Der Grund dafür wurde klar, als der Pirat nach hinten kippte. Denn dieser hatte sich heimlich auf einen Diamanten gestellt, den er für sich abzweigen wollte. Wie der Piratenkäpt'n es mit seinem Rubinauge hatte sehen können, war ein Rätsel. Aber der Tod desjenigen war eine Warnung für alle. Oak at the Holly war ein sehr gefährlicher Mann.

„Was für ein Rest?", fragte er unbekümmert.

„Na, der Schatz!"

Oak at the Holly betrachtete die glänzende Schar auf dem Schiffsdeck. „Wer sind die beiden?", fragte er, als sei nichts gewesen.

„Die beiden sind die Schiffsjungen", antwortete Bartlett zerknirscht.

„Und entfernte Verwandte", ergänzte William schnoddrig.

„Ich habe ihrer Mutter einen Gefallen getan und sie an Bord genommen", sagte Bartlett entschuldigend. „Und so danken sie es mir!", schnaubte er vorwurfsvoll in Richtung der beiden.

„Kommt doch mal näher, ihr zwei", sagte der Piratenkäpt'n und winkte sie mit dem Zeigefinger heran.

„Junge Burschen", stellte er fest und hob mit dem Zeigefinger Audreys Kinn, um besser in ihr Gesicht zu sehen. „Sehr junge Burschen mit Schneid. Das lob ich mir. Ihr wisst, was ihr wollt. Gute Anlagen für das Piratenhandwerk. Von welchem Schatz sprecht ihr?", fragte er mit hinterhältiger Kumpanei und legte einen Arm um Audrey.

„Es ist schon Jahre her. Da war er auf Handelsfahrt."

„Genau ...", unterbrach William eifrig, um auf sich aufmerksam zu machen.

Es war besser, das Rubinauge kam Audrey nicht zu nahe. Er griff Audreys Einleitung auf und spann die Geschichte weiter.

„Und als sie eines Tages in einer kleinen Bucht vor Anker gingen und an Land setzten, da fand unser Käpt'n im Dickicht einen sterbenden Piraten, der ihm für einen einzigen Schluck Rum das Versteck eines sagenhaften Schatzes verriet. Unser Onkel ist ein richtiger Trunkenbold und hat immer einen Vorrat Rum dabei. Nachdem der Pirat gestorben war, suchte Onkel Thomas den Schatz und fand ihn auch. Er nahm heimlich einen Teil des Schatzes an sich und beschloss, ihn zunächst dort zu lassen, wo er war. Er hatte kein Vertrauen in seine damalige Mannschaft.

Später, das heißt mit dieser Reise, wollte er zurückkehren und den Schatz heimlich bergen und ihn mit einigen Eingeweihten an Bord bringen."

„Du nichtsnutzige, kleine Schiffsratte ...", stimmte Bartlett in die Charade mit ein, „halts Maul!"

„Was macht das jetzt noch? Es ist eh vorbei. Hättest du doch nur eine Karte gemacht, als dein Kopf dazu noch im Stande war."

„Ich werde Euch zwingen, Euch zu erinnern! Dann werdet Ihr eben *jetzt* eine Karte machen!", drohte Oak.

Bartlett spuckte aus. „Ich kann mich nicht mehr erinnern. Aber eines weiß ich genau, ich erkenne die Bucht und den Ort wieder und weiß, wie man dort hingelangt. Aber ich kann es nur, wenn ich es sehenden Auges vor mir habe. Deshalb kann ich Euch keine Karte machen. Es gibt zu viele kleine Buchten in der Gegend. Aber ...", Bartletts Miene hellte sich auf und er nickte gierig, „aber wenn Ihr einen kleinen Schluck Rum übrig hättet? ... Kann nichts versprechen, aber gut möglich, dass mir was einfällt."

In diesem Moment wurden Strouth und Fletcher auf das Deck getrieben.

„Diese beiden haben wir gefesselt im Rumpf gefunden", sagte einer der Piraten und stieß Strouth unsanft einen Schritt vor. Mit flackerndem Blick versuchte Strouth, die neue Situation zu erfassen.

Als Audrey die beiden sah, senkte sie den Kopf und stellte sich hinter einen Seemann. Natürlich hatten einige aus der Mannschaft in dem Schiffsjungen längst Lady Wellington erkannt. Trotz der Meuterei schwiegen sie darüber. Käpt'n Bartlett war ihnen näher als die Piraten. Aber es war vergebens. Alle sahen, dass auch Fletcher Audrey erkannt hatte und hielten die Luft an. Dumm und unbeherrscht, wie er war, würde er keine Sekunde zögern, sie zu verraten. Jetzt und hier ...

Auch Kounaeh sah es und das rief ihn auf den Plan. Jetzt war der Zeitpunkt gekommen, an dem die offene Rechnung zwischen den beiden beglichen wurde. Eine Entscheidung musste her und nun war es soweit.

Kounaeh bahnte sich seinen Weg durch die Männer. Er ging bedächtig und trotz seiner Größe fiel er daher nicht auf. Dann stand er vor Fletcher, der ihn hassvoll anloderte und Audrey erst mal vergaß, was das Wichtigste war. Das ebenmäßige, längliche Gesicht Kounaehs schaute ruhig und entschlossen auf Fletcher herab, der sich die Zähne bleckte.

„Zurück zu deinen Leuten! Ich erlaube nur wenigen Leuten, unaufgefordert zu sprechen. Aber ein Indianer ist nicht dabei. Zurück, roter Mann, oder es wird dir leidtun!", drohte Oak at the Holly.

„Dieser Mann ist schlecht", sagte Kounaeh betonungslos, ohne den Blick von Fletcher zu nehmen.

„Sind wir nicht alle schlecht?", krächzte Oak und sah sich amüsiert um.

Die Piraten lachten.

„Die beiden haben noch was auszumachen", warf Bartlett ein. „Und wenn Ihr mir schon nichts zu saufen gebt, dann gönnt mir und Euren Männern doch wenigstens ein bisschen Spaß. Sind doch zwei prächtige Kampfhähne. So 'n bisschen Spaß schärft die Erinnerung, wenn Ihr versteht, was ich meine ..."

„Ja, so 'n bisschen Spaß werde ich bestimmt auch mit Euch haben, wenn ich Euch die Zunge abschneide", drohte Oak at the Holly. „Aber warum nicht. Euer versoffener Käpt'n hat recht. Ich will euch das Piratenleben so richtig schmackhaft machen."

Dann ging er zu Fletcher und betrachtete ihn mit einigem Interesse. Er dachte das, was viele dachten, wenn sie Fletcher das erste Mal sahen – ein Mensch und doch kein Mensch. Dann schnitt er ihm die Fesseln durch und die Piraten drängten die Männer zurück, um Platz für die Kontrahenten zu schaffen.

„Keine Waffen!", rief einer noch, als der sehnige, große Kounaeh und der stämmige Fletcher aufeinanderprallten.

Kein Herantasten, Herumtänzeln und Abschätzen. Sie gingen den Kampf ohne Geplänkel an. Es dauerte fast eine halbe Stunde. Kounaeh blutete bereits aus zahlreichen üblen Bisswunden, als er Fletcher rücklings am Hals zu fassen bekam und ihn in die Höhe hob. Fletcher knurrte, heulte auf und wand sich. Er schlug nach hinten und trat wie ein tollwütiges Tier. Und doch lief er blau an und dieses Blau bildete einen abscheulichen Kontrast zum Weiß seiner vortretenden Augen.

Es dauerte eine Ewigkeit. Die anfangs kraftvollen Schläge und Tritte Fletchers gingen allmählich in ein hilfloses taumelndes Zucken über, bis seine Schultern schließlich mit einem Fiepen erschlafften. Tot fiel er auf die Decksplanken und wie er so dalag, hatten seine Züge das erste Mal etwas Menschliches an sich. Das Biest war tot.

Das war jedem eine Warnung. Jeder wusste nun, was ihn erwartete, sollte er Audrey verraten wollen.

Der Reverend hingegen rätselte über den Grund, den Kounaeh hatte, jetzt die Entscheidung zu suchen. Warum hat er das getan?, fragte er sich.

Es dauerte nicht lange, als er bemerkte, dass von der schönen Lady Wellington weit und breit nichts zu sehen war. Die Piraten hatten doch das ganze Schiff durchsucht. Wo konnte sie nur sein? Er bekam die Antwort, als er die Mannschaft näher in Augenschein nahm und auch er erkannte sie in dem Burschen mit dem schmutzigen Gesicht wieder. Das Schicksal hatte Strouth unvermittelt ein Ass im Ärmel beschert. Noch wagte er nicht, sie zu verraten. Aber seine Gedanken kreisten schon darum, wie er sein Wissen am besten nutzen konnte ...

Die Beschädigungen im Rigg waren schnell repariert und mit vollen Segeln und gehisstem *Union Jack* trieb die Sunflower südwärts. Das Ziel hieß: Moskitoküste.

Nach zwei Wochen passierten sie in sicherer Entfernung die Bucht von Maracaibo mit den mächtigen und auf Fels erbauten Geschütztürmen zu beiden Seiten der Einfahrt. Ohne Überprüfung konnte kein Schiff die Bucht passieren. Und wenn ein Schiff einfuhr, so begleiteten es auf seinem Weg die Mündungen der Kanonen, die wie drohende schwarze Knopfaugen auf das Schiff hinuntersahen. Eine Stadt! Wie sehr hätten sie sich gewünscht, endlich wieder festen Boden unter den Füßen zu haben – nach fast dreieinhalb Monaten auf See. Doch davon ahnten Bartletts Männer nichts.

Oaks Männer hatten die Mannschaft im Rumpf eingepfercht und bewachten sie. Es war so eng, dass sich nicht alle hinsetzen konnten und so wechselten sie sich darin ab. Stickige Hitze und Gestank. Dazu dieses spärliche Licht, das durch die Ritzen der Decksplanken fiel und die Szenerie in einen diffusen Schein tauchte.

Mr. Bellamy saß teilnahmslos auf dem Boden und schaute leer vor sich hin. Von Zeit zu Zeit nuschelte er undeutlich, schüttelte den Kopf und fuchtelte hadernd mit den Händen vor seinem Gesicht herum. William hatte diese Idee gehabt. Der unverschämte Lümmel hatte ihm den Schlüssel zur Schatulle vom Hals geklaut und mit dem Inhalt umhergeschmissen, als füttere er Säue. Er war damit nicht einverstanden gewesen. Das Lösegeld war verloren und jetzt, so glaubte er, gäbe es für Peter keine Rettung mehr. Alle waren sie des Todes. Mit den Händen fuchtelte er wieder wirr vor seinem Gesicht herum und pfiff die Luft aus. Es wurde immer deutlicher. Jeder aus der Mannschaft sah es und einige schauten mit Befremden auf ihn herab. Diese Reise und das Erlebte überstieg die körperlichen und seelischen

Grenzen des Sekretärs.

Ein Stück weiter stand John, für den dieses Eingepferchtsein die Hölle bedeutete. Dr. Pargether gab sich alle Mühe und redete mit Engelszungen auf John ein, um ihn zu beruhigen. Aber diese beengten Verhältnisse waren nichts für John, der im Kern seines Wesens ein furchtsames Kind war. Nur mit dem Unterschied, dass dieser gutgläubige Hüne imstande war, die Bordwand durchzuhauen. Die beiden Piraten, die sie bewachten, tranken abwechselnd aus einer Rumflasche. Vom Trog schon übermütig, machten sie sich einen Spaß daraus, mit ihren Pistolen wahllos in ihre Menge zu zielen und „Bumm!" zu grunzen. Diese einfältigen Trottel ahnten nicht, welches Spiel mit dem Feuer sie da trieben. Sollte John erst einmal soweit sein und niemanden mehr kennen, dann waren es diese beiden, die mit dem wütenden John ganz allein auf der Welt waren. Es bedurfte dann gewiss mehr als einer Kugel, um ihn sich vom Leib zu halten.

Audrey sah dankbar zu Kounaeh, der wie immer keine Miene verzog. Trevor Biggs stand inmitten unter ihnen und grübelte dunkel vor sich hin.

„Fünfzig Pence für Eure Gedanken", bot Horatio an, dem niemals die gute Laune ausging.

„Lasst es lieber", antwortete Biggs leise und unauffällig. „Sie würden Euch nicht gefallen."

„Sagt es mir", flüsterte Horatio nun ebenso beiläufig wie wissbegierig. „Ich gebe ja zu, unsere Lage ist nicht die Beste. Ich sehe es doch hinter Eurer Stirn arbeiten. Kommt, erleichtert das Herz und sagt mir, was Euch derart umtreibt!"

„Nicht jetzt und nicht hier!", zischte Trevor leise und ließ damit keinen Zweifel aufkommen, in Ruhe gelassen zu werden. Er konnte es in dieser Enge nicht verantworten, dass womöglich jemand zuhörte.

Über die Meuterei und den Piratenüberfall hatten sie eines

ganz vergessen: sie hatten einen Mörder an Bord, der möglicherweise immer noch unter ihnen weilte. Rawlings war ermordet worden und wie sie jetzt im Nachhinein erfahren hatten, gab es nicht wenige, die ein Interesse an Peters Ableben hatten. Sei es drum, seinem Vater Harold Jenkins eins auszuwischen, ein höheres Erbe zu kriegen, oder die Möglichkeit aufzutun, um die bezaubernde Lady Wellington zu werben. Eines war an der Sache jedoch beruhigend. Sollte der Schatz, der ja das Lösegeld für Peter war, der Grund für den Mord gewesen sein, so war von dem Mörder nun nichts mehr zu befürchten. Der Schatz war passé. Die Piraten hatten ihn sich unter die Nägel gerissen. Und noch eines konnte er ausschließen: Fletcher, den die meisten an Bord fürchteten und dem sie am ehesten einen Mord zutrauten, war auch tot.

Aber was, wenn es nicht um den Schatz ging? Von den vier möglichen Beweggründen des Mörders war damit nur der des Schatzes ausgeräumt. Somit blieben noch die Rache, das Erbe und die bezaubernde Miss Wellington. Kannten er und der Käpt'n überhaupt alle Beweggründe? Vielleicht ging es auch um etwas ganz anderes. Etwas, das sie bis jetzt noch nicht bedacht hatten.

Soweit es die beengten Platzverhältnisse zuließen, schaute sich Trevor aufmerksam um. Er sah in die schmutzigen Gesichter der Männer, als könne man einen Mörder am Gesicht erkennen. Doch er sah nur Erschöpfung und Sorge und er wurde das Gefühl nicht los, dass von dem Mörder noch einiges zu erwarten sei.

Käpt'n Bartlett hatten sie an die Gräting gebunden und so waren William und Audrey – in der Verkleidung des John – die Einzigen, die sich halbwegs frei an Bord bewegen konnten. Ihre Aufgabe bestand hauptsächlich darin, die Mannschaft und Oak at the Holly zu bedienen. Mit einer Kanne Rum liefen die beiden stetig umher und schenkten jedem ein, der danach verlangte. Besonders an dem Schiffsjungen John hatte Oak at the Holly einen Gefallen gefunden. Es war Johns offenes, unschuldiges Gesicht, dieses Grundanständige an ihm, was den alternden Piraten so anrührte. Er, der mehr Männer ins Jenseits befördert hatte, als seine graue Perücke Haare hatte. Selbst der noch jüngere William mit seinem blonden Haar und den Sommersprossen wirkte um ein Vielfaches gewiefter als John.

Und so machte Oak at the Holly John zu seinem persönlichen Adjutanten, wie er sagte. Audrey musste ihm aus den Stiefeln helfen, seine Perücke bürsten und mit Rosenwasser bestäuben, sowie seine Pistolen und Säbel wienern.

Oak besaß ein Haustier, es war ein widerlich schuppiger Leguan, der stetig umherzüngelte und mit seinen Krallen gehörig kratzte. Bisher hatte sich immer *Leguan-Jack* um das Tier gekümmert. Nachdem Oak at the Holly ihn wegen des Diamanten erschossen hatte, fiel diese Aufgabe nun Audrey zu. Und sie hasste es, lebende Schiffsratten am Schwanz über das Maul des Reptils zu halten, bis es zubiss und die Ratte quiekend ein Ende fand.

Am schlimmsten war es jedoch, wenn er ihr einen Becher Rum in die Hand drückte und darauf bestand, dass sie gemeinsam tranken. Es amüsierte ihn und seine Kumpane, zuzuschauen, wie dieser Jüngling „John" mehr schlecht als recht den Rum hinunterwürgte. Wie er hustete, spuckte und um Luft rang und sich dann wankend wieder daranmachte, seine Dienertätigkeit aufzunehmen.

In dieser Zeit bekam Audrey eine tiefe Abneigung gegen dieses abscheuliche, scharfe Zeug. Wie man so etwas herunterkippen konnte, war und blieb ihr ein Rätsel. In diesen Wochen vollführte Audrey einen wahren Seilakt.

Aber bis jetzt machte sie ihre Sache gut ...

Still glitt die Sunflower dahin. Die Abendsonne tauchte die Backbordflanke des Schiffes in ein rötliches Braun. Im roten Schein der Sonne stieg die am Bug aufspritzende Gischt wie Funken auf, die gleichsam wie Sternschnuppen auf ihrem Weg verglühten.

Die meisten Piraten an Bord lagen knurrend umher, schliefen oder dösten und waren viel zu betrunken, als dass sie gereizt sein konnten. Oder vielmehr hatten sie dieses Stadium bereits weit überschritten, sodass sie empfänglich wurden für Befriedung durch die Abendsonne.

Dr. Pargether hatte gesagt, es gäbe vier Stadien des Saufens: erst werden die Säufer friedlich wie die Lämmer, dann fühlen sie sich plötzlich stark wie Löwen und weiter in sich hineinschüttend werden sie gemein wie Schweine. Zu guter Letzt sind sie dumm und albern wie die Affen, die sich von Baum zu Baum schwingen. William und Audrey waren sich einig, dass sie es am leichtesten mit den Affen hatten und so schenkten sie daher stetig und tüchtig nach. Mit ihren Kannen waren sie allgegenwärtig.

Käpt'n Bartlett hing geneigten Hauptes schlaff an der Gräting. Seit Tagen war er dort bereits gefesselt und sah sehr elend aus. An diesem Abend konnte es William das erste Mal wagen, ihm Wasser zu bringen, ohne dass es besonders auffiel und Missfallen erregte. Oak at the Holly wusste, dass der Käpt'n Rückhalt in der Mannschaft hatte und wenn er Bartlett auch noch nicht töten konnte, so schwächte er ihn durch diese Tortur und glaubte, somit aufrührerischen Gedanken des Käpt'ns vorzubeugen. Wie wenig kannte er den alten Haudegen.

Noch bevor ihm William den hölzernen Schöpflöffel mit dem Wasser zuführen konnte, erwachte Käpt'n Bartlett aus seiner Erschöpfung, als hätte er nur darauf gewartet, William endlich sprechen zu können.

„Hör mich erst an, Junge", stöhnte er schwach und wich mit

dem Mund aus.

Seine Augen waren klar und wach. Der Käpt'n war ungebrochen und das freute William sehr.

„Hör mir jetzt gut zu, mein Junge. Morgen Abend in der Dämmerung gebe ich vor, die Bucht erreicht zu haben, von wo aus sie aufbrechen müssen, um den Schatz zu finden." Bartlett holte Luft. Aufmerksam wie ein Luchs sah er sich aus den Augenwinkeln um. „Wir werden dann ankern …"

„Und Ihr werdet mit den Piraten an Land gehen und ihnen den Weg zeigen müssen", ergänzte William, um dem Käpt'n so den Atem zu sparen.

„Ja! Aber sie werden unsere Mannschaft nicht an Bord belassen. Ist zu gefährlich für sie. Unsere Männer könnten versuchen, das Schiff wieder unter Kontrolle zu bringen."

„Oder das Schiff könnte bei dem Versuch Schaden nehmen", brachte William einen weiteren Grund ein.

„Bist 'n ausgeschlafener Junge! Die Piraten werden unsere Leute an Land bringen und sie dort bewachen. Da bin ich mir sicher. Und nun zu dir, William", flüsterte Bartlett eindringlich und sah ihm fest in die Augen. „Du wirst morgen in der Nacht das Schiff verlassen."

„Das Schiff verlassen?", wiederholte William unverständig. „Aber wo soll ich denn hin?"

„Du wirst an Land schwimmen und dich dort im Dschungel verstecken."

„Was habt Ihr vor?"

„Du bist mein Trumpf, William. Ich verlass mich auf dich und du wirst …"

„He, ihr zwei da! Was steckt ihr die Köpfe zusammen? Es ist verboten, mit dem Gefangenen zu reden. Los, du kleine Schiffsratte! Beweg dich und hol mir Rum!", schnaubte der Pirat und machte mit beiden Armen eine ausladende Bewegung. „Viel

Rum! Hast du verstanden? Sonst schmeiß ich dich über Bord!"

„Ja, Sir! Kommt sofort, Sir!", sagte William eifrig.

„Sag nicht immer Sir. Ich kann das nicht leiden!", sprach der Pirat jähzornig und trat unwirsch nach William, verfehlte ihn aber.

„Natürlich nicht", versuchte William zu besänftigen und beeilte sich, den Rum zu holen. Zuvor jedoch versuchte er noch, eindringlich in Bartletts Gesicht zu lesen. Was mag der Käpt'n vorhaben? Bartlett hingegen senkte erschöpft den Kopf.

Am frühen Abend des darauffolgenden Tages hatte Bartlett wie verabredet laut ausgerufen, dass sie die Bucht erreicht hatten, von wo aus sie aufbrechen mussten. Von hier aus müssen sie in den Dschungel aufbrechen, um nach dem Schatz zu suchen. Bartlett ließ keinen Zweifel daran.

Bis sie die Sunflower in eine geeignete Ankerposition manövriert hatten, war es über die Zeit dunkel geworden. Silbern stand der Mond am sternenklaren Firmament. Das Schiff dümpelte in drei Faden Tiefe etwa 400 Yards vom Strand entfernt vor sich hin. Auf halber Strecke dorthin ragte ein mächtiger, mit grünen Rankpflanzen und Farnen bewachsener Felsen wie ein Obelisk aus dem Wasser. Im silbrigen Mondlicht machten sich scharenweise Fledermäuse von dem Felsen auf in den Dschungel.

Der Dunkelheit wegen hatte Oak at the Holly beschlossen, erst morgen bei Tag an Land zu setzen. Das war sicherer. Man konnte nie wissen, was einen an fremden Küsten so erwartet.

Solange noch Tageslicht war, hatte sich William den Strand und den Weg dorthin genau eingeprägt. Der weiße Sandstrand der Bucht beschrieb einen leicht gebogenen Halbkreis von etwa 200 Yards. Einen Steinwurf vom Wasser entfernt tat sich der Dschungel wie ein dichter grüner Wall auf. Wie eine hereinbrechende gewaltige Meereswelle ragte das Grün stellenweise über den Strand. Weiße Nebelschlieren umgaben die fächerförmigen Kronen der besonders hohen Bäume und aus dem Dickicht tönte vereinzelt tierisches Gebrüll zu ihnen herüber.

Die Nacht schritt voran. Der Mond hatte seinen höchsten Stand erreicht. Es wurde Zeit für William.

Das Gesaufe, Geprahle und Gezänk an Bord ging langsam in ein grunzendes Geschnarche und Gekratze über. Es war ruhig geworden und trotz des Schnarchens war das liebliche leise Plätschern an der Bordwand zu hören. Nur die vier Wachen waren noch wach – von denen zwei auf Deck Wache schoben. William hatte sie mit einer Extraportion Rum bedacht. Wenn sie auch nicht schliefen, so waren sie doch ganz schön beduselt. Im Schatten des Fockmastes stieg er leise über die schlafenden Piraten, die überall an Deck herumlagen. Wenn er einen von ihnen unversehens mal anstieß, knurrten sie nur, warfen sich um und schnarchten weiter. William schaute hinüber zur der Bucht und versuchte, etwas zu erkennen. Doch sah er nur das schwache Leuchten des weißen Sandes im Mondschein und darüber den mächtigen Schatten des Dschungels.

Weiter schlich er zu dem Seil, das er sich zurechtgelegt hatte, hob es auf und knotete es an die Reling. Mit Blick auf die Wachen ließ er das Seil langsam ins Wasser hinab. Er prüfte es und zog noch einmal ruckartig daran. Misstrauisch sah er das Wasser, auf dem sich der Mond konturenscharf spiegelte. Seit seiner Erfahrung mit dem Hai sah William das Wasser mit anderen Augen und er empfand größten Unwillen, sich hinabzulassen. Aber es half nichts. Käpt'n Bartlett verließ sich auf ihn und er durfte ihn nicht enttäuschen.

Er glitt in das Wasser hinab. Zu seiner Überraschung war es sehr warm. Sein Ziel war zunächst der Felsen, von wo aus er, nach einer kurzen Verschnaufpause, weiter an den Strand schwimmen wollte. Um nicht entdeckt zu werden, beschloss William, vom Schiff wegzutauchen. Drei-, viermal atmete er durch. Dann tauchte er unter und stieß sich von der Bordwand ab. Ein Schweif silbriger Bläschen löste sich von ihm und stieg auf. Stille.

Das Mondlicht durchschien das Wasser bis auf den Grund, der nicht so tief lag, und tauchte dort unten alles in einen wundersamen, bläulichen Schein. William konnte seinen eigenen Schatten am Meeresgrund vorausgleiten sehen. Ein Schwarm silbrig blitzender Fische kreuzte seinen Weg. Es war sehr ruhig und William hatte das Gefühl zu fliegen. Er verspürte keine Angst mehr, sondern wie verzaubert genoss er es, durch diesen weiten blauen Schein zu schweben. Sein blondes Haar bewegte sich zu seinen Schwimmbewegungen wie Seegras zur Strömung. Dreimal musste er zu seinem Bedauern Luft holen und erreichte den Felsen. Mit seinem Eintreffen stieg erneut ein Schwarm fiepender Fledermäuse auf und er hoffte, dass sie ihn dadurch nicht verrieten.

Nach einer kurzen Pause schwamm er weiter und schon bald spürte er den sandigen Grund unter seinen Füßen. Hüfthoch im Wasser stehend, schaute er sich noch einmal zur Sunflower um. An Bord war es ruhig. Niemand hatte seine Flucht bemerkt.

Auf halbem Weg schon aus dem Wasser gestiegen, hielt er plötzlich inne und besann sich eines Besseren. Wenn die Piraten morgen an Land kämen, fänden sie als Erstes seine Fußspuren, die in den Dschungel führten. Das musste er vermeiden. Also hielt er seine Füße im Wasser und schritt zum Bachlauf, der deutlich kälter war als das Meer, und watete ihn hinauf. Auf der Schwelle zum Dschungel blieb William stehen. Das Busch- und Blattwerk war so dicht, als stünde er vor einem großen, unheimlichen Vorhang, von dem er nicht wusste, was ihn dahinter erwartete. Dann nahm er all seinen Mut zusammen und trat hinein. Es war zu spät, um zurückzukönnen. Schon nach wenigen Schritten hatte ihn der Dschungel geschluckt. Nichts war mehr von William zu sehen.

Was für ein seltsamer Ort

Am nächsten Morgen fand ein Sonnenstrahl seinen Weg durch das leuchtend grüne Blätterdach und stach William auf der Wange. Auf diese Weise wachgeküsst richtete er sich auf und begutachtete zunächst einmal seine Schlafstatt, die er sich des Nachts ertastet hatte, es war eine ausreichend breite und flach ansteigende Palme. Dann sah er sich um und fand sich inmitten eines überwältigenden grünen Dickichts wieder, das wie eine erstarrte Brandung über ihm einzubrechen drohte – faszinierend und doch ein wenig beängstigend. William erkannte Farnkraut. Aber dieses hier war so groß wie ein Haus. Als er sich neben den Stamm stellte und hinaufsah, fragte er sich, ob dieser Wald verhext war und womöglich jeden, der hier übernachtete, in einen Zwergen verwandelte. Und wenn dieses hier Farnkraut war, wie groß waren dann erst die Tiere, die sich herunterbeugten, um es zu fressen.

Nicht weit von ihm stand ein Baum, der so hoch und mächtig war, dass nicht einmal drei Mann ausreichten, ihn zu umfassen. Wieder andere Bäume trugen pralle rote und gelbe Früchte. Je mehr er sich umsah, umso mehr tat sich eine üppige, bunte Welt auf. Eine solche Pflanzenpracht hatte er noch nie gesehen. Rote, gelbe, blaue Blütenkelche in mannigfaltigsten Formen und Schattierungen. Einige waren gelb gepunktet, andere wiederum waren rot und von wellenartigen lila Streifen durchzogen. Er sah Blumen, deren Kelche aussahen wie bunte Krähenköpfe mit geöffnetem Schnabel und herausgestreckter Zunge. Wieder andere sahen aus wie kleine Königskronen, von denen Stängel abstanden, die wiederum in kleinen orangefarbenen samtigen Bommeln endeten. An einem Strauch wuchsen Blüten, die wie unzählige, kleine gelbe Trompeten oder Hüte aussahen.

Im Kreise drehend, sah er sich staunend in dieser Wunderwelt um. Bauchige Früchte, längliche Früchte, runde Früchte umgeben von glänzendem, gezacktem, glattem oder stachligem Blattwerk. Dazwischen diese prachtvollen Blüten, von denen einige wundervoll dufteten und andere hingegen eher stanken. Und wie um dieses Buschwerk abzudichten und zu verknüpfen, rankten sich Schlinggewächse wie ein Netz durch und um dieses üppige Grün. Er sah bunte Papageien krächzend von Ast zu Ast fliegen und einen großen Schmetterling, dessen Flügel hellgrün schillerten. Eines war ihm jedoch ein Rätsel: Dort oben in den Baumwipfeln turnte etwas herum und brüllte gelegentlich. Aber wann immer er nach oben schaute, sah er an der Stelle nur noch wackelnde Zweige – so schnell hatte es sich fortgemacht.

War dies das Paradies, von dem sie in der Kirche immer sprachen?, fragte er sich. Er konnte sich zumindest gut vorstellen, dass es so aussah.

Wenn er jedoch geahnt hätte, welches Getier in der Nacht, während er schlief, so alles über ihn herübergekrochen war und es sich nur deshalb nicht in seiner Armkuhle eingenistet hatte, weil er von dem nächtlichen Bad noch keine ausreichende Körperwärme hatte, ja, wenn William das gewusst hätte, er hätte seine Vorstellung von diesem Paradies sicherlich noch einmal überdacht.

Die Sunflower!, fiel es ihm wieder ein. Er musste nach dem Schiff sehen.

Aber in welche Richtung musste er gehen?

Er hatte keine Orientierung mehr. Eben noch verzückt und neugierig über diesen fremden Ort, wurde ihm nun wieder mulmig. Panisch drehte er sich auf der Stelle und suchte den Weg zurück zum Strand. Doch je mehr er sich drehte, umso mehr verschwamm um ihn herum alles zu einer grünen Wand – ein Kessel, der bedrohlich auf ihn zukam.

„Halt!", rief er atemlos und zwang sich zur Ruhe. Dann suchte er den Boden nach seinen Fußspuren ab und versuchte, sich zu erinnern, welchen Weg er in der Nacht genommen hatte. Doch er konnte nichts erkennen. Vor Schreck rauschte ihm das Blut in den Ohren. Das Blut? William durchfuhr eine Woge der Erleichterung und beruhigt atmete er tief durch. Nein, es war ein leises Meeresrauschen, das an sein Ohr drang. Während er dem Rauschen nachging, wurde das grüne Dickicht allmählich von hellem Blau durchlöchert und schließlich lag es vor ihm – das himmelweite dunstige Blau des Meeres.

Da lag sie noch, so, wie er sie in der Nacht verlassen hatte. Die Sunflower! Laute Stimmen schallten von Bord herüber. Es hörte sich an wie ein Streit. Sicher hatten sie seine Flucht bemerkt. So sehr er auch die Ohren spitzte, konnte er doch kein Wort verstehen und hoffte, dass Käpt'n Bartletts Plan nicht aufgeflogen war. Dem ach so frommen Schurken Strouth war alles zuzutrauen. William mochte nicht daran denken, dass Strouth alles verraten konnte, dass es überhaupt keinen großartigen Schatz gab und es sich dabei lediglich um das Lösegeld für Peter handelte – und nichts weiter. Dann wäre ihrer aller Schicksal besiegelt. Williams Herz übersprang einen Schlag bei dem Gedanken daran, was dies für ihn bedeutete. Genau schaute er hinüber zur Sunflower.

Bewegte sich die Ankertrosse? Wurden die Segel gesetzt? Stach die Sunflower in See und ließ ihn an dieser gottverlassenen Küste zurück?

Bis auf das Gebrüll an Bord tat sich nichts dergleichen, wie William froh – aber keinesfalls erleichtert – feststellte.

Plötzlich fuhr William auf der Stelle herum. Was war das? Erschrocken suchte er das Dickicht ab und fragte sich, ob er da richtig gehört hatte?! Stimmen, er hatte Stimmen gehört.

Konnte das sein? Oder spielten ihm die Sinne einen Streich? Erneut drangen die Stimmen an sein Ohr und nun war er sich sicher. Dann sah er, wie Sträucher und ein Bäumchen zuerst zitterten und dann zur Seite wegknickten. Irgendwer bahnte sich dort seinen Weg und hielt geradewegs auf die Lichtung zu, auf der er stand.

Wer zum Teufel mag hier noch durchs Unterholz kriechen?, fragte er sich alarmiert und kroch gerade noch rechtzeitig unter eine kniehohe Böschung, die ganz mit Farnen und langen Gräsern zugewachsen war.

In seinem Versteck lauschte er und führte sich in Gedanken noch einmal den soeben gesehenen Strand vor Augen.

Nein! Eine Jolle und Fußspuren wären mir sofort aufgefallen, dachte er. Wer auch immer dort auf ihn zukam, es war niemand von Bord der Sunflower.

Nichts war mehr zu hören und William hielt den Atem an. Vorsichtig lauerte er durch die Gräser und wagte nicht, sein Guckloch zu vergrößern. Es war auch nicht mehr nötig. Denn schon setzten leise und behutsam ein paar nackte, schmutzige Füße vor seinem Versteck auf. Ein weiteres Paar trat schleichend hinzu.

William versuchte, so vorsichtig wie möglich, einen Blick in die Gesichter zu werfen. Aber alles, was er noch erkennen konnte, war dieses Ding, das da in Kniehöhe des einen an einer Schnur baumelte und aussah wie ein faltiger Puppenkopf mit zauseligen, langen blonden Haaren. An den Stimmen glaubte William zu erkennen, dass es zwei Männer waren. Aufgeregt flüsterten sie in einer Sprache, die er nicht verstehen konnte und fürchtete schon, dass die beiden ihn entdeckt hatten und nun vor seinem Versteck lauerten – wie Katzen vor einem Mauseloch.

Zu seiner Erleichterung bemerkte er, dass die Fersen der beiden ihm zugewandt waren und das konnte nur eines bedeuten:

Die Fremden beobachteten die Sunflower von der Stelle aus, an der er selbst kurz zuvor gestanden hatte.

Ein übellauniger Morgen an Bord der Sunflower. Auch wenn die Piraten saufen konnten wie ein Loch, so überstiegen dennoch die Vorräte an Rum ihr körperliches und geistiges Fassungsvermögen. Es gab Streit und ausgerechnet jene, die einen Brummschädel wie einen Bienenkorb hatten, bemerkten Williams Verschwinden zuerst und spotteten über die Nachtwache.

Aber letztlich hatten die Säufer genug mit der Wiederherstellung ihrer Verfassung zu tun, als dass sie auf dem Gezänk beharrten. Darüber wurde es Mittag und die schlechte Stimmung entlud sich schließlich an den Gefangenen.

Oak at the Holly hatte Befehl gegeben, die Gefangenen an Land zu bringen und das sah so aus, dass sie einfach über Bord geschubst wurden und an Land zu schwimmen hatten, wo sie bereits von einem waffenstrotzenden Vorauskommando in Empfang genommen wurden. Wie sich herausstellte, konnte Horatio nicht schwimmen. Auch wenn er ein auf Schiffen sehr geschätzter Musikus war, so half es ihm an diesem übellaunigen Tag nicht. Ob er nun ertrank oder nicht, die Piraten schubsten ihn wie die anderen von Bord und es war John zu verdanken, dass Horatio nicht unterging. Wie ein Äffchen hielt sich Horatio an Johns Schultern fest, der schnaufend mit ruhigen weiten Zügen – wie ein Wal – auf den Strand zuhielt.

Am Abend brannte ein großes Lagerfeuer, über dem sich an einem Spieß eine Art Wildschwein drehte, das sie am Mittag mit einigem Jagdglück erlegt hatten. Etwas abseits saßen Bartlett und seine Männer kreisförmig dicht an dicht gedrängt. Die Hände hatten sie ihnen auf den Rücken zusammengebunden. Keiner von ihnen hatte ausreichend Platz, um aufzustehen oder sich hinzuknien, weil jenen, die außen saßen, zusätzlich die Füße gefesselt und mit den Füßen des Nachbarn verknotet wurden. So bildeten die, die außen saßen, einen festen Ring um ihren Kameraden. Zwei Kerle bewachten sie und schlenderten gemächlich um sie herum.

Erst jetzt bequemte sich Oak at the Holly, das Schiff zu verlassen. Zurechtgemacht, als ginge er auf einen Empfang, saß er am Bug und sah mit würdevoller Steifheit dem Strand entgegen. Er trug seine graugelockte Perücke und einen purpurroten Frack. Zur Feier des Tages oder Landgangs hatte er den Rubin in seiner Augenhöhle gegen einen geschliffenen Diamanten getauscht. Die Straußenfeder an seinem schwarzen Rundhut wallte rhythmisch zu den Schlägen des Ruderers.

„Je später der Abend, desto schöner die Gäste", spottete Horatio.

„Schön, dass Ihr Euren Sinn für Spott wiedergefunden habt", spielte Trevor Biggs bissig auf Horatios Schwimmuntauglichkeit an.

„Ah! Der Herr Stratege melden sich zu Wort. Betagt, wie Ihr seid, muss es Euch im Wasser doch paradiesisch vorgekommen sein. Endlich mal ausreichend Zeit, sich zu erleichtern. Ein Glück, dass wir Euch voraus waren", gab Horatio mitleidig zurück. „Wie schade, dass das Meer kein Jungbrunnen ist", setzte er spitz nach.

„Schluss jetzt!", schnaubte Bartlett leise. „Es ist nicht an der Zeit, uns gegenseitig anzugiften. Die Lage ist ernst genug."

„Wie recht Ihr gesprochen habt", kicherte Mr. Bellamy selig. „Und wenn ich sodann unseren Strategen bemühen darf. Wie ist Euer Plan? Wann führt Ihr uns hier heraus?", fragte er wirr und mit einer Selbstverständlichkeit, als bräuchte Trevor Biggs nur mit den Fingern zu schnippen und alles wäre wieder gut und sie säßen zusammen daheim in Bristol.

„Habt Ihr etwa heute Abend noch eine Verabredung zum

Essen?", warf Horatio ein und reckte den Kopf in die Richtung, wo er den Sekretär vermutete. Sehen konnte er ihn aber nicht.

„Hört auf!", tönte von irgendwoher eine klare Stimme. Sie gehörte Audrey, die sich gut in die Rolle des John eingelebt hatte. Mit Blick auf die Wachen flüsterte sie geduckt: „Käpt'n! Wo ist William?" Sorge schwang in ihrer Stimme mit.

„William befindet sich ganz in der Nähe. Er beobachtet uns in diesem Moment", flüsterte Bartlett zurück.

„Was soll das heißen?"

„Er hat in der vergangenen Nacht das Schiff verlassen. Und er wird eine Möglichkeit finden, uns zu befreien."

„Ihr habt ihn allen Ernstes an Land gehen lassen?!", fragte Audrey vorwurfsvoll. „Er ist noch ein Junge. Er kennt sich in dieser fremden Welt nicht aus. Habt Ihr Euch nur einmal gefragt, in welcher Gefahr er schwebt? Er kann auf reißende, wilde oder giftige Tiere treffen. Wenn er nicht bereits ertrunken ist oder sich verlaufen hat."

„Wenn einer auf sich aufpassen kann, dann ist es William", stellte Bartlett unbeirrt fest.

„Der Käpt'n hat recht. Der Junge ist kein Dummkopf", pflichtete Trevor bei.

„Ha, ha, ha! Lüge, alles Lüge!" Eliah Strouth lachte laut und hämisch und legte es darauf an, die Aufmerksamkeit der Wachen zu erregen. „Der Junge ist tot. Und ich werde es noch erleben, wie Ihr die Maske fallen lasst, Bartlett! In den Dschungel hat er ihn geschickt. Pah! Da hätte er ihn ebenso gut eigenhändig erwürgen können", spie er. „Merkt ihr denn nicht, welches üble Spiel euer Käpt'n treibt?"

Ein kalter, leerer Ausdruck trat in Bartletts Augen. „Strouth! Der Tag ist nicht mehr fern, dann werde ich mit Euch abrechnen. Euer scheinheiliges Lügenmaul werde ich Euch stopfen und den Hals umdrehen. Nicht mehr fern ist der Tag", sagte er so bestimmt, dass es unheimlich wirkte. So hatten die Männer den sonst so ungestümen, fluchenden Käpt'n Bartlett noch nie erlebt und genau das war wie Wasser auf die Mühlen von Strouth. Unbewusst hatte ihm Bartlett durch die Art seiner Drohung in die Hände gespielt.

Strouth trieb sein perfides Spiel weiter, denn er hatte über seine Situation nachgedacht. Er war ein Gefangener wie alle anderen und daran würde sich so schnell auch nichts ändern. So, wie die Dinge standen, ging es für ihn nicht weiter. Also tat er das, was er bisher immer tat, er beschwor die Katastrophe herauf. Die Dinge mussten sich zuspitzen; die Situation musste eskalieren. Das war sein Element, das war seine Chance. Er begriff die Katastrophe als Prüfung seiner Selbst. Sie hatte für ihn etwas Wahrhaftiges. Reinigend und bereinigend bedeutete sie einen Neuanfang und bis jetzt war er immer gestärkt und unbeschadet daraus hervorgegangen.

Strouth legte es darauf an. In seinem krankhaften Kalkül spielte nun eine Person die Hauptrolle: die reizende Lady Wellington.

„Hört, hört, wie er mir droht", klagte Strouth mit seiner hohen Stimme. „Ich! Sein einziger Widersacher. Aus dem Weg räumen will er mich. Ihr alle habt es gehört. Ihr alle könnt es bezeugen. Dies ist der Scheideweg, zu erretten eure Seelen oder in die Gluthölle abzusteigen. Entscheidet euch, ihr Männer! Und wäget mit Bedacht ab. Ihr Lämmer! Nicht wissend, dass jetzt die Zeit gekommen ist, zu entscheiden. Im ewigen Feuer der Hölle werdet ihr eure Unwissenheit nicht entschuldigen können. Vollendet eure Bestimmung! Ihr seid Geschworene, auserwählte Zeugen des Sündenfalls. Gepriesen sei die Allmacht!", rief Strouth und wand sich, als sitze er auf heißen Kohlen. „Gepriesen sei die Allmacht!", wiederholte er und brüllte in den Abendhimmel. „Lasst uns Gottes Werk vollenden!"

„He, du da!", herrschte ihn Oak at the Holly an, der durch Strouths Gezeter aufmerksam geworden war. „Was redest du da? *Lasst uns Gottes Werk vollenden?*", wiederholte er spöttisch. „Holt ihn da raus! Ich bin sehr darauf bedacht, zu hören, was er noch zu sagen hat", sagte er zu den zwei Wachen. Sein Auge blitzte im Schein des Feuers.

Als Strouth vor ihm stand, strich der Pirat Strouths Gewand mit gefährlicher Fürsorge ein wenig glatt.

„So ...", begann er süß, „Ihr seid also ein Mann Gottes. Ist mein Befehl noch nicht zu Euch durchgedrungen, dass das Wort Gott weder auf meinem Schiff noch in meiner Gegenwart genannt werden darf?"

„Wovor fürchtet Ihr Euch?", fragte Strouth voll Güte und Wärme in der Stimme. Er wusste, dass diese Betonung so ziemlich das Falscheste war, was er tun konnte. Aber Strouth musste es jetzt so weit treiben, dass Oak ihn nicht auf der Stelle tötete, sondern sich versucht sah, ein Exempel zu statuieren. Dazu musste er ihn über das Blut hinaus reizen.

„Ich fürchte nichts", antwortete Oak mit kühler Erschöpfung. „Nichts. Auch Euren Gott nicht", wiederholte er melancholisch und führte die Fingerspitzen seiner gespreizten Hände in Brusthöhe zusammen. „Und was fürchtet *Ihr*?", fragte Oak mit gespieltem Interesse.

„Ich bin der Hirte auf dem Weg, den der Herr mir weist. Ich fürchte weder Dunkelheit, noch Donnerschlag, noch Kälte. Meine Sorge gilt einzig und allein meiner Herde, den mir Anvertrauten, die ich in das Haus des Herrn zu führen habe."

„Hm ... und sonst fürchtet Ihr nichts?!"

„Nein!", antwortete Strouth salbungsvoll erleuchtet.

„Ich will Euren Horizont erweitern und Euch die Furcht lehren. Ich bin so etwas wie ...", Oak suchte mit spielerischem Charme nach dem Wort, „so etwas wie ein Zeremonienmeister der Furcht, müsst Ihr wissen. Ihr werdet die Angst und die Furcht kennenlernen, die eine Peitsche vermitteln kann", sagte er, sah forschend in das Gesicht seines Gegenübers und streckte den Arm zur Seite, woraufhin sie ihm eine Peitsche mit geflochtenem und spitz zulaufendem Lederriemen in die Hand legten. „Seht nur."

Oak streichelte zärtlich über den Schaft der Peitsche.

„Ein einfaches Stück Holz und Lederriemen. Nichts weiter! Und doch vermag dieses einfache Werkzeug tiefste Furcht auszulösen. Und derjenige, der sie schwingt, erhält im Gegenzug tiefste Befriedigung. Ich werde euch miteinander bekannt machen. Bindet ihn!", befahl er jähzornig. Das süße theatralische Geplänkel hatte damit ein Ende.

Sie banden Strouth an eine Palme und rissen ihm das Gewand von seinem fleischigen Rücken.

„Oh, Herr, steh mir bei!", rief Strouth mit zitterndem Kinn.

„Wenn dein Gott erscheint, höre ich sofort auf", versicherte ihm Oak. „Aber er sollte sich beeilen. Bis jetzt sehe ich ihn noch nicht." Dann schlug er zu.

Die Peitsche zerteilte fauchend die Luft und knallte auf Strouths Haut, dass sie platzte und eine klaffende Wunde hinterließ. Strouth schrie auf.

Dann passierte etwas, womit niemand und am allerwenigsten Oak at the Holly gerechnet hatte. Strouth lachte! Zuerst war es nur ein leises bösartiges Kichern, von dem sie zuerst dachten, dass er vor Schmerzen wimmere. Doch schon bald lachte er laut – so laut und verachtend, dass selbst ein zweiter und dritter Hieb ihn nicht zum Verstummen brachten, sondern eher noch aufstachelte.

„Ha! Ha! Ha!", schrie der Prediger „Ihr seid ein Blinder in der Dunkelheit und maßt Euch an, die Allmacht zu erkennen, wenn Ihr sie seht. Ha! Ha!" Strouth spie voller Verachtung aus.

„Ihr erkennt doch nicht einmal ein Weib, wenn es unter Euch liegt!"

Der Peitschenhieb, der Strouth nun traf, war weniger wuchtig. Strouths Worte hatten seinen Peiniger irritiert.

„Was? Eure Frechheiten werden Euch nicht retten! Das Fleisch von den Knochen werde ich Euch peitschen!"

„He, Männer ...", brüllte Strouth. „Ruchbares Piratenvolk! Ha! Ha! Ha! Einen schönen Käpt'n habt ihr. Ihr vertraut auf einen Blinden!"

Wieder traf ihn ein Peitschenhieb, heftiger als alle zuvor. Strouth lachte stöhnend und sog gequält die Luft ein, als könne er den Schmerz einfach wegatmen. Trotz der klaffenden Wunden spottete er weiter. Es war unheimlich und selbst Oak at the Holly begann, unsicher zu werden, was sich in einem wahren Stakkato an Peitschenhieben entlud.

„Na, habt Ihr langsam genug?" Oak biss hitzig die Zähne zusammen. „Ich für meinen Teil kann noch nachlegen. Ich werde Euch zeigen, was es heißt, über mich zu spotten, Prediger! Ich werde Euer Fleisch auf dem Strand verteilen und die Haie damit füttern."

Strouth lachte und es hörte sich an wie eine Mischung aus Schmerz und glückseliger Erfüllung. „Euer Schiffsjunge John ist eine Frau!", stöhnte Strouth schwach. „Habt Ihr gehört? Es ist eine Frau und Euer Käpt'n hat es nicht gemerkt." Strouth stöhnte boshaft. „Oder vielleicht wollte es der Käpt'n auch nicht merken, weil ihm ein Knabe lieber ist."

Oak senkte fassungslos seinen Arm. Blinzelnd brauchte er einige Sekunden, um zu begreifen. Dann drehte er sich den am Boden sitzenden Gefangenen zu. Wie betäubt ging er auf Audrey zu. Wenn das stimmte, war seine Autorität in Gefahr. Er war der Lächerlichkeit preisgegeben und es bedeutete ein gutes Stück ruchloser Gräuel und Grausamkeiten, um dieses wieder wettzumachen. Aber er hatte auch schon eine Idee. Wenn es stimmte, werde er allen schon zeigen, wie er es verstand, sich zu vergnügen! Danach überließ er sie der Mannschaft.

Audrey duckte sich, als könne sie sich verstecken.

Bartletts Männer verzweifelten. Ihre Hände liefen blau an und wurden taub bei dem Versuch, die Fesseln hinter ihrem Rücken zu lösen. Die einen entsetzt und hilflos, andere hingegen sensationslüstern und erregt. Audreys Schönheit ließ sie mit scheinheiliger Hilflosigkeit erwartungsvoll der Ereignisse harren. Sie beneideten Oak at the Holly für das, was er sich jetzt zu nehmen gedachte.

„Nein! Nein! Das dürft Ihr nicht tun!", brüllte Mr. Bellamy. „Ich bitte Euch, sie nicht anzurühren!", flehte er und schaffte es, auf die Knie zu kommen. „Ich bin Bevollmächtigter der Jenkins Trade Company ...", sagte er verheißungsvoll und taumelte über die Männer hinweg auf Oak at the Holly zu. „Ich kann Euch jeden Wunsch, den Ihr habt, erfüllen! Wollt Ihr Gold, Juwelen, ein Schiff? Wollt Ihr Land oder Huren? Alles! Alles, was Ihr nur wollt. Ihr müsst es nur sagen. Aber rührt Miss Wellington nicht an!", sagte er hastig nickend und seine Augen wurden groß und glänzend.

Seine Bemühungen wurden jäh beendet, als ihm wuchtvoll ein Musketenkolben auf das Kinn donnerte. Sterne explodierten vor seinen Augen und der gute Sekretär fiel in den Sand.

„Nein, das ... dürft Ihr nicht tun! Ihr dürft das nicht tun! Bartlett! Ich befehle Euch ...", jammerte er und versuchte noch, zu ihr zu kriechen, um zu vermeiden, was unabwendbar schien, als ihn die Ohnmacht überkam.

John alias Audrey wurde aus der Mitte der Gefangenen gezerrt. Oak at the Holly stieß sie in die Nähe des Feuers, um besser sehen zu können. Im diabolischen Antlitz des Feuerscheins wanderte sein Vogelblick mit roher Verderbtheit schamlos über alle Stellen ihres Körpers. Im Feuerschein sah sich Audrey in dem geschliffenen Diamantenauge wie in einem Kaleidoskop, als könne sie in den Kopf des Piraten sehen.

Oak at the Holly hegte keinen Zweifel an dem, was der Prediger gesagt hatte und wusste nun, warum der Bursche John seine Aufmerksamkeit erregt hatte. Das Weib hatte es gewagt, ihn zu täuschen und er würde diesen Verrat auf seine Weise sühnen. Nichts konnte ihn aufhalten und alle sollten der Schändung beiwohnen.

Unschuldig, rein und mit gefasster Würde stand Audrey vor ihm. Oak betrachtete sie fiebrig im Feuerschein und ließ seinen Blick hinab auf ihr weißes Leinenhemd gleiten. Er bleckte sich zuckend die Zähne und weidete sich an ihrem Anblick.

„Du wirst mir doch versprechen, dich zu wehren, oder?", sagte er mit wallender Vorfreude in der Stimme.

Die Gerechten unter Bartletts Männern rebellierten und brüllten, wanden sich und versuchten, aufzustehen. Musketenkolben und Spaken machten dem ein Ende. Die Dämmerung nahm zu, als wolle die Natur dieses Verbrechen zudecken wie einen Toten.

Wie eine Spinne im Netz näherte er sich ihr. Zuerst fuhr seine Hand über ihr Haar. Sein Zeigefinger, mit dem er einen gewissen Druck ausübte, glitt über ihren Hals und wanderte weiter herunter über ihr Dekolleté. Dann griff seine Hand in den Stoff ihres Hemdes und zerknautschte es, um es herunterzureißen. Er genoss seine Macht und es erregte ihn. Er ließ sich Zeit und verharrte geradezu.

Mit einem Mal bekam sein Gesicht einen fahlen, abwesenden Ausdruck. Der Piratenkapitän ächzte und versuchte, mit zittriger Hand sich ans Genick zu fassen, was ihm nicht gelang. Er wollte etwas sagen und auch das gelang ihm nicht. Er brachte nur ein Lallen raus. Irgendetwas war passiert. Audrey spürte es und riss sich ohne Mühe los. Der Piratenkapitän knurrte und flackerte mit den Augen. Dann atmete er stoßweise und versuchte nochmals krampfhaft, mit der Linken sein Genick zu erreichen. Niemand hatte eine Erklärung dafür, was so plötzlich in ihn gefahren war.

Und dann sahen sie es: in seinem Genick steckte ein kurzer, dünner Pfeil und das lähmende Gift, mit dem er präpariert war, ließ den Piraten hölzern auf die Knie sinken.

„Wilde!", brüllte einer. „Schießt auf den Dschungel!" Doch das hektische Rüsten ging in einem wahren Pfeilhagel unter. Einige versuchten fortzulaufen und wurden getroffen. Jeder, der sich irgendwie bewegte oder auf den Dschungel zielte, sank danieder. Es war das Beste, stehenzubleiben und zu warten, bis der Feind sich zeigte.

Ganz allmählich schälten sie sich aus dem Dickicht. Ganze Reihen von Wilden traten geräuschlos aus dem Dschungel. Selbst wenn sich Bartletts Männer und die Piraten verbündet hätten, wäre es ein ungleicher Kampf gewesen. Auf einen der Männer kamen vier Wilde, von denen mindestens zwei ganz gezielt einen der ihren ins Visier genommen hatten.

Trotz der Gefahr war Dr. Pargethers naturwissenschaftliches Interesse geweckt und so studierte er sie im Näherkommen. Halbnackt waren sie und von linkischer, kleiner Statur. Soweit er sehen konnte, bestanden ihre Waffen aus Pfeil und Bogen, Blasrohren, Spießen und Messern. Ihre Haut war mit Verzierungen bemalt. Manche hatten ihre Wangen, Ohren und Nasen mit bleichen, spitzen Knochen durchstoßen und ihr schwarzes, kräftiges Haar trugen sie aufgefächert zu einem quersitzenden Kamm. Käpt'n Bartlett sah Audrey in der Nähe des Feuers im Sand liegen und fürchtete schon, dass sie getroffen worden war, als er zu seiner Erleichterung sah, dass sie bei Bewusstsein war und zu ihm herübersah.

„Miss Wellington! Miss Wellington", flüsterte Bartlett mit Blick auf die noch außer Hörweite befindlichen Wilden zu ihr herüber, „kriecht langsam zu uns herüber. Kommt, nun macht schon! Kommt in unsere Mitte."

Audrey entfernte sich unmerklich aus dem Schein des Feuers und kroch auf sie zu. Dr. Pargether, ganz in seine Beobachtung vertieft, starrte währenddessen gebannt auf die lautlos näher kommenden Wilden und erschrak plötzlich sehr.

„Käpt'n, Käpt'n ...", schnaubte er und konnte seine Aufregung kaum im Zaume halten. „Ich muss Euch was sagen."

„Nicht jetzt, Doktor. Niemand spricht ein Wort und vor allem, schaut nicht zu ihnen herüber!", zischte Bartlett und sah zu Audrey, die bereits die Hälfte des Weges kriechend und robbend hinter sich gebracht hatte.

„He! Ihr da vorne macht ein wenig Platz. Lasst Miss Wellington in unsere Mitte kommen. Los doch, beeilt euch!", flüsterte Bartlett eilig.

„Käpt'n Bartlett! Hört mich doch an!"

„Nicht jetzt, Dr. Pargether", sagte Bartlett beiläufig und gereizt. „Miss Wellington, kommt doch! Keine hastigen Bewegungen. Ihr macht das gut", ermunterte er sie. „Nur noch ein Stück und Ihr seid bei uns."

„Es ist dringend, Käpt'n", jammerte Dr. Pargether und war sich seiner Penetranz bewusst. Aber einfach so herausposaunen wollte er es nicht.

„Herrgott, Doktor!" mischte sich Trevor ein. „Habt Ihr nicht gehört, was der Käpt'n gesagt hat? Haltet das Maul, Mann! Die sind gleich da!"

Kounaeh wusste, was den Doktor so umtrieb. „Mann mit grauem Haar und schnellen Messern hören besser den Doktor an. Große Gefahr!", sagte Kounaeh betonungslos wie immer, wenn er sprach.

„Ach ...", mischte sich zum größten Ärgernis von Käpt'n Bartlett nun auch Horatio ein. Es war der denkbar schlechteste Zeitpunkt für einen Streit. „Wir sind also in Gefahr?", ulkte er. „Na, da wäre ich ja nun wirklich nicht drauf gekommen. Ich dachte, das wären deine Verwandten, die uns retten und mit uns dann ein Fest feiern. Ihr wisst schon: Tanz, Musik, lachen, trinken und essen. Und morgen früh nehmen wir dann wehmütig Abschied und geloben, die gerade erst zart geknüpften Bande der Freundschaft zu bewahren und den Kontakt zu unseren wilden Errettern selbstredend niemals abreißen zu lassen – dass ich nicht lache! Pff!"

„Ja, haben recht", stimmte Kounaeh zu „Wird großes Fest geben und auch Essen. Aber Hauptzutat bist du!"

„Das sind Kannibalen. Kaaa-ni-baaa-len!", flüsterte Dr. Pargether lang gezogen wie eine Souffleuse im Theater. Der Arzt hatte den Schmuck der Wilden erkannt: Es waren menschliche Knochen ...

Die Hatz

Am Fuße der Grube drehte sich der Eber im Kreise, als könne er die Scherbe, die in seinem Auge steckte, herausschleudern. Dabei zitterte er und veranstaltete ein hysterisches Getöse, als ginge es darum, ganz La Tortuga zusammenzukreischen. Irritiert glotzten die beiden anderen Eber auf ihren Artgenossen.

Peter nutzte die Zeit. Den sicheren Verschlag hatte er verlassen und hastete den sandigen Abhang hinauf. Um halbwegs vorwärtszukommen, musste er den Sand mit Händen und Füßen geradezu nach hinten wegschaufeln. Sorgsam achtete er darauf, die Lanze in seiner Hand nicht zu verlieren. Der Rand der Grube war schon zu sehen. Höchstens noch fünf Yards. Erst mal oben angelangt, hatte er einen festeren Tritt und würde sich den hinaufgaloppierenden Schweinen von dort aus besser erwehren können.

Die beiden verbliebenen Eber ließen nicht lang auf sich warten. Sie preschten hinter ihm den Abhang hinauf, dass der Sand nur so aufstob. Wütend kreischten sie zur Jagd auf ihn.

Peter arbeitete sich verbissen weiter hinauf. Aber jeder Schritt, den er in den Sand tat, war doch nur ein halber. Das knurrende Grunzen im Rücken kam näher. Fieberhaft überschlugen sich die Gedanken in seinem Kopf. Bis zum Rand der Grube würde er es nicht schaffen. Er musste sich ihnen in der Schräge stellen müssen. Kaltblütig vertraute er auf seinen Instinkt. Die Entbehrungen der letzten Monate und die Todesnähe hatten seine Sinne trotz der Erschöpfung in einer Art und Weise geschärft, die er sich selbst nicht zugetraut hatte. Und so kam es, dass er es ausreizte und weiter hinaufhastete, bis er instinktiv spürte, wie die Bestie in seinem Rücken zum Sprung ansetzte.

In solchen Momenten verlangsamte sich die Zeit, als würde alles um ihn herum winterlich einfrieren. Peters Empfindungen, sein Wesen und die menschliche Vielfalt in ihm waren so weit gekappt, als ob er in seinem bisheriges Leben nur auf diesen einen finalen Augenblick hingelebt hätte. Ja, als ob der Sinn und Zweck seines Daseins darin bestand, sich rechtzeitig auf den Rücken zu drehen. In diesem gefrorenen Augenblick erschien Peter noch in der Drehung dieser gewaltige borstige Kopf mit den tollwütig aufgerissenen Schweinsaugen. Das Gekreische aus dem schaumigen Maul mit den mächtigen gelben Hauern schallte ihm wie ein Schrei aus einer tiefen Schlucht entgegen. Peter sah diesen lärmenden, geifend roten Schlund auf sich zukommen und wie in einem morgendlichen Pistolenduell hob er als Erster den Arm und streckte dem Untier die Lanze entgegen. Das tollwütige Monster konnte nicht mehr ausweichen und die Lanze fuhr ihm in den Hals. Wie ein Teppich, der aufgeschoben wird, wallte sich die Zunge vor der Lanze, bevor dieses Knäuel tief im Rachen von ihr durchstoßen wurde und die Spitze wie ein speiender Vulkan am Nacken wieder austrat.

Die Zeit taute wieder auf und kehrte wie ein kalter Guss zurück. Das Vieh kreischte markerschütternd, zuckte, stellte sich auf die Hinterbeine und purzelte rücklings seinem Artgenossen tot vor die Läufe, der darüber stolperte.

Keine Zeit zu verlieren! Peter hastete weiter hinauf.

Oben angekommen, rollte er sich über den Rand und sah den letzten der drei Eber hinaufgaloppieren. Er musste irgendwie über die Palisade hinwegkommen. Immer und immer wieder sprang er hinauf und versuchte, an einer der Spitzen Halt zu finden, um sich hinaufzuziehen.

Zu seiner Überraschung öffnete sich gleich neben ihm die Türe zu seinem Gefängnis. Durch das Gekreische der Eber alarmiert, sah einer der Wachen durch die Türe, um sich mit Peters Überlebenskampf die Zeit zu vertreiben. Nichts ahnend steckte der Kerl sein gemein griemelndes Gesicht durch die Türe, als sich Peters Ring- und Mittelfinger in seine Nase bohrten und ihn auf diese Weise so kraftvoll durch die Türe zogen, dass er den Abhang hinunterpurzelte. Genau in den Weg des Ebers.

Peter, der sein Glück noch nicht fassen konnte, schlüpfte durch die Türe nach draußen und verriegelte sie.

Ein kleiner Pfad führte in den angrenzenden Pinienwald. Er rannte um sein Leben und im Entfernen hörte er, wie die panischen Hilfeschreie im blutrünstigen Kreischen des Ebers untergingen und schließlich ganz erstarben. Er rannte um sein Leben. Die wiedererlangte Freiheit verlieh seinem ausgezehrten Körper neue Kraft. Je tiefer er in den Wald lief, umso stärker pulsierte der Lebenshunger in ihm. Freiheit! Ein Gefühl, wie er es kaum zu hoffen gewagt hatte.

Vor ihm schlängelte sich der Pfad durch den Wald und ließ ihn immer nur bis zur nächsten Biegung sehen. Und so fürchtete er, umherlaufenden Piraten in die Arme zu laufen. Atemlos blieb er stehen und schaute den Weg zurück. Schon ein gutes Stück weit weg, konnte er schwach hören, wie alarmiert es aus Richtung der Grube durch den Wald zu ihm herüberschallte. Sie nahmen die Verfolgung auf!

Runter, ich muss runter von dem Pfad!, schoss es ihm durch den Kopf und schon sprang er seitlich über das den Pfad begrenzende Dornengestrüpp in den Wald.

Unter seinen Füßen knackte das Geäst. Zweige flitschten ihm ins Gesicht und Dornen rissen in den Stoff seiner Lumpen und in die Haut. Doch gab er nichts darum. Der Rhythmus seines Atems trieb ihn an wie der Paukenschlag auf einer Galeere. Er musste entkommen.

Audrey! Er liebte sie von Herzen und in seiner Flucht spürte er, dass es dieses anmutige, hübsche und liebreizende Wesen aus seinen Fieberträumen wirklich gab. So, wie es ihn und sein früheres Leben gab. Er war Peter Jenkins, der Sohn von Harold Jenkins und er würde sich seiner Haut so teuer wie nur möglich erwehren.

Peter hastete über den sonnengefleckten Waldboden, als er plötzlich über eine Wurzel stolperte, strauchelte und mit rudernden Armen zu Boden stürzte. Er stöhnte und sein Atem schnaubte den staubigen Sand auf.

In diesem kurzen stillen Augenblick des Zusichkommens, der Orientierung, hörte er das Gebell der Hunde. Und es hörte sich näher an, als er sich eingestehen wollte.

„Aufstehen! Ich muss aufstehen!", lallte er benommen.

Mit den Händen stützte er sich vom Boden ab, als diese plötzlich in das Erdreich einbrachen. Erschrocken zog er die Hände heraus und bewegte die zittrigen Finger, um festzustellen, ob er sich verletzt hatte. Nein! Verletzt hatte er sich nicht. Doch was war das? War er in einen Kaninchenbau eingebrochen?

Peter untersuchte es und seine Hände tasteten an einer Geraden entlang. Dann hob er die Abdeckung ein wenig hoch und sah hinein. Am Boden dieses Lochs waren armdicke Holzpflöcke aufgepflanzt, die mit ihren Spitzen heimtückisch, unter der gut getarnten Abdeckung aus Zweigen, Gestrüpp und Sand, lauerten. Eine Fallgrube. Dankbar dachte Peter an die guten Mächte. An die Wurzel, die ihn nur bis an den Rand dieser Falle hat straucheln lassen. Wieder ein Zeichen, das ihn in dem Entschluss zur Flucht und in dem Glauben an sein früheres Leben bestärkte. Hundegebell unterbrach jäh seine Dankbarkeit.

Die Häscher waren schon recht nahe. Um vorbeizukommen, tastete Peter sich am Rand der Grube entlang, als er plötzlich diese Idee hatte. Seine Verfolger waren zu nahe und mit den Hunden war es sehr fraglich, ob er ihnen entkommen konnte. Wenn, ja, wenn es ihm nicht gelinge ... Peter war einen Moment von Skrupel ergriffen. Doch das Hundegekläff ließ seinen Entschluss schnell reifen: Er musste sie in ihre eigene Falle locken!

Peter tastete sich weiter am Rand entlang, bis er die Falle hinter sich gebracht hatte. Etwa 20 Yards entfernt legte er sich gut sichtbar auf den Boden. Die Falle befand sich jetzt zwischen ihm und seinen Häschern.

Sollen sie nur kommen!, sagte er sich und so dauerte es nicht lange und die Meute erschien mit ihren Hunden, die sie an Leinen hielten. Dann blieben sie stehen.

„Da ist er! Er hat den guten John auf dem Gewissen! Den guten, guten John", hörte Peter einen von ihnen klagen.

„Hat schlapp gemacht, das Bürschlein. Ist die Hitze wohl nicht gewöhnt! Ich werde ihn schon wieder auf die Beine bringen." Der Kerl lachte boshaft und schlug sich mit der Faust in die flache Hand, dass es nur so klatschte.

Peter lag auf dem Bauch und rührte sich nicht. Seine Wange in den Ellbogen vergraben, sah er lauernd zu ihm herüber. Es war an der Zeit, sie von der Falle abzulenken. Also sprang er auf und rannte taumelnd los.

Die Kerle setzten ihm nach, nicht ahnend, dass auf ihrem Weg die Fallgrube lauerte. Dann geschah etwas Fatales: einer der Piraten nahm seinen Hund, es war eine Dogge, von der Leine. Allen vorweg stürmte der Hund los. Vor den Augen der Piraten brach die Abdeckung, in deren Mitte sich der Hund befand, großflächig ein. Es knisterte. Sand und Zweige wurden aufgewirbelt. Gerade noch rechtzeitig kamen die Piraten zum Stehen. Der Staub legte sich und aus der Grube stieg ein jämmerliches Winseln und Fiepen auf.

„Teufel noch mal!", spie einer.

Sie waren nun gewarnt. Niemand von ihnen sprach mehr, als sie die Grube umgingen und sich erneut an Peters Verfolgung machten.

Stille herrschte über dem Wald. Eine leichte Brise fuhr durch die Wipfel der Bäume. Vereinzelt stieg ein Vogel auf und es war, als ob sich alles Leben rundherum versteckte, um nicht Zeuge zu werden, als sie Peter schließlich stellten.

Atemlos, geschunden und ausgemergelt lag er vor ihnen. Der Schatten des Piraten hatte Peter gänzlich überzogen, als der Kerl langsam ein verkatschtes, fleckiges Rundholz aus seinem Gürtel zog.

„Das wirst du büßen!", sagte er zornig.

Peter sah in die Gesichter der Umstehenden, die gewiss nicht zimperlich waren, doch nun betreten wegsahen. Sie schienen zu wissen, was nun kam.

Peter blinzelte erschöpft auf. „Verzeih mir, Audrey", hauchte er so leise, dass er es selbst kaum hören konnte.

Trommeln und Schreie

Da standen sie nun. Nachdem die Wilden sie eine Stunde durch den Dschungel gestoßen hatten, fanden sie sich auf einer großen Lichtung wieder. Allein und aneinandergefesselt standen sie inmitten dieses Platzes. Es war dunkel und die Kannibalen hatten sich zurückgezogen. Den Rand der Lichtung begrenzte in jeder Himmelsrichtung eine Fackel, deren Flamme zu ihnen herüberleckte, als sei sie der verlängerte Arm einer tief im Dschungel lauernden Gier. Überhaupt war es sehr still, ungewöhnlich still.

Erneut sog John die Luft ein, als könne er die Fesseln sprengen. Aber er schaffte es nicht, was auch daran lag, dass ihn einer dieser betäubenden Pfeile getroffen hatte.

„Gib es auf, John, und spar dir die Kräfte für eine bessere Gelegenheit", sagte Trevor.

„Gab es jemals schon mal eine gute Gelegenheit auf dieser Reise? Ist diese Reise überhaupt gut?," erwiderte John wie ein Kind, das eine Ahnung vom Bösen bekam. „Sie essen Menschen?", fragte er ungläubig den Doktor, der daraufhin schweigend nickte. „Menschen, die Menschen essen...", wiederholte er und versuchte, zu begreifen.

So etwas ging weit über seine Vorstellungskraft hinaus. Als einfacher Pächter, der fleißig seinen Boden bestellte und selten über sein Pachtland hinaus herumgekommen war, wusste er schon, dass die Menschen einander neideten und nach dem Leben trachten konnten. Dass es Zwist und Intrigen gab, denen er seines einfachen geraden Gemüts wegen nie und nimmer gewachsen war und damit auch nichts zu tun haben wollte. Er liebte sein Leben, so wie es gewesen war, seine Familie, seinen Acker, der sie ernährte, die Abgeschiedenheit seines Gehöfts und die einfachen, vertrauensvollen Regeln seines Lebens. John war von einer Welt in die andere geschleudert worden. Bitter kam ihm der Gedanke an seine Frau und die sieben Töchter, die so entsetzlich weit von ihm entfernt waren.

„Worauf hab ich mich nur eingelassen?", schnaubte er leer und betrübt. „Wo habt Ihr mich nur hereingezogen, Käpt'n? Es wäre besser gewesen, ich wäre ein vogelfreier, gesuchter Verbrecher in England als hier."

„So, wie sich die Dinge entwickelt haben, lag es weiß Gott nicht in meiner Absicht", antwortete Bartlett ruhig und war sich ganz der Verantwortung bewusst. „Aber solange wir noch am Leben sind, ist noch nichts verloren. John, du hast etwas, wofür es sich lohnt, zu kämpfen. Deine Familie wartet auf dich. Denk daran, wenn es soweit ist."

Mr. Bellamy schaute drein, als wäre er der Welt entrückt. „Wir sind alle verloren und hier auf diesem Platz wird es enden", sagte er fahrig. „Bis ans Ende der Welt sind wir gefahren, um hier … hier zu sterben! Hi, hi. Und deine Lieben werden den Rest ihres Lebens auf das Meer starren und an dich denken, John Tarbat. Zu Tisch werden sie stets ein Gedeck für dich auflegen, weil du ja jederzeit zur Tür hereinkommen könntest. Und doch vergebens … Hi, hi, hi … Weil wir alle hier gefressen werden und unsere Knochen vermodern im Dschungel oder stecken in den Ohren und Nasen dieser Teufel. Hi, hi, hi."

„Oder sonst wo", bemerkte Horation mit süffisanter Leichtigkeit.

„Ich finde, Ihr solltet das Maul halten, Mr. Bellamy. Und wenn ich könnte, würde ich es Euch stopfen!", drohte Trevor und verlor fast das Gleichgewicht. Doch derart aneinandergefesselt wie sie waren, fand er schnell wieder Halt.

„Meine Herren! Eure Vorschläge bitte", sagte Horatio eröffnend.

„Vielleicht weiß unser Indianerfreund Rat", sagte Trevor Biggs, woraufhin sich die Aufmerksamkeit aller auf Kounaeh richtete.

Kounaeh ließ sich mit der Antwort Zeit.

„Nein, kein Rat. Aber vielleicht hilft es den weißen Männern, dass Feinde sehr schnell töten."

„Ist das alles, was du zu sagen hast?" Biggs war verärgert.

„Sind zu viele. Nur Flucht kann noch helfen oder junger Krieger William."

William! Sein Name klang in den Ohren aller wie ein Zauberwort.

„Ja!", sagte Bartlett. „Er ist unsere einzige Hoffnung." Der Käpt'n suchte den Rand des Dschungels ab, soweit es seine Fesseln zuließen.

Trevor hielt gleichfalls Ausschau. „Es wäre schön, wenn der Bengel endlich auftauchen würde."

„Was ist, wenn er tot ist?", fragte Audrey unsicher.

„Was soll dann schon sein? Wenn die Wilden ihn erwischt haben, dann haben wir eine Chance weniger, am Leben zu bleiben", antwortete Trevor bissig.

„Hoffentlich beklaut er sie vorher noch nach Strich und Faden und schmeißt alles ins Wasser", wünschte Horatio rachsüchtig.

Dann setzte plötzlich eine Trommel ein. Sie war nicht laut und schien ein gutes Stück entfernt zu sein.

„Was hat das zu bedeuten?", fragte Dr. Pargether beunruhigt.

„Es wird zum Essen geläutet ... äh getrommelt", verbesserte sich Horatio.

Niemand wagte, zu sprechen und es tat sich eine Weile lang nichts. Mit mulmigem Gefühl in der Magengrube lauschten sie der Trommel. Dann trat allmählich eine Gestalt aus dem Dickicht des Dschungels und blieb unbeweglich neben der aufgepflanzten Fackel stehen.

Es war ein Kannibale. Bis auf den Schurz, den er trug, war er nackt. Sein Oberkörper war mit verschlungenen, rankenähnlichen Ornamenten bemalt. Unbeweglich stand er da. Der Fackelschein zerrte schimmernd an seiner Gestalt.

Beim Anblick seines Kopfes schrie Audrey laut auf und ein Aufbäumen ging durch die Gefesselten. Auf seinem Hals saß ein Totenschädel. Der Feuerschein funkelte böse in den dunklen Augenhöhlen und das Weiß des Schädels glühte rot an der dem Feuer zugewandten Seite.

Reglos stand er da und nach einer Weile setzte er sich tänzelnd in Bewegung, während noch weitere Trommeln hinzukamen. Es wurde lauter. Kaum merklich näherte er sich ihnen in einer Spiralbewegung. Jeweils nach drei, vier Schritten sprang er in die Höhe und setzte geschmeidig wie ein Raubtier auf. So sehr er sich auch verrenkte, blieben die Augenhöhlen doch unablässig auf die Gefangenen gerichtet. Wie ein Artist, ein Schlangenmensch, wand und aalte er sich hohlkreuzig und buckelig immer näher an die Gefangenen heran. Dann blieb er unvermittelt stehen, lachte dunkel auf und hob die Arme. Und dieses Lachen war wie ein Startschuss. Mindestens das Vierfache der Trommeln kam nun hinzu und in einem bombastischen Rhythmus ergänzten sie einander. Es war allen ein Rätsel, wo er sie herhatte, doch plötzlich hielt der Priester zwei pelzige Rasseln in den Händen, mit denen er in den Rhythmus der Trommeln einstimmte. Immer näher tänzelte er sich schlängelnd an die Männer heran.

„Uuuuubaaa toheeee!", rief er in den Sternenhimmel aus und stampfte mit den Füßen auf.

Mindestens 400 stampfende Füße taten es ihm gleich. Doch bis auf den Totenkopfpriester war niemand zu sehen. Der Dschungel um den Platz herum musste voll von ihnen sein.

„Uubaaa tohheee ... uubaaa toheee ... uubaaa toheee!", wiederholte der Totenköpfige immer schneller werdend und heizte die Massen an.

Ein gewaltiger Chor stimmte mit ein. Dann teilten sich die Stimmen und es hörte sich an, als sängen sie im Kanon. Von überall her schallte es. Die Trommeln wurden so laut, dass es einem in den Magen fuhr. Wie unter einem Bann traten sie aus dem Dickicht und ihre Reihen wurden sichtbar.

Es waren zu viele. In einem erneuten Bogen, einer ausschweifenden Kapriole, sangen sie „Uubbaa", und wie ein Pfeil, der vom höchsten Punkt zur Erde zurückkehrt, klang es von anderswo „toooheee". Die Trommeln legten nochmals zu, wie man es nicht für möglich gehalten hätte. Der Kanongesang wurde immer schneller und fordernder. Wie rasende stürzende Dominosteine umkreiste der Gesang den Platz.

In diesem Spektakel schlich und buckelte der Totenkopfpriester umher, wie ein feixendes Teufelchen.

Als wolle er sich gegen irgendetwas erwehren, rasselte er drohend in alle Richtungen. Im Näherkommen erkannte Käpt'n Bartlett, dass der Totenkopf eine durchaus irdische Erklärung hatte: der Kahlkopf des Priesters war mit weißer und schwarzer Asche geschminkt.

Wie von einem Blitz getroffen, blieb er plötzlich stehen. Aufrecht stehend verkrampfte er und deutlich bildeten sich seine Bauchmuskeln ab. Dann zitterte und zuckte er. Er verdrehte die Augen, dass nur noch das Weiß zu sehen war und wand den Kopf. Er schluckte und es sah aus, als müsse er irgendetwas auswürgen.

Die pelzigen Rasseln in seinen Händen zitterten so schnell, dass ihre Konturen kaum mehr auszumachen waren. Dann schritt er langsam auf die Gefangenen zu. Die zittrigen Rasseln streckte er ihnen entgegen.

„Toooheee!", rief er ein letztes Mal aus und das Lärminferno aus Trommeln und Gesang riss ab und der Schall trieb über den Dschungel. Nur noch die Rasseln des Priesters waren zu hören, die nun gleichfalls ganz nahe am Gesicht eines Gefangenen auszitterten und schließlich schwiegen.

Eliah Strouth sah sich den beiden Rasseln gegenüber und erkannte darin Gesichter. Es waren Schrumpfköpfe. Mund, Nase und Augen waren zugenäht und sahen seltsam geschwollen aus. Der rechte gehörte gewiss einem Europäer, denn er hatte einen blonden Bart, der seltsam frisch und leuchtend zur ledrigen Haut aussah.

„Was, was soll das?", schrie Strouth in einer Mischung aus Autorität und Angst.

Hastig blickte er sich um. Fünf Wilde liefen auf ihn zu.

„Lasst das! Ihr Teufel! Das werdet ihr nicht tun! Der Himmel wird euch zürnen! Blitze werden euch treffen! Ihr Teufel!"

Kläglich versuchte er, sie einzuschüchtern und war sich doch seiner Hilflosigkeit bewusst. Sein intrigantes Geschick konnte ihm jetzt nicht mehr helfen und er wusste es.

Sie durchtrennten seine Fesseln und zogen ihn aus dem Pulk der Gefangenen.

Horatio biss sich auf die Unterlippe. „Gibt 'ne schöne fette Brühe", murmelte er betroffen und doch froh darüber, nicht an Strouths Stelle zu sein.

„Käpt'n Bartlett! Bitte! Helft mir! Ich bitte Euch! So tut doch etwas!"

Sie machten sich daran, ihn fortzutragen, als es Strouth gelang, sich loszureißen. Er stürmte wimmernd auf den Käpt'n zu, schmiss sich vor ihm in den Staub und umklammerte seine Füße.

„Käpt'n, Ihr müsst mir helfen! Das dürft Ihr nicht zulassen! Wir sitzen doch alle in einem Boot!", jammerte er flehentlich.

Dann traf Strouth ein Betäubungspfeil und er ermattete augenblicklich.

Käpt'n Bartlett schaute mitleidig auf ihn herab. „Gott sei Eurer Seele gnädig."

Die Kannibalen zogen Strouth fort. Mit Leichtigkeit hoben sie ihn in die Lüfte und schulterten ihn. Sie bellten wild und liefen mit ihrer Trophäe einen Halbkreis.

Strouth sah verklärten Blickes auf die Gefangenen herab und suchte Bartletts Blick. Es schien so, als wolle er ihm noch etwas sagen, noch etwas bereinigen. Strouth streckte den Arm aus und deutete auf den Pulk der Gefesselten. In diesem Moment gingen die Kannibalen unter ihm in einen Laufschritt über. Weder Strouths rollende Augen noch sein zum Laufschritt der Kannibalen umherschlackernder Arm erfassten daher sein Ziel, als er das letzte Wort sprach.

„Mörder!" Mühsam hatten seine Lippen dieses Wort geformt.

Beunruhigt sah Bartlett sich um und dachte nach. Aber wen nur, wen von den Gefangenen, die sich aus Seemannschaft, Piraten und seinen Vertrauten zusammensetzten, hatte er gemeint?

Die Höhle

Der Morgen brach an. Die Sonne sandte ihre ersten Strahlen über das dichte nebelverhangene kühle Grün des Dschungels. Blassgelb leuchtete der Nebel im Sonnenschein und auf dem Weg zum Waldboden färbten die Strahlen der Sonne das Grün immer dunkler und gaben ihm zauberhafte Schattierungen und Nuancen – von leuchtend-hell bis blaugrün. In diesem Farbenspiel schien das Grün in seiner Einmaligkeit bunt zu sein.

William hatte ein gutes Versteck gefunden. Er saß hoch oben auf einem Baum. Mindestens 80 Yards war er hinaufgeklettert und hatte die Krone immer noch nicht erreicht. Weit konnte er über den Dschungel sehen.

In seinem Versteck am Boden war es nicht mehr sicher gewesen. Immer mehr Fremde waren, bis an die Zähne bewaffnet, umhergeschlichen. Er musste weg und hatte sich so viel Farngras in den Hosenbund, die Taschen, die Knopflöcher, die Ohren und dahinter gesteckt, dass er gleichsam wie ein Strauch aussah.

Als wandelnder Strauch hatte er sein Versteck verlassen. Er war so gut getarnt, dass selbst einer der umherschleichenden Wilden hinter ihm Deckung gesucht hatte. Ohne etwas zu merken, hatte der Wilde in seinem Schutze zum Strand herübergelauert und war dann weitergeschlichen. William tat es ihm gleich, bis er diesen mächtigen Stamm erreichte, den selbst sechs Mann nicht zu umfassen vermochten. So große Bäume! Was war das nur für ein seltsamer Wald?, dachte William und staunte aufs Neue. Der mächtige Stamm war so sehr mit rankenden Lianen und Schlinggewächs umgeben, dass William das erste Stück fast wie auf einer Wendeltreppe hinaufsteigen konnte. Erst danach musste er sich durch das wild wuchernde Gestrüpp hinaufarbeiten. Angst, herunterzufallen, hatte er nicht. Das Gestrüpp rund um den Stamm war so dicht, dass er höchstens 3 Yards fallen konnte und wie von einem Netz aufgefangen wurde. Und so stieg er immer höher, bis er diesen Ast erreicht hatte, der so breit war wie der dickste Stamm in den Wäldern um Gloucester, seiner Heimat. William konnte darauf einen Purzelbaum machen. Auch ein Tisch und zwei Stühle ließen sich bequem dort oben aufstellen. Wie ein Pfad ragte der Ast in den Urwald hinein und verband sich dort mit anderen Ästen. Und alles wurde wie von einem dichten Gewebe, einem Kokon aus Schlinggewächs, umgeben. Es war sicher gut möglich, durch den Dschungel zu wandern, ohne auch nur einen Fuß auf den Boden zu setzen. Aus Angst, herunterzurollen, hatte er die Nacht sehr unruhig verbracht. Aber es waren auch Strouths Schreie, die ihm noch in den Ohren gellten. Was wollten die Fremden nur von Strouth?, fragte er sich.

Die Sonne nahm zu und der Dschungel begann, regelrecht zu dampfen. Trotz der vorbeiziehenden Nebelschlieren war die Lichtung gut zu sehen. Bartlett und die Männer hatten die ganze Nacht dort unten gefesselt und im Stehen verbracht. Dann betraten zehn Wilde die Lichtung. Die Fesseln wurden so weit durchgeschnitten, dass sie gehen konnten. Die Wilden führten die Männer ab. William sprang auf und beugte sich so weit vor, wie er nur konnte. Sie verließen die Lichtung und verschwanden im Dschungel.

William durfte sie nicht verlieren. Nein! Herunterklettern war zu gefährlich. Dort unten wimmelte es bestimmt vor Wilden. Den Ast unter seinen Füßen betrachtend, folgte er mit den Augen dessen Verlauf.

Ich werde ihnen von hier oben aus folgen, beschloss er in Gedanken. Ungewiss ging er los. Ein gutes Stück weit konnte er sicher auf dem Ast zurücklegen und als dieser schließlich immer dünner wurde, verließ er ihn und hangelte sich tastend zu einem anderen Ast herüber, dessen Richtung grob stimmte. William kroch vorbei an bunten Knospen, Blütenkelchen, die aussahen wie ein erstarrtes Feuerwerk, und dornigen Blättern.

Auf seinem Weg passierte er eine Stelle, an der rings um ihn herum hölzerne, große Nüsse hingen und es erinnerte ihn an eine Küche, in der die Töpfe und Pfannen wild unter der Decke baumelten. Komischer, komischer Wald.

Wieder griff er nach einem Ast. Er fühlte sich weich an und ließ sich zusammendrücken. Außerdem ließ er sich nicht richtig packen und glitt ihm durch die Hände. William glaubte, mit den Händen abzurutschen, bis er erkannte, dass dieser Ast lebte und eine feingeschuppte, braun-grüne Schlange war, deren züngelnder Kopf aus dem Dickicht zurückkehrte, um zu sehen, wer sie dort festhielt.

„Großer Gott!", stammelte William geschockt und wich angewidert zurück.

Nach diesem Erlebnis schaute er genauer hin, bevor er sich irgendwo festhielt. Wie ein Tau, das eingeholt wurde, floss die Schlange in das Grün zurück.

William kletterte, balancierte, kroch und wand sich durch das Geäst. Dann sah er die Gefangenen und bemühte sich, sehr leise zu sein, was ihm nicht immer gelang. So sehr die Äste unter seinem Gewicht auch knackten und das Blattwerk beim Hindurchschlüpfen raschelte, die Wilden schenkten dem keine Beachtung.

In seinem Bemühen, sie nicht aus den Augen zu verlieren, hatte er sich bald verstiegen. Der Ast, auf dem er kroch, wurde immer dünner und an seinem Ende war nichts sichtbar, wo William hätte hinübersteigen und seinen Weg fortsetzen können. Er hatte sich zu weit vorgewagt. Der Ast unter ihm war noch sehr jung und biegsam und mit einem Mal gab er nach.

An den Ast geklammert, schwebte William vier Stockwerke nach unten und setzte sanft auf einem breiten Ast auf.

Als er ihn losließ, schoss sein Gefährt wieder in die Höhe.

Die Kannibalen blieben stehen und schauten in die Höhe. Die Geräusche der Affen, die über ihnen in den Kronen turnten, kannten sie. Aber das soeben Gehörte klang ganz anders und machte sie misstrauisch. Einige spannten ihre Bögen und richteten aufmerksam ihre Speere nach oben.

William lag bäuchlings auf dem Ast und rührte sich nicht. Von unten war er nicht zu sehen. Deutlich hörte er den hohlen Klang ihrer Stimmen, als sie die Gefangenen schließlich weitertrieben.

Nach kurzer Zeit hatten sie ihr Ziel erreicht. Bartlett und die Männer standen vor einem bizarr aufklaffenden Höhleneingang.

Es verging einige Zeit, ehe die Luft rein war und William sich hinuntertraute. Vor dem Höhleneingang stehend, überkam ihn bei dem Gedanken, hineinzugehen, ein verdammt ungutes Gefühl. Wie ein böser Odem strich ein modriger, kühler Lufthauch an ihm vorüber. Zögerlich ging William weiter und schon bald trat er vom Lichtkegel des Eingangs in absolute Dunkelheit über.

„Sie brauchen mich und sie verlassen sich auf mich", sprach er sich selbst Mut zu und tastete sich weiter an der Höhlenwand entlang.

Es ging in mehreren Windungen bergab und der Weg wurde immer enger.

„Wenn *ich* nichts sehen kann, dann kann man auch *mich* nicht sehen", sagte er zuversichtlich, da es wieder an der Zeit war, sich Mut zu machen.

Unter seinen Füßen knackte und schmatzte es. Gut, dass William nichts sehen konnte. Nach einer weiteren Biegung sah er Feuerschein an der Wand flimmern. Wenige Schritte noch.

Der Blick, der sich ihm bot, ließ ihn den Atem anhalten. Vor ihm tat sich ein riesiges Gewölbe auf, eine große Senke, ein Tal. Von seinem kleinen Logenplatz aus betrachtete er die Ausmaße dieses gewaltigen unterirdischen Felsendoms. Eine kleine, in Stein gehauene Treppe führte in die Sohle hinab, in deren Mitte ein Feuer geschürt wurde. Riesengroß wurden die Schatten der dort unten Umherlaufenden an die Höhlendecke geworfen.

Er sah Käpt'n Bartlett und die Männer, die etwas abseits standen. Sie waren wieder aneinandergefesselt worden. Es war das Beste, noch nicht hinabzusteigen, sondern erst einmal die Lage zu erkunden. Nur musste er weg von diesem Portal, bevor noch jemand kam. Ein dünner Pfad, der eher ein Steig war, führte oberhalb entlang. Im Klettern zwischenzeitlich sehr geübt, machte sich William auf.

„Das ist die Hölle! Wir sind mitten in der Hölle gelandet!" Mr. Bellamy schaute sich gehetzt um. Sein rotes Haar, bis dato stets akkurat zurückgekämmt, hing ihm nun wirr ins Gesicht.

„Ich hab's ja gesagt, hier kommt uns niemand mehr retten. Auch ihr Wunderjunge nicht." Mr. Bellamy lachte laut auf, dass es durch die ganze Höhle schallte. „Niemand, niemand!", rief er und erfreute sich am Echo wie ein Kind.

Die Kannibalen merkten kurz auf. Hiervon unbeirrt trafen sie ihre Vorbereitungen.

„Ich würde es sehr begrüßen, wenn Ihr hier nicht so herumbrüllt", mahnte Trevor und seine eisgrauen Augen funkelten. „Ich kann so nicht nachdenken. Beherrscht Euch doch."

Mr. Bellamy sah nicht aus, als ob er sich daran halten wollte. Erneut wollte er loslegen, als ihm John einen Kopfstoß verpasste, die ihn ins Land der Träume schickte. Schlaff wie ein Sack hing der Sekretär in den Fesseln, die ihn hielten.

„Danke! Wer immer es war." Trevor konnte nicht sehen, wer

ihm den Gefallen getan hatte.

„Könntet Ihr jetzt wieder nachdenken?", erkundigte sich John aufrichtig besorgt.

„Wenn Ihr einen Plan habt, Mr. Biggs, dann wäre genau jetzt die rechte Zeit, damit herauszurücken", bemerkte Horatio höflich und bemühte sich, nicht allzu drängelnd zu wirken.

„Eines ist mal sicher ...", sagte Trevor und spuckte aus, „die fressen uns auf. Ist nur die Frage, was der ganze Hokuspokus hier soll?!"

„Seien eine Zeremonie", bemerkte Kounaeh. „Sehen da drüben ..." Kounaeh deutete in Richtung der Kannibalen, die Reisig ins Feuer warfen. Funken schwirrten wie Glühwürmchen umher und erloschen auf ihrem Weg nach oben. „Richten alles her für große Opferzeremonie."

„Na, wunderbar! Und wir sitzen hier wie die Häppchen auf einem Silbertablett", spottete Horatio. „Und der ehrenwerte Prediger, unser allseits beliebter, beleibter und verehrter Reverend Strouth bildet die Vorsuppe", betonte er in dunkler Vorfreude auf ein besonders üppiges Festmahl. „Ist es nicht eine Ironie des Schicksals?" Horatio ließ sich den Spaß an seinem Monolog nicht nehmen. „Da zieht einer aus, die Wilden zu bekehren, ihnen Wohlstand zu bringen, auf dass sie nicht mehr hungern müssen, und ...?" Horatio grinste. „Man kann ja über den Reverend sagen, was man will, aber er hat seine Aufgabe erfüllt", sagte er und tat so, als müsse er aufstoßen.

„Ich finde Eure Witze wenig angebracht, Mr. Peabody! Ihr scheint ganz zu vergessen, dass das hier kein Theaterstück ist. Und überdies blüht uns dasselbe Los. Ich wünschte, Ihr würdet etwas Geeigneteres zu diesem Dilemma beitragen", scholt ihn Audrey.

„Ist ja gut, ist ja gut. Dann eben nicht" gab sich Horatio versöhnlich.

„Miss Wellington hat ganz recht. Ihr solltet Euch schämen", pflichtete Dr. Pargether bei.

„Hey!", stieß Trevor Biggs aus. „Seht mal – dort oben!"

Soweit sie konnten, rankten sie die Köpfe. Eine endlose Reihe von Kannibalen schritt wie eine Ameisenkolonne die Treppe hinab. Während die einen, unten angelangt, sich bereits formierten, rieselte von oben einer nach dem anderen nach. Es dauerte lange, bis der Letzte die schmalen Stufen hinter sich gebracht hatte. Es waren allesamt Krieger.

Das Feuer brannte zwischenzeitlich lichterloh. Es fauchte, knisterte und leckte gierig in die Höhe. Rot leuchtender Wasserdampf und Reisigfunken stieben auf. Eine wahrhaftige Hölle – nur mit mehr als nur einem Teufel darin.

Wieder ertönten die Trommeln, als sie zu viert herbeikamen. Ganz gezielt ergriffen sie Audrey, die trotz ihrer kurzen Haare und dem schmutzigen Gesicht nichts von ihrer unschuldigen Anmut eingebüßt hatte.

Ihre Schreie hallten durch die Höhle. Nichts hatte sie ihnen entgegenzusetzen, so sehr sie sich auch wand und schrie. Sie führten sie vor einen verzierten steinernen Quader. Es war ein Altar und nach allem, was sie nun wussten, musste es wohl ein Opferaltar sein. In einigem Abstand davor banden sie sie an Eisenbeschlägen fest, die im steinernen Boden verankert waren. Wieder erklangen die Rasseln und unvermittelt stand plötzlich der Totenkopfpriester neben ihr. Zu seiner Schädelbemalung trug er einen schwarzen Umhang und ein goldenes Amulett um den Hals.

Feierlich und sorgsam berasselte er sie von oben bis unten. Dabei lachte er tief und dunkel und leckte sich unablässig die Lippen. Unter dem Freudengebell seinesgleichen hob er wie ein Triumphator einen goldenen Kelch in die Höhe, um ihn allen zu zeigen. Zwei Wilde sprangen herbei, um Audrey festzuhalten. Trotz seiner abscheulichen Bemalung war ihm der verheißungsvolle Geifer anzusehen, mit dem er den Kelch an Audreys Lippen führte. Die Wilden hielten ihren Kopf so fest, dass sie das Gefühl hatte, damit in einer Schraubzwinge zu stecken. Der Priester drückte ihr den Kiefer auseinander und setzte den Rand des Kelches auf ihre Unterlippe. Übergroß ging der Kelch vor ihren Augen auf, als der Priester begann, ihn zu kippen. Ganz auf die Zeremonie bedacht, tat er es ganz betulich.

Es roch säuerlich, als es wie Sirup in ihren Mund lief. Es war fett und talgige, weiße Klumpen schwammen darin. Sie hielten ihr die Nase zu und dies war gewiss kein Akt des Mitleids, sondern ließ sie schlucken, um Luft holen zu können.

Audrey hustete und glaubte, ersticken zu müssen. Der Totenkopfpriester gab nicht auf und goss einen guten Schluck nach. Ein Teil dieser zähen Suppe lief ihr aus dem Mundwinkel, der Rest rann ihr hinab in die Kehle und so musste sie es schlucken.

Erst spürte sie nichts. Doch dann war es, als würde sie in warmes Wasser gleiten. Es kribbelte dumpf in ihrer Brust und ihr wurde warm. Alles um sie herum wurde klein und verzerrt. Geräusche, Trommeln und Worte drangen von sehr weit zu ihr herüber. Ihre Seele wurde ganz klein und irrte durch ihren Körper wie durch ein Labyrinth. Sie war in sich selbst gefangen, als wäre die ganze Welt ein einziges Maisfeld.

Das Rauschgift tötete ihr Wesen, ließ ihr Ich entweichen, bis sie nur noch eine stumpfe Hülle war, eine Marionette, ein Befehlsempfänger ohne eigenen Willen. Doch bei dem, was ihr noch bevorstand, war dieser Zustand eher begrüßenswert.

Nachdem es vollbracht war, trat der Zeremonienmeister feierlich zurück und schaute unterwürfig an die Höhlendecke. Alle Kannibalen taten es ihm gleich. Sie breiteten ihre Arme nach oben aus, als würden sie von dort etwas empfangen wollen. Und auch Audrey sah entrückten Blickes nach oben, als sei sie eine von ihnen.

Und tatsächlich! An Seilen schwebte es zu ihnen herab. Es war ein Vorhang. Dieser senkte sich vor den Altar und verdeckte ihn weitläufig. Wie in Trance starrte Audrey auf den Vorhang – unfähig, zu empfinden, zu schreien oder in Ohnmacht zu fallen.

Der Vorhang war löchrig und das lag daran, dass er aus nichts anderem als aus Gesichtern bestand. Wie Patchwork war die braune ledrige Haut aneinandergenäht. Und wie er so im warmen Luftzug des Feuers hin- und herpendelte, gab er den Gesichtern einen Teil ihrer früheren, lebendigen Mimik zurück und es war, als ob sie stumm klagten und schrien.

Die Augenlöcher zweier benachbarter Flicken belebten sich, als zwei Augenpaare wie durch eine Maske kalt auf Audrey herabschauten. Hinter dem Vorhang stand jemand.

Die Trommeln verstummten und nur das Feuer knisterte, als sich der Vorhang langsam wieder hob. Zuerst waren ein paar goldbepanzerte Schienbeine zu sehen, muskulöse Schenkel, ein Schurz aus Palmfasern und ein goldener, kunstvoll geschmiedeter Brustpanzer. Starke, mit goldenen Reifen geschmückte Arme kamen zum Vorschein. Derjenige musste sehr viel größer sein als seine Untertanen. Weiter hob sich der Vorhang und gab den Blick auf etwas frei, von dem Bartlett und die Männer nicht glauben konnten, was sie da sahen.

Wie eine Astgabel teilte sich die Brust und ging über in zwei kräftig beschulterte Oberkörper, auf denen je ein diademgekrönter Kopf saß. Der rechte Auswuchs war ein Stück nach hinten versetzt und der dazugehörige Kopf lugte linkisch hinter seinem Zwilling hervor. Außen war jeweils ein kräftiger, muskulöser Arm. Und dort, wo der jeweils andere hätte sein müssen, drang ein wirbelndes Rasseln aus dem bronzenen Brustpanzer, als stecke ein Bienenkorb dahinter. Jede Gemütsregung dieses Wesens wurde von dem Auf und Ab dieses Geräuschs begleitet. Es waren seine

Finger, die zappelten und umherflimmerten wie ein Krebsmaul und von innen gegen den Panzer trommelten und so dieses metallische Dröhnen verursachten. Der linke Kopf sah gebieterisch auf Audrey hernieder. Das Dröhnen nahm zu – wie das Rasseln einer Klapperschlange.

William stieg in einer dunklen Kluft die Felswand hinunter. Der Feuerschein drang nur sehr spärlich in seinen Steig und so war er kaum auszumachen, wie er da so herunterkletterte. Das war gut so. Doch andererseits musste er den Riefen und Tritten, die er sich zittrig ertastete, blind vertrauen. Ganz mit Klettern beschäftigt, ahnte er nicht, was sich in seinem Rücken, dort unten am Fuße der Höhle, tat. Hin und wieder lösten sich auf seinem Weg kleine Steine und fielen in das Halbdunkel hinab. Bis zum Aufschlag zählte er dann leise vor sich hin, um seine Höhe einzuschätzen. Sobald er es wagen konnte, sprang er das letzte Stück hinab und drückte sich gleich an den umschatteten Felsen.

Viel sehen konnte er nicht. Zwischen ihm und den Gefangenen stand auf halber Strecke ein kupferner Bottich, der ihm die Sicht versperrte. Ein Feuer brannte darunter.

Geduckt huschte er aus dem Schatten und suchte zunächst hinter dem Bottich Deckung. Es roch vertraut. Neugierig lugte er über den Kesselrand und sah hinein. Trüb blubberte und schmatzte es vor sich hin. Die aufsteigenden Wasserblasen wälzten einen fleischigen Brocken um, der, als er erneut schwerelos und steif an die Oberfläche trieb, irgendwie an den Reverend erinnerte. Aber eben nur erinnerte. Denn der Reverend war groß und gewichtig und der Brocken hier war kaum mehr größer als William selbst. Ihn beschlich eine böse Ahnung, auch wenn er es nicht erklären konnte. Sein Magen krampfte zusammen. Ihm wurde übel und er vermied es daher, durch die Nase zu atmen. Was immer hier auch vorging, er musste weiter, musste seinen

Freunden helfen. Dieses Ende musste er ihnen ersparen. Er war der Einzige, den sie jetzt noch hatten.

Mit seinem Messer zwischen den Zähnen robbte er zu den Gefangenen herüber, die gefesselt dicht beieinanderstanden.

Die meisten bemerkten ihn nicht und diejenigen, die ihn kommen sahen, schenkten ihm keine Beachtung und sahen stattdessen geschockt durch ihn hindurch. Auch begrüßte ihn niemand oder freute sich, ihn zu sehen. Es beschwerte sich auch keiner, als er ziemlich rüde in Höhe der Knie in ihren Pulk kroch. In dem Gewirr ihrer aneinandergefesselten Beine fand er Deckung und begann sofort, die Fesseln durchzuschneiden.

„Ja, ja ... dankt mir nicht. Ist schon gut", wiederholte er mehrmals, als er ihnen so zu Füßen kroch. „Ja, schön! Ich freue mich auch, euch zu sehen. Nicht so überschwenglich! So beruhigt euch doch ..."

Keine Reaktion folgte.

„Ist doch selbstverständlich. War halt gerade in der Gegend", schnaubte William und zog ärgerlich an einem Hosenbein. Er hatte mehr Wiedersehensfreude erwartet und dachte darüber nach, was sie derart in Anspruch nahm, dass sie ihn – ihren Retter – einfach nicht beachteten. Und dann dieser geschockte Ausdruck auf ihren Gesichtern.

Dr. Pargethers vertraute Stimme klang an sein Ohr. „Ich habe davon gehört. Ein Zwilling! Zusammengewachsen! Es ist, wenn sich die Natur nicht entscheiden kann, ob sie eins oder zwei hervorbringen will. Ich wollte es nie glauben und doch ist es wahr. Faszinierend. Einfach faszinierend. Seht doch nur hin, meine Herren. Eine Laune der Natur."

„Ja, ich habe auch schon davon gehört", sagte Horatio. „Von mehrköpfigen Teufeln, Höllenhunden und Chimären."

„Als Arzt und Wissenschaftler habe ich keinen Sinn für Eure Fabeln und Schauergeschichten. Begreift doch nur, was uns dieses

Wesen über die menschliche Schöpfung alles verraten kann. Es ist eine einmalige Gelegenheit, mehr über den Menschen zu erfahren. Das sieht man nicht alle Tage. Seht nur gut hin, meine Herren. In meinem Bericht werde ich Euch als Zeugen hierfür benennen." Dr. Pargether war voll des wissenschaftlichen Eifers.

Trevors eisgraue Augen blitzten. „Euer naturwissenschaftliches Interesse in Ehren, Dr. Pargether. Doch glaube ich nicht, dass Ihr noch einen Reisebericht schreiben werdet. Und falls Euch die Gnade doch noch zuteilwerden sollte, jemals noch mal etwas schriftlich abzufassen, so wird es unser Nachruf sein. Eure Naturlaune hat gewiss nichts Gutes im Sinn. Es wird Zeit, etwas zu unternehmen", mahnte er.

„Sehr richtig!", stimmte Horatio zu. „Rücken wir ihm die Köpfe zurecht."

„Meine Herren", protestierte der Doktor. „Im Namen der Wissenschaft bitte ich, dieses Wesen zu schonen. Bedenkt doch nur, es wäre ein unschätzbarer Verlust. Gewiss doch, wir müssen fliehen, aber ...", er stutzte, „dessen einmal ungeachtet, wie wollt Ihr das anstellen? Wir sind unserer Waffen beraubt und in der Unterzahl ..."

„Vielleicht kann ich helfen", drang eine unbeschwerte Kinderstimme zu ihnen empor, von der sie zunächst nicht wussten, wo sie herkam. „Hier unten", sagte William.

„Aber da ist doch ..." Trevor freute sich und staunte nicht schlecht. „William! Wo hast du dich nur herumgetrieben? Gut, dass du endlich da bist, Junge! Schnell, beeil dich und mach die Fesseln los!"

„Schon passiert. Aber was ist eine Naturlaune?"

Trevor verdrehte die Augen. „Da fragst du besser Dr. Pargether. Aber sei gewarnt, junger Mann! Ist ein ausgesprochen gewöhnungsbedürftiger Anblick. Sieht man fürwahr nicht alle Tage."

Allmählich legte sich der Schrecken. William war wieder unter ihnen! Und diese Kunde ging um wie ein Lauffeuer.

„Bleibt noch zusammen!", rief Bartlett, als er spürte, wie sich seine Fesseln lösten. „Sie dürfen nicht merken, dass wir frei sind."

Naturlaune? Laune der Natur? Ein solches Wort hatte William noch nie gehört und dachte nach. Käpt'n Bartlett war launisch. Aber die Natur? William wollte wissen, was es damit auf sich hatte. Er kroch ganz nach vorne und lauerte vorsichtig hinter ein paar dicken Waden hervor.

Gewöhnungsbedürftiger Anblick, hatte Trevor gesagt. Das war ganz schön untertrieben. Williams Herz setzte einen Schlag aus und erschrocken verbarg er sein Gesicht hinter der Wade. Der Anblick des Zweiköpfigen war schon schlimm genug. Aber viel schlimmer war die Sorge um Audrey.

Ganz der Welt entrückt, schritt sie mit unsicheren, kleine Schritten auf dieses Geschöpf zu. Sie taumelte mehr, als dass sie ging. Etwa zehn Schritte trennten sie noch. Jeder der Köpfe verfolgte ihre Schritte mit ganz eigenen Bewegungen. Beide waren sie kahlköpfig und ihre Haut war im Vergleich zu der ihrer Untertanen eher hell. Die Form ihrer Köpfe war oval und sie glichen einander wie Zwillinge. Der rechte hatte etwas buschigere Augenbrauen, die zornig wirkten, während die schmallippige Mundpartie des anderen schräg abfiel. Die Köpfe duckten sich, stellten sich mit Verzückung schräg und rollten in ihre Nacken. Als das Wesen auch noch die muskulösen Arme ausbreitete, erinnerte es in seiner Erscheinung an einen Seestern.

Mit ausgebreiteten Armen stand es dort. Bereit, als wolle es Audrey umarmen. Nur war dies hier kein Akt der Warmherzigkeit oder des Willkommenheißens, sondern die Umarmung des Todes. Im Feuerschein blitzten goldene Dolche in den Händen. Nur noch fünf Schritte.

„Halt, Miss Wellington! Halt!", brüllte Käpt'n Bartlett „Miss

Wellington! Verdammt noch mal! So bleibt doch stehen!"

Alle, die ihr nahestanden, und mit ansahen, auf welchen Weg sie sich da begab, schrien aus vollem Halse, um sie zu warnen, dass sie endlich stehenblieb und umkehrte. Ihre Rufe schallten in der Weite der Höhle wider.

„Halt! Geht nicht weiter!", schrie Horatio und konnte nicht hinsehen. „Was können wir nur tun? Sie hört uns nicht."

Wie eine Motte zum Licht schwebte Audrey, der Welt entrückt, auf den Zweiköpfigen zu. Der Schein seines goldenen Schmucks schillerte übergroß und in den verheißungsvollsten Farben vor ihren Augen. Sie fühlte sich leicht. Angst war ihr fremd.

Die Köpfe indes reckten sich wie Seegras in der Meeresströmung. Von allen Seiten versuchte dieses Geschöpf, Audrey zu betrachten. Unmittelbar stand sie vor ihm.

Einige der Feiglinge unter den Gefangenen brachen aus. Was scherte sie schon Bartletts Befehl? Auf eigene Faust versuchten sie, zu fliehen und einen Weg aus dieser Höhle zu suchen. Ungeordnet und voller Panik irrten sie umher und versuchten, den Kannibalen zu entkommen, die wiederum überlegen wie Raubtiere den Raum für sich zu nutzen wussten. Schnell wurden sie ihrer habhaft und es sah aus, als ob Kinder fangen spielen. Ungeschickt tasteten sich einige die Höhlenwände entlang und es war abzusehen, wie sie strauchelten, hinfielen, sich unwürdig zu verstecken suchten oder die Höhlenwände hinaufkletterten, um dann mit einem Pfeil im Rücken hinunterzustürzen. Niemand von denen, die es versuchten, blieb am Leben.

„Diese Narren!", grimmte Bartlett.

Audrey war in höchster Gefahr und William war der Einzige, der sich nicht von der Flucht der Feiglinge ablenken ließ. Er zog sein Messer.

„Hier!", sagte er, ohne eine Antwort von Trevor abzuwarten. „Macht die restlichen Fesseln los und enttäuscht mich nicht", sagte er keck, drückte dem alten Strategen das Messer in die Hand und lief los.

Doch blieb er nicht unbemerkt. Während der rechte Kopf noch ganz verzückt Audrey betrachtete, sah ihn der Linke kommen. Über Audreys Schulter hinweg fauchte er William drohend an. Dann gab er seinem Nachbarn einen rüden Kopfstoß, den dieser zunächst mit Unverständnis quittierte, bevor auch dieser William sah und gleichsam drohend fauchte. Was für ein entsetzlicher Anblick!

William nahm seinen ganzen Mut zusammen, packte Audrey am Hosenbund und entriss sie aus der Umarmung der Kreatur. Audreys Blick war immer noch verklärt und es war sehr zweifelhaft, ob sie überhaupt merkte, was um sie herum geschah. William brachte sie hinter sich.

Die Kannibalen hatten inzwischen Bartlett und die Männer eingekreist. Von ihnen war keine Hilfe zu erwarten.

Nichts stand mehr zwischen William und dem Zweiköpfigen. Ganz langsam ging William rückwärts und führte Audrey mit sich. Die Kreatur ging im gleichen Schritt vorwärts. Bereit zum Sprung. Gefährlich und lauernd rasselte der Brustpanzer. Mit einem Satz stand der Zweiköpfige vor ihm und schubste ihn so heftig, dass er hinfiel. Noch ehe sich William besann, spürte er den Druck auf seiner Brust. Die Luft wurde ihm knapp. Die Kreatur stand mit einem Fuß auf seiner schmächtigen Brust und es gab für ihn keinen Zweifel darüber, dass sie bereit war, ihn zu zertreten. Er versuchte, sich gegen den Druck anzustemmen, doch je mehr er dagegen anging, umso mehr wurde er auf den nasskalten Höhlenboden gepresst – eine Demonstration der Macht. Da half kein Winden, Treten und Kratzen. Es musste ihm etwas einfallen und dieses möglichst schnell. Aber was nur?

Und so tat William das Einzige, was ihm noch blieb. William kitzelte den Fuß, kitzelte um sein Leben. Und das ist nicht einfach, wenn man unter akuter Luftnot leidet. Man darf in diesem Kitzeln nämlich nicht verkrampfen, sondern muss locker bleiben. Krampfige Finger kitzeln nicht. Es muss leicht, fahrig, verspielt in ausgewogenem Verhältnis zu einem tippelnden Kribbeln, Kneten und Stupsen vonstattengehen. Und erst, wenn sich der Erfolg langsam einstellt und das Kichern unkontrolliert immer lauter wird, kann man seiner panischen Luftnot Ausdruck verleihen und anfangen, die Zehen umzuknicken.

Mit der Fingerfertigkeit eines Klaviervirtuosen huschten Williams Finger wie ein Heer Mäuse um diesen Fuß. William tat sein Bestes und seine Finger waren überall. Bald schon zuckte der Fuß und die Zehen zogen sich ein. Dann fing der rechte Kopf sehr zum Unverständnis des linken an zu lachen. Endlich hatte William so viel Platz, dass er sich luftschnappend unter dem Fuß hervorwinden konnte.

Nichts wie weg!, dachte er sich und flüchtete auf den Altar.

Mit einem Blick über seine Schulter sah William, wie der linke immer noch mit dem rechten schimpfte und ihm einen Kopfstoß gab. Doch so sehr sie sich auch stritten, hielten sie dennoch zielstrebig auf William zu. Dieser begann, den Vorhang hinaufzuklettern. Dabei kam es ihm sehr gelegen, dass er in den Löchern genügend Halt fand, ohne jedoch zu wissen, wo er da seine Finger und dicken Zehen hineinsteckte.

Wie ein Tollwütiger riss und kreischte der Zweiköpfige am Saum des Vorhangs und William kam sich vor wie in der Takelage bei Sturm. Das konnte nicht lange gut gehen. Der Vorhang fiel in sich zusammen und begrub William und seinen Verfolger.

Während William panisch umhertastete, buckelte und hastig die Falten über sich warf, um möglichst schnell wieder hinauszufinden, langte und grapschte der Zweiköpfige nach William. Zum Glück trennte sie immer eine Falz, sodass er ihn nie richtig erwischen konnte.

Fast zeitgleich fanden sie wieder hinaus. William packte Audrey beim Arm, um sie mitzuziehen, als es geschah. Ihr Hemd verrutschte und gab den Blick auf ihre nackte Schulter und den Ansatz ihrer Brust frei. Plötzlich wurde alles anders. Mit einem Raunen wichen die Kannibalen zurück. Auch der Zweiköpfige kreischte auf und sprang zurück. Alle konnten es sehen und sie erkannten Audrey als diejenige, die sie war: eine Frau!

Die Kannibalen wichen vor ihr zurück – ganz so, wie eine Fackel dunkle Schatten vertreibt. Die Höhle, dieser heilige Ort, ihr Oberhaupt waren entweiht. Nie durfte jemals eine Frau diesen Ort betreten. Sie hatten sie nicht erkannt. Audrey sah ja aus wie der Schiffsjunge John. Bartlett und die Männer verstanden zwar nicht, doch war jetzt keine Zeit, darüber nachzudenken.

Es war auch nicht wichtig. Sie nutzten die Gunst der Stunde zur Flucht. Mit Audrey an ihrer Spitze, die sie vor sich herschoben, wurden die Reihen der Kannibalen löchrig, wo immer sie sich auch in den Weg stellten.

Vorbei an dem kupfernen Kessel rannten sie eine Anhöhe hinauf und erreichten ein Plateau, das ausreichend groß war und sie alle darauf Platz fanden.

„Ein guter Platz zur Verteidigung. Wenn wir nur Waffen hätten", sagte Biggs.

„Was ist das?", sagte einer aus der Mannschaft und deutete auf eine Felsnische, deren Eingang gerade mal so groß war, dass ein Mann hineinpasste. Zu beiden Seiten der Nische brannte eine Fackel.

„Los, Männer, alle da rein!", rief Bartlett.

„Ohne mich!", sagte derjenige, der die Nische zuerst gesehen hatte. „Wer weiß, was uns dort drinnen erwartet. Ohne mich!", wiederholte er.

„Ich weiß auch nicht, was uns da drin erwartet. Aber ich weiß, was uns *hier* erwartet", sagte Biggs und deutete auf den Abhang hinunter. Am Fuße machten sich etwa 100 Wilde auf, die Anhöhe zu erkriechen. Sie taten dies schleichend und geduckt.

Bartlett und die Männer standen dort oben wie auf einem Silbertablett, während die breite Masse dieser Unmenschen mit murmelndem Fauchen langsam zu ihnen heraufkroch wie aufkochende, wabernde Milch.

„Ich gehe", sagte Kounaeh und griff eine Fackel.

„Ich komme mit." Horatio griff sich die andere Fackel und folgte ihm.

Sie schritten einen Korridor entlang, der nach wenigen Yards immer enger wurde. Hinter ihnen auf dem Plateau drängten sich die Männer in den Korridor. Die Zeit wurde knapp. Die Wilden wurden mutiger. Krochen sie zu Anfang noch, so richteten sie sich nun auf und schritten beschleunigt die Anhöhe hinauf.

In dem Korridor war es so eng, dass sie alle im Gänsefußschritt hintereinander hertippeln mussten. Es dauerte und für die Letzten auf dem Plateau wurde die Zeit langsam knapp.

Die Wilden hasteten nun das letzte Stück hinauf und ergriffen drei Männer, die es nicht mehr in den Eingang geschafft hatten. Über ihre Köpfe hinweg führten sie sie nach unten, so sehr sie sich auch schreiend wehrten. Damit waren sie erst einmal zufrieden. Dennoch wollten einige nicht aufgeben und griffen blind in die Nische, um zumindest noch den letzten Mann zu erwischen. Doch griffen sie ins Leere.

Horatio und Kounaeh kamen in ein kleines Gewölbe. Es war nicht sehr groß und niemals hätten alle darin Platz gefunden. Die Männer stauten sich bis in den Korridor zurück.

„Was ist? Warum geht's nicht weiter?", riefen die Hintersten, erhielten aber keine Antwort. Die Flucht war zu Ende. Von hier aus gab es kein Weiterkommen. Kounaeh leuchtete das Gewölbe aus. Die Schatten der schroffen Felsen sahen aus wie hämische Fratzen. Sie waren gefangen.

„Was machen wir jetzt?", fragte Horatio. In der Enge dieses Gewölbes klang seine Stimme sehr dumpf.

„Was soll'n wir schon machen? Zurückgehen, kämpfen und gefressen werden oder hier drin verrecken", brachte Trevor es auf den Punkt.

Durch die Fackeln verbrauchte sich die Luft zunehmend. Sie würden hier drin ersticken und die reine Luftnot würde sie letzten Endes wieder hinaustreiben. Doch dies war noch nicht einmal die erste Angst, die in den Köpfen spukte. Angesichts der drückenden Enge und schlechter werdenden Luft fürchteten sie sich vielmehr davor, nicht mehr rechtzeitig aus diesem engen Mauseloch herauszukommen. Es würde dauern, bis sich alle in der Enge des Korridors gedreht hatten, um wieder hinauszukommen. Bis dahin würde die Luft ganz schön knapp werden. Und wenn Panik aufkam, ging überhaupt nichts mehr. Ganz abgesehen davon, dass die Männer ganz hinten im Korridor nicht im Mindesten daran interessiert waren, wieder als Erste auf das Plateau hinausgepresst zu werden. Sie empfanden es als ausgleichende Gerechtigkeit: Als Letzte den Kannibalen knapp entkommen, hatten sie dafür jetzt die bessere Luft.

Die Flammen der Fackeln waren bereits zu einem Drittel geschrumpft. Aufmerksam sah Kounaeh auf die Glut unterhalb der Flamme. Die Stelle, die dem Felsen zugewandt war, glimmte heller. Interessiert drehte er die Fackel in seiner Hand. Und so, wie er sie drehte, glomm jeweils die Stelle auf, welche der Felswand am nächsten war. Auch das verschwindende Drittel der Flamme zog kaum merklich zur Felswand hin. Es war gerade die knappe Luft, die es so augenscheinlich machte.

„Alle still sein! Keiner sich bewegen!", forderte er harsch.

Niemand verstand, was er vorhatte oder was das sollte. Aber so, wie er es gesagt hatte, musste er einen triftigen Grund dafür haben. Das ließ sie Hoffnung schöpfen und so gehorchten sie.

Kounaeh befeuchtete seine Lippen und ging ganz nah an den Felsen. Als folge er einer Fährte, schnupperte er am Felsen entlang. Immer dem Luftzug nach. Dann hatte er es! Die große Felsennase vor ihm war keinesfalls eine natürliche Ausformung, sondern ein steinerner Pfropfen, der etwas abdichtete.

„Hinter diesem Felsen ist etwas", stellte Kounaeh fest. Ob das nun gut oder schlecht war, ließ er offen.

Horatio, Kounaeh und ein dritter Mann, es war ein Seeräuber, versuchten gemeinsam, den Fels zu bewegen. Aber sie waren nur zu dritt und es war nicht gerade Horatios Disziplin. Hinzu kam, dass eigentlich nur zwei Männer davor Platz hatten und nur weil Horatio so schmächtig war, konnte er mit anpacken. Nichts tat sich. Es war in etwa dasselbe, als wenn eine Schar Mäuse sich aufmachte, eine Eiche umzuwerfen. Beharrlich schwieg der Felsen.

„Halt, lasst das!", sagte einer. „Nach allem, was wir an diesem seltsamen Ort schon gesehen haben, sage ich euch, dieses Tor zuzulassen! Wer weiß, was uns dahinter erwartet. Es ist das Tor zur Hölle."

„Wir sind doch schon in der Hölle", bemerkte Käpt'n Bartlett trocken. „Macht weiter!", forderte er sie auf.

Erneut setzten sie am Felsen an und versuchten, ihn zu bewegen. Aber es war so aussichtslos wie nur irgendetwas. Genau genommen mutete es lächerlich an.

„Da ist nichts zu machen", keuchte Horatio. „Wir müssen hier raus, wenn wir nicht ersticken wollen." Die ersten Männer drückten schon in Richtung Ausgang.

„Ich ... ich kann helfen." Zaghaft, fast schüchtern, meldete sich John zu Wort und hob die Hand. Er stand etwas weiter hinten.

Natürlich! Wenn es einer schaffen kann, so ist es John, dachte Bartlett.

„Komm nach vorne, John!", winkte ihm der Käpt'n.

Behäbig und gebeugt bahnte sich der gutmütige Hüne seinen Weg. Das war gar nicht so einfach. In regelrechten Schachzügen, unter Ausnutzung jeglichen Raumes, verschoben sie John.

Als John sich an Trevor vorbeidrückte, sagte dieser zögerlich: „John, trotz der Meinungsverschiedenheiten bin ich froh, dass du bei uns bist. Ich wollte Dir das nur sagen."

Das Holzpüppchen, an dem John zuletzt geschnitzt hatte, hing halb aus seiner Hosentasche heraus. Wenn er es nicht hineinsteckte, würde er es verlieren. Trevor sah es.

„Wenn du erlaubst, passe ich solange darauf auf."

John gab es ihm. „Es ist noch nicht ganz fertig. Und ich bin auch froh, dass Ihr da seid. Und ich glaube auch nicht mehr, dass Ihr dem Vogel was angetan habt. Es tut mir leid. Wollt Ihr mir als Advokat beistehen, wenn wir wieder zu Hause sind? Könnte gut sein, dass ich Schwierigkeiten bekomme."

„Jederzeit", versicherte ihm Trevor und klopfte ihm auf die Schulter.

John schob sich weiter vor. Unsicher betrachtete er den Felsen und suchte ihn nach geeigneten Griffen ab. Sie waren Kontrahenten. John und der Felsen. Das Schicksal hatte dieses finale Zusammentreffen eingefädelt, als wäre es eine Vorsehung. Er, der einfache Pächter aus England, und dieser dunkle Brocken tief in einer Höhle am anderen Ende der Welt. Es gab nur einen Mann, der ernstlich versuchen konnte, es mit dem Felsen aufzunehmen. Und dieser Mann war unter ihnen. Das beruhigte die Männer. Sollte John es nicht schaffen, so war dies ein sicheres Zeichen, sich dem Schicksal zu ergeben. Jeder wusste das.

Wie Käpt'n Bartlett John so betrachtete, bekam er ein andächtiges Gefühl bei dem Gedanken, dass möglicherweise eine höhere Macht ihrer beider Wege kreuzen ließ und seine Hand geführt hatte, als er auf John traf. John war bei ihnen und im Folgenden prallten Naturgewalten aufeinander.

So plötzlich wie ein angreifender Ringer setzte John am Felsen an. Als könne er ihn aus der Wand reißen, ging ein Ruck durch seinen Körper. Seine Waden spannten sich, die Adern an seinem Hals traten hervor. Er knurrte und ächzte und der Schweiß rann ihm binnen kürzester Zeit von der Stirn. Ohne nachzulassen, hielt John dieses Niveau. Er pumpte Luft in seine Brust, richtete seinen Tritt aus und wieder ging ein Ruck durch seinen Körper. Wie in einer zweiten Stufe steigerte er nochmals seine Kraft, wie man es kaum für möglich gehalten hätte. Seine Waden sahen aus, als drohten sie zu platzen. War John im Grunde eher eine gutmütige Erscheinung, so glich er jetzt einem Terrier, der sich verbissen hatte. Seine heiße Stirn prallte mit dem Ruck einer dritten Stufe gegen den kalten Felsen. Er knurrte und bei seinem Anblick konnte einem angst und bange werden. Es sah aus, als verwandele er sich in ein Untier. Sein ganzer Körper war bis zum Zerbersten gespannt. Sein schweißnasses Hemd riss am Rücken ein.

„Gib nicht auf! Du schaffst es, John!", feuerte ihn Horatio an. „Sehr gut, mein Starker! Hol uns hier raus!"

Hochrot jaulte John zornig auf. Dieser Felsen stand zwischen ihm und seiner Familie und so lange sein Herz hielt, würde er nicht weichen. Wellen aus Schock und Angst durchfuhren ihn und verliehen ihm unmenschliche Kräfte.

Alsbald rieselten kleine Steinchen herab und dann hörten sie alle dieses hohle, schleifende Geräusch, als wenn man eine Grabplatte beiseite schiebt.

Ein Luftsog ging durch den Raum und den Korridor. Die Fackeln belebten sich flackernd. John hatte den Felsen so weit beiseite geschoben, dass ein Mann hindurch passte. Erschöpft und keuchend stützte er sich auf die Knie.

Horatio, der zuvorderst stand, leuchtete mit der Fackel hinein und ging als Erster durch. Die anderen folgten und gemeinsam standen sie in einem weiteren Gewölbe.

Es war kühler und größer als jenes, das hinter ihnen lag. Das Rauschen von Wasser klang in ihren Ohren. John streckte seinen Arm aus und leuchtete mit der Fackel in der Hand weit in den Raum. Etwa sechs Schritt vor ihnen befand sich ein scharfkantiger Abgrund, an dessen Fuße ein Fluss rauschte und gluckerte. Die Wände des Abgrunds sahen aus wie glatt polierter, beigefarbener Marmor. Goldfarbene Schlieren zogen sich durch den Fels. Dort unten kam das Wasser an eine Stelle, die es ein wenig staute, weil das Wasser wie in einem Abfluss im Fels verschwand. Blaugrün wallte das Wasser kreisrund auf.

„Jeder kann sich jetzt entscheiden, Männer", sagte Käpt'n Bartlett und mit einem Seitenblick bedeutete er Kounaeh, sich neben Horatio zu stellen.

Kounaeh wusste, was der Käpt'n von ihm erwartete.

„Dieser Fluss führt nach draußen. Da verwette ich meinen Dreispitz drauf. Und wenn nicht ... verflucht noch mal! Immer noch besser, als zurückzugehen. In Ehren ersaufen ist mir lieber, als gefressen zu werden. Wir sehen uns dann draußen", sagte der Käpt'n, schaute noch einmal in die Runde und sprang hinunter.

„Oder in der Hölle!", sagte Trevor mehr zu sich selbst und sprang dem Käpt'n nach.

Es folgten John und Audrey, Dr. Pargether und Mr. Bellamy.

„Ich werde eine gute Tat tun und den Wilden eine Mahlzeit sein", sagte Horatio und wandte sich zum Gehen. „Irgendwann endet alles einmal. Erfreut, deine Bekanntschaft gemacht zu haben, mein indianischer Freund. Viel Glück noch und ... how!" Horatio hob die Hand und wand sich zum Gehen.

Kounaeh hielt ihn. „Luft holen!"

„Ich kann nicht schwimmen!"

„Bleichgesicht holen Luft! Wir springen! Und besser mit Luft", wiederholte Kounaeh, stieß Horatio hinunter und sprang sogleich hinterher. Mit einem schlürfenden Geräusch wurden sie beide in diesem Abfluss regelrecht abgesaugt.

Als Nächster war William an der Reihe. Er wollte den Anschluss nicht verlieren und dachte daher nicht lange nach. Kurzentschlossen sprang auch er. Das Wasser war bitterkalt. In einem Sog wurde er nach unten gezogen. Dunkelheit. William wurde umhergewirbelt und stieß sich Kopf und Glieder.

Das Wasser nahm immer mehr Fahrt auf und er wusste nicht mehr, wo oben und unten war. Hilflos wurde er um Kurven gerissen, gegen das Flussbett gedrückt und vollführte unfreiwillig wahre Salti. Die Luft wurde ihm eng und das Wasser zerrte und riss an ihm, bis er in diesem Wasserrohr nach oben gedrückt und in ein anderes Höhlengewölbe gespült wurde. Es blieb ihm nicht viel Zeit. Drei-, viermal schnappte er kurz Luft, als es ihn auch schon in die nächste Felsenöffnung trieb. Und wieder ging es von vorne los, nur diesmal noch wilder und schlimmer. Der Kanal war jetzt größer und breiter. Doch tat dies der Strömung keinen Abbruch.

Und er war – wie zuvor – randvoll. An Luftholen war nicht zu denken und ihm blieb nichts anderes übrig, als die Luft anzuhalten und zu hoffen, dass er rechtzeitig hinausgeschwemmt wurde.

Zu den Salti kamen nun noch mal Schrauben und Drehungen hinzu, die einem Zirkusartisten alle Ehre gemacht hätten. William war einer Ohnmacht nahe, die ihn gewiss ertrinken ließ, als abrupt seine unfreiwillige Darbietung stoppte. Hart war er mit dem Rücken gegen einen Felsen geprallt. Der Felskanal hatte sich geteilt und William wurde von der Strömung gegen das Mittelstück gepresst und dort gehalten. Es dauerte bange Sekunden, bis er sich so weit gewunden hatte, dass er wieder mitgerissen wurde. Dies hatte ihn nun zusätzlich geschwächt und so glaubte er schon, ertrinken zu müssen, als es plötzlich hell wurde. Genauer wurde es sogar gleißend hell.

Hatte er es nicht geschafft? Gleißendes Licht? Ihm schwante Übles. Hing er etwa immer noch an dem Mittelstück und war dort ertrunken? Mitnichten! Denn bei Toten krampft sich wohl kaum der Magen so zusammen, als stürze man 20 Yards hinunter. Und genau das tat William. Er stürzte hinab. Nur ganz kurz konnte er sich darüber freuen, nicht ertrunken zu sein, denn sein Sturz war so grausig, als wenn man im tiefsten Schlaf von einer Kirchturmspitze springt.

Die Sonne strahlte, als William inmitten dieser donnernden und glitzernden Fontaine aus dem grün bewachsenen Felsen gespien wurde. Über ihm schillerte die Gischt und der Wasserstaub in den schönsten Regenbogenfarben, als er mit gewaltigem Getöse in den See stürzte, wo er von starken Händen gepackt und an Land gezogen wurde.

Erschöpft, totenbleich und nass lagen sie am Ufer des Sees. Käpt'n Bartlett, Trevor, Kounaeh, Horatio, John, Dr. Pargether, Mr. Bellamy, Audrey, William und vier Getreue aus der Schiffsmannschaft.

Bis auf Schürfwunden, angeschlagene Schädel und verrenkte Hüften waren sie soweit alle bei Bewusstsein und am Leben. Die Sonne wärmte ihre dunsige Haut und niemand sprach. Es war Zeit zum Wunden lecken. Dankbare Stille, die jeder für sich nutzte, um den Schock zu verarbeiten und sich darüber klar zu werden, was sie gesehen und erlebt hatten. Und wie glücklich sie darüber waren, am Leben zu sein.

Wie viel Glück sie hatten, sahen sie schnell. In unregelmäßigen Abständen spie die Fontäne leblose Körper aus. Manchmal zwei gleichzeitig. Noch neun an der Zahl und alle waren sie ertrunken. Der Letzte, es war Oak at the Holly, hatte sich das Genick gebrochen. Den Diamanten in seiner Augenhöhle hatte es weggespült und von seiner künstlichen Braue fehlten auch zwei Steine.

John, der körperlich noch am besten beisammen war, hatte sie an Land geholt und im Dschungel unter Geäst und Blättern begraben. Etwa drei Stunden waren vergangen und allmählich wurde es Zeit, sich wieder dem Leben zu stellen.

Etwas abseits stand Kounaeh. Regungslos lauschte er angespannt in den Dschungel hinein. Alle seine Sinne waren auf das grüne Dickicht gerichtet, als könne er es durchdringen, als wittere er etwas.

„Was ist los?", fragte Bartlett, der behutsam hinterrücks an ihn herangetreten war.

Kounaeh antwortete nicht.

„Kounaeh, ich sehe doch. Sag mir, was du spürst!"

Langsam besann sich Kounaeh und kehrte zurück. Bevor er jedoch antwortete, suchte er mit seinen fuchsigen, misstrauischen Augen und voller innerer Anspannung nochmals den Dschungel ab.

„Wir müssen gehen, schnell", antwortete er, ohne sich zum Käpt'n umzudrehen.

„Hast du was gesehen?"

„Nein, aber ich spüre es ganz deutlich. Sie kommen."

Wieder zurück bei den anderen, gab der Käpt'n sofort das Zeichen zum Aufbruch.

„Wo wollen wir denn hin, Käpt'n?" fragte Mr. Bellamy fahrig und belustigt. „Seht Euch doch nur um. Nie wieder kommen wir hier heraus. Alles sicht gleich aus. Ein einziges Labyrinth. Es ist alles hoffnungslos", sagte er mutlos. Traurig sah er zu Audrey. „Es tut mir leid, liebste Audrey. Es hat keinen Sinn. Die Mission ist gescheitert. Peter ist tot und wir sind es auch bald."

Mit schlaffen Schultern saß er da wie ein Häufchen Elend und malte mit dem Finger wirre Zeichen in den Ufersand.

„Wie könnt Ihr nur so etwas sagen, Mr. Bellamy? Peter lebt.

Ich spüre es ganz deutlich", sagte sie ruhig und fasste sich ans Herz. „Mr. Bellamy, bitte, tut das nicht. Gebt Euch nicht auf, gebt uns nicht auf. Und ich bitte Euch, gebt mich nicht auf!"

Sie trat auf ihn zu, ging in die Hocke, legte ihre Hand in die Sandzeichen, die er gemalt hatte, um ihn so dazu zu bringen, ihr in die Augen zu sehen. „Ihr seid mein Fels, Mr. Bellamy, und Ihr wart es immer. Kommt! Ab hier beginnt der lange Weg nach Hause, zurück nach Bristol. Wir werden es schaffen, alle zusammen, und mit Peter heimkehren. Lasst mich nicht allein, Mr. Bellamy!"

Ihre Worte machten Eindruck auf die Männer und sie bewunderten sie. Lady Wellington war nicht nur von rassiger Schönheit, sondern auch eine tapfere, mutige und kluge Frau. Es stand fürwahr nicht zum Besten. Inmitten des Dschungels hatten sie keine Orientierung und Waffen hatten sie auch keine. Und ob die Wilden die Sunflower nicht ausgeplündert und angesteckt hatten, war auch nicht sicher. Aber der Mut und die Zuversicht dieser Frau war für jeden von ihnen Verpflichtung.

Aber es gab noch etwas, das die Männer umtrieb. Wer war dieser Peter, den sie so sehr liebte, dass sie das alles auf sich nahm, trotz aller Gefahren, ihm bis ans Ende der Welt zu folgen? War es zu Anfang ein gut bezahlter Auftrag, den reichen Spross und die Familiendynastie des alten Jenkins zu retten, so war es Audreys beeindruckendes Wesen, das sie neugierig auf Peter werden ließ. Wenn es in ihrer Macht stand, würden sie alles riskieren, um ihn zu retten. In diesem feindlichen Dschungel war es nicht mehr das Geld, das sie antrieb. Sicher ging es in erster Linie um das eigene Überleben. Doch sofort danach kam der Wille, Peter kennenzulernen und dahinter stand nur diese eine Frage: Hatte er diese Frau verdient? War er es wert? Niemand dieser harten Kerle hätte es je zugegeben, doch hofften sie stillschweigend, nicht enttäuscht zu werden.

„Auf, Männer! Wir müssen los. Hier können wir nicht bleiben!", sagte Käpt'n Bartlett.

„Wo sollen wir hin?", fragte John.

„Zum Schiff, John. Zum Schiff!", antwortete der Käpt'n und ging voraus. Nach wenigen Schritten war das Donnern des Wasserfalls nicht mehr zu hören.

Keine Stunde später drückten sich nackte Füße und Speerspitzen in den Sand neben Bellamys wirren Zeichnungen, in deren Mitte Audreys Handabdruck prangte. Die Kannibalen waren sehr gute Spurenleser. Geräuschlos und gewandt nahmen sie die Fährte auf.

Durch den Dschungel

Mühsam arbeiteten sie sich durch das geflochtene Gestrüpp. Die Vegetation war so dicht, dass ein Abstand von 5 Yards zum Vordermann schon reichte, um ihn nicht mehr zu sehen. Glücklicherweise blieb man damit noch in Rufweite. Dornen zerrissen ihre Kleider. Schlinggewächs und scharfkantige Blätter schnitten ihnen in die Haut. Die Sonne ließ das dichte Blätterdach über ihnen leuchten, was wiederum alles um sie herum in ein diffuses, grünes Licht tauchte – als wanderten sie unter einer riesigen, grünen Glasscherbe. Die Hitze staute sich unter dem Blätterdach. Hitze, die nicht von dieser Welt war. Es war feucht und heiß. Der Schweiß rann ihnen in Strömen vom Körper und jeder Schritt war eine Qual. Für diejenigen, die vorangingen, empfahl es sich, spätestens nach zwanzig Schritt den Kopf zu schütteln, um sich der Käfer- und

Spinnentiere zu entledigen.

Schon bald kamen sie an einen Bach, der lieblich dahinplätscherte. Das Wasser war klar und knöcheltief. In dem sandiggeriffelten Bett folgten sie seinem Lauf. Im Bachbett kamen sie besser voran.

Es ergab sich, dass William als Letzter ging. Und so kam es, dass die vor ihm Gehenden den Flusssand ziemlich aufwühlten und als dieser mit der Strömung fortgeschwemmt wurde, waren vereinzelt grüne Steine im Flussbett zu sehen. William hob einen auf und betrachtete ihn. Was für ein schöner Stein, dachte er. Grün und durchlässig wie ein Kristall war er, aber vom Wasser ganz rundgewaschen und so groß wie ein Taubenei. Er dachte sich nichts dabei und er gefiel William. Kurzum steckte er ihn ein. Nach einem kurzen Stück des Weges waren seine beiden Hosentaschen ganz ausgebeult von den grünen Steinen darin. Nur wenn er einen noch schöneren fand, sortierte er einen aus und schmiss ihn in das Bachbett zurück.

Hoch oben in den Bäumen turnte ihnen eine Horde schwarzer Affen hinterher. Dabei brüllten sie immerzu ohrenbetäubend. Wie Zuschauer bei einem Gladiatorenkampf grölten sie und wurden nicht müde, die Flüchtenden durch ihr Geschrei zu verraten, ganz so, als hätten sie einen Pakt mit den Kannibalen. Überhaupt wurde die Geräuschkulisse über den Tag immer lauter. Es brüllte, zirpte, pfiff, unkte, raschelte und fauchte von überall her. Nur zu sehen war meist nichts.

Diese Hitze, die Sonne, die in grellen Lichtblitzen stellenweise durch das Blätterdach schossen und dieses alles überragende Tiergeschrei. Es war eine einzige Tortur. So gingen sie dahin. Immer dem Bachbett folgend, der über den Tag zu einem mittleren Fluss geworden war. Das Wasser wurde undurchsichtig und stellenweise hüfttief und so war es besser, am Ufer weiterzugehen. Der Fluss war der Weg zum Meer, hatte der Käpt'n gesagt.

Der Tag näherte sich dem Ende und sie beschlossen, die Nacht auf einer Sandbank direkt am Fluss zu verbringen. Erschöpft und hungrig ließen sie sich nieder.

Der an allen Dingen des Lebens naturwissenschaftlich interessierte Dr. Pargether hatte trotz der Strapazen beobachtet, welche Früchte die Affen aßen. Mit medizinischem Sachverstand hatte er nüchtern ausgeführt, dass Früchte, welche die Affen aßen, für den Menschen zumindest nicht giftig sein konnten. Also waren er und Kounaeh ausgezogen, um bald darauf mit reichlich Früchten zurückzukehren.

Prüfend hielt William eine Frucht in der Hand. Sie war rundlich und hatte eine dicke Haut, die von grün in ein orange-rot überging wie ein Apfel. Das Fleisch war orange und sehr saftig. Und es schmeckte süß und doch würzig und fruchtig zugleich. Im Inneren war ein ovaler Kern, der William an eine Muschel erinnerte. Er aß, so viel er nur konnte. Satt und zufrieden saß er im Sand und sah sich um. Zum ersten Mal nahm er den Dschungel nicht nur als Bedrohung und Strapaze wahr, sondern an diesem Abend sah er auch die Schönheit dieses Ortes.

Das Gelärme der Tiere hatte mit tiefergehender Sonne abgenommen, es wurde friedlicher. Unweit der Sandbank ragte ein moosbewachsener Felsen aus dem Dschungel. Im Licht der Abendsonne rieselten silbrige und glutrot bis güldene Wassertropfen und Rinnsale kaskardenartig an ihm hinab. Ein Stück weiter entfernt sah William über dem Fluss einen Schwarm Schmetterlinge, die umherflatterten wie eine Fata Morgana. Und noch etwas höchst Seltsames sah er: Entweder war es ein besonders großes Insekt oder ein ausgesprochen schmächtiger Vogel. Jedenfalls sah es so aus, als ob es ohne Flügel in der Luft stand und an Blütenkelchen saugte. Wie machte er das nur? Gerne hätte ihn William noch ein bisschen länger beobachtet. Doch die Dunkelheit kam wie immer sehr plötzlich über sie. Binnen einer halben Stunde war es stockfinster. Die Wachen waren für die Nacht eingeteilt und Kounaeh hatte mit seinen Flintsteinen ein kleines Feuer entfacht.

William schaute hinauf in den klaren Sternenhimmel und hoffte für den morgigen Tag, noch mal dem flügellosen Vogel zu begegnen, der trotzdem fliegen konnte. Süß und schwer überkam ihn der Schlaf. Was für ein seltsamer Ort …

Am nächsten Morgen waren sie früh aufgebrochen. Immer am Fluss entlang. Dieser schlängelte sich in unzähligen Kurven durch den Dschungel. Hatten sie eine Biegung hinter sich gebracht, lag auch schon die nächste vor ihnen. Sie hatten das Gefühl, nicht richtig voranzukommen. Diese vielen Biegungen und Flusskurven gaben ihnen eher das Gefühl, im Kreis zu gehen. Es wurde Zeit für eine Pause und so rasteten sie unter einem mächtigen Baum. Kounaeh war hinaufgestiegen, um nach dem Meer Ausschau zu halten.

Zuerst hatten sie ihm noch zugeschaut, wie er hinaufgeklettert war, bis er in dem Gewirr aus Blättern, Ästen und Schlinggewächsen verschwunden war. Das war nun schon eine Stunde her.

Mr. Bellamy war am Ende. Abgemagert, zerrissenes Hemd und schmutzig – wie sie alle. Seine einstmals strahlend blauen Augen schauten stumpf und fiebrig drein.

„Das hat doch alles keinen Sinn!", brüllte er plötzlich los und schlug hilflos nach den Moskitos, die seinen Kopf umschwirrten. „Ich mach nicht mehr mit! Ich habe Euch durchschaut, Käpt'n!", brüllte er plötzlich und wand sich drohend wie ein in die Enge getriebenes Tier. „Ich habe euch alle durchschaut! Alle hab ich euch durchschaut! Jeden Einzelnen! Mörderbande, verfluchte Mörderbande!" Er legte den Kopf in den Nacken, breitete die Arme aus und brüllte in den Himmel. „Ich weiß alles!", sagte er gequält und lang gezogen und wiederholte schluchzend: „Alles weiß ich!"

Es war nur allzu deutlich. Mr. Bellamy hatte den Verstand verloren. Nichts war mehr von seinem bedachten, fürsorglichen und freundlichen Wesen übrig. Er war außer Kontrolle.

„Das ist alles ein einziges Komplott!", brüllte er entfesselt los. „Eine Verschwörung gegen das Haus Jenkins und die Trade Company. Mächtig ..." Bellamy klopfte sich gegen die Brust und nickte hektisch. „Wir sind zu mächtig geworden, was?", spie er und raufte sich wie von Sinnen die Haare.

Alle schauten ihn mitleidig und erschöpft an.

„Mr. Bellamy, das ist doch Unsinn. Bitte, besinnt Euch doch!", bat Horatio und tat in versöhnlicher Geste einen Schritt auf ihn zu. Bellamy sprang panisch zurück.

„Unsinn?", wiederholte Bellamy mit tief von unten auffahrender Stimme. „Unsinn? Das alles hier ist Unsinn!", schrie er und drehte sich im Kreis. Dabei sah er panisch auf den Dschungel wie ein Ertrinkender vor der Riesenwelle.

„Bellamy, reißt Euch zusammen!", schnauzte Käpt'n. „Das Letzte, was wir jetzt brauchen, ist, dass Ihr durchdreht, Mann! Spart Euch den Atem. Ihr werdet ihn noch bitter nötig haben."

„Ihr habt mir gar nichts zu sagen, Käpt'n!", sagte er und begann, gehässig zu hecheln. „Ich ... ich werde Euch einen Strich durch die Rechnung machen. Nicht mit mir, nicht mit dem treuen, alten Bellamy!"

Er lachte irr auf und zückte ein Messer aus dem Hosenbund. Wo er es herhatte, war allen ein Rätsel, denn nie zuvor hatten sie es an ihm gesehen.

„Zurück!", warnte er. „Ich bin der Einzige, der noch zwischen Euch und Miss Wellington steht. Sie ist mir anvertraut und ich werde dafür sorgen, dass sie es auch bleibt."

Mit einem Satz war er bei ihr und packte sie fest am Arm.

„Mr. Bellamy ... Nicht! ... Lasst das!"

Audrey wand sich schmerzverzerrt in seinem Griff.

„Wir können diesen Leuten nicht trauen, Miss Wellington. Kommt mit mir. Wir werden einen Weg finden. Alles ist besser, als hierzubleiben. Wir schlagen uns schon durch."

„Ich will nicht, Jonathan, bitte, lasst mich los! Ihr tut mir weh!"

„Ich werde auf Euch Acht geben und nichts wird mich davon abbringen. Ihr und Eure Familie werden mir dankbar sein. Ich muss darauf bestehen, liebste Audrey. Bitte ... macht es mir nicht so schwer", beschwor er sie atemlos. Dann zog er sie weg, um mit ihr im Dickicht zu verschwinden. „Wagt es nicht, mir zu folgen!", warnte er noch.

Niemand sagte ein Wort und das hatte einen guten Grund. Im Hintergrund kletterte Kounaeh leise vom Baum herunter. Von oben hatte er alles beobachtet.

„Ich gebe Euch noch einen Rat, Bartlett: Kehret nie wieder nach Bristol zurück. Bristol ist für Euch verbrannte Erde. Ihr seid erledigt. Und die Zeit wird kommen, wo Ihr Euch in keinem Winkel der Erde verstecken könnt. Ich werde Euch finden und Ihr werdet dafür bezahlen!", zischte er noch, als ihm der Messerarm auf den Rücken gedreht wurde.

Schmerzverzerrt ließ Bellamy das Messer zu Boden fallen und Audrey wand sich von ihm los. Sehnsüchtig und Schlimmes befürchtend, sah er Audrey nach.

„Nein, Miss Wellington! Ihr macht einen großen Fehler. Ihr dürft ihnen nicht vertrauen! Das sind schlechte Menschen! Ich flehe Euch an, Miss Wellington – liebste Audrey! Ihr müsst mit mir kommen!"

Kounaeh schubste Bellamy unsanft zu Boden.

„Wir müssen schnell weg", sagte Kounaeh und stieg beiläufig über den Sekretär hinweg. „Die Kannibalen nicht aufgeben. Sie uns verfolgen, weil kranker Mann da ...", Kounaeh deutete auf den am Boden keuchenden Bellamy, „so laut schreit."

Kaum hatte Kounaeh seine Worte gesprochen, da zischte auch schon ein Pfeil dicht an seinem Kopf vorbei und schlug zitternd in einen Baum, dass die Rinde nur so wegplatzte.

Die Kannibalen schälten sich aus dem Dickicht. Sie waren noch 400 Yards entfernt.

„Wir müssen weg. Schnell! Lauft, Männer! Da entlang!", schrie Bartlett und duckte sich instinktiv, da wieder etwas durch die Luft sauste. Audrey sah abwechselnd auf den am Boden liegenden Bellamy und die näher kommenden Kannibalen. Fünf an der Zahl, sie bildeten nur die Vorhut.

„Mr. Bellamy, los doch! Steht auf. Wir müssen weg!", sagte Audrey angespannt.

Die plötzlich veränderte Situation und die Bedrohung durch die näher kommenden Kannibalen gab seinem verwirrten Geist einen lichten Moment. Niemand hatte damit gerechnet, dass die Kannibalen sie verfolgen würden – auch er nicht. Vielleicht fühlte sich Bellamy auch schuldig, weil er glaubte, die Kannibalen herbeigebrüllt zu haben. Hatte er eben noch hitzig versucht, Audrey zu entführen, so wirkte er nun gefasst und geradezu erleichtert. Seine Zügen waren mit einem Mal gütig und es schien, als sei er glücklich. Das war der alte Mr. Bellamy. So, wie sie ihn kannte, bevor sie in diese Welt aufbrachen. Nur noch wenig Zeit.

„Nein, liebste Audrey. Für mich ist die Reise zu Ende", sagte er ruhig und stand auf.

Audrey verstand nicht. Nein, das konnte doch nicht wahr sein. Bellamy gab auf und sie wollte sich nicht damit abfinden. Sie *konnte* sich nicht damit abfinden.

Die Kannibalen begannen zu laufen.

„Bitte, kommt mit! Lasst mich nicht allein!", flehte sie schluchzend und wollte ihn fortziehen.

„Geht jetzt. Es wird Zeit. Geht, Miss Audrey", drängte er. „Ich hoffe, dass Peter lebt, dass Ihr ihn findet und alle wohlbehalten nach Bristol zurückkehren. Gründet eine Familie und werdet glücklich. Richtet Harold Jenkins meinen Dank aus und ..."

Kounaeh packte Audrey, warf sie über die Schulter und rannte den anderen hinterher. Nur Käpt'n Bartlett und William standen noch bei Bellamy.

„... und vergesst mich nicht, Miss Audrey! Vergesst mich nicht!", rief er Audrey hinterher.

„Bellamy! Ich befehle Euch, mitzukommen!"

„Geht, Bartlett. Es gibt für Euch hier nichts mehr zu tun. Ihr habt gewonnen." Bellamy schaute zu William hinunter. „Ich vertraue dir, William. Es liegt in deiner Hand. Und nun ... los doch! Lauft schon. Ich werde sie aufhalten, so gut ich kann."

Der Käpt'n und William rannten los und ließen Bellamy allein zurück. Nicht lange und die Wilden hatten Bellamy umstellt. Überlegen ließen sie sich Zeit.

Ein Kannibale setzte William und dem Käpt'n nach.

Glücklicherweise hatte William noch seine grünen Steine in der Hosentasche. Als sehr geübter Werfer deckte er den Wilden damit ein. Aber es bedurfte freilich einiger Versuche, bis dieser endlich mit gehörigen Beulen am Kopf zu Fall kam. Ohne es zu wissen, hatte er dem Wilden damit die teuersten Beulen der Welt verpasst.

Die nächste Flussbiegung war nicht weit und bevor sie sie passierten, warfen sie noch einmal einen Blick zurück. Eine Vorhut von vier Wilden umkreiste Bellamy, der wackelig umherbalancierte und dabei hilflos mit dem Messer herumfuchtelte.

Kurze Zeit später gellte sein markerschütternder Schrei über den Dschungel. Papageien stiegen auf und in den umliegenden Bäumen raschelte und knisterte es verschreckt.

Für zwei, drei Herzschläge war ihre Flucht unterbrochen. Jeder wusste es: selbst wenn sie Peter fanden und alle heimkehrten, so war diese Mission kein richtiger Erfolg mehr. Auf alle Zeit konnte sich niemand mehr darüber freuen. Dankbar, selbst am Leben zu sein, würden sie sich seiner mit Bitterkeit erinnern. Er hatte sich für sie geopfert. Er, der treue, tüchtige Sekretär der Jenkins Trade Company, der so gar nicht zu ihnen passte – und dem sie doch ihr Leben verdankten. Bellamy war kein Kämpfer, kein Schauspieler, er war weder stark noch war er ein abgefeimter Stratege. Jonathan Bellamy, Buchhalter in Diensten der Jenkins Trade Company. Ihm verdankten sie ihr Leben, und seiner würden sie sich von nun an dankbar erinnern.

Er hatte ihnen einen Aufschub verschafft – einen kleinen nur, aber immerhin einen Aufschub. Sein Tod war ihnen Verpflichtung, über alle Kräfte hinaus durch den Dschungel zu rennen. Er durfte nicht umsonst gestorben sein.

Waren es zuerst nur bläuliche Fetzen in diesem alles erstickenden grünen Rondell, riss das Grün immer mehr auf, bis sich schließlich das Blau des Meeres wohltuend weit vor ihnen auftat. Sie traten an den Strand und eine frische Brise kühlte ihre schwitzenden, geschundenen Körper. Tief atmeten sie durch. Es war, als seien sie wie Taucher aus großer Tiefe emporgestiegen.

Käpt'n Bartlett kannte die Moskitoküste. Knapp im Saum des Dschungels hielten sie sich nach Süden. Immer dicht am Strand entlang kletterten sie über Felsen, umgestürzte Palmen und Wurzeln.

Dann erkannten sie den Fledermausfelsen wieder und etwas weiter davor dümpelte die Sunflower verlassen in der Dünung. Genau dort, wo sie geankert hatten. Wie eine Heiligenerscheinung ließ sie der Anblick des Schiffes alle Sorgen und Entbehrungen der letzten Tage vergessen.

Tropfnass kletterten sie an Bord. Ihre größte Befürchtung nur noch verkohlte Planken vorzufinden, hatte sich nicht bewahrheitet. Die Sunflower war soweit unversehrt. Mal abgesehen davon, dass das Großleesegel zerschnitten war und große Teile daraus fehlten.

Eine besegelte Jolle fehlte und bis auf vier Fass Rum und einen Sack Hafermehl waren alle Vorräte und Werkzeuge geplündert worden. Sie waren nur noch zu zwölft und die meisten ungeübt darin, ein Schiff klarzumachen. Es bedurfte einiger Anstrengungen, die Segel zu setzen und die Sunflower in den Wind zu drehen. Aber gemeinsam schafften sie es. Nur weg von diesem entsetzlichen Ort, genannt Moskitoküste, fort von Schrecken, Hitze, Lärm und Verderben.

Doch machten sie sich nichts vor. Sie waren zeitlich sehr in Verzug geraten. Den Dschungel und die Kannibalen hatten sie hinter sich gebracht. Vor ihnen lag ein neuer Dschungel, der nicht minder gefährlich war. Ein Dschungel aus Habgier und Niedertracht. In ihm mussten sie Peter finden. Lebte er noch?

„Kurs Nord-Nord-West", knurrte Bartlett und fügte trotzig mit einem Blick auf Audrey hinzu: „Tortuga!"

Dann griff er in die Spaken und riss das Steuerrad herum. Behäbig drehte der Bug der Sunflower auf Kurs.

Abelgy Wintersthale

Gebeugt ging der Mann durch die Straßen von Bristol und suchte die Messingschilder der Häuser ab. Sein dunkler Mantel war so steif und lang, dass es aussah, als schwebte er über die Straßen. Sein hängendes Gesicht mit den missmutigen Tränensäcken und dem verkniffenen Mund sah enttäuscht, geradezu trübe, aus. Auf seinem Kopf saß ein weites Barett, das tief über sein linkes Ohr bis zur Schulter reichte. Darunter lugten krause, fingerlange Löckchen hervor. Er war fremd in dieser Stadt.

Abelgy Wintersthale war eine schrullige und nichtssagende Erscheinung. Er wusste das und seine einzige Befürchtung war es, noch schrulliger zu werden, dass die Leute schon wieder auf ihn aufmerksam wurden. Das konnte er sich nicht leisten. Denn er lebte in gewisser Weise von seiner Unauffälligkeit, sie war sein Kapital. Wenn es etwas in Erfahrung zu bringen gab, wenn man jemanden brauchte, der sich unauffällig umhörte, dann war er der richtige Mann. Abelgy Wintersthale war Detektiv.

Der Auftrag, der ihn aus der fernen schottischen Grafschaft Perthshire nach Bristol führte, war der Dickste, den er je hatte. Sein Auftraggeber hatte ihn mit reichlich Geld, Vollmachten und Freiheiten ausgestattet.

Die Suche nach dem Mann hatte ihn entlang der Ostküste bis nach London geführt. In unzähligen Städten war er bei offiziellen Stellen vorstellig geworden, hatte sich in Teehäusern, dunklen Pubs und auf dem Land umgehört. Allerhand Finten hatte er in die Welt gesetzt. Doch bis jetzt ohne Erfolg. Eigentlich befand er sich schon wieder auf dem Rückweg und seine letzte große Station war Bristol. Hier wollte er es nochmals versuchen. Man hatte ihm gesagt, wo er das Haus des Richters finden konnte und nun stand er vor dessen Tür. Er hatte geklopft und während er nahende Schritte auf knarrenden Dielen hörte, betrachtete er sich kritisch im Zerrbild des Messingschildes. Nur nicht schrulliger werden, dachte er.

„Was wollt Ihr?", sagte der Mann mit den runden Gläsern und dem breiten Backenbart. Er war dicklich und sah gutmütig aus. Richter Simmones hatte etwas von einem Hamster.

„Verzeiht die Störung." Abelgy Wintersthale zog sein Barett und verbeugte sich. „Ich muss Richter Simmones in einer dringenden Angelegenheit sprechen", sagte er und hoffte, es dringlich genug gesagt zu haben.

Zu oft war er schon derart vorstellig geworden. Es begann ihn zu langweilen.

„Ich bin Richter Simmones. Ihr kommt ohne Termin. Wenn es schnell geht, dann nur raus mit der Sprache oder kommt morgen wieder. Ich habe zu tun."

„Ich will Eure kostbare Zeit nicht über Gebühr in Anspruch nehmen. Ich suche einen Mann."

„Viele Leute suchen tagtäglich irgendwen überall auf der Welt. Wie um alles in der Welt kommt Ihr darauf, dass ausgerechnet ich Euch helfen kann?"

„Er ist ein sehr gebildeter Mann."

„Ein gebildeter Mann?", wiederholte der Richter nachdenklich. „Kennt Ihr auch seinen Namen?"

„Sein Name ist *Jeremy up Rhys*."

„Ich kenne niemanden, der so heißt. Guten Tag", sagte der Richter kurz angebunden und wollte schon die Türe schließen. Das Gespräch war damit für ihn beendet.

„Einen Moment noch, bitte." Abelgy Wintersthale hob Einhalt gewährend die Hand, während er mit der Linken in seiner Manteltasche herumtastete. „Ich, ich habe eine Zeichnung und bitte Euch, sie Euch einmal anzusehen. Vielleicht erkennt Ihr ihn wieder." Nach einigem Kramen zog er ein gefaltetes Blatt Papier aus der Tasche. Sehr zur Ungeduld des Richters faltete er es sorgfältig auseinander. „Hier! So sieht er aus."

„Gebt schon her!" Widerwillig nahm Richter Simmones die Zeichnung und warf einen Blick darauf.

Seine Augen wurden groß. Er hielt die Zeichnung etwas weiter weg, um sie besser studieren zu können.

„Hhm ... hhm ...", brummte er, teils unschlüssig. „Wie, sagtet Ihr, heißt dieser Mann?"

„Jeremy up Rhys", antwortete Wintersthale und knautschte bittstellend sein Barett vor der Brust. War er endlich auf der richtigen Spur?

„Nicht möglich ...", stutzte der Richter. „Ihr müsst Euch täuschen. Ich kenne diesen Mann, den ich überdies hoch schätze. Weshalb sucht Ihr ihn?"

„Er ist ein Mörder."

„Dr. Pargether ist kein Mörder!", entfuhr es dem Richter empört.

Zur schwarzen Katze

La Tortuga war für sich genommen schon ein ausgesprochen übler Ort. Doch die Spelunke *Zur schwarzen Katze* war noch übler; sie bildete gewissermaßen das Herz der Insel. Ein sehr schwarzes Herz. Ein dunkles Loch, erhellt von Kerzenkronleuchtern und einer Feuerstelle. Das warme flackernde Licht des Feuers und der Kerzen konnte durchaus ein Gefühl wohliger Behaglichkeit vermitteln, doch jedes friedfertige Ankommen und Daniederlassen wurde von dem abstoßenden Gekeife und Geprahle zunichtegemacht. Ein saufender, grölender und streitlustiger Mob – ein Pulverfass. Es roch miefig feucht nach Schweiß, Rum und gebratenem Schweinefett. Selbst bei Tage fiel in den Raum nur spärlich Licht ein, was ganz im Sinne der Gäste war, die hier unterkamen. Denn für gewöhnlich schmerzte ihnen das Tageslicht in den Augen und dies hatte seine Ursache im Trog vom Vorabend.

Und wieder war es Nacht. Das Treiben in der schwarzen Katze war in vollem Gange. Ein Blick in die Gesichter sprach Bände. Und hierbei waren es nicht die mannigfaltigsten, übelsten Verstümmelungen, die der Mimik des einen oder anderen etwas Groteskes verlieh, nein, es waren ihre Blicke, diese spürbare, nahezu greifbare Gemeinheit und Niedertracht, die von ihnen ausging. Mochten sie es auch noch so sehr verstehen, sich unterwürfig zu geben und über die Ungerechtigkeit der Welt zu klagen. Es waren Gesichter, die instinktiv zur Vorsicht rieten. Verlassene Seelen, geprügelte und tollwütige Hunde! Was mussten sie nicht alles erlebt und durchlitten haben, um diese Aura zu erlangen? Ein Filtrat aus Angst, Qualen, Not und Grausamkeiten – gegeben wie genommen. Männer, die nicht den Tod scheuten, da alles Menschliche in ihnen bereits tot war. Flehentliches Erbarmen rührte sie nicht an, es erhob sie, machte sie erhaben. So erhaben, wie sie die Kleider ihrer Opfer trugen. Gute, edle Gewänder – schmutzig und stinkend, aber edel. Es passte ungefähr so zusammen, als hätte man Echsen in Frack und Abendrobe gesteckt. Diese Kleider zeugten von den grausamen Verbrechen und es war, als trugen sie sie, um über den Tod ihrer Opfer hinaus mit ihnen verbunden zu sein. Gleichsam als ob sie die Macht besäßen, die Seelen der Armen zu halten wie Kanarienvögel und sich damit zu brüsten. Die Kleidung lebte weiter, sie verlieh Farbe, schwang in ihren Bewegungen und nahm den Geruch der Mörder an und darin verhöhnten sie die Toten, denen sie einstmals gehörten, diabolisch.

Es war nicht einer unter ihnen, der etwas taugte und so waren sie wie ein einziges großes Ungeheuer, das mit sich selbst lachte, mit sich selbst keifte, schrie und drohte und letztlich mit sich selbst verbrüderte.

Und über allem spielten die schiefen Klänge eines Schifferklaviers, zu denen ein Weib mit ausgeschlagenen Zähnen, duselig vom Rum, träge ihre Hüften wog.

Ein Stück weiter, an einem anderen Tisch, saßen sich zwei Kerle gegenüber und maßen ihre Kräfte im Armdrücken. Die Adern ihrer Unterarme traten trotz der Sonnenbräune deutlich hervor und wirkten wie aufeinander zugewachsene Efeuranken, die in narbigen, fest ineinandergreifenden Händen wurzelten. Ausgeglichene Partie. Um den Tisch herum standen dichtgedrängt ihre Kumpane und unterstützten lauthals denjenigen, auf den sie gesetzt hatten. Sie hechelten, feixten, drängten und schubsten sich, um nur bloß nichts zu verpassen. Kaum merklich zitterte der Knoten ihrer Hände und nur das Knarren und Ächzen des Holztisches zeugte von den Kräften, die da wirkten.

„Du suchst also diesen Mann?", krächzte der Kerl und stierte bedauernd in seinen leeren Holzbecher. „Hhm ... warum suchst du diesen Mann? Du bist ein Spion, nicht wahr?", mutmaßte er. „Wir schätzen auf Tortuga keine Spione."

Seine Augen blitzten für einen kurzen Moment gefährlich auf. Sein Kopf war mit einem Tuch umbunden, das hinten zusammengeknotet war. Sein rechtes Auge war zu einem Spalt verengt und überhaupt waren seine Züge rechtslastig.

Er sah so einseitig verkniffen aus, als brenne stets ein scharfer Rum in seinem Hals – was auch gar nicht so abwegig war. Interessiert musterte er sein Gegenüber, das eine nicht minder ruchlose Erscheinung abgab. Schmächtige Statur und ein kaltes, entschlossenes Gesicht, dem keine Regung zu entnehmen war. Er konnte zuhören und stierte seinen Gesprächspartner so durchdringend an, dass dieser das Gefühl bekam, mit ihm alleine im Wald zu sitzen. Und er konnte warten. Gefährliche, unbehagliche Gesprächspausen, die zum Reden verleiteten. Er war ein Gepeinigter, ein Getriebener, der sich auf einem Kreuzzug befindet, bereit, alles zu vernichten, was sich ihm in den Weg stellt. Sein Hass war rein und glühend. Ein jeder konnte es in seinen Augen lesen, auf dass er – wie von einer dunklen Macht berührt – zurückwich. Diese Seele war bereits versprochen.

„Er ist ein Verwandter von mir", sagte der Mann regungslos. „Ich bin von sehr weit gekommen, ihn zu finden", fügte er an und schenkte gelassen Rum nach.

Der Anblick der gluckernden Pulle ließ den Kerl schlucken und sein schlitziges Auge vergrößerte sich. „Da hast du aber Glück, denn ich bin genau der Richtige für gesuchte Verwandte. Ich bin sehr für Familie, Heim und Glück", sagte er, lachte hohl und kippte den ganzen Becher hinunter.

„Ich suche ihn nicht, weil er mein Verwandter ist. Ich hab eine ganz persönliche Rechnung mit ihm offen."

„Das ist gut. Das ist gut ...", sagte der Pirat mit rumgeschwängerter Begeisterung. „Ein Mann, der weiß, was er will und was er sich selbst schuldig ist. Gut ... gut ... seeehr gut", sagte er und deutete mit dem Zeigefinger auf sein Gegenüber, als hätte er ihn bei irgendetwas ertappt. „Doch sagt ... was hat er Euch getan, Sir?"

„Wir waren Kompagnon und unsere Geschäfte liefen gut", sagte der kalte Rächer und seine sonst so gutmütigen Knopfaugen über der langen, spitzen Nase blitzten kalt. Er hatte sein Publikum gefunden. „Er hat mir alles genommen. Mein Weib, mein Haus, mein Geld und meine Ehre."

„Was für ein Schuft! Ich würde sagen, Ihr habt gute Chancen, ihn hier zu finden", kicherte der Pirat.

Nun griff er selbst zur Flasche und setzte sie sich an den Hals.

Nachdem er sich das Rinnsal aus dem Mundwinkel gewischt hatte, fragte er heiser: „Ihr habt Euer Weib geliebt, nicht wahr?"

Wütend schlug Horatio mit der Faust auf den Tisch.

„Nein! Ich habe mein *Geld* geliebt!"

Zornig riss er die Rumpulle an sich und nahm gleichfalls einen tiefen Schluck und knallte die irdene Pulle auf den Tisch.

„Das Weib konnte mir gestohlen bleiben. Sie war die Tochter eines pockennarbigen Weibes, das vom Erbschleichen lebte und ich kann wahrhaft bezeugen, dass sie ganz nach ihrer Mutter schlug. Selbst die ansehnliche Mitgift mochte meinen Gräuel vor ihr nicht wettmachen. Sie war so hässlich, dass sich die Sonne des Morgens schon grämte, überhaupt aufzugehen. Hätte er mir mein Weib gestohlen, so könnte ich ihm nur tief empfundene Freundschaft entgegenbringen", sagte er und fügte zornig an: „Jeden Penny, den er mir genommen hat, wird er mir bezahlen. Ich werde ihn in Stücke schneiden und in seinem Blute baden. Das werde ich tun. Ich werde seine Eingeweide zermahlen und das Vieh damit füttern. Aus seinen Knochen mach ich ein flötendes Windspiel und aus seiner Haut einen Putzlappen, den ich in einem Hurenhaus verkaufe. Wenn ...", Horatios Stimme bebte und seine Fingernägel krallten sich in das Holz, „ja, wenn ich ihn nur in die Finger kriege..." Um sich zu beruhigen, nahm er noch einen tiefen Schluck aus der Pulle und setzte sie polternd in der Mitte des Tisches ab. „Also wollt Ihr mir sagen, ob ich ihn hier finden kann?"

Der Pirat war beeindruckt. „Viele Fremde kommen nach Tortuga. Sagt, wie sieht er aus?"

„Er ist noch jung, hat rotblondes Haar. Ein feiner Pinkel, hält sich für was Besseres. Redet geschwollen daher. Aber Vorsicht ...!" Horatio hob warnend die Hand. „Der hat es faustdick hinter den Ohren. Durchtrieben wie kein Zweiter, das Bürschlein. Ihr würdet es nicht vermuten. Tut ganz so, als käme er aus feinem Hause. Gibt immer vor, einen reichen alten Herrn zu haben – gehört zu seiner Betrügermasche. Oh, wenn ich ihn kriege, dann ..."

Mühsam arbeitete es im Kopf des Piraten und er sah noch

verkniffener aus, als er ohnehin schon war. „Habt Ihr auch einen Namen?", wollte er wissen und kratzte sich das stoppelige Kinn.

„Sein Name ist Jangs. Aber ich nannte ihn immer Pauly. Pauly Jangs", antwortete Horatio erwartungsvoll und war in Gedanken nicht minder gespannt.

Trevor hatte ihm genau erklärt, wie er es anstellen musste. Es wäre töricht gewesen, geradewegs nach Peter zu fragen. Wie hatte der alte Advokat doch gesagt: „Suche nach einem Schuft und beschreib ihn so, dass er Peter nur ähnelt und jeder wird dir anbieten, was er weiß. Es schmeichelt ihnen, aus eigenen Überlegungen heraus Gemeinsamkeiten erkannt zu haben."

Horatio betrachtete den Piraten, der sich nun abwechselnd am Kopf und am Kinn kratzte und noch einen Schluck nahm, um seiner anbahnenden Erleuchtung nachzuhelfen.

„Nein ... nein, ich kenne keinen, der sich so nennt. Versteh einer die Welt, doch scheint es mehrere von der Sorte Eures Freundes zu geben. Und falls Ihr ihn nicht findet, könnt Ihr Euch ersatzweise an seinem Schicksal weiden."

„Was meint Ihr damit?"

„Wir haben hier einen Gefangenen auf Tortuga. Gibt auch vor, aus 'nem reichen Haus zu kommen." Der Pirat lachte und winkte ab. „Aber es will sich einfach keiner finden, der ihn einlöst. So reich ist er dann nun doch wieder nicht."

„Mein Herz tut einen Sprung, Freund! Vielleicht ist er derjenige, den ich suche. Gefangen habt Ihr ihn?"

Der Pirat lachte boshaft und verschlagen. „Soviel ich weiß, ist das ein ziemlicher Schwächling. Zu nichts zu gebrauchen und so hat man sich was ganz Besonderes für ihn einfallen lassen."

Horatio klebte an seinen Lippen und lachte genauso böse. „Was Ihr nicht sagt. Was habt Ihr Euch denn so mit ihm einfallen lassen? Ich nehme jede Anregung gerne an."

Der Pirat nahm noch einen Schluck. „Die Grube! Ha, ha, ha ... Die Grube! Ha, ha, ha!", lachte er hohl und trank die Pulle leer.

Ein strahlend sonniger Morgen. Der Wächter an dem Palisadenzaun staunte nicht schlecht, als er den Burschen daherkommen sah. Die Hände in den Hosentaschen, schlenderte dieser so mir nichts, dir nichts an dem Zaun entlang. Aus Langeweile fuhr er mit den Fingerspitzen über die Rippen der Palisade und erzeugte so ein flappendes, rhythmisches Geräusch.

Die Wache konnte sich nicht entsinnen, je einen so jungen Burschen, fast noch ein Kind, auf Tortuga gesehen zu haben.

„He, du, was machst du hier?"

„Ich hab mich verlaufen."

„Ho, ho, ho ..." Das war zu komisch, um allein zu lachen. „He, Bill, komm mal her!", rief er seinem Kumpanen zu. „Hier ist jemand, der sich verlaufen hat. Ha, ha, ha ..."

„Was ist denn?", ertönte es aus der Holzhütte nah beim Zaun.

„Das musst du gesehen haben."

„Was ist denn nur los, Mann, dass du am helllichten Tag so herumbrüllst?!", fragte der andere Pirat und schlenderte gemächlich herbei. Verschlafen und mürrisch kratzte er sich den Kopf. Sein Gesicht war recht kantig.

„Sieh mal! Der Bursche hier hat sich verlaufen", sagte er vergnügt und stieß seinem Kumpanen in die Seite.

„Hast einen Spaziergang gemacht und findest nun nicht mehr zurück, was? Nicht dass du noch zu spät zum Fünf-Uhr-Tee kommst", höhnten sie belustigt und konnten mit dem Kichern gar nicht mehr aufhören.

„So ist es, meine Herren", sprach William und verbeugte sich höflich. „Gestatten, dass ich mich vorstelle: Lester Archibald Henry Poobelyboobs, genannt Pooby, seines Zeichens keines Zeichens. Herrscher über die Knocketocken, Wahrsager, Astronom, Strümpfestopfer, Kuchenrührer, Federanspitzer und Meister im Wachspopelflitschen. Und ich verstehe mich zudem in der Heilkunst der Häähh-Hologie."

„Hähhh?"

„Oh! Ein ganz schwerer Fall. Ich sag euch was, ich mach einen Sonderpreis und behandele euch für die Hälfte von dem, was ich sonst zu nehmen pflege. Ein gutes Angebot, um euch von diesem peinigenden Gebrechen zu heilen. Bedenkt doch nur, es verbessert die Chancen bei den Damen ungemein"

Ratlos sahen die Piraten einander an.

„Hähhh! Was redet der Bengel da?"

„Pfhhh! Weiß ich doch nicht. Ich glaube, der ist nicht ganz richtig im Kopf."

„Schon wieder!", schimpfte William. „Aber sei es drum. Es ist eure Gesundheit", sagte er und winkte versöhnlich ab. „Schön, dass ihr euch endlich vorstellt. Du bist also *Hähhh*", deutete William auf den einen. „Dann musst du der kleine *Pfhhh* sein", grinste er den anderen an.

„Wie heißt du, Bursche?", fragte der Hähhh.

„Hat er doch gesagt", meinte Pfhhh und kratzte sich unsicher am Kinn.

„Nun, da wir einander kennengelernt haben, nennt mich der Einfachheit halber William."

„So ... so, William. Ich mag es nicht, wenn man mich verhohnepipelt. Du wirst mir jetzt sagen, wo du herkommst, Früchtchen, oder du endest als Schweinefutter."

„Mein lieber Pfhhh und Hähhh", begann William tadelnd, „lasst uns doch wie Gentlemen begegnen. Gewiss doch habt ihr ein Anrecht darauf, zu wissen, wo ich herkomme."

William trat zwei Schritte zurück und beschrieb mit seinem

Finger einen Kreis auf dem Palisadenzaun.

„Nun, das hier ist La Tortuga. Wir befinden uns hier!"

William deutete mit seinem Zeigefinger auf einen Punkt und kaum, dass er das Holz berührt hatte, schlug auch schon ein Messer kurz über seiner Fingerspitze ein.

„Sehr schön!", bemerkte William ungerührt. „Hier ...", erneut berührte William das Holz und wieder schlug ein Messer ein, „bin ich an Land gegangen und dort ...", wieder schlug ein Messer ein, „habe ich eine Pause gemacht. Sehr idyllisch."

William beschrieb den Weg, den er genommen hatte und jedes Mal, wenn er das Holz mit seinem Zeigefinger berührte, schlug kurz darüber ein Messer ein.

Pfhhh und Hähhh waren verdutzt. Alarmiert und unschlüssig sahen sie sich um und versuchten auszumachen, woher die Messer kamen, während William in aller Seelenruhe seinen Weg beschrieb. Das machte sie sehr unsicher. William tat so, als wäre es das Normalste der Welt, dass, wann immer er seinen Finger auflegte, darüber ein Messer einschlug.

„Hier ...", William tippte dreimal auf die Stelle und drei Messer schlugen kurz hintereinander ein, „muss ich mich irgendwo verlaufen haben", sagte er nachdenklich.

Die Piraten schauten mit Argusaugen in den angrenzenden Pinienwald. Von irgendwo dort hinten kamen die Messer. Doch sahen sie nichts. Still und friedlich lag der Waldrand vor ihnen. Leicht wogen sich die Wipfel der Bäume in der Meeresbrise. Die beiden wagten nicht, William etwas anzutun. Denn sie waren ohne Deckung und solange sie nicht wussten, woher die Messer kamen, war es ihnen zu heikel. Also schauten sie William ganz genau auf die Finger und als sie glaubten, er lege nun seinen Finger auf, rissen sie die Köpfe um und starrten auf den Waldrand. Doch hatte William seinen Finger nicht aufgelegt.

„Hehhh, ihr müsst mir auch zuhören. Sonst finde ich nie

nach Hause", beschwerte er sich und machte Anstalten, einem der beiden auf die Brust zu tippen, der daraufhin zurücksprang, als wäre Williams Finger eine Waffe.

„Wie ... wie ... wie wär's", begann Pfhhh zu stammeln, „wenn du einfach den Weg wieder zurückgehst, den du gekommen bist?!"

„Ja ... ja ... ja ...", beeilte sich der Hähhh, heftig nickend zuzustimmen. „Das ist ein guter Vorschlag."

William war enttäuscht. „Ich will ehrlich zu euch sein. Ich habe mich überhaupt nicht verlaufen. Ich bin mit dem Schiff von Bristol aus über das Meer gekommen, um einen Gefangenen zu befreien."

„Ganz alleine?", fragte Pfhhh, der der dümmere von beiden war.

„Natürlich nicht", erwiderte William ungerührt und stampfte wie vereinbart dreimal mit dem Fuß auf.

Mit Entsetzen sahen die Piraten, wie sich vor ihnen etwas aus dem Boden schlängelte. Es war Kounaeh, der flugs seinem „Grab" entstieg. Er hatte direkt vor ihnen gelegen. Nahe beim Zaun hatten sie ihn noch in der Nacht im losen Dünensand vergraben. Fünf Stunden hatte er dort gelauert und durch ein Schilfrohr geatmet. Noch während der Sand von ihm abrieselte, schickte er den einen Piraten mit einem dumpfen, fleischigen Platschen ins Reich der Träume. Der mit dem kantigen Gesicht, es war Hähhh, hatte seine Überraschung überwunden und verteidigte sich geübt. Kounaeh war noch ganz steif von der Nacht und so brauchte er unwesentlich länger, bis der Kerl schließlich danieder sank.

Wie er so dalag, betrachtete ihn William aufmerksam und fand, dass das kantige Gesicht etwas runder geworden war. Ob das nun an der gesichtsentspannenden Ohnmacht oder an Kounaehs Faust lag, vermochte er nicht zu sagen, fand aber, dass es ihm – im wahrsten Sinne des Wortes – gut zu Gesicht stand.

Dann stieg William an den Messern empor, um über die Palisade zu schauen. Währenddessen lösten sich Käpt'n Bartlett und die anderen aus der Deckung des Waldes.

„Sag mir, was du siehst, William!", flehte Audrey noch im Herbeilaufen.

Doch William wollte ihr nicht antworten und das lag weniger an den vielen, bleichen Gerippen, die halb im Sand versunken waren, als denn vielmehr an dem riesigen Eber, der in der Grube umherschlich.

Audrey war nicht mehr zu halten und stürzte zum Tor.

„Nein, nicht!", schrie William.

Doch Audrey war nicht mehr aufzuhalten. Sie fühlte sich Peter so nahe, wollte ihn endlich in ihre Arme schließen und der quälenden Ungewissheit ein Ende machen. Nichts ahnend schob sie den Balken weg und stieß die Türe auf, um sich unversehens diesem Untier gegenüberzusehen, wie es quiekend und kreischend vor Tollwut die Böschung hinaufgaloppierte. Ein Schuss aus der Donnerbüchse brachte das Untier zur Strecke. Trevor hatte die Waffe in der Hütte der Wachen gefunden. Eisgrau leuchteten seine Augen durch den Pulverdampf, der noch aus der Mündung aufstieg, als er die Waffe wieder absetzte.

Alle standen sie am Rand der Grube. Käpt'n Bartlett, William, Horatio, John, Trevor, Kounaeh, Dr. Pargether und Audrey und versuchten zu begreifen, was das für ein entsetzlicher Ort war. Überall diese Knochen und dann dieses Untier! War Peter hier? Befand er sich womöglich in dem Holzverschlag am Fuße der Grube? Nichts hielt Audrey mehr auf.

„Peter!", rief sie und sprang den Abhang hinunter.

Die anderen folgen ihr nach.

„Peter!", schluchzte sie freudig.

All die Trauer, die Gefahren und Entbehrungen ihrer Reise waren für sie vergessen.

Sie stolperte, fiel hin und ohne sich weiter zu kümmern, stand sie auf und lief weiter. Sie hatte nur noch einen Gedanken.

„Wir sind hier!", rief sie und ihr Herz tat vor Freude einen Sprung.

Kurz vor dem Verschlag verlangsamte sie und näherte sich bedächtig, als ob sie ein scheues Reh vor sich hätte.

„Peter? Ich bin es, Audrey. Bist du dort drin? Fürchte dich nicht. Komm heraus. Wir sind hier. Komm mit uns nach Hause! So antworte doch!", flehte sie und versuchte, im Näherkommen durch die Ritzen in das Innere zu sehen.

Der Verschlag schwieg vor sich hin. Kein Geräusch, keine Bewegung, kein Schatten. Nichts tat sich. Die kalte Hand der Angst begann, ihr Herz zu umfassen. Ihr Mund zitterte und unbewusst legte sie ihre Fingerspitzen darauf.

Warum antwortete er nicht? Wenn es ihm gut ginge, hätte er doch längst geantwortet und wäre hinausgekommen, war sie sich sicher. Sie bekam plötzlich Angst vor dem, was sie in dem Verschlag möglicherweise vorfinden konnte.

„Peter?!", wiederholte sie. Es war mehr ein Hauchen und ihre Augen füllten sich mit Tränen. Sie schluckte. „Antworte doch, Liebster, bitte!", flüsterte sie heiser.

Der Käpt'n und die anderen hatten sie eingeholt. In einem Halbkreis standen sie schweigend hinter ihr. Der Käpt'n legte ihr mitfühlend die Hand auf die Schulter und bedeutete John mit einem Nicken, den Verschlag zu öffnen. Die Türe schwang zur Seite auf.

Schmerzvoll stöhnte Audrey auf. Alle ihre Hoffnungen lösten sich auf. Käpt'n Bartlett eilte herbei und stützte sie, da er fürchtete, sie falle in Ohnmacht.

Knarrend schwang die Türe langsam wieder zu. Zeit genug, um hineinzusehen. Erschöpft atmeten sie schnaufend durch und schauten enttäuscht zu Boden. Und dennoch wallte ihrer aller

Entschlossenheit erneut auf. Es war nicht zu Ende. Es ging weiter. Der Verschlag war leer.

Langsam erwachte der Pfhhh aus seiner Ohnmacht. Alles um ihn herum schwankte und schien auf dem Kopf zu stehen. In einem Schwenk sah er aus den Augenwinkeln seinen Kumpanen benommen am Zaun liegen. Das kantige Gesicht war geschwollen und gerötet und wie er so vor sich hindämmerte, sah er selig aus wie ein Baby. Er selbst war zwar bei Bewusstsein, doch fühlte er sich so seltsam wie noch nie. Das Blut rauschte in seinem Kopf und er kam sich hundeelend vor. Dann erschien dieses Gesicht mit der langen Nase vor dem seinen. Das verwirrte ihn nun vollends. Während alles um sie herum auf dem Kopf stand, erschien ihm dieses Gesicht richtig herum.

Alle Umstehenden mussten schmunzeln. John hielt den Kerl bei den Füßen gepackt und ließ ihn kopfüber baumeln, während Horatio um ein Gespräch bemüht war. Nun ließ es sich besser von Angesicht zu Angesicht reden und so hatte sich Horatio kurzerhand auf den Kopf gestellt. Die Hände in den Nacken gelegt, bildeten seine Ellen einen Winkel, der ihm ausreichend Halt gab. Es sah zu komisch aus.

„Guten Tag! Gestatten, Horatio Peabody. Auch ich bin von weit hergekommen und suche einen jungen Mann. Und da dachte ich bei mir, dass Ihr mir gewiss helfen könnt."

Der Pirat rätselte noch immer über die seltsame Perspektive und antwortete daher nicht.

„Willst du wohl reden! Duuuu", knurrte John und ließ ihn pendeln wie einen Glockenschlägel.

„Ja ... ja doch!", sagte er schnell, als ihm seine Lage bewusst wurde. „Ihr kommt von weit her und sucht einen Mann.", wiederholte er eingeschüchtert.

„Ich finde, man kann besser denken, wenn man auf dem Kopf

steht. Nicht wahr?", fragte Horatio höflich.

„Was?"

„Ich sagte, man kann besser denken, wenn man auf dem Kopf steht."

„Ich hab's noch nie ausprobiert. Aber jetzt, wo Ihr es sagt, ja, das finde ich auch. Es hat etwas für sich."

„Gut!", stellte Horatio befriedigt fest. „Dann möchte ich jetzt, dass Ihr genau nachdenkt."

Der Pirat nickte artig.

„Der Mann, den wir suchen, heißt Peter Jenkins. Er ist sehr jung und er wird hier festgehalten, weil für ihn Lösegeld verlangt wird. Und nun möchte ich von Euch wissen, wo wir ihn finden können."

„Ich war es nicht gewesen. Ich war es nicht."

„Was wart ihr nicht?"

„Er war hier und wollte fliehen."

„Und?"

„Er hat eine Wache getötet und ist geflohen. Da haben sie ihn erwischt und erschlagen. Ich war es aber nicht. Ich war es nicht, Sir."

Niemand wollte es wahrhaben.

Nach einer Weile fasste sich Käpt'n Bartlett.

„Du wirst uns zu der Stelle führen, wo es passiert ist!", sagte der Käpt'n drohend.

Nach einer halben Stunde Fußmarsch hatten sie die Stelle erreicht.

„Hier! Hier war es", sagte der Pirat und deutete auf den Boden. „Hier haben sie ihn gestellt." Bewusst hatte er sie gesagt, um nur ja nicht den Anschein zu erwecken, dabei gewesen zu sein. Sie waren etwa eine halbe Stunde von der Grube entfernt, inmitten des Pinienwaldes.

„Und wo ist er jetzt? Du sagtest doch, er wurde erschlagen", sagte Trevor.

John wusste, was zu tun war. Er fasste den Kerl wie ein Karnickel beim Genick und hob ihn hoch.

„Wo ist sein Leichnam?"

„Das weiß ich nicht. Vielleicht haben ihn wilde Tiere geholt", krächzte der Kerl und zappelte mit seinen Beinen in der Luft.

Kounaeh ging in die Hocke und durchsiebte mit gespreizten Fingern den Sand. Dunkle Krümel blieben zwischen seinen Fingern hängen. Es gab für ihn keinen Zweifel.

„Jemand hier viel Blut verloren", sagte er und erkannte eine Spur. Kounaeh war ein ausgezeichneter Spurenleser. „Jemand hier entlang." Kounaeh deutete auf die Spur und schaute zu Audrey auf. „Der Mann haben noch gelebt."

Kounaeh ging voran. Den Piraten brauchten sie nun nicht mehr. Auf ein Zeichen Bartletts schickte ihn John nach bewährter Manier ins Reich der Träume. Danach rieb sich John die Eisenstirn, als ob er sich kratzen müsse.

Der weiche Sandboden gab die Spur gut wieder. Es hatte nicht geregnet und so tief im Wald verlor die Meeresbrise ihre Kraft. Hand- und schleifende Knieabdrücke, die etwa alle 10 Yards aussahen, als wären sie verwischt. An diesen Stellen war besonders viel Blut in den Sand geflossen. Dort war er zusammengebrochen und hatte sich dann weitergeschleppt. Je weiter sie der Spur folgten, desto dunkler wurde Kounaehs Ahnung.

Aas stieg ihnen in die Nase. Die Spur verhieß nichts Gutes. Was erwartete sie an deren Ende? Sie würden ihn finden. So oder so. Sie folgten der Spur über eine Lichtung, als Audrey abrupt stehenblieb. Sie ertrug es nicht mehr und wollte nicht weitergehen, bis die Männer sie riefen. Viel weiter konnte sich Peter nicht geschleppt haben – wenn er es denn war. Sie wollte auf dieser Lichtung verbleiben. Hoffend, bangend, dass sie ihn lebend fanden. Es war die innere Einkehr, die Ruhe, die sie jetzt zu seinem Gedenken brauchte. Sie musste stark sein. Die Aufklärung um Peters Schicksal stand bevor.

Jederzeit konnten sie sie nun herbeirufen und an ihren Gesichtern würde sie es schon erkennen. Von der Lichtung schwärmten die Männer in verschiedene Richtungen davon.

Audrey blieb allein zurück. „Lass ihn leben, Herr!", flüsterte sie bittend und legte sorgenvoll die Hände auf ihr Dekolleté. Deutlich spürte sie seine Anwesenheit.

Mache ich mir etwas vor?, fragte sie sich in Gedanken. Und doch spürte sie ganz deutlich seine Blicke. Er musste hier sein. Sie fühlte es.

Im Umkreis der Lichtung riefen die Männer seinen Namen durch den Wald. Audrey schaute hinauf in den Himmel, sah sich um, sah die braunen, krustigen Stämme der Bäume, sah die Spuren im Sand, die vereinzelten Grasbüschel, den Strauch und dahinter die weit aufgerissenen verängstigten Augen, die ihren Blick erwiderten. Es war, als ob ein Erdbeben sie durchfuhr.

„Peter!", stammelte sie erschrocken.

Sie hatte ihn gefunden. Hinter dem Strauch hatte er sich versteckt. Bedächtig ging sie um den Strauch herum und sah ihn. Was sie sah, war so schrecklich, dass sie bekümmert nach Luft rang. Abgemagert, blutend und von den Prügeln entstellt, kniete er vor ihr. Er war nur noch ein Abbild von einst. Ihre Seele schrie auf. Sie wollte es sich nicht anmerken lassen, musste stark sein. Peter sah sie an wie ein wildes Tier, das langsam Zutrauen findet.

Ohne ein Wort zu sagen, kniete sie zu ihm nieder.

„Peter!", schluchzte sie und strich ihm zärtlich über die unverletzte Wange.

Behutsam führte sie sein Haupt in ihren Schoß und streichelte ihm über das strähnige, blonde Haar. Es war Peter. Sie erkannte ihn wieder. Schwach hob er seine Hand und versuchte, sein

Gesicht zu bedecken und sich abzudrehen. Was hatten sie ihm nur angetan?

„Nicht, liebste Audrey", flüsterte er schwach und blinzelte mit seinem geschwollenen Auge durch die gespreizten Finger. „Du sollst mich so nicht sehen", sagte er, als schäme er sich. Trocken musste er schlucken.

Sie erkannte seine Stimme. Behutsam führte sie seine Hand beiseite und sah ihm ins Gesicht. Sie durfte sich den Schrecken nicht anmerken lassen und nahm sich mit aller Kraft zusammen. Dennoch füllten sich ihre Augen mit Tränen, als sie ihn liebevoll ansah. Wie konnten Menschen nur so etwas tun? Sein blutunterlaufenes Auge und die Wange waren dick geschwollen, aufgeplatztes Fleisch und rissige Lippen. Sein Haaransatz war stellenweise blutverkrustet. Sein ganzer Körper war geschunden, schmutzig und ausgemergelt. Unzählige Wunden, die übel eiterten und rochen. Ein Wunder, dass er noch lebte.

„Sie dachten, ich wäre tot und ließen mich liegen. Du hast mir die Kraft gegeben. Du warst immer bei mir. Und nun liege ich in deinen Armen und du bist wirklich da." Das Reden strengte ihn an.

„Nicht ...", flüsterte Audrey und lächelte tapfer.

Mehr tot als lebendig lag er in ihren Armen. Sie wusste es, jede Anstrengung konnte ihm das Leben kosten. Behutsam führte sie ihren Finger an die rissigen Lippen, berührte ihn jedoch nicht. „Schhhhh, nicht reden. Ich bring dich nach Hause. Dann haben wir alle Zeit der Welt, zu reden und auf ewig zusammen zu sein." Sie zog ihn enger an sich.

„Nach Hause?", wiederholte Peter, als könne er sich schon nicht mehr daran erinnern. Seine Augen flackerten, als kämpfe er mit einer Ohnmacht.

Wieder schallte Peters Namen durch den Wald. Die Männer kehrten zur Lichtung zurück. Peter zitterte.

„Nein, sie kommen wieder. Flieh, Liebste ..."

„Beruhige dich. Es ist alles gut ...", flüsterte sie einfühlsam. „Sie rufen nach dir. Es sind unsere Freunde. Sie suchen dich. Sie bringen uns nach Hause. Käpt'n Bartlett ist auch hier."

Nach einer Weile huschte ein Lächeln über Peters Gesicht. „Er hat mich nicht vergessen." Peter hustete. Blut trat ihm aus dem Mundwinkel.

Schweigend traten die Männer an sie heran. Es war eine Szenerie, die gestandenen Seemännern einen Kloß in den Hals trieb.

Diese dürre, biblisch anmutende Gestalt, deren Haupt im Schoße dieser schönen Frau liebevoll geborgen ruhte. Alles, was sie liebte, hielt sie in ihren Händen und suchte, es festzuhalten. Und doch war es so, als zerrann es in ihren Armen. Sie lächelte traurig, zog ihn erneut an sich und schaute hilflos in die Runde, wobei sie sich verzweifelt auf die Unterlippe biss, um die Tränen zu unterdrücken.

Ein verräterisches Zeichen

Dr. Pargether untersuchte ihn eingehend. Er tastete ihn ab, drehte ihn, fühlte seinen Puls und klopfte hier und da. Dann gab er ihm Chinin gegen das Fieber und flößte ihm Wasser ein. Wie er es so tat, sah es sehr schroff aus. Die Umstehenden sahen ihm schweigend dabei zu.

Der Doktor wird schon wissen, was er macht. Ein guter Arzt darf sich halt eben nicht persönlichen Gefühlen oder vom Zustand des Kranken beeindrucken lassen, wenn er ihm helfen will, dachte sich Käpt'n Bartlett und fand selbst eine Erklärung.

Als soweit alles getan war, nickte der Doktor John zu, der Peter vorsichtig aufhob und so behutsam trug, als wäre er eines seiner Mädchen. Dann gingen sie los. Nur nichts wie hin zum Schiff und ab nach Hause. Schweigend schlichen sie durch den Wald und bemühten sich, so wenig Geräusche wie nur möglich zu machen.

Horatio blieb ein Stück zurück und verwischte mit einem Pinienzweig ihre Spuren. Mit der Zeit vergrößerte sich zunehmend der Abstand zwischen ihm und der Gruppe, bis Horatio nicht mehr zu sehen war.

„Wo bleibt der Kerl bloß?", brummte der Käpt'n, der sich von Zeit zu Zeit nach ihm umgesehen hatte. „Er soll unsere Spuren verwischen, nicht den Wald kehren."

„Was ist?", fragte Trevor.

„Nichts. Wir gehen weiter", antwortete Bartlett und gab die Richtung vor.

Einige Zeit später sahen sie Horatio wieder. Er kehrte wie der Teufel und versuchte aufzuschließen. Als er sie endlich erreicht hatte, prustete er los.

„Halt, wartet!", sagte er und holte erst mal Luft. „Ich kann kehren, wie ich will. Sie sind uns auf den Fersen."

„Ist ja auch kein Wunder", sagte Trevor bissig. „Du solltest unsere Spuren verwischen und nicht Wischspuren hinterlassen."

„Ach ja? Methusalem! Hier ...!" Horatio hielt ihm den Besen hin. „Macht es doch besser!"

„Wie viel Mann sind es?", fragte Bartlett.

„Mindestens 50 Mann und allesamt schwer bewaffnet." Gleichmütig warf Horatio den Besen fort.

Die Piraten waren ihnen auf der Spur und so war es nicht mehr wichtig, geräuschlos durch den Wald zu schleichen. Jetzt gab es nur noch eines: So schnell wie nur möglich weiter. Sie rannten so gut es eben ging, los. Äste knackten und flitschten und sie hinterließen eine Spur wie eine Kamelkarawane in der Wüste. Nur das gelegentliche schwache Aufstöhnen Peters ließ sie für zwei, drei Schritte verhaltener durch den Wald hetzen. Keine Zeit zu verlieren.

Einen Steinwurf entfernt huschten zu ihrer Linken und Rechten Schatten durch den Wald. Die ersten Piraten hatten sie eingeholt. Im Schutz der Bäume hielten sie in einer Zangenbewegung auf sie zu. Dann sprang der Erste hinter einem Baum hervor und stellte sich ihnen in den Weg. Es war ein bärtiger Kerl mit Augenklappe und klimpernden Ohrringen. Das Weiß des einen Auges leuchtete zornig in dem sonnengebräunten Gesicht. Er schrie und gebärdete sich furchteinflößend und fuchtelte dazu gekonnt mit dem Messer herum. Für gewöhnlich wird er damit auch Eindruck gemacht haben. Nicht so bei John. Mit Peter in den Armen trat er den Kerl wie einen lästigen Blecheimer weg. John war wieder in dieser seltsamen Stimmung, die ihn immun gegen Einschüchterungsversuche jeglicher Art machte. Ihm war anzusehen, wie eng es ihm wurde und wie es in ihm brodelte.

Er sah aus, als drohe er, zu ertrinken und er begann, sich zu verändern. Nicht mehr lange und er stieg vom Ertrinkenden zu einer gewaltigen Wassersäule auf.

„John!", rief Trevor. „Setz ihn ab!", forderte er und meinte damit Peter.

Noch war John empfänglich und so gehorchte er.

Dr. Pargether und William traten hinzu, um Peter stützend aufzunehmen und wie der Doktor so den Arm um Peter legte, schob sich sein Hemd nach oben und gab den Blick auf seine Seite frei. So gut es eben ging, stahlen sich die beiden mit Peter davon. Glücklicherweise hatten die Piraten sie nicht bemerkt. Hinter ihnen schloss sich die Zange und trennte sie von den anderen.

Käpt'n Bartlett und die Männer sahen sich nun 15 Kerlen

gegenüber, während etwa doppelt so viele Piraten hinter ihnen nachrückten.

Was war nur los mit Käpt'n Bartlett? Er haderte und schüttelte den Kopf. Es war erst nur ein flüchtiger Gedanke gewesen, der jedoch zunehmend beständiger in ihm aufkam, sich verfestigte und ihn nicht mehr losließ. Je mehr er den Gedanken beiseite schieben wollte, umso mehr beherrschte er ihn. Es hatte nichts mit der für sie alle gefährlichen und geradezu ausweglosen Situation zu tun. Eine Schlacht stand bevor. Und dies war es auch, warum er sich über diesen Gedanken so ärgerte. Wenn er sein Leben und das der anderen retten wollte, musste er bei der Sache sein, einen kühlen Kopf bewahren. Er rieb sich die Schläfe, als könne er es mildern oder wegtreiben. Es nutzte nichts. Im Geiste sah er noch einmal Dr. Pargether und William, wie sie Peter stützten und sich davonschleppten. Es hatte mit Dr. Pargether zu tun. An ihm hatte er etwas gesehen und auch wieder nicht gesehen. Was war es nur?

Wie in einem alten Buch blätterten die bebilderten Seiten in seiner Erinnerung auf: der nächtliche Überfall auf ihn in Bristol, der blaue Parfumflakon mit der Inschrift, der Tod des kleinen Vogels an Bord der Sunflower, Rawlings, sein Quartiermeister, der ihm noch etwas verraten wollte und dafür gleichsam mit dem Leben bezahlte. *Mörder* war das letzte Wort des Reverends gewesen, bevor die Kannibalen ihn schulterten und wegtrugen ...

Die waffenstarrenden Piraten taten einen Schritt auf sie zu und angesichts dessen besann sich Käpt'n Bartlett. Er zog seinen Degen und brachte Audrey schützend hinter sich. Jetzt war nicht die Zeit. Drohend federte Bartletts Degenspitze den Piraten entgegen.

Kounaeh indes stand lauernd und unbeweglich da. Nur seine Muskeln spannten sich und zuckten.

Zornig kullerten Trevors Augen hinter dem Zwicker, während

in seinen Händen die Messer wie silbrige, fauchende Kugeln rotierten. Horatio überlegte sich, ob nun ein Witz oder eine kleine Darbietung ihnen weiterhelfen konnte, aber mit Blick auf John, der auf der Schwelle zum schnaubenden Untier stand, verwarf er seinen Gedanken wieder.

„Meine Herren ...", begann Trevor. „Ich darf sagen, dass es mir eine Ehre war, an Ihrer Seite gestanden zu haben."

„Ganz meinerseits", erwiderte Horatio noch, als die Erde rund um John zu beben begann. Es ging mit ihm los.

Just in diesem Moment fiel es Käpt'n Bartlett ein: Der Gürtel! Verdammt noch mal! Es war Dr. Pargethers Gürtel ...

Peters Füße schleiften mehr über den Boden, als dass er mit Dr. Pargether und William mithalten konnte. So gut es eben ging, stützten sie ihn auf ihren Schultern und zogen ihn mit. Der Wald lichtete sich und der Boden unter ihren Füßen wurde sumpfiger. Es roch morastig und bei jedem ihrer Schritte gluckerte und schmatzte es. Blieben sie einmal stehen, bildeten sich um ihre Füße knöcheltiefe Pfützen, aus denen Bläschen säuselnd aufstiegen.

„Hier kommen wir nicht weiter", sagte William mit Blick auf seine Füße. „Wir müssen zurück, ehe wir versinken."

Dr. Pargether schwieg und lauschte in die Ferne. William sah an Peter vorbei zum Doktor auf.

„Ja! Du hast recht", stimmte dieser zu. „Lass uns ein Stück zurückgehen."

Umständlich machten sie kehrt und suchten einen festen Tritt, den sie schließlich auch fanden. In der darauffolgenden Viertelstunde schleppten sie sich schweigend weiter. Heimlich und verstohlen sah sich der Doktor von Zeit zu Zeit nach hinten um. Ganz so wie jemand, der keine Zeugen gebrauchen konnte.

„Glaubt Ihr, dass er durchkommt?", fragte William besorgt.

„Die Dinge liegen nicht immer in unserer Hand." Dr. Pargether vermied es, William anzusehen. Wieder sah sich der Doktor heimlich um.

Diesmal bemerkte es William. „Was ist?", fragte er arglos.

Der Doktor antwortete nicht. Stattdessen presste er nur die Lippen aufeinander und schüttelte unmerklich den Kopf.

„Habt Ihr etwas bemerkt? Werden wir verfolgt?" William ließ nicht locker. „Wenn Ihr was wisst, könnt Ihr es mir ruhig sagen."

„Nein, es ist nichts", antwortete er knapp. Wieder vermied er es, William anzusehen und es klang wenig überzeugend.

Peter dämmerte mit hängendem Kopf vor sich hin. Plötzlich hob er schwach den Kopf und stöhnte laut auf. Er hatte starke Schmerzen.

„Machen wir eine Pause", schlug William vor und blieb stehen. Dunkel grübelte der Doktor vor sich hin.

„Ja, es muss sein. Hier und jetzt", sagte er.

Seine dunkle Miene überspielend, lächelte er plötzlich wie gewandelt. Und dennoch flackerten seine Augen misstrauisch in der Gegend umher, als suchten sie etwas.

Was ist nur mit ihm los?, fragte sich William.

Vorsichtig legten sie Peter auf den Boden. Auf Knien beugte sich der Arzt über ihn und griff zu seiner Feldflasche, um ein Tuch zu befeuchten. Nur ein paar dünne Tropfen ließen sich aus dem Flaschenhals in das Tuch fallen. So sehr er sie auch schüttelte, die Flasche war leer.

Ärgerlich schaute er zu William auf. „Wir haben kein Wasser mehr. Es ist ausgelaufen, weil ich Idiot die Flasche nicht richtig verschlossen habe."

William schaute ratlos auf den Doktor hinab. Und dann sah er es! Im Gegensatz zu Käpt'n Bartlett wusste William sofort, was das zu bedeuten hatte.

Wenn er sein Leben und das von Peter retten wollte, durfte er sich jetzt den Schrecken nicht anmerken lassen. Dr. Pargethers Gürtel war etwa handbreit. Und es war dieser Gürtel, der an der Seite einen Schnitt aufwies. Nicht tief, aber deutlich zu sehen. William erkannte seine Arbeit sofort. Einen solchen Schnitt hinterließ er für gewöhnlich immer dann, wenn er einen Geldbeutel vom Gürtel schnitt. Und das letzte Mal, als er dies getan hatte, war es die Vollmondnacht in Bristol gewesen, in der er dem Käpt'n das Leben rettete!

Dieses vermeintliche alte Mütterchen, das des Nachts durch die Straßen schlich, um seine Opfer hinterrücks zu ermorden. So wie die Alte kein altes Weib war, so war der Mordversuch an Käpt'n Bartlett kein Zufall.

Es ging nicht um die Barschaft, die der Käpt'n in jener Nacht bei sich führte. William war sich sicher, etwas anderes musste dahinterstecken. Aber warum sollte Dr. Pargether den Käpt'n umbringen wollen? Williams Herz pochte. Er war allein.

Was weiß ich schon vom Doktor?, gestand er sich ein.

„William, du hörst mir ja gar nicht zu!", tadelte Dr. Pargether erschöpft.

„Ach, es ist nur die ...", William überlegte, was er sagen konnte, „es ist nur die Sorge um den Käpt'n und unsere Freunde", beeilte er sich, anzufügen.

Dr. Pargether legte die Hand auf Peters Stirn. „Er hat hohes Fieber und muss dringend trinken", stellte er fest, ohne weiter auf William einzugehen.

William sah schweigend auf des Doktors Hand. Es war wie ein böses Omen, eine Versinnbildlichung: die Hand am Opfer. Mochte sie auch noch so fürsorglich auf Peters Stirn ruhen! Es war die gleiche Hand, die ... William wollte nicht daran denken.

„William!", begann der Doktor leidenschaftslos. „Geh ein Stück des Wegs zurück, den wir gekommen sind. Nicht weit und du wirst einen kleinen Bachlauf zu deiner Linken finden. Geh und hol Wasser. Es ist klar und sieht gut aus. Und sei vorsichtig." Der Doktor nahm seine Hand von Peters Stirn. „Ich bleib solange hier und passe auf ihn auf", versicherte er.

„Ist gut!", log William und tat ganz so, als mache er sich auf den Weg. „Einfach nur den Weg zurück, den wir gekommen sind?", fragte er sicherheitshalber noch einmal nach und deutete mit der Hand grob in die Richtung. Er musste Zeit gewinnen.

„Nicht sehr weit und nun geh schon!", winkte ihn Dr. Pargether eiligst fort.

Fieberhaft dachte er nach, während er sich zögerlichen Schrittes von den beiden entfernte. William wusste zwar noch nicht, was er tun wollte, doch eines wusste er ganz genau: er durfte Peter jetzt nicht allein lassen. Seine Ohren lauschten nach hinten auf das, was sich in seinem Rücken tat. Wenn ich doch nur nicht alleine wäre, haderte er. Aber es half nichts.

„William!", rief ihm Dr. Pargether nach.

Unsicher und erschrocken drehte er sich über die Schulter zu ihnen um. „Ja?"

Dr. Pargether lächelte milde. „Du hast die Flasche vergessen", sagte er und schüttelte sie wie zum Beweis in seiner Hand. „Komm doch noch mal her."

Ohne John hätten sie es nicht geschafft. Von den 15 Piraten lagen zehn stöhnend oder besinnungslos am Boden. John hatte gewütet wie ein Derwisch. Wie ein Orkan war er über sie hinweggefegt. Sein bloßer Anblick hatte den restlichen fünf gereicht, um schleunigst das Weite zu suchen.

So entfesselt wie er war, kamen Käpt'n Bartlett und den Männern zeitweise die Befürchtungen, ob John überhaupt noch in der Lage war, Freund und Feind zu unterscheiden. Bewusst oder unbewusst vermochte er es sehr wohl.

Alles war gut gegangen. Schnaufend und zitternd kam er langsam wieder zu sich. Die Männer schauten ihm rätselnd bei diesem Rückbesinnungsprozess zu. Welche Urgewalten dieser sonst so gutmütige und behäbige Hüne doch in sich vereinte! Es war kaum zu glauben.

Der Käpt'n schaute in die Runde. „Seid ihr soweit alle beisammen und unverletzt?"

„Mir fehlt noch ein Messer", stellte Trevor fest und suchte den Boden ab.

„Wir haben nicht viel Zeit."

„Genau genommen haben wir *keine* Zeit mehr", sagte Audrey und deutete auf die Nachhut der Piraten.

An die 40 Mann und noch etwa 200 Yards entfernt. Sie schienen sich ihrer Sache recht sicher, denn sie hatten es nicht eilig. Sie brüllten und rasselten mit den Säbeln und scherten im Schutz der Bäume weitläufig aus. Sofort suchten Bartlett und die Männer hinter Bäumen Deckung.

„Die wollen uns umzingeln. Verdammt!" Trevor drückte sich so fest an den Baum, als wolle er mit ihm verschmelzen.

Bartletts Seerohr lugte vorsichtig hinter der Rinde hervor.

„Verflucht und zugenäht! Blitz, Donner und Schotbruch!", fluchte er.

„Was ist?" fragte Trevor.

„Charles Vane höchstpersönlich! Diese Ratte von Gouverneur samt seinem widerlichen Hofstaat."

Der Käpt'n stellte sein Fernrohr noch etwas schärfer. Nun sah er Vane in aller Deutlichkeit, der ihn wiederum gleichfalls durch ein Fernrohr betrachtete. Hämisch hob Vane die Hand zum Gruß.

„Ist das jetzt gut oder schlecht?", fragte Audrey.

Der Käpt'n brummte unschlüssig. „Ich glaube, das ist schlecht. Das ist sogar sehr schlecht. Sieht sehr ungehalten aus ... der

Gute."

„Käpt'n Bartlett!", hörten sie Vane herüberrufen. „Ich freue mich, Euch wiederzusehen. Wenngleich ich mir doch glücklichere Umstände für unser Treffen gewünscht hätte."

„Das Vergnügen ist ganz auf meiner Seite!", antwortete der Käpt'n spöttisch.

„Ich hätte nicht gedacht, Euch wiederzusehen. Doch muss ich gestehen, ich bin enttäuscht."

„So?"

„Ihr seid wortbrüchig, Käpt'n Bartlett! Wortbrüchig seid Ihr. Ihr haltet Euch nicht an unsere Verabredung. Der Bursche gegen das Lösegeld. Ihr erinnert Euch doch?" Vane stöhnte müde und enttäuscht auf, als ob alles Leid der Welt auf seinen Schultern laste. „Und was macht Ihr? Schleicht Euch auf meine Insel, um mich zu bestehlen. Dankt Ihr mir derart meine Gastfreundschaft?"

„Man kann heute einfach niemandem mehr trauen!", pflichtete ihm Bartlett bei.

Die Piraten kamen etappenweise näher. Wieselflink huschten sie von Baum zu Baum.

„Das war sehr, sehr hässlich von Euch", tadelte Vane wie eine Gouvernante.

„Ein Dieb soll ich sein? Pahh! Ein Dieb kann doch nur etwas stehlen, was von gewissem Wert ist. Und ein Händler kann auch nur einen angemessenen Preis für seine Ware verlangen. Lösegeld wollt Ihr haben? Räudiger Piratenlump! Was habt Ihr ihm nur angetan? Er ist mehr tot als lebendig. Der Preis ist verfallen und das ist Eure eigene Schuld."

„Ich bin halt nicht auf Dauergäste eingerichtet", klagte Vane gleichgültig und steuerte den nächsten Baum an. „Doch bin ich Engländer wie Ihr und sehne mich nach der Heimat. Und da Ihr mich schon nicht bezahlt, werdet Ihr mich anders entschädigen."

„Was Ihr nicht sagt. Dann lasst mal hören."

„Wie ist Euer Verhältnis zur Fuchsjagd?"

Käpt'n Bartlett antwortete nicht. Stattdessen sah er verdutzt, wie Trevor dürres Gras und Zweige zu einer Kugel band und verknotete. Dann machte er noch zwei und bedeutete jedem, es ihm nachzumachen, was sie auch taten. Sie wussten zwar nicht, wozu das gut sein sollte, aber sie würden es schon noch erfahren.

Während Käpt'n Bartlett den Grasbüschel band, fiel ihm auf, dass Horatio fehlte. Wo steckte er nur? Lag er irgendwo und war womöglich verwundet? Hatte einer der geflüchteten Piraten ihn verschleppt?

„Die Fuchsjagd?", wiederholte Bartlett und rupfte einen Grasbüschel aus. „Blutig und recht unterhaltsam."

„Sehr gut! Dann werdet Ihr mir jetzt die Zeit vertreiben."

Wieder ließ sich Bartlett mit der Frotzelei Zeit. Nun sah er, wie Kounaeh mit seinen Flintsteinen den ersten seiner drei Büschel entzündete. Als er brannte, legte er ihn an den Stamm und entzündete an ihm den zweiten, den er zu Trevor herüberwarf. Trevor führte ihn vorsichtig an seinen Stamm und entzündete seinen zweiten Büschel, den er wiederum Audrey vor die Füße warf. Von Audrey sprang ein brennender Büschel zu John und von John zu Käpt'n Bartlett.

„Mit Vergnügen werde ich Euch die Zeit vertreiben. Nur nicht so, wie Ihr es Euch denkt", rief Bartlett und sah zu, wie sich das Feuer begierig an dem trockenen Stamm nährte. Lange konnte er ihm nicht mehr als Deckung dienen.

„Doch ist es gute Sitte, dem Fuchs einen Vorsprung zu gewähren." Mit der flachen Hand fächerte er das Feuer an. „Also los! Vane, Ihr habt nun Zeit, das Weite zu suchen."

„Euer Witz wird mir fehlen, Bartlett. Ich werde heute Abend einen Becher Wein auf Euch trinken", rief Vane erheitert zurück.

Der ganze Wald war spröde und ausgedorrt. Es hatte lange nicht geregnet. Dankbar fanden die Flammen Nahrung. Es dauerte nicht lange und die fünf Stämme brannten so lichterloh, dass nun die Flammen allein Deckung boten.

Auf ein Zeichen Trevors hin entzündeten sie nun den dritten Grasbüschel und warfen ihn auf die Äste anderer Bäume, während sie flüchteten. Im Nu sprang das Feuer von Baum zu Baum. Ein Lauffeuer! Die Kronen der Bäume explodierten und ihr Funkenregen entzündete wieder andere Bäume. Es qualmte, zischte und fauchte. Kochendes Harz rann wie Lava die Stämme hinab.

Hatten sie beabsichtigt, eine Feuerbarriere zwischen sich und die Piraten zu bringen, mussten sie nun erkennen, dass sie einen wahren Feuersturm entfacht hatten. Die Hitze nahm ihnen den Atem. Die Piraten vergaßen alle Vorsicht und gaben nun nichts mehr auf ihre Deckung. Verschreckt hielten sie sich die Hände vors Gesicht und liefen gebeugt umher und versuchten, den Rückzug anzutreten. Alles um sie herum brannte.

„Wir müssen hier weg! Das Feuer ist sehr schnell und schneidet uns womöglich den Fluchtweg zur Küste ab!", schrie Bartlett gegen die Feuersbrunst an. „Hier entlang!", schrie er.

Es waren etwa 20 Yards, die sie hinter sich bringen mussten, um aus diesem Feuerkessel herauszukommen. 20 Yards unter Kronen hindurch, die hellauf brannten. Die Hitze drückte sie danieder. Kochendes Harz und Funken regneten auf sie herab. Ein brennender Baum stürzte um und versperrte ihnen den Weg. Durch seinen Sturz fächelte er ihnen die sengend heiße Luft wie einen Hauch aus der Hölle entgegen. Es knisterte und Funken stieben auf. Entsetzt wichen sie zurück und mussten ihn umgehen, einen neuen Weg suchen.

Wertvolle Zeit verstrich, in der sich die rettende Distanz zum Rand auf 25 Yards erweiterte. Das Inferno breitete sich schneller aus, als sie ihm entkommen konnten.

Trevor hatte die Orientierung verloren. Mit wehendem, offenen Mantel drehte er sich im Kreis, hielt sich schützend die Hände vor den Kopf und wusste nicht mehr, wohin.

„Schneller! Wir müssen schneller sein als das Feuer! Kommodore! Hier entlang!", schrie Bartlett.

Trevor winkte ab und bedeutete dem Käpt'n, zu verschwinden. Er hatte sich aufgegeben. Trotz der unerträglichen Hitze hastete Bartlett zurück und schulterte seinen alten Freund. Trevors Messer in den Lederhalterungen waren so heiß, dass sie des Käpt'ns Schulter für alle Zeiten brandmarkten. Doch spürte er jetzt keinen Schmerz.

Vor ihnen lag eine spärliche Gasse, durch die sie hindurchsehen und den rettenden Rand des Infernos ausmachen konnten. Sie konnten Grün sehen. Nur noch wenige Augenblicke, bevor auch diese Pforte sich schloss.

Es war die Gasse der Feuerklingen, die sie unentwegt schmerzhaft streiften und an ihnen leckten. Mochten sich die Feuerzungen auch noch so galant nach ihren Körpern verzehren, sie schafften es!

Kounaeh war der Letzte und während er sich über den Boden wälzte, schloss sich hinter ihnen der Korridor. Wie ein Vorhang senkte sich das Feuer und fraß sich von den Kronen hinab zu den Stämmen. Das war knapp!

Der Käpt'n hatte Trevor noch auf seiner Schulter, als er mitten im Feuer eine Gestalt sah. Als spüre er keinen Schmerz, wandelte derjenige umher, wie ein Schlafwandler.

Seine Kleidung gab dem Feuer derart Nahrung, dass sich seine Konturen von dem Glutrot um ihn herum hell abhob. Dennoch schien es, als wolle er in einem letzten Überlebenswillen aus der Feuersbrunst entkommen und schleppte sich auf sie zu.

„Horatio!", rief Audrey und bekreuzigte sich.

Nein! Das durfte nicht wahr sein. Der Gedanke an Horatio

stach wie ein Messer in ihren Köpfen. Das hatte er nicht verdient. Nicht dieser verrückte kleine Kerl mit seiner frohen Natur. Alle mochten ihn. Trotz der erlebten Schrecken hatte er sein lustiges Wesen stets bewahrt und darin hatten die anderen wohltuende Zuversicht erfahren.

Die Gestalt trat aus der Feuerwand und blieb torkelnd vor ihnen stehen.

„Ich verfluche dich, Bartlett! Ich verfluche dich bis in alle Zeit, Bartlett!", schrie die Gestalt und zog den glühenden Degen, der in der Hand zischte und qualmte.

Das Haar war ihm vom Kopf gebrannt. Seine Haut war glutrot, geschwollen und hatte Blasen geworfen. Etwas tropfte ihm vom Kinn und seine Kleidung hing nur noch in qualmenden Fetzen von seinem Körper herab.

Dennoch war Charles Vane an seiner Stimme und seiner Statur zu erkennen. Das Weiß seiner Augen war eine einzige immerwährende hassgeladene Explosion, als er unsicher einen Schritt auf den Mann zutat, der ihm das angetan hatte: Käpt'n Bartlett!

Als er gerade den zweiten tun wollte, legte sich ein Feuerarm um seine Hüften und zog ihn in das Inferno zurück. Niemand konnte hinsehen.

„Weiter, weiter!", drängte Bartlett, der sich als Erster wieder gefasst hatte.

„Wo ist Horatio nur?" Audrey war besorgt und doch fürs Erste erleichtert.

„Ich weiß es nicht", antwortete der Käpt'n. „Vielleicht hat er es auf einem anderen Weg geschafft." Dann schnaufte er ein paar Mal tief durch. „Für Horatio können wir im Moment jedenfalls nichts tun. Aber für William und Peter ist es, so hoffe ich, noch nicht zu spät. Also los jetzt!"

„Aber Dr. Pargether ist doch bei ihnen?!" Trevor war unbesorgt und verstand nicht.

„Das ist es ja gerade, was mir Sorgen macht. Ich glaube, der Doktor hat uns nicht die Wahrheit über sich erzählt …"

Zu Ende bringen, was einst begann

Mit weichen Knien war William zurückgekehrt, hatte die Flasche aus des Doktors Händen genommen und war losgelaufen. Als er sicher sein konnte, dass er nicht mehr zu sehen war, schlug er sich seitlich in den Wald, um in einem Bogen zurückzukehren.

Williams Schritte huschten über den sonnengefleckten Waldboden. Dies tat er so schnell und leise er nur konnte und hoffte, dass er nicht zu spät kam. Loswerden will er mich!, dachte sich William und verdrängte den Gedanken daran, was sich womöglich jetzt, in diesem Moment seiner Abwesenheit, abspielte. William beschleunigte seine Schritte. Der Wald riss auf und er konnte sie bereits sehen. Peter lag auf dem Boden und der Doktor kniete neben ihm. Immer wieder sah er auf und suchte ringsherum den Wald ab. William versteckte sich hinter einem Baum.

„Hältst nach mir Ausschau, aber du wirst mich nicht sehen", flüsterte William zu sich selbst.

Dann riskierte er einen Blick und schlich näher an die beiden heran, bis er nur noch einen Steinwurf entfernt war. Nun nahm der Doktor ein Tuch, faltete es und legte es Peter auf die Stirn. Dann fuhr er mit dem Tuch nach unten und legte es auf Peters Nase und seinen Mund. Es war ein sehr dickes Tuch.

Das reicht!, dachte sich William. Er hatte genug gesehen.

Höchste Eile war geboten. Auf halber Distanz zu den beiden,

die etwa zehn Yards ausmachte, sah William einen Ast, der sich sehr gut als Knüppel eignete. Er überlegte nicht lange. Ohne auf seine Deckung zu achten, rannte er los, griff im Lauf nach dem Knüppel und stürmte weiter.

Hoffentlich ist er nicht morsch, dachte er noch.

Nur noch zwei Yards. Der Doktor hatte ihn gehört. Er wand den Kopf. Seine Augen wanderten über den Waldboden in Richtung William. Doch kam er nicht mehr dazu, aufzusehen. Der Knüppel sauste ihm auf den Kopf. Es gab ein dumpfes Geräusch und der Knüppel brach entzwei. Verdrehte Augen, ein Stöhnen und mit einer blutenden Platzwunde sackte Dr. Pargether seitlich weg. Sofort nahm William den Lappen von Peters Gesicht.

„Gott sei Dank! Er atmet noch", stellte er anhand der fusseligen Fasern fest, die vor Peters Nase flimmerten.

William stutzte.

Nanu, was ist denn das?, fragte er sich. Spielten ihm die Sinne etwa einen Streich? Gut! Er hatte Peter gerettet und den Doktor ins Land der Träume geschickt. Aber konnte es sein, dass er dafür ein anerkennendes Klatschen hörte? Bildete er sich das nur ein?

William merkte lauschend auf. Kein Zweifel! Jemand zollte ihm Beifall. Es war ein gleich bleibender Rhythmus. Keine Begeisterung, eher Anerkennung. Ganz so, als wäre derjenige von der Vorstellung längst überzeugt. Es verstummte nicht. William sah sich um.

Nur Bäume. Derjenige musste sich ganz in der Nähe versteckt haben. Die Richtung, aus der es kam, war nicht auszumachen, da es wie ein Echo zwischen den Stämmen hin- und hergeworfen wurde. Eher beiläufig bemerkte er, dass ihm Brandgeruch in die Nase zog. Aber das war jetzt nicht wichtig. Viel wichtiger war, wer ihm applaudierte … Und warum hielt er sich versteckt?

„Hallo?", begann William zögerlich. „Wer … wer ist da?"

Niemand antwortete. Nur das immerwährende, gleich bleibende Klatschen war zu hören. William stand auf und nahm den abgebrochenen Knüppel zur Hand.

„Zeig dich! Wenn du Mumm hast!"

Nach zwei, drei Klatschern verstummte es. Nun war es ruhig in diesem Wald. Der Brandgeruch wurde stärker.

„Bravo!", antwortete die Stimme. „Vortrefflich! Ich hätte es selber nicht besser machen können."

William fasste sich an die Stirn. Diese Stimme war ihm vertraut. Er kannte sie. Aber das war unmöglich. Es war die Stimme eines Toten! Dann trat er hinter dem Baum hervor.

„Hier bin ich!", tönte es in Williams Rücken.

Überrascht fuhr er herum.

„Was bist du denn so erschrocken, William?", sagte der Mann und breitete wie zu einem Willkommensgruß die Arme aus. Ergeben zeigte er seine Handflächen. „Begrüßt man so einen alten Freund und Weggefährten?"

William wich einen Schritt zurück. „Mr. Bellamy?" flüsterte er ungläubig.

Es wollte sich keine rechte Wiedersehensfreude bei William einstellen. Irgendetwas an Mr. Bellamy warnte ihn. William sah ihn an. Dort stand er: So hohlwangig, dass es ihm etwas Gemeines gab. Und schmutzig war er. Seine helle Haut war von der Sonne gerötet und seine Lippen waren aufgeplatzt und rissig. Sein rötliches Haar, das ganz lang geworden war, hing ihm strähnig in die Stirn und verdeckte ein Auge. Doch das andere Auge sagte auch ohne Worte genug. Es funkelte berechnend und kalt und passte so gar nicht zu dem süßen Gehabe, mit dem er seiner Wiedersehensfreude Ausdruck verlieh. Dies war nicht mehr der freundliche, tüchtige und stets loyale Mr. Bellamy aus Bristolner Zeiten. So, wie er nun vor William stand, erinnerte er eher an einen Wahnsinnigen, ein wildes Tier.

„Du siehst aus, als hättest du ein Gespenst gesehen, William."

„Ja, das kann schon sein. Und ich bin mir auch nicht sicher, ob Ihr nicht auch eines seid", stammelte William.

Bellamy warf den Kopf in den Nacken und lachte kalt. „Tote leben länger!", sagte er im Einatmen, als ob er Schmerzen hätte.

Der am Boden liegende Dr. Pargether stöhnte und zog ein Bein an. William sah auf ihn herab und konnte sich des Gefühls nicht erwehren, einen sehr großen Fehler gemacht zu haben.

„Saubere Arbeit, William", lobte Bellamy ebenfalls mit Blick auf Dr. Pargether. „Ich hätte es selbst auch nicht besser machen können. Da hast du mir ein gutes Stück Arbeit abgenommen."

„Weswegen Ihr mir auch nicht geholfen habt", stellte William fest.

„Nun ... ich tat gut daran, mich im Verborgenen zu halten. Als Toter lässt es sich besser, ja, geradezu unbeschwerter, agieren", führte Bellamy mit vergnügter Leichtigkeit aus. „Beinahe hätte ich es nämlich vermasselt", schalt er sich belustigt. „Als ich euch folgte, war ich nur einen Wimpernschlag unvorsichtig und der gute Doktor hier hat mich gesehen. Doch glücklicherweise hat er wohl seinen eigenen Augen nicht getraut. Gut für mich. Schlecht für ihn."

„Nur schlecht für ihn?", fragte William mit Blick auf Peter. „Oder auch schlecht für Peter und mich?"

„Nun ja, William ...", begann Bellamy mit perfidem Bedauern. „Wie ich schon sagte, hast du mir ein gutes Stück Arbeit abgenommen. Aber eben nicht alles. Doch was Peter und den Doktor anbelangt, habe ich nicht mehr viel zu tun." Bellamy zog ein Messer aus seinem Gürtel. „Die meiste Arbeit werde ich mit dir haben", sagte er, während er sorgsam die Klinge prüfte. „Und so werde ich hier zu Ende bringen, was ich damals in der

Nacht in Bristol begonnen habe. Geniale Verkleidung! Findest du nicht auch? Erst werde ich dir die Kehle durchschneiden und dann dem Doktor – und schließlich zu Peter übergehen." In seiner selbstgefälligen Redeweise stutzte er einen Moment. „Bei Peter ist es für mich ein besonderer Moment, musst du wissen. Ich kenne ihn schließlich schon eine Weile und da verlangt es einfach eine gewisse Zeremonie. Zeit, die Peter und ich – wir beide – uns einfach nehmen müssen."

„Warum tut Ihr das?", fragte William und drückte heimlich seine Schuhspitze in den Sand.

Bellamy wurde mit einem Mal sehr ernst. „Weil jeder, der sich zwischen mich und Miss Wellington drängt, nichts anderes verdient hat. Sie liebt *mich*. Ich weiß es. Sie hat mich immer geliebt." Bellamy wurde zornig und fuhr weit mit den Händen durch die Luft. „Sie gehört mir! Mir ganz allein und wir lieben uns!", schrie er wie von Sinnen. Dann beruhigte er sich wieder und sah mit einem Mal selig und verträumt aus. „Und wenn das alles hier vorbei ist, werden wir glücklich sein."

Dann schwieg er, währenddessen sein Gesicht wieder den kalten Ausdruck annahm.

„Genug der Worte", sagte er und stürzte sich auf William.

In diesem Moment fuhr Williams Fuß hoch und schleuderte Bellamy den Sand in die Augen.

„Du verfluchte kleine Ratte!", schimpfte Bellamy und wischte sich die Augen.

Als er wieder sehen konnte, war William verschwunden. Suchend sah er sich um.

„Willlliaaam!", rief er lang gezogen und ungeduldig. „Mach es uns doch nicht so schwer, Junge!", appellierte er gutmütig und schlenderte umher, um sodann urplötzlich hinter diesen und jenen Baum zu springen, bereit, William zu erdolchen, sollte er sich dahinter verbergen.

„William!" Diesmal klang es beleidigt. „Ich mach dir einen Vorschlag. Bist du an einem Vorschlag interessiert?", rief er und drehte sich lauschend im Kreis. „Antworte doch!", rief er zwischen die Bäume hindurch und ging suchend in die Hocke. „Ergib dich und ich verspreche dir, dass es ganz schnell gehen wird. Du wirst keine Schmerzen haben. Ein kleiner Schnitt und alles ist getan. Na? Ist das ein Handel?," preiste er vielversprechend. „Dann zeig dich, Kumpel, und schlag ein!" Wie ein Kaufmann streckte er seine Hand aus und lachte kalt.

Die Bäume um ihn herum standen schweigend da. Bellamy sah unweit ein Kaninchen durch den Wald hetzen. Es schien vor irgendetwas zu flüchten.

„Gut, wie du willst, William. Es soll nicht heißen, ich hätte mich nicht bemüht", sagte er und winkte ab.

Trotzig stampfte er zu Peter, der nach wie vor am Boden lag und in seinem Fieber flach vor sich hinstöhnte. Dennoch erkannte er den Sekretär und rechte Hand seines Vaters.

„Mr. Bellamy!", kam es Peter mühsam über die Lippen.

„Das Vergnügen ist nicht ganz auf meiner Seite", erwiderte dieser kalt, kniete sich neben Peter und setzte ihm entschlossen das Messer an den Hals. „William!", rief er umher. Hier ist jemand, der dich begrüßen will!"

Dann griff er Peter unsanft ins Haar und führte seinen Kopf, sodass er unfreiwillig nicken musste.

„Sag schön guten Tag, Peter!", zürnte Bellamy. Dann hob er seine Stimme und tat wie ein Puppenspieler. „Lieber William, lieber William, rette mich oder er wird mir den Hals durchschneiden!"

Peters Kopf nickte immerzu.

„Ich war böse und hab es auch verdient. Bitte, zeig dich doch!" Bellamy lachte irre. Die Vorstellung machte ihm sichtlich Spaß.

„Mein Vater ist sehr reich, kann sich alles kaufen und er wird dich ..."

Bellamy kam nicht mehr dazu, sein widerliches Schauspiel fortzuführen. Ein Stein flog durch die Luft und traf ihn mit einem dumpfen Geräusch am Kopf. Bellamy blinzelte irritiert und ein Rinnsal Blut trat aus der Wunde. Unweit von ihm trat William hinter dem Baum hervor. Selbst wenn er barfuss auf Scherben gestanden hätte, hätte er sich lieber auf die Zunge gebissen, als einen Mucks von sich zu geben. Doch nun hatte er keine Wahl mehr.

„Das war sehr ungezogen von dir, William!" Bellamy hob den Zeigefinger.

„Das Publikum ist König und mir hat Eure Vorstellung einfach nicht gefallen."

„Vielleicht gefällt dir *das*." Bellamy rannte mit gezücktem Messer auf ihn zu.

William indes flüchtete und versuchte, immer einen Baum zwischen sich und Bellamy zu bringen.

„Willst wohl spielen, was?", geiferte Bellamy und stach mehrmals knapp ins Leere.

William stolperte über eine Wurzel. Wie ein großer böser Schatten wuchs Bellamy über ihm in die Höhe.

„Damals in Bristol hatte ich dich schon einmal so weit. Erinnerst du dich? Und heute werde ich zu Ende bringen, was damals begann."

Er warf das Messer zwischen seinen Händen hin und her, stürzte auf die Knie, um zu tun, was er sich vorgenommen hatte.

William konnte gerade noch die Messerhand greifen und hielt dagegen, so gut er nur konnte. Bellamy schmunzelte spöttisch. William spürte, wie ihm die Messerspitze bereits in die Haut piekste. Zwischen zwei Rippen hatte das Messer an einer Stelle angesetzt, die auf geradem Weg in sein pochendes Herz führte.

Die Haut an dieser Stelle ist bekanntermaßen sehr dünn und bog sich wie die eines Tamburins. Die Beklemmung, die William fühlte, weckte nochmals übermenschliche Kräfte in ihm.

Eine Horde Wildschweine, die vor dem Feuer flüchtete, trampelte an ihnen vorüber. Sand stieb auf und das Getrappel ihrer Hufe dröhnte in Williams Ohren wie der Trommelwirbel bei einer Exekution – seiner Exekution. Es mutete schon sehr seltsam an. William kämpfte um sein Überleben, während alle Tiere des Waldes ohne Scheu unmittelbar an ihnen vorüberhasteten.

„Sag schön gute Nacht", ächzte Bellamy gegen den Tierlärm an.

William schloss die Augen. Der Druck der Messerspitze ließ nach. Spürte er nun keinen Schmerz mehr? Hatte Bellamy zugestochen? William wagte kaum, die Augen zu öffnen, da er sich nicht dem triumphierenden Hohn seines Mörders aussetzen wollte. Doch fühlte sich William ausgesprochen lebendig und fand schließlich doch den Mut, die Augen zu öffnen.

Zwei sehnige Arme hatten Bellamy von hinten umfasst und rissen ihn weg. Das Messer war ihm aus der Hand geglitten. Keinen Wimpernschlag zu früh.

Ein Engel!, dachte William noch ganz unter dem Einfluss des Schreckens. Und dieser Engel hieß Kounaeh. Er war der Schnellste von allen und vorausgelaufen. Als er Bellamy so über William gebeugt sah, verstand er in zweifacher Hinsicht nicht, was er sah: Bellamy lebte und war im Begriff, William etwas anzutun. Entschlossen handelte er.

Was nun geschah, geschah auf höchstem Niveau. Sie kämpften miteinander. Es war kaum zu glauben, doch Bellamy stand Kounaeh in nichts nach. Er war bei weitem nicht der Schwächling, für den er sich ausgegeben hatte. In flüssigen Bewegungen prügelten sie sich schnaubend und keuchend durch den Wald.

Es war, als sahen sie den jeweiligen Vorstoß des anderen voraus und beide parierten auf ihre Weise meisterlich. Nichts ließen sie aus: Sand wurde heimtückisch entgegengeschmissen, an Ästen wurde sich hochgehangelt, um wie ein Bollwerk zuzutreten, Zweige spannten und flitschten, Räder wurden geschlagen, Beinscheren angesetzt, Schulterwürfe, vorstoßende Knie, ducken, ausweichen, keuchend einstecken, drehen, erneut vorpreschen und hoffen, diesmal durchzukommen. Irgendwann musste die Deckung mal fallen. Wie sie so kämpften, erinnerte es ein wenig an einen einstudierten Tanz.

Der Boden wurde morastiger. Sie wichen einander aus, sprangen hoch, rollten zur Seite, um erneut – wie Kampfhähne – aufeinander loszuspringen. Tänzelnd belauerten sie sich.

Mit der Verzweiflung eines Mannes, der nichts mehr zu verlieren hatte, legte Bellamy zu. Jetzt oder nie, sagte der Ausdruck in seinem Gesicht. Ein Stakkato von Schlägen und Tritten prasselte auf Kounaeh ein, von denen er nur die ersten mühsam abwehren konnte. Wuchtvolle Treffer donnerten ihm in die Seite. Luftnot ließ ihn verkrampfen und seine Deckung löchrig werden, was weitere Treffer zur Folge hatte. Wellen des Schmerzes durchströmten ihn. Kounaeh war ein stolzer Krieger. Doch noch schmerzhafter war für ihn die bittere Ahnung, in diesem Kampf zu unterliegen.

Bellamy fand nun die Zeit, ein zweites Messer zu ziehen. Nun würde er dem Indianer den Garaus machen. Bellamy rannte los, sprang in die Höhe, trat sich von einem Baumstamm ab und überflog Kounaeh in einem Salto.

Kounaeh, der sich schmerzverzerrt die Seite hielt, wusste, dass er verloren hatte, als er den Feind in seinem Rücken aufkommen hörte. Mit schnaufender Genugtuung richtete sich Bellamy auf. Beide wussten es. Kounaeh starrte gefasst vor sich hin und erwartete den tödlichen Stich. Stille.

Kounaeh besann sich und das Pochen seines Herzens ging über

in den rhythmischen Galopp seines Totems. Vor seinem geistigen Auge sah Kounaeh den Büffel über die endlose, grasbewachsene Prärie galoppieren. Er war bereit, seinen Ahnen zu folgen und schloss ergeben die Augen. Bellamy indes holte weit aus.

„Jonathan!", schrie die Frauenstimme durch den Wald. „Jonathan, nein!"

Bellamy hielt inne und wand den Kopf. Verzückt, besänftigt wie ein zorniges Kind, das Trost erfährt, sah er mit einem Mal aus.

„Miss Wellington!", schluchzte er mit gutmütigem Trotz und wischte sich mit dem Handrücken über das Gesicht. Tränen traten ihm in die Augen und er musste schlucken.

„Jonathan! Tut das nicht! Ich bitte Euch!", flehte Audrey.

Sie war der Grund, die Wahrheit und der Sinn. Sie beherrschte sein Denken und seit er sie das erste Mal gesehen hatte, begann für ihn eine neue Zeitrechnung.

Seine Erinnerungen und all das, was ihn als Menschen geprägt und ausgemacht hatte, war nicht mehr wichtig. In seinem Leben zählte nur noch sie und es verging seitdem kein Morgen und kein Abend, an dem er nicht an sie dachte. Wie sehr er sie doch liebte und sich nach ihr verzehrte. Nun erkannte er, wie aussichtslos alles war und was es aus ihm gemacht hatte. Alle diese Verbrechen hatte er getan, um erhört zu werden, um geliebt zu werden. Und es war der Moment der Wahrheit, der ihn zwang, zu erkennen, dass er in seiner blinden Leidenschaft das Falsche getan hatte. Mut und Niedertracht rangen in ihm. Der Mut gewann und Leere tat sich in ihm auf. Es war eine bittere Erkenntnis. Bitter und befreiend. Es brach ihm das Herz. Es war zu Ende.

Kounaeh, tief in sich versunken und bereit, zu seinen Ahnen zu gehen, hatte Audreys Zwischenruf nicht gehört. Der sicher geglaubte tödliche Hieb blieb aus. Der Galopp des Büffels ging wieder in sein Herzpochen über. Kounaeh spürte Oberwasser.

Überlebenswille. Wenn überhaupt, war dies seine letzte Chance. Es ging so schnell. Kounaeh drehte sich auf dem linken Fuß und trat mit dem rechten nach hinten aus. Blitzschnell. Der Stoff seiner Hose machte ein flappendes Geräusch wie ein aufschlagendes Segel, das in allen Ohren schallte.

„Neeeiiiinnn!", gellte Audreys Schrei durch den Wald. Sie hielt sich die Hände vors Gesicht und sank auf die Knie.

Es war nicht mehr aufzuhalten. Kounaeh traf Bellamys Messerhand. Die Klinge kehrte sich um und fuhr dem Sekretär lautlos wie die Erkenntnis in die Brust. Dunkel färbte sich das Hemd um den Schaft.

Bellamy stöhnte auf und wankte zurück. Er hielt den Schaft umfasst und schien nicht zu verstehen, was geschehen war. Er wankte. Audrey wollte auf ihn zulaufen, um ihn zu stützen. Er ächzte und verbat sich mit Einhalt gebietender Hand jede Hilfe. Rücklings tappte er umher, als könne er sich dem kalten Stahl entziehen, der in seiner Brust steckte. Dann fiel er in eine moorige Grube, deren Ränder aufschwappten. Bis zur Brust reichte ihm der Morast.

„Ich habe Euch geliebt!", schrie er, haderte, stöhnte und wand sich. Dann spie er ihnen die Worte entgegen, über die sie zu Anfang so gerätselt hatten: „Wie eine klare Sternennacht, so nah und doch so fern, nicht wissend um des Sternes funkelnden Feuers, welches leuchtet, Euch zu erreichen ...", heulte er auf, „hoffend auf eines langen Weges Ziel", schloss er leise.

So lautete die Inschrift auf dem blauen Flakon. Bellamy war nicht mehr zu sehen. Eine Pfütze hatte sich dort gebildet, wo sein Kopf versunken war.

Das Feuer fraß sich gierig und fauchend durch den Wald. Bäume knickten oder fielen einfach in sich zusammen. Funken stieben knisternd auf und die Hitze ließ das Himmelsblau flimmern.

Warm umspülte das Wasser ihre Knie. Sie hatten es bis zu der kleinen Bucht geschafft. Dort standen sie und sahen auf das Inferno, während hinter ihnen die Sunflower in der Dünung dümpelte. Käpt'n Bartlett, William, Trevor, Audrey, Dr. Pargether – gestützt von Kounaeh und John, der Peter in seinen Armen hielt. Wie ein Hauch aus der Hölle wallte ihnen die Hitze entgegen. Wildentschlossene Funken legten immerhin drei Viertel des Wegs zu ihnen zurück, ehe sie aufgaben und verglühten.

Besorgt sah sich Käpt'n Bartlett nach dem Schiff um.

„Es hat keinen Sinn mehr, länger zu warten", sagte der Käpt'n.

Tiere irrten vereinzelt am Strand entlang und wussten nicht, wohin sie sollten, da sie weder den Menschen, noch dem Feuer zu nahe kommen wollten. Doch schließlich flüchteten sie an Bartlett und den Seinen vorbei und weiter den Strand entlang.

„Nur noch eine Weile", sagte Audrey. „Das sind wir Horatio schuldig."

„Er weiß, wo das Schiff liegt. Wenn er es geschafft hätte, wäre er schon lange hier", pflichtete Trevor dem Käpt'n bei.

„John und Kounaeh! Rudert mit den Verletzten zuerst herüber!", befahl Bartlett den Aufbruch.

Die Verletzten waren soeben behutsam in die Jolle gelegt worden, als sie Audrey „Da!" ausrufen hörten. „Da!", wiederholte sie und deutete in die Richtung. „Seht nur!"

„Was zum Teufel ist denn das?" Bartlett kraulte sich unschlüssig den Bart.

Es war ein Tier und dieses Tier hielt schnurstracks auf sie zu. Ein höchst seltsames Tier. Über und über mit grünem Pelz bewachsen. Haare und Bart waren so lang und zottelig, dass es aussah, als hätte es sich eine Decke über den Kopf gezogen. Flammen züngelten an seinem Hintern und von seinem Kopf stieg Wasserdampf auf. Es unkte und gestikulierte wild.

Lebte auf La Tortuga ein ähnlich grausiges Geschöpf wie der Zweiköpfige im Dschungel? Man war ja schon einiges gewohnt. Ein Moorgeist vielleicht? Juchzend hielt es weiter auf sie zu.

Niemand wusste, was davon zu halten war und vorsichtshalber legte der Käpt'n die Hand an das Heft seines Degen. Im Näherkommen erkannten sie, dass dieses Geschöpf mit allerhand moosigem Algenzeug behangen war.

„Brrrssslll … brrssllll", drang es undeutlich unter dem Grünzeug hervor. Das Geschöpf sprang wie ein Affe im Kreise vor ihnen herum. Doch wie es das sagte, hörte es sich ganz nach Horatio an. Dann zog es sich das dampfende Grünzeug vom Kopf und tatsächlich: Es war Horatio!

„Nach Bristol?", war er nun deutlich zu hören, nachdem er sich des Behangs entledigt hatte.

„Nach Bristol!", bestätigte Bartlett mit sorgenvollem Blick auf die Flammen am Hintern des Gauklers.

Horatio war kaum zu halten. Mit dem Sieg über die Piraten und überglücklich der Feuersbrunst entkommen, hatte er von seinem züngelnden Hinterteil noch nichts bemerkt. Er war so aufgepeitscht, so voller Kampfesgeist und Euphorie, dass er sich drohend der Feuerwand zuwandte.

„Beleidigt mich, demütigt mich, sperrt mich ein oder hängt mich …", ereiferte er sich mit geballter Faust, „es ist mir einerlei und kümmert mich nicht. Doch eines verbiete ich mir auf das Schärfste …", Horatio steigerte sich imposant, während Trevor anfing, die Flammen an seinem Hintern auszuklopfen, „ich verbiete mir, dass Ihr mich langweilt!", schloss er mit stolz erhobenem Kopf.

Mit einem Klaps löschte Trevor das letzte flammende Zünglein.

„Was erlaubt Ihr Euch?", fragte Horatio unverständig über seine Schulter hinweg.

Stark sein

Die Sunflower zog durch die Zeit. Durch die endlose Zeit in diesem endlosen Meer. Wie ein versprengtes Junges, das verzweifelt versucht, zur Herde aufzuschließen – die Sturmesmeute im Rücken. Der Himmel war so bleiern wie das Wasser und in diesem Grau war keine Kimm auszumachen. Grau in grau ging das Meer wie eins in den Himmel über. Vereinzelt leuchteten stumme Blitze. Der Abend brach an. Nur Großsegel und Außenklüver waren gehisst. Derart unvollständig mutete das Schiff verletzt an.

Zehn Mann, eine Frau und ein Junge reichten nicht, um mit allen Segeln zu manövrieren. So brauchte es Zeit. Zeit, die sie nicht hatten. Tapfer und unablässig teilte der Bug das Meer.

Der zweiunddreißigste Tag auf See. Soviel war sicher. Doch was hieß das schon, wenn alles andere ungewiss war. Die Vorräte gingen zur Neige. Die genaue Position war unklar. Es hatte lange nicht geregnet. Denn das Schicksal hatte alles Wasser aufgesammelt, um es in dieser einen Nacht, der Schicksalsnacht, über dem Schiff auszulassen. Wieder erhellte ein Blitz das Grau. Das folgende Donnergrollen mahnte zur inneren Einkehr. Noch war Zeit dazu. Und der Wunsch, im Reinen zu sein, war in dieser Stunde groß. Die Zeichen des Sturms waren untrüglich.

Die Laterne an der Decke der Kapitänskajüte schwankte umher. Das warme Licht zerrte an den Schatten, als sei der ganze Raum in Bewegung.

Auf einem Schemel sitzend, wachte Dr. Pargether nahe beim Bett. Seine Hand ruhte auf der Stirn der bleichen, dürren Gestalt mit den stumpfen Augen und den rissigen Lippen. Eine friedvolle

Aura umgab den Kranken. Das Heck der Sunflower hob sich. Der Seegang nahm zu. Der Fuß der Laterne tockte erstmalig an die Decke und schwang wieder zurück. Dr. Pargether sah hinauf und lächelte müde. Wie ein Lotse schien die Funzel unablässig Hilfe herbeizuwinken.

„Bitte ...", flüsterte Peter schwach. Sein Atem ging flach.

„Ich werde es tun", beruhigte der Arzt und drückte die kaltschweißige Hand. „Ich bin gleich zurück", sagte er und verließ den Raum.

Es war der schwerste Gang in seinem Leben. Er trat aus der Achterkajüte und warf einen Blick hinauf in das hoffnungslose Grau des Himmels und schlug fröstelnd den Mantelkragen hoch. Über die Kuhl machte er sich auf in das Mannschaftsquartier. Das Schiff war so seltsam leer. Als Arzt verdrängte er den Gedanken an ein Totenschiff.

„Miss Wellington!"

Audrey hörte des Doktors Stimme in ihrem Rücken. Mit Tränen in den dunkel geränderten Augen sah sie dem Doktor ins Gesicht. Sie wusste, was er zu sagen gedachte.

„Nein", begann sie mit tränenerstickter Stimme. „Bitte, sagt mir nicht ..."

Der Doktor schüttelte mit besänftigender Traurigkeit den Kopf. „Es ist Zeit. Kommt! Er will Euch sehen."

Audrey betrat die Achterkajüte. Eisiger Wind pfiff hinein und sie schloss eiligst die Türe.

Sie hatten einander wieder, sie waren glücklich und vereint und nur das zählte. Eine Gnade, für die sie so dankbar waren und nicht wagten, auf mehr zu hoffen. In dieser Stunde war die Zeit so unendlich kostbar. Es war dieses Gefühl, in Anwesenheit des Anderen vollwertig zu sein, wie man es das ganze Leben lang sein sollte. Audrey nahm alles in sich auf, denn sie fürchtete, den Rest ihres Lebens davon zehren zu müssen.

Bei ihrem Anblick bäumte sich Peter so gut er nur konnte auf. Schnell war sie bei ihm, setzte sich auf die Kante des Bettes und führte seinen Kopf behutsam in das Kissen zurück. Sie sahen einander an. Seine Augen flackerten und er mühte sich, den Blick in ihre Augen zu halten. Seine Lippen zuckten und sie strich ihm über das Haar.

„Ich wollte ...", erschöpft machte er eine Pause, „ich wollte dir danken", hauchte er leicht und ohne Bitterkeit.

Mit zärtlicher Schwäche griff er nach ihrer Hand und sank tiefer in das Kissen. Audrey weinte. Dann begann es zu donnern.

Ein duftender warmer Sommermorgen. Die Sonne glitzerte durch das Grün der mächtigen Eiche, an deren Fuß William saß und vor sich hingrübelte. Von seiner Anhöhe aus sah er auf das Kornfeld. Das Gold des Korns war gesprenkelt vom Blau der Kornblumen und vom Rot des Klatschmohns. Leicht ging der Wind um die Ähren und ließ sie rascheln. Es war andächtig, friedvoll und still. Der Ausblick auf das Korn reizte Williams Augen zum Verweilen.

Er hatte viel gesehen und viel erlebt. Vielleicht sogar mehr, als es einem Jungen seines Alters zuzumuten war. Die Arme hatte er um seine angezogenen Beine gelegt und dennoch wippten seine Knie unschlüssig und hadernd umher.

Darf passieren, was nicht passieren darf? Was ist Gerechtigkeit? Ist das Leben immer gerecht? Wie ist das mit dem Glauben an das Gute? Fragen und Antworten, Antworten und Fragen, die ihm doch keiner beantwortete. Es war so knapp ausgegangen. William seufzte schwer. Bitterkeit stieg in ihm auf. Heißt es nicht, die Zeit heile alle Wunden? So viele Tote. Von dem jungen David Weller, über Bootsmann Rawlings bis zu ... William schüttelte den Kopf. Er verdrängte den Gedanken daran.

Ewig hätte er noch seinen dunklen Gedanken hinterher gehangen. Doch das Geläut der Glocke riss ihn heraus.

William stand auf und klopfte sich die Hose ab. So fein herausgeputzt wie er war, hätte Käpt'n Bartlett ganz sicher mit ihm geschimpft, dass er sich so einfach an den Fuß eines Baumes setzte. Der Stoff seiner Hose war feingewebt und schwarz. Gewiss war kein Schmutz zu sehen. Und sein weißes Hemd mit der Weste war sowieso durch das steife Sakko mit dem großen Kragen und den schräg verlaufenden Knopfreihen geschützt. Den Staub auf dem Spann seiner blankpolierten Schuhe wischte er kurzerhand an der Wade ab.

Wird schon keiner merken, dachte er sich gleichmütig.

Wieder läutete die Glocke. William mochte nicht in die Kirche gehen. Gab es nicht noch irgendetwas, das er tun musste? Mit der flachen Hand wischte er sich über den blonden Scheitel, strich sich über die Brauen, zog seine Hose zurecht, weitete seinen Hemdkragen und polierte nochmals seine Schuhe an der Wade, zog die Nase hoch und bleckte die Zähne – fertig! Unmutig stampfte er los, hielt unschlüssig wieder an und ging diesmal in die Knie, um die Weite seines Hosenbundes zu prüfen. Es war in Ordnung. Nichts war mehr zu tun.

Die Glocke drängelte. William, wo bleibst du denn?, hörte er sie in der Glockensprache rufen.

Er durfte nicht zu spät kommen. Er hatte so seine Mühe, die schwere eisenbeschlagene Eichentüre zur Kirche aufzutun. Allein betrat er die Kirche und glaubte, den Geistlichen missmutig aufblicken zu sehen. Überhaupt jeden, glaubte er, missmutig aufblicken zu sehen. Doch der Einzige, von dem er ganz sicher wusste, dass er missmutig oder besser mürrisch war, war Käpt'n Bartlett.

„Pssssst! Hierher!", zischte er knapp.

William schlich sich geneigten Kopfes an den räuspernden

schwarzen Reihen vorbei.

„Noch nicht einmal jetzt kannst du pünktlich sein. Wo hast du nur gesteckt, Bursche?"

„Spazieren."

„Hat man Töne!", schnaufte Bartlett leise. „Geht einfach so spazieren. Tssss. Ich habe Horatio schon zweimal geschickt, nach dir zu sehen."

Horatio nickte wie ein Musterschüler. Dies tat er jedoch nicht ohne den Anflug eines schelmischen Grinsens in seinem Gesicht. Er konnte trotz der Umstände nicht anders.

William wollte soeben etwas erwidern, als sein Blick auf Audrey fiel. Sie unterdrückte ein Schluchzen, als sie an der Hand ihres Vaters hineingeführt wurde.

Die Orgel spielte auf und alle erhoben sich. Sie sah so wunder, wunderschön aus. Sie trug ein leuchtend-weißes Kleid mit einer langen Schärpe, die ihr sanft und lautlos folgte, als schwebe sie über den Boden. Ihr schwarzes Haar war wieder gewachsen. Sie war die schönste Braut, die Bristol je gesehen hatte. Graziös, anmutig wie aus einer anderen Zeit, schritt sie an dem staunenden William vorüber.

Mit offenem Mund starrte er ihr nach, kratzte sich am Kopf und war sich sicher, dass sie ihm kaum merklich hinter ihrem Schleier zugezwinkert hatte.

Peter, der am Altar stand und bis dahin nervös auf der Stelle getreten war, wurde mit einem Mal ganz ruhig. Liebevoll und voller Bewunderung streichelten seine Augen jeden ihrer Schritte, die sie auf ihn zutat. Ihre Liebe hatte ihm die Kraft gegeben. Und wie er sich Audrey und damit auch allen Anwesenden zuwandte, rückte er für einen kurzen Moment in die Aufmerksamkeit aller.

Es war ein Wunder, dass Peter das alles überlebt hatte. Deutlich kräftiger war er geworden, auch wenn er der Haushälterin, Mrs. Blix, immer noch zu mager war. Die gerötete Narbe an seinem linken Auge ließ es traurig aussehen und von Zeit zu Zeit tränte es. Doch war es nur eine Narbe. Denn Peter war der glücklichste junge Mann in ganz Bristol und Audrey liebte ihn für sein trauriges Auge umso mehr. Es war diese Narbe, die sie in guten und schlechten Zeiten stets daran erinnerte, was sie füreinander durchlebt und eingegangen waren.

Als Mann und Frau traten sie unter dem Jubel aller aus der Kirche und küssten sich. Weiße Tauben stiegen flatternd in den sonnigen Himmel auf und drehten gurrend ihre Kreise um die Kirchturmspitze. Ein glücklicher Tag.

Lampions, weiße Tischdecken und kleine gute Feen

Der Abend sank auf Kessington Hall nieder. Der weitläufige Garten war erfüllt von Stimmengemurmel, Gläserklirren und Kinderlachen. Überall hingen warm leuchtende Lampions und in den Rosensträuchern und kunstvoll geschnittenen Hecken schwebten stumm die Glühwürmchen – wie Elfen mit leuchtenden Zauberstäben.

Der Abend schritt voran und nachdem den gesellschaftlichen Pflichten an diesem lauen Sommerabend Genüge getan war, bat Peters Vater, Harold Jenkins, alle, die mit dem Abenteuer zu tun hatten, zu einem kleinen Umtrunk in die Bibliothek.

Wie alle anderen Räume auf diesem prächtigen Anwesen, war auch die Bibliothek ein hoher Raum mit knarrendem Holzboden. Die dunklen Regale waren dicht mit Büchern gefüllt und reichten bis zur Decke. Um an die oberen Exemplare zu kommen, stieg man auf eine Leiter, die in Schienen gefasst war. William erkannte gleich, dass es gehörigen Spaß machen musste, auf der Leiter von der einen Seite des Raumes zur anderen zu schlittern. Es fiel ihm schwer, sich zu beherrschen.

Die Fenstertüren zur Terrasse waren weit geöffnet und kühle Abendluft wallte hinein. Vorsorglich hatte man ein kleines Feuer im Kamin entfachen lassen. Brandy machte die Runde. Nur Audrey lehnte dankend ab. Der Gedanke daran schüttelte sie. Mit Gräuel erinnerte sie sich an den Fusel, den ihr Oak at the Holly auf der Sunflower aufgezwungen hatte. Sie und William tranken lieber gekühlte Limonade. Nachdem soweit jeder versorgt war, herrschte für eine Weile einträchtige Stille.

Peter hob sein Glas. „Lasst mich heute an diesem, unserem Ehrentag ...", liebevoll schaute er zu Audrey, „euch allen danken. Ich hatte keine Hoffnung mehr, meine Familie, England und Kessington Hall wiederzusehen. Viel Zeit ist vergangen. Und so ganz kann ich mein Glück noch nicht fassen. Dies alles verdanke ich eurem Mut und eurer Beharrlichkeit. Ihr, die ihr Fremde wart, und denen ich mein Leben und mein Glück zu verdanken habe. Freunde sind ein hohes Gut. Danke für alles!", schloss Peter und nahm einen Schluck.

„Ich schließe mich den Worten meines Sohnes an. Danke für alles. Ich stehe auf ewig in eurer Schuld!", sagte Harold Jenkins.

John war nicht wohl. Als Leibeigener war er es nicht gewohnt, dass sich so feine Leute bei ihm bedankten.

„Ich kann immer noch nicht fassen, dass es Bellamy war, der von Anfang an versucht hat, deine Rettung zu verhindern", sagte Harold Jenkins selbstzweifelnd. „Ich kannte ihn so lange Jahre und vertraute ihm blind. Und ich will nicht glauben, dass Bellamy immer so gewesen ist. Man glaubt, jemanden lange Jahre zu kennen und doch habe ich nicht gemerkt, was in ihm vorging und wie er sich verändert hatte."

„Bellamy hat uns allen etwas vorgemacht", sagte Käpt'n Bartlett. „Er hat den schwächlichen Buchhalter nur gespielt. Wie wir nun wissen, war er hundsgefährlich. Niemand hätte ihm das zugetraut. Nur eines ist gewiss, er liebte Euch, Miss Wellington." Bartlett stutzte einen Moment. „Ahem, ich meine natürlich, *Mrs. Jenkins*."

Alle schmunzelten.

Schließlich fuhr der Käpt'n fort: „Er war besessen von Euch. Jeden Tag sah er Euch und doch ohne Hoffnung, je erhört zu werden. Irgendwann hat er sich in seiner Leidenschaft verloren. Erinnert Euch an die Gravur auf dem Flakon: *Nicht wissend um des Sternes funkelnden Feuers, welches leuchtet, Euch zu erreichen, hoffend auf eines langen Weges Ziel*. Er hat damit versucht, es Euch zu sagen. Die Geschenke, die ihr seit Peters Abreise erhalten habt, stammten alle von Bellamy."

„Es muss ihm wie eine Vorsehung, wie ein guter Wink des Schicksals erschienen sein, als Käpt'n Bartlett zurückkehrte und die schlimme Botschaft überbrachte, dass Peter auf La Tortuga festgehalten werde und nur gegen Lösegeld freikommen werde", sagte Trevor.

„Nur verstehe ich nicht, warum er Käpt'n Bartlett dann umbringen wollte", sagte Audrey.

„Ich verstehe es nur zu gut", sagte Bartlett und versuchte, in seinem Brandyglas zu lesen. „Während der Rückreise hatte ich genügend Zeit, mir einen Plan zu Peters Rettung zu überlegen. Grundvoraussetzung hierfür war, dass die Rettungsmission geheim blieb. Niemand durfte etwas erfahren. Deshalb hatte ich der Mannschaft gesagt, Peter wäre tot. Getarnt als Handelsreise, so mein Plan, sollten wir aufbrechen, um Peter zurückzuholen. Ich war der Einzige, der wusste, dass Peter noch am Leben war. Teufel noch mal! Ich konnte nicht wissen, was Bellamy umtrieb und so machte ich den Fehler, ihm von meinem Plan zu erzählen. Und so, wie ich es ihm erzählte, fasste er den Entschluss, mich zu ermorden."

„Niemand hätte jemals erfahren, dass Peter noch am Leben war", schlussfolgerte Horatio.

„Ja!", stimmte Bartlett zu und stutzte. „Eines versteh ich jedoch nicht. Er ist doch persönlich nach Kessington Hall geritten, um die Familie zu verständigen. Und während der Rückreise war er doch stets anwesend, nicht wahr?"

„Ja, das ist richtig", stimmte Harold Jenkins zu.

„Und doch muss er nach der Ankunft in Bristol Zeit gefunden haben, mir in den dunklen Gassen aufzulauern", sagte Bartlett verbissen.

„Ich erinnere mich. Kaum waren wir vor dem Stadthaus vorgefahren, bestand er darauf, die Pferde zu versorgen. Es war zwar ungewöhnlich, aber in der damaligen Aufregung maß ich dem keine Bedeutung zu", sagte Harold Jenkins und atmete beunruhigt ein. „Nun wissen wir, warum", fügte er an.

„In dieser Nacht hat William mir das erste Mal das Leben gerettet. Es war ein Rückschlag für Bellamy. Aber er gab nicht auf. Nun musste er mit auf die Reise, wenn er Peters Rettung verhindern wollte."

Horatio staunte nicht schlecht. „Und doch hatte er von vornherein nichts anderes im Sinn, als zu sabotieren."

„So ist es", stimmte Bartlett zu. „Doch vorher musste er noch etwas tun."

„Was?", fragte Harold Jenkins.

„Ich fürchte, er brachte den jungen David Weller um."

„Aber er ist doch betrunken in den Avon gestürzt. Es war ein Unfall."

„Ich glaube nicht recht an einen Unfall."

„Warum sollte er das getan haben?"

„Weil der junge Mann es gewagt hatte, um Eure Schwiegertochter zu werben." Bartlett sah zu William. „William hier war Zeuge, wie Bellamy sagte, dass jeder, der zwischen ihm und Audrey steht, nichts anderes als den Tod verdient hat."

Alle sahen sich schockiert an und schüttelten die Köpfe. Daran hatte noch niemand gedacht.

„Ich habe ihm Unrecht getan", sagte Audrey traurig. „All diese teuren Geschenke und Blumen. Ich dachte, sie kämen von David. Also hab ich ihm unmissverständlich mitgeteilt, dass ich mir weitere Aufmerksamkeiten verbiete. Ich habe ihm sogar gedroht, ihn anzuzeigen und aus der Stadt werfen zu lassen. Es tut mir so leid."

„Ihr konntet es nicht wissen. Wie ich schon sagte, hat Bellamy uns alle getäuscht", sagte Bartlett tröstend.

„Der Käpt'n hat recht", stimmte ihr Schwiegervater zu. „Doch eines konntest du wissen", sagte er tadelnd. „Es war unverantwortlich und dumm von dir, heimlich auf das Schiff zu schleichen, Audrey! Wir haben dich eine Woche lang gesucht, bis wir endlich deinen Brief fanden, indem du alles erklärt hattest. Wir waren in großer Sorge um dich."

Audrey senkte den Blick. „Ich hatte keine Wahl, Vater. Ich musste es tun."

„Und es war gut, dass sie es getan hat", stand ihr Peter zur Seite. „Ohne sie wäre ich heute nicht hier."

Noch nicht überzeugt, wollte Harold Jenkins den beiden an ihrem Ehrentag nicht widersprechen. „Wie ging es weiter?", richtete er die Frage an Käpt'n Bartlett.

„Bellamy war nicht der Einzige an Bord, der ganz eigene Vorhaben verfolgte. Es gab noch jemanden, der sein eigenes Süppchen kochte."

„Der Prediger?"

„Nein, ihn meine ich nicht. Es war Bootsmann Rawlings.

Erinnert Ihr Euch an die Auseinandersetzung mit Eurem Konkurrenten Reginald Bowler? Wie er in Euer Haus kam und Euch unverholen drohte, falls Ihr nicht die Preise erhöht?"

„Was hat Bowler damit zu tun?"

„Ich hab ihm auf den Zahn gefühlt und ihm gesagt, dass er vor Gericht kommt und bestraft wird. Das hat seine Zunge gelockert. Er war es, der Rawlings den Auftrag gegeben hat, auf der Sunflower anzuheuern. Rawlings war Bowlers Mann. Bowler ging aber davon aus, dass es tatsächlich eine Handelsreise war und Rawlings hatte die Aufgabe, zu spionieren und alles zu tun, um einen wirtschaftlichen Erfolg zu verhindern."

„Und Bellamy hat Rawlings ermordet, weil er Schaden von der Company abwenden wollte", mutmaßte Harold Jenkins.

„Mag sein." Bartlett nahm einen Schluck Brandy. „Doch viel wahrscheinlicher ist es, dass Rawlings deshalb sterben musste, weil er Bellamys Spiel durchschaut hatte."

„Wie das?", fragte Peter.

„Rawlings war kein Dummkopf. Durch das Wirtshausgefasel Eures Cousins Percy wusste er, dass alles nur ein Vorwand war und es letztlich darum ging, Euch zu retten. Rawlings wusste auch von dem Überfall auf mich. Und dann sah Rawlings etwas, das William und ich erst viel später bemerkten: den Schnitt an Bellamys Gürtel. Folgerichtig schloss er daraus, dass Bellamy mich töten wollte und hielt ihn fortan im Auge. Als er beobachtete, wie Bellamy den Vogel tötete, sah er sich bestätigt, dass Bellamy etwas im Schilde führte. Bellamy hingegen muss gemerkt haben, wie Rawlings ihm auf die Schliche kam. Und so legte er den Gürtel mit dem verräterischen Zeichen ab und band sich stattdessen ein Seil um die Hüften", führte Bartlett aus.

„Ich dachte, er wäre seekrank und hätte so abgenommen, dass ihm der Gürtel zu weit geworden war", sagte Horatio.

„Das dachte ich auch." Bartlett nickte zustimmend. „Es wäre

ein Leichtes gewesen, mit einer Ahle ein Loch hinzuzufügen oder den verräterischen Gürtel über Bord zu werfen."

„Stattdessen gab er ihn mir und lenkte so den Verdacht auf mich. Ich argwöhnte nichts und nahm ihn prompt an", sagte Dr. Pargether ärgerlich und rieb sich die Stelle am Kopf, wo ihn Williams Knüppel getroffen hatte.

William zuckte bedauernd mit den Schultern.

„Rawlings muss sich sehr sicher gefühlt haben. Bellamy hatte die Lunte jedoch gerochen und Rawlings Tage waren damit gezählt", sagte Trevor.

„Rawlings wurde zu gierig", führte Käpt'n Bartlett weiter aus. „Er hätte gleich damit rausrücken müssen. Doch zog er es vor, ein riskantes Spiel zu spielen. Und ohne es zu ahnen, war sein Leben der Einsatz. Rawlings überlegte, wie er das, was er gesehen hatte, in bare Münze wandeln konnte. Hinzu kam, dass Rawlings mich verdächtigte, gleichfalls ein doppeltes Spiel zu spielen. Er wollte einen Anteil am Lösegeld."

„Ich muss gestehen, Käpt'n Bartlett ...", begann Audrey zögerlich, „ich hatte bisweilen auch den Eindruck, dass Ihr alles eingefädelt hattet, um Euch an dem Lösegeld zu bereichern. Wir wussten nichts – außer dem, was Ihr uns gesagt hattet."

„Es war ein einziges Misstrauen an Bord und ich gebe zu, dass ich diesen Verdacht, so ungerechtfertigt er auch war, damals nicht hätte entkräften können. Ich war mir dessen bewusst und es war mir unerträglich. Nun denn ..."

Wieder nahm der Käpt'n einen Schluck.

„Auf jeden Fall kam Rawlings nicht mehr dazu, mir zu verraten, wer den Vogel getötet hatte. Kurz vor dem Sturm erstach ihn Bellamy. Und wieder hatte Bellamy Pech. Rawlings verfing sich im Tau, als er tödlich verletzt über Bord ging. Als wir ihn herausfischten, stellte Dr. Pargether fest, dass er ermordet wurde. Die Meuterei brach aus und die Dinge verselbständigten sich."

„So weit, so gut ...", brachte sich Harold Jenkins ein. „Doch sagt mir, was hatte es mit diesem rätselhaften Reverend auf sich?"

„Das werden wir nie erfahren", antwortete Trevor. „Er war ein verrückter Eiferer, der sich auf den Meeren herumtrieb. Wehe dem Schiff, das ihn aufnahm. Dann schon lieber die Pest an Bord."

„Eines versteh ich noch nicht", sagte Horatio nachdenklich. „Ich meine ...", unbeholfen fuchtelte er mit den Händen und stellte sich die Geschehnisse nochmals vor, „wir alle haben gesehen, wie vier Wilde Bellamy im Dschungel umstellt hatten. Wie hat er es geschafft, nach La Tortuga zu kommen?" Horatio sah fragend zum Käpt'n.

„Ja!", stimmte der Käpt'n zu. „Wir haben gesehen, wie die Wilden Bellamy umstellt hatten ...", sagte er und machte eine bedeutungsvolle Pause. „aber nicht mehr. Er verstand es, meisterlich zu kämpfen und er war drauf und dran, Kounaeh den Garaus zu machen. Die Wilden werden sich ganz schön umgesehen haben. Und was seine Reise nach La Tortuga anbelangt, habe ich mir lange den Kopf darüber zerbrochen, aber dann erinnerte ich mich, dass eine Jolle fehlte, als wir wieder an Bord waren. Von der Moskitoküste bis nach La Tortuga sind es etwa 200 Seemeilen. Keine unmögliche Distanz. Und nachdem wir nun wissen, wie er es verstand, zu kämpfen, überrascht es mich nicht, dass er es wohl auch verstand, zu navigieren und zu segeln."

Sie schwiegen eine Weile. Und in dieser Besinnlichkeit fanden ihre Gedanken nahezu gleichzeitig zu ihm. Er, stolz und schweigsam. Ein Kämpfer, verlässlich an ihrer Seite und doch immer eine gewisse Distanz wahrend.

Horatio kam als Erster auf ihn zu sprechen.

„Käpt'n! Was hat Euch Kounaeh zum Abschied gesagt? Ich sah, wie ihr beieinander standet."

„Als sie ihn gefangen, geschlagen, eingesperrt und wie ein Tier nach England verschifft hatten, da schwor er sich blutige Rache. Alle weißen Männer waren böse und schlecht. Und sollte es sich ergeben, dass er jemals frei kam und in seine Heimat zurückkehrte, schwor er sich, jedes Bleichgesicht mit Blut dafür bezahlen zu lassen."

Der Käpt'n sah in die Runde.

„Als unser Gefährte hatte er gelernt, dass es unter den weißen Männern wie auch unter seinem Volk Gute und Böse gab. Das Überleben seines Volkes hing davon ab, dass die Guten zusammenkommen. Das gab ihm Hoffnung und er sagte mir, diese Hoffnung wolle er zu seinem Stamm tragen. Es war das erste Mal, dass ich ihn lächeln sah."

Wieder schwiegen sie und riefen ihn sich noch einmal in Erinnerung. So, wie sie ihn das letzte Mal gesehen hatten, als er kühn von der Reling sprang und hinüber auf das amerikanische Festland schwamm. Eine einsame Bucht. Und als er sie erreicht hatte, kletterte er auf den Felsen. Dort blieb er stehen: stolz und frei. Sein schwarzes Haar wehte in der Brise, als er zum Abschied ein letztes Mal die Hand hob und zusah, wie die Sunflower immer kleiner wurde, bis sie am Horizont verschwand.

„Ob er es geschafft hat?", fragte Dr. Pargether.

„Gewiss", antwortete der Käpt'n. „Es ist zwar spanisch besetztes Gebiet. Aber er wollte Städte und Dörfer meiden und nur des Nachts gehen. Nordwestlich solle er sich halten und er wird das Gebiet der Shawnee erreichen. Er ist leise und schnell. Ein zweites Mal wird er sich nicht fangen lassen."

„Beinahe hätte ich es vergessen." Peter klatschte in die Hände. „William! Dein Verdienst an der Sache kann nicht hoch genug geschätzt werden."

Etwas schläfrig merkte William auf. Ob sie mir erlauben, mit der Leiter umherzuschlittern?, fragte er sich in Gedanken.

„Ohne dich wäre alles zu Ende gewesen", sagte Peter und verschwand, um kurz darauf mit einem Korb zurückzukehren. „Ich habe hier jemanden, der dich gerne wiedersehen möchte." Vorsichtig senkte Peter den Korb auf den Boden.

Aufmerksam sah William hinein. Der Korb war mit einer weichen Decke ausgelegt und darin lag die einäugige Sally inmitten ihrer bunten Katzenkinder. Es waren fünf an der Zahl. Ein weißes, ein schwarzes und drei gescheckte, bei denen jeweils eine Farbe, nämlich weiß, schwarz oder braun, vorherrschte. Unbeholfen tapsten sie fiepend umher.

„Sally!", juchzte William vor Freude, hob sie heraus, vergrub seine Nase in das weiche schwarze Fell, herzte, drückte und schmuste sie, als wolle er sie nie wieder loslassen.

Epilog

Es dauerte nicht lange und Käpt'n Bartlett wurde zunehmend mürrischer. Das Leben einer Landratte war nichts für ihn, wie er selbst zu sagen pflegte. Peter war gerettet und die Schuld war damit von ihm genommen. Nicht dass ihm jemals ein Vorwurf gemacht worden wäre, aber für sich selbst musste und hatte er es bereinigt. Er hasste große Worte und erst recht große Abschiedsworte. Still und ohne viel Aufhebens, eher beiläufig und heimlich stach er wieder in See. Die Nachfrage an Baumwolle und Tabak war gestiegen – Tabak aus Westindien.

John wurde von den Vorwürfen des Baron Serrow freigesprochen. Sicherlich spielte es bei dem Urteil eine Rolle, dass sich John um die einflussreiche Jenkins Trade Company verdient gemacht hatte. Überdies war Baron Serrow wegen seines Jähzorns und seiner Unberechenbarkeit in der Gegend berüchtigt und gefürchtet. Bei der Urteilsbegründung zeigte der Richter Verständnis für John und die Prügel, die er dem Baron zuteil werden ließ. Nichts lässt einen demütiger werden als ehrliche Prügel, hatte der Richter gesagt und zeigte sich über Serrow enttäuscht, dass es bei ihm offensichtlich nicht gefruchtet hatte. Weitere menschenverachtende Launen und Vergehen waren anhängig. Serrow blieb ein gehässiges, gepudertes Männlein.

Von der Belohnung kaufte John den Acker und bestellte ihn fortan als freier Mann. Er hatte gelernt, sich zu wehren und somit der Gerechtigkeit zum Sieg verholfen. Nach sieben Töchtern gebar ihm seine Frau noch ein Kind. Diesmal einen Jungen. Er war ein allseits geachteter Mann und wurde später in ein Richteramt bestellt. Gerechtigkeit blieb die Maxime seines Lebens. Nie wieder hatte er einen seiner gefürchteten Ausbrüche. Doch seine unerhörte Kraft blieb ihm bis ins hohe Alter treu.

Horatio wurde ein gefeierter Schauspieler. Allabendlich füllte sein Theaterstück *Abenteuer in Westindien* ganze Säle. Die Kritiker waren begeistert. Sogar aus London kamen die Leute, um ihn zu sehen. Mit der Zeit wurde er etwas fülliger und daher verlagerte er sich auf Charakterrollen. Seinem Erfolg tat dies keinen Abbruch. Das Publikum liebte ihn. Die Kurzweil des Schauspiels ist einem Degen gleich – er hatte es bewiesen!

Es war ein Wunder und niemand der Bristolner Bürger, die ihn kannten, hatte eine Erklärung dafür. Diese Reise hatte Trevor Biggs seltsam verjüngt. Des Öfteren wurde er im Vertrauten nach seinem Geheimnis gefragt. War es ein Jungbrunnen, den Ihr in der Ferne gefunden habt? Ein Weib, ein Elixier? Ein Kraut? Ein Zauber? Bitte lasst mich teilhaben! So oder so ähnlich wandten sich Dutzende an ihn. Er fühlte sich gut und war bereit, all jenen, die ihn abgeschrieben hatten, Paroli zu bieten.

Trevor Biggs hatte seine Leidenschaft wiedergefunden. Und es war diese Leidenschaft, mit der er seine Arbeit als Advokat wieder aufnahm. Denn nun wusste er: das Gesetz auf dem Papier ist nur so viel wert, wie sich ein gerechtes Herz findet, für das Recht zu streiten. Zu lange hatte er teilnahmslos die Dinge sich selbst überlassen, in der irrigen Annahme, das Papier spräche und stünde für sich selbst und da wäre halt eben nichts zu machen. Noch lange Jahre war er erfolgreich tätig. Sein erster Mandant war übrigens ein Pächter namens John Tarbat.

Dr. Pargether arbeitete wieder als Arzt. Eine Tätigkeit, die er nach diesem Abenteuer sehr zu schätzen wusste. Er war Arzt gleichermaßen für Arme und Reiche. Er war kein Mörder und seinen alten Namen Jeremy up Rhys legte er für immer ab. Vor langer Zeit in Schottland war er an das Wochenbett einer jungen Frau gerufen worden. Es hatte Komplikationen gegeben, weil der Ruf ihn viel zu spät ereilt hatte.

Der Vater, ein junger Adliger, hatte es vorgezogen, seine unstandesgemäße Liebschaft geheim zu halten. Stattdessen hatte sich der junge Mann selbst nach Anleitung eines Alchimisten und Kurpfuschers betätigt. Nur das Kind konnte gerettet werden. Viel zu spät hatte er Doktor Pargether um Hilfe gebeten und gab ihm die Schuld daran. Abelgy Wintersthale, der Detektiv, glaubte dem Doktor. Er kannte die rachsüchtige Familienbande seines Auftraggebers nur zu gut. Und so machte er sich auf und reiste zurück nach Schottland. Alle Auslagen wurden ihm großzügig erstattet. Der Arzt war nicht aufzufinden, lautete sein Resümee. Abelgy Wintersthale war des Suchens und Herumreisens müde. Ein Blick in den Spiegel genügte ihm, um zu wissen, dass es an der Zeit war, sich zur Ruhe zu setzen. Er war noch schrulliger geworden.

Audrey und Peter nahmen William in ihr Haus auf. Er lernte lesen und schreiben. Und reich war er, so reich, wie er es niemals für möglich gehalten hätte. Gewiss war die Belohnung für Peters Rettung stattlich. Doch sein eigentlicher Reichtum war ein grüner Stein gewesen, den er erst viel später in seiner Hosentasche gefunden hatte. Es war einer der Steine aus dem Dschungel, ein Smaragd! Der größte und reinste in ganz England und er war ein Vermögen wert.

Hin und wieder besuchten ihn im Traum seine Eltern. Sie freuten sich für ihn und waren sehr glücklich. Er musste nun nicht mehr stehlen. Und wenn er es doch einmal tat, dann nur, um in Übung zu bleiben. Und hierbei war es Ehrensache und es bedeutete ihm eine Herausforderung, das Gut auch wieder unbemerkt zurückzustecken. Diese Reise hatte ihm Glück gebracht.

In diesen Tagen zog es William oft ans Meer. Dort, an seinem Lieblingsplatz in einer kleinen Bucht, saß er dann stundenlang, sah zum Horizont hinaus und schmeckte die salzige Brise. Doch wer glaubt, der Geschmack auf seiner Zunge wäre ein Teil der Idylle und Romantik dieses schönen Plätzchens, der irrt. Weit gefehlt, lieber Leser! Es war der Geschmack nach neuen Abenteuern ...

ENDE

Ende? Noch nicht ganz ...

Hat es Ihnen gefallen?
Über Ihre Mitteilung würde ich mich sehr freuen.
Bitte nutzen Sie dafür das Kontaktformular
auf der Internetseite ***www.william-mellford.de***

Vielen Dank!

Herzlichst
Ihr
Markus Dohmen

Schiffsbegriffe

ABDREHEN: Änderung der Richtung eines Schiffes, um beispielsweise einem Riff auszuweichen.

ABLEGEN: Das Lösen der Leinen eines Schiffes vom Kai/Pier, um in freies Wasser zu gelangen

ACHTERDECK: Der hintere Teil eines Schiffes bzw. des Oberdecks

ACHTERN: Der Bereich hinter der Mittschiffslinie.

ANHEUERN: Sich zum Dienst auf einem Schiff melden. Auch Anmustern genannt.

ANKERSPILL: Eine Winde zum Heben/Einholen des Ankers

ANKERTROSSE: Dickes Hanftau, das bis etwa 1830 benutzt wurde. Danach wurden zunehmend Ankerketten verwendet.

AUSSENKLÜVER: Dreieckiges Segel am Bugspriet

„AYE": Mit diesem Ausruf bestätigt der Seemann, dass der Befehl verstanden wurde. Verwendung vornehmlich im englischen Sprachgebrauch

BACKBORD: In Fahrtrichtung die linke Seite des Schiffes

BESANMAST: Der hinterste Mast

BILGE: *Tiefste Stelle eines Schiffes. Dort sammelt sich meist Wasser, welches man auch „Bilgenwasser" nennt.*

BLOCK: *Flaschenzug aus Holz vornehmlich zur Richtungsänderung einer Last*

BRASSEN: *Taue, die an den Enden Rahen befestigt sind, um das Rahsegel horizontal zu schwenken.*

BRÜCKE: *Kommandostand des Schiffes. Dort befindet sich auch das Steuerrad.*

BUGSPRIET: *Ein Mast, der aufsteigend über den Bug hinausragt. Die Vorsegel werden dort angeschlagen.*

DECK: *Etagen/Geschosse (nicht Waffen) eines [Segel]-Schiffes. Entsprechend ihrer Nutzung wurde sie auch bezeichnet. So z.B. Unterdeck, Oberdeck, Batteriedeck, Achterdeck, Vorderdeck, Zwischendeck, Brückendeck, usw.*

DÜNUNG: *Wellenbewegung auf dem Meer bei Windstille.*

FADEN: *Bezeichnung einer Tiefenangabe auf Seekarten, und Längenmaß für Tauwerk, Ankerketten usw.*
   1 Faden = 6 englische Fuß = 1,8288m

FALL: *Tau zum Flaggen oder Einholen eines Segels.*

FIEREN: *Nachlassen eines Tau/einer Kette. Das Herunterlassen von Beibooten oder Proviant und Ausrüstung (in Netzen) wird Fieren genannt.*

FOCKMAST: Der vorderste Mast.

FREGATTE: Kriegsschiff mit drei Masten. Es kann bis zu drei Decks enthalten und mit bis zu 64 ausgestattet sein (Mitte des 17. Jahrhunderts)

GALERIE: Mit kunstvollen Schnitzereien verzierter Balkon am Heck eines Segelschiffes (17. und 18. Jahrhundert)

GANGWAY: Holzplanke/Steg, um vom Schiff auf den Kai zu gelangen (Verbindung Hafen–Schiff)

GRAD: Maßeinheit eines Kreises (360). Das Koordinatensystem der Erde ist in Längen und Breitengrade eingeteilt.

GRÄTING: Holzgitter zum Abdecken von Luken.

HALSEN: Kursänderung eines Schiffes dadurch, dass das Heck anstelle des Bugs durch den Wind gebracht wird (das Heck driftet).

HEUER: Lohn eines Seemannes

JAKOBSSTAB: Navigationsinstrument (15. bis 18. Jahrhundert) zur Höhenmessung von Gestirnen. Der Jakobsstab bestand aus einem quadratischen Längsstab, der durch die Mitte von Holzbrettchen geführt wurde (beweglich). Der Längsstab beinhaltete eine Gradeinteilung. Der Navigator bestimmte den Höhenwinkel eines Gestirns, indem er den Stab ans Auge hielt und die Brettchen (Schieber) nach der Kimm (Horizont) und dem Gestirn ausrichtete. Wenn der Schieber die Kimm und das Gestirn berührte (aus Sicht des Navigators), konnte mittels der Gradeinteilung der Höhenwinkel des Gestirns abgelesen werden.

JOLLE: Beiboot, z. T. auch besegelt

JOLLY ROGER: Totenkopfflagge

KIMM: Grenze von Himmel und Wasser am Horizont

KNOTEN: Maßeinheit, in der die Geschwindigkeit eines Schiffes angegeben wird (1 Knoten = 1 Seemeile [1,852 km] in der Stunde.)

KOMMODORE: Der erfahrenste Käpt'n einer Reederei (graue Eminenz)

KRÄHENNEST: Ausguck am Großmast

KUHL: Vertiefter Teil des Oberdecks (auch Mitteldeck genannt) zwischen Fock- und Großmast.

LANDEN: Seesoldaten vom Schiff an Land setzen

LÄNGSSEITS: Parallel zur Schiffsrichtung. Bezeichnung für das, was neben dem Schiff ist.

LEE: Zu dieser Seite weht der Wind hin

LUV: Aus dieser Richtung kommt der Wind.

MARS: Gerüstplattform an der Marsstenge. Dort befindet sich der Ausguck (Krähennest)

MEILE: Eine Seemeile entspricht 1852 Meter

MITTSCHIFFS: Die Mitte des Schiffes in Längsrichtung. Mittschiffs stehen die Masten

NAVIGATION: *Alle Maßnahmen, um den Kurs und die Lage eines Schiffes zu bestimmen*

PASSATWINDE: *Östliche Winde im Atlantik, Pazifik und indischen Ozean.*

PRISE: *Seebeute; Das Raubgut (Ladung) eines überfallenen (aufgebrachten) Schiffes.*

RAH: *Rundholz, das waagerecht vor dem Mast angebracht ist und das Rahsegel trägt.*

REFFEN: *Die Segelfläche wird verkleinert, damit z.B. bei Sturm die Segel nicht zerfetzt werden. Die Segel werden gerefft, um auch bei starkem Wind noch steuern zu können.*

RELING: *Geländer rund um das freiliegende Oberdeck*

RIGG: *Die Gesamtheit aller Segel, Masten und Taue zum Antrieb des Segelschiffes*

SCHOT: *Jedes Seil oder Tau, um Segel in den Wind zu stellen bzw. aus diesem herauszunehmen.*

SCHOTSTECK: *Knoten, um zwei Taue/Leinen unterschiedlicher Dicke zu verbinden.*

SEEGANG: *Oberflächenbewegung des Wassers (der See) verursacht durch Wind, Dünung oder Meeresstrom.*

SEEKRANK: *Auftretende Störung des Gleichgewichtssinnes des Menschen. Einhergehend mit Übelkeit, Erbrechen und Apathie.*

SHANTY: *Arbeitslied der Seeleute. Ein Vorsänger (Shantyman) singt die Texte und die Crew den Refrain.*

STEUERBORD: *In Fahrtrichtung die rechte Seite des Schiffes.*

SPAKEN: *Griffe am Steuerrad n/ Ankerspill.*

STÜCKPFORTEN: *Geschützluken für die Kanonenmündung.*

TAKELAGE: *siehe Rigg*

TALJE: *Flaschenzug aus Holz zum Heben und Ziehen einer Last*

TIEFGANG: *Eintauchen des Schiffskörpers von der Wasserlinie aus (wichtig beim Beladen des Schiffes)*

TROSSE: *Schweres Tauwerk u.a. zum Festmachen des Schiffes und zum Heben und Fieren des Ankers.*

WANTEN: *Treppenartige Webleinen (Taue), welche die Masten seitlich befestigen (superstabil). An ihnen steigt man zu den Segeln auf (Auf- bzw. Abentern). Sie sehen aus wie nebeneinander verknotete Strickleitern.*

Danksagung

Bei folgenden Personen möchte ich mich für Lob, Kritik, Unterstützung und Zuspruch bedanken:

Diane Ortlinghaus
(Eine wahre Instanz!)

Harry Dohmen
(Brüderchen!)

Heike Dahmann
(Analytisch, unbestechlich, unbezahlbar!)

Heinz Wisniewski
(Alter Freund aus alten und wilden Zeiten im Tal der Seligen!)

Ingo Rey
(Schöne Wochenenden und gute, spendende Lagerfeuergespräche,
nie langweilig!)

Monika Leufgens
(Inspirierende tolle Stimme!)

Monika Pohlen
(Brav, braver, am bravsten, Moni!)

Dr. Rudolf Beyer
(Einer der besten Chefs, die ich je hatte!)

Sönke Schleert
(Erfolgreicher Gedankenaustausch – nunmehr in zwei Welten!)

Michael Müller
(Danke für 38 Jahre Freundschaft!)

Gereon Alexander Thelen
(Liebenswerter Kollege der schreibenden Zunft,
der es beim Lektorat bisweilen nicht einfach mit mir hatte)

In Erinnerung an:

Hans Zielke
(der mit dem U-Boot und den Tüten voller Bonbons)

und Anita Lange
(unumstößlich, geradewegs mit großem Herz,
welches stets auf andere bedacht war)